谢冕编年文集

第十卷 2002—2004

北京大学出版社

2003年在云南丽江

2002年与牛汉先生在一起

2003年在昆明西南联大旧址

2003年在云南虎跳峡

2003年参加北京作家协会代表会议

2003年在珠海网球学校练习网球

2003年家庭聚会

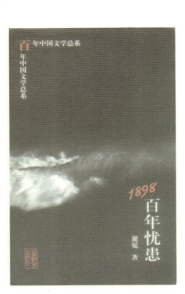
《1898,百年忧患》,山东教育出版社2002年版

《燕园问学》,中共中央党校出版社2002年版

《谢冕论诗歌》,江西高校出版社2002年版

《每一天都平常》,黑龙江人民出版社2002年版

目 录

2002

诗酒闲话	3
我为之兴奋的一件事	5
为生命祝福	
——读张秀进	8
追忆少年时光	
——兼以此文遥祝李兆雄老师八十华诞	11
南太湖城堡寄情	15
广告与我们的生活	18
又是一年过去	
——一封寄往远方的信	21
才华因勤勉而生辉	24
"中国诗选—春之风"读后	28
生命因诗歌而美丽	30
南岳会仙桥记	33
杂说杂文	36
在李瑛诗歌研讨会上的发言	38
门外看球	40
序《说字写文》	42
变革和继承的随想	45
绿荫深处一座古城	47

后山还有一只松鼠 …………………………………………… 50
在兴隆矿作客 ………………………………………………… 52
新诗的吟诵 …………………………………………………… 55
浙江的大地浙江的诗 ………………………………………… 58
怀念一位诗人 ………………………………………………… 64
常为时事忧 …………………………………………………… 67
昨日的记忆 …………………………………………………… 69
每一天都平常 ………………………………………………… 73
一生中最美丽的月亮 ………………………………………… 76
建设的文化视野
　　——序王京生著《文化是流动的》 ………………… 79
近代文学浅识
　　——在中国近代文学学会第十一届年会上的发言 …… 82
朱家雄的"情感笔记" ………………………………………… 89
燕山越水的流韵 ……………………………………………… 93
故事来自大海洋 ……………………………………………… 97
安阳颁奖会上的讲话 ………………………………………… 101
边新文诗三首 ………………………………………………… 104
怀念林昭 ……………………………………………………… 107
那一群白鹭再没有回来 ……………………………………… 109
诗歌这个文体 ………………………………………………… 112

20世纪中国新诗概略

导论:诗的性质 ……………………………………………… 119
总论 …………………………………………………………… 146
中国新诗:1919—1949 ……………………………………… 173
中国新诗:1949—1978(上) ………………………………… 186

中国新诗:1949—1978(下) ……………………… 207
中国新诗:1978—1989(上) ……………………… 222
中国新诗:1978—1989(下) ……………………… 250
中国新诗:1989—1999 …………………………… 275

2003

《乌鸦》简评 ……………………………………… 289
在汤阴谒岳飞庙 …………………………………… 292
喜鹊在午夜啼鸣 …………………………………… 296
这城市已融入我的生命 …………………………… 299
铜的铁的血的火的—— …………………………… 305
警察与微笑 ………………………………………… 308
大风雨登黄山莲花峰 ……………………………… 311
随想 ………………………………………………… 314
善画能文的易洪斌 ………………………………… 317
古宁头落日 ………………………………………… 321
基础教育需要稳定 ………………………………… 324
千岛南洋的乡愁 …………………………………… 326
诗人的大情怀
　　——论犁青 …………………………………… 332
《现代汉诗的百年演变》序 ………………………… 349
走向世界的中国诗人
　　——犁青诗歌网上研讨会序 ………………… 354
值得提倡的学术品格 ……………………………… 358
新文学"一百年" …………………………………… 360
社会进步,致富有理 ……………………………… 384

在过去与现在之间
　　——读徐小斌…………………………………… 387
非常的春天…………………………………………… 392
所有的赞辞对他都不过分…………………………… 395
东安旧话……………………………………………… 398
涉江吟咏的人………………………………………… 402
侗寨尝新节记………………………………………… 405
诗的绿音……………………………………………… 408
你的草地总是清香…………………………………… 411
独特的鄂华…………………………………………… 414
为邓程新著所作序…………………………………… 417
依然一棵年青的树
　　——贺辛笛先生诗歌创作七十周年…………… 419
不竭的诗思
　　——唐湜先生的诗和诗论……………………… 425
当前诗歌述略………………………………………… 431
邱滨玲著《半边鱼》序………………………………… 436
一份刊物和一个时代………………………………… 439
《温州的月光》前记…………………………………… 446
温州的月光（其一）…………………………………… 447
温州的月光（其二）…………………………………… 450
小狗包弟……………………………………………… 453
登梵净山记…………………………………………… 454
回到文学批评………………………………………… 458

2004

个旧的春天…………………………………………… 463

红河谷的密林深处……………………………… 467
文学的作用
　　——集美《新海湾》顾问寄语……………… 470
感谢文学　感谢诗歌…………………………… 472
永远的遗憾……………………………………… 473
大地的怀念……………………………………… 476
快乐每一天……………………………………… 480
世纪反思
　　——新世纪诗歌随想………………………… 483
悲喜人生………………………………………… 488
《天堂·炼狱·人间》推荐书………………… 491
白鹤起舞的地方
　　——鹤煤集团福田作品集序……………… 492
路桥的红灯笼…………………………………… 496
诗歌是民族的骄傲
　　——在"北京大学诗歌中心"成立大会上的发言…… 500
与中国诗歌共命运……………………………… 503
塔什库尔干……………………………………… 505
台州的花园……………………………………… 507
邓荫柯随笔短评………………………………… 509
诗使心灵明亮…………………………………… 510
太姥山志………………………………………… 512
诗歌的自由精神………………………………… 515
关于出版《20世纪中国新诗大系》的说明……… 517
长青树的祝福
　　——在郑敏诗歌研讨会上的发言…………… 519
那一片红土地…………………………………… 524
重返南日岛……………………………………… 527

从军行	531
姜宇清的散文理论批评	535
金门三件宝	538
我有了一枝郁金香	542
《那时很年轻》后记	544
不朽之盛事	546
赞美是泉边的玫瑰	548
置身于时代的沉重	552
温情的上海	556
《余光中经典》序	559
一切都很平常	565
成熟是真正的青春	
——在北京大学中文系1980级、首都医科大学医疗系1980级毕业二十周年庆祝会上的致辞	568
你的诗让我感动	
——致妍丁	570
沥血呕心事平常	
——《路漫漫诗词选》序	575
贺《中华文学选刊》一百期	577
一本特殊而有趣的诗集	578
痛别文超	581
最公正的是时间	
——蔡其矫诗歌研讨会闭幕式讲辞	583
奥依塔克	586
先生本色是诗人	588
入海口向着源头的致敬	
——在浙江省现代文学研究会2004年年会开幕式上的讲话	591

又是一年的开始··· 593
诗人在城市的遭遇··· 595
抒怀于山海之间
　——记闽东诗群······································ 600
阅读哈雷··· 603
艾青的《我爱这土地》······································· 606
郑敏的《金黄的稻束》······································· 608
新文学一百年··· 610

2002

诗酒闲话[*]

在希腊神话里,酒神狄俄倪索斯是勇敢而优美的。他曾被戴上镣铐,押上海盗船。但镣铐奇迹般地断裂了,海盗船上长出了常春藤和葡萄藤。在酒神行经之处,地上涌出了葡萄泉、牛奶泉和蜂蜜泉。酒神自己喝得酩酊大醉,但没忘了向人们传授种植葡萄和酿酒的技术。狄俄倪索斯是既会工作又会享受的——他是一个既酿酒、又喝酒的亦俗亦仙的美男子。酒神无疑是幸福的。神话中的他的祭祀日游行,只能是美惠三女神或是司丰收的女神们这些女性作伴。她们以自然给予的快乐和美向酒神致敬。由此我们可以得知,酒神是和美神在一起的。美到了极致是酒,酒到了极致就是诗。

我还想起中国古典诗歌中的诗仙李白,都说"白也诗无敌",其实,他的酒也无敌。他喝酒每每喝到了忘情的地步:"天子呼来不上船,自称臣是酒中仙。"醉眼迷离,连皇上也不认了,这本身不就是一首极漂亮的诗么?都说李白的诗了不起,我以为他的最伟大之处在于把诗酒作了完美的结合。是酒促成了它的诗仙的位置,酒是李白伟大诗篇的源泉和灵感。

李白一生都生活在一种醉意之中。请读他的《把酒问月》。他是在半醒半醉之际,突然向着眼前的景色发问:"青天有月来几时?我今停杯一问之"。这一问,就问出了人生的真谛来了。

---

[*] 此文刊于《羊城晚报·新闻周刊》2002年1月31日—2月6日,题为《酒到了极致就是诗》。据文稿编入。

这就是醉者的清醒——"今人不见古时月,今月曾经照古人。古人今人若流水,共看明月皆如此。唯愿当歌对酒时,月光长照金樽里"。岁月不居,人事更迭,不朽的只是我们头顶的那一轮月华。"月光长照金樽里",月光是诗的,金樽里装的是酒,说的仍然是诗和酒的主题。

不论是东方还是西方,不论是盛唐时代还是古希腊罗马,古往今来,人们总是由酒想到了诗,由诗想到了酒。酒神是阳刚之美,诗神则是柔婉的、温情的和充分女性的。当他们从不同的方向走到了一起,美感就产生了。读希腊神话,从狄俄倪索斯到卡里忒斯,再到手持竖琴、长笛和抒情诗卷的缪斯九女神,其实就是一枚金币的两面。

广州的朋友告诉我,《羊城晚报》将在近期启动诗酒工程,推出诗人赵红尘的长篇诗作,意在为诗酒联姻。市场的事我所知不多,也不敢置喙。但若论及诗与酒的亲密关系,我还是觉得有话可说。"酒神醉了",而诗神醒着。也许惟有酒神的醉,才有诗神的醒。当诗神在市场的喧嚣中感到不知所措的时候,酒神的到临是否将带给诗人以些许的激情?我等待着。

2002年1月25日于北京畅春园

我为之兴奋的一件事[*]

　　读到这套由广西教育出版社出版的《新语文读本》,我有一种惊喜。这套书的主编中,有一些是我的同事和朋友,我几乎是在毫不知悉的情况下,猛然间发现他们创造了奇迹。中学语文课本的现状是当前全社会都在关心的问题。我最近曾应王丽女士的要求,写了一篇短文:《不尽的感激——我所受过的中学语文教育》。在这篇文章里,我回忆了半个世纪前哺育过我的中学语文教材和语文老师。在那些我至今仍然心存感激的教材里,人类最优美也最智慧的情操,通过精致的语言文字得到了传达。它们深深地打动了那些亟待塑造的心灵。

　　我以为中学语文施教于人的,不仅是语文知识的传授和作文方法和兴趣的启发,从长远看,更是一种人的素质和品格的熏陶和培养。我从自己的切身经历中体会到,中学语文伴随人的一生,也影响人的一生。我关于中学语文的美好记忆,已是遥远的往事了,但随后发生的一切似乎并不美好。我想我们的儿子这一代人,他们是不会有我这样亲切的记忆的。这种遗憾已经有许多人在不同的场合、不同的层面作了表述。人们以急切的心情,期待着中学语文课本的改进和发展。

　　现在,事情终于有了转机。首先是,国家教育部门对此已有警觉,并正在采取积极的措施。从民间的角度讲,各个出版社对此也表现出很大的热情。各种中学语文课本和教材,包括课外

---

　　* 此文据文稿编入。

读物也正在有效地编写并得到出版。中学语文教材的现状落后于需求的状态正在改善。可以说,在从问题的提出到取得广泛共识的短短数年间,这方面已经出现了前所未有的繁荣景象。这情景使我这样的过来人着实地感到欣慰。

回到广西教育出版社的这一套书的话题上面来,我前面说的惊喜的心情,是由衷的和真实的。对这一套书,我的最突出的一个感觉是,中学语文课本原来可以做到这样的生动、活泼、令人爱不释手。更要强调的是,这种生动活泼只是它的外在呈现,重要的是它的丰富内涵。这套读本的编者不仅从浩如烟海的中外古今的文献中,精心挑选名篇佳作,特别突出这些选文的经典性,而且通过精到的安排和巧妙的布局,集中展示选文的深刻涵义。

我特别欣赏编者对选文进行的分组性的归纳集中。这种基本按照作品主题进行分类的分组展示,在以往同类读本中是很少见到的。这种构思,取决于编者广阔的学术视野和他们拥有的宽厚的文学史背景。以初中六册十四杜甫一组诗为例,编者在"杜甫和家"的命题下选了《羌村三首》、《月夜忆舍弟》、《狂夫》(万里桥西一草堂)、《江村》(老妻画纸为棋局)、《月夜》、《客至》、《闻官军收河南河北》、《茅屋为秋风所破歌》等杜甫最著名的一批诗歌。这些诗篇都是这位诗圣的代表作,大家大体都耳熟能详。但编者还安排了阅读建议和附文——黄秋耘写于1962年的小说《杜子美还家》(此文之前缀有黄晦闻诗句:"谁谓北征愁杜子?瘦妻痴女尚为欢!")经编者这么一组织,新意就出来了。阅读在这里变成了一种乐趣。

再看高中一册十四的"泪珠串成的文字"这组文章,选了唐韩愈的《祭十二郎文》,清袁枚的《祭妹文》,以及现代诗人高兰的《哭亡女苏菲》,都是一些表现人间挚情的伤心的文字。在阅读建议中编者建议说,"如果苏菲地下有知,设想她听这首诗的心情,并代她写一首(篇)《答父亲》"。这种建议旨在引发读者的写作兴趣。是非常有诱惑力的。到了高中六册十二,出现了"诗、文、曲对比阅读"。这组文章计收有:陈鸿《长恨传》、白居易《长恨歌》以及洪升的《长生殿》中的《惊变》、《哭像》。这种安排,意在启示读者同一题材的作品在不同艺术形式中会有什么样的表现,借此给读者以文学体裁的暗示。

前面我强调了这套课本的深刻性。这里所谓深刻,不是在强调它不切实际的故作艰深。我指的是,与以往过分强调和倾向于社会政治意义的思路不同,它突出了人的主体性,对人的尊重和关怀是它的至本。再举个例子,如小学第一册第一篇,就是《我是谁》、《人这个字》、《柏拉图说人》等等。我们从选文中可以看到,编者自始至终都在着重宣扬一种人性的精神,人和自然的亲和,对亲情、友情和爱情的敬畏之心,对崇高精神的向往,以及对邪恶和不公的谴责,对弱者的同情等等,都意在张扬人间至美至善的道德情操。

我能看到这套书感到极大的兴奋。这可说是我一生的梦想,如今得到了实现。我曾为中学读本长期的禁锢而有过不安,曾为我们的第二代未曾有过理想的读本而遗憾,现在,当我手持这样一套好书,心中只有感激和感谢。

2002年1月31日于北京大学中文系

为生命祝福*
——读张秀进

那里有一棵苍劲的古松,针叶细细的,上面点染着晶莹的白霜,在那近于透明的枝叶间,似有似无地飘浮着丝丝缕缕的清冽的水气。连空气也似乎铺上了一层绒毛,也是轻轻浅浅的,透明而凝着寒气的,像雾,像云,飘浮着,在那斑驳的枝叶间。那里有两只蓝喜鹊,它们亲密地偎依在那里,那只是属于它们俩的世界,忘记了风露,忘记了霜雪,忘记了周遭的寒意,空气中传送着它们的绵绵情话。爱情多么神奇,爱情融化了一切。

这幅《霜重情浓》是一首诗,它意在颂扬一种可以忘了一切并获得一切的爱情:是霜愈重而情愈浓。如果说,那凝结在枝叶间的雾气与浮霜是对外在环境的点染,那么,透过那浓密的枝干与针叶覆盖下隐约可见的翠绿的松果,还有那火焰般燃烧的丹枫,把两只忘情恋爱的鸟儿,以及同样忘情的画家的火热的情感,鲜明具象地传达了出来。

作为女性画家,张秀进的画细腻、典雅、抒情,但她设色与布局的大胆,却表现出她温婉之中的刚健,这是张秀进引人注目之处。以《霜重情浓》为例,鸟儿身上的毛羽,还有周围的植物,都蒙上了一层淡淡的光,那是一种温暖——那温暖是画家的情怀与境界所生成——它驱走了霜寒的肃杀,使人们内心充盈着喜悦与感激。

---

* 此文据文稿编入。

松树的针叶用铁线勾勒而成。细心的人都会注意到,画家是忠实于生活的实际的。她用细腻的笔触把分蘖的针叶双双钩出,她把那叶儿描成了"花瓣",再由"花瓣"合成了一朵一朵的大"绒球"。一幅"霜重情浓"是从这位女性多情的心通过多情的手那么深深浅浅地"绣"出来的。

　　和《霜重情浓》相似的还有《丝雨》。画面的中心是一对华羽明灿的太平鸟。它们倚立于一块巨石之上。一弯曲水从石边缓缓地向前流去,流向茂密的热带雨林深处。那也是仅仅属于它们的世界,粉红的鲜花簇拥着这对爱侣。山谷中流水潺潺,水草摇曳,覆盖着它们的是铺天盖地的龟背竹。望不见的雨丝风片,听得到的情话绵绵。"丝雨"是眼前景,"私语"是心中情。我们可以想象,画这画的这位女性,她的内心拥有着多么丰富的同情与爱意。

　　我们的画家聪慧秀敏,她有着来自闺阁的温柔与端庄。但她气骨古雅,神韵秀逸,用墨精彩,设色高华,是来自传统花鸟并从传统花鸟中走出的一位新人。《丝雨》有鲜明的装饰风,洋溢着现代人的审美情趣,仅此一端,便知她并不拘泥于古,而有着强烈的创新意向。她把现代绘画的构图、布局、设色、风格引进传统的绘画中来,从而给她的作品增添了新的气象。

　　不难看出,张秀进的画风属于婉约一路,但不同的是,她有大气。她的才华不是幽闭的,闺房也不能幽闭她。她的画透着兰蕙的幽香,但却是生在密林深谷中的、带着原野和大地的气息与温度的兰蕙发出的幽香。我们要是给画家张秀进一个造型,那么,她就是《静谷仙风》那幅画中生长于巨石与流水之间的带着原野的清芬的兰草。

　　读张秀进的画,总让我们接近一种曾经变得陌生了的清雅的情致,文静、典雅、高贵,总让想起人世间的一切美好。她以女性的温情秀雅,通过一朵花、一片叶、一只鸟、一朵云,淡淡的绿,浅浅的红,通过花瓣上的露珠,叶片间的云翳,还有密林中飘洒下来的太阳雨,告诉我们优美,温情,友爱,以及世间值得感恩的一切。她以她的画唤起我们对生活的热爱,以及对生命的敬畏和尊重。更重要的,她抚慰着我们的心灵。

张秀进是热烈的,这种热烈是内蕴的,因此不是奔放的那种。她把对生命的热爱与激情,静静地倾泻在画纸上。前人说,"胸中自发浩荡之思,腕底乃生奇逸之趣"①。她含蓄而不张扬,她知道自己的力量。她的画很有书卷气,她的画与诗相通,她画的每一幅画,都是她写的每一首诗。林中的呢喃,花间的唧啾,那幅《庄周梦蝶》中的如梦似幻的、扑朔迷离的牡丹,那幅《春意阑珊》中的那一群并排站立于迎春枝头的黄鹂,都是诗的意境。诗一般的画,画一般的诗,它们的主题只有一个,那就是热爱生命,为生命祝福!

生命是那么美好,一种让人感动的美好。这一切,如同那站在梨花丛中互相寻觅的喜鹊,一只在那里唱着情歌,另一只在那里充满醉意地谛听。周围弥漫着梨花的清芬。这是张秀进作品《四月梨花》的诗的意境。还有《富贵月华》,画面上那两朵玉板牡丹,在月夜里沉思,也是如痴如醉,它们都是有情之物。"笔墨本无情,不可使运笔墨者无情。作画在摄情,不可使鉴画者不生情。"②这里讲的是画家与读者之间的情感互动。从这个意义上看,笔墨是服从于情感的。

我于绘画是外行,却在这里讲了许多让人见笑的外行话。在这里,我要感谢一位我和画家共同的朋友,要是没有她,我不会认识张秀进,也不会看到她的这些极具创意的作品。

2002年2月14日于北京大学

---

① 王昱:《东庄论画》,《画论丛刊》,人民美术出版社,1962年8月,第1版第2次印刷,第259页。

② 挥格:《南田画跋》,同上注,第177页。

追忆少年时光[*]

——兼以此文遥祝李兆雄老师八十华诞

现在回想起来,那时仿佛有一块其大无比的黑布,笼罩着我的全部幼年时代的天空。我有眼睛,但看不到光亮。一切都是黑暗,没有太阳,没有月亮,也没有鲜花和云彩。我那时已经懂事,也有了属于自己的记忆,但一切记忆似乎都是黯淡的。父亲失业了,大哥也没有工作。多子女的家庭,我们没有收入,只能靠典当过日子。可是,一个贫穷的市民的家庭,能够典当的又能有些什么呢!我记得,那苦难是无边无际的,今天过了不知有明天,饥饿和贫穷是我的幼年生活的全部。

我只是愁苦地走着我的路,路是艰难的,布满了荆棘。黑暗在弥漫,那块黑布遮住了一切,不知道前面是什么,我对生命感到恐惧。恐惧伴随着我的全部幼年时光。我诞生在三十年代初期,我生下来的时候,世界还是太平的。但战争的阴云,已凝结在遥远的天边。我仿佛是为了迎接苦难而诞生。在应当是无忧无虑的童年开始的时候,我的充满忧患的记忆也开始了。

那时的中国没有一块平静的国土。位于东海之滨的我的家乡,也同样地不平静。三十年代中期,正是我应当上小学的时候。可是我找不到一所可以平静读完小学的学校。从淞沪方面撤退下来的伤兵,破旧的兵车,接连不断的空袭警报,我们感到了无边的惊恐。战乱的年代开始了,我们的生活仿佛是惊涛骇

---

[*] 此文刊于 2003 年 3 月 24 日《福州日报》。据此编入。

浪中的一叶扁舟,随时都潜藏着危机。

开始是在福州城里的一所小学。可是战争起来了,我们感到城里不安全,便迁居到了南台。当时号称"乡下"的新的居所,同样摆脱不了日益逼近的战争的阴影。独青小学、梅坞小学、麦园小学、仓山中心小学……我走马灯似地换了一个学校又一个学校。敌人的飞机轰炸到那里,我们就搬一次家,我也就随着换一个学校。成年人深切感到的动乱流离之苦,我以小小的年龄同样地尝够了。

后来我们在仓山区的程埔头住了下来。经历了几番周折,我终于在这里结束了"漫长"的小学课程。仓山中心小学是我永难忘怀的母校,不仅是因为我在这里得到了完好的教育,而且是因为我在这里认识了我终生不忘的启蒙老师——李兆雄先生。在我的一生中,除了父母的教育之外,我得到过许多人的道德和学识方面的教益和恩惠,但李先生是第一人。

战乱时代的生活是悲哀的。颠沛流离再加上朝不虑夕,饥饿和贫穷,是我人生初始的基本内容。但因为有了仓山中心,还有李兆雄先生,使我灰色无望的人生顿然出现了一抹生动的颜色。我依稀记得,李先生除了教我们语文之外,还教我们唱歌和游艺。他使我感到,生活中除了艰难和凄苦之外,还有希望和温暖。李先生那时还没有成家,他全身心地投入了教育我们的工作,教我们识字,教我们辨认曲谱,唱歌和演讲,还带领我们去远足。他给我们原先非常单调无趣的生活带来了笑声和歌声。

我幼年时节不甚活泼,只是喜欢读书,对歌舞演剧等事都缺少悟性和兴趣。但不知什么原因,那一年圣诞节,李先生却让我参加了基层教会组织的平安夜的演出活动。在一所教堂里,我们排练了一个简单的歌剧,那节目的名字我至今还记得,叫做《钟声响了》。大概是报告基督诞生的喜讯,敲响了午夜的钟声的意思。李先生为了纪念这次演出,送给参加演出的每一个人一张演出的剧照。这张照片经历了六十余年的风雨和烽烟,从家乡到海岛,从南方到北方,如今还被我珍藏在身边。它保留了我的童年的形象。

也就是从那次活动开始,我知道李先生除了是一位敬业的老师,还是一位虔诚的基督徒。我的父母是信佛的,我对基督教并不了解。但因为李先生的影响,终于对这个来自西方的陌生的宗教精神有了一些认识,最突出的一个感受,那就是这里充满了友爱和同情心。李先生以他的博大的爱心,温暖了和抚慰了我的那颗不应、却依然受到伤害的幼小的心灵。就这样,在动荡的和求救无望的年代,因为身边有了亲切而友爱的师友,使我的生活终于掀开了黑暗天空的一角,望见了天外的光亮。当然,我并没有宗教意识,我最终也没有信任何的宗教,但我信人间的一切爱心。那是李兆雄先生给予我的。

我的苦难的生命经历没有结束。小学毕业了要上中学了,可是我仍然找不到出路。此时已是四十年代,一个战争结束了,另一个战争接着打。我的所有的日子都弥漫着瓦砾和硝烟。濒临绝路的家庭,没有任何可能为我提供足够的中学学费。但如同当年绝望之中发现希望一样,命运并没有最后拒绝我。那年我考上了英国人办的三一中学(Trinity College of Foochow),这是一所教会学校。英国式的教育使这里充满了贵族色彩,除了良好的师资、严格的校规,学费的昂贵是一大特色。仰望着那里华贵的教堂和高耸的钟楼,我又一次地感到了绝望。

博大而慈爱的李先生再一次出现在我的绝境。他通过自己在三一学校担任校董的长兄的推荐和介绍,破例给予我这个各方面都非常一般的学生以减免部分学费的优惠待遇。如此一直延续到我离开三一中学为止。四十年代战争结束之前的中国,那时的可悲情景国人都不陌生。我只说一个事实就可知那时的艰难,我们中学生交学费用的不是钞票而是成袋的大米!试想,以我那个没有任何收入的家庭,到哪里去找这些金钱都换不来的大米呢!由此可知,要是没有李先生的力荐,我这个贫穷家庭的孩子,完全不可能跨入中学的门槛并受到良好的教育。

　　从我初识世事的童年,到我饱尝人生忧患的青年时代,李兆雄先生一直是指引我从黑暗望见光明、并让我相信世上尚有光明的一盏灯。我庆幸,我的幼小无靠的生命中,因为有了这位始终出现在我陷于绝境并向我伸出救援之手的神遣的使者,使我能够有生存和奋斗下去的勇气。我始终怀着感激的心情回想童年,回想苦难,回想那始终悬挂在我的生命上空的那盏灯。

　　　　　　2002年2月18日,阴历壬午年正月初七,
　　　　　　　　于北京大学中文系

南太湖城堡寄情[*]

列车穿越北方单调的平野,穿越长江两岸繁密的丘陵和湖泊。那些树,那些庄稼,那些房舍,风驰电掣般地从身边闪过。白天连着夜晚,列车奔走得有点累了,它终于停靠在锦绣江南的这个站台。这里是多花,多雨,也多美女的潮湿而又缠绵的、多情的江南。这里是我日思夜想的诗一般的江南,是我念着、想着、也爱着的江南。我是在梦中么?梦也未曾有这般的清丽,这般的妩媚,这般的温情。

仿佛是一种默契,仿佛是一种秘约,更仿佛是一种召唤,心灵中有一种声音,召唤我来到这里。这车站,这明亮的太阳照着的车站,这让我慌乱而又甜蜜的车站。尽管北方已有些早秋时节的萧瑟,而这里,而此刻,在我所拥抱的亲爱的江南,依然有春天的明媚,依然有夏天的热烈。

我真的是在梦中么?可是,即使是再美丽的梦境,也没有如今这般的令人目眩!那薄如鲛绡的一袭夏装,可是太湖上空的一缕云?那亮亮的、甜甜的一双明眸闪出的柔光,可是太湖中的一勺水?太湖真的如一湾春醪,我一靠近它,就如行走倦了的车子,仿佛要醉倒在站台!

其实,太湖我是到过的,太湖对我并不陌生。但那是苏州、无锡一带的太湖北岸。记得有一年,正是江南的多雨的季节,杨梅已经熟了。我们擎着花伞,披着温柔的雨丝,雨中漫游了洞庭

---

* 此文据文稿编入。

东、西两山。我们行走在曲折的石板路上，尽情地领略着满山闪闪发光的青翠。又过了一些年，我应邀到苏州大学，主持一场博士论文答辩。会议结束后，主人盛情安排我们游了太湖。那次看的是无锡的梅园和蠡园。正是腊梅盛开的季节，我呼吸着弥漫在清冽空气中的迷人的梅香，找回了珍藏在心灵深处的儿时的记忆。

如今这矗立在太湖南岸的城堡，对于我不仅是陌生，也不仅是新鲜，而且更是激动。它在太湖南岸亮出了一道崭新的风景，它以鲜丽的南欧风格而让人倾心。在我，这更是一次特殊的访问——我听到了一个声音，她在南方召唤着我。因为心灵有约，因为曾经梦想并曾经期待，因此我内心洋溢着一种说不清、道不明的幸福感。

这城堡是如此的神奇，它倚山而立，如嶙峋怪石，有着逼人的气势。那成排的建筑竟如山峦，面对浩淼的南太湖升起的雾气，把那拱门和尖形的屋顶，把那沿山蜿蜒的阶石和雕塑，幻成了站立云端的诸神。我行走在那盘山的石阶上，有氤氲的云气为我前导。虽然节气已是深秋，这里仍然有五彩的花枝相伴。她们是诸神派来的仙女。环佩生辉，衣香鬓影，一切都是那样地让人迷醉。

就是这样一条蜿蜒的山道，我仿佛已走了半个世纪。我欣喜，我依然怀着一颗未老的心，依然有寻幽览胜的青春时代的情致。我急于登临那山巅的华屋，那里有我的等待，那里有我的倾心。就在这样的行走中，我记起了但丁的《神曲》。那里所描述的一切，如今竟移到了眼前，成了此时此刻我的亲历。

迎面走来的不是我挚爱的维吉尔么？他那美妙的诗篇，是我暗夜中的星辰。是他的竖琴和橄榄枝，使我在无望之中坚信明日仍会升起晴朗的曙色。此刻，维吉尔已穿越那充满血污的地层，他引导我经历的那一切呻吟与哀号，如同黑暗日月我所曾亲历的。所幸的是,那些漫漫长夜的等待和挣扎,如今已是风烟弥漫中的一片逝去的景致———一切在经历了无边苦难之后,都告别在那个秋阳灿烂的日子里了。我终于重新获得了另一个生命的记忆。

告别炼狱,对于我来说,也是告别青春。尽管告别时已是人生的中途,却依然有无限的期待与憧憬。如同此刻,代替为我领路的维吉尔告退了,我何曾想望贝娅特丽齐会在此时此刻出现!我惊喜,我沉寂和孤独已久,我怎敢心存此念,我怎敢有此奢望!感谢上苍的垂怜,在我无望之际赐给了我希望。是贝娅特丽齐引我饮了忘川之水,使我忘了岁月的流逝,重获了人生的另一度青春。

此刻伴我而行的身着白纱长裙,头带花冠的女神,她是我的梦,也是我的心。我欣喜,是贝娅特丽齐使我再一度年轻。而这一切,都是我在太湖古堡里的一场绮丽的梦。那里的湖,那里的山,那里恍若地中海的碧蓝的温情,给予我如此美丽的幻觉。但的确,一切均是空空的想,一切均是淡淡的思,一切均是浅浅的梦。

难忘那里的鲜花和青草,难忘那里的美酒和歌声,难忘那日午夜时节的一支又一支的舞曲,伴我度过难忘的良宵。今夕何夕!我能有此美遇。记得此前,我曾是多么的绝望。欢乐已不属于我,幸福也离我远去。人们自有属于自己的旋律和舞步,而独独把遗忘给予了我。在喧嚣以外,在愉悦和温情以外,那时我唯愿借房中一盏寒灯,让它伴我孤眠。

而就是此时,一串优美的铃声响起,我被呼唤,我重新拥有了属我的美丽的夜晚!温情的南太湖古堡,在那水天一色的氤氲之中,飘摇着我的永不消失的记忆。

2002年2月20日湖州哥伦波太湖城堡纪事,
于北京大学畅春园

广告与我们的生活[*]

广告在我们当下社会环境中无所不在的弥漫，已是一个不争的事实。广告进入了、甚至全面地影响着我们的日常生活，这也已是一个常识性的问题了。可以毫不夸张地说，广告给我们单调而刻板的生活带来了根本性的改变，使我们的生活充满了新的色彩和声音，带来了新的情调和气象，它无疑也扩大了我们的知识和视野。但无可讳言，它也给我们带来了烦恼和不安。它甚至有力地、甚至是强暴地干扰着我们的正常生活。

广告是随着社会的开放而进入我们的视野的。开始的时候，人们只是觉得这玩意儿很新鲜，是比传统的沿街叫卖先进多了。但那时的广告实在是非常低劣的，只是一些简单的图像，然后直着嗓子喊："实行三包"。至于"三包"的内容是什么，那就很少有人去追究了。时间过了不多久，中国的广告业有了长足的发展，制作是绝对地考究了，而且，商家也普遍地重视这一促销手段。不论是商家还是民众，还有为数众多的文字和声像的媒体，大家对广告这个闯入者都不敢轻慢。

但我们的疑问也随之而来了，广告提供给我们的必定都是好产品吗？要是认为做了广告的必定是好产品，那么，那些不知道或没有做广告的产品必定是劣质的吗？谁都知道，在成千上万种的产品中，做了广告的毕竟只是少数，而大多数的产品不是

---

[*] 此文刊于 2002 年 5 月 21 日《羊城晚报》，题为《广告与我们的生活》；又载 2002 年 7 月 18 日《文艺报》，题为《承受广告》。据《羊城晚报》编入。

来不及做广告,就是没有能力做广告。这里就存在着不平衡,甚至不合理。人们以后就知道了,那些铺天盖地的广告轰炸并不一定代表厂家的业绩。例如前不久覆盖了几乎全部重要媒体的"今年不收礼"的一种保健品广告,已被舆论认为是虚夸的。不是有人揶揄过吗——广告费加水就是好饮料!消费者一定心中有数,那些在市场上畅销的名品,它的知名度在很大程度上、而且极有可能是用不菲的广告费堆出来的。须知,为这些名品提供形象和扯着嗓子喊的明星大腕们,也不会是白白地学雷锋做好事的(这里所述不包括公益广告)。

当然,广告是一种传媒方式,在现实生活中它有着它独特的、不可替代的作用。广告中难免会有虚假和欺诈,但广告显然不应等同于、而且还必须拒绝虚假和欺诈。但是,广告就那么无可怀疑地可靠吗?当然未必。它充其量只是一种先声夺人的占领。的确,正如一个广告词所说的,"有实力就是有魅力"。金钱就是实力,实力就是魅力,它体现了商品时代的一种不可动摇的逻辑。媒体就是媒体,尽管人们要求于它的很多,但它要的就是时效。信用是重要的,但时效有时比信用更重要。

这是一个崇拜时尚的时代,人们并不关心永恒,拥有今天就是拥有一切。至于明天,那只是一种可望而不可及的遥远。质而言之,追求时尚就是追求短暂。"何必天长地久,但求曾经拥有",由梅艳芳演播的这则广告之所以出名,正是由于它说出了当代生活的一种坚定的哲学。还有,"爱情两字好辛苦——不如温柔同眠"之类,都是当下流行的"一次性消费"逻辑。你可以怀疑它,但你却无法否认它——这原是一个崇尚欲望并由欲望所支配的时代。

广告强占了我们的视听空间。作为现代人,我们无法从我们的生活中把广告加以排除。我们只能非常耐心地忍受着,听凭它在我们身边无休止地聒噪。当我们烦了的时候,我们可以闭目塞听,但我们的确无法赶走它。久而久之,我们因为对广告了解得深入了,当然并不全把它当回事,在听与不听之间,在信与不信之间,作为消费者,我们自有独立的选择。当然也无可否认,广告总会在人群中很容易地捕捉到那些"意志薄弱者"并成功地使之就范。

广告也有赏心悦目的,我们乐于观赏那些优美的形象,也乐于接受那些平等的而不是强加的宣传。例如雀巢咖啡那则著名的"味道好极了",以及那个美丽少女做的"一见好心情"便很讨人喜欢。还有近期那则"劲酒虽好,可不要贪杯哦",也给人以亲切感。广告制作商应当明白,再好听的词语连续喊叫三遍,只会使人腻烦和厌恶。正如市场上喊得最响的可能是假货一样,一再絮叨并不会增强人们对商品的信任感。我至今还不能忘记那个连续打了五个喷嚏的药品广告,它让我们感到恶心。至于让某个大腕为着某个食品在银幕上大流口水的场面,真的让人为她难堪!

作为广告的受众,我们真心地喜欢那些有品位的作品。我们希望这些广告都是富有文化含量的艺术精品。这种精品,只能是具有相当文化水准的人所创造,而不是充斥于当下电视屏幕上那些故作高深的不今不古的赝品。我们渴望欣赏到那些令人愉悦的常看常新的,而且是百看不厌的作品。形象应当美好,构图应当精美,词语应当精约生动,情调应当含蓄温馨。

尽管当前大家都迷信"实力",以为钱花得多了就会得到相应的回报。其实,暴发式的掠夺是可能的,那些一时轻信的消费者,终究有醒悟的时候。时下流行的媒体运作,他们考虑的核心不是质量,而是营销的策略。明白的读者和观众应当对广告持审慎的态度——既不断然排斥,也不轻易接受。

2002 年 3 月 5 日于北京大学中文系

又是一年过去[*]
——一封寄往远方的信

  刚刚过去的一年我过得有点庸常。这一年有很多的时间在外边跑,都是一些身不由己的活动。其间,曾三下江南,又几度徜徉于珠江南北,虽然行色匆匆,却也留下了许多美好的记忆。在绍兴的沈园,我们曾在那块书写着"问世间情为何物,直教人生死相许"的石碑前伫立良久,想着逝去的岁月和埋藏心中的期许。在杭州的断桥,那个有星的夜晚和那个有露的清晨,倚肩而行的脚步诉说着历尽人生忧患余下的欣喜。在湖州太湖之滨的一座古堡里,我们拥有了一个让人迷醉的由音乐和舞步装扮的良宵。但这一切并不能驱走我内心的空漠,我感到日子过得缺乏激情。所以,尽管那些日子也留下了一些难忘的记忆,但在我的心目中,这一年依然是庸常的。

  来到深圳的时候,已是一年接近尾声的深秋季节。我应邀在那里的读书月上作了一次讲演,演讲过后又很不习惯地接受了诸多媒体的现场采访。所幸那一切也都进行得比较顺利,舆论的反映也差可人意。值得一提的是,我的那些在南方工作的学生们得知我的到来,他们从佛山和广州等地结伴赶来和我相聚。最难忘银湖那个星月交映的夜晚,我从学生手中接过一束红玫瑰,玫瑰的鲜丽把整个宴会厅映照得充满了喜气。当时我想到,世上的一切荣辱得失都是会过去的,到了最后,能够留下

---

[*] 此文据文稿编入。

来的、最恒久的东西,也许就是这些亲情和友谊了。

　　此前到了澳门,作为内地评委参与一项文学评奖。这是我第二次来到澳门,上一次是到澳门大学中文系给那里的第一届研究生讲学,前后住了半个月。数年过去,这小城依然繁华,依然平静,依然迷人。澳门使我想起香港。香港那种大都会的宏大气势让人心折。它像是一只其大无比的花篮,千万种鲜花散发着香气,闪烁着光芒,充满动感地向你涌来。它又似是一个情感热烈的女子,以它的激情和温馨将你裹住,让你喘不过气来。澳门不同,澳门是小家碧玉,它只是静静地站在那里,以它深情的眼睛,以它轻微的呼吸。它同样地让你沉醉,但却不是爆发的,而是一种绵远的感动。

　　第二次访问澳门,虽然只有短短的几天,我还是游兴甚浓。除了澳门市区之外,到了凼仔,也到了路环,那里有了许多新出现的风景。一个夜晚,一位澳门的年轻朋友驾车陪我出游,我们尽情地领略了这座具有深厚的岭南情趣,又有鲜明的南欧风情的城市的动人景色。一座咖啡厅,一位情调高雅的女应侍,我们猜想她的身份,觉得她是从国外回来的,一定有很高的学历。一定会讲很流利的外语,也许是法语,也许是葡萄牙语。

　　又是一年过去。冬日的天空有时明媚,有时沉郁。这一年很少下雪,干燥而乏味。眼看又是新年过去,圣诞节过去,漫长的春节过去,日子飞一般地从身边过去。每到这个时候,总是感到内心空虚——时间过得太快了。对于国内这一年的创作和研究,我没有太深的感受,只觉得自己平淡,别人似乎也很平淡。没有什么值得为之兴奋的佳作,也没有特别让人记住的大事,更没有值得谈论的话题。

　　关于自己的工作,值得一提的是,这一年我受一位从国外回来的朋友的委托,主持了《20世纪中国新诗大系》的编务。此书计十卷,邀请了全国知名的学者担任各卷主编。我是替那位朋友跑腿的,干活的是那些主编们。我自己做事不多,却是不断地给那几位主编发"红头文件"。我的催逼近于无情,这些主编中有的人远在国外,有的人家有意外,还有几位忙于搬家和装修,他们倒是十分义气,全力支持了我的工作。迄今为止,大系全书均已脱稿。各主编也按我的要求,为各卷写出了从二万字到五万字字数不等的长篇导言。这事做完,我松了一口气。我们这些成长生活在20世纪的人,与那个世纪忧乐与共,总算为这个可爱可恨、又可歌可泣的世纪留下了一个纪念。

在庸常和平淡之中,倒是这一年圣诞前夜在友谊宾馆的一个聚会是难忘的。那是一个让我内心感动的、充满情谊的聚会。我在一篇短文中引用了那个聚会上我的讲话的结束语:"明天就是本世纪的第一个圣诞节。我们是在这里迎接一个神圣生命的诞生。那里有马车踏着冰雪而来,报告着来自天边的福音。借此机会,我向你们大家祝贺圣诞节快乐!新年快乐!让我们真诚地祈愿上帝赐福给世界的一切人,让所有的人都将拥有一个真正的平安夜。"

时间过得太快了。一向忙乱的我,在一片忙乱之中竟然没能像往年那样,抽些时间给远方的亲友写信或寄贺卡。朋友们的想念让我感动,其实我还是很好的,能吃、能睡、还坚持每日清晨的体育锻炼。最近由于一位朋友的引领,还迷上了网球。不过,我的网球技术还不行,没有可以陪我打球的人,我只是一个人寂寞地打着,伴着我的思念和我的遐想。

2002年1月31日于北京大学中文系 3月6日再改

才华因勤勉而生辉[*]

  这套丛书的主编朱家雄是北大中文系的学生,但我至今还不认识他。我们只是在电话里交谈过。从上个世纪八十年代中期以后,我和中文系本科生的接触很少,偶尔应邀在迎新会上讲一些话,讲了话之后我还是忙我的事,一些没完没了的事。许多中文系的本科生我都不认识,朱家雄当然也是。及至近来,他编了多种关于北大的书,方才知道他。

  这次他主编这套丛书找我写序。为此打了许多电话,还写了一封很恳切的信。他在信中说:"因为是新人,所以他们特别渴望前辈的支持……我想,您的观点一定是支持青年的。"这套书的一些作者有的是我的学生,有的作者此前也认识,也读过他们写的一些很有才华的作品,既然身为研究文学的人,写一些文字借以推动文学的发展和进步,论道理我是应当从命的。但想到我和这些作者之间,有着大抵相隔半个世纪的相当遥远的距离,心里便有些犹豫了。

  文学和时代息息相通,什么样的时代就有什么样的文学,这道理大家都承认。那么,我在多大程度上能够理解并接受当今的文学呢?还有,作为比他们年长的人,我的文学理念,又有多少是他们所能接受并理解的呢?一代人有一代人的理想和信念,代沟之说虽未必全然可信,但几代人之间的距离还是存在的。年长的人往往自信,我生恐我的可能有悖于时的意见会影

---

[*] 此文据文稿编入。

响了他们的创作的心境和热情。这就是我之所以把笔临墨不免犹豫的理由。

记得去年,我和一些朋友应邀游衡山。在落日的余辉里,我们抵达祝融峰畔的会仙桥。会仙桥其实并非是桥,它是一座屹立千仞的巨大峰峦,由此俯瞰,是波涛汹涌的万顷云海。游人散尽之后空廓而静寂的会仙桥畔,那里伫立着两位少女。夕阳柔和地笼罩着她们,她们面对着满山的青翠。

两位少女闲云野鹤般的情态,深深地感动了我们。交谈之后得知,其中一个女孩刚刚接到北京某大学中文系的录取通知书,她是来山中向自己的女友告别的。因为是文学的同行,陪同我们游山的衡阳晚报老总雷安青先生,热情地向这位未来的中文系学生介绍了我。这位少女很羞涩,也有点不好意思,她谦虚地说她知道得很少,只知道北大有余杰、孔庆东等等。

会仙桥上的经历启发了我,时代是在飞快地进步着。一些我们熟悉的东西已经无可怀疑地成为了历史。时代的进步总是让人们记住一些东西而忘记一些东西,当然此中也包括了不应当遗忘的东西。当今的青年人自有他们的偶像。从这点看,我首先是为时代的进步感到安慰,当然也希望新的一代人能够了解一些历史,并乐于接受我们这一代人的那些有益的经验和认知。

这就说到了我们此刻面对的这一套书。这些书的写作者都是生于上个世纪七十年代的,都是一些意气如虹的当代青年。他们诞生的时候,笼罩我们上空的最后一抹阴霾正在随风散去。他们生活在与我们曾经的那种生活迥异的环境中,他们拥有的是一片无比辽阔的开放的天空。精神的禁锢、充满敌意的人群、粗暴的干扰和无休无止的人为的斗争、愚昧和残忍,已成为仅仅属于昨日的噩梦般的记忆。

文学也在这样崭新的年代里,经历过无限的痛苦和折磨而获得了自由。面对这些比我们年轻得多的文学作者,我从内心深处羡慕他们的手中这支自由自在的笔,以及与我们当日的处境相比相对地宽松而融洽的写作氛围。他们可以想写什么就写什么,想怎么写就怎么写,而无须像我们当年那样等待别人的指令。要是他们因而获得了成功,等待他们的是鲜花和掌声,是由衷的嘉许和玫瑰色的明天。也许他们的创作实践未能成功,甚而出现了缺陷和遗憾,相关的舆论也会对此施加批评。但即使如此,等待他们的也不会有我们当年所经历那种严酷和无情——我们有过无数因写作而获罪乃至覆灭的可悲的经历。

毫无疑问,这些作者是有才华的。我想,智慧可能来自天赋,但才华不是。才华产生于丰富的实践和积累,产生于对于传统以及他人的有益经验的吸纳和承袭,才华因勤勉而生辉。我们这些人曾经生活在贫瘠的年代,而他们的年代却是丰富的。生当丰富的年代,无数前辈的和同辈的文学智慧像周遭无所不在的空气包围着他们。不妨设想,如果是一只勤奋的章鱼,他们中的任何一个只要向四周伸出吸盘,就可以得到他们需要的营养。我艳羡甚至有点嫉妒这些吸盘。

但我最让我倾心的是这批作者所拥有的文学的高起点。他们和我们不同的是,他们一起跑,就理所当然地跑在了我们的前面。自从文革动乱结束之后,文学因时代的开放而一径地向前狂奔。短短数年之间,中国文学不仅迅速地摔掉了捆绑他们的枷锁,而且有了来自四方的经典的启示和借鉴。解放了的中国文学因这种广泛的吸纳而变得成熟了。整整一个新时期的文学实践,就是一部中国当代文学的艺术解放的历史。由此回望,我们可以庆幸地说,这批才气横溢的年轻人已经站在一个前所未有的新的起跑线上!

天才加上机遇,智慧加上勤奋,我们如今面对的这一批作者拥有了与他们的前辈完全不同的命运。这是何等让人羡慕的命运啊！尽管在他们的写作进程中还可能会遇到一些猝不及防的障碍和挫折，但他们所已经获有的自主性的写作自由，却是前人的世纪梦想。我希望这些作者珍惜手中的自由，一定要记住：这自由是以血泪换来的。多少人为了这个目标，倒在了奋力抗争的路上。

我愿意坦诚地承认，我读这些作品的时候感到了轻松和愉悦，我更因这些作品所展现的那种率性的和充分个性化的生活空间获得了新鲜感。我曾在不同的场合强调过，文学从根底上看是个人的，尽管文学应当通过个人到达公众和社会。文学无疑应当表示对个人的尊重，文学有充分的理由和权利表现过去受到歧视的私人生活。在这一点上，你们不仅没有过错，而且已获得了前所未有的成功。也是在这一点上，我看到了文学的发展和希望。

与此同时，我还想着重表达如下的观点：自由不是放任，更不能成为无节制的同义词。作为年长的人，我有理由对当今某些文学表现出来的自私倾向表示忧虑。文学是宽广的，文学的功能也是多样的。文学不是政治，文学也不是说教，但文学除了娱乐和闲适，还应当是于己、于人、于社会是有益的。所以，有益的文学不应当忘记它对周围人群的关怀。真正伟大的文学总是通过它的精湛的艺术，表现出对自然和人类的责任和爱心。正如最勇敢的士兵的目标是当统帅一样，最优秀的作家应当不放弃对于崇高乃至伟大的追求。

2002 年 3 月 15 日于北京大学中文系

"中国诗选——春之风"读后[*]

中国诗选的视野是开阔的,它很"古典",又很"现代"。从前一个层面看,它设"名家经典"(当然,都是现代的"经典"),说明它有历史感。它承认并强调今天的一切来自昨天,甚至前天。艺术是一种积累,更是一种接力赛。谁都不能是自天而降,天生就是一个天才。若有人说,他做诗不借鉴任何人并未受过任何人的影响,这话是可疑的,甚至也是不诚实的。中国诗选设名家经典栏,一方面意在表彰那些曾为中国诗歌的发展作过贡献的诗人的业绩,我以为更重要的是要唤起人们对中国现代诗,特别是新时期诗歌历史的尊重。本期所选三位诗人:芒克、曲有源、梅绍静,都是写作态度非常严肃的诗人。他们的诗都和他们所经历的生活保持着密切的联系,例如芒克之和白洋淀,梅绍静之和陕北,曲有源之和中国现实的社会,他们都为之投入了巨大的关怀与热情。仅就这一点而言,我以为就是非常值得珍惜的传统。

若是只强调昨天,而不关注今天,特别是关注当下诗歌充满活力的行进,那就说不上是一种大视野。我赞成中国诗选现在所作的努力,即以广泛而严格的筛选和择取当前的佳作来体现选家的眼光和品味。它设网络诗页和社团诗选两大栏目,使之与传统的出版物处于同等的地位。民间诗歌社团存在已久,而网络诗歌则是近年新兴的事物。就社团诗歌而言,这期"春之

---

[*] 此文据文稿编入。

风"涉及的有:《诗歌与人》《突破》《诗参考》《影响》《扬子鳄》《先行者》《新城市》《诗歌参考》《现在》《九行以内》《进行诗刊》等。而网络诗歌方面,则有《观诗廊》《终点》《诗歌论坛》《哭与空网刊》《兰色老虎俱乐部》《橡皮》网刊、《新文网—新文学》《边缘者》《嘴唇》网刊等。这说明选刊编者对当前诗歌的创作出版的情况很熟悉,且阅读面相当广泛。

这些努力,给读者提供了方便。因为我国现下诗歌的发表量非常大,包括专业的研究者在内,几乎所有的人都无法全面阅读并把握它。这样就只能借助于诗歌选刊的工作。而选刊的编者,除了阅读面应当很广泛之外,还应当是眼光很独到,不遗漏重要的、有价值的作品。在这点上,中国诗选的编者基本上做到了。目下选刊性质的出版物甚多,但成绩突出的很少。一些选刊或选本往往处理平庸,提不出什么有分量的佳作。原因可能在创作界本就平庸,但选家的"遗漏"也是非常可能的。

我注意到编者所设的"特别推荐"栏目,我盛赞此举。从道理上说,诗选本身就已是一种"推荐",现在再加上一个"特别",这说明编者还是有心在着重提倡着什么。据我揣摩,他是在倡导一种诗人对世界关怀的诗歌精神。在"特别推荐"以及"名家经典"中,可以见到这种精神的集中体现。

至于本书入选作品本身的评价,由于我阅读近于粗疏,不想在这里进行具体的评说。仅只就我自己感兴趣的话题说一点意见。近来我很关心生态问题,在生态问题中,特别关心人与自然的关系。我在中国诗选中找到了诗人与我的心灵共振。大解的《铁路两旁大树被伐》、杨克的《在东莞遇见一小块稻田》、鲁西西的《因为一朵花》、夏吟的《沙尘暴》等,它们是我的知音。

顺便说一点意见,各种栏目是清楚的,但内容因为不曾分类,故显得有点庞杂。要是,能就诗的内容再作一些分类,是否较有条理些?

生命因诗歌而美丽*

我没有欢乐童年的记忆,我的童年是灰色的和绝望的。从记事的时候起,我的头顶就弥漫着战争的阴云、饥饿、失学、逃难,是我童年的"常课"。记得上小学时,因为节日没有新衣或是因为交不起远足的车资,我有意地回避了许多集体活动的机会。为了排遣孤独中的哀伤,我常把自己关在楼上读书。那时慰我孤寂心灵的只有诗歌。半知半解地,我已经会背诵白居易的《长恨歌》和《琵琶行》了,我在发生在遥远时代的凄婉的故事和优美的韵律中,得到悲情的寄托和宣泄。诗歌使我暂忘现实的困顿,诗歌给了我情感的抚慰。在孤立无援的时刻,我多么感谢这多情的诗歌!

记得家乡夏日的夜晚,满天的星斗,满耳的虫鸣,一榻凉席,仰身向天,心中默默念着:"银烛秋光冷画屏,轻罗小扇扑流萤。天阶夜色凉如水,卧看牵牛织女星"。一段古人神韵,它的优美的旋律,使我一时忘了身边的烦难,伴我度过那些与幼小年龄并不相称的充满悲哀的白天和夜晚。忧患几乎是随着年龄的增长而增长,黑暗无止境地向着所有的空间弥漫,在看不到希望前路的时刻,我痴迷于诗歌。开始是古典的诗,后来是现代新诗和外国诗。在中国最传统的诗歌形式中,我找到了心灵的寄托。它的华美和安谧,使我的焦虑和烦忧得到沉淀。我在那里温馨和恬静的氛围中有一种归依感。

---

* 此文刊于《解放军艺术学院学报》2002年第4期。据此编入。

与眼前的哀鸿遍野以及硝烟弥漫的一切丑陋和污秽不同，诗歌向我展开了另一个世界。那里的上帝是优美和崇高，那里的灵魂是人性的至情。我在无可挽回地向着黑暗沉沦之中，我有了光明的救援——这就是我所钟情的诗歌。从那时开始，我对这种文学形式有了一种新的体认。诗是产生于人们看不见的、甚至是不可捉摸的内心深处的，较之那些物质性的东西，它仿佛是一种"空无"。它所装填的无限博大的内容，只能在语言文字的外壳下感受到，因此它更是一种"无形"。然而，诗歌的无形之手却向着无限的时空延伸，人们在它的无限的延伸中感到了它的无限的力量。什么是诗？诗是一种文学体式，那里充填着情爱，这情爱来自人的内心，并流向更多的人的内心。

　　到后来，由于接触了五四新文学，我有了更多的新诗阅读的经验。我从新诗的那些经典性的作品中，体会到诗与时代、与思想的密不可分的关联。这些诗使我认识到，诗不仅应当是优美的，更可以是热烈的和激情的。它可以成为一种精神，引导人们走向希望和光明。如同五四时期的凤凰涅槃的歌唱，又如抗战时期的火把的燃烧。当然，这一切必须是诗的——因为诗并不直接是思想，更不直接是政治。要是离开了审美意义上和艺术层面上、要是离开了诗歌自身的特质去谈诗的意义或精神，那就会离题万里。

　　从幼年时代开始，我就亲近了诗这种文体。开始是一种欣赏的满足，后来更有了创作的愉悦。和许多青年诗歌爱好者一样，我也有过非常狂热的学习写诗的时候，那时甚至在与诗不相关的课堂上与同学"唱和"，而不顾老师当时在讲什么。我如痴如醉地写了许多诗，其间也曾在当日的报纸副刊上发表过诗作。但我并没有成为诗人，这由于环境，也由于理智。后来呢，后来的结局就是诗人当不成转而研究诗了。这也许就是作为研究者和批评家的悲哀吧！

　　但不管怎么说，我应当感谢诗。是诗使我战胜了周围无边的苦难,是诗使我亲近了人类最美好的情感,是诗使我向往圣洁和崇高,是诗使我远离卑微和丑恶——生命因诗歌而美丽。

这本"论诗歌"现在就要付印了。责编谭振江先生嘱我写一篇后记一类的文字,于是就有了前边的那些感想和议论。当然这一切都是很随意的,说不上有什么深刻的或新鲜的见解。这本集子里的文章,大部分是未曾收进文集的,有小部分是未曾发表的。编妥之后回首一望,发现文集还是偏重于诗史和批评的内容,而对诗的本体论及不多,艺术性的分析亦嫌不足。这就暴露了我学术研究的弱点。记得二十世纪八十年代,我对诗歌的文体性质作过一些研究,也发表过一些诗学方面的文章。这次编书,找出来重读一遍,自己很不满意。除了改写一篇之外,其余的一概不收。所以,这里的"论诗歌",也还是偏重于诗的批评,而甚少涉及文体的。

我现在有些后悔,我原可以在这些方面多做一些的,但我没有努力。从幼年时代接触诗歌到如今,人生已进入成熟期,我对诗的认识也积累了一些经验,我是可以多所谈论的,但我未能。这就是我的遗憾。好在谭振江告诉我,这套书是开放性的,不仅有我的"论诗歌",也将有别人的"论诗歌"。那么,在我这里的不足,在别人那里可能就是长处了。我期待着。

这本书能够编成出版,应当感谢江西高教出版社,特别是应当感谢本书的责任编辑谭振江先生。从向我约稿到如今的出书,要没有谭先生的锲而不舍的坚持,以及耐心的等待和细致的工作,这本书的出版几乎是不可能的。现在,我松了一口气,谭先生更是松了一口气。在此,我仅向江西高教出版社、仅向谭振江先生深深地道一声:谢谢了!

2002年4月5日于北京大学中文系

南岳会仙桥记[*]

  进南岳庙时,僧舍外倾盆大雨。任凭庙外乱雨如瀑,我们依然平静地在那里吃素斋。斋饭无甚特色,似是下味过重,有失素菜清淡本色。加上上菜已久,有些凉了,故平平,不敢加誉。近年出行,似从未遇见庙宇的斋食给人留下深刻印象者,素斋的衰落是一个明显的事实。记得当年有一个消息说,诗人郭沫若访厦门南普陀寺,进斋饭,曾给席上的一款汤菜命名"半月沉江",一时传为佳话。现如今,饮食行业中此种文人韵味早已烟消云散了。倒是半个世纪前的一个夏天在南京鸡鸣寺吃过的一碗素面,那素净醇香至今不忘。

  菜凉是有原因的,因为南岳区的主人要在下班之后赶来山上作陪。遇雨,山路难行,菜端了上来而主人未到,大家都只能等着。需要感谢的倒是主人的盛情,他们都是忙人,却要放下手中的工作来陪我们这些闲人。今天座上作陪的有区委书记、区长,以及区委组织部长、宣传部长和文物考古局长等,大家以茶代酒,频频举杯,用的是出家人的规矩,倒也别有情趣。

  因为雨大,主人临时改变了原先安排我们留宿山中的计划,今晚我们将在南岳镇上过夜。为了争取时间,我们决定还是冒雨上山。离大庙,行四公里,抵忠烈祠。秋风萧瑟,秋雨缠绵,我们撑着雨伞拜谒了当年衡宝会战殉难的英烈。这里有坟十三座,其中一座埋着国民党六十师牺牲的官兵忠骨一千八百余具。

---

[*] 此文刊于2002年4月23日《衡阳晚报》。据此编入。

"忠烈祠"三字为蒋中正所题,至今保存良好。我诧异,这题字究竟凭了何等法力,能够逃脱那些历史的风雨而成为幸存者!

衡山是可以走车的,饭后我们的面包车继续前行。行约十分钟,抵玄都观,观俗称半山亭,想必是离衡山绝顶已近半程也。此时雨霁,有微阳出云间,众大悦,谓有吉兆。主人言,前不久某要人曾访衡山,也是雨过天晴,后来果然官居极品云。主人又戏言曰:你们中谁人日后若是发了迹,可别忘了告诉我们!

到了南天门,则是一派艳阳风景了。我们都收了各自的雨伞,尽情享受着南国雨后晶莹的碧绿。回想午间祝圣寺檐间急浪狂沙般的雨意,真有隔世之感。自南天门至祝融峰绝顶,雨后晴空万里,繁花绿树,艳阳满眼,是我们南岳之行最惬意的一段旅程。抵祝融峰已是日斜时节,游人稀了,四山静寂,空旷而清幽,我们逢上了旅游最难遇的绝佳时刻。祝融峰是衡山七十二峰的最高峰,海拔约一千三百米,相传是古祝融氏葬处。我们在祝融殿旁的悬岩上,迎着清风斜阳,笑语连连,留影甚多。眼看太阳要下山了,我们方才恋恋不舍地告别衡山绝顶。

从祝融峰下来,众人上车,应该是结束此日衡山之游的时刻了,我们要返至南岳镇过夜。车子开动不久,至一处停下。同行的衡阳晚报老总雷安青先生显然游兴犹浓,他向我们建议,会仙桥离此不远,何不顺路一访?这一建议从者不多,对于多数同行者来说,一天紧张的、急匆匆的行程,此时已是倦极思静的时分了。但依然有勇者愿行。在雷安青的带领下,我们一行五人离开公路,沿山间小道蜿蜒而下。路旁野草山花乱眼,有山泉鸣唱相随,似是在鼓励我们这些热情的客人。

行约数百米,迎面一峰,屹立千仞,峰外无山,放眼望去,只是茫茫无边的云涛。此时四围静极,所有的游人均已散去,只有我们急行的脚步声,在敲打着深山的清寂。斜阳无语,青松无语,白云无语,我们的心一时也就肃穆起来。行千步,始抵峰前,有巨大的岩壁题字,曰:"昔人会仙处"。这背后大概有着某一种动人的历史故事,手头没有材料,故也不便乱猜。从题字处往前,过斜坡小径,通往对面,这小径类桥,也许就是会仙桥。桥对面,只见有一独立的峰峦迎面耸视,壮极高雅,大约即是会仙处了。

我们到达那里的时候,被眼前的情景怔住了。只见一抹斜阳中,高天云潮下,万山寂静,草木禁声,那峰前倚立着一对少女。少女衣着素淡,裙袖凌风,却是一种来自碧霄的超凡的风情。她们无言,只是静听无边的天籁。我们的到来带来了尘世的喧嚣,四围的静穆于是被打破。经交谈,那位稍大的少女叫钟辉,1982年生,是当年的应届毕业生。她昨日已收到中国财经大学中文系的录取通知书,开学在即,就要北上报到了。她是来向居住山上的女友告别的。

因为是文学同行,雷安青热情地向钟辉介绍了我们。少女说,北大是她的第一选择,但是成绩不够,进不了北大。她表示到了北京一定要去拜访燕园,那是她日夜思念的地方。至于北大的人,她说自己知道的不多,只知道余杰和孔庆东——钟辉显然为自己有限的所知而有点不好意思,但她紧接着说,我会好好学习的。

被感动的是我们,为这美丽而单纯的少女,为这衡山之游的最后的、也是最瑰丽的一笔!我有许多旅行的经验,自然风景当然是要看的,但我更怡悦于风景中的人。这次衡山之游,因有会仙桥上的这一番遭遇,而显得是格外的美丽。我们回到了车上,向那些等待我们的同伴介绍了会仙桥上"会仙"的奇遇,他们显然十分羡慕我们。

今日同游会仙桥的共五人:衡阳的雷安青、长沙的钟友循、南岳的尹朝晖、北京的徐伟峰和谢冕。

2001年8月24日记于衡阳南岳镇银苑宾馆,
2002年4月6日完稿于北京畅春园

杂说杂文[*]

杂文是集社会评论与随笔于一体的一种文体。从文学的分类看,它属于广义的散文的范畴。杂文写得最好的是鲁迅,迄今为止,似乎还没有人能超过他的。鲁迅一出,杂文便抵达高峰。记得在北大上学时,系主任杨晦先生坚持不把鲁迅的杂文列入文学的主张。不仅鲁迅,杨先生也对先秦诸子的文章是否是散文也持怀疑态度。杨晦先生是杰出的文艺理论家,他有自己审视文学的独特而严格的标准。他显然是从传统的文学理念诸如艺术构成的因素、情感表达的因素、形象塑造的因素等方面,亦即从严格的文学性的角度来审视杂文这一文体的。

我还是愿意从比较宽泛的角度来理解杂文。我认为杂文属于文学,正如报告文学属于文学一样。如同后者着重的是通讯报道,因为用了文学的表达而属于文学一样,杂文虽着重的是社会评论,因为用了文学的表达而同样地属于文学。基于这些文体有着鲜明的文学性的特征,所以,确认报告文学和杂文属于文学是比较适当的。

我们在阅读杂文的时候,既注意它在社会评论方面所达到的深度和广度,又注重它在表达和描写方面所呈现出来的文学特征,诸如在事物和观点的智性表述方面,在事理中的情感因素的重视方面,以及在语言的运用中对于表达技巧的鲜明、生动以及精致方面。有了上面这些涉及文学性的综合的考虑,我们面

---

* 此文刊于 2002 年 7 月 21 日《今晚报》。据此编入。

对杂文文本时,就有了可以厘定的依据。一方面,我们十分重视这些文字在社会评论方面所抵达的深度,另一方面,又十分重视它在这种抵达过程中文学手段运用所抵达的高度。对这些方面予以综合的考评,我们就有可能判断杂文写作的优劣得失。

在杂文的写作中,作家们都十分重视一个"杂"字。不杂就不是杂文,这是一般人都承认的。引经据典,四面开花,左右逢源,一团乱麻,峰回路转,波光云影,最后是水落而石出。杂文要杂,也不怕乱,但千丝万缕有一个头,所以是乱而有定。优秀的杂文作者都能恰倒好处地把握好文章治乱的"度"。好的杂文看似驳杂无序,其内里却是章法严明的。

杂文作者一般都取材于社会新闻,也有从有关文献中得到资料的,但不论材料来源于何处,或今、或古、或中、或洋,或亲见、或传闻,所有一切,都离不开现实的关怀和思考。杂文作者耳闻八方,思绪纷纭,而总是眼睛盯住一点。一般说来,他总是一事一题,旁征博引,而指归于一。

从风格讲,有两点是杂文绝不可缺的,这就是:一要犀利,二要幽默。所谓"鲁迅风",大概指的即此。鲁迅的好处是从四面八方包抄堵截,最后的猛击让人无法还手。有人学鲁迅的迂回,却学成了"弯弯绕",把它的锐利全丢了。杂文要让人忍俊不禁,失去幽默感就失去了散文独特的魅力。

2002年4月8日于北京畅春园

在李瑛诗歌研讨会上的发言[*]

李瑛先生的诗歌创作始于上个世纪四十年代。到本世纪第一年的《倾诉》,他已经出版了48部诗集。他是中国当今诗人中为数不多的创作时间跨度最大、创作实绩最为丰富的诗人之一。李瑛的大量作品产生在20世纪中国社会发展最复杂、创作环境也最为险恶的时期。他的创作基本上贯通了中国从寻找到实行现行社会制度的孕育、成长、发展到调整的全过程。其间有过一些停顿,也留下了一些空白。最长的一段空白是60年代中期到70年代初期大约十年的时间,也就是通常所讲的"空前浩劫"的那一段时间。这些空白也有它的意义,说明中国社会行进中的艰难和所达到的酷烈的程度。所以,我们今天读李瑛先生的诗,仿佛是在读中国现代社会的历史。我们从它的连接和断续中,会得到一种非常丰实的关于社会的、政治的以及人们思想情感的诗意的启迪。

李瑛先生是军旅诗人,但又是从学院走出来的。他的诗不乏军人的英雄气,又拥有知识层的儒雅风格。他在用诗歌的形式表现中国军人多姿多彩的生活以及内心丰富性方面,是成就最著的一位。李瑛在开掘一般被认为是枯燥单调的军队生活的内在情趣,以及浩瀚而广阔的军旅诗情方面,作出了独特的贡献。在军队乃至在全国范围,李瑛的诗风影响了整整一代人。他的诗大致表现的是军人生活所具有的壮怀激烈,举凡守疆保国、行军野练、风雪雷霆、刀光剑影,这一切的雄伟壮丽都被他表

---

* 此文刊于《诗刊》2002年11月号上半月刊。据此编入。

现得精致而优美。李瑛的诗在内容方面大体都是大的题材,尽管在他的诗中也不乏对于精微的小场景的描写,但无不涉及英雄气概和报国热心,在他的诗中几乎找不到目下大面积弥散的绝对私人化的情节。

李瑛无疑创造了仅仅属于他自身的审美风尚。这种风尚简而言之就是,大视野和大胸襟与精致婉转的艺术表现的结合。几乎李瑛所有的诗都能说明这一点。在中国诗歌界,他是一位独特的诗人。就诗的内容而言,有一种"大江东去"的雄健,就诗的艺术而言,却不乏"晓风残月"的情致。在这里,我愿随手举一个例子来说明。近作《一只山鹰的死》写的是"划出的最后一道弧线,终止在铁青的石灰岩上",一个雄伟壮丽的生命结束在"野花盛开的地方"。这是"一块长翅膀的石头","如一声落地的雷",这死亡"震颤了大峡谷"!这一个关于死亡的描写,既表现诗人的雄健,也表现诗人的委婉。这种独特风格的形成,有诗人深厚的审美理想的支撑,也由于他的那种来自学院又长期服务于军队的特殊身份的约定。

李瑛创作的大多数岁月,是中国社会急剧变化而充满动荡的岁月。周围的一切喧嚣和不宁,敏感的诗人不可能没有感知,但李瑛似乎更愿意看到生活中的华美和静谧。这使他宁肯放弃一切,而不愿放过哪怕是透过无边暗黑的一丝光影。在黑暗的年代,他寻找光明,在周边无限的悲哀中,他祈求甚至设定某种华彩。这是诗人最后的坚守。我把这叫做缝隙中的寻求。也许有的人会因为诗人未曾充分表现苦难而不满足,但我依然理解这一切。有各种不同的诗人,有的人看到苦难并表现它,有的人同样看到了苦难而不直接表现它——他更愿意表现他所愿意看到的那一切,并以他所愿意的方式表现那一切。

世界是多样的,诗人也是多样的。因为有各种各样的诗人和诗,我们的世界才变得这么精彩。

2002 年 4 月 19 日于北京大学畅春园

门外看球[*]

门外看球,只会拣热闹的看。内行的人对此会十分的不屑,而外行者却自得其乐。其实,我连一般的球迷都算不上,我充其量只会为漂亮进球的那一瞬间叫好,足球方面的知识我几乎是零。

世界杯开赛了,我惊异于自己居然兴奋得跟球迷一样。过去打开电视,总是寻找那些符合自己口味的节目看,现在的首选却是足球。足球赛场以及赛场以外的消息,都是我关心的内容。那天有传媒说美国人不关心足球,记者现场采访了许多美国人,他们对世界杯居然一无所知,我感到美国人真是不可理喻。我不懂足球。尽管我的中学母校的足球在福州颇有名气,但我终究只是一个"球盲"。不知不等于没有看法,从外行的观点看,我对中国队过去的表现也曾经失望过。对足球界发生的一切,包括前些时聚讼纷纭的"黑哨"问题,我都关心。

我以为中国队能参加这次世界杯纯粹是运气,是一次意外的惊喜,它并不说明中国队的实力。我们希望出现奇迹,但我们不要有侥幸心理。从当前已经进行过的赛事来看,中国队面对强敌巴西,若能像塞内加尔那样意外地取胜法国队,这是不敢存此奢望的,中国队要是出现了沙特面对德国队那样的惨败,尽管我们不愿意,但有点思想准备并不是坏事。能参加就是胜利,至于赢球与否,是不必多所考虑的。弱队就是弱队,弱队在强队面

---

* 此文刊于 2002 年 6 月 6 日《足球报》,题为《魔舞内外看世界杯》。据文稿编入。

前不示弱,拼力去争取好成绩,能进一球,皆大欢喜,不能进一球,也不丧气。这就是平常心。

都说足球是男性的,我看也是。它表现一种勇猛的力量,传达出一种坚忍不拔的、不屈不饶的、一往无前的争取精神。所有的人,不论他是否懂得足球,他都会被这种精神所感动,都会情不自禁地跟着热血沸腾起来。但是,足球更表现智慧,随着一阵黑色的或白色的旋风雷电般地闪过,一个让人猝不及防的漂亮的头球,让人惊叹大勇之外的大智。

我寻思,足球之所以能征服那么多的人,让人们的心随着一只球的飞旋、撞击而疯狂。其奥秘不在于某个超级球星超常的个人技巧(尽管这些技巧是非常迷人的),更在于它所表现出来的团队精神。一个球员出现在赛场上,他是个人,但他更是集体的一员。一个球星,不同于一个歌星或影星,比较而言,后者纯粹是个人的,而前者则是一种每个人都贡献出自己的智慧和力量的集体性的表演。当人们为一个进球欢呼的时候,他们是在为这种个人贡献于集体的大智大勇欢呼。

世界杯是一场另一种意义的"世界大战"。这里有势不两立的抗争和拼杀,这里有旨在致对方于死地的策略和计谋,但是这里没有硝烟和死亡。除了技艺的高低,这里不分肤色、人种、宗教、弱国或强国,这里的一切是平等的。要说有什么区别,那就是:进球或不进球,胜方或败方。这里有胜利者的彻夜狂欢,但是这里没有敌意和仇恨。当一场激烈的赛事结束,敌我双方握手言和,剩下的只有友谊。这真是让人迷醉的"世界大战"。

2002年6月2日于北京大学中文系

序《说字写文》[*]

这本书由"说"字而"写"文。从书名看,它让人联想起东汉许慎的《说文解字》,那是中国文字学的开山之作。正如作者自述的那样,这本《说字写文》不是严格意义上的学术著作,它只是一本随笔集。虽说只是散文一类的文学写作,但却是一本让人看了喜欢的、别开生面的随笔的合集。

读到这本书的清样,我的第一个感觉是,陈章汉先生的文章越写越活泼、越写越漂亮了。前些年我曾为他的长篇报告文学《江口风流》写过评论,那时就对他把握和处理复杂问题的能力以及精致深刻的文字功夫有过很深的印象。从那以后,只要碰到他新发表的文字,我一般都不会放过阅读的机会。

陈章汉先生文思如涌,笔墨丰彩,且各种文体都写。除了用白话写作之外,他还有用文言写作的文字。近读他的《闽都赋》,不觉眼睛一亮,那真是一篇文采飞扬的美文:"中原士族,数度南奔。文化交汇,俊彩星驰。唐宋以降,文风日炽。书声盈巷,科甲联芳。刻书成业,闽学蔚起。路遇十客九青衿,海滨邹鲁,誉之当矣!"这样的文字,在当今年青一代的作家中,已经很少有人会写了。作为闽人同里,除了钦佩,读之更感亲切。

这本《说字写文》的书名,是从《说文解字》谐音引申而来。作者声明,它基本无关训诂,甚至也无涉考据,即不属于严格意义上的学术书。它只是"虚虚说字,泛泛写文"的一本随笔集。

---

[*] 此文据文稿编入。

但细读此书的读者,一定会在作者这些自谦的文字背后,发现他深刻的人生思考和严肃的治学精神(他自己也说过,"旁征博引的材料,必得重新检索;记忆中的东西,没有确证亦不敢滥用")。

说此书是随笔集,这点我是同意的。但我对此要加以补充,即它不是一般意义的随笔集,作者有自己独特的总体构思以及有异于常的写作向度和切入点,这就构成了本书在同类书中无可替代的地位和价值。本书写作的特点,简单地说就是:每一篇文章都由一个汉字命名,围绕这个字展开一个有趣的基本上属于历史文化范畴的话题。约有六千年古老历史的汉字,本身的形成和发展的史实就非常丰富,是世界上最古老的文字之一。它形声表意,自成一个系统,是中华文明的象征。每一个汉字的背后,都寓含着一个悠远的历史,可以演绎出一串有趣的故事。这种写作本身,就具有极大的丰富性和挑战性。作者本人也由于这种写作而获得展现自己才华的机会——由这个汉字的引领,他可以汪洋恣肆地遨游在这个浩瀚的世界里。

从总体上说,此书说五十个汉字,写五十篇文章。至于说那些字,写什么文,作者并无特别用意,自述只是"随机取样",有很大的随意性。但读过此书的读者都会在作者的这些"随意"中,不难看到他的认真的用心和严肃的态度。一题既定,他的写作灵感顿时便活跃了起来,他一心一意地调动着平日的知识积累着意于发挥:峰回路转,信马由缰,柳暗花明,海阔天空。谈古论今,溯流讨源,纵横捭阖,看似东拉西扯,却是左右逢源。信手拈来,举重若轻,如好友谈心,又如长者话旧,虽语多警策,却涉笔成趣。往往是,言说活泛而有序,文理整饬而不滞,在轻松愉悦中见精神。

本书虽优点多多,然细究亦有不足。从总体上看,"写文"的部分较充分,而"说字"的部分相对要弱。虽然不是意在考订辨证,从已有的写作来看,对所涉及的汉字的有关史实是有所论述的,但还是有不满足之感。文章若能就这些字历史沿变,对它的形义声训消长推衍作必要的推介,使读者不仅了解这些字在当下的所拥有的新意(关于这点,本书有很大的贡献,如对"发"、"酷"、"泡"、"炒"等字的解释),而且也了解这些字义的历史变迁,岂不更好!当然,我的这些意见可能是超出了作者写作的初衷,有些勉人之难的味道。因为我们是老朋友,我想陈章汉先生是会宽待我这些意见的。

2002年7月1日于北京大学中文系

变革和继承的随想[*]

各个历史时期的诗,总会体现出那个时期的特色。这是诗学和诗艺的时代变革所带来的。没有变革就没有诗的进步。诗艺的停滞意味着诗与现世审美的脱节,更意味着诗与它所依存的时代精神的脱节,它可能给诗的发展带来负面影响。

从汉魏六朝乐府到唐诗,从唐诗到宋词,从清末的诗歌改良到"五四"的新诗革命,中国诗歌史上有很多由于诗艺的变革促进诗的新生的事例。到了新时期所发生的新诗潮对于文革诗歌的冲激,其基本属性也是一次时代的大变革而带来的诗艺的大变革。当然,它所冲激的可能不只于文革诗歌,它也冲激了包括造成文革诗歌后果的那漫长的历史变异。

但是,所有的变革都不意味着对传统的简单的、当然更不会是全面的否定。事实证明,历史上的所有的诗歌变革都在传统中进行,并在这种进行中改变着传统。变革不自外于传统,变革本身就是传统的一环。无数随着时代而产生的变革就构成了行进的和发展的传统。社会生活中可能会有所谓的"新纪元",但在文学艺术中从来没有从零开始的、自天而降的"新纪元"。在这些领域中所发生的一切,都是产生于传统长河中的一段水流,它从上游流来,它向下游流去。有人喜欢谈"新纪元",更喜欢谈"断裂",这种喜欢却与事实无关。

---

[*] 此文刊于 2002 年 8 月 29 日《社会科学报》,题为《诗歌博物馆:变革和继承》。据文稿编入。

文学和诗的历史不是简单进化的历史，不是互相取消和互相替代的历史。它有淘汰和消亡，但一切有价值的东西都会被传留下来。有些形式过时了，它消失了或被改变，但作为艺术灵魂的那种生命仍然活着。不然的话，我们就很难理解漫长的文学史和漫长的诗歌史的那些眩目的辉煌，就很难理解远去的时代中的那些不可替代的、也不可企及的高度和魅力。

　　大约是二十年前吧，我曾写过一篇短文，把中国诗歌的这种既变革又继承的总体生存状态描写为"诗歌博物馆"。所有的诗人都不会是毫不接受前人经验的"凭空"的创造者，即使他是"天才"。正如我们不曾见过不依存于母体的婴儿。举个例子说，例如我们都熟悉的诗人食指，都认为他的创作启示了"朦胧诗"的一代诗人。但他却不是"自天而降"。他的写作显然地受到了前辈诗人郭小川和贺敬之的影响。他是传统的一个链环，他连接着过去，他又启示着未来。

　　所有的一切都是衔接的，所有的一切看起来又都是"断裂"的，这就是历史。

2002年7月12日于北京大学中文系

绿荫深处一座古城[*]

  这是泗河岸边。太阳明亮地照着,照着河两岸无边的让人晃眼的绿色。河床是干涸的,所有的水都被上游的水库拦截了。泗河没有波浪,只剩下这无边的绿。这里依旧柳色凄迷,这里依旧草色青青。满眼的风烟告诉我,如今这已经干涸的河床,就是那首脍炙人口的"泗水流,汴水流,流到瓜洲古渡头"的词里所说的泗水。人们告诉我,当年水路畅达,从这里乘船经河入湖再入江,可以直抵江南重镇瓜洲京口。记得么,那踏歌远去的、扶醉而归的诗人?记得么,那岸边折柳的难舍难分的、天涯断肠的离人?在这泗水岸边,岁月消磨了人间多少的悲欢离合,如今,都化作了这一掬无边碧绿的酒!

  那时这里水波浩淼,往来舟楫如织,想象中一定是一道非常美丽的、充盈着生命活力的长流水。不然的话,它怎么会引发那位哲人亘古不绝的感叹?子在川上曰:"逝者如斯夫?不舍昼夜!"他说这话的时候,应该就站在此刻我站立的河岸上.这怎么不让人心动!很多平时人们习以为常的景物,在伟大的智者那里,就化为了警策千载的灵思。我真要感激这片依然丰腴而深厚的大地了,究竟是什么样的灵感,什么样的机缘,引导我有幸来认识这大地的沉厚的积藏?

  泗水穿越鲁西南平原无边无际的青绿,在这无边无际的青

---

  [*] 原载《人民文学》2002 年第 10 期;《兖州日报》2002 年 10 月 13 日。据《人民文学》编入。

绿的深处,站立着一座古城。兖州的历史,几乎就是一部缩写的中华文明史。它的历史可以和这个民族最古老的记忆联系起来;这里是有熊氏的邦甸;这里是寿丘旧地——传说中始主黄帝出生的地方;禹治洪后分天下为九州,兖为九州之一。兖州是春秋鲁国故郡。隋唐时兖为天下重镇,隋为鲁郡,唐置都护府,治兖、泰、沂三州。那时这里是南北通途,市肆繁茂,民风端信,英才来聚。金口坝、兴隆塔、少陵台、青莲阁,都是兖州历史上繁荣的见证。

这城市的历史是这般的古老,它让我们想念悠远的过去。从泗河宽阔的河岸望去,我们仿佛进入了一条永远无法追及的时间隧道。太遥远了,我们用毕生的心力都无法到达那久远。我们所有的人都只能生活在今天,我们不可能生活在昨天。那位伟大的思想家在这河岸上发出的逝水之叹,正是告诫我们必须紧紧地把握住那不断流失的时间。远去了,川上叹息的哲人,远去了,诗酒雅集的吟者,远去了,那些倚楼望月的多情女子,留下的是如今这无边的青青草色,这千里风烟。

我登上兴隆塔的塔顶,我知道这塔巅的一个台阶上,曾经坐过一位为许多优秀男人所倾心的、风华绝代的女子。作为杰出建筑学家的妻子,作为著名哲学家的挚交,作为天才诗人的密友,她出身名门,学贯中西,谈吐高雅,本身也是诗人,小说家和建筑学家,她还能用流利的英语表演戏剧。她就在那里,就在塔巅那一角青砖垒成的洞穴口上,她美丽如初,她在沉思。有多少泛着轻愁的往事,在她的身边流过。如今她在那里?我的闪光灯亮了,照出了一个明亮的此时此刻。

古城仍然以无边的绿色迎迓我的到来。这座历经千载的古城,正在以大平原的单纯和质朴,向我展示它今日鲜丽的光泽。这是一座望不到边的崭新的花园。高架桥、高速路、网一般展开的乡村公路,阡陌纵横,沟渠如织。公路两旁,遍是花果,这边是望不到边的石榴林,榴花似火;那一边是望不到边的银杏林,银杏的叶片在夏阳的照射下闪着绿色的光芒。车行过处,铺到天际的是毛白杨的苗田。卫护这些幼苗的,是公路两旁高高大大的毛白杨树!大平原上的白杨树,曾经被一位作家写成了一种精神的象征。如今它们依然忠实地站立在这片土地上,守护着这一座古城,守护着这古城看来没有边界,也没有尽头的无边无际的绿。

这古城已被绿荫所掩埋。它已成为天下闻名的平原绿化市。那泗河的河岸上,有连绵数公里的葡萄长廊。那绿荫深处的村庄,种植着无边的蝴蝶兰,那里是一片同样望不到边的花椒园。城市正在变成一座大花园。它的南部是毛白杨的天下,而它的北部,则是连接天边的桑园。这里是蚕桑的故乡。上个世纪七十年代,在大安镇的李家庄出土过殉葬的铜蚕。著名的"陌上桑"的故事,那位戏妻的秋胡就是鲁国人,据说,那故事就发生在甄桥村。也许那位端正善良的妻子投入的滚滚的河,就是泗水!这些文物和传说的存在,至少证明了在远古,这里已有非常发达的农业文明。杜甫那首《忆昔》:

> 忆昔开元全盛日,小邑犹藏万家室。
> 稻米流脂粟米白,公私仓廪俱丰实。
> 九州道路无豺虎,远行不劳吉日出。
> 齐纨鲁缟车班班,男耕女织不相失。

这里说的"鲁缟",就是兖州的特产。它的历史可以追溯到秦代,那时宫中所用的织品,就是这里进贡的。鲁国的后人没有忘记历史上的荣誉,兖州人正在用自己的智慧和汗水,书写新的篇章。在鲁西南平原的无边大地上,在无边的绿荫深处,站立着一座既是古老的、更是年青的城市。

2002 年 7 月 15 日于兖州兴隆宾馆

后山还有一只松鼠[*]

后山还有一只松鼠,只剩下一只松鼠。这园林的后山,是一片茂密的松树林,这里原先生活着很多的松鼠。它们采撷着、啃啮着那些松果,自在而快乐。这些可爱的松鼠,翘着高高大大的尾巴,双手捧着那些坚果,明亮的眼睛望着周围的一切,新鲜而又好奇。许多好心的人们喜欢这些可爱的小动物。他们开始到公园来,用食物喂这些松鼠。松鼠也感到了人们的好意,它们听熟了人们喂食的呼唤,听到那敲打的声音,便从松林深处跳出来迎接人们。松鼠的到来几乎是成群的。它们从四面八方的枝叶间跳下来,向着人们喂食的地方集中,再捧着收获的欣喜回到原来的树上。

这些可爱的小精灵的天真,诱发了一些人的贪欲。他们开始利用松鼠对他们的信任欺骗它们,邪恶的捕杀就这样开始了。最聪明的动物也有最野蛮的习性,它不是用尖利的牙和爪来撕裂那些血腥的猎物,它用的是阴鸷的手段——欺骗。它不是取消它们的生命,而是剥夺它们的自由。那些人用装着食物的铁笼子诱骗这些松鼠,用赢得它们信任的不再怀疑的声音,用一切想得到的狡猾和残忍。

这后山是这座皇家园林僻静的一角。蜿蜒的林间小路随山势起伏,夹岸是茂密的丁香。春季到来的时候,这里是一片望不到边的丁香的海洋,紫色的和白色的丁香花散发着迷人的香气。

---

[*] 此文刊于《人与自然》2004年第5期。据此编入。

丁香花墙的背后，就是那些松鼠的家园松树林了，松鼠们就在这里嬉戏着和繁衍着，过着它们无忧无虑的日子。但是这样的安宁和平静被无端地扼杀了！松鼠的家族成员一个个地被骗入铁笼，而后被送到市场上贩卖。贪婪的人们肆无忌惮，利用松鼠不再怀疑的信号欺骗它们，而且屡屡得手。最后，剩下我们此刻见到的这只松鼠！这只仅剩的、唯一的松鼠！

它的腿已受伤。它是在被夹住的情况下拼死挣扎而逃脱的。为此，它付出了一条腿的代价。如今，它只能用三条腿弹跳着出来觅食。它已受惊吓，不再像过去那般地随意和坦然。当它出来的时候，总是惊恐地向四周张望，它已害怕见到、而且不再相信人类。因为人类背叛了它们对它的信任，曾经愚弄和欺骗过它们的天真。人类曾经利用它们对它的亲近，伤害过它的同类。这只仅剩的受伤的松鼠只是一个幸存者，它已成了不义和邪恶的见证。

我如今羞于到后山去，我怕遇见那只松鼠。我无法面对它那曾经轻信、现在却是充满惊恐的眼睛。这庄严的园林的后山，曾经生活过许多松鼠，如今只剩下一只松鼠，一只受到伤害的、只能用三只腿弹跳的可怜的松鼠。它不能像往日那样轻松而美丽地弹跳，它已不再快乐。更可怕的是它的孤单，它已没有同伴，人类捕杀了它的所有的亲属和朋友！

后山只有一只松鼠，一只最后的松鼠。

注：文中所述多为亲见。一只受伤的松鼠的报道，见某日北京电视台记者的现场实拍。此文构思有年，几经临墨，中心戚然，终未成文。2002年7月21日记于京郊畅春园寓所。

在兴隆矿作客*

兖州有很多古迹,其中最著名的是兴隆塔。兴隆塔可以看作是兖州的城徽,它记载着这座城市悠久的历史,昔日的辉煌。兴隆塔因兴隆寺而得名。寺已不存,塔至今保存良好。兴隆塔建于隋代,为空心砖塔,计十三层。前人描写这塔的景色说:"高入白云,影落灵光,翠色独凝洙水,风声遥应岱峰。"除了兴隆寺、兴隆塔,兖州地区有不少以兴隆命名的建筑物和场所,我现在所住的旅馆叫兴隆宾馆,除此之外,我知道的还有兴隆庄和兴隆矿。兴隆矿在兴隆庄,以理推之,应当均与塔寺有关。

在兖州访问三日,主人把日程安排得紧张而丰富。历史古迹看得不少,兴隆塔,正在紧张施工的博物馆,金口坝和丰兖渠,少陵台和青莲阁,以及长度近八米长的"天下第一剑"等等,真是大饱眼福。兖州民风醇厚,端正诚信。建市十年,十年苦干,不事声张,默默无响,硬是把古城建成了一座大花园。行走在兖州的大道上,杨柳夹岸,桑树成林,一排排的银杏,一排排的石榴,这边是花椒园,那边的河岸上一字儿排开了葡萄长廊!我惊叹兖州历史的沉厚积淀,我更为兖州今日的进步而欣喜。

在兖州,我们访问了一个煤矿,一个规模很大的煤矿,这就是兴隆矿。这次短暂得近于走马观花的访问,却给我留下了极难忘的印象。要是说,兴隆塔代表的是兖州的昨天,那么,兴隆矿代表的则是兖州的今天。兴隆矿的成就证明(当然不只兴隆矿,还有

---

* 此文刊于 2002 年 9 月 25 日《光明日报》。据此编入。

太阳纸业,联诚金属制品,以及小马青、护驾营村庄建设等一大批今日的新成就),兖州人正在创造着无愧于昨日的今日之辉煌。

我承认我对中国煤矿的知识几近于零。在来到兖州之前我甚至连兴隆矿的名字都不知道。及至听了介绍,我真的为自己竟然对这个赫赫有名的中国煤矿的"排头兵"的毫无所知而惭愧。过去我知道的煤矿无非是山西的大同、山东的枣庄、北京的门头沟煤矿之类。年轻时我曾在京郊门头沟的斋堂呆过一段时间。斋堂周边有很多小型的煤矿,我的印象那里总是整天的煤粉飞扬,黑鸦鸦的遮天蔽日的感觉。我以为是煤矿的,大抵都是这样无边的、铺天盖地的黑粉弥漫和飞扬的世界。

兴隆矿的访问着实让我吃了一惊。我们访问兴隆矿的那日,北京的气温高达摄氏40度,鲁西南平原上,也像是一只开锅的大蒸笼。而在矿区的接待大厅里,迎面而来的却是一片清凉。我们的车子到达矿区大门时,发现在那里守卫并迎接我们的,竟是青春美丽的女矿警!那些少女向我们举手致敬,威武而温柔。在办公楼前,矿区的负责人列队迎接我们。他们着装整洁,一色的白色短袖衬衣,打着领带,都是些英俊青年。他们是矿长,是书记,但是个个都文质彬彬。我不禁发出疑问:这是煤矿么?这是过去人们印象中的"煤黑子"么?

在冷气开放的大厅里,我们在优雅的音乐声中听取矿长的报告,看着他们拍摄的记录片。那一尘不染的厂房,那种植着鲜花、墙上爬满青藤的矿区,那清雅而优美的井下候灌区,都给人以意想不到的惊喜。这惊喜中,有我亲见的美丽而优雅的女矿警,有矿长报告中使用的文学语言,也有我见到的那些利用塌陷的土地修建的人工湖、公园以及计划中的高尔夫球场。

最难忘的是那天中午的欢迎宴会。宴会大厅垂挂着华丽的灯,长桌,台布,分餐制,是西式宴会的布局,而那天我们用的是中餐。每人面前都摆放着装帧精美的菜单,菜并不奢华,但是做得精致。餐具极其华贵典雅。酸菜鱼,蒜蓉排骨,银鱼汤,最贵重的一道菜也只是葱烤雪鱼。配辣椒核的热豆腐也是上了菜单的正式的一道菜。还有豆浆,是用金色滚边的华贵餐具盛着的。上菜井然有序,敬酒礼貌而有节制,宴会进行得热烈而又高雅。一切都说明着这里文明、教养和对细节的一丝不苟。

　　长期的文学工作使我养成了对数字的陌生和麻木,甚至天生地反感数字对事实的"强暴"。在旅行和访问中,我往往忽略"数字"——不管它是如何的"激动人心"——我更注重我所看到的那些具象的、生动的事物和现象,包括那些细节。我参加了一个宴会,这里没有冲天的酒气,没有喧哗和嘈杂。这里的气氛让我有一种非常遥远的联想,我想起我在国外访问时所经历的一切,例如在奥地利的维也纳或是英国的伦敦被宴请的经历。而令人意外的却是,我在此刻所经历的,是一些在深深的地层下从事着最艰苦的采掘的人们为我们举行的宴会。

　　有了这样的体验,我坚信我所获得的是比一切数字更能说明问题的信息——能够在从事最艰难、甚至也是最脏、最重的劳动中,始终保持着一种整洁、文雅、高贵,以及有序的氛围的人们,没有任何理由怀疑他们不会创造最美丽的事业。最后,为了印证我所得的感性印象之不诬,我要引用我得到的一段说明文字:"山东兖矿集团兴隆庄煤矿,是我国自行设计、建设的第一座年产300万吨的大型现代化矿井,其主要设备从美国、英国等8个国家引进,采掘机械化程度均达百分之百。矿井经济效益连续八年稳居全行业榜首。矿井的综采放顶煤核心生产技术达到了国际综放开采领域领先水平。"

　　他们以美丽的方式从事着美丽的事业。

2002年7月27日于北京大学中文系

新诗的吟诵[*]

在过去,讲诗的诵读仅限于古典诗词。中国的古典诗词讲究格律,除了例外的一些散体,所有的诗都被固定的形式所规约。一般说来,韵脚、平仄、章句、对偶,均有一定之规。旧时诗词与音乐的关系极为密切,很多诗体,特别如宋词,都是有乐谱的,诗人写了出来,歌妓即可拿来吟唱。宋词元曲之外,所有的诗,包括古体和近体,不必歌妓,也不必其他唱者,文人自己就即可写成即席吟诵。所以,对旧体诗而言,诵读乃是一种常态,是不必专门而为的。

到了白话新诗那里,一般就不大用"诵读"这个词,而是改成了"朗诵"。在这两个词的转换之间,包藏着一种观念,即暗示新诗是不很适合用来诵读的。诵读是一种日常边吟边读的状态,朗诵就不同了,它一般是面对着听众的,具有一定的表演性。这里有一个问题,那就是白话新诗除了特别予以提倡的朗诵的方式之外,它是否可以像旧体诗那样地在平常状态下进行诵读?这看似简单的问题,要说清楚却并不易。

诞生于五四新文化运动的现代新诗,它自产生之日起,不仅立志于以白话的写作代替文言的写作,而且以彻底打破古典诗词的格律(当然,"打破"的原不止格律这一端)为既定的目标。现代白话诗在最初是与格律的古典诗相对立的诗歌形态,它的基本体式是自由体。这种自由体诗在格律上没有任何要求,可

---

* 此文刊于 2002 年 10 月 15 日《羊城晚报》;《解放军艺术学院学报》2002 年第 4 期。据《解放军艺术学院学报》编入。

以随便押韵,更可以随便不押韵,句子不必整齐,可长也可短,不预设任何章法,而且口头上怎么说诗就可以怎么写。这种彻底扬弃诗的格律的做法,很快就引起一些人士的警惕和质疑。

他们的警惕和质疑基于对诗歌这一文体的基本特性的坚持。在新诗的最初十年,就出现了对于诗歌格律再召唤。其中最有力的实践,是以闻一多和徐志摩为代表的"新月派"一班人。在理论上出现了闻一多提出的诗要"三美"即音乐美、绘画美和建筑美的主张。三美之中音乐美和建筑美都涉及格律。闻一多还倡导诗要"带着镣铐跳舞",他实验把"音步"的理论引入写作。《死水》的写作是这种理论的有力的同时也是有效的实践。

新诗的领域中从此出现了被朱自清称之为的"自由、格律、象征"三派鼎立的局面。新诗自此以往不再排斥格律的实验。而且随着新诗格律体的增多,它在新诗中的地位也逐步得到承认。但这些诗对于格律的要求,一般说来是不固定也不严格的。最通常的体式是押不严格的韵和大体整齐的句子,至于每节的句子是否一定,也因人而异。这种诗,有人把它叫做"半格律体"。在很长的时间内,所谓新诗中的格律诗,指的就是这类并不彻底的实践。这类诗,因为它保留了较多的音响和节奏的特征,有较强的乐感,因而大体上多数宜于诵读。

问题产生在那些完全自由体的诗方面。这些诗,句子参差不齐,一般都不押韵,可以说是章无定句,句无定字,一副随心所欲的架势。这样的诗,当然给阅读带来了难处,有的宜于诵读,有的则不宜。现在要考究的是那些不宜于诵读的自由体诗,它的这种"不宜"到底是作者的原因呢?还是读者的原因?我以为原因在作者。说简单点,其原因就在于这些作者完全无视于诗的一个最基本的特征,即它的音乐性的特征。诗是有很多规定性的品质的,这些品质中最重要的一点,就是它的音乐的特质,就是说,不论你写的是什么样的诗,只要是诗,你就不能不考虑它的音乐性。音乐性是诗区别于文学的其他体式的唯一条件,音乐性可以说是诗的生命。

自由诗是诗,当然也要有音乐性。那么,对于这些既无韵脚,又不整齐的诗,我们到哪里去寻找它的音乐性呢?我以为在节奏,在字里行间的内在节律感。这种节律感存在于那些人们看不见的"空隙"里。也许还要加上复沓,加上词语和声调的处理,搭配和重叠,延缓或停顿,声音的抑扬顿挫,等等。这是诗的最后的一道防线,失掉了这一点,诗就不存在了。由此我们可以断定,只要是诗的,它原则上说也就是可以诵读的。当然,这只是一种推理,实际的情况比这要复杂得多。

至此,我可以下一个结论了,诵读是诗的阅读的通常的方式。只要是诗,从道理上讲都应是可以诵读的,不仅古典诗词可以诵读,现代白话诗也可以诵读。在现代白话诗中,不仅那些"半格律体"可以诵读,而且那些完全的自由体也可以诵读。不能提供这种诵读的可能性的诗,人们完全有理由怀疑它对诗的品质是否有了必要的坚守。

这本《现代新诗诵读精华》是应教育部的要求编选的,供中小学生课余阅读之用。目的当然是为了丰富学生的课余生活,增长他们的知识面,引发他们对中国现代新诗的诵读的兴趣。入选的一般是短诗,有的是格律体,有的是自由体,总以宜于诵读的为入选的条件。选稿不易,其间变换甚多。因为事关年轻一代人的教育成长,不能不慎重为之。北京大学的邵燕君和钱文亮负责书写全部的注释和提示。北京师范大学的冯丹和北京大学的高秀芹也参加了部分的注释和提示的写作。人民教育出版社的赵晓非为本书的出版作了许多贡献。在这里,我向这些年青的朋友致以诚挚的感谢。

2002年8月15日于北京大学畅春园。

浙江的大地浙江的诗[*]

每次车过长江,进入浙江地界,我总很兴奋。望着车窗外的锦绣大地,那些江河,那些湖泊,那些池塘,那些稻田,这是典型的江南风景——多雨、多雾、多花、多水、也多美女的江南。每当此时,我仿佛是在朝圣,总在心中轻轻地喊着:这是养育了徐志摩的田野,这是养育了戴望舒的田野,这是养育了艾青的田野,这是养育了中国现代诗歌的田野!我这么说,是仅就现代诗歌而言,这里没有涉及文学和艺术,甚至也没有涉及中国的古典诗歌。

浙江是一个独特的地方,它的整个东边被蔚蓝色的海水所抱拥。境内河川纵横,绿野如茵,杭嘉湖平原更是嵌在中华大地上的一颗碧绿闪亮的明珠。肥沃的大地,温湿的气候,丰茂的水草,加上勤劳智慧的人民,使这里不仅盛产鱼米花果这些物质的珍宝,而且更在物质富庶的基础上造就世世代代灿烂光辉的精神财富。这里不仅是诗赋鼎盛之乡,更是文化巨星光焰四射的浩瀚天宇。

远古的故事是辉煌的,但这种辉煌毕竟属于昨日。那些生活在这片大地上的人,他们所拥有的智性和诗性的光辉,是怎么说也不会过分的。即使是外面的人来到这里,这大地也毫不吝啬地赐予他那一切。铁马秋风的豪放,钗头凤的缠绵,兰亭曲水的韵致,鉴湖秋雨的悲慨。东海之滨,太湖之南的这片沃土,养

---

[*] 此文据文稿编入。

育和演出过多少让人唏嘘神往的故事！这一切都不是文字所可能描绘的。

此刻我面对的是浙江当代诗人创作的一个选本。以我对浙江诗界的有限了解，这个选本可能代表了浙江现下进行创作的诗人的最新的实绩，但肯定不可能涵盖这一地区现代诗创作的全部成就。艾青以往，徐志摩、戴望舒、纪弦、徐迟诸名家的诗作对于中国新诗的巨大影响，这已是家喻户晓的事实，这里无庸赘言。艾青以后，如今健在的还有许多成就卓著的诗歌群体，其中有我所敬重的冀方先生和唐湜先生。在前辈诗人的影响下，在上一个世纪的大部分时间，这里活跃着一批非常优秀的诗人，他们中有很多是我的朋友。我对他们数十年来带着苦难的印记而又饱和着希望的歌吟，始终怀有感激之情。

至于眼下的这个选本，在主编的精心策划下，集中入选了浙江（含在外地生活的浙江籍人士）当代最活跃、也最具影响力的诗人的作品，计十六家。其中多数诗人是我所认识的，而且也读过他们的作品。这次把笔临墨，又集中阅读了他们的部分作品。这些阅读给我最深的印象是，这些作品所体现出来的时代精神是中国近二十年来生活急剧变动的诗意的浓缩，从中不仅可以看到生活行进的或隐或显、或直接或曲折的轨迹，而且也可以看到诗歌的艺术性和表现力在这一特定时空里探索创造的全部丰富性。

这些作者中有一些人参加了八十年代开始的现代诗运动。他们当时就是新诗潮的推进者。我留有印象的是伊甸，他和柯平都是新诗潮初期的非常活跃的实践者——当时他们都"代表"浙江。伊甸已经不懈地坚持了很长的创作期。在当代诗人中，他对诗歌的矢志不移和艰苦卓绝是非常动人的。伊甸入选的诗明确表达了从新诗潮承继下来的诗歌精神，他坚持用诗来和塞尚、普拉斯、卡夫卡这些高贵的灵魂对话。那里有一颗塞尚的石头般"丑陋的苹果",画家在冷风中茕茕孑立,表达着内心的坚硬。梁晓明也是新诗潮的参与者。他用诗表达了超越规范的理念。他从北岛式的英雄模式中走了出来,他竭力表现一个普通人所拥有的感受。他的所有的诗,几乎都在坚持一种前倾的姿态:从平常人的发现,到一个反讽的、充满怪诞的世界的发现。

诗无疑应当是高尚的创造和欣赏的行为,这一点,至少我个人是这么认为并坚持的。这些年我经常为这种坚持所遇到的诘问所困扰。当世俗和时尚得到全面积的弥散时,诗歌的坚持还有价值吗?在阅读的过程中当我读到比我年轻得多的汪剑钊如下的表白时,我私下有一种知音的惊喜。他的话是这样的:"迄今为止,我仍然固执地认为,一个真正热爱诗歌的人,应该是一个内心向善的人。而一个优秀的诗人更应该是一个优秀的人","一首诗的写作,技巧固然重要,但更重要的是支撑那些技巧的'精神'"。他的诗作《孤独的冬妮亚》,以歌谣的韵致传达了对一个纯真女人的时代悲剧的同情与叹息,这是一种古典的浪漫。到了现实中,这种宁静的美感就消失了,在《建设工地随想曲》中,有现代化进程中的无奈:"推土机挺着肚子走过的时候,死人不得不再死一次",这里有深切的现世关怀。

这也许就是诗人所认为的支持技巧的那种永在的精神。这种追求在俞强的诗中也有表达,那就是他要把"一种岩石搬进诗歌"的意愿。在他看来,诗歌更注重的是坚硬的东西,在诗中岩石比金子更可贵。无论你表现的是雪还是火,都无法改变这种关怀。这种关怀,在韩高琪那里,就不再是一种理念的传扬,而是具体到对人类生存状态的从内心发出的"呼喊":在多变的世上,停着他的孤独,而孤独是癌变的人群的一块息肉。这种关怀有让人感动的东西。至于树才的诗,我在他的人间关怀中看到了他的智慧的成熟,他能够不事声张地处理他丰富的内心感受:"太阳像一个疯姑娘,快把全世界给迷醉了"(《荒诞》),"夜晚像池塘正慢慢变黑,雪已使大地轮廓分明"(《下雪》)。他的《兰波墓前》让人想起王独清的《但丁墓旁》。

尽管有很多迹象表明,进入这个集子的诗人,或是通过言说,或是通过作品表达了他们对诗和诗人应有品质的关怀——而这正是当下中国诗界所匮缺的——举世滔滔,满眼尽是人云亦云的应时的流俗,而在这里我们看到传统精神的承袭。但这显然不是问题的全部,中国诗歌显然不会停留在对于某种确定的理念的推广上。这本集子的引人之处正是由于,它展现了一种崭新的时代风貌,那就是经历了二十余年的开放和自由的新诗潮精神的洗礼,中国诗歌所拥有的多种可能性,在那里已是一种坚强、充实、无庸置疑的存在。文学不应有模式,诗人更是一人一世界。愈是能够传达个人风格的作品,就愈是有生命力。

沈苇在新疆辽阔的时空找到了他的独特的感受,总是那种悠长的,开阔的,舒缓的感受。他在《金色旅行》中向我们描写了中亚迷人的风景:那些树叶叮当作响,是黄金在树上舞蹈。他的《勿忘》提醒人们"勿忘小草有痛",勿忘一切存在都有灵魂,应当尊重生命。与此相类,马叙的诗亦有此意境,他写蜜蜂、蚂蚁、鳄鱼和灰鹊。蚂蚁是非常有趣的:"一只蚂蚁过来,悄无声地爬上我的头顶,那时,我浑然不觉,我致于一只细小的蚂蚁之下"。诗人的关怀有时是巨大的,有时则是"细小"。杨邪把那种"一瞬"的感受表达得非常真切,他为那"黑夜里的哭声"不安,他以为"与我有关。让我彻夜刺痛"。一个关于普通的悲痛和忧愁的关怀,体现着诗人的不平静的心。

诗是各种各样的,有的诗很柔婉,在细小处见精神,李郁葱很年青,《在路上》却表现出成熟的忧患,车轮重复着车轮,岁月重复着岁月,诗中反复出现的"还有多少时间"的复沓,让人心神不宁。两位女性的诗,沈娟蕾擅长心灵的絮语,她的诗表达了自由的幸福感:在这个清晨我感到幸福,是因为没有什么能阻止我醒来;我的白衣衫多么轻柔,我读诗的这些黑夜,谁把星星磨亮了;沈怡冰几乎专注于写女性的感受。她显得成熟,有一种人生的顿悟。和前者对比,她似乎有点淡淡的愁,有那么一点点的感伤。《星星》并不快乐:"心中有一团棉絮在撕裂,无形的东西消失得更快";《恋女》写女人因美丽而自恋,又因这种美丽而恐惧。

简人的诗很大气,情调高远。如站在垄西高原之上,看风在远方搬运黄沙,足底下一根草茎都没有,连鸟的影子也看不到。但他又很重的乡情,写木场,写乡村小学,写木器厂和贮木场。写"沿河一带",也有相当精细的笔墨:"跃进池塘的月亮,小得像粒白色的纽扣"。他的诗散发着迷人的泥土的香气。潘维的诗也成长于这片土地,他也有非常优美的文字,他的诗里浸透了江南水乡的湿润:"这个早晨,这朵花,还有新嫁的女子,全是春风留下的一阵鸟叫";他关心"种植在旷野上的那片雨",他的诗里我们听到"七月的泥泞轰鸣"。诗人深爱着生养他们的充满了绮丽风光的、亲爱的土地。

浙江地面不大,但自然风物极为丰富,那里的人智慧而精明。他们善于在小天地里做大事业。这里的诗人大抵也如此。他们并不张扬,能够在并不宽阔的题目里专心致志地往深处开掘。那里可能就是一座宝矿,或者竟是一条地下河。西渡在当代诗歌写作中已是一位相当有影响的人物。他的诗节制而内敛,他不大从事外在的渲染和描摹。仿佛是一棵树的花叶之于果,甚至是那藏于坚硬的果壳之中的那颗仁。他不大在乎叶的绿和花的艳,而十分重视果实的硬度和果仁的丰美。收录在这本集子中的两首长诗,不论是蛇还是雪,都隐藏着他潜深的哲思。当然,因为追求深邃的效果,读起来未免多了些弯曲。

高崎的诗风与西渡接近,但他更多地吸收了新诗潮的艺术经验。他的诗几乎全由意象的排列、重叠、架构而起。他也追求涵蓄深藏的效果。在让你目不暇接的语言迷宫中,让你透过那茂密的枝叶,窥见那垂挂的成熟的果实。高崎的诗意象繁复,许多警策的意义镶嵌其间。他能使那些普通的语词一下子生动起来,仿佛是浩淼的天空突然缀满了稀疏的星。《第一首情歌》和《翡冷翠》都有这样的效果。沈泽宜说他的诗有"一种异常独特的个人化语言,终于奇妙地连结了大地、天空和充满和谐共振的心灵"。

  粗浅的阅读令我愉悦。这种愉悦来自多姿多彩的诗篇,这些诗使我认识了那些持有各式各样的内心丰富性的诗人,他们生长在一个地域,却说着互不相同的话,有的很美,有的很深刻。它使人感到我们现时生活的真实状态:自由、开放、互相尊重的多样性。要是说这种阅读留下了什么遗憾,那就是,在体现了可贵的多样性的同时,能够带给人以巨大震撼的独特的艺术个性的匮缺。

    2002年8月12日于北京昌平北七家村

怀念一位诗人*

　　这位诗人生于上个世纪六十年代，卒于九十年代。他在世上生活的时间很短暂，也很匆忙。他在生前寻找过我，在我的无人答应的门前伫立过。后来失望地离开了。我想，他那时一定和许多我曾经遇见过的年轻人一样，带着他的诗集，怀着虔诚的心情。但是我们始终没有见面。这在他当日的日记里留下了遗憾的记载。我对他所知甚少，包括他的家庭和身世，他的教育和工作，甚至令人惋惜的他的死亡。他是不为人知的，一生都在写诗，而终其一生都没有发表过诗。

　　诗人死后大约十年的时间，由他的一位兄长循着他生前走过的路，依旧带着那本诗集——不过不再是手稿，而是朋友们集资编排的印本——从汾河岸边，吕梁山的深处，以他的坚毅和执著终于在迷乱的燕园找到了我。这位令人感动的兄长，终于实现了他早逝的弟弟生前的愿望，在我那十分混乱的"书斋"里，把他弟弟的遗稿郑重地交到我的手中。这就是此刻我阅读着的宋河的诗集：《爱情与梦想》。

　　收到这部迟到的诗集，回想这位诗人苦苦追求的一生，我的内心深处浮起了深深的怀念和深深的感动。二十世纪八十年代那场关于中国诗歌命运的大论战，曾经牵动过诗歌界、文学界、乃至全社会的关注。多少人直接或间接地投身于这场保卫诗歌纯洁性的激流之中。宋河就是那些为数众多的以巨大热情投身

＊ 此文刊于《诗刊》2003年9月号下半月刊。据此编入。

于改变中国文学和诗歌命运的实践者中的一个。那是一个令人难忘的年代。所有的参与者都怀着一种单纯、虔诚、圣洁的理想,为着拯救中国濒临绝境的文艺的再生而奋不顾身。

诗歌是文艺诸品种中受虐最深的一个领域。诗歌在那个严重的年代里被剥夺了自己的声音,已沦为极端思潮的千篇一律的、非常乏味的传声筒。八十年代的伟大文艺复兴,选择诗歌为切入的目标,由此展开了以"朦胧诗"为标志的一场关涉中国文艺兴亡的大论战。人们跨过那布满危机与陷阱的雷区一步一步地前行,他们面对着的是至少长达半个世纪、特别是文革左倾思潮造成的思维和欣赏的顽固惰性。这些为改变恶习而进行的旨在实现新诗的全面变革的行动,遭遇到前所未有的抗拒和袭击。但这一切的围攻和高压,都不能阻挡中国新诗前进的步伐。智慧终于战胜了愚昧,文明终于战胜了野蛮。新诗潮划开了中国文学艺术黑暗天空的一线光明。

宋河的写作就是在这样的大背景下展开。这位孤独的诗人在大山沉默的深处写着中国大地上最新的诗。他的诗和当时的新诗潮同步。现在读来,仍然可以感受到那份真诚和热情,认真的生活态度,执著的信念和追求,一种非常充沛的时代精神。这种精神现在已经因其罕见而变得非常地可贵了。在当今的时代,物质的力量被无限地夸张,而精神则受到极大的挤压。人们变得非常地实际,日渐淡远的是八十年代那种无所畏惧的追求和坚持的精神。

宋河是一位理想主义者,他的诗充满了那个时代的浪漫激情。宋河的创作内容,正如他的诗集所命名的,一部分是"爱情",另一部分是"梦想"。爱情是刻骨铭心的,他为此留下了许多让人感动的诗篇。我最难忘诗人自己所珍爱的组诗《一九八六年四月十二日》中那些关于爱情的叙说:比起音韵流畅爱情的忠贞,友谊的高尚成功的渴望,自然的伟大和人生的辉煌,痛苦算得了什么；承受非人痛苦的百般重压，才能积蓄摧拔山岳的力量。对比现今流行的游戏人生，这些诗句所表达的对于感情的挚真和珍重，显得是那样的尊严和高贵！

诗人的另一主题是梦想。这是他的人生理想在想象中的存在。他因这种理想的遥远而感到痛苦，他又因这种理想的存在而感到充实。总之，这是一种始终在追求的人生。诗人的一颗心始终为理想的争取和实现而跳动，他有深深的挚爱，为社会的兴衰，为民众的忧乐。他爱着自己的祖国，自喻是一团被放逐的流云，一根飘摇的孤蓬，但却始终对祖国怀有"一种奇异的爱情"。在静静的静乐的乡间，他写十八世纪土尔扈特数十万部众，行程万里，历时经年，穿过漫漫的雪原来归祖国的动人史迹。诗人通过这些写作寄托着他对生养他的大地和天空感激之情。

这一切的激情的歌唱，在今天都变得非常地遥远了，惟其遥远，我对这位早逝的诗人的怀念更为深切。生活是发生了很大的变化，不管生活的变化如何之大，我想，宋河的写作所传达的信念，宋河所生活、恋爱和写作的 20 世纪 80 年代的传统所给予我们的启示，是永远也不会过时的。

2002 年 8 月 18 日于北京大学中文系

常为时事忧[*]

一些时尚的论者总喜欢说当下是一个欲望的时代。他们用宽容的态度解释说,欲望是人性的自然而然,较之过去那种压抑和摧残人性的时代,如今是大大地进步了。我赞同这种人性进步的视点,但也有隐忧。随着欲望的无限膨胀,也随着一些舆论的对这种欲望合理性的夸张形容和纵容,许多社会问题也由此产生、并发展到令人担忧的地步。

若干年前发生在千岛湖的水上劫案,至今仍是我心头的痛。那些无耻的抢劫者面对的,是手无寸铁的老人和妇女。这些无法自卫的被劫掠者,他们听从了凶手的指令,交出了所有的现金和贵重物品,希望凶手能够兑现他们不杀的承诺。但是,凶手欺骗了他们。当这些人顺从地退到船舱的底部时,门被反锁了,接着是浇上汽油的罪恶的集体焚杀。百数十人无一幸免。记得当日我听到这消息时,脱口而出的一声惊叹是:"连强盗也不讲信用了"。

回想起来这话很可笑。强盗就是杀人越货,讲什么信用,又和道德等等有什么干系?其实不然,在旧时,强盗是讲"信义"的。我们从许多的作品和文献得知,在先前,绿林中也有他们的"行规"。江湖上的术语,所谓的"替天行道",所谓的"劫富济贫",都是这一类。也有粗俗一些的,叫做"留下买路钱,饶你一条狗命"。

---

[*] 此文刊于 2002 年 9 月 5 日《中国纪检监察报》;《人间》月刊 2002 年 11 月号,题为《常为世事忧》。据《中国纪律检察报》编入。

从许多演义一类的书上看,这些强盗说话是兑现的。现在呢,是纯粹的欺骗。如若被欺骗者旗鼓相当,尚还可论。而现在,千岛湖上的这些恶人面对的,是一批对他们构不成威胁的、毫无反抗能力的老弱妇孺。这就不能不令人叹息人心的不古了。

记得齐白石有一幅人物画,我是五十年代看到的,当时印象极深刻,以至于至今难忘。画面上一文人,仰面半卧,旁置酒盅,一副落魄的样子。题画诗共四句,曰:"宰相归田,囊底无钱,宁肯为盗,不肯伤廉"。当时读了就很感动。宰相是高官,在位时权势之重自不待言。一旦还乡归田,却是身无长物,可见他平日为官清正。即使如此,他也是宁愿去偷,也不肯伤及那神圣的"廉"字。《论语·里人》篇说:"富与贵,是人之所欲也,不以其道得之,不处也;贫与贱,是人之所恶也,不以其道得之,不去也。"得之有道,去之也要有道,这里的价值标准和行为准则是非常明确的。正因如此,孔子才会那样忘情地赞叹颜回:"贤哉,回也!一箪食,一瓢饮,在陋巷。人不堪其忧,回也不改其乐。贤哉,回也。"(《论语·雍也》)

现在的一些腐败分子,他们是一上台就开始敛钱,如一批钻入仓库的老鼠,一面贪婪地掠夺,一面高喊着最动人的词语。人一旦没有了廉耻之心,他的所有的行为就会失范,贪欲就会像决堤的江河,可以毫无阻拦地一泻千里。我们讲欲望的合理性讲得太多了,现在该讲讲知耻明廉的道理了。近日探望一位参加过长征的前辈朋友,他以近作《山居吟》示我,中有佳句令我欣喜:"客来清茶少酒杯,佳句同联无定稿。人敛万金竟自夸,我奉清廉为至宝"。他讲的也是这种境界和情操。他就是齐白石所赞美的当今的"归田宰相"。想到这些诗句和写诗的人,我的沉重之心,似乎显得轻松了一些。

2002年8月22日于北京大学畅春园

昨日的记忆[*]

二十多年前的风雨声还在耳边响着,但那个年代已变得非常遥远了。那时我们面对的是中国文学和诗歌受到摧残后的一片废墟。整齐划一的时代要求整齐划一的声音,而当这种整齐划一的要求成为一种僵硬的"样板",并试图以这种"样板"规范所有的精神产品时,视个性为生命的诗对这种极端要求的率先反抗,便是无可回避的了。诗歌的"假、大、空"已是一种绝症。要求变革的呼声已起于四野,于是有了新诗潮的崛起。这是一场旨在恢复和维护五四新诗传统、保卫新诗的纯洁性的义无返顾的抗争。

新诗潮是在民间状态下孕育的。那些被迫离开家庭和课堂的年轻人,在贫乏的年代里因偷吃"禁果"而意外地得到文化匮乏的补偿。他们从无人管理的图书馆和抄家散落到社会的书籍中发现包括诗集在内的许多优秀的文学作品,他们偷偷地阅读这些被批判的"毒草"。那些当时被视为魔鬼的古典和现代的杰作,从普希金到庞德,从聂鲁达到希克梅特,从《荒原》到《嚎叫》,都成了饕餮者饥不择食的美餐。恶意的批判和粗暴的否定,在这里却成就了一番事与愿违的颠倒的结果。那些被放逐的精神饥渴者,竟因为这意外的营养而得到精神的充实。

都说白洋淀是"朦胧诗"的摇篮,因为那里曾积聚了一批后来推进新诗潮的代表人物——据介绍,当日在白洋淀"锻炼"的

---

* 此文据文稿编入。

知青中,就秘密地传阅着这些"非法"的读物。但就全国范围而言,为后来的新诗潮做准备的,却不止白洋淀一地,为数众多的知青部落大抵都为新诗潮的形成播撒过希望的种子。许多材料都证实,食指的诗不是在一地、而是曾在广泛的范围内被这些无家可归者传抄。这一切,都为后来新诗潮的形成提供了基础。

现在,新诗潮的喧腾已经远去。我们现在终于能够静下心来,反思那一场激动人心的大论战。当年发生在诗歌领域中的这一事件,"懂"或"不懂"、"大我"或"小我"、现代主义或中国传统,比起如下的事实来,就显得是并不那么重要了——当日的事实是,文学艺术,其中包括诗歌,由于极端思潮的戕害,已经走到了尽头。一旦要求诗歌按照一定的模式去制作,而且从思想内容到表现方式都要求高度的一致,特别是要求诗人取消自己的个性,喊出最一律、最平均的声音,那么,事实是除了反抗——假如他还想做诗人的话——别无选择。

新诗潮从反思动乱的年代开始。它表达的是一代人在黑暗中寻找光明的坚定信念,寻找那丢失了的一切:童年、青春、书籍、鲜花还有诗歌,并且探究这一切消失的原由。它从迷信的年代开始怀疑,怀疑那曾经被告知必须坚信的一切。一个雷鸣般的声音从内心深处发出,那就是:"告诉你吧,世界,我不相信!"这显示了无畏的批判者的立场和姿态。当年让人激动的,首先是这一切:是一种寻找光明、告别黑暗的理想主义激情所驱使和支配的、重新寻求生活的诗意和重新建造诗意的生活的行动——而后才是艺术,才是旨在重新与现代主义接轨的艺术的锐意变革。

当然,新诗潮的艺术挑战也是振聋发聩的。不然的话,就难以理解那一切"古怪诗"和"古怪诗论"的遣责和惊呼为什么会是那样的来势凶猛了。就是说,新诗潮构成了对基于意识形态所构筑的艺术规范的严重威胁。数十年惨淡经营的大一统的坚硬的实体,被打进了一根楔子,艺术的松动和裂变就是一个必然的前景。这对于中国诗歌发展来说应当不是一件坏事,可是,由于偏见,当时被夸大为一场灾难。当然在这种拒绝的群体中,也还有令人同情的、由于长期的艺术枯竭所造成的欣赏惰性。这些被"训练"的读者,已经完全不能适应他们所不熟悉的一切创新。他们这种基于艺术偏见的"坚定性",甚至较之那些思想固守者也是毫不逊色的。

上述那两种力量的集结,造成了自八十年代以来围绕新诗潮论争的一种非常严重的局面。所幸这一切都已结束。除了为数不多的人仍然不想改变原先的观点,新诗潮已为全社会所平和地接受。这种接受包括了思想内容上的对于文革动乱的反思,艺术方式上的对于"横的移植"的强调,即对于现代主义的艺术思潮的再接受,这些当时被视为异端的举措,如今都不再叫人大惊小怪了。

伟大的、令人永久怀念的八十年代,我们进行了旨在恢复中国文学的光荣传统的抗争。以新诗潮为代表的实践,率先发出了反抗艺术禁锢的声音。历史铭记着这一点,我们曾经为维护一种信念而进行过不懈的努力,为了挽救诗歌的沉沦以及维护诗人自由写作的权力,诗人和理论家们曾经为此勇敢地坚持过。乌云密布的艺术天空,于是透出了一线光明。这就是昨日留给我们的纪念。这是文学的理想主义在二十世纪最后的天空中呈现的辉煌。那个令人怀念的年代,生活中无处不在地弥漫着浪漫的激情。人们的一切活动,包括艺术和诗的实践,都充盈着可贵的期待:高尚得到尊重,卑鄙受到谴责,光明必定战胜黑暗,文明必定战胜愚昧。

这一切如今都被记载在新诗潮艰难行进的历史上了。已经变得非常遥远了的昨日的记忆,它是八十年代留给我们的一份非常可贵的精神财富。新诗潮推动了新的秩序的形成,它改写了历史，使所有的写作得到平等的尊重。大一统的局面于是宣告解体，多元共生的艺术秩序于是宣告成立。多么珍贵的八十年代留给我们的记忆，对此，我们显然不应忘却。令人意想不到的是，人们却过早轻率地否定了新诗潮的经验。几乎就在新诗潮刚刚站稳脚跟的时候，迫不及待的后来者就扬起了"反崇高"、"反意象"的旗帜。这里存在着认识的误区，他们不明白，艺术的发展，不是一种简单的"取代"，它的常态是竞争。

一些人不珍惜那来之不易的成果，他们正在肆意地挥霍前人用泪水、甚至是用血水换来的有限的创作自由。他们奢侈地滥用这些自由，不遗余力地使诗歌鄙俗化。他们以轻蔑的态度嘲弄崇高，甚至有意地破坏诗歌与生俱来的审美性。他们抽空思想，殚精竭虑地玩弄技巧，使诗歌变成空洞的彩色气球。他们不知道，当我们的身边充斥着物欲的诱惑、当精神思想的价值受到普遍的质疑时，诗歌是一种拯救。事实是，即使所有的人都不再坚守，诗人也要坚守到最后，原因很简单，因为他是诗人，他的工作是人的灵魂。不幸，这些人选择了"放弃"。

2002年8月31日于北京昌平北七家村

每一天都平常*

  这篇文章的题目,原先叫做《每一天都美丽》。写下这题目,心中就犯嘀咕,这不是有一点像时尚刊物上的那些旨在炫耀、不免有点煽情意味的篇名么?而且,如今遍地泛滥的"美丽",似乎专为那些年轻漂亮的女性而设,我们这些不"美丽"的人擅用了,是否有掠美之嫌?然而,我却偏爱这个词汇。我曾设想过用"充实"、"有意义"等来代替它,结果发现这么一代替,就兴味索然了。到了还是硬着头皮用"美丽"。一直坚持到最后,我仍然敌不过对于某些怀有偏见的舆论的畏惧,退缩了,就改成了如今这样子。但我还是要对我所喜欢的"美丽"饶舌几句。

  "每一天都美丽",我这里说的是我对生命的态度。基本观点是要珍惜生命的每一天,让每一天都不虚度,都不挥霍,都过得充实、有意义,特别是要让自己感到快乐。人生是太短暂了,一般说来不过数十年的光景。数十年中,蒙昧而不识事的日子大抵近十年。从识字、求学到为谋生而苦斗的日子,短的十年、长的(如读硕士、博士)甚至要再加十年,视求学的学历而定。这样一来,不知不觉就到了"而立"之年,人生已近半了。此后的日子,成功者赏心乐事,失败者颠沛流离。就全社会而言,成功者毕竟有限,而人生的失败者或失意者却比比皆是。在随后的一多半岁月中,又有多少天灾,又有多少人祸,疾病、战争、饥馑、丧

---

 * 此文刊于《都市美文》2003年第1期;又载2003年6月4日《贵港日报》,题为《每一天都美丽》。据《都市美文》编入。

乱,青春期的烦恼和彷徨,垂老时的孤独和寂寞,还剩下多少日子,还留下多少给欢乐?还有多少用来装点美丽?

　　人生是如此短暂,我们以为刚刚开始,而事实是,已经接近尾声。正是因此,我们不能不对它倍加珍惜。我这人处世并不古板,却也说不上洒脱。娱乐是有的,却甚为节制。一般我以为是意味着无谓消磨生命的行为,我都慎行。不打牌,不下棋,不钓鱼,也不打太极拳。原因说来可笑,因为这些活动节奏太慢。我喜欢快节奏的活动,因为节省时间。这些选择,其标准很单纯,就是珍惜时间,把有限的时间用在最有用的方面。

　　人生美丽吗?人生欢乐吗?还是如佛家所言,人生是苦海无边?要是贫病来侵,灾难来袭,要是它们占领了生命的有限时光,人生有什么乐事可言!但是换一个念头,即想到何人无烦恼,何处无悲苦,我们活着,与其竟日愁眉苦脸,唉声叹气,不如换一种活法,让每一天都高高兴兴地做事、并享受做事之后的快乐,岂不更好!我这些想法是否有点少不更事的幼稚呢,其实不然。

　　人生到了我如今的这个年龄,应该是进入有些彻悟的阶段了。我们从来处来,我们还要向去处去,这是上天的安排,是上自帝王显贵,下至平民百姓,无一人能例外的。从达观一点的角度看,人生就是一个过程。也许所有的终点都不美丽,然而,我们却有可能把过程这一道弧线画得尽量地美丽。我们不能掌握死,我们却有可能掌握生。行进着,奋斗着,追求着,而且,不到该停歇的绝不停歇,我以为,这就是美丽。一旦风暴来袭,同样坚定地站立着,以自己有限的力量,去抵御那可能是无限的强大,抵御了,即使未能成功,这过程依然美丽。这就是我所谓的"每一天都美丽"的最初始的含义。

　　对于社会群体中的每一个人来说,他们地位不同,工作分工不同,各自的处境也不同,因此,他们的甘苦忧乐也各不相同。

有的人可能是毕生春风得意,有的人可能是终生困顿潦倒,有的人则可能是平平淡淡,无可言说。就我个人而言,童年贫寒,少年战乱,青年艰难,中年沉陷,中年以后才开始由自己选择的人生。说苦难,比起那些家破人亡的人来,我的一生是平淡的;说成就,比起那些轰轰烈烈的人来,我的一生也是平淡的。这些,若从世俗的眼光来看,都不会是美丽的。那么,凭什么我要这样地坚持!

　　回到开始的话题上面来,既然那一切并不美丽,为什么还要如此这般地用这个"犯忌"的词汇呢?这就是我要通过这种讲述,告诉那些我认识的、以及我不认识、却关心我的人们,告诉他们我对于生命的一种非常简单的态度:也许那一切并不美丽,然而,我却要以美丽的心情去对待它。只要我活着,我就要让自己觉得每一天都是这样地美好。其实这种姿态并不高,只是一种观念而已,和那些宏大的人生观之类根本扯不上边。概而言之,简而言之,就是,我以为,而且我确认,生命本身也许并不美丽,但我希望,而且我努力,把这一道弧线画得充实、健康、而且美丽!我要强调的是,希望是每一天!美丽每一天,也平常每一天。

2002年9月1日于北京大学畅春园

一生中最美丽的月亮[*]

我们来到水头码头的时候,天已经暗下来了。码头上弥漫着一片悄悄的欢乐而又安详的气氛。人们排队等候出航,准备出席今天海上的中秋约会。三只轮船:金龙号、马可波罗号和太武号,分别载着来自台湾、海外、祖国大陆,还有金门本土的宾客,大家次第登船。我们这些来自大陆的的客人,享受着贵宾的礼遇,乘坐的是其中最豪华的太武轮。太武轮以太武山命名。太武山是金门的最高峰,它是金门的象征。

海面没有风,也没有浪,出奇地宁静。多情的海,仿佛是敛着气,也屏着声,生恐哪怕是一点点的喧哗也会惊走这半个世纪苦苦等待的甜蜜。这是公元2002年的中秋之夜,我们在金门岛。金、厦两门相约,今夜于海上举杯邀月共庆中华的团圆节。三艘满载着佳宾的轮船出海了,我们的心中满怀着幸福的期待,就像是去赴爱情的密会。太武轮走在最后,这船的顶层,正在现场直播金门各界的中秋联欢,以及县长举行的酒会。张惠妹的演唱,月亮代表我的心,欢乐的舞,还有充满泥土气息的闽南的乡音——

南国的秋夜依然和暖。那风仿佛是酒,吹得人醉。我们穿的只是薄薄的正装,却经不住海上的风一吹,又有了夏季的热情。也是过于殷切的盼望,也许是过于热烈的期待,盼望着那一

---

[*] 此文刊于2002年11月28日《金门日报》;又载《厦门文学》2003年第12期;后收入《那时很年轻》。据《厦门文学》编入。

刻,期待着那一刻,总是与宁静的大海成反比的不宁静的心情——那里,每一个人的内心都是一座激情澎湃的大海。

　　从厦门的何厝用肉眼可以望见金门,同样,在金门的马山前沿可以非常清晰地望见对面的炊烟和树林。金厦两门,隔着的只是盈盈一水。可就是这一弯碧水,却把它们隔成了可望而不可及的两个彼此原本熟悉却显得陌生的世界。半个世纪的漫漫岁月,这海峡的上空,飞着的不是鸟,也不是云彩,而是炮弹,而是连绵不绝的爆炸声!这边的相思树,那边的甘蔗林,都在炮火中呻吟。无论是那边,无论是这边,孩子们都只能在战壕和坑道里上学。如今,我们终于来到了这里,这里住着的是自己的乡亲,一样的装束,一样的方音,一样让人垂涎的蚝煎和面线糊。这里原本就是我们自己的家园,这边是,那边也是。

　　我们是幸运的,我们的头顶没有了战机,我们的眼前没有了刺刀。白鹭从这边飞到那边,花香从那边飘到这边。记得诗人说过欧洲内陆的那面后来已拆掉的墙,曾把一个国家切成了两半,把一座城市拆成了两半,但风依然吹着,花香和云影都阻挡不了。我们这里也曾有一面眼睛看不见的墙,虽然无形,但却同样的深,同样的厚。但是月亮能够切割么?不能的。亲缘和血脉能够割断么?不会的。那么语言呢?方块字呢?还有五千年流传至今的文化传承呢?这一切能把我们分开么?

　　三艘从金门出发的船只开到宽阔的海面上停住了。金门的乡亲,还有作为大陆客人的我们,仿佛受到了感染,屏住了呼吸,静下来了,都把目光投向了海面。突然,厦门的方向升起了礼花,那是迎接我们的!礼花把大海幻成一座灯光织成的花园。晚九点,从厦门驶出的新集美号来到了我们的身边。这边,那边都放起了烟火,彩带,鲜花,锣鼓,歌声,把原先宁静的海面搅成了癫狂的世界!

　　这是两岸同胞隔绝五十年之后,第一次在海上共度中秋的夜晚。象征着团圆的大月饼,从那边抬到了这边;象征着浓浓的亲情的金门高粱酒,从这边抬到了那边。几艘船靠在了一起,那是久别重逢的激情的拥抱。这船上的人来到那船,那船的人来到这船,这里没有边检,这里不需要证件,这里只有信任,只有一颗颗真挚的心。我们是赴爱情的约会而来的,难道爱情还需要审查么?

浪依然平静,风依然柔和,我们听不见浪花拍打船舷的声音。音乐在耳边,笑语在耳边,但海是沉思的。它在沉思这令几代人痛苦的长久的别离,沉思今天这来之不易的团聚,沉思这不易的团聚何时会变成日常生活的常态。平静的大海此刻也变得不平静了,烟花光影里,礼炮声浪中,我仿佛看见那多情的碧海闪动着泪花,它在为我们祝福,祝福这平安而宁静的夜晚年年岁岁,岁岁年年!

告别的时候到了,太武轮拉响了汽笛,它掉头的时候,船尾放起了美丽的烟花。在烟花的光亮中,我仿佛看见那含着泪花的眼睛,是快乐,是依恋,又有一些伤感。人们的双眼都是湿的。

我站在太武轮的船舷上,我望见了太武山的上空悬挂着一轮月亮。那不是我在峨眉山金顶上面看到的那一轮月亮么?那不是我在渤海之滨看到的那一轮月亮么?是的,它是。不仅是我所看到的今天的月亮,而且也是李白在万户捣衣声中望见的悬挂在长安城头的那一轮月亮,也是杜甫在客中想象中悬挂在故乡窗前照着妻子湿湿的云鬟的那一轮月亮。但是,我认定,此刻我所望见的悬挂在太武山上的这一轮月亮是最美的。

美丽的月亮。我已经看到的、我还将看到的,所有的月亮都比不过它——2002年中秋节的夜晚,我在驶还金门的太武轮上望见的悬挂在太武山颠那一轮水晶一样的、玉石一样的月亮,今生今世,我所能看到的最美丽的月亮!

2002年10月31日于北京昌平北七家村

建设的文化视野[*]

——序王京生著《文化是流动的》

近年我常思考文化建设的问题,以为一个社会若只注重经济和物质的增长,而忽视文化和精神层面的建设,将造成长远的不可弥补的损失。近代以来,先哲面对列强逼境、国势贫弱,多方寻求强国新民的道路和方略。最后终于找到了症结所在,导致弱国之辱或亡国之痛的,虽然原因是多种的和综合的,但无可怀疑的一个事实是,旧文化对人心的束缚和戕害。于是有了五四新文化的兴起。新文化运动声势浩大,所向披靡,对中国封闭而停滞的社会造成巨大的震撼。但当日由于求成心切,在处理复杂而丰富的传统文化承继和批判上,不免有失之简单粗疏的弊端。故在中国文化遗产的正确对待与处理方面,迄今依然存在着诸多需要加以妥善解决的话题。

此后,在中国社会走向现代化的某些时段,也都有过对于文化批判或文化建设的尝试或倡导。但似乎收效均不显著,甚至可以说少有所成。因为中国毕竟有着非常遥远而博大的文明,它的文化积蕴异常丰富。如何创新而不伤古,如何既发扬古代的文化传统而不给新文化的传播和创造造成束缚,这实在是太过严重的话题。至于上个世纪60年代所谓的文化大革命,其实质则是假文化革命之名行做政治文章之实。其中虽有一些涉及文化的名目,例如"破四旧"等,其激烈和粗暴的程度,其对于中

---

[*] 此文刊于《深圳文化参考》2003年第4期。据此编入。

国文化传统的破坏程度,可谓是前无古人!

20世纪90年代以来中国经济腾飞,它的前进的速度和姿态为举世所瞩目。深圳特区的出现,更是此中最为鲜丽的一道风景。深圳是经济特区。它在经济发展方面的名气很大。我几次来深圳,也许是我的专业的眼光所致,对它在繁荣背后的经济发展所知不多,倒是它在文化方面的建树却给我以深刻的印象。去年深圳读书月期间,我应邀重游深圳,目睹当日盛景,竟发出了"深圳每一天都像过着文化的狂欢节"的惊叹。我进一步认识了那里与轰轰烈烈地进行着的经济建设的同时,相应地进行着的有声有色的文化建设的动人情景。我曾发表议论说,经济发展之后,最终的较量是文化,不是汽车,也不是摩天大楼,而是歌剧院、博物馆、诗歌和音乐。我那时就对深圳充满了信心。

由此,我也认识了一批为深圳的文化建设进行着卓有成效的工作的人们,此中就有王京生先生。我认识王京生是从读他的文章开始的,特别是他的《真理是朴素的》这本著作。那里的大多数文章,是他在主编《深圳青年》任上为该刊每期所写的卷首语,其中有很多闪光的思想。特别值得肯定的是他关于人文精神和文化建设方面的思考。写作这本《文化是流动的》的时候,他已经离开了《深圳青年》的编务,但他对于深圳的文化思考并没有中断。不仅乎此,他的思路显得更加明晰而系统,而且更形成了他自有的、独特而自信的思想理路。他的理论思考的指向非常明确,它的目标就是要深圳在作为经济名城的基础上,造出一个与它的经济地位相称的文化名城。

说到经济和文化发展相关的问题,人们往往有一种习惯性的见解,那就是凡是经济发达的地区,文化就要相对地落后,甚至干脆就是"文化沙漠"。这话通常被用于香港,近年也常被移用于深圳。我以为说这话的人,若不是无知和盲目,就是不太了解或不准备去了解这些城市的实情。王京生说的要把深圳建成文化名城,是出于一种理想,也是出于一种信念。我对他的这些想法是赞同的,因为这些想法具有务实的和从容而渐进的特点。虽然是一种理想,却有很大的可操作性。他很重视问题的实质,他反对空谈。

他的文化名城的想法,建立在一种比较坚实的认识的基础上。首先他从深圳是一个新兴的移民城市的定位出发,确认它的移民文化的特性。这特性应是具有很大的包容量的、开放性的、融合的,因此又是动态的。这就应了他的书名所谓的:"文化是流动的"的理念。因为深圳是平地立起的新移民城市,因此它所要建立的文化名城的概念,是与历史文化名城相对应的现代文化名城。他在多篇文章中都谈到他对这种文化性格的定位,那就是理想主义的品格,开放包容的胸襟,理性科学的精神,以及开拓进取的人格。我想这是他长期立身于深圳的实际的思索的结果,绝不是一时的心血来潮。

在本文开始的时候,我大略地回顾了近代以来中国对于文化建设方面的历史经验。总体的趋向是,破坏性的思维大于建设性的思维。基于这种认识,我特别注重对于文化的建设性的态度,现在我所面对的这一本著作就充满了这种精神。为一座城市的未来设计,为奠定它的雄厚的文化基石,在自己所处的位置上,创造并提供一切可能,实践他所认为的"温和"的理想主义,一步步从容地、不懈地朝前走去。部分的实践是部分的胜利,不断的实践就会有不断的进步。这就是当代应当提倡、并予以坚持的文化建设的精神,是吸取了过去的经验教训之后的成熟的、理性的态度。这也是我在王京生这本书中所看到的。

王京生博学多才,为文精练畅达。在《真理是朴素的》一书中,我认识了充满智慧而又思想开阔、文笔生动的王京生。在现在这本《文化是流动的》书中,我更看到了不仅会写一手漂亮文章,而且有着坚定信念和成熟思考的王京生。

2002 年 11 月 1 日于北京大学中文系

近代文学浅识*
——在中国近代文学学会第十一届年会上的发言

来这里讲话,我有点惶恐。我的专业方向是中国当代文学,距离被称为近代文学的文学时段,至少也有一百年的间隔。大概是由于我写过一本叫做《1898:百年忧患》的小册子,以及编过若干种关于百年中国文学经典之类的丛书,会议的主持者嘉许了我,破例邀请我这个外行来参加这个盛会。对此,我心怀感激。我说的惶恐的心情是真实的,因为除了大学学习时简单学过一些近代文学的常识之外,我的近代文学的知识几近于零。上次主持百年文学总系的工作,学生们一致推举我写第一本(即1898这一本),他们的意思我明白,就是要我带头完成这个工作,起个模范作用。

我硬着头皮钻进了北大图书馆,后来又跑到海南岛一个叫做伊甸园宾馆的远僻之处开始了这个工作。书出来了,心中仍然没有底。我把我对于近代文学的一些看法征询陈平原的意见。陈平原论辈分是我的学生辈,但论他对近代文学的研究,则可充当我的老师无疑。他听了我的表达,说了句:"差不多"。他的话鼓舞了我,好像有了点信心。这就是我"从事"近代文学的"历史"。我充其量只是一个初学者,更像一个莽撞的闯入者。

我的闯入是由于对中国当代文学的思考逐渐深入,感到当

---

* 此文刊于《安徽师范大学学报》2002年第6期,后收入《回望百年》。据《安徽师范大学学报》编入。

代文学的一些品质,一些内涵,一些存在的问题,例如在文学的作用与功能、文学对于社会的责任与承当、文学与政治乃至与国运民生的关联,以及文学的时代精神等方面,均可溯源到近代文学的一些先行者的思考与实践上面来。在过去,这种思考是被隔断的。一般都认为中国当代文学是从中国新文学传统那里来的,它的前身是中国现代文学。因此一般的寻根究底的工作,都在新文学的准备和兴起面前,便停止了脚步。

这种看法有些道理,因为从古代到现代,中国文学的巨大裂变是产生于五四新文学运动的实践。特别是这个时期发生了以白话文代替文言文写作这样语言运载工具上的大变化,是用文言写作,还是用白话写作,给中国文学历史横腰一断,就分割开来了。所以,认中国当代文学是新文学的一部分,对于当代文学的问题可以追到现代文学上面来不是没有道理的。但是,若是从中国那场划时代文学变革的更深远的动因上看,例如从变革的萌动的根本寻找原因,这一切均要追溯到十九世纪中叶鸦片战争之后的中国社会的危机这个大背景上面来。这样一看,仅仅追到五四就远远地不够了。

当时列强虎视,国土沦丧,积弊深重,回天无力。国人痛感昔日皇皇大国,如今是这般地孱弱与破败,加上当国际工业革命大潮兴起,东洋西洋各先进国家的思潮学说纷至沓来,处于内忧外患之中的中国士人,奋起寻求强国新民之道,从实业救国、军事救国、到科技救国,一切努力都在腐败无能的清政府这架破旧的机器上化为泡影。于是,近代一些最先觉悟的人士,开始把目光投向了文学。他们想通过文学以改变全社会的麻木和愚钝,启迪民智,重铸民魂,进而改造社会,振兴国运。

于是,"诗界革命"、"文界革命"、"小说界革命"诸事遂得以兴。上述三个口号中的前两个口号,是梁启超分别于 1899 年 12 月 23 日和 28 日在《夏威夷游记》中提出,"小说界革命"的口号始见于1902年11月出版的《新小说》创刊号上刊登的《论小说与群治之关系》中。在这篇重要的文章中,梁启超把小说对于改造社会人心的作用推到了极致:"欲新一国之民,不可不新一国之小说。故欲新道德,必新小说;欲新宗教,必新小说;欲新政治,必新小说;欲新风俗,必新小说;欲新学艺,必新小说;欲新人心,欲新人物,必新小说"。因为有了这样的认识,于是便产生了对于文学的直接而急切的甚至还有点简单化的期待。

这种非常明确的功利主义的动机,使得"新小说"以及其他一些文体的写作者们,迫不及待地要在他们的作品中装进去许多新思想和新道理,由于对作品所装填的内容的极端重视的结果,他们相当普遍地忽视作品的形象性和艺术性。他们的作品存在着相当浓厚的概念化倾向。这些现象使我们联想到,在后来我们熟悉的那些"思想第一"、"政治第一"理念的由来,甚至也可以为后来的小说可以亡党亡国等的"理论"找到遥远的证明。一切都是顺理成章的,一切也都是似曾相识的。

文学需要变革的种种理念,在上述三个"革命"中已经萌生。近代文学的先行者们已经感到了旧文学已不能适应当今时代的要求,它既无法完成表达当代中国人的思想情感的使命,又因为言、文的严重脱离而影响了中国人对于世界现代文明的接纳,从而严重地束缚了新知识的传播与接受,最后导致国人的与世隔绝,使民智不能开发。从这点看,对于旧文学的怀疑与批判,并不始于五四新文学的倡导者们,而是从近代就开始了,一方面想维护旧有秩序,一方面又怀疑旧文学的主流地位的姿态。一些论者已经注意到五四之所以能成功地确立白话文在新文学中的地位,也是与此前经过了十多年的摸索、以及与近代以来的那些半新半旧的实践、特别是与早期启蒙主义先驱者推动"白话文学"的努力分不开的。

近代文学的探索实践所提出的最初的思路,与后来的新文学运动的设想,几乎没有大的不同。当时的人们对于山林文学、贵族文学、性灵文学的怀疑,他们对于文言阻碍新思想和新事物的传播的怀疑,与五四先行者的态度也大体相近。只是当日的人们不敢放开来想,不敢对当时人们所使用的语言工具进行彻底的改革。就是说,他们不敢否定文言文,不敢起用白话文,他们只能在原来的框架之内进行一些有限的改良,引进一些新名词,装填一些新内容,表达一些新思想。例如诗界革命就是如此,梁启超肯定了黄遵宪、丘逢甲等人写诗不避"流俗语"的努力。这些努力不限于诗人,事实是,当时的许多人都已感到言文的脱离是一个绝症。不少人开始提倡白话文,但由于积习甚深,各地方音复杂,实行起来困难多多,而不能奏效。

正是由于近代那些先行者包括他们的失败在内的并不成功的实践,都为后来新文学的诞生和发展提供了经验。五四新文学运动是在那一切看来有些幼稚的基础上进行了新的探索的。近代文学试图冲出重围,立意于创新,他们要接纳新思想,展示新生活,他们为救国救民而创造。他们身为传统文人,却力求以新姿态走出传统的窠臼。他们以审慎的态度要与他们所安身立命的旧文学相剥离,文学不再是为性灵而作,文学要为强国新民而作。宁肯为思想而牺牲审美,文学要有用于世。这一切对于后来者都是弥足珍贵的。没有婴儿时期的蹒跚学步,就不会有成人之后的猛进腾越。我对我的"发现"充满了欣喜——这"发现"就是,我从新文学的生存状态中发现了它与近代文学之间的亲缘关系,新文学是它的血脉的流传,可以说,近代文学是新文学之父。

我只是沿着中国当代文学的思考,而接近了这个源头。我只是一个冒昧的闯入者,但对于孤陋寡闻的人来说,我以为我"发现"一个非常奇特的天地——虽然它已在那里存在了一个世纪——我饶有兴趣地对 19 世纪、20 世纪之交和 20 世纪、21 世纪之交,这涉及三个世纪、两个世纪末的情景作了对照,我因我的"发现"而充满了惊喜。我为我初次涉足的那一个世纪末的动人情景而目乱心迷,我为这个发现而心动。那是一个灾难深重的年代,灾祸频仍,危机四伏,内外交困,国破家亡。想不到的是,这样的绝境竟是一个出现巨人和奇才的时代!

自清道、咸以降直至民初,也就是从鸦片战争之后到五四新文化运动之前,这前后数十年光景,大约是,文界以龚自珍为标志,政界以林则徐为标志,下限直抵蔡元培、胡适、鲁迅,有谁统计过,其间出现了多少豪杰才俊之士?有的人才华绝伦,有的人惊世骇俗,有的人身世凄婉,有的人书剑飘零。雄才大略如孙中山,悲歌慷慨如谭嗣同,似乎是,时世越是艰难,人的才情就越是要在艰难中拔地而起,他们仿佛下了决心要和恶命运作一次力量悬殊的抗争。

举例说,大家都知道刘鹗是小说家,因为他写了著名的《老残游记》。这部小说在 20 世纪的几个重要的文学、小说的经典性的评选中,均名列前矛。但是很少有人知道小说只是刘鹗"偶尔为之"的副业。他是一位才分很大的实业家,他想过开矿山,修铁路,整治黄河,办过织布厂,经营过房地产,还计划过在京津等地开办自来水、电车、电灯等实业。刘鹗兴趣极广泛,他是一位涉及甲骨、货币、陶瓷、碑帖等多种领域的古文物收藏家。他懂医术,学习过音乐和外文。他的这些让人眼花缭乱的兴趣和专长,使人不能不惊叹忧患深重的时代能够把人的所有潜能都得到尽情的发挥。再看黄遵宪,在"诗界革命"中他是一位领袖性的人物。大家都知道他是一位杰出的诗人,但是写诗也只是他的一个副业。他是一位职业外交家,他写的《日本国志》是包括日本在内的第一部日本史著作。此书得到光绪皇帝的重视。

至于严复、林纾、苏曼殊等人,在这些名字的背后,都有着一长串令人惊叹的故事,更不用说那些叱咤风云的人物了。那是一个出现这样的全才的时代,时代让人痛苦,而人物却让人气壮。那些政治的、军事的、经济的、科学的,当然更有诸多我们所熟习的人文方面的杰出人士。不能不说的是秋瑾,她出身名门,原是闺阁中的才女,却偏喜一身戎装,骑马佩刀,号鉴湖女侠。最后在一个苦雨秋风的日子里血洒轩亭口,完成了她悲烈的一生。如今她静静地伫立在西子湖畔,守护着那一片秀丽的湖山。

那是一个造就巨人的时代,不是一个,也不是两个、三个,而是成批地、全面地涌现在中国的天空。这些巨人以耀眼的光芒点染着、照亮者中国黑暗的大地。我多么幸运,我只是偶然涉足于这片神奇的领域,便获得了如此丰满的精神感召,我的感动无以言说。我只是感激那令人气壮的时代。

这就使我想到了中国文学史上的这一时段,近代文学在本学科以外的人们的心目中,它的地位从来不高。由于近代文学感应了时代的变化,引进和实验了许多适应社会生活变动的因素,在研究古典文学的人看来,它不够"古典";同时,由于那些新旧参半的语言和生硬的新名词概念的充填,在研究现代文学的人看来,它又不够"现代"。它是两头都不讨好,似乎也都被排挤在主流之外的"另类"。对于近代文学的评价从来是暧昧的,因而近代文学在中国漫长的文学史中的处境,也从来是尴尬的。

然而,人们并不知道,这一切正体现了作为新旧过渡、革故鼎新的"桥梁"的价值。真的应了那一句名言:没有近代,何来五四?我是从事当代文学研究的,我今天要恭恭敬敬地给近代文学一个与它的地位和贡献相称的评价,事实的确是这样:要是没有近代文学的艰苦求索,勇敢实践,新文学的诞生和发展是不可能的。

再一次感谢会议的组织者,让我在这个庄严的开幕式上讲话。这对于我来说是个殊荣,但好像又有点不适当。我对近代文学的体认是肤浅的,而在此讲话更有点班门弄斧的味道。终于我给自己找了一个恰到好处的名分,那就是我现在还是中国当代文学研究会的副会长,我就擅用当代文学研究会给我的这个权力,代表中国当代文学研究会向我们的大会致以兄弟般的祝贺,预祝会议圆满成功!

2002 年 10 月 14 日于安徽师范大学文学院,
2002 年 11 月 1 日整理于北京大学中文系

朱家雄的"情感笔记"*

对于恋爱中的人来说,所有的爱情都是新鲜的。但作为表现爱情的诗来说,却不是所有的情诗都是新鲜的。尽管亘古至今,许多才情横溢的人为我们留下了动人心魄的绝唱,这些诗往往如陈年老酒,历时愈久而香气愈醇。爱情是永恒的主题,好的爱情诗即使隔一千年也会让人情思飞扬,甚至觉得那就是为我而写。但并非所有的爱情诗篇都能给人以这样的感受。发霉的辞藻,陈旧的比喻,平庸的构思,千篇一律的作品比比皆是。从这个角度看,爱情诗的写作难得新鲜。而且想在前人的成就上道出一点新意,却是一番艰难的突围。

爱情是非常迷人的词汇,爱情让人欲生欲死,欲死还生。问世间情为何物,直教人生死相许!美丽真挚的爱情诗是超越时空的,它的读者也是不问年龄的——纵隔千年也会为美丽的爱情一叹。正是由于这个原因,人们都爱读那些能够传达人的隐秘渴望的爱情诗。

我先前知道朱家雄编书很有名气,后来读到了他的一些作品。至于诗,这是第一次读到。就是现在这一本"情感笔记",是爱情诗专集。关于爱情诗的写作,我在本文的开头讲了些意见。现在就朱家雄的这本"笔记"谈点对他的情诗的看法。朱家雄是七十年代人,他和当代的文学新潮保持着很密切的联系。从他的意识构成和审美指向来看,应当属于当今的先锋文学的实践

---

* 此文据文稿编入。

者和维护者一类。但他的这些爱情诗却给我一种很浓厚的"传统"色彩。先锋文学和文学的历史传统之间的关系很复杂,应当说,它们之间有矛盾,但却不是对立的关系,甚至说,它们之间存在着一种承袭的关系。这问题谈起来话多,此处不赘。

这一本"情感笔记"的大多数篇章,都写得很有自己的特色。朱家雄的诗清新流动,天真烂漫而不矫情。爱是深沉的,而表达却是灵动的,有一种清朗的氛围。开篇一首《花季雨季》中的句子:"豆蔻年华轻声歌唱,荡起阳光灿烂的日子",我以为是体现了他的爱情诗的基本风格,那就是明快的节奏和单纯的气氛。有时很沉着,但依然纯净,如写"岁月流成晚秋",顿然发现,"枫叶绚烂成无力的怀旧"。这里的意象的铸炼都很讲究,体现出少有的华彩,但依然清淡如水。

一些句子奇兀,却清新如常。有一处写爱情的"火山喷发",引用了一般情诗不常见的"典故",显得气度不凡:如"它的气势磅礴的进攻盖过了秦并六国",如"它志在必得的气概胜过了清兵入关",又如写那爱情的"发自火山岛的潮汐安史之乱一样平息了",等等。其中"秦并六国"、"清兵入关"、"安史之乱"都是古人古事,在现代诗中,特别是在爱情诗中是很少进入的。这里显示出青年诗人把笔临墨时无拘束的自由心态,可谓才情毕露。这大抵用得上我对他的诗风的概括:天真明亮。

虽然他的诗从总体上看有不成熟的地方,但有些诗却表现了少有的成熟。我特别看重《像雾像雨又像风》这首诗。这是一首相当完整的诗,为给人们一个完整的印象,这里我还是不惜篇幅把全诗录了下来:

　　你袅袅地向我飘来
　　如淡淡的舞
　　拦不断春江潮水的
　　遮不住海上明月的

你的晚香玉的神秘
　　你的七里香的漂游

　　你轻轻地向我扬撒
　　如亮亮的雨
　　淋不湿江枫渔火的
　　浇不灭夜半钟声的
　　你的连翘花的婀娜
　　你的榆叶梅的明媚

　　你款款地向我走来
　　如微微的风
　　吹不弯大漠孤烟的
　　揉不皱长河落日的
　　你的白丁香的气息
　　你的满天星的花朵

　　他用雾、雨、风三种自然界的现象，分别形容初恋的感觉，那是一种朦胧的、湿润的和缠绵的情态。这里出现了三组意象系列，由六种不同的花卉，以及三首古诗的名句，构成了诗句与段落之间的严格的对称。它描绘那雾、那雨、那风，通篇没有出现一个"爱"字，而通篇都指向了那个"爱"字。真可谓不着一字，境界全出。

　　有了上面那一点发现，我着实暗暗地高兴了一阵。因为时下流行对爱情的游戏态度，他们不知有"爱"，只知有"性"，那种刻骨铭心的生生死死的恋情受到了轻蔑甚至嘲讽。对于这样的一些人，朱家雄在他的"情感笔记"中所表现的简直就是"另类"了。不妨听听本书作者的爱情表白："不敢动笔，怕我的炽热，燃烧了信笺"，"不敢去投寄，怕我的火热，在邮筒里着火"。再看看他笔下的恋人相遇,那是一种瞬间的凝固——他们"面对面竟成两座冰雕";还有他们那致命的念想,"相思劳形,瘦成弱柳一枝,扶不住斜风"。这些传神的笔墨,在浩如烟海的爱情诗中脱颖而出,他的确写出了新意。

　　我看重的是作者这种对爱情的认真执著的态度,那一份牵挂,那一份伤情,那一份感天动地的思念。这就体现了一种价值观,一种在当今显得陌生的"古典"的爱情观。重要的是,这一切发生在年轻的作者身上,他带给我们的不仅是美好的情感,更有无限的宽慰。

2002年11月5日于北京昌平北七家村

燕山越水的流韵*

陈源这本诗集中有不少写得好的诗,但有三首诗给我的印象最深,也可以说是我认为是写得最好的三首诗。一首是《清明节过后的一天》。清明节是中国传统的纪念亲人的节日,而他在这里写的是,科索沃的市民把小学生的背书包的敲门声,当成了北约的炮声;他写的是,南极化成一条多瑙河在冰层下流淌,它在总统的炮弹中,成了流血的贝尔格莱德。他在这里写的都是中国以外的事情,都是一些当日世界上的大事情。他没有一字写到自己的亲人。显然,他有比怀念自己的亲人更为重要的主题,这首《清明节过后的一天》按照传统的分类,应当归于"国际题材"一类。但他的这首诗却没有以往这类诗常有的那样夸张和"严重",他是举重若轻,以谐趣写庄严,在轻松中体验重大。

第二首是《北戴河鸟历飞过十二月》。也许是我阅读不广,在此之前还没有读过类似的一首诗。记得汪曾祺写过《葡萄月令》,那也是写十二月如何栽培葡萄的,但那是一篇散文,不是诗。陈源的这首诗真让我感动。我看见一位诗人站在渤海之滨,望着天空飞过的鸟群,从一月到十二月。他记着它们的行程和方向,叫得出它们的名字,如同记住自己的亲人和朋友。这是一月:一月的豆雁,浩浩荡荡,南下的队伍排成一字;这是十月:今天,一万只鹤飞过秦皇岛,鹤昂起头,停栖在十月的枝头;到了年终时节,白鹳、灰海雕、大鸨、丹顶鹤,还有群群的秋鸭,他们踩

---

* 此文据文稿编入。

着冬天的雪花,舞蹈着一个个洁白的年华,沿着燕山继续南飞,飘飘洒洒……这是一次伟大的进军,大自然的充满活力的生命群,它们为着生存和繁衍,它们风雪兼程,飞翔万里。在秦皇岛,在北戴河,有一位诗人在记述这些生灵的远征。他在为这些朋友壮行、祝福,从年初到岁末。

以上两首诗,我读出了明亮的两个字:关怀。关怀是诗人的天职,很难想象,一个对世界、对自然、对人类命运都冷漠的人,他将歌唱什么?诗是个人的,诗的情趣和体验,诗的性情和理想,都只能是个人的,源发于个人的内心,而以个人特有的方式形之于外。但我要强调的是,诗是以个人的方式旨在感动自己之外还感动别人的。应该说,经过个人而到达公众,是诗的一条"绿色通道"。惟有这样,诗人才能赢得公众对他的信赖。而永远停留在个人的诗人是有的,但他可能终其一生却只能停留在那一个基点上。

在最近的一个诗歌研讨会上我说过,杜甫的《秋兴八首》是杜甫艺术成就最高的诗,但若只有《秋兴八首》这一类的诗,而没有"三吏三别",没有《茅屋为秋风所破歌》,没有《北征》这一类大题材的诗,杜甫可能会是很杰出的诗人,但不会是中国诗史上的"圣人"。别的都不说,单就他的"朱门酒肉臭,路有冻死骨"十个字,就可以赢得千秋万岁的诗名。人有品,诗有格,艺术有优劣,境界有高低,而最后决定的是境界。一个诗人的成功,与个人有关,但更与个人以外的大世界有关,这是不言而喻的。

再说说陈源的第三首诗,那就是《从海上走,我要骑马》。这首诗不长,但我却很喜欢。它的中心意象是"海上骑马"。应当说,与陈源这个集子里的其他一些诗相比,例如与《菊花头》对比,它的艺术并不是上乘的,但它的气势夺人,是一种强者心态给这首诗以惊人的魅力。我要骑马上路,我挑选的路向是,从雷中走,以风云为马,从海上走,以潮头为马,通篇都是这样的宣

告。从海上走,我要骑马,这意思是,在艰难险阻中行动,我要尽一切可能战胜它。最让人感动的是如下的宣示:

> 从海上走,我要用诗歌换马
> 用文字兑成黄金
> 继续从海上走

众人皆知,在当今诗歌是贫穷的事业,文字是"没用"的。这里诗人是明知其不可而要故作强调:要用诗歌换马,要以文字兑成黄金,继续走自己认定的路。这首诗首先是在明志,这个用意是达到了。再一个意义是派生的,就是重新对精神层面进行价值认定,认为若要继续踏风踩浪("从海上走"),需要的支持只能是诗歌和文字。这在物欲横流的今天,好像是一种天方夜谭,却更是一种石破天惊的宣言。

陈源的诗很重视对自我的开掘,这首"从海上走"就是明证。他曾说过,我是一个受伤的人,我们对他的伤所知甚少,但从他的诗中不断出现的铁树这种植物来看,可以认定这是一个隐喻。他显然十分喜爱这种植物,他说过,"花是一把剑,剑是一朵花",又说,这花朵不会弯曲,不会折断,唯一的目标是指向高天,这是一把"温柔的利剑"。又是花,又是剑,又锋利,又温柔,它的形象是美的,而它的性格却是刚强、坚定。很多地方我们都可以看到他发自内心的这种表白。可以说,这至少是他所希望的自我,这是他涉经风雨雷电而不惮于前行的品性的展现。陈源来自南国,又长期生活在北方,他诗中出现的燕山越水,就是他身世的写照。他有南方人的精明聪颖,又有北方人的豪爽刚健,山水给了他所向往的性格,他希望是花,更希望是剑,他是一棵铁树。

陈源试验新体十四行,又写古近体诗,他的写作路子很广阔。从总体上看,他的灵感来自他长期生活的浙江乡村,那里的土地、天空和山水,还有他的亲人。他写乡情非常动人:父亲在流逝的月光中,成为一棵弯腰老树;想起母亲收获庄稼,一定同分娩一样沉重。还有他笔下的蔷薇、桃花、百合、玫瑰、苦丁香,以及沿着村庄的道路和田园一路开下去的、似是沉默的女子的菊花,这些女人一样的花,这些花一样的女人,都是江南一派动人的好风景。自然,燕山流脉和北方的海浪也给了他诗情。二者互补,就成了他现在这样的风格:基本是柔性的,又带着坚定和力量。他的诗,是他漂泊人生的自况,总有那么一种深深的思念,总有那么一点挥之不去的乡愁。这正是:河水澈澈向南流,流到东海是故丘!

2002年11月25日于北京昌平北七家村

故事来自大海洋[*]

"那天晚上月亮很大,照在路上分外明朗,离开那个四合院我独自走了很久,想着已经逝去的八十年代,心中随生一种风云际会但终将风流云散的感觉。这真是:人散后,一勾新月天如水。"这段话,我是从翟晓光的书中信手摘下来的,文见那本书的323页。单凭这段话,就使我感动了很久,单凭这段话,就使我和本书作者的心靠得更近了。当然,使我们的心靠得近的,不仅是对八十年代的怀念,再往前溯,更有五十年代,以及五十年代以后的长达半个世纪的那些感受。其中的多数情节曾经是我的亲历,而在年轻的作者那里,有的是她童年的记忆,有的则是从她的家庭和亲友那里间接得来的,但无论如何,这些感受,特别是五十年代以后的那些年月的共有的感受,在我们的心中产生了共鸣。

这位年轻的作者出生在我的家乡福建,而她的祖籍则是山东。北方人的豪爽,南方人的灵动,她兼而有之。翟晓光涉足文学已久,但并没有加入圈内,我原先对她并无深知。只是有一天,一个偶然的机会,我读了一本杂志,其中的一篇文章引起我的特别注意。那是一篇气势宏大、文采灿烂的奇文。一看署名是翟晓光,我就越发奇了。这能是我认识的那个很秀气的女孩子写的吗?这里,我要赶紧声明,我丝毫没有轻视女性的意思。我只是认为男女有别,女性的长处是温婉细腻,而这种充满阳刚

---

* 此文据文稿编入。

之气的文字,很多女性是想写也写不出来的。更何况它涉及的是国际性的题材,是一种纵览天下的、气势磅礴的文字——兴奋之余,我托我的一个学生给她打了电话,转达我对她的评价。

现在要说说眼下这本《红海洋》了。我说《红海洋》是一本奇书,也是一本大书。作者一开始就说这是一本"创作",承认"创作不是采访,创作就是编造"。看来她是认可"编造"了。但她紧接着又说,"可我写的都是事实,不是编造。我的编造是迫不得已的,我是为了完成任务"。书中的我还告诉书中的高干大:"告诉你们圈里有个秘密:所有真实的东西都是不严肃的,所有严肃的东西都是编造出来的。"翟晓光这些话,是前后断续地讲出来的,初读让人摸不到头脑。那么,她这本《红海洋》究竟是不是编造?她好像暗示我们,既是,又不是。

她所谓的"圈内秘密",即所有真实的东西都是不严肃的,所有严肃的东西都是编造出来的,似乎说到了问题的症结所在,即创作是想象的,也是虚构的道理。也似乎涉及了这本书的基本特点,我以为它的特点是,对生活真实性而言可用亦真亦假、亦虚亦实来形容,在写作风格方面可用亦庄亦谐、亦俗亦雅来概括。至于说到编造,我相信除了翟晓光这样身处军中,本人是军人,又是军人之后,和军中上下人等保持着紧密联系的这样的人,无论是谁,即使想编造也编造不出来。我在这里想说的是一句老话:作者十分熟悉军队的历史和现状,作者掌握了相当丰富的材料。当然除了采访,也还有亲身听闻和阅读,再加上她的艺术表现的才能,这是本书取得成功的奥秘。任何"神手",单靠"想象"凭空"编造"是绝不能奏效的。这已是得到普遍认同的常理了。当然,话也不能说得那么绝对。严肃的东西未必都来自编造,不严肃的东西也未必都真实。

这书总的气氛是,在它的轻松的背后,有严重的忧思。从这个角度看,本书可谓相当的严肃,有些章节甚至严肃得让人喘不过气来。它说的是泱泱大国的未能掌握制海权,说的是甲午海战北洋水师全军复没的国耻,说的是1949年深秋时节那一场渡海登陆战的大失败,说的是在建设现代化海军过程中的严重的斗争。不同的是,由于她对军旅生活的熟悉和对人物性格的深知,作者在讲述这严肃的一切时,时不时地让人忍俊不禁,有时则让人想开怀大笑。翟晓光有一种说笑话让听者大乐,而自己不乐的本事。她的本领在于能够寓庄于谐。她会把极严肃的话题放在极轻松的背后,她在让你笑后发觉有不让人笑的主题。这点只要认真阅读的人都会感觉得到,举个小例子说,例如她和高干大一再说到的"单炉烧"即是。当然也有并不成功的时候,那大约就是她所说的要"完成任务"的"迫不得已"的时候了。艺术从本质上讲就是虚构,但艺术又重真实。为了严肃而编造在我们的文学实践中是有的,但却不能因此而废弃"编造"。我非常看重的是,翟晓光的"编造"大体都是有"根据"的。

这话说起来就长了,还是回到小说本身来吧。亦庄亦谐的特点说了一些了,再说说几句亦俗亦雅。作者讲"红海洋"讲的都是一些特定范围里(例如海军司令部、高干家庭、军队大院等)的人生百态,有上下关系、亲子情缘、爱情纠葛等,但更有一些形而上的思考,如关于王山魁海战胜利后庆功会的议论、关于"有海无防"、关于"神经不健全综合症"的议论、关于胜利的必然性或偶然性的争论等,都是大俗中的大雅。这本书中有很多道理,这些道理平时都搅和在日常生活中,通常是我们熟视无睹。到了作者这里,却是笔底掀起了万丈波浪,那些冲突真是惊心动魄。这原因是什么?这是由于她不漂浮在生活的表面,而是向着深处挖掘,触及了一般人看不到的生活的底蕴。在平时人们漫不经心之处,此际却是惊涛骇浪。到了这时,你不服可是不行了。

在书后,作者坦言她只想做一个女军人:"愿将忧国泪,来写丽人行"。她对中国最诚挚的祝祷就是"男人勇武,女人漂亮"。

这些话好像是在为我的大俗大雅作注解,从大俗之中跳出了大雅。说说"丽人"吧,她笔下的女性的确都很漂亮,王司令的夫人许锦云不必说了,马玉的母亲那个穿小背心的性感的农村妹子,出身侯们的超凡脱俗的马玉和仪态万端的让男生们爱死恨死的、风情万种的远征,甚至就是李美花,也是千娇百媚。这些都是我们的作者心仪的、既如花似玉又侠肝义胆的、柔中带刚的女子,从中可以看出翟晓光的审美向度,即她所谓的"丽人行"!

至于对这本书的总体评价,我以为它其实就是一部形象的中国海军的建军史。从横渡长江的帆船,到"雷炮协同"的取胜,再到长波台的研制和信息化作战的准备,每走一步都伴随着激烈的思想交锋。其中有英雄气短、儿女情长、有生离死别、悲歌慷慨,它是军史,也是情史。要是你觉得它毕竟有些地方不够"严肃",那么,你不妨把它当作说部来读好了,其实它也可叫做"中国海军演义"。那么,它就是一部"野史"了。正史够不上就野史,其实,这书比那些正式的史书还生动,谁敢说"不严肃"的东西就是"不真实"的?

也许有些言不及义,可是我已经说得很多了。但我好像意犹未尽,最后还想对作者再说几句。翟晓光真的很大气,她以军人的气势,写出了"无情"中的有情,"无爱"中的大爱,在暴烈中透出了一片柔情,在一片"军阀""暴君"的误解和谴责中,站起来一个真正的血性男儿,是英雄血,是男儿泪,是功成之后的黯然谢幕!满纸都是风云雷电,满纸都是大爱至情,读此书令人怀念那些已经变得非常遥远的岁月,怀念那些已经逐渐退场的人物。岁月不居,往事如烟,感谢作者为我们保留了那么丰富生动的历史长卷,告诫我们不忘昨天,珍惜今日。

2002年11月30日于北京大学畅春园

安阳颁奖会上的讲话[*]

安阳市、铁西区各位领导、各位老师、各位同学、各位来宾、各位朋友：

我们此刻生活着并创造着的安阳大地，是一片有着久远历史和深厚文化积存的土地。这里是殷商文化的中心，不仅存留着中国最古老的一座都城，而且还是中国文字的发祥地——甲骨文的故乡，它是中华文明最具象的历史见证。大约在公元一千多年以前，这里囚禁了一位智慧的长者，姬昌在被囚禁的七年中创造了六经之首的《周易》。这一创造大大推进了中华文明的辉煌进程。由文字书写的《周易》和由青铜铸造的大司戊，同样成为了伟大的中华文明的永远的骄傲。博大深厚的中原大地，哺育了中华民族几千年的文明史。哲学、青铜器、玉器和陶艺，在那时便达到了当日世界的顶峰。还有诗歌，曾经出现过影响了中国整个诗歌史、至今还令人着迷并引为楷模的诗歌精神——建安风骨。

我们这次以殷商文化命名的诗歌大奖赛，就产生在如上所述的这个久远、博大、沉厚的背景之中。这里的地下埋藏着我们的祖先遗留给我们的文化遗产，它时刻召唤着不忘历史的辉煌，并以我们的创造性劳动去发扬光大。就这样，我们来到了这里，来到了交织着古老文明和现代文明的安阳。我们的工作能够和这个光辉的名字联系在一起，我们感到非常荣幸。

---

[*] 此文据文稿编入。

此次殷商文化杯诗歌大奖赛参赛的大部作品,都能以古典的和现代的方式展现安阳丰富的文化、美丽的山川风物、它的昨天和今天。从殷墟上的梦境,到甲骨文的纹理,从悲歌慷慨的满江红到豪迈壮阔的红旗渠,我们的参赛作者均能以饱满的热情、优美的形象、鲜明的韵律和生动的语言,诗意地再现安阳光辉灿烂的历史和突飞猛进的现实。阅读这些作品,使我受益良多。

借此机会,作为评委,我还要对这次评选工作向大家作些介绍。正如刚才路尚廷先生说的,大会组委会此前做了大量有效的工作,送到北京的材料是经过筛选的初选篇目。全部作者都匿去了名字。评委面对的是没有任何说明和预加条件的作品,而且评委之间没有见面,也没有投票前的任何议论协商。评委拥有充分的自主独立评判作品的权力,各自对自己认为合格的作品作出判断。经过总的统计,以得票到达或超过半数者当选。

值得说明的是,各位评委中文化背景、职业特点、阅读趣味及审美取向各不相同,肯定是各人按照各自的标准进行了投票。这样得出的结果也肯定具有很大的偶然性。但同样可以肯定,若干个别的"偶然",却构成了多数取向近于一致的"必然"。所以,可以认为所有获奖作品的荣誉当选都是合理的,因为它是综合了多数肯定意见的、体现了必然性的产物。我参加过很多这样的评奖活动,惟有这次评奖是很特别的,这就是所有的评委都"各行其是",可谓是完全民主的推举的结果。借此机会,我谨向所有的获奖者致贺,也向所有的参赛者致谢。

当前我国经济有大发展,地方财政也好,综合国力也好,都有大的充实。经济这个基础充实了,稳固了,人们开始注意到文化建设。我曾经讲过,一个城市,一个地区,当经济取得了成果之后,最后的较量是文化,是诗歌和音乐,是博物馆和歌剧院。所有的物质产品都是一个样子,而所有的精神产品都是千差万别。只有在对比中,在竞赛中,在展现各不相同的个性中显示出文化的力量。

在安阳,铁西只是一个区,而铁西区却怀有宏大的志愿,在殷商文化这样的大目标下展开它对诗歌、书法等事关精神层面的追求,这不能不让人钦服有关领导的眼界和魄力。今天的颁奖大会开得这么隆重,来了这么多的人,会场外边是弥天大雾,会场里边却是鲜花、音乐和舞蹈,这华美典雅的会场让我看到了一个充满蓬勃生机的、有很高文化品位的安阳。刚才王立林先生的话很让我感动,他说,一个没有诗情画意的民族,是没有希望的民族。他在这个会场上发出了对于中国诗歌未来的良好祝愿。2002年即将过去,这个岁末我在安阳的短暂经历是如此地让人铭记。我相信,它已成为2002年最深刻和最美丽的印象留在了我的记忆之中。这正是:七子才名光后世,三曹遗韵启来修。让我们为古都安阳祝福,为中国诗歌祝福!

2002年12月14日于安阳,
2002年12月17日整理于北京大学

边新文诗三首[*]

《壶口》,壶口我未曾到过,读此诗,始知其险。壶口虎口音谐,又是一个恰当的比喻。人们常说虎口余生,如今壶口成了虎口,可知确是险仄非凡。千里黄河,至此一阻,夹岸两峰耸峙,其间一道陡壁,这是绝路。但见黄河一跃,飞泻直下,夺路而奔海洋,这便是壶口的奇观。诗人是在通过一种气势写一种襟怀。借壶口的奇险以见人生大义:临危不惧,拼死向前,绝处逢生,这便是壶口气象。

此诗情境相符,形象明畅,言近旨远。开篇便将"壶""虎"两口相联系,为一诗的立意所本。假使没有这种两个同音异义词的关联,《壶口》一诗做起来恐怕就没有如今这般的顺畅。壶口由于有了虎口的联想,所有的自然景致便都有了深沉的寓意。末段面对那排山倒海的气势,那雄浑悲壮的瀑流,悟到一个民族在最危险的时候何以发出惊天动地的怒吼,把黄河——中华民族——救亡进行曲统统都联系了起来,是对全诗立意的大提升,可谓"卒章明其志"。

但读至此,似亦有不足之感。那就是"意义太明确"带来的弊端。一旦意义被最后规定了,那么,"壶口——虎口"所给予人生的种种无限的警示,一下子都受到了遮蔽。前人谓"诗无达诂",即是由于承认诗的多义性。一旦诗的意义被规定,它的丰

---

[*] 此文刊于《诗刊》2003 年 3 月号上半月刊,题为《质朴无华不尚雕饰》。据文稿编入。

富的、多向度的内涵的展现也就受到了损害。边新文写的是立意明确的诗,他当然也为此付出了代价。

《读岳飞"满江红"》,岳飞的全部宏伟抱负,悲壮人生,都体现在《满江红》一阕词中。真可谓,一曲满江红,千古怀英烈。边新文的《读岳飞"满江红"》,是一首愤激之诗,是由岳飞这首词引发的慨叹。岳飞故事,若只是救亡征讨,战功奇伟,也不见特殊。他尽忠报国,却为奸佞所害,造出了千古奇冤。边新文此诗,因读《满江红》而起,讲的也是这一段令人扼腕的历史事件。

全诗用短句,以短促有力的节奏体现激越情怀。三十功名,千古血泪,壮怀激烈,报国无门,令人长叹至今。不难想,若是用长句铺排,效果就可能全然不同。作者云:尽管历史早已作出了公论,我的心却依然久久阵痛。这里的痛,是由于历史沉冤,忠奸莫辨,却是一片挚诚之心。

诗的最后说秦桧之流长跪坟前还不够,只有让后来的岳飞们生前不再蒙冤罹难,才是最好的祭奠。这诗句,超出了一般的怀古之情,具有很强的警世意义。边新文为诗质拙无华,不尚雕饰。但有时失之平直浅露,却是为诗之忌。

《维纳斯》,《维纳斯》也是短章,美丽而有缺憾,断臂的美神既让人神往又让人伤感,此诗蕴涵哲理。开篇讲的就是这种面对缺憾之美的心境,讲述世间难求完美的遗憾,一开始就以平淡的语言造就一种突如其来的冲击力。也许此即所谓以平淡写神奇的功力。

再往后的两段文字,却见说理偏多,诗意淡薄。先是一个"推测",随后又是一个"猜想",均不能给这个永恒之美增添新的想象。尤其是"猜想"一项,倒反而给这圣洁的美感造成了损害。要是不设这种推测与猜想,而是就缺憾之美一路说开去,可能会翻出一种新意来。现在这样做,倒是给无限可能的想象堵死了路子。

最后一段倒是一种挽救。说的是"不幸使美丽变得悲壮与艰难",从具体的维纳斯这一无与伦比的旷古艺术精品,上升为对世间万事万物的思考。人的想象力在此得到了释放,这诗句鼓舞人们进行联想和再创造空间的飞翔。总的说来,边新文写诗很"憨厚",喜欢把意思说得清晰而又透彻。但是,从根本上看,诗是喜欢和读者捉迷藏的。

2002年12月19日于北京昌平北七家村

怀念林昭[*]

今天在这里纪念我们青年时代的朋友林昭,此刻我仿佛正和她一道走在校园的林荫道上。可是时光已过去了将近半个世纪,不觉间她已和我们一样来到了人生的秋季。是诗歌和文学把我和林昭联系在一起,那时我们都年轻,也都明亮而单纯,那时我们都有一种春天般的喜悦的心境。我们对未来怀有美好的想象。写诗、编刊物、讨论文学和哲学问题,也畅想明天,我们过着无忧无虑的日子。

一场突如其来的风暴给我们的生活蒙上了阴影。那时我们不敢怀疑——尽管我们面对的是一场旷古未有的"阳谋"——我们一如既往地以探讨真理、维护正义为我们的行为准则。我承认我当日的思想充满了矛盾。天真、轻信、不敢怀疑而又不能不怀疑,怀疑之后是来自内心深处的痛苦。我有一种破灭感,又有更多的惊恐。当我听说那日林昭下了课,登上民主论坛讲她自己"组织性和良心的矛盾"时,我确实吃了一惊。因为她所讲的,正是我所想的,而我却没有勇气说出这惊天动地的话来。

在那个炎热的夏季,我内心充满了痛苦。一方面,我为那些站在时代前列独立思考的、勇敢的言论而私心钦佩,另一方面,我又不得不被动地参与那些狂风暴雨式的"斗争"——看着那些当代的才俊之士、那些思想的先驱者一个个在我面前倒下。当我在这种恶劣的环境中卑微而胆怯地存活的时刻,林昭正在为

---

[*] 此文据文稿编入。

她的信仰而一径向前走去。我的懦弱和她的无畏造成了大的反差,我终于只能望着她逐渐远去的背影直至她的最后消失。

我承认我始终怀念着她,我对她充满了敬意。当我辗转听到她的迟来的噩耗时,我哀痛莫名。我不能忘记这位年轻时代的真诚而热烈的朋友,不能忘记她诗一般的生命,用生命写成的诗。林昭如果活着,她应该也是到了古稀之年了。也许她恋爱过,但她来不及做妻子,也来不及做母亲,人间的一切亲情挚爱她都没有享受过。她始终面对着那浓重的黑暗和残暴,最后是惨烈的死亡!

林昭永远活着,她的生命比我们都要长。因为在今后的漫长日子里,当人们回首那段岁月,当人们回望中国社会的民主化进程,都会记住林昭,记住这位智慧、明亮的女性,怎样以她年轻的生命召唤着人类和民族的良知。

2002年12月20日于文采阁

那一群白鹭再没有回来[*]

每一次到黄山都要经过屯溪。屯溪的水是从黄山流下来的，流向兴安江，流向千岛湖，流向富春江，流向钱塘江。这一带的山形水态，是为世人所称道的锦绣江南，所以不仅人愿意到这里来，而且鸟也愿意到这里来。记得那一年，大约是八十年代中期吧，诗人有约，会于屯溪，相期一道攀登黄山绝顶。登黄山的第一站便是屯溪。那时屯溪的宾馆并不多，我们住的是当时最好的屯溪宾馆。馆建于半山，面对着一江秀水。那水从黄山汤口一路直泻而下。来到屯溪谷地，水势渐缓，别是一片安详宁静的风景，仿佛淑女临镜，万种风情。

我们在那里谈诗论文，闲暇下来，便约三五好友端了藤椅来到露台上，我们一边品茗闲话，一边凭栏眺看溪山佳色。此际，清风送爽，花香盈袖，鸟唱婉啭，如置身仙境。黄昏时节，是这里一日中最热闹的时刻。临江一带的白鹭经过一天的劳累，都回到了树林中。它们把沿岸所有的树都占领了，它们施展了魔法，顷刻间在原先碧绿的枝叶间缀满了遮天蔽日的白花。不，不是白花，简直就是把那天那地搅成了混沌的白银世界。

也难怪，这一带树木繁茂，江水清澈，鱼类和昆虫都十分丰富，没有工业污染，没有高楼摩天，也没有车水马龙，宁静和澄洁引来了这些远方的客人，白鹭们视这里为它们理想的家园。它们聚群临水而居。清晨如云彩般地成群结队飘飞而去，到了晚

---

* 此文刊于《人与自然》2004 年第 5 期。据此编入。

霞灿烂的时节,又成群结队地飘飞而来。一日辛苦之后的团聚,它们把这里闹成了一片欢乐的海洋。羽翅蔽空,喧声如浪,震天撼地,把这安谧的水域顿时幻成了繁华的市肆。古人说,蝉噪林愈静,鸟鸣山更幽。人们从这些极度的喧哗中,感到了极度的宁静。无疑,飞翔和追逐带来的是欢乐,鸟儿欢乐,人也欢乐。

那一次屯溪小住的印象是深刻的。首先是这一群白鹭,山水尚在其次。随后我又两次路过屯溪。第二次来时,原先住过的那饭店翻修了,规模大了,也更豪华了。但原来那种朴素的皖南风格却是永远地消失了。屯溪变了模样,变得和南南北北所有的大小城市没有什么两样了。当然那些树林还在,只是,只是,那一群白鹭再也看不到了!白鹭不喜欢这里的变化,它们失去了家园。

第二次来屯溪,我站在屯溪大桥之上,那是一个阳光明媚的中午,我曾目送一条鱼惬意而自在地顺流而下。两岸夹视的人们为它惊人的美丽欢呼。而在我,却感到了不安,为这惊人的美丽而担忧。从屯溪往下行走,溪山重重,前路茫茫,网罗密布,它的归宿将是哪里?那时我写下了一篇充满忧患的文字。而现在,就是此刻,那一条美丽的鱼的身影还在我的眼前,那感受仿佛还是昨天。然而,不仅是鱼已远去,而且,我眼前竟然找不到一只白鹭!

那一群一群欢叫着飞翔的精灵如今都在那里?它们还有山水树林可以栖居吗?那曾经把一片绿树林缀满了雪白的花朵的喧腾着、追逐着的种群,它们还有劳碌一天归来的欢乐的黄昏吗?它们的新居在那里?它们是否还如往昔,在一夜安谧的睡眠之后,是否还迎着晨曦和朝雾开始新的一天充满活力的飞翔?我的白鹭在那里?它们还有家吗?它们能找到鱼虾果腹吗?要是这钱塘江的上游,这富春江的上游,这兴安江的上游,这临近天下名山之最的黄山的风景佳丽之地都不能安身,又有哪里找到可供它们嘻游和生息的地方？我真的感到了悲哀！

　　最近一次到黄山，是在一个月前。我们先是到了黟县，参观了那里新开发的旅游景点——明清古民居，一天忙乱的旅程下来，下榻花溪宾馆。屯溪已经大变，这里已是遍地的灯火楼台，遍地的酒楼歌肆，遍地的霓虹遮蔽了满天的星月，遍地的管弦歌吹打破了四野的寂静。较之域内的诸多旅游城市，看来屯溪不缺什么，一样的不缺衣香鬓影，一样的不缺车水马龙，一样的不缺灯红酒绿。但我还是感到了寂寞。我找不到我的白鹭了，一只也找不到。

　　那一群遮天蔽日的白鹭飞走了，它们不再回来。我感到寂寞。

2002年12月22日，三游黄山归后作，于北京昌平北七家村

诗歌这个文体[*]

我从小就喜欢诗歌。少年时节开始学写诗。诗没写好,后来转向研究诗。几十年来我没断了和诗打交道,从那时直至今日。不论是学写诗还是研究诗,一个简单的问题始终困扰着我,那就是:诗是什么?有时是别人问我,有时是我问别人,每逢这个时候,我总很胆怯。我说不清楚。记得当年在北大图书馆查过一本书,其中关于诗的定义竟列举了百数十条。定义多了反而乱花迷眼,我自己还是喜欢简约的答案。

我确认诗是有属于它自己的文体特征的。在我的概念中,诗区别于小说、散文和戏剧文学的基本点,要而言之,有如下两点:一、它是从情感出发的文体;二、它是与音乐性有关的文体。从情感出发,就不是从实有的事件出发,就是通常说的,诗缘情而生。这就决定了诗的产生和最后的指归都在它的抒情性。诗不是不可叙事,但叙事只是诗的别体,而且远非它的特长。别的文体当然也可抒情,但抒情决非它们的必须,它们似乎更重视叙述和情节。所谓的和音乐性有关,指诗的可吟可诵,指这一文体在表达中特别重视节奏和韵律的效果,特别重视包括押韵等手段在内的声音的悦耳动听。抒情是诗的生命,音乐是诗的灵魂。

关于诗的本质,我国古代典籍中多有论述。我以为其中最重要的文献是《毛诗序》。这篇置放于《诗经·关雎》篇目下的字

---

[*] 本文是江西高校出版社出版的《谢冕论诗歌》一书的"序言",原载 2002 年 9 月 11 日《中华读书报》,《解放军艺术学院学报》2002 年第 4 期。据《谢冕论诗歌》编入。

数不多的重要文字,它的经典性无可置疑。这篇序文可以认为是先秦儒家诗学理论的一个总结。迄今为止,它仍然是中国关于诗的本质的最彻底、也最精辟的论述:

> 诗者,志之所之也,在心为志,发言为诗。情动于中而形于言,言之不足,故嗟叹之,嗟叹之不足,故咏歌之,咏歌之不足,不知手之舞之,足之蹈之也。

这里讲的是诗的发生。诗的产生是由于一种叫做"志"的东西存在于人的内心并要求得到表现的现象。这里说的"志",大抵指的是人们的意志或愿望,所谓的心志之类。古人说的"在心为志",指的是诗的内涵。所谓的"发言为诗",就是那种内涵的形于语言,那就是诗的表现了。

诗是情感的,它是感情激动的产物。从根本上说,诗的诞生是人的情感作用于内心,而后通过语言得到外化的表现。但只讲情感在诗中的决定性的存在,显然未曾涉及诗的真谛。诗所表现的不是一般的情感,而是不一般的情感。这就是《毛诗序》所揭示的从"言之不足"到"嗟叹之不足",再从"嗟叹"到"咏歌"、最后是"手舞足蹈"的这个情感生发及达于极致的过程。所以说,诗表达的不是常规的情感,而是饱满的、非常的激情。人的情感到达近于极限的状态时,诗就和音乐、舞蹈相和谐并归于一致了。上举那段文字揭示了诗、歌、舞的近亲的血缘的关系。

我特别强调诗这一文体的音乐的特点,乃是因为音乐性几乎是诗所特别拥有的。如果说,情感的特征是一切文学所不能排斥的共有,而在诗歌这里只是非一般性的存在的话,那么,音乐性对于诗而言,就是一种独有。诗这一文体不仅是一般地供人阅读的,而且是可供吟诵的,在古代,许多诗词更是可以按曲谱演唱的。旧时诗乐一家,后来诗独立出来了,却依然保留了音乐的特性。中外诗中的格律和音韵的要求,都是应和着音乐性这一特点而设的。节奏、押韵、平仄、对称、复沓等等,在废除严格的格律之后的新诗中依然坚定地存在着。即使是在完全破除了格律的自由体诗中,也依然有着对于节奏和旋律的内在要求。这是诗的最后的坚守。

前引《毛诗序》中那些对于诗的基本特性的概括和叙述,在中国古代的诗学著述中,并不是首次出现。这类解释最早见于《尚书·尧典》,即"诗言志,歌永言,声依永,律和声"。讲的也是诗与志、言与声等的内在关联。宋朝的朱熹在《诗集传序》中回答"诗何谓而作"的问话时,也说到类似的意思:"人生而静,天之性也;感于物而动,性之欲也。夫既有欲矣,则不能无思;既有思矣,则不能无言;既有言矣,则言之所不能尽而发于咨嗟咏叹之余者,必有自然之音响节奏,而不能已焉。此诗之所以作也。"他也精辟地谈到了诗的发生学的原理,以及诗与音乐的亲密关系。

值得注意的是,《毛诗序》除了关于诗的本质的论述之外,它还特别强调诗与社会的联接,强调诗对于社会盛衰进退的影响。它阐述道:

> 情发于事,事成文谓之音。治世之音安以乐,其政和;乱世之音怨以怒,其政乖;亡国之音哀以思,其民困。故正得失,动天地,感鬼神,莫近于诗。先王以是经夫妇,成孝敬,厚人伦,美教化,移风俗。

这段话同样揭示了儒家诗歌观念的最核心的部分,那就是诗对于社会是有用的,即我们通常说的诗的教化作用,即"诗教"。诗所传达的声音,是民众心理情绪最鲜明,也最及时生动的印证。人们从诗歌的情感抒发中,可以谛听并把握到社会和时代的脉动。正是由于诗的这种和社会生活、民众忧乐息息相关的特性,于是历来的统治者无不十分重视从诗中了解社情民意,并调整他们的施政方略。这就是这里说的"正得失"、"动天地"、"感鬼神"的意思。

要是我们注意到儒家学说中的强烈的维护封建意识的理念,并对它采取警觉的态度,那么,我们就能比较适当地发挥诗歌对于现实生活的积极影响。这里使用的"经夫妇"、"成孝敬"、"厚人伦",当然指的是封建社会的道德人伦理想。但我们若是对此加以批判的理解、并活泛地运用,那么,用美好的诗歌来纯洁人们的心灵,使之更加高尚和尊严,最后达到移风易俗的境界,这样的理解应当是不谬的。

诗的意蕴是十分丰富的,历来的论述也是因人而异,千差万别。我本人虽然学诗有年,但由于学养所限,也由于文化背景的差异,故往往不自信。但先贤有说在前,也给我增添了勇气。至此,我愿明确而坚定地说:诗是情感的,更是音乐的。同时,不管有多少的责难在前,我还要强调说:诗可以娱乐和闲适,但诗首先是有用的,在净化人心方面,也在建立良好的社会秩序方面。

2002年2月26日,旧历壬午年正月十五元宵节,
于北京大学畅春园

20世纪中国新诗概略

此为著者拟意中的著作,内容大部分先后以论文形式发表,后集中收入《谢冕论诗歌》,江西高校出版社2002年4月出版。据此编入。

导论:诗的性质

一

　　艺术划归诗人管辖的疆域,是与物质的天地至少同样宽广的感情的天地,这两个天地是相通的。"人禀七情,应物斯感"(《文心雕龙·明诗》)。而且人情是由物态感兴的。各种艺术当然都表达情感,但诗却专司此责,诗,几乎就纯粹是一种表情的艺术。所谓美的诗,就是这片浩瀚无涯的感情天宇中的明星和闪电。它是一种强化了的情感。是一种热情,或者称之为一种激情,一般的情感构不成诗的美,诗美的起码条件是经过激化或强化的情感——情感的波涛或情感的电闪雷鸣。古希腊哲学家德谟克利特不承认有人可以不充满热情而能成为诗人,他说,一位诗人以热情并在神圣的灵感之下作成的一切诗句,当然是美的。热情的确是诗的美所必不可少的最重要的因素。矫情只是激情的伪饰。激情必须同时又是挚情。这就是说,产生美感的激情,必须以真为前提,真才能美。元稹在唐代算不上是第一流的诗人,但他在抒发真情上,却写出流传千古的第一流的诗篇。这是写友情的一首:"残灯无焰影幢幢,此夕闻君谪九江。垂死病中惊坐起,暗风吹雨入寒窗。"(《闻乐天授江州司马》)这是写爱情的一首:"昔日戏言身后事,今朝都到眼前来。衣裳已施行看尽,针线犹存未忍开!尚想旧情怜婢仆,也曾因梦送钱财。诚知此恨人人有,贫贱夫妻百事哀!"(《遣悲怀·其二》)两首诗都以真挚而强烈的激情打动人,因而成为同类题材中最为脍炙人口的名篇。庄子的美学思想认为:"真"能动人,他在《渔父篇》中借孔子与客的谈话表述说,"真者,精诚之至也。不精不诚,不能动人。故强哭者虽悲不哀;强怒者虽严不威;强亲者虽笑不和"。由此可以认为真情、挚情是激情产生美感的前提。

真情赋予激情以合理性,缺乏真情的"激情"只能是伪善之音。诗是这样一种艺术,不论它在表现什么,都脱离不了诗人一颗纯真的心。诗是透明的,它是水晶石,它是清溪水。诗中的这一片真情,有的充满豪气:"僵卧孤村不自哀,尚思为国戍轮台。夜阑卧听风吹雨,铁马冰河入梦来。"(陆游:《十一月四日风雨大作》)有的则充满了柔情:"在夜晚第一度香甜的睡眼里,从梦见你的梦中起身下了地,习习的夜风正轻轻地吹,灿烂的星闪耀着光辉;从梦见你的梦中起身下了地,有个精灵附在我的脚底,引导着我,哦,不可思议,来到你的纱窗下,亲爱的!"(雪莱:《印度小夜曲(一)》)不论它怎样的千变万化,都融化了诗人的真哭与真歌!因而,读者总在诗中寻觅诗人的一颗真心,诚心,挚爱或至痛之心!当人们找到这颗心,他便会觉得这诗是美的;当人们发觉了诗中充斥了假话与谎言,理所当然地便要摒弃它,因为它是丑的。当然,包孕了真情的诗的激情所构成的美,在所有诗篇中,并不意味着它所产生的美感是同一量级的。它们会有差别,而造成差别的原因,包括了从诗的格调到艺术上多种多样的因素。

当然,论美与真,不能不论及善,真与善有联系,真到了纯的程度,当然与崇高和优美,与社会公认的道德规范相联系。为什么不是平常的情感,而是强化乃至激化的情感,会造成诗中的美?为什么即使是挚情也要经过感情的发酵使其产生质的变化,才能造成诗中的美?它是由于,读诗的人期待的是一种情感上的爆发式的刺激,即使是心灵的抚摸,也要强烈到能够激动人心的程度。诗是一种感情激动的产物,是一种类似发狂状态的情绪的宣泄。意大利文艺复兴时代的哲学家马佐尼认为,诗人和诗的目的都在于要话说得使人充满着惊奇感,惊奇感的产生是在听众相信他们原来不相信会发生事情的时候(《神曲的辩护》)。诗对于惊奇感的追求,导致诗要写"有异于常"的情感。这种现象,不仅在西方,而且也在中国,早已为诗人们所注意。李白怀念友人写"我寄愁心与明月,随君直到夜郎西",使人们惊喜于他把这种常见的友情写得这么大胆,这么独特;到了"狂风吹我心,西挂咸阳树",简直是造出了一个让人震惊的艺术境界。这恰好印证下面这样一段哲人的话语:"诗人所描写的事物或真实之所以能引起愉快,或是由于它们本身新奇,或是由于经过诗人的点染而显得新奇。"(缪越陀里:《论意大利诗的完美化》)当诗人在叙说一种寻常的事情,也要用不寻常的方式来叙事,何况那些本身就给人新奇之感的事情。

> 当紫丁香最近在庭园中开放的时候,
> 那颗硕大的星星在西方的夜空陨落了。

这是惠特曼哀悼林肯之死时所用的方式。他把通常对死亡的哀悼表现得非常的新奇。紫丁香开放的季节是美丽的春天,春天和紫丁香带给人的是欢愉,而巨星却在此时陨落。两种情景形成了强烈的对比,因此构成了给人强烈刺激的抒情效果。我们由此可以认定,作为主要是表情艺术的诗,它的广大的天地是情感的天地,在那里,它创造了美,而这种创造是围绕着激情——挚情这一轴心进行的。这当然指的是构成诗的美感的内在因素这一方面。

构成诗的美感,还有它的外表美,即在形式上给人的美感。这虽然不是决定性的因素。缪越陀里认为真正的内在美的形成在于它的内在条件:"诗本来是通过理解而产生愉快的,其中却有一种属于听觉的美的因素,即诗律的和谐和音乐性。但是这种美不过是表面的装饰,对美的诗固然也必要,但诗的真正的内在的美并不在此。"(《论意大利诗的完美化》)诗的形式美的核心是它的音乐性,诗律的和谐,无疑是为了完成音乐性的必备手段。犹如鸟类的美丽的羽毛在于吸引异性一样,诗的形式美的音乐素质,显然决定诗的表现激情的效能。强烈的情感需要强烈的表达。音韵、节奏,以及它们的完备所形成的诗律,无不为了抒情的需要。在古代,所谓的诗歌,"歌"主要是音乐的成分,是表达"诗"的手段。格律诗是音乐性的完备化的成果。它的形成,基本遵循着平衡、均齐、对衬的美的原则。但格律诗并没有宣告诗的外在美已经到了极限。美是不会终结的,人们在生生世世地生活着,因而也在生生世世地对生活提出审美的要求。

格律诗对于诗的形式美的探求,一直受到来自另一方面的形式美的探求的挑战,这便是对于打破格律的意图。在形式上,和谐构成美感,对于和谐的破坏并不一定意味着美感的破坏。格律诗并非没有变化,但格律诗的基本状态是固定化。规律产生美感,变化也产生美感。于是,当格律化趋向完备时,非格律化也随之兴起。格律诗不断承受着来自自由诗的对抗。这种挑战和对抗也符台美感的演变的规律。英国18世纪艺术理论家荷迦兹认为错杂能产生美,特别提出了蛇形线是最美的线条的论点,这种理论有助于理解自由体兴起和存在的价值。荷迦兹说:"曲折小路、蛇形的河流,和各种形状,主要是我所谓的波浪线和蛇形线组成的物体……它引导着眼睛作一种变化无常的追逐,由于它给予心灵的快乐,可以给它冠以美的称号"(《美的分析》)。

当我们在古代七言律诗的高度精微的格律中因其太过甜美而腻烦时,宋词那种错落参差但又音调铿锵的七长八短的句子就显得格外的新鲜喜人;当我们在被欧洲浪漫主义温文典雅的诗句弄得兴味索然时,那种带着野性的象征主义的诗歌的兴起在诗的传统世界上空升起了一片新奇的光。在中国新诗中,新月诗派是倡导新诗格律最有力的一群,他们不仅标榜诗的音乐美,而且还有绘画美和建筑美。他们的根本宗旨是:带着镣铐跳舞。"新月"的涌现,当然是对诗体解放,以及自由体盛行的反拨。但他们建立的美的殿堂不久又被自由体的美所替代。20世纪30年代是自由诗盛行的季节,艾青、田间以自由诗揭竿而起,一时蔚为风尚。艾青更力主诗的散文美,这对于格律诗派的功业无疑是一个严重挑战。史实也许正是这样昭告的:在美的形式中,格律和自由各有存在的价值,特别是自由体,它也产生美感。

我们不因莎士比亚那些整饬的商籁体而排斥惠特曼的《我歌唱带电的肉体》那样的汪洋恣肆。同样,我们可以从维尔哈伦的随意纵横的诗句中,寻见另一种真切自然的美感——

> 一切的路都向城市去。/那浓雾的深处,/那边,带着它所有的层次/和它所有的大的梯级/和一直到天上的/层次与梯级的运转,朝向最高的层次,/它梦似的出现着。/那边,/是些跳跃的,凭空跨过的/铁骨编成的桥梁;/是些为神怪的雕像所制御着的/墙垒和圆柱;/是些郊外的钟楼,/是些屋顶与屋脊的尖角——/像止住了的飞翔,在房屋之上;/这是像触手般扩展的城市,/站在土地与原野的边际。

无疑,这些同样是美的。在诗中,美的形式也是多样而并不统一的。诗的外表的正常发展,应当是多种形式美的自由竞争,格律与自由、均齐与错杂的自由竞争,以及它们自然的渗透与融合。

诗对它的表现的对象的改造,无疑是一种美的再创造活动,在这里诗的美学理想仍在积极地施展它的影响。诗把生活中的一切(自由,社会,人的情感等等)变得模糊起来。在其他艺术那里原是活生生的生活在运动,而到了诗中一切都成了摇撼的波光,折射的远影,那里的一切都被一层朦朦胧胧的诗意包围着——它不是明白通晓地说明着,而是曲折迂回地暗示着。"香雾云环湿,清辉玉臂寒",这是杜甫心中想象的妻子,是裹在一片凄迷的月色中的。至于《诗经》的第一篇《关雎》,那些淑女和君子,与其说是实指,不如说是象征。所以,朦胧与明朗都是诗美的体现。明白是美,朦胧也是美,在诗中把对象加以朦胧化更是一种规律,诗在表现生活时,往往有意地把对象模糊起来。明白如话未必都是好事,朦胧模糊也未必就是坏事,对于诗来说,后者却可能更切近于它的规律。

在诗中,也如在繁复驳杂的世界中一样,美感是不会纯粹的。存在着截然相反的审美趣味,哪一种都不要轻易排斥。运用行政的或类似行政的手段去规定何者美何者不美是不适宜的。各种各色的花都是造物者的恩惠,它的生存都是合理的。公平的论者一定有宽广的美的包容性。我推崇距今大约一千五百年前的诗歌理论家钟嵘的《诗品》,从那里,看到了他的精湛的见解,勇敢的判断,特别是对于不同风格的美的不怀偏见的大度。当他品评颜延之的诗时,引用了汤惠休的断语:"谢诗如芙蓉出水,颜如错采镂金。"芙蓉出水,天姿国色,错采镂金则如华服盛装,珠佩满目。淡泊清远是美好,而浓墨重彩又何尝不美,淡装浓抹各有其宜。我想有一种美不失流风回雪之宛转,有一种美犹如落花依草之妩媚,它们都给读者以互不相同又互为补充的美感。

二

和文学艺术的所有品种一样,诗的根源在于社会生活的实践,以及人们在这些实践中生发的思想和情感。尽管各种文学艺术的创作都受到情感的制约,而且也不能排斥情感的表现及表达。但对比而言,诗更是表情的文学,它的使命在于抒发各种各样的情感。人们的情感,产生于社会生活的客观存在;因此,诗也是表现社会生活的。但是社会生活只是经过感情的"糖化作用",才能成为诗的材料。这就是说,尽管社会生活的具体内容、具体场面和细节可以入诗,但它们并不是诗的直接的和主要的来源。诗的直接的和主要的材料是生活实际作用于人们的思想感情,使之产生喜、怒、哀、乐、爱、恶、欲的结果。人们的七情就是缪斯的七根琴弦。"气之动物,物之感人,故摇荡性情,形诸舞咏"(钟嵘:《诗品序》);"人禀七情,应物斯感,感物吟志,莫非自然"(刘勰:《文心雕龙·明诗》),都是说,是客观的物有感于人,"摇荡"着人们的性情,产生了情感,而这,恰为诗歌以及与诗歌有亲缘关系的音乐、舞蹈提供了表现的材料

　　诗的主要材料,是客观的物作用于人所产生的情感,而不是物的本身。在这点上,许多人由于不理解,总是让诗来承担直接表现生活内容的任务。他们的错误在于:把抒情的文学种类当成了叙事的文学种类。因此,他们往往没完没了地在诗中交待人的活动,描写事实的经过以及细节,他们很喜欢在诗中罗列现象。他们往往要抒情的诗来承担它所不擅长的叙事,他们往往把叙事诗(叙事诗也离不开抒情,这里不加论述)写成了分行的小说。他们不了解诗的抒情的特点,而没有把诗和小说、散文、报告文学等分开。这就使得,他要是诗人,一下笔就找错了描写对象;他要是评论家,一下笔就找错了题目(找错了题目的评论家,往往在评论抒情诗时大谈什么人物形象,细节描写等等)。让我们切实记住:不要用诗叙述什么,而要用诗抒写什么;叙事不是诗的目的,抒情才是诗的目的。

　　大家知道,《长恨歌》(白居易)是诗,《长恨歌传》(陈鸿)是小说;《西厢记》(王实甫)是诗剧,《会真记》(元稹)是小说。它们之间区别很明显,尽管取材于同一来源,但前者重情,后者重事。尽管诗所抒的情同样是从小说或戏剧所叙的事,但是,却不是直接的,它绕了一个弯子,经过了"糖化作用"。记得朱光潜先生说

过:"我们读诗,须在《长恨歌》、《西厢记》和莎士比亚的剧本之中寻出《长恨歌传》、《会真记》和《莎氏乐府本事》所寻不出的东西。"(《孟实文钞·谈读诗与趣味的培养》)朱先生的见解很精辟,不仅读诗如此,写诗也应如此。写诗的人也不要太看重故事,而要去找故事后面的东西。在上述例子中,尽管那些诗中都有故事,但是作为诗的素质却不在那些表面化的故事本身,而在故事背后的浓厚的诗情(朱先生把它叫做"情趣")。

我们读小说的时候,往往被其中的故事情节所吸引,我们因小说中的人物的遭遇而忘记了自我的存在,我们常常忘乎所以,以至于把自己当成了作品的主人公。我们读诗的感受便很不相同,它由于浓烈的抒情特点而点燃了我们的热情,我们情感激动,我们觉得是诗人在向我们发出召唤,它唤起的是自我的觉醒。诗人的目的在于要我们笑,要我们哭,要我们爱,要我们恨,要我们记住自己的使命。叙事不是诗的目的(在叙事诗中,叙事恐怕也不是终极的目的)。

抒情是诗的一个基本特点,但抒情在其他的文学品种中也存在。那么,当诗和其他文体同样具有抒情特点(它们之间的程度肯定是很悬殊的)的时候,它们有没有区别呢?有。我以为在诗中,它的抒情特点往往与诗人的自我抒情不可分。就是说,诗的抒情不是纯客观的而是带有极大的主观性。当诗人成为生活的旁观者,在那里号召别人激动,或是向别人诉说自己是如何被激动的时候,它往往是并不令人激动的。只有写诗的人与自己所歌唱的对象完全融合,他自己就成为一个主体,不仅带着自己的个性,而且混合着血泪、颤动着灵魂、发出撕裂心灵的哭喊之时,它也许并不号召人们与他一起激动,而效果却是显著的。正因如此,没有哪种文学样式,能像诗这样让人看到作者的自我形象,甚至看到作者跳动的心。隐藏自我的,是假的诗,假诗当然不会是好诗;袒露自我的,是真的诗,尽管那自我并不会完美,却能够得到读者的谅解,却有可能成为好诗,因为它具备了成为好诗的最主要的条件。

诗人总是通过自我抒情的方式反映他对社会生活的态度和观点,因此,真实的诗篇往往为我们提供了对于诗人的个性乃至命运的有力的说明。我们可以从五四时期郭沫若:"新造的葡萄酒浆,不能盛在那旧了的皮囊。我为容受你们的新热、新光,要去创造个新鲜的太阳"(《女神之再生》)的诗句中看到他当时与旧社会毫不妥协的创造精神;我们可以从闻一多:"我来了,我喊一声,进着血泪,'这不是我的中华,不对,不对!'"(《发现》)中窥见闻一多对祖国先是充满希望,后来又极其失望的爱国之心。我们也可以从徐志摩的"我不知道风是在那一个方向吹"中,看到这位新月派诗人内心的苦闷和彷徨。甚至他的《云游》"那天你翩翩的在空际云游,自在轻盈,你本不想停留","他抱紧的只是绵密的忧愁",也意外地"预言"着他"云游"的不再归来(徐志摩于1931年11月由上海飞北平,飞机失事身亡)。诗人写诗总是按照自己的样子再现客观事物,因此,不论他写山,写水,写树,写流云,写飞鸟,优秀的有才能的诗人,总能让我们从他的诗中看到他本人的"样子"。也是这位徐志摩,写过一首《黄鹂》:

> 一掠颜色飞上了树。/"看,一只黄鹂!"有人说,/翘着尾尖,它不作声,/艳异照亮了浓密——/像是春光,火焰,像是热情。//等候它唱,我们静着望,/怕惊了它。但它一展翅,/冲破浓密,化一朵彩云;/它飞了,不见了,没有——/像是春光,火焰,像是热情。

陈梦家认为这首诗"很像是志摩一生的写照"。我们读郭小川的《秋歌》,觉得也是他的生命的写照:

> 我知道,总有一天,我会衰老,老态龙钟;/但愿我的心,还像入伍时候那样年青。//我知道,总有一天,我会化烟,

烟气腾空;/但愿它像硝烟,火药味很浓,很浓。

徐志摩果然"云游"不还,郭小川果然化烟而去,按照迷信的说法,这是"诗谶"。其实,郭小川在《秋歌》中所表现的,是诗人的真实的人格。他的诗不幸而言中,正是必然中的一种偶然。我们说:诗要是有人物形像的话,则第一个和最重要的人物形象就是"我"——带有强烈的主观色彩的诗人自我的形象。由于有这样的自我形象,便使诗与其他文体得到了一条清楚的分割线。在叙事作品中,第一人称的"我",在通常情况下并不就是作者自己,而在诗中(可能还包括和诗很接近的抒情散文中),"我"在很大程度上就是诗人自己。诗人往往通过这样一个与诗人的自我形象十分接近、个别的"我",去作更大程度的概括,使千千万万的"我"以外的人,从中看到了自己的思想、情怀、愿望与要求;从"我"的喊声中,听见了自己存在心底不能喊出或未曾喊出的声音。

人们把"熟悉的陌生人"作为评论小说中的典型形象的标准,我们不妨套用一下,诗中表达的,应当是陌生而又熟悉的情感。优秀的诗人,总是能够成功地通过"陌生"来写"熟悉",通过"特殊"来写"一般"。为什么我们一些诗尽管也抒发了情感,但是并不动人,甚至让人腻烦,因为它抒发的情感首先不是属于他自己的,而是属于所有人的,就是说,他没有从自己的独特的感受出发,抓住那些最有个性特征的、独特的情感,通过个别,抒发一般,而只是"一股暖流流遍了全身",只是"热血沸腾",只是"无比愤慨"……从特有的生活经历出发,抒写特有的生活感受(主要是感情的经历),当它以新奇独特的感情形式出现之时,这首诗的抒情效果也最显著。最独特的抒情,能够换取最普遍的效果;相反,最一般化的(也就是最具普遍性的)抒情,它们的效果却是最"个别"的——仅仅属于诗人自己,而不属于自己以外的任何人。任何人都会拒绝千篇一律的"东风万里,红旗飘扬,我们欢呼,我们歌唱"。

并不是每一首诗都非要出现"我"的形象不可,但是,即便是并不出现"我"的诗中,也应当有"我"。对于抒情诗来说,"无我"之境是不存在的。"我",可以说是一个无所不在的抒情主人公。要是诗中只出现一幅客观描述的画面,我们仍然要透过它去看那藏于背后的诗人对于客观社会图画的感情活动,这种活动仍然是热烈而充满激情的,那么,我们仍然可以说,在那里,"我"是一个并不直接出场的抒情主人公。

现在,我们要反过来问一下,诗为什么是抒情的,而不是叙事的?在文学的各个品种中,诗是最古老的,它的历史最久远。当其他文体还没有产生的时候,诗就成熟了。文学源于人类的劳动,但文学之中,是诗,而不是其他,起始便和劳动保持着联系,而且是直接从劳动这一母体中诞生出来的。谈到诗的起源,不能不注意人类对于节奏的发现和掌握。普列汉诺夫说过:"人的觉察节奏和欣赏节奏的能力,使原始社会的生产者在自己劳动的过程中乐意按照一定的拍子,并且在生产动作上伴以均匀的唱的声音和挂在身上的各种东西发出的有节奏的响声。但是,原始社会的生产者所按照的拍子又是由什么决定的呢?这决定于一定生产过程的技术操作性质,决定于一定生产的技术。在原始部落那里,每种劳动有自己的歌,歌的拍子总是十分精确地适应于这种劳动所特有的生产动作的节奏。"(《没有地址的信》)人类适应劳动的节奏,而产生了歌和舞,歌舞的出现最初是由于劳动的实际需要,人们需要在劳动中协同动作,为了协同动作,就需要发出鼓动性的声音。劳动取得了成果,这种模仿劳动的动作和声音又成了庆祝丰收的欢呼。歌是欢呼,最初并无实际的内容,它只表达激昂的或欢快的情绪,而后,加进了具体的内容。随着社会的向前发展,这种加进入歌的具体内容从音乐中独立了出来,这便是诗。诗是与劳动的鼓动与丰收的欢呼联系在一起,而且可以说是由此诞生的。

诗最先是一种热情的产物,而后,成为表达热情的工具。这种工具,从大的方面谈,当社会产生阶级或集团之后,它便成为代表某一阶级或集团的利益而奔突呼吁的武器;从小的方面说,它成为社会成员表达自己激情的经常的和有力的手段。"男女有所怨恨,相从而歌。饥者歌其食,劳者歌其事。"((东汉)何休)诗歌就是在这样感情不得平衡的时候产生的。"古诗云:'谁能思不歌,谁能饥不食?'诗词者,物之不得其平而鸣者也。"(王国维:《人间词话》)人们有了思念之苦而不能不发为思念之歌,这就像人们饥饿要吃东西一样。所以,我们说诗是抒情的似乎还不够,应该说,诗歌是表现激情的。恩格斯在《反杜林论》中引用了"愤怒出诗人"这句话之后说:"愤怒在描写这些弊病或者在抨击那些替统治阶级否认或美化这些弊病的时候,是完全恰当的。"(《马克思恩格斯选集》第三卷,189页)意指对于这些社会弊病或企图辩护这些弊病的行为所产生的愤怒的情感是恰当的,而这种愤怒的激情正是产生诗歌和造就诗人的必要条件。

激情当然不止愤怒一种,但是恩格斯的说明却揭示了诗的最本质的属性。像这样强烈地对于社会弊病的义愤,以及诸如此类的激情,无论是欢乐,是悲哀,还是苦闷,都必须是强烈的。这种强烈的情感,拜伦称之为"热情",他认为,"诗是感情激动的表现","诗本身就是热情",他反问道:"难道热情不是诗的粮食,诗的薪火么。"回到我们开始的话题来,诗的材料,也就是拜伦称为的诗的粮食和薪火,不是生活现象的本身,而是由相应的生活现象所唤起、发生的热情,只有热情才是诗的基本材料,如同家庭主妇拥有的粮食和薪火一样。

公元前三四百年,古希腊的德谟克利特说过:"没有一种心灵的火焰,没有一种疯狂式的灵感,就不能成为大诗人。"要想成为诗人,需要一颗会燃烧的心灵以及一种疯狂式的灵感,因为诗是表现激情的。写诗不能是随心所欲的,的确应当受着热情的驱使,不是自己想做诗就做,而是感到除非做诗便没有别的办法说话,欲罢不能,非做不可了才做。激情是诗的内容,也是诗的原动力和催化剂。罗丹在《遗嘱》中说过一段非常深刻的话:"要点是感动,是爱,是希望、战栗、生活。在做艺术家之前,先要做一个人!"巴斯加尔说过:"真正的雄辩是看不出雄辩的;同样,真正的艺术家是忽视艺术的。"真正的诗人不依赖技巧,而依赖热情。

三

诗人的"疯狂性",不仅表现在他的激情方面,而且表现在他所构成的艺术形象方面。对于真正的诗来说,不存在"如实"的形象,而只有"想象"的形象。

诗从根本上说,是生活的反映。但它绝非对生活的"如实"的描写,而只是"想象"的描写。雪莱说过:"诗使它所触及的一切都变形"(《为诗辩护》),这是对诗的特性的极深刻的揭示。除了前面谈到的抒情的特点之外,论及诗与现实的关系,这是极重要的一点。单只是说:"这个少女很美丽",这不是诗的办法,它没有产生想象;说"少女如花",就接近了,它把少女的美艳,不仅仅看成少女本身,而是看成了实体的"变形"——一朵含苞的鲜花。

诗的这种不是"如实"的,甚至可以说是近于"疯狂"的方式。要是放在其他文学形式中,是不好理解的。李白可用"白发三千丈"来写忧愁的漫长,在小说中要是说:"这人因为忧愁头发长得有三千丈那么长",便成了纯粹的疯话,甚至连"一夜之间,他的头发全白了"也是不近情理的。而在诗中,这始终是一种正常的现象,而且可以说是一种受到鼓励的现象。"情人,和诗人一模一样,把他情妇的褐色的卷发,比作发光的金发,因为新奇之感

和亲切的美感,能够使那束发中的一星半点黄色,在想象中呈现出比纯金还要灿烂的光泽。"(赫士列特:《泛论诗歌》)

在小说和散文中,当然也需要想象。它一般地要再现那现实生活的真实面貌,使人们在作家笔下的这些典型化的描写中去想象更为广阔的内容,它要让人身临其境,如同耳闻目睹的一般,人们通过文学作品的真实描写,觉得是再现了他所了解的、他所熟悉的,甚至是他所经历的感受,从而得到一种欣赏上的满足。古罗马的西塞罗说过:"文章之所以美,在于它不言过其实。"对于其他文体,不言过其实是美的;但对于诗,恐怕需要言过其实才美。诗的原则可以说是与之相悖。要是有一首诗,把生活表现得过于实在,太像生活的实际,这诗是不会成功的。诗不能照搬现实,诗应当"改变"现实——这就是雪莱说的"变形"。

在诗中,一种通常的办法是托物言志,借景抒情,心中有话,一般不直接说出,而是借一个契机,或是找一个寄托来加以表达。这在诗中,是自古已然的。屈原讲自己的政治抱负和理想,是对香草美人的歌颂和追求;郭沫若用飞奔、狂叫、燃烧的"天狗"的形象来表达"五四"时代那种个性解放的狂飙突进的精神,而且用凤凰的自焚来表达对于民族新生的期望。可以设想,要是诗人离开了这些对于事实本身的"变形"的描绘,不论是屈原的还是郭沫若的诗歌,都会失去它们的生命。在旧社会中,金钱可以变为极端的罪恶,但是,在诗人手中却不会这般"直说",它总是采用"曲说"的办法,含蓄地讲出它的罪恶。莎士比亚在《雅典的泰门》中把"金钱"说成是具体的"人"——"啊,你可爱的凶手,帝王逃不过你的掌握,亲生的父子会被你离间!你灿烂的奸夫,淫污了纯洁的婚床!你勇敢的战神!你永远年青韶秀,永远被人爱恋的娇美的情郎,你的羞颜可以融化了狄安娜女神膝上的冰雪!你有形的神明,你会使冰炭化为胶漆,仇敌互相亲吻……"。

把金钱仅仅说成是金钱,那不是诗的方式;把金钱说成是人,是凶手,是战神,是有形的神明,就是诗的方式。这种言在此而意在彼的手段,是诗的常态和惯技,这是诗的"变形术",我们把它总的概括为:想象的手段。

"诗的光芒不仅是直射的,而且是反照的光芒;它将事物呈现给我们的时候,在那个事物的四周投下灿烂的光彩、激情的火焰,在与想象沟通之后,就如一道闪电一样,显示思想的深处,震撼我们整个身心。"赫士列特的这段话,恰恰证实了我们的观点:激情的火焰与想象的沟通,就会产生诗的闪电雷鸣。一个是激情,一个是想象,再一个,属于形式方面的,是音乐,他没有说。但前面两点是最重要的。诗的光芒,他说"不仅是直射的",我们可以订正说,往往不是直射的。诗是一种反照和折光,而往往不是直接的光照。

因为诗具有对于现实的这种反照和折射的反映的特点,因此,诗给予人们的印象是所有文学中的最为远离现实的一个品种。它对于生活绝不是亦步亦趋的,更不会生活中有什么,诗就反映什么,生活是什么样子,诗便是什么样子。而这恰恰造成了诗的灾难性的结果。

应该允许诗表现为远离现实的状态,诗应当在想象的和幻想的世界里生存。有人说过,诗,"它再现我们参与其间耳闻目见的平凡的宇宙;它替我们内心视觉扫除那层凡胎俗眼的薄膜,使我们窥见我们人生中的神奇。它强迫我们去感觉我们所知觉的东西,去想我们所认识的东西,当习以为常的印象不断重现,破坏了我们对宇宙的感观之后,诗就重新创造一个宇宙。诗证实了塔索那句大胆而真实的话:'没有人配受创造者的称号,唯有上帝与诗人。'"(雪莱:《为诗辩护》)这段话说明,诗是不能忍受对生活的庸俗的摹拟的,它要发现习以为常的现象之后的神奇,当生活变得千篇一律的时候,它就创造一种生活。所以,诗人从来都是大胆的创造者。否则,怎么理解"请君试问东流水,别意与之谁短长"呢?有生命的人怎么会向"无生命"的流水提"问"什么呢?怎么理解"狂风吹我心,西挂咸阳树"呢?那不是该送进疯人院了吗?而这种现象,在诗歌,都是屡见不鲜的。在诗人的笔下,世上的事物可以是另一种模样的,这里是聂鲁达的诗,他的"火"是"寒冷"的:

> 她说:我直到昨天才知道/我的儿子告诉了我,/你的名字透进我的心,/好像寒冷的火。

——《逃亡者》

这里是海涅的诗,他的"严寒"却是会"燃烧"的:

> 严寒的确也会像火一样地燃烧。

——《什锦诗·冬天》

诗离开了"现实",在诗中,现实换了一副非现实的样子,这不是诗的"出格",而恰恰是诗忠于自己的个性的创造,试想,是热烘烘的火更能表现这种心向爱国者而又有些担惊受怕的普通智利妇人的心理状态,还是这一束"寒冷的火"?可是,谁见过"寒冷的火"呢?没有。但寒冷的火的确在诗人的心中燃烧着,正如严寒会像火燃烧一样。这些都是伟大诗人的创造。而理解这些诗,没有与之相应的智力,却是难以达到的。

  诗歌史上有无数的事实可以说明这种来源于现实而又远离于现实的大胆想象所创造的奇境。正是由于这些奇境的聚合,造就了一部辉煌的世界诗歌史。想象产生诗歌,想象也产生诗人。李白听说王昌龄贬官,写诗给他,说"我寄愁心与明月,随君直到夜郎西",这是诗的方式。把充满忧愁的心,寄托给明月,明月伴随着友人,我的愁心伴随着明月。这里,全然是想象在起作用,这在一般现实感很强的小说里,除了特殊场合以外,是不大出现的。我的心不是在我的胸膛里么,它怎么会和明月有了关系?而居然又能随风而去呢?但是,几乎不分年代不分国籍的诗人都擅长这种思维的方式。这恰好证明:这种思维方式是诗歌所特有的。下面是土耳其的希克梅特写的《我的心不在这里——心痛病》:

> 你错了,医生。/你的柔弱而苍白的手/不能够摸到我的心,/鲜红的血。我的血同黄河混在一起奔流。/我的心在中国,……/……/我的心/不仅仅在我的身上——/虽然我躺在医院里面,/但我的心整夜地燃烧着,/它在同远方的一颗心谈话。

诗人患了心痛病,医生给他治疗。他告诉医生说:他的心不在这里,而在远方和一颗心谈话。要是读小说,人们会认为这是荒诞的;而在诗歌,人们认为不这样才是不正常的。因为只有大胆地超脱于现实,诗才能最真切地表达出那产生于现实的强烈的情怀。不妨设想一下,要是李白只说"友人远去了,我把对他的思念之情保留在心中",要是希克梅特只说,"我的心痛了,不是生理上的,而是我想着远方人民的斗争",那么,还有什么诗的激情可言?正是因此,雨果才说:"想象就是深度"(《莎士比亚》);黑格尔才说:"最杰出的艺术本领就是想象。"(《美学》第一卷)

诗的基本特性是想象的表现。想象通常的表现形态是远离真实;但想象的前提和力量,都必须建立在真实上。戴望舒说过,"诗是由真实经过想象而出来的,不单是真实,亦不单是想象。"(《诗论零札》)这种真实与想象的关系,巴尔扎克在《论艺术家》中说得很精辟:"他听任躯体受世事变幻的摆布,因为他的心灵始终飞翔在高空。他的双脚在大地上行进,他的脑袋却在腾云驾雾,他既是赤子又是巨人。"既是赤子,说明他是真实;又是巨人,说明他会想象。但是诗应当表现为巨人,他的主要特性是想象。对于诗人,从来都是创造多于叙述,不过,诗应当是安泰,它只是紧贴地母的胸膛时,他才有力量,离开了母亲——真实,他就会变成最没有力量的人。

想象应当海阔天空,诗应当设想奇特,但是出人意想与合乎常情应当是统一的。不合乎常情,也就达不到出人意想的效果。成功的想象总有现实的依据,但又奇想腾空,对真实加以巨大的改造,使之发出奇异的光彩。诗人的夸大其词,有时会带给人们以莫大的喜悦,正如维吉尔在《伊尼特》中描写卡米拉的敏捷说:"要是她飞跑在麦苗的顶端,她不会损伤柔嫩麦穗;要是她掠过汹涌的海面,海水不会弄湿她飞驰的脚底。"对此,英国的德莱登说:"没有人叫你像读历史一样地把诗人的话信以为真;但是你喜欢这个形象,虽然不曾为虚构的想象所欺骗。"(《英雄诗及诗的自由》)诗人所以需要想象,而这种想象之所以往往是夸张的,在于诗人需要强调和强化他内心的激情,归根到底,是为了抒情的需要。

想象需要奇特,但是应当具有现实的合理性。"想描写他的梦境的人,他自己就要格外清醒"(瓦雷里),英国的文艺理论家罗斯金说过:"我们有三种人:一种人见识真确,因为他不生情感,对于他,樱草花只是十足的樱草花,因为他不爱它。第二种人见识错误,因为他有情感,对于他,樱草花就不是樱草花,而是一颗星,一个太阳,一个仙人的护身盾,或是一个被遗弃的少女。第三种人见识真确,虽然他也有情感,对于他,樱草花永远是它本身那么一件东西一枚小花,从它的简明的连茎带叶的事业认识出来,不管有多少联想和情绪纷纷围着它。这三种人的身份高低大概可以这样定下:第一种完全不是诗人,第二种是第二流诗人,第三种是第一流诗人。"这就是说完全清醒的人不是诗人,完全在梦境中的人只是第二流的诗人,而能够清醒地说梦的人,是第一流诗人。想象中创造的世界,应当有现实世界的影子,哪怕是一道折光,一个投影。

四

诗在内容上抒情的特点,在内容的表达即形象的构成上想象的特点,把诗从内容上与文学其他文体区别开来。但仅有内容方面的因素还不够,罗丹说过,"艺术就是感情";但他紧接这个判断之后就说,"如果没有体积、比例、色彩的学问,没有灵敏的手,最强烈的感情也是瘫痪的。最伟大的诗人,如果他在国外,不通其语言,他能做什么呢?"(《遗嘱》)他一方面强调内容(感情),一方面重视形式(手段);他讲到雕塑,也讲到诗。诗的手段是语言,而诗的语言,也应当有异于它种文体。

内容同样精彩的文学作品,小说一般读一两遍就够了,而好的诗,尽管内容已为人们所熟知,而人们却喜欢反复地吟诵它。在其他文体,这是腻烦的;在诗,人们却不厌其烦,这说明,诗除了内容的因素,也还有其他方面的不容忽视的因素在吸引着人们。这因素,就是诗在语言形式方面的音乐性的特点——诗的语言是按照音乐因素的要求加以组织的。

音乐性的特点,使得孟浩然的"春眠不觉晓"和李白的"床前明月光"被反复吟咏了千余年。当人们反复吟诵这两首内容并不复杂的诗的时候,恐怕不再是因为内容的新鲜,而是为它们音调的动听、韵律的美好所陶醉。散文是一种谈话,诗是一种歌唱。诗的音乐性的特点,首先在于它反映生活的方式是歌唱型的,而不是谈话型的。读诗和读小说不一样,读小说,觉得作者在和我们娓娓而谈,基本上是客观、冷静的叙述;读诗,觉得是一股灼热的感情向我们涌来,诗人在向我们呼喊、召唤,仿佛在唱一首动情的歌曲:"啊,多么好! 我们的生活,我们的祖国;啊,多么好! 我们的时代,我们的人生!"不仅是读者,而且连诗人自己,也被沉醉在这种由音乐性的语言所创造的抒情气氛之中。

歌德曾经把建筑称作"一种僵化的音乐"(《歌德谈话录》)。

朱光潜译注认为,这句被后来美学家经常援引的话,改为"冻结的音乐"较好。我以为,要是说,建筑是冻结的音乐,那么,诗可以叫做"具形的音乐"。诗与音乐的关系,是先天的。可以说,从有诗的时候起,甚至说,在诗尚未正式诞生——尚未正式脱离"歌"的阶段时起,音乐的血就流在它的脉管里了。

前面谈到诗的抒情性质时曾经说到这点:诗歌最初起源于劳动,劳动中为了协调彼此的动作,为了彼此鼓动情绪,出现了简单的呼喊。这种呼喊,闻一多把它称为"歌"的起源,鲁迅把它称为"杭唷杭唷派"。这种呼喊的歌,就是诗的胚胎——说是胚胎,因为这种最早的"歌",还不曾有明确的内容,得到能够表达比较明确而且比较复杂的意愿了,也就是在那些原始状态的"歌"中充实进去具体的内容了,诗才开始正式出现。因此,诗是劳动呼喊的产物,言"志"的诗是与音乐的歌相伴随而出现的。

我国古代的诗词曲本来都是能唱的,到了近代,诗才逐渐变成了供阅读为主的。即使如此,有一部分诗仍然是可供说唱的。即使是现代新诗,也仍然保留着虽已退化的可唱的遗传,这就是朗诵——虽不能唱,却可诉诸听觉。诗就是如此,和音乐保持着它的血缘关系,由唱而吟,由吟而诵,步步后退,却不曾断绝关系。当诗还没有从歌中独立出来时,诗是音乐的内容,音乐是诗的形式,这是问题的实质。

可是,人们考虑诗的形式时,往往想到它的分行,认为分行排列就是诗的形式和标志。而事实是,小说分行不能变成诗,诗不分行,也不会变成小说。决定是不是诗,主要是前面论及的两个方面:抒情和想象,而不是其他。例如下面这一段不加分行也不押韵的文字,即使在外形上完全取消了诗的特征,但仍然可以明显地判断出是诗,而不是散文:

高粱长起来吧,高粱长起来吧!我们要去铁路东,那大平原上逛一逛呀!……呵呵,山哪,不管你用多少野花,都留不住我,放过夏天,就是放过游击队员最好的年成呵!高粱长起来吧……

这是魏巍的《高粱长起来吧》中的句子,原是分行的,我把它连在了一起,它在抒情式的呼唤中,首先"要求"高粱快快地成长起来,而后,它转而向"山"发出"呼喊":尽管你盛开了美丽的野花,也留不住渴望打击敌人的游击战士的脚步。我们从它那抒情的调子里感到那作为诗的非常重要的激情的因素,这是就诗的内容而言的。关于形式,外在的形式在这里是消失了——因为它既不分行排列,又不押韵,甚至句子也是长短不齐的——但它仍然存在着内在的因素。这因素,有两点很重要:其一是在这段文字中贯串始终的咏叹调子,这是其他文体所缺少的;其二是它前后出现的"高粱长起来吧"的重复,我们称它为复沓,增强了抒情的气氛。而这些,正是我们要加以分析的音乐性:即使在最不具有音乐外形的文字中,诗也保存了音乐的因素。

这样说,当然不能否定分行所具有的意义——要是没有意义,诗也就无须分行了。诗的分行排列,首先是由于诗要求集中精炼——短促的诗行便于概括提炼尽可能丰富的内容;叙述上的跳跃性——分行便于诗的"跳舞";再就是诗的抒情的职能,要强调那情绪的效果——分行排列,便于在形式上把感情上的强调更加鲜明地体现出来。这种形式上的处理,是为了给内容以必要的强化、加工。从重复的效果来分析,设想前一句是迎面甩过来的一排巨浪,则后边那四个割开的短行,是巨浪过后的波澜起伏,形成了海浪的推涌,有余音不绝、余波不息的气势。这种效果,当然是分行排列造成的。它不仅从内容上,也从形式上把诗的内蕴加以阐发。

"高粱长起来吧"和"无边的大海波涛汹涌",可以不分行,不押韵,也可以分行之后句式参差错落,但是,不论它的形态如何,除了内容的因素之外,始终存在着一个看不见的精灵,这就是产生诗的乐感的音乐的精灵。这里有一段话,可以帮助我们揭示诗的音乐性的根本奥秘:"对于原始民族,音乐中主要的东西是节奏,所以不难了解,他们的简单的音乐作品是怎样从劳动工具与其对象接触时所发出的声音中产生出来的。……毕歇尔深信,诗歌的产生是由精力充沛的具有节奏感的身体动作,特别是我们称之为劳动的身体动作所引起的;这不仅在诗歌的形式上是正确的,而且在内容上也是如此。"(普列汉诺夫:《没有地址的信》)对于诗的形式,什么是不可缺少的,而且是起着决定作用的因素?不是分行排列,不是押韵,也不是表面化的句式均齐,决定的因素是节奏。

节奏就是一连串有规律的声音,这规律指具有一定的高低、强弱、轻重以及等时性的间歇。节奏的终极的起源,可追溯到生理的原因(如心脏的跳动)上,当然,在自然界,也存在着自然形态的节奏:波浪的汹涌,旗帜的招展,柳丝的摇曳,秋千的振荡,鹰的盘旋,马的奔驰,我们均可从中寻觅到优美的节奏感。诗人把这种起源于劳动、并存在于自然的节奏加以人化,就是说,使之作用于社会,把人们的意志组织起来,使动作彼此协调,以至于把人们的感情组织起来,使他们更加密切地在社会生活中彼此协调,这种人为的利用,造成了诗的音乐性的基础。

所谓节奏感,就是声音的呈规律状态。声音的美在于节奏的和谐,造成和谐的效果的,是声音的匀称而不零乱。所以,形成和保持诗的音乐效果,在于节奏要大体整齐。雪莱说:"诗的语言总是含有某种划一而和谐的声音之重现,没有这重现,就不成其为诗,而且,姑不论它的特殊格调如何,这重现对于传达诗的感染力,正如诗中的文字一样,是绝不可缺少的。"(《为诗辩护》)

"某种划一而和谐的声音之重现"这句话,精到地、同时又是简要地概括了诗在形式方面的基本要求。构成这种重现的因素是很多的,押韵是一种,最重要的则是大体整齐的节奏。诗的语言是为表达错综复杂的客观事物服务的,因此,它本身是千变万化和丰富多彩的。但它在不同之中求同:在语音的丰富多彩之中求同,是押韵;在节奏的千变万化之中求同,是节奏的和谐。

节奏的整齐在我国古代诗歌中,体现在诗行字数的一致上。这在那时能够做到,但在现代汉语中,由于语言的日趋口语化、虚词的增多,以及现代词汇的不断丰富,那种只在字数一致上保持节奏整齐的局面被打破了。因此,只能大体上整齐——所谓"大体",即指不必拘泥于字数的一致而要求内在节奏的匀称。这种匀称,最重要的、起决定作用的,是上句与下句停顿数目的大体一致。上句与下句的停顿一致,符合于中国传统美学观念的对称的原则。这里讲的"停顿"只是一种权宜的说法。在西洋诗中,讲究音步或音尺。根据王力先生的介绍,音步是由希腊诗开始的。希腊语里有长短音的分别,一个长音和一个或两个短音相结合,成为一个节奏上的单位,叫做音步。英语没有长短音的分别,而只有轻重音的分别。于是英国的诗论家把英语中的重音和希腊语中的长音相当,把轻音和短音相当,承受了音步的概念。在西方,由两音或三音构成音步,再由若干音步构成诗行,这叫做"步律"。汉语有自己的特点,很难照搬这种音步的理论。但是汉语诗中同样讲究节奏的匀称。这种节奏的匀称,由停顿的大体相同构成(有人称之为"顿数")。这种停顿的划分,参照意义和语音两方面的因素,大体上,一个停顿指的是一个双音节或以双音节为基础的词或词组;由于汉语的每个字是一个音节,因此,指大体上由两个字构成的词或词组为一顿,这种顿,相当于西方的音步。如:

　　　　武山的|大米|兰州的|瓜○|
　　　　疼不过|老子|爱不过|妈○|

每句四顿,上下句的顿数相等,因此节奏是均匀的,音调也就和谐动听。但若改为"武山的|大米|兰州的|瓜○||,疼不过|亲爹|亲妈|",前一句四顿,后一句三顿,节奏的平衡被打破了,由于不对称因而产生不和谐,音乐感便减弱以至消失了。闻一多的《发现》中有相连的两句:"我来了,我喊一声,迸着血泪:'这不是我的中华,不对,不对!'"这两句,每句都可读为五顿,由于对称和平衡,因此动听。第二句的两个"不对",若去掉一个,感情是消弱了,但基本意义未变,可是诗的节奏的平衡打破了,少了一个"顿",读起来仿佛缺了一块。

表面上的字数整齐,并不构成内在的节奏匀称。有一部分"豆腐干体"读起来别扭,原因就在于表面上字数相同,实际上节奏并不均齐(顿数没有相等)。诗句的长短,每行字数的多少,并不对诗的节奏起决定作用。起决定作用的,如前所述,是相连的两句间顿数要相等,如郭小川的《秋歌》:

海岸的青松啊风卷波涛;/江南的桂花啊香满大道。//
草原的骏马啊长了肥膘;/东北的青山啊戴了雪帽。

因为相对的诗行间顿数一致,便获得了齐整的节奏感。有的诗句,看来参差不齐,仅仅因为相对的诗行间内在的顿数相称,读起来仍然和谐动听,如:

汽笛|和牧笛|合奏着|伴送我|和列车|一起|穿过|深山|隧洞||

螺旋桨|和白云|环舞着|伴送我|和飞机|一起|飞上|高空||

若把后句最后一个词组,改为"万里高空",增加了一个"顿",则这对诗行中的节奏,由于内在顿数的完全一致,音乐的效果是极其显著的。

从美学的规律看,人们对于平衡和对称美的要求并不是绝对的。当周围是一片杂乱时,它要求一致;当周围呈现为太完整的一致时,它要求打破平衡。这从诗歌形式的总变革中可以看到。在诗歌史上,自由化和格律化两种基本倾向几乎是交错出现的。中国艺术中最大的一个特点是均齐,而这个特点在其建筑与诗中尤为显著。但是,当这种均齐与对称的律化形成之后,人们欣赏的习惯便要求打破这种律化生成的单调与生硬,于是随之而来的便是统一之中的变化。

从远古的墓茔/从黑暗的年代/从人类死亡之流的那边/震惊沉睡的山脉/若火轮飞旋于沙丘之上/太阳向我滚来

——艾青:《太阳》

从上述诗行,可以看出这种既统一又有变化的美。这里,逢双句押韵,分别为:代、脉、来;六行之中,有四行都是三顿,有两行是不同顿数的长句,它们仿佛是基本旋律的变奏。由于这段诗大部分是顿数相同的句子,形成了整齐和谐的气氛;又有少数句子是变化的,打破了太一致的单调与沉闷感,又形成了活泼而有变化的局面。

音乐性的特点是属于整个诗的。对于格律诗以外的诗体,音乐性的特点仍然存在于诗的语言形式中。这种音乐的特性靠排比和复沓等形式体现出来。排比和复沓并不是均齐,但却仍然是均齐原则的变形,仍然是这一原则在自由散漫状态中的顽强的生存形式;仍然是追求异中之同,追求不整齐中的整齐,石方禹的《和平的最强音》的句子是参差不齐的,基本上也无韵,由于它大量运用排比、加上自然的复沓所造成的咏叹调子,读起来朗朗上口,有着浓厚的音乐气氛。

朱自清十分重视复沓在诗中的作用,他认为:"复沓是歌谣的生命。歌谣的组织整个儿靠复沓,韵并不是必要的。""在散文化的诗中用了重迭,使散中有整,也是一种调剂技巧。"(《抗战与诗》)复沓系指诗中对某些字句的有意识的重复出现,它用来增强诗中的音乐作用,在下列诗句中可以感受到:

> 晨光镀着启明星,/像宝石,亮晶晶;/晨光溶进小溪流,/像琉璃,亮晶晶。//初阳照着紫茄,/像紫玉,亮晶晶;/初阳照着红椒,/像玛瑙,亮晶晶。//绿叶上的露珠像珍珠,/灼闪闪,亮晶晶,/风舍不得揉,雾舍不得碰,/溪边菜园的早晨,亮晶晶,亮晶晶……

这里使用了复沓。通篇只听见"亮晶晶,亮晶晶"在响着,不断出现这相同的声音,造成了一曲清亮悦耳的音乐,当然,在这首多少有点韵律的诗中,复沓的作用还不太明显,换上一些散文化的诗,当它形式上没有其他条件而只有复沓时,复沓的重要作用就显了出来。以《说是从丰台来的》为例,它的句式不整齐,也不押韵,但读起来却娓娓动听,它的音乐感整个儿就只是依靠简单的复沓来维持。开始时,它出现了"说是从丰台来的,说是从丰台走着来的……"结束时,又出现类似的句型:"说是丰台来的,说是一路走来的……"简单的复沓,就造成了回环反复、前呼后应的韵味。

即使在格式非常自由的诗中,在几乎看不出任何格律的痕迹的诗中,我们也可以寻见由朴素的语言构成的排比、复沓造成的音乐旋律的效果。例如:

> 大堰河,是我的保姆。/她的名字就是生她的村庄的名字,/她是童养媳,/大堰河,是我的保姆。//我是地主的儿子;/也是吃了大堰河的奶而长大了的/大堰河的儿子。/大堰河以养育我而养育她的家,/而我,是吃了你的奶而被养育了的,/大堰河啊,我的保姆。

——艾青:《大堰河——我的保姆》

诗中,"大堰河,我的保姆"是反复出现的"乐句",是它呈现了主题,也是它呈现了基本旋律。这种效果是由于有意的复沓造成的。正是因此,在这首没有任何押韵的迹象,也没有任何句式的整齐的迹象的诗中,充满了宜于吟诵的音乐情调。

我们讲过,是生活的,特别是劳动的节奏,为诗的语言的音乐性提供了根据。人类的生活是发展的,劳动的内容和形式也在不断变化。由劳动所提示的节奏,也因时代的变异而变异。我们生活的时代,劳动的含义在变异,劳动的节奏也在变异。《诗经》的时代,四言诗对它是合适的,简单的、缓慢而不免有点滞涩的节奏,是适合那个时代劳动的内容的。"平平仄仄仄平平",适合于封建社会鼎盛时期的生活节拍,用它来抒发那种雍容闲适的田园情调是很合适的。在当今社会生活中,"小桥流水"的情趣正在被工业化的起重机和推土机所打破。电子计算机、高速公路、自动化的生产流水线,造就了人们对于诗的节奏的新观念。要把诗拉回"平平仄仄"的时代是不可能的——这样说,并不是要否认"平平仄仄"的存在以及这种旋律在诗中重现。但可以肯定的是,这种节奏已不适应于今天这个时代。

在西方,牧歌的时代已经结束了;在中国,陶渊明式的悠闲田园诗时代也应该结束了——人们已不习惯它的节奏。也许在中国,很多人还习惯那种慢吞吞的、不慌不忙的节奏,但它正在被打破,它一定将被当代生活的紧张节奏所代替。诗怎么办?当然要改变,而且我们当然应当欢迎改变。我们可以习惯我们十分习惯的东西,我们也应当习惯我们还不习惯的东西。我们要打破那种懒散的、保守的、惰性的"习惯"。目前的诗歌正在发生变化,不要用固定不变的标准去套它。要是说,由于生活的迅速发展,诗的音乐性的观念有了新的演化,甚至有了改变,我们也应当欢迎。事实上,这种概念正在改变之中,想阻拦它是做不到的。

总　论*

一

  这是中国历史上规模最大、影响最深的一次诗学挑战。这也是一次对于中国传统诗学质疑最为深切，反抗最为彻底的一次诗歌革命。它取得了划时代的成功，当然，可能也留下了一些未能如愿、至今仍待解决的遗憾。这里所说的诗学挑战，即指发端于五四新文学革命的新诗运动，对于中国古典诗歌的一次跨越整个20世纪、迄今尚未终结的古与今、新与旧的诗学转换这一重大事件。胡适曾为他写于1919年的《谈新诗》这篇文章加了个副题："八年来的一件大事"。他认为包括新诗革命在内的新文学革命，是自辛亥革命以来以迄于当时的八年间的、较之任何事件都更为重要的一件"大事"："与其枉费笔墨去谈这八年来的无谓政治，倒不如让我来谈谈这些比较有趣味的新诗吧"。① 从那时到现在，时间过了将近一个世纪，这一诗歌事件作为中国现代史上的"一件大事"的意义，依然呈现着跨越时空的不可替代的重要性。

  这不是一般意义上的诗歌革新。一般意义上的诗歌革新，在中国历史悠久的古典诗歌史上，曾经有过无数次壮丽的演出。每一次这样的演出最终都推进了古典诗歌的进化，每一次这样

---

  * 总论原题《论中国新诗》，初刊于《文学评论》2002年第3期。
  ① 胡适：《谈新诗》，1919年10月10日《星期评论》纪念号。《胡适文存》第一集，第一卷，黄山书社，1996年12月版，第122—123页。

的推进也都使古老的中国诗歌焕发出新生命的光辉。但是,所有这样的演出或推进,尽管曾经是造出了惊人的诗歌奇观,例如唐诗之取代魏晋南北朝诗、宋词之取代唐诗,都有惊天动地的效果,却依然都没有从根底上动摇这伟大的中国诗歌传统的基石。

从中国诗的源头上看,展示了远古辉煌的《诗经》时代——它所反映的历史大约自公元前1100年到公元前600年、即西周初年起至春秋中叶这段时间——过去之后,紧接着是受到文学史家赞许的漫长的散文时代。在这个时代里,人们把理性思辨的才情发挥到了极致。许多才俊之士把抽象思维的能力,运用在对于政治、经济、法律、哲学、乃至军事学的思考上,从而开展了一个彪炳千秋的诸子百家争鸣的动人局面。

但是散文的辉煌并没有、也不可能代替诗歌的革新与发展。《诗经》以后大约三百年间,在铺天盖地的散文对于中国文化的遮蔽之下,中国古典诗歌的第二个春天诞生了。这就是以成熟的诗人屈原的出现为标志的楚辞时代。植根于楚文化丰厚土壤中的屈原的代表作《离骚》,可谓是一块亘古未有的诗歌瑰宝,它通体散发着诡异的奇光。"昔楚国南郢之邑,沅湘之间,其俗信鬼而好祠,其祠必作歌乐鼓舞以乐诸神。"① 正是这块神奇的土地,它的特有的历史、宗教、音乐、民歌和乡俗,造就了楚辞的奇幻的想象、华丽的辞藻、特别是丰富的情感和新颖而华采的节奏。司马迁对屈原的人品与诗品评价极高,"《国风》好色而不淫,《小雅》怨诽而不乱,若《离骚》者,可谓兼之矣",他称赞屈原的作品"其文约,其辞微,其志洁,其行廉,其称文小而其指极大,举类迩而见义远"。②

中国早期的诗歌依然有过无数次像楚辞替代《诗经》这样的

---

① 王逸:《九歌序》。
② 司马迁:《史记》卷八十四,《屈原贾生列传》。

诗歌变革。例如充满民间气息的汉乐府诗的兴起、五言诗在文人实践中的形成、以及讲究形式的南北朝诗歌的特有风气——骈偶和声律特别受到重视。诗歌表达人的情感空间的扩大和细致化，诗歌韵律的探讨及实践的逐步成熟，这些，都为中国古典诗歌黄金时代的到来作了充分的准备。唐诗虽然到达了古典辉煌的顶峰，但依然不是中国诗歌发展的终极。词的出现开创了以有别于传统诗艺的不齐整中的齐整的新的律化局面。它以更为自由、活泼、华丽和更宜于吟唱的艺术特性，为古典诗歌的表现力作出了别开生面的贡献。宋词在已经到达极限的、看似难以超越的诗的顶巅上实现了新的超越。

中国诗史上这些层出不穷的艺术革新，不仅使诗的内在表现力得到增广，而且在它历时性的发展中致力于情感传递方式的丰富性，使诗的形式美也得到极大的显扬。中国古典诗歌在它数千年的发展中，创造了人类艺术史、乃至人类文明史上的无可比拟的业绩。它是中华古老文明永远的骄傲。但仍要特别指出的是，所有上述的那些艺术变革，都是在不质疑固有的审美传统及其传达方式的前提下进行的。用一句比较陈旧的话来形容中国古典诗歌的这种变革，就是"万变不离其宗"。也许从《诗经》到元人小令，诗歌的外在形式发生了令人惊诧的变化，但它的内在精神以及艺术思维则是相当稳定的、一贯的、甚至可说是未曾有过根本性的改变的。

这就是说，在五四新文学运动之前的所有的诗歌思想艺术上的革新，都是在没有怀疑——当然更谈不上否定——固有规范的前提下进行的。尽管在它千百年的发展中，产生过许多次重大的艺术嬗变，但是，它的充满静态的田园情趣的内涵，基本上是在表现较为狭窄的文人心态的抒情，以及多半是在有限的小圈子中进行交流的传播方式，一直从远古延续到近代。诗歌的语言虽然有过随着社会生活的发展而产生了变化，但它作为脱离日常口语的、基本停留于书面语言的方式,也一直是一种超稳定的遗传。

中国对自己一直引为骄傲的诗意世界产生怀疑,只是19世纪中叶以后的事。当然,这种怀疑的产生,有着非常深厚而宏阔的社会历史的、哲学的、文学和美学的背景,特别是诗歌自身的原因。这原因,要而言之即是,中国古典诗歌的极为辉煌的成就,推动着诗歌走到了发展的极限。诗到了唐代,词到了宋代,已是至善至美之物,它极致的发展也造出了发展的极致。古典诗歌的这种无以复加的巅峰状态,使后来者在它的令人炫目的光华面前睁不开眼睛。

这就是说,当一种完美的诗歌成为永远不可企及的规范,它同时也意味着是这种规范造出了自身的美学危机。所有的后来者的想象力都在这种辉煌面前失去了自信。创造精神的萎缩是一种可怕的传染,人们只能在前人的惊人的幻想中,在他们华丽的词语中陈陈相因。当创造成为一种奢侈,那么,摹仿就是唯一的可能。这种诗美处于极限而产生的危机感,前人曾有过充分的表述。王韬说过,"窃见今之所为诗人矣,搜拮以为富,刻画以为工,宗唐祧宋以为高,摹杜范韩以为能,而于己之性情无存也,是则虽多奚为?"[①]他看到了诗至当时的"难以为继"的困窘:"慨自雅颂降为古风,古风沦为律诗,时代既殊,人才亦变。自汉、魏、六朝迄于唐、宋、元、明,以诗名者,殆不下数千家,后之学者,难乎继矣。诗至今日,殆不可作。"[②]

今人启功对此也有评说。启功风趣地说:"唐以前诗是长出来的,唐人诗是嚷出来的,宋人诗是想出来的,宋以后诗是仿出

---

① 王韬:《蘅花馆诗录自序》,见《弢园文录》外编第七卷。
② 王韬:《蘅花馆诗录自序》,见《弢园文录》外编第七卷。

来的。嚷者,理直气壮,出以无心;想者,熟虑深思,行以有意耳!"①他的见解是精辟的,唐人做诗是出以无心的"嚷",有一种自然的、感性的神采,到了宋人,人为的、理性的成分增多了,诗闪射着智性的光芒。所谓的"熟虑深思"虽是为诗者的必需,但若过度则有失灵性的玄机。这样看,宋人大体还过得去,宋以后就惨了,只剩了一个"仿"字。这也就是前此我们说到的诗人创造力的丧失,以及毫无新意的重复和摹仿。

中国诗在唐、宋高潮之后的致命问题是,诗仿佛走到了尽头,除了在前人智慧的缝隙里讨生活,几乎没有新路可走。到了清代,虽然也有把诗做得很有才气的,例如顺治年间的王士禛,康熙年间的纳兰性德,乾隆年间的黄仲则,他们无疑都是一时的才俊之士,他们的诗,有的得唐人神韵,有的有宋人意趣,大体都有着无懈可击的技巧,但毕竟缺乏一种气象。而这种关于一个时代的气象,却是"仿"不出来的,它可期而不可求。做不下去了,但仍在做,而且还做得很像那么回事。中国文化有着非常强旺的生命力,就诗来说,自宋以后,都说是做不下去了,但是一"仿"就"仿"了千余年。要是没有19世纪以后来自国门之外的强刺激,这局面恐怕还会无限期地延续下去。

19世纪中叶是清王朝由盛而衰的转折点,中国社会处于内忧外患之中。社会危机的突现,特别是近代工业文明所带来的震撼,迫使中国人开始从社会的政治、经济、军事、到文化的各个层面全面地反省自己的现实处境。进入19世纪,列强虎视之下的中国处于风雨飘摇之中。对于来自西方的这种威逼,中国先是抗拒,后是屈从,丧权辱国激发了中国先知先觉的志士思考并探求富国强民之路的勇气和信心。

这里有一段文字记述了中国当时的处境:"中国未能理解西

---

① 见《启功韵语》所收墨迹,北京师范大学出版社,1989年。

方大国提出的新挑战。直至17世纪,中国在很多方面一直比西方优越。18世纪,清帝国达到繁荣安定局面的顶峰。同时,它的军队征服了亚洲内陆一个幅员辽阔的新帝国。但是就在取得巨大成功的这个时期,中国被欧洲的迅速发展所超过。尽管帝国仍是自给自足的,它此时被迫去对付扩张主义的西方大国,这些大国享有技术优势、财富、以及工业革命带来的组织能力。随着19世纪的岁月的流逝,在一种中国文化当然至高无上传统中教养出来的中国统治阶级,证明自己不能理解这一新挑战,也不能使这个国家现代化。结果,中国落后得越来越远。"[①]此种现实的处境在中国保守的统治者那里是一个盲点,而却激起了一批志在改造社会的先觉者的良知。他们在强烈的使命感的驱使下,积极寻找救国救民的药方。文化和文学——当然包括诗歌——的改革的命题,就这样提到了中国知识界的面前。

二

中国的诗歌变革道路上,存在着很多矛盾。其长远的、带有根本性的症结,即在于前面论及的关于艺术发展的可能性的困惑。这种困惑是深层次的,属于审美范畴和艺术本体意义的矛盾。关于这种矛盾的思考由来已久,但是始终没有成为引发一场彻底的艺术革命的燃点。若是没有特殊因素的激发,它有足够的惰性可以使自己在因袭的重负下持久地存活。中国艺术、文化的韧性和惰力都表现在这里。而现实的、社会的这些外在的矛盾,则可能是,事实上也是一种最直接的触发点。

事情到了19世纪中叶,从第一次鸦片战争开始,接连不断的外国入侵,彻底打消了自来的中央帝国的自尊和自信。中国

---

① 杰弗里·巴勒克拉夫主编:《泰晤士世界历史地图集》的文字部分,见《世界史便览》,三联书店,1982年9月北京第1版。

人在近代的悲剧遭遇中开始了警觉与反省。以往那些关于诗的艺术的绵延与承继的思考，变得非常地不重要了。重要的是生存，是内忧外患中的救亡图存。在这样的实际处境下，关于诗歌本体的那些长远性的、也有点抽象的思考，让位于诗歌如何接近中国的苦难现实的、眼前的、比较实际的思考，则是必然的趋势。

苦难是中国诗歌革命的真正出发点。近代以来包括诗歌变革在内的文学变革，都是把这种变革置放在社会变革的总的格局之中。它从属于社会变革，成为社会变革的一部分，但又反过来服务于、并推进了社会变革的进程。在一些更为激进的论者那里，文学——诗和小说——在社会变革中的作用简直就是决定性的。所谓的"欲新一国之民，不可不新一国之小说。欲新道德，必新小说；欲新宗教，必新小说；欲新政治，必新小说；欲新风俗，必新小说；欲新学艺，必新小说；乃至欲新人心，欲新人格，必新小说"[①]的论断，就是很有代表性的。

这种把文学的改革和社会的改造紧紧捆在一起的思路，体现一种明确的意识，那就是把文学定位于经世致用的价值观上。这当然不是近代文学的新发明，而是植根于深远的儒家文学理念，诸如"文章合为时而著，歌诗合为事而作"的言说，[②]就是此种理念的体现。这就是当时盛行的"文学有用"或"有用文学"的原由，国难当头，生死存亡，侈谈风月，或空言性灵，都是可耻的。立足点在于要用文学或诗歌去唤醒民众，重铸民魂，以挽狂澜于既倒。对比之下，那些传统的所谓学问或诗歌，就是一种等而下之的事情了。

当时那批先进人士尽管对于诗的改造发表了很多意见，但

---

① 梁启超：《小说与群治之关系》，见《饮冰室全集》第12卷，上海文化书局，1934年10月版，第516页。

② 白居易：《与元九书》，《白氏长庆集》第四十五卷。

他们的看法也有一个渐进的过程。前文援引王韬对于当时诗界竞相摹仿的倾向的批评中,他说自己,"余不能诗,而诗亦不尽与古合。正惟不与古合,而我之性情乃足以自见"。① 他的立论也只在于强调诗人按照自我的愿望来表现,认为诗人"原不必别创一格,号称始祖,然后翘然殊与众也"。这种认识与后来出现的诗界革命的主张相去甚远。即使是诗界革命的领袖人物如黄遵宪,他早先的见解也与此相类。黄遵宪在早年的《与朗山论诗书》中也有类似王韬那样的"诗已做尽"的想法:"诗之兴,自古至今而其变极尽矣,虽有奇才异能之士,率意远思,无能出其范围者。"②但还是认为"苟能即身之所遇,目之所见,耳之所闻,而笔之于诗,何必古人?我自有我之诗者在"。言论至此,也还是强调诗人一般的自我发现与自我表达的创造特性,并没有改造旧诗的思想。

明确地对绵延了几千年的旧诗产生怀疑,就是发生在前面提及的清末社会危机日益严重、社会改革的思想萌兴之后的事。由于要改变中国的积弱状态,想到以诗和文学作为唤醒民众的工具。而当人们满怀希望地一旦面对这些"古旧"的"武器"时,却猛然发现了它与现实世界之间的间隔是那样的遥远——它无法装载新的知识,它不能表达新的思想,它甚至无法沟通日益复杂的日常生活和普通人的情感。这时,那些敏感的诗人们真正地感到了中国传统诗歌的痼弊——它成了中国改变现状的障碍。

这时的旧诗改革的思路,开始触及传统诗歌自身存在的问题。这种"触及",一是想把诗从遥远的天边拉回到普通民众的

---

① 王韬:《蘅花馆诗录自序》,见《弢园文录》外编第七卷。
② 黄遵宪:《与朗山论诗书》,《岭南学报》第二卷,第二期,1931年7月。转引自《中国二十世纪文艺学学术史》第一部(钱竞、王飙著),上海文艺出版社,2001年3月,第399页。

身边,缩短诗与社会忧患和日常生活的距离。著名的黄遵宪的诗句:"我手写我口,古岂能拘牵?即今流俗语,我若登简编,五千年后人,惊为古斓斑"①即属于此类。值得特别重视的是"我手写我口"这五个字,一下子把诗从庙堂的高贵和山林的深幽拉到了现时的和俗世的平凡上面来。它顷刻间消解了古典的神圣,纠缠了多年的古今之争一下子得到弥平。黄遵宪这些看似平淡的诗句,着实发出了诗歌新时代的最初的信息。

也许传递这一信息的最主要的文献是黄遵宪为《人境庐诗草》所写的自序。这是黄遵宪比较全面地阐述他的诗学思想的一篇文章。他说:"仆尝以为诗之外有事,诗之中有人;今之事异于古,今之人又何必与古人同?尝于胸中设一诗境:一曰复古人比兴之体;一曰以单行之神,运排偶之体;一曰取离骚乐府之神理,而不袭其貌;一曰用古文家伸缩离合之法以入诗。"在这篇文章中,他为扩展诗的表现内容提出了建议:"凡事名物名切于今者,皆采取而假借之";"古人未有之物,未辟之境,耳目所历,皆笔而书之";他的明确目标是"不名一格,不专一体,要不失为我之诗"。② 可以看出,在这篇我们认为的他的最重要诗学文献中,他依然没有对传统诗歌提出根本性的质疑,他的基本思路是在不抛弃原有框架的前提下扩展诗的内容,使之能够容纳更多的新事物。

黄遵宪上述那篇自序写于光绪十七年,即公元1891年,那时他在伦敦使署任职。尽管诗歌改良的实践此时已进行多年,但从事的人并不多,实际收效也不大。明确提出"诗界革命"主张的是梁启超。他在《夏威夷游记》中说:"余虽不能诗,然尝好

---

① 黄遵宪:《杂感》,《人境庐诗草笺注》第一卷,古典文学出版社,1957年版,第15—16页。

② 黄遵宪:《人境庐诗草·自序》,古典文学出版社,1957年版,第1页。

论诗,以为诗之境界,被千余年来鹦鹉名士(余尝戏名词章家为鹦鹉名士,自觉过于尖刻)占尽矣,虽有佳章佳句,一读之,似在某集中曾相见者,是最可恨也。故今日不作诗则已,若作诗,必为诗界之哥伦布、玛赛郎然后可。犹欧洲之地力已尽,生产过度,不能不求新地于阿米利加及太平洋沿岸也。欲为诗界之哥伦布、玛赛郎,不可不备三长:第一要新意境,第二要新语句,又需以古人之风格入之,然后成其为诗。"①

梁启超无疑有着一种前无古人的气概。他呼吁的是在诗界发现并开辟新大陆的哥伦布和麦哲伦。他同样看到了中国原有诗歌生态的"满",看到了在原有的基础上已没有发展的余地。他这样热烈地期待着:"要之支那非有诗界革命,则诗运殆将绝。虽然,诗运无绝之时也,今者革命之机渐熟,而哥伦布、玛赛郎之出世必不远矣。"正如那一批维新主义者的社会改革思想存在着明显的缺陷一样,梁启超的"诗界革命"的主张也难以摆脱自身的局限。他和清末所有从事诗歌改良的人一样,共同面对着一个不可逾越的障碍,那就是古典诗歌传统。梁启超"诗界革命"的"不可不备"的"三长"的中心理念,不论是"新意境"也好,"新语句"也好,都"需以古人之风格入之"。在他们未来的蓝图中,"古人的风格"不仅不可抛弃,而且不可挑战。

从《人境庐诗草》自序到《夏威夷游记》正式提出"诗界革命",分别是 1891 年和 1899 年,都是发生在 19 世纪最后 10 年的事。虽然我们从这两个文献中同样看到了中国传统诗歌无所不在的强大的影响,但是从黄遵宪所想象的"设一诗境"看,从诗体、取材、述事、到炼格,他对于古诗的接纳几乎是全面的。而在梁启超那里,这种羁绊显然要少,但他依然要把"新大陆"置于

---

① 梁启超:《夏威夷游记》。见《饮冰室合集·文集之二十二》。上海中华书局,1936 年版。

"古人风格"的阴影之下。从这里可以看到中国诗歌改革的艰难步履,19世纪最后10年的"移动"依然是缓慢的。而在实践上,诗界革命所能有的进展就相当地可怜了,大体上只停留于新名词对于旧形式的"装填"上——它几乎是在原地踏步。其结果连梁启超也不满意,他对此有很多的批评:"当时所谓新诗者,颇喜挦撦新名词以自表异。丙申、丁酉间,吾党数子皆好作此体","此类之诗,当时沾沾自喜,然必非诗之佳者,无俟言也。"[①]

可见,清末那些提倡诗歌改革的人们,他们已普遍感到了旧诗对于新事物的阻挡。他们的做法是,急切地要把当时已经流行的新语词装进旧格式中,梁启超说过,"过渡时代,必有革命。然革命者,当革其精神,非革其形式。吾党近好言诗界革命,虽然,若以堆积满纸新名词为革命,是又满洲政府变法维新之类也。能以旧风格含新意境,斯可以举革命之实矣。苟能尔尔,则虽间杂一二新名词,亦不为病"。[②] 这主张很清楚,要在保存旧形式的前提下实行诗的改革——"新意境"的加入。

这种不彻底的改革计划在实施过程中遇到了困难。他们未曾料到的是,旧的形式与新的语词之间有一种天然的排斥和拒绝。中国已经固化的以五言、七言为骨架的古典诗歌,对于那些来自西洋和东洋的新名词,仿佛就是先天的抗体。它们只能是被生硬地"镶嵌"在旧的框架中,而并没有、也不能与原有的"风格"融成一体。那么,究竟什么是它们之间的难以逾越的障碍呢?究其实,根源在于与日常口语相脱节的文言,以及由文言构成的、非常稳定的形式,造成了这样的格格不入。一些当时的改革者都想在保留旧有的形式、风格的前提下做出"新"的诗来,结

---

① 梁启超:《饮冰室诗话》六十、六二、六三。人民文学出版社,1959年4月北京第一版,第49—50页。

② 同上书,第51页。

果,他们都落空了。于是,人们只能以无可补偿的惆怅告别了19世纪,而把期望的目光寄托在20世纪的一批更具想象力、也更有实践勇气的人们身上。

三

19世纪在欧洲大地开展了如火如荼的工业革命之时,东方的大清帝国还沉醉在它绵延了数千年的农耕经济的梦境中。强大的西方看上了这片沉睡的大地,它们的产品需要这个广大的市场。而中国却不能接受这种强加的交易。"清政权主要关切的是维持它所统治的和赖以取得主要生计的农村社会秩序。对外关系似是不关痛痒的事情","幅员广大、自给自足、统治阶级的麻木不仁和漠不关心,所有这一切使清帝国在与西方国家接触时毫无应变的准备。更确切地说,当这种接触在近代成为事实时,导致中国衰落的一个原因恰恰就是中国文明在近代以前已经取得成就本身,要理解中国的衰落,就必须懂得中国早先取得的成就,因为这种成就之大竟使得中国的领袖人物对于灾难的降临毫无准备。"①

就在这样的背景下,开始了近百年中国的苦难史。中国当时的统治者愚昧而又固执地想维持它昔日的繁华和神圣——他们无法理解、甚至也不准备理解当时世界的进化。而中国文人和官吏中的一些有识之士,已深重地感到了中国潜在的危机。中国的积弱使他们痛心疾首,面对列强毫无阻挡的长驱直入,面对中国当时普遍的麻木,他们开始寻找中国的病症和疗救这些病症的药方,这种思路从旧文化而及于旧文学和旧诗歌。报国无门、救民无方的可怜的知识分子们,只能在这些他们"可把握"

---

① 费正清编:《剑桥中国晚清史》上卷,中国社会科学出版社,1985年2月北京第1版,第9页。

的角落寻找启发民智、改造国民性的药饵。

在思考这一切时,他们的着眼点是如何使这些旧的诗歌形态奇迹般地起死回生,从而使之在实际的生活中起作用。在近代那些主张诗歌改良的人们那里,他们考虑的是如何使这些旧形式承担起传达新思想、扩展新内容、表现新意境的可能性。而思考的核心则是如何使文学和诗于实际的社会改造中"有用"。一旦这些诗能够对改造社会人心中起作用了,他们的目的也就达到了。

但是,他们在做这一切的时候似乎忘了诗的基本特性。他们无视诗歌内在规律的这种新名词、新概念、新思想的充填,本意原在于通过这种方式使那些内容得到传播和普及,结果却是事与愿违。诗歌是一种通过令人愉悦的形式最终作用于人的情感的艺术。诗歌若失去了愉悦性,而且不能最终诉诸人的情感,当然也无法到达"有用"的目的。应当说,要求诗歌"有用"并没有过分,但它显然不应以牺牲诗的审美性为代价,而在当时这些实践中诗的艺术特性却普遍受到了忽视。

有些诗界革命的倡导者不是没有看到这点,在他们提出的"复古人比兴之体"和"古人之法",以及"需以古人之风格入之"主张中,我们依稀看到了他们对于古人的艺术方式的牵念。但是他们对这种牵念的表述是模糊的而缺乏明确性的。而且,更为重要的是,他们当时都不可能看到旧诗所用的"运载工具"的局限性,根本不可能消解旧的语言与他们所说的"新意境"之间不可调和的根本性矛盾。这是清末的诗界革命的给予 20 世纪的历史遗留。清理并解决这一历史遗留的问题,在等待着一批能够唤起全社会的巨大热情的新诗革命的新人们。历史就这样把期待的目光投向了新世纪。

新诗的出现及其试验的成功,为 20 世纪中国文学革命的胜利写下了决定性的最后一笔。它是中国新文化建设中的一件惊天动地的大事。20世纪的文化变革留给中国许多记忆,而新诗的从无到有的轰轰烈烈的行进,却是最激动人心的、永远值得纪念的事件。中国20世纪的新诗建设,是在19世纪末叶诗界革命诸多并不成功的实验基础上重新起步的。它是中国新文学革命的一个组成部分,而且还是其中最重要的一个部分。

胡适是中国新文学革命的领袖式的人物,他对新文学革命的贡献是全面的,尤其他对新诗的理论建设和实践付出了最多的心力。他是一位颇有战略眼光的先行者。胡适说过:"白话文学的作战,十仗之中,已胜了七八仗。现在只剩下一座诗的壁垒,还须用全力去抢夺。待到白话征服这个诗国时,白话文学的胜利就可说是十足的了。所以我当时打定主意,要作先锋去打这座未投降的壁垒;就是要用全力去试做白话诗。"[①]他的新诗的"尝试"以及为数甚多的新诗实践者获得的成功,从而也宣告了中国以白话为运载工具的新文学革命取得了成功。事情非常清楚,当白话新诗以崭新的姿态出现、并取代了中国古代文学中发展极为充分、极为完美的古典诗歌的时候,旧文学的卫道者们,再想否定已经出现的事实就是非常困难的事了!

胡适究竟是从什么地方攻进旧诗这一坚固的壁垒,从而获得他的前辈从龚自珍、魏源直至黄遵宪、梁启超不能到达的目的呢?这就是他的与众不同之处——因为他对包括旧诗在内的整个旧文学不抱幻想。以胡适为代表的新诗革命的先行者们,最先把目光投向了旧诗(和旧文学)的幽深之处,这就是它极完美的形式掩盖下的与时代精神的严重脱节,即内容的陈旧和思想的空虚,以及它在通向民众的阅读之间的距离。

---

① 胡适:《逼上梁山》。此篇原载1934年1月1日《东方杂志》第3卷,第1期。见《中国新文学大系·建设理论集》,上海良友图书印刷公司,1935年10月初版,第19页。收入《胡适文集》第1卷,北京大学出版社,1998年11月第1版,第155页。

1915年当时正在美国留学的胡适,在与友人的通信中曾写道:"诗国革命何自始?要须作诗如作文。"这"作诗如作文"五个字在当时掀起了轩然大波。他的朋友如梅光迪认为"诗文截然两道","吾国求诗界革命,当于诗中求之,与文无涉也。"胡适的话的确容易引起误解。但他所针对的是他感到的旧诗和旧文学的通病。"今日文学大病在于徒有形式而无精神,徒有文而无质,徒有铿锵之韵,貌似之辞而已",他要革除的是这样的积弊,而他的制胜之方则是不无偏激的"作诗如作文"!

这是胡适对中国诗歌长期观察得出的结论。他由旧诗的文胜于质的问题深入寻找诗歌变革的突破点。他终于决心向着中国传统诗歌的"立命之基"的传统形式开刀。胡适认为中外古今的所有文学革命,"大概都是从文的形式的方面下手","这一次中国文学的革命运动,也是先要求语言文字和文体的解放"。他对此有着非常感人的坚定:"我也知道光有白话算不得新文学,我也知道新文学必须有新思想和新精神。但是我认定了:无论如何,死文字决不能产生活文学。若要造一种活的文学,必须有活的工具。"

他以旧形式的摧毁为突破点,立志于重新建立中国文学的新秩序。也就是这一点,使他区别于以往的所有的诗歌改良主义者。胡适对新诗的开创性的贡献即在于,他石破天惊地提出了"诗体大解放"的主张:"因为有了这一层诗体的解放,所以丰富的材料,精密的观察,高深的理想,复杂的情感,方才能跑到诗里去。"①在《尝试集·自序》中,他当时即决绝地宣告:"诗体大解放就是把从前一切束缚自由的枷锁镣铐一切打破:有什么话,说什么话,话怎么说,就怎么说,这样方才可有真正白话诗,方才

---

① 胡适:《谈新诗》,1919年10月10日《星期评论》纪念号。《胡适文存》第1集,第1卷,黄山书社,1996年12月版,第123页。

可以表现白话的文学可能性。"①

这里生发出来的雄视千古的气概,当然是五四时代精神的体现。你可以责备它极端、偏激、甚至幼稚和武断,诸如"一切打破"以及对于诗来说是非常忌讳的"话怎么说,就怎么说"等等。但你不能不承认这里有一种可贵的追求,其实,这就是"五四"彻底的批判和怀疑精神。正如《新青年》所宣告的:"我们相信,世界各国政治上、道德上、经济上因袭的观念中有许多阻碍进化而不合理的部分,我们想求社会进化,不得不打破天经地义自古而斯的成见。"新诗的革命者们现在做的,只是"打破"这些"天经地义"中的一个小小的部分——对于旧诗的迷信和崇拜。但就是小小的这一点,人们用的是漫长的跨越世纪的艰辛!

四

中国在20世纪上溯的几千年中,创造了世上无与伦比的、美轮美奂的古典诗歌的辉煌。这些由方块字铸成的古代瑰宝,是东方审美创造的极品。这些超越时空的永恒的语言,它以高贵的形式,华采的节奏,典雅的词汇,特别是隽永的意境,造出了一个充满魅力的诗意世界。音乐、色彩和非凡的想象力的综合,传达着古老文明的迷人神韵。它凝聚着人们关于追求功名和理想,咏叹乡情和友爱的情怀:寄情于田园,流连于山水,一树枫叶的怀想,几枝红豆的相思,微风中的燕子,细雨中的游鱼,大漠的孤烟,春江的花月,在露水的晶莹中颤动的花枝。还有深深庭院中的无望的等待……这一切,经过无数代诗人的锦心绣口编织而成的、永久的心灵的梵音,正是这个建立在悠久农业文明基础上的古老民族的永世的骄傲。

---

① 胡适:《谈新诗》,1919年10月10日《星期评论》纪念号。《胡适文存》第1集,第1卷,黄山书社,1996年12月版,第148页。

而 19 世纪下半叶开始的灾难,促使人们对那一切产生了怀疑。此时的中国是在强敌逼境下的节节败退中无路可走。当时的普遍想法是,苟能救亡图存而宁肯抛却一切。中国诗界更是如此,经过上个世纪那一批改良主义者的并不成功的探路,如今好不容易终于寻到了"诗体大解放"这一服妙方。于是,下决心对以往的旧古董来一番天旋地转的"大破坏"。胡适有言:"文学革命一面是推翻那几千年因袭下来的死工具,一面是建立那千年来已有不少文学的成绩的活工具;用那活的白话文学来代替那死的古文学,可以叫做大破坏,可以叫做大解放,也可以叫做建设的文学革命。"[①]

打破山林的宁静,装进工业时代的喧嚣,那些由经典的节律和音韵造出的完美受到了轻蔑。中国人好像下定了决心,不惜以一个空前的大破坏,来重建一种理想的诗歌秩序。当时人们要做的事,就是竭力要把他们新发现的白话诗,做得完全不同于以往的那些圆润剔透的古典诗。用当时流行的话来说,就是"要把诗做得不像诗"。这里有一种"破坏"的快感,也有一种从头做起的创造的愉悦。那时的这一班人,像胡适、陈独秀等,他们是开路的先行者,他们是一径地往前走的,沿路撒下了"尝试"的果实。他们只知试验创造,他们的目光只望着前面,他们没有、也不会想到回头看看,看看风烟迷乱之处的"战场"上的狼藉景象。

而实际上,中国新诗在它的草创期就留下了许多弊端。当时也不乏一些有远见的人对此有过评论。就在白话新诗起步之初,当时积极参与新诗革命的俞平伯,就看到白话的"词汇贫乏",很多都要"借材异地",以及他认为的"缺乏美术的培养"等。

---

① 胡适:《中国新文学大系·建设理论卷·导言》,上海良友图书印刷公司,1935 年 10 月初版,第 31 页。该文见《胡适文集》第 1 卷,北京大学出版社,1998 年 11 月第 1 版,第 138 页。该文在全集中以《中国新文学运动小史》的题名出现。

很早,俞平伯就精辟指出:"白话诗的难处,不在白话上面,是在诗上面;我们要紧记,做白话的诗,不是专说白话。白话诗和白话的分别,骨子里是有的,表现上却不很显明,因为美感不是固定的,自然的音节也不是拿机器来试验的。"①俞平伯这些话写在新诗初起的1919年,实属难得。

还有周作人,他拥护白话新诗的产生,他自己也写过像《小河》那样的里程碑式的作品,但他对新诗也有较为尖锐的批评。他在给《扬鞭集》写的序中说过,他"不佩服"白话诗的"白描"和"唠叨的叙事"——"我只认抒情是诗的本分"。周作人说:"经过了许多时间,我们才渐渐觉醒,诗先要是诗,然后才能说到白话不白话,可是什么是诗,这问题在七八年前没有多少人讨论的","新诗运动的起来,侧重白话的一方面,而未曾到诗的艺术和原理的一方面。一般写诗的人以打破旧诗的范围为唯一的职志,提起笔来固然无拘无束,但是什么标准都没有了,结果是散漫无纪。"②

从清末的"诗界革命"到"五四"的"新诗革命",这一场具有强大震撼力的、关于中国诗歌从古典到现代的大变革,从最初的试验到广泛的实践,走过了跨越19世纪——20世纪的漫长的道路。几代诗人为探讨中国诗歌的新生付出了心力。对这一丰富而曲折的变革历程的简单概括,大抵就是:走了两个步子。这两个步子,一是"以旧风格表现新内容",一是"诗体大解放"。前者被认为是改良的,后者则认为是革命的。

一般都认为从诗体解放入手,是一种彻底的、不妥协的革命之举。"革命"是一种革故图新的行动,是对于"旧皮囊装不了新

---

① 俞平伯:《社会上对于新诗的各种心理观》,《新潮》第2卷,第1号,1919年10月30日。
② 周作人:《扬鞭集·序》。《语丝》第82期,1926年5月30日。

酒浆"的彻悟。不妨借用郭沫若《女神之再生》诗中一场恶战之后黑暗中传来的一段对话,来印证此一时期的"革命思想"也许是有趣的,对话是:"破了的天体怎么处置呀?""再去炼些五色彩石来补好吧!""那样五色的东西此后莫中用了,我们尽他破坏不再补他了!"破了的天体是"弃"是"补",这当然只是一个比喻。其实"补"的办法经诗界革命的实践,已被证明是行不通的;而"五四"时期的全盘否定的"弃",恐怕也未见正确。事实是,对于一个悠久的传统而言,多大的"革命"也难以造成实际上的断裂。传统是一道长流水,当然只能是"抽刀断水水更流"。

革命总是暴风骤雨般的袭击和取代。它的不可阻挡的迅雷之势,总有一种暴力造出的粗糙。诗是艺术的,艺术的变革而采取革命的办法,难免会留下诸多"病症"。例如一场声势浩大的新诗革命,大家的注意力都集中在"白话"而忽视了"诗"就是很自然的事了。中国诗歌为寻求与现代的社会人生的契合、以及在承载人的现代思想情感的伟大目标上,经过自"诗界革命"到"新诗革命"的长期试验,最后作了可说是充满危险的选择,这就是,在它庄严的"告别古典"的仪式中,的确蕴涵了为思想而轻忽艺术的隐患。

那一代人都把兴趣和激情倾注于诗体的改革上了。他们为了使诗在实现人与他的现实状态相适应的路途上,的确拥有前无古人的胆识与魄力。然而,他们却为此付出了沉重的代价。以至于在百年后的今日,当人们在获得一种崭新的方式表现他们所拥有的诗意时,猛一回头,却发现他们的这种"拥有"乃是一种"不拥有"——尽管人们可以责难中国人对于传统诗意的怀旧、甚至守旧的心态,但几乎所有的责难都无法回避如下的事实:较之古典诗歌精美的极致,新诗在艺术形式上的粗糙、以及人们在运用白话的方式以表达他们的情感时所产生的力不从心的沮丧!

五

　　这种沮丧是当时的革命者们所始料不及的。他们当时只有创造的快意。他们是开天辟地的一代人,是他们把最为"鄙俗"的白话,用来替代那些经历了千年磨砺的、无与伦比的精美的文言,来做中国文学中地位最显要、也最受隆崇的诗。新诗人们得到了这一最新武器,便在他们所关注的领域挥舞起来。他们最得意的地方,不是用白话来吟风弄月,而是一开始就把诗的目光投向了普通民众的生活底层。即使是非常强调"诗是贵族的"的康白情,也不得不承认:"我们却仍旧不能不于诗上实写大多数人底生活,仍旧不能不要使大多数的人都能了解,以慰藉我们底感情。所以诗尽管是贵族的,我们还是尽管要作平民底诗。"①

　　记得当年,胡适和他的朋友们以充满同情与悲悯的笔墨,写那些寒风中奔走的人力车夫,有着何等新颖的创造的愉悦——他们在得意之中忘了前人的乐府诗中不乏此类描写的事实——他们因为自己的诗笔触及了众生的疾苦而自豪。这些新诗的最初实践者,他们是为寻求诗与人们的现时生活状态的契合而创作的;他们一开始就不是把目光投向作为个体的自我内心,而是投向了个人以外的社会群体。新诗的纪元几乎就是从书写个人以外的社会生活开始的。除了围绕在《新青年》和《新潮》周围的那一批新诗的实验者,那时文学研究会那些标榜"为人生"的诗人们,更是把全部的热情投向了对于现实生活的描写,并以此形成了这些诗人的近于流派性质的共同特点。

　　此外,人们至今印象深刻的还有创造社初期的那一班诗人,特别是郭沫若,他在《女神》集中所发出的呼喊,那些凤凰再生的

---

① 康白情:《新诗底我见》,《少年中国》第 1 卷,第 9 期,1920 年 3 月 15 日,写于上海。

美妙歌唱,那些要把日月都吞下去的天狗的狂呼,在这些诗里,诗人有时用"我们",有时用"我",不论所用的指称是什么,所代表的都是时代和时代的人们。在郭沫若那里,"我"有了新意,总是有着集体的和大众的"充填"。一个从封建体制中解放出来的"我"显然是在为一个解放的时代而召唤和欢呼。闻一多当时就非常敏锐地看到了这一点,他说《女神》"不独艺术上他的作品与旧诗词相去最远,最要紧的是他的精神完全是时代的精神——20世纪底时代的精神。有人讲文艺作品是时代底产儿,《女神》真不愧为时代底一个肖子。"①

新诗原是应时代的召唤而诞生的,那时所谓的个性解放,指的是通过个人的觉醒以觉醒整个的时代。到了革命文学兴起,激进的舆论更是鼓吹以泯灭个性而崇尚集体精神。他们视文学和诗中的"个人"为资产阶级或小资产阶级的"个人主义"。在这个词里,明显地包含着罪恶感。这种非个人而肯定群体的倾向,因社会情势的激变而得到充分的扩张。在文学和诗的大众化运动中,作家和诗人的个性化更是受到了空前的轻蔑。诗不应当是表现个人的,诗应当表现集体。诗人们理直气壮地说,"诗人的我,很少场合是指他自己的。在大多数场合,诗人应该借我来传达一个时代的感情和愿望","诗人行动的意义,在于把人群的愿望与意欲以及要求,化为语言"。②

中国诗歌在由个人通向群体的努力中,取得了重大的成绩。诗的社会性大大地加强了,诗在表达广大劳苦民众的生活方面,不论是深度还是广度都取得前所未有的进展。特别是那些生长于战争环境中的诗歌,它们受到一种强大的文学为大众服务理

---

① 闻一多:《女神之时代精神》。《创造周报》第4号,1923年6月3日。
② 艾青:《诗论》,人民文学出版社,1980年版。该文写作时间为1938年—1939年。

念的鼓励,几乎是完全地排除了诗人个性的向度,而全身心地把诗的写作放置于社会的、群体的环境之中。这些诗是集体意识的传达者,它们为"群众"而写,用的是"群众"喜欢和习惯的语言和形式,一时被认定是一种必须遵从的唯一正确的方向。

不少诗人经过对照而有过真诚的自责。写过许多唯美的抒情诗的何其芳,在不少的场合中为自己的《预言》而感到愧疚:"这个时代,这个国家,所发生过的各种事情,人民和他们的受难,觉醒,斗争,所完成的各种英雄主义的业绩,保留在我的诗里面的为什么这样少呵。这是一个轰轰烈烈的世界,而我的歌声在这个世界里却显得何等的无力、何等的不和谐!"他责备自己"当时为什么要那样反复地说着那些感伤、脆弱、空想的话呵。有什么了不得的事情值得那样的缠绵悱恻、一唱三叹呵。"[①]一直到1958年,冯至还在检讨自己的"个人主义":主要是资产阶级个人主义人生观在阻碍我们,使我们看不清人民集体的伟大的力量。它使我们执著在自己身上,患得患失。我最早写诗,不过是抒写个人的一些感触;后来范围比较扩大了,也不过是写些个人主观上对于某些事物的看法;这个个人非常狭隘,看法多半是错误的,和广大人民的命运更是联系不起来"。[②]

需要追究的是,这种貌似前进的大幅度的倾斜,造出的究竟是怎样的一种结果?这一意在削弱个人特征的创作倾向,在表面上看是一种向着广大公众的展开,而在实质上,由于它在当时(我这里指的是战争年代)是求适应于那些根源于农村的、在文化素养和欣赏水平都存在着局限的特定的那一部分受众,当它的审美取向和审美趣味脱离开诗所固有的宽广的范畴和资源

---

① 何其芳:《〈夜歌和白天的歌〉初版后记》。《何其芳文集》第2卷,人民文学出版社,1982年10月版,第254页。
② 冯至:《漫谈新诗努力的方向》。1958年5月11日《文艺报》。

时,它在内容乃至形式上的狭窄就是必然的。拒绝诗人个人的风格的展现,突出诗人仅仅属于自己的艺术个性以及诗人的全部内心丰富性的诗歌,不能说是正常的,更不能认为是宽广的。也许它在历史的某一时段被证明是一种必须,甚至是某种合理的"功利主义"观念的体现,但它给中国诗歌的开展,带来了负面的影响,这也是事实。在这一点上,艾青创造了现代诗歌的奇迹:他的诗以最具个人色彩的声音和语言,画出了中国"北方"的悲哀和抗争。但就中国新诗的总体而言,它在强调表达集体意识的同时,个性的流失是大面积的。

在中国这个特殊的社会环境中,这一切都是可以理解的。长期的忧患和战乱,人们缺少的是那种优裕和闲暇的欣赏诗歌的心境,从而把排斥个人、以及驱逐个人性的表达视为自然。然而,这一切对于诗而言,却是致命的。诗原本属于个人内心的彻悟。诗人当然面对的是无比丰富的世界,但这个世界却是经过了诗人个人化的消化和改造的。诗人表现的只是他自己的所见、所闻、所思、所悟,极端地说,他表现的一切都只能是他自己——尽管诗人处身于社会人群,他必须与世界保持最深刻的联系——然而,诗人终究只是通过自我到达公众、通过个人到达社会!任何轻忽诗人的个体的存在、并无视诗人以个人独有的方式表现世界的观点,都将从根本上危害诗歌。

六

新诗诞生之后,人们面对新诗普遍的忽视诗性的现象,一直有着一种"眷念的失落"的情绪。这种情绪在短暂的"创造的破坏"的兴奋过去之后,有了一种清醒的萌生。这里指的是,几乎是在新诗草创的同时,一些诗人便已感到了新诗在艺术表现方面存在的严重匮缺,从而开始了关于诗的艺术的思考与呼唤。

这一点,在创造社早期成员那里表现较为突出。这些人在倡导诗的浪漫主义的同时,便开始了对诗的艺术性的关注。穆木天的《谭诗》涉及诗的音乐性和节奏的研究和提倡。为此,他乎胡适有"不敬"的言说:"中国的新诗运动,我以为胡适是最大的罪人。胡适说:作诗须得如作文,那是他的大错。"①在这篇文章中,他批评了当时流行的"给散文的思想穿上了韵文的衣裳"的现象。王独清的《再谭诗》提出新诗表现音、色感觉等纯艺术的问题,他指责"中国现在文坛审美薄弱和创作粗糙的弊病",他批评说:"中国人近来做诗,也同中国人做社会事业一样,都不肯认真去做,都不肯下最苦的工夫,所以产生出来的诗篇,只就technique上说,先是些不伦不类的劣品。"②同一期的《创造月刊》还发表了郭沫若的《论节奏》,也是探究诗的艺术表现的专门性的文章。这在当时成为一道鲜丽的风景。

以徐志摩和闻一多为代表的"新月派",几乎可以说是专为艺术的探究而诞生的一个群体。他们在重视诗的艺术性的方面,堪称是创造社的盟友。也许不同的是,"新月派"在"唯美"方面比创造社走得更远。徐志摩宣称"要把创格的新诗当一件认真事情做","我们信我们这民族这时期的精神解放或精神革命没有一部像样的诗式的表现是不完全的;我们信我们自身灵里以及周遭空气里多的是要求投胎的思想的灵魂,我们的责任是替他们构造适当的躯壳。这就是诗文与各种美术的新格式与新音节的发现。"③这些言论传达了一个明确的意向,这就是:新诗的实践已经从"破坏"转向了"建设"。所谓"创格",意在表明诗的格律以及与格律有关的一切艺术实践不可废。

新诗史上一篇公认为重要的文章是闻一多写的。在《诗的

---

① 穆木天:《谭诗》,《创造月刊》第1卷,第1期,1926年3月16日。
② 王独清:《再谭诗》,《创造月刊》第1卷,第1期,1926年3月16日。
③ 徐志摩:《诗刊弁言》,《晨报副刊·诗镌》第1号,1926年4月1日。

格律》这篇文章中,闻一多从游戏规则的角度称,"我们尽可拿下棋来比作诗,棋不能废除规矩,诗也就不能废除格律"。① 这种论点从表面上看,是从"五四"当年的目标"后退"了——因为它重新肯定了曾经被认为是"束缚思想"而要予以破除的格律——但闻一多在这里提出的"带着镣铐跳舞"的思想显然是非常重要的。要说这是一支箭,那么,这箭所要射中的靶心就是胡适的"作诗如作文"。它昭告人们:诗是一个精致的艺术品种,是不可随意写的。当然更值得重视的是,他在这里提出的诗要有"音乐的美"、"绘画的美"和"建筑的美"的关于声音、色彩以及从音节到段落的立体的和综合的审美构想。他不仅为此立论,而且亲自实践。诗集《死水》中的许多篇章,都试图为他的新诗的格律理论作证。

这些言论的提出,说明当时的人们不再沉溺于破坏的快意中,而已开始对"五四"的诗运进行反省。这些反省是初步的,不仅不成熟,而且也有许多矛盾不能解决,但无疑是需要的。不幸,这一切都在艰难时世中被扼杀、最后也就被淹没在硝烟弥漫中。新月一派诗人背着"唯美主义"的恶名,经历了漫长的岁月,直至新"文革"后的"新时期"。

其实,这里包含着一个浅显的诗学道理。只要不怀偏见,是所有的人都不难接受的。对于作为文学金字塔的顶尖的诗来说,单是"明白如话"是远远不够的——尽管存在着"明白如话"的好诗,然而那毕竟只是一切为文的起点——诗应当有更高的属于自己的艺术要求。诗要有"味",更要"好听"、"最重要的是要"精致"。这一切,毫无例外地都在"五四"当时的革命中受到了忽视。这种对于诗性的忽视,甚至在"五四"过去之后的长时间里也没有得到解决。以后的漫长岁月中,中国诗歌也同中国

---

① 闻一多:《诗的格律》,《晨报副刊·诗镌》第7号,1926年5月13日。

文学一样，一直为一种事实上存在的"政治第一、艺术第二"的"标准"所困扰。让人惊异的是，在"艺术"那里，"艺术"竟然也成了问题！

我们处境两难：要么为思想牺牲艺术，要么为艺术轻蔑思理。最后，受损害的当然是中国的艺术和中国的诗。中国诗歌有一段相当长的非艺术的历史。这一切，只是在空前的"文革"政治动乱结束之后的"新时期"，方才不再是噩梦。在现今的中国，不论是"个人"，还是"集体"，是"思想"，还是"艺术"，都已回到它本来的位置上。讲究和探讨诗的艺术已不再是"异端"，也不再是"罪恶"，它只是它本身。然而，我们却曾经为此付出了沉重的代价。

七

已经过去的20世纪，充满着灾难，也创造着辉煌。在这一百年中，人类经历了两次规模巨大的世界大战。这些战争造就了无数的废墟以及数以千万计的亡灵、伤残者和失去父母的孤儿。战争也创造了远射程加农炮、喷气式飞机、以及航空母舰和原子弹，这些新出现的武器的杀伤力几乎是无限的。与此同时，由于无节制地开采有限的自然资源，地球已经百孔千疮，它已无可挽回地衰老了。全球性的水污染、酸雨、赤潮和荒漠化，已是不争的事实。但在这个世纪里，在这个地球上，诗歌和音乐依然存在，鸟依然在飞，鲜花依然开放，人类依然在创造。20世纪依然有它的骄傲——这里有爱因斯坦那伟大的大脑，这里也有毕加索那辉煌的色彩和线条。

至于中国，20世纪是在硝烟和没有硝烟的惊恐中度过的。这里也发生过规模巨大的战争，也发生过伤及灵魂、最终导致精神危机的人为的动乱。这一百年充满了血泪，当然还有血泪缝隙中依稀可见的笑容。值得庆幸的是，中国在这一百年中终于摆脱了积弱和贫穷,中国得到了新生。

这就是发生了无数大事的20世纪。这就是让人惊心动魄的20世纪。就在这样的世纪里,也记载着中国诗歌大变革的蹒跚脚步。对比这个世纪发生的那些流血、杀伐、爆炸和燃烧的那些大事,我们在这里谈论的中国诗的问题就是微不足道的了。然而,有些东西短暂,有的东西却恒远。战争和动乱是一件事,文化的变革和延续是另一件事。此中的意义和价值各不相同。就中国的诗歌而言,数千年传统的抒情和歌咏的方式,在此时此刻产生了亘古未有的巨变,它所产生的震撼和影响就不是一时的。

新诗是20世纪的产儿,它从无到有,一路实验着走到今天。它已是一种与中国人的情感生活不可剥离的存在。很难想象,如今的中国人除了新诗,还能寻找到别的什么传达情感的诗的方式。历史是往前走的,正如江河不可能回流。然而,历史又是不可割断的,这也如江河不会断流。不论是"诗界革命"还是"新诗革命",它都是以旧诗为对象的,这是不必回避的事实。但这决不意味着新诗是自天而降的。"新诗"生长于"旧诗",这在过去,人们是讳言的。面对21世纪的今天,已经成熟的中国诗界,对这种"革命"进行新的省思,重新提出对待中国诗歌传统的问题,借以为新诗在它的发展中切实亟待的问题提供帮助,这种意在建设的思路,也许不会被简单地理解为"后退"或"保守"吧?

在文化领域,在文学和诗歌中,有些东西会在历史的演进中被改变和淘汰,有更多的东西则是长久的,甚至是永恒的。简单的进化的观点,在这里经常会受到质疑。有时人们难免会纳闷,一千年过去了,那悬挂在长安城头和峨眉山巅的李白的月亮,为什么还是那样的皎洁明丽?

2001年7月1日—8月15日,北京—北戴河—北京

中国新诗:1919—1949

一

作为中国现代诗歌主体的中国新诗诞生于五四新文化运动。它是在中国人民反帝反封建总目标的感召下,从内容到形式作为和旧诗词的对立与批判而产生的诗歌新品种。它是应时代的要求,以接近群众的白话语言反映现实生活的中国新诗,它是以表现科学和民主的基本内容,以彻底打破旧诗词格律的束缚的形式革命为主要标志的新诗。

中国古典诗歌发展到晚清,其形式已不能适应社会进步的要求。那时的诗词由于格律声韵的束缚和追求僵化的词藻,愈益流于空洞的形式,难以传达人民的思想情感。旧文人中一些具有资产阶级民主主义倾向的有识之士,在西方新思潮影响下,企图对我国旧诗词进行改良。19世纪末20世纪初,梁启超、谭嗣同、夏曾佑等人呼吁"诗界革命",黄遵宪又首倡"新诗派"。但他们的工作还仅停留在生硬地引用音译新名词人诗等幼稚试验上,内容上虽然引进了新题材,但未曾产生革命性变化,形式上虽有一定的松动,然而也只在原有的套式中运转,而不曾动摇旧诗词的根本。不过,清末的"诗界革命"确也给予后来的"五四"新诗运动以观念上的影响。

最初试验并倡导新诗的杂志是《新青年》。该刊第二卷第五号(1917年1月)发表了胡适的《文学改良刍议》,第二卷第六号(1917年2月)即刊出胡适的白话诗八首。这是中国诗歌运动中出现的第一批白话诗。《新青年》第四卷第一期又集中刊出胡适、刘半农、沈尹默三人的白话新诗共九首。刘半农的《相隔一层纸》,是新诗中出现的最早的同情底层人民生活并揭示人道主义主题的作品之一。沈尹默的《三弦》,开始以新的语言和方式表现生活,并注重音韵的动听和谐。与刘半农相近的是刘大白,著有《旧梦》(后重编为《叮咛》、《再造》、《秋之泪》、《卖布谣》四册)、《邮吻》,大多表现民间疾苦,《红色的新年》、《劳动节歌》则表达了对新世界的憧憬。他注意对民谣的借鉴。

胡适自誓"三年之内专作白话诗词"。1920年3月《尝试集》正式出版。这是五四新文化运动时期第一本白话新诗集。胡适认为古今文学革命运动总从文体的大解放入手,因此提出:"若想有一种新内容和新精神,不能不先打破那束缚精神的枷锁镣铐。"(《谈新诗》)他作为倡导以白话写诗的第一人,主张包括新诗在内的新文学的文体是自由的和不拘格律的观点,对新诗的创立有积极意义,并直接导致了"五四"新诗最初的自由诗派的形成。当时以《新青年》为基本阵地的最早一批白话新诗的尝试者,除胡适、刘半农、沈尹默等外,尚有陈独秀、鲁迅、周作人、李大钊等人。他们致力于创立完全不同于旧诗词的自由体的白话诗。其中标志着完全摆脱了旧诗词影响而卓然自立的,当推周作人的《小河》。这首诗以明白恬淡的口语构成隐喻,暗示着因违逆自然规律而导致的悲剧性冲突。胡适称《小河》是"新诗中的第一首杰作"。

继《新青年》之后,《新潮》、《星期评论》等刊物也团结了一批早期新诗运动的开拓者。如写《冬夜》(1922年)的俞平伯,写《草儿》(1922年)的康白情,写《踪迹》(1924年)的朱自清,写《童心》(1925年)的王统照,写《晚祷》(1924年)的梁宗岱等。当时的文学研究会中的诗人,更以八人合集《雪朝》显示了这一创造实力(《雪朝》的作者为郑振铎、周作人、俞平伯、徐玉诺、郭绍虞、叶绍钧、刘延陵、朱自清)。他们抱着"为人生而艺术"的宗旨,使底层生活的实际场景涌入新诗,从而壮大了现实主义在自由体白话诗中的力量。

由于文学研究会诸诗人的积极实践,开辟了早期新诗注重社会生活,面向人生,揭露黑暗,以新诗作为干预人生手段的现实主义道路。朱自清是其中成绩显著的诗人。他的《毁灭》以长篇抒情的方式,写"五四"退潮之后的青年"颇以诱惑的纠缠为苦,而亟亟求毁灭"的矛盾心境,留下了"一个个分明的脚步"。他在《踪迹》(诗文集)中的诗篇,已超越尝试之作而趋于成熟,表现了诗人积极正视现实的精神。王统照也有《这时代》问世,集子里的诗透过朦胧的意象,传达了人间的苦味。

作为文学研究会中较早开始创作活动的作者之一,冰心除小说、散文外,还擅长以诗歌的形式写刹那间涌现的哲理思考的断片。她的代表作《繁星》、《春水》深受泰戈尔的影响,晶莹清丽,浸透着在人性主题下的母爱和童心。这些由智慧和情感的珍珠缀成的人生经验的短诗,形式自由活泼,不拘一格,从侧面传送出五四时代思想开放的自由气氛,也与新诗独立于旧诗之后扬弃模式化的抒情,转向重视理性的阐发的追求相衔接。一时写者甚多,形成了新诗史上的小诗运动。小诗创作的高潮以宗白华的《流云小诗》的出现为标志。

"五四"时期青年男女渴望挣脱封建旧礼教的束缚,其诗的再现,以"湖畔"诗社四诗人汪静之、冯雪峰、潘漠华、应修人的合集《湖畔》、《春的歌集》为世人注目。汪静之尚有《蕙的风》和《寂寞的国》。这些作品在爱情的歌吟中显示出争取婚姻自由、反对封建主义的勇气和激情。而沉钟社的主要成员冯至,他的《昨日之歌》中的诗篇,基本主题也是青春和爱情,抒情真挚细腻,幽婉动人。及至《北游及其他》中的诗,又增加了现实的内容。冯至的诗写的虽是个人"如烟如梦"的哀愁,却概括了"五四"以后追求光明的青年的苦闷心理。

代表新诗创始期最高成就的,是创造社的主将、浪漫主义诗人郭沫若。他的《女神》出版于1921年,较冰心、冯至、汪静之等人的诗集出现为早。

"五四"时代各种社会矛盾的加深激起了先进分子的觉醒。这种觉醒因当时世界资本主义危机的加深,各国工人运动的兴起,特别是俄国十月革命的胜利。这些因素加深了人们对中国黑暗现实的痛切感受和认识。由不满现状而陷入苦闷的广大青年,迫切要求以激情喷发的方式追求个性解放。一批诗人正是在这种背景下从欧美浪漫主义诗歌中找到启示和力量。他们在理想的憧憬中揭露封建的黑暗。作为旧秩序的叛逆而忠于自己的热情和理想的一代人,很自然地把浪漫主义从思想上作为自我表现的标志加以接受,并作为艺术原则用以指导自己的创作实践。这便是以郭沫若为代表的创造社诗人们崇奉浪漫主义的动因。

郭沫若(1892—1978)的代表作《女神》的大部分诗篇写于1920年。他的创作彻底打破了中国旧诗词那种专一的对于纯意境的追求,而在飞动和呼啸中传达"五四"狂飙突进的时代精神。他摒弃了小诗运动的诗人们那种隽永的情趣,创造出以雄浑的调子、急速的旋律、囊括万物而又不拘形迹的豪放诗风。《女神》的基本精神在于创造,于旧的毁坏中寻求新我的诞生。郭沫若笔下的自焚的凤凰形象,集中地体现了对旧世界批判与抗争的意识,同时又是那个创造和追求光明的时代的象征。郭沫若还追求西方现代文明与东方古老文化传统的融会。《女神》中不少作品以新诗的形式表现溶进了现代精神的古老神话传说,既与新世纪的抗争意识相通,又与中国历史文明、特别是"五四"时代精神一致。他为新诗引进了现代社会科学和自然科学的词汇,丰富并完成了新诗现代形象的改造更新。继《女神》之后，郭沫若又出了《星空》(1923年)、《前茅》(1928年)、《恢复》(1928年)等诗集。

二

中国新诗崛起于"五四"时期，在新诗和旧诗之间划了一道明确的分界线以后，开始了各种艺术流派竞相探索的阶段。

提倡浪漫主义的诗歌流派中，除郭沫若外还有创造社的成仿吾、柯仲平，太阳社的蒋光慈等。被称为"创造社最后迭出的三位诗人"——穆木天、冯乃超和王独清，其创作倾向于法国象征派诗。他们提倡唯美的纯诗，强调诗的音乐和形式的美，捕捉诗的朦胧境界。王独清诗中颓废没落的气氛甚浓，着重点染浓艳的刺激性的色彩。

蒋光慈继承了郭沫若浪漫主义诗歌的积极奋进精神。诗集《新梦》(1925年)所收系1921—1924年旅居苏联时的作品。在这些诗中，他把浪漫主义激情具体化为对于无产阶级革命的歌唱。他的诗热情澎湃，格调宏朗，但也不免因未能扣紧中国现实而有些浮泛。《新梦》之后的《哀中国》(1927年)、《战鼓》(1930年)，高亢之音减弱，流露出某种感伤情调，但"始终是在希望的路上走着"(《哭诉·序》)。

随着自由体新诗的勃兴，新诗体式因不加节制而趋于散漫，便转而要求便于吟诵的格律化。集中体现这一要求的是新月派的出现与形成。1926年北京《晨报》创办《诗镌》，由闻一多、徐志摩、朱湘、饶孟侃、刘梦苇、于赓虞诸人主办。《诗镌》计出十一期。继而1928年创办《新月》，1930年办《诗刊》。在刊物的发展沿革中培养、集合了一批艺术主张相近的诗人，"新月派"即由此得名。这是一批立志要为新诗创格的诗人，其中闻一多的理论最为完备明确。他认为诗应有音乐的美(音节)、绘画的美(词藻)、建筑的美(节的匀称和句的均齐)。"新月派"诗人创造的新诗格律体，不同于完全自由体的毫无拘束，又没有古典诗词那种僵死的模式，而是在自由体新诗打下的基础上建立起来的没有统一格律要求的格律诗。此派诗人受英诗影响较大，情调风格都接近英国19世纪的浪漫主义诗歌，但反抗精神甚为微弱。他们的诗篇注重艺术的纯美，主题往往是人生的经验、人性的美丽以及纯真爱情的追求。也有一批诗表达了对下层人民疾苦的同情与关切，但思想始终未曾超越人道主义。当理想和憧憬在现实生活中失落，也易于产生幻灭感。

徐志摩是"新月派"中最具代表性的一位诗人。他致力于体制的输入与试验，尝试的诗体最多，著有诗集《志摩的诗》（1925年）、《翡冷翠的一夜》（1927年）、《猛虎集》（1928年）、《云游》（1931年）。他的诗语言鲜亮，色彩清丽，具有流动的质感，让人觉得世上一切都鲜明、灵动。徐诗稀薄地联系社会生活，寻求人的尊严与爱情的高尚，但他的人生追求，常常如同骑一匹拐腿的瞎马，虽想冲出黑暗迎接光明，却不知道风是在哪一个方向吹。一旦人生的际遇超乎他的预料，便由信仰的动摇而趋于颓唐，这在从《猛虎集》到《云游》的"自剖与云游期"，体现得最为充分。

闻一多是"新月派"诗人中创作和理论全面发展的诗人，著有诗集《红烛》（1923年）、《死水》（1929年）。《死水》一诗是他贯彻自己艺术主张的力作，以设想的奇诡、色彩的浓郁、节律的和谐以及格式的整饬著称于世。"死水"是旧中国衰颓的象征，它表达了诗人对黑暗腐败的抗争，并以强烈的嘲讽来宣示那未曾绝望的激愤。闻一多是一位抠出一颗心来，怀着火一般热烈的激情唱着悲愤诗句的爱国主义者。他最后作为一名民主战士而被国民党特务暗杀于昆明街头。

"新月派"诗人除徐志摩、闻一多外，朱湘在格律诗的倡导和建设方面亦多有建树。他著有《夏天》（1925年）、《草莽集》（1927年）、《石门集》（1935年）等。他的诗的全部调子建立在平静上面,洋溢着和谐庄穆,但笔端未能映现那个年代的动荡。朱诗在幽婉恬淡方面自有特色,有时表现为隐晦神秘而有明显的对于现实的规避。朱湘致力于诗的叙事,他在这方面实践的认真在早期新诗人中较为突出。此外,孙大雨、邵洵美、沈从文、朱大枬、陈梦家、方玮德、林徽因等,都属于这一流派的诗人。陈梦家编有《新月诗选》(1931年),荟萃了这一流派的诗作。

20年代后期,象征派诗风兴起,旅法的李金发以法国象征主义诗歌为模式,试验把西方象征主义创作方法引进自己诗中。他出过诗集《微雨》(1925年)、《为幸福而歌》(1926年)、《食客与凶年》(1927年)。他的诗以新奇生涩的形象,表现富于异国情调的感伤气氛。他重视暗示性的隐喻,通过一些朦胧的诗的幻觉,企图再现人生的隐秘。生与死是李诗的基本内容。他关注晦暗的、悲剧性的命题,主调是感伤的、乃至是颓废的。诗中语言芜杂而艰涩,败坏了本国语言的纯洁性。与李金发诗风相近者,有后期创造社诗人穆木天、冯乃超、王独清等。

同样受到法国象征派影响的戴望舒,他的创作始于20年代末。他因写了《雨巷》一诗而被称为"雨巷诗人"。该诗以悠长的雨巷和带有悲剧色彩的丁香一般的姑娘,构成了一种朦胧的理想化的气氛,以象征来暗示飘忽不定的心态。《雨巷》以后,戴望舒的诗歌观念有了改变,认为诗不应借重音乐和绘画的长处,诗的韵律不在字面、而在情绪的抑扬顿挫上。从《我的记忆》开始,他的诗已由外在的字句的节奏完全转向了内在的情绪的节奏,明显地转向了现代诗风,他的诗集有《我的记忆》(1929年)、《望舒草》(1932年)、《望舒诗稿》(1937年)以及《灾难的岁月》(1948年)等。

1932年《现代》杂志出版,在刊物周围出现了一批诗人,被称为"现代派"。其实"现代派"之称只是一种借用,他们的作品多数借重于象征派。只是较之李金发,他们的诗风趋于明快,舍弃了欧化的语言。他们扬弃了"新月派"充满憧憬的曼妙情趣和象征派的冷艳颓废的明显局限,转而为内向性的自我开掘,擅长于表达人生的忧郁和欣慰,以暗喻的手法抒写内心的隐曲。他们敏感地抒发对于城市生活的厌恶,展示自我灵魂在日益发达的工业社会面前的悲哀。一旦现实的社会主题触发他们内心的火花,他们也会以独有的艺术写出如同戴望舒的《断指》、《我用残损的手掌》那样积极的诗篇。曹葆华、徐迟、金克木、林庚、废名(冯文炳)以及早期艾青的某些作品,都受到现代诗风的影响。

《汉园集》三作者卞之琳、何其芳、李广田,作为"新月"的余波,他们写有独特艺术个性而又以曲折方式面向人生的诗。何其芳华丽而不尚雕琢,清新之中见蕴藉,善于捕捉情绪的微妙变幻而赋之以鲜丽的形象。李广田诗风较为淳朴,是"地之子"的真挚歌吟。卞之琳的诗重视时空感觉,往往以象征的方式写出沉思中悟得的哲理。有时为了显示悟性的表达,省略甚多而呈现为空阔滞涩。卞之琳诗作的圆熟精致而富有冷静的理性是公认的。

三

经历了多种艺术风格、艺术流派的并存和竞争,二三十年代之交,新诗呈现出空前的丰富与多样。随着历史的行进,紧密把握社会现实与提高诗艺这二者的有机结合的格局已趋向定型,艺术道路才得以更见宽广。

中国新诗为人生而艺术的现实主义传统十分深厚,它始终作为主导力量,与其他各种艺术流派并行发展。这种局面由于1930年中国左翼作家联盟的成立,以及由此引起的无产阶级文学运动的中兴,得到更大的推进。"左联"开展了新诗歌运动,强调诗歌的大众化和为人类社会的进步负起解放斗争的使命。《拓荒者》、《萌芽月刊》、《北斗》等刊物配合着普罗文学的开展,发表了不少以战斗号召为主要形式的革命诗歌。从冯乃超、蒋光慈、钱杏邨、胡也频、洪灵菲到殷夫,都以极大的热情讴歌了无产者的形象。特别是殷夫(1909—1931),他的诗既是投向敌人的武器又是高度艺术的结晶。殷夫的诗以进军的姿态、鲜明的形象、富有激情的语言而竖起了爱的大纛和憎的丰碑。他的诗集《孩儿塔》被鲁迅推崇为"属于别一世界"的诗。由郭沫若开创的现代中国的革命诗歌创作,到了殷夫有了新的重要发展。

由"左联"倡导的革命诗歌运动,以1932年9月成立的中国诗歌会而形成壮阔的潮流汇入现实主义文学的长河之中。中国诗歌会是在外来侵略日益严重的关头,基于以诗歌唤起民众而建立的,由穆木天、杨骚、森堡(任钧)、蒲风四人发起,柳倩、白曙、奇玉(石灵)、王亚平、温流、曼晴等均系中坚。成立一年,分会即遍及各地。这是中国现代文学史上第一个有组织、有纲领的革命诗歌社团,其机关刊物为《新诗歌》。它倡导诗的革命的内容和大众化的形式,乃是"左联"方针的体现。最具代表性的诗人是蒲风,主要作品有《茫茫夜》(1934年)、《七月流火》(1935年)。他的诗歌观念受到马雅可夫斯基的影响,使诗歌成为斗争的武器。他提倡诗的"斯塔哈诺夫运动"。蒲风的作品感情充沛,通俗朴实,喜欢具体描写农民的命运和斗争。由于太重"具体的写法"以及急于传达革命意识,故粗犷有余而艺术锤炼不足。

"左联"和中国诗歌会推动大批诗人对时代采取积极关注的态度。他们的诗中洋溢着革命的和斗争的热情,克服了"新月派"的与现实脱节的唯美倾向以及后期创造社、太阳社的空泛叫喊,促进中国诗歌更为深入地把握时代情绪和走向人民大众。他们的弱点在于因过于注重诗的宣传功能而忽视艺术的规律,产生了另一个倾向。

大动荡的时代遭际,二三十年代各派诗歌的繁荣以及与之俱至的长处和不足,作为整整一代人的经验,在此基础上出现了新的更为成熟也更为与时代脉搏相协调的诗人。艾青、田间、臧克家在30年代的出现,便是中国新诗在新时代成熟的体现。他们以传达日益加深的民族危难中的抗争意识为共同特点,又以各不相同的艺术个性显示了各自的才华。

三人中臧克家是写得最早的一位。他的《烙印》于1933年出版后即引起社会注目。他的诗既不逃避也不粉饰现实,而以扎实纯朴的作风,严谨缜密的布局,充满底层生活气息的描绘,显示了那个时代的痛苦。他在语言上的功夫下得很深,力求将凝练、形象的文字放在最恰当的地方,摒弃抽象的对于生活的议论。他的苦心推敲追求的精神,无疑地扭转了当时普遍地不重视诗之艺术的风气,给诗歌运动带来了良好影响。

田间是擂着战斗的鼓点出现在中国诗坛的。他以短促而富有鼓动性的诗行,传达出那个时代急促而紧张的节奏。继处女作《未明集》(1935年)后,又有《中国牧歌》、《中国·农村的故事》出版。抗战开始的1937年,他写了《给战斗者》,以全新的声音讴歌了人民和他们的战斗。他的诗摆脱了记账式的叙写故事,注重运用意象和场景的直写,并穿透表象去直接地把握生活。他同时又是街头诗运动的倡导者和积极参加者。

艾青以在狱中创作的《大堰河——我的保姆》(1935年)而一举成名。诗中出现一位旧中国的叛逆者的形象,把仇恨的诅咒投给了那个不公道的世界。在全民奋起抗战的年代里,艾青写了《雪落在中国的土地上》、《北方》、《吹号者》、《火把》、《向太阳》等等充满激情的战斗乐章,共出版了九部诗集。他的诗全然摒弃了以往革命诗歌常见的那种浮泛的喊叫,而在"给思想以翅膀,给情感以衣裳,给声音以彩色,给颜色以声音;使流逝幻变者凝形"(艾青:《诗论·诗人论》)的追求中,以内在的律动传达出整个时代和民族的情绪要求。他的作品中饱满的进取精神和丰沛的审美经验,伴之以新奇的联想、想象、意象、象征,以不受格律拘束自由流动的诗行,催化人们的情绪并给读者以暗示与启迪。现实主义作为中国新诗艺术的一大流派,至 30 年代,选择了艾青来总结它的实绩。

当艾青、田间、臧克家出现在中国诗坛,新诗已全面地适应了抗日战争的形势。它以多样的形式为现实斗争服务。街头诗、传单诗风行各地,诗歌与群众的联系空前密切。诗歌的主题基本转向国难的描绘与国防的呼吁,诗歌的旋律由柔婉转向雄健。倾心于激昂的战斗代替了对于纯美的追求,诗人们多以愤怒而乐观的调子歌赞这场关系全民族的生死存亡的斗争。何其芳著有《夜歌》、卞之琳写了《慰劳诗集》、王统照的《吊今战场》和舒群的《在故乡》,堪称"国防诗歌"的代表性长诗。柯仲平的《边区自卫军》(1938 年)以叙事体的民谣风,具体地展现了现实斗争中的人物与场景。该诗和《平汉路工人破坏大队》,均作于延安,力图以民间熟知的形式表现新的生活,是开风气之先的诗歌实践。高兰以朗诵诗闻名,代表作《哭亡女苏菲》以个人的哀痛概括了民族的忧患。

抗战期间诗歌队伍有了极大发展。在重庆、桂林、成都等地,出现了《抗战文艺》、《文艺阵地》、《诗创作》、《诗垦地》、《诗星》等诗歌专刊和大量发表诗作的文学杂志。吕剑、徐迟、袁水拍、胡风、邹荻帆、力扬、韩北屏、苏金伞、青勃、臧云远等人创作相当活跃。力扬以长诗《射虎者及其家族》发出了劳动家族的苦难历史的叹息,是这一时期代表性的作品。在敌后,以延安为中心,晋察冀边区以及其他抗日根据地,严辰、公木、光未然、朱子奇、萧三、蔡其矫、方冰、陈辉、魏巍(红杨树)等也都有丰硕的诗作,他们易琴弦为喇叭,显示了抗战诗歌的严峻、力度与真诚。

四

从抗战后期到整个解放战争时期,中国大地接受了血与火的洗礼。诗歌奔突在战场和敌后根据地,鼓动着战斗的雄风。由于政治地图与战争区域的划分,40年代的诗歌活动大致上分为国民党统治区和共产党领导的解放区两个部分,且各有自身的特点。但因解放区毕竟代表了全国的新生和希望,中国共产党的文艺方针不可能不起着全局性的影响。以诗歌创作而言,解放区新型诗歌同样成为全国的楷模并对国统区诗歌有潜在的影响。这时期的诗歌活动,国统区以上海为中心,解放区以延安为中心,二者集中代表了中国新诗当时的实际水平。

1942年延安文艺座谈会确定了为工农兵服务的总方向,自此衡量诗歌创作也如同其他文学品种一样,为中国老百姓喜闻乐见的中国作风和中国气派,成为极其重要的标准。新诗发展中的民族形式的讨论,批判了欧化的倾向,肯定了民歌和古典诗歌对于新诗发展的价值。内容上强调诗歌与革命斗争的关系,形式上强调诗歌与群众欣赏习惯、鉴赏水平的关系,这大体上决定了40年代新诗的主要面貌。

在解放区,作为延安文艺座谈会的直接产物,出现了形式是民间和民族的长篇叙事诗的高潮。配合人民解放运动的开展和人民战争的进行,解放区诗歌以长歌的形式,记载了人民的受苦、抗争和胜利的艰难历程。代表性作品有李季的《王贵与李香香》、田间的《赶车传》(第一部)、阮章竞的《圈套》、张志民的《死不着》、《王九诉苦》、李冰的《赵巧儿》,以及阮章竞的定稿于战争年间、出版于新中国诞生以后的《漳河水》。当时致力于通俗诗歌写作的还有王希坚、贺敬之、戈壁舟、严辰等。而在人民解放军和游击队里,"枪杆诗"颇为盛行,集中体现这一成就的是毕革飞的快板诗,同样注重内容上的革命性和形式上的大众化。

在国统区,诗歌的直接社会功能表现在对于腐朽没落的事物的揭露与抨击,主要形式也遵从了解放区的诗歌风尚即取民谣、小调的形式,因之有袁水拍的《马凡陀的山歌》、臧克家的《宝贝儿》等作品出现。但也有一批诗人以自由体新诗作为他们的基本形式。这批诗人分属于"七月"与"九叶"两个诗人群。前者团结在胡风主编的《七月》、《希望》、《七月诗丛》周围,主要成员有绿原、阿垅、曾卓、鲁藜、孙钿、冀汸、彭燕郊、杜谷、牛汉、鲁煤、化铁、罗洛、徐放、方然、芦甸、郑思、钟瑄、胡征、朱健、朱谷怀等。他们大多是在艾青的影响下成长起来的,肯定诗的战斗作用,并将诗所体现的美学上的斗争和人所意识到的社会责任统一起来,用朴素、自然、明朗、真诚且有独立个性的声音为人民的今天和明天歌唱,其代表作品后来选编成二十人集《白色花》。后者以《中国新诗》、《诗创造》、《森林诗丛》为中心,代表诗人是辛笛、穆旦、郑敏、杜运燮、陈敬容、杭约赫(曹辛之)、唐祈、唐湜、袁可嘉。他们从战争动乱生活中感知人民的希求,重视诗人自身对社会现象的体验,注重诗艺的磋磨与意象的新颖,追求诗歌形象的流动性和雕塑的立体感。他们不同程度地熟悉外国现代诗歌并受到陶冶,由于注意熔哲理诗的思辨、社会诗的技巧、抒情诗的魅力于一炉的艺术效果,故与当时诗风相比,偏于蕴藉深沉,其代表作收入近年编成的《九叶集》。此外,更有无数诗人,或身陷囹圄,或潜入地下,或奔向战场,从各自的生活出发,按照所喜爱和熟悉的方式歌唱。

40年代后半叶是灾难深重的岁月,也是黑暗将要退却、黎明为期不远的岁月。无论是解放区的诗人为明朗的白昼而高歌,还是国统区的诗人为凄冷的长夜而低吟,新诗的主调是对祖国黎明的呼唤,诗歌是一只在暴风雨中搏击奋飞的英雄之鸟。

中国新诗:1949—1978(上)

一

中国当代诗歌是中国现代诗歌的组成部分。它是诞生在中国五四新文学运动中的以适应现代社会要求的新诗在50年代以后的合理延伸。当代诗歌在内涵和形式上都继承了中国新诗的基本品质,即它是以接近口语的白话为语言手段,以表现中国现代社会的生活及人的情感为基本内容,而与表现古代生活、情感的、严格按照中国古典诗规律写作的中国传统诗歌形态区别开来。

当代新诗受到中国现实政治极大的影响。20世纪40年代中国在抗日战争结束之后接着爆发了国共两党的内战,在中国大陆习惯地称为解放战争。这场历时三年的战争最后决定了中国目前的政治格局。因为适应战争的需要,形成了政治意识很强的文艺观念,通常把这种观念叫做文艺为政治服务或文艺为工农兵服务。这种文艺形态随着解放战争的胜利,由解放区推向中国大陆,遂成为主流的文学形态。

中国新诗在当代的发展,受到上述环境的制约,它一开始便呈现出独特的发展趋势。最早出现的诗潮是为新中国欢呼的颂歌。许多著名诗人都写了热情的诗篇,歌唱这个新诞生的共和国,如郭沫若的《新华颂》、艾青的《国旗》、胡风的《时间开始了》以及何其芳的《我们最伟大的节日》——

是如此巨大的国家的诞生,/是经过了如此长期的苦痛/而又如此欢乐的诞生,/就不能不像暴风雨一样打击着敌人,/像雷一样发出震动着世界的声音……

诗人们都试图改变以往的习惯,使诗成为对生活持乐观的肯定态度的一种单纯的文学样式。这样的诗学观念与当时知识分子的思想改造运动同步进行。从歌颂新中国到歌颂新生活的当代新诗的颂歌形态,既是对诗的创作内涵的规定,也是对诗的基本任务的规定。

在"五四"时代就以《女神》的独特声音赢得声誉的郭沫若,率先写出一批这样的诗歌,他为各种各样的政治运动和中心任务写诗,从某项政策的颁布到农村的学文化和防治棉虫。为了加强政治意识,他不惜以大量的标语口号入诗,著名的组诗《百花齐放》可以说是以简单的外形比附而装填流行的政治概念的标本。郭沫若这一时期还写了很多旧体诗。

艾青(1910—1996)是另一位重要诗人,他过去以表达中国的苦难和悲哀而享誉诗界。50年代以后他力图调整自己的声音和形象。他努力用欢乐的调子表现新的生活,出现了《欢呼集》、《宝石的红星》、《黑鳗》、《青天》、《海岬上》等诗集,但是艾青并没有写出可与过去的《向太阳》、《火把》等相比拟的优秀作品。

舆论一律的时代要求于诗的,也是从内容到形式、风格都一律的模式。这对于所有有自己艺术追求的诗人都是一种困厄。艾青的创作就在这样充满矛盾的状态中进行着,这种矛盾可以概括为政治规范与艺术自由的基本冲突。他在按照时尚写出如《好!》、《早晨三点钟》、《藏枪记》这些诗的同时,也按照自己的艺术个性写了如《礁石》、《双尖山》、《在智利的海岬上》等作品。但是后者都遭到不同程度的指责和批判。在1957年"反右"斗争中艾青的消失是一种必然。

其他老诗人也是一边接受思想改造,一边写着新生活的颂歌。他们在思想改造中否定了过去"脱离群众"的"歧途",决心克服"个人主义"唱出集体主义的声音。何其芳、冯至都有过对于过去创作的沉重的检讨。冯至说:"资产阶级个人主义人生观在障碍我们,使我们看不清人民集体的伟大的力量。它使我们著在自己身上,患得患失。我最早写诗,不过是抒写个人的一些感触,后来范围比较扩大了,也不过是写些个人主观上对于某些事物的看法;这个'个人'非常狭隘,看法多半是错误的,和广大人民的命运更是联系不起来。"①这种看法很有代表性,大体上概括了当时一批老诗人的自我否定的倾向。

旧的"个人主义"的情趣否定之后,诗人们转向集体的和群众的颂歌中寻找出路。这就使当代新诗的颂歌时代成为必然。作为新诗在新时代转型付出的代价,就是"个人性"在诗中的消失,这包括诗人的自我形象,属于个人的艺术风格和表达方式,以及个性化的语言特性等。

"诗学一律"的总体氛围虽然强大,但长期形成的艺术品质都不至于在一时之间丧失殆尽。这时期田间(1916—1985)的创作仍然相当旺盛,他继承了《赶车传》和《中国牧歌》的短句形式写出了《向日葵》、《汽笛》、《马头琴歌集》等反映现实生活的作品。随后,配合农村从合作化到公社化的过程,他写出了《赶车传》的其余几部,合计七部,表达了诗人对人间仙境"天堂"的向往。这时期田间创作极重象征手法,失度地超越给他的作品蒙上了神秘的色彩。尽管他声称他要用诗"记录我们时代的变化"②,但都表现出与社会现实和人民情感的严重脱节。

臧克家(1905—)的写作数量相当多。他在《一颗新星》、《春风集》、《欢呼集》等诗集中,倾心于歌颂新的生活。臧克家语言明快却缺少《烙印》那样的凝厚精警。但写于1949年的《有的

---

① 冯至:《漫谈新诗努力的方向》,《文艺报》1958年第9期。
② 田间:《赶车传·上卷后记》。

人》却保留了《烙印》的风格而得到流传。冯至(1905—1993)和卞之琳(1910—2000)有着深厚的外国文学的积蕴,他们的诗受到西方诗歌深刻的影响,但在新的诗观的冲击下,他们的优势不仅得不到发扬,反而使创作屡陷困难。卞之琳曾试验以民歌体写诗但没有成功。倒是冯至的《韩波砍柴》却以他所擅长的传统方式,记述了一个人在饥寒中死去的有关阶级的新故事。这里有新观念的加入,虽在歌颂今日却摒弃了表面化的政治套语。

当时一位青年诗人曾以单纯而欢乐的声音,礼赞那个时代:

> 凡是能开的花,全在开放;/凡是能唱的鸟,全在歌唱。①

那时严峻的年代还没有到来,诗的天空还望不见一丝乌云,周遭还洋溢着"百花时代"迷人的春色。获得新生活欢欣的诗人,以单纯的喜悦讴歌这百花盛开的春天。中国是一个多民族的国家,多民族的诗装扮了这个春天的瑰丽。成为新中国诗歌的动人景观的除了工人、农民和士兵中成长的业余诗歌创作(其中如王老九、黄声孝等)还有由各个少数民族诗人用各种民族语言写成的诗篇,其中如巴·布林贝赫的《心与乳》、韦其麟的《百鸟衣》、纳·赛音朝克图的《狂欢之歌》、铁衣甫江·艾里耶夫的《祖国,我生命的土壤》等,或从历史或从现实的角度,展现一幅幅繁丽的生活图景。晓雪是白族诗人,早年以诗论《生活的牧歌》成名,诗歌创作颇丰,他的诗风清丽明畅,传达出苍山洱海的特异风情,是中国各少数民族诗人中成绩显著者,此外尚有土家族的汪承栋、朝鲜族的金哲、傣族的康朗甩、康朗英、藏族的饶阶巴桑等。

这是一个放声歌唱的年代,整个的诗坛迷漫着喜气洋洋的

---

① 严阵同题诗,载《诗刊》1957年第1期。

充满理想和希望的早春情调。从解放区来的和从国民党统治区走进这共和国门槛的诗人,都在用他们的激情的笔,描画这时代新的诗情。其中如徐迟、袁水拍、严辰、戈壁舟、阮章竞等都有贡献给表现工农业建设的颂歌,但他们几乎无一例外地在诗中杜绝流露出哪怕一点点个人倾向,而是专注地表现集体的情感和思想。

二

在表现新的生活方面,闻捷和李季这两位来自解放区的诗人做出了突出的贡献。也许是因为对这样的环境氛围已经熟悉,这两位诗人都没有像国统区诗人那样经历巨大的内心矛盾和痛苦,他们顺利地开始了他们创作的新时期。

闻捷(1923—1971)以诗集《天山牧歌》引起普遍的关注。这些诗选取西北维吾尔、哈萨克、蒙古等民族的充满生机的劳动和爱情为基本题材。新的生活理想、崇高的追求、劳动的热情和浓郁的民族风情的融会,使他的这些诗对于新生活的歌颂具有瑰丽的边疆风俗和奇幻的自然景观相结合的特点。闻捷的诗是劳动加爱情的典型模式,多采用不严格的四行一节、大体整齐而押韵的体式。他还著有长诗《复仇的火焰》,是以西北一次平叛战事为题材的长篇叙事性作品,气势宏大,描写精细。

李季(1922—1980)以响应延安"讲话"创作长诗《王贵与李香香》而成为重要诗人。在这部长诗中,他大量引用原始民歌形态以增强新诗的艺术表现力,以民间咏唱的方式,讲述个人的幸福与集体的革命事业的不可分割。长诗叙述了革命的受阻以及后方的胜利、主人公的爱情也经由挫折而最后的大团圆。陕北信天游的体式赋予长诗以浓郁的地域色彩和民俗的效果。50年代以来他专注于表现玉门油矿的现实生活而被称为"石油诗人"。他的诗风也从民歌的局限脱颖而出,跨入了新诗半格律体的创造行列。李季和闻捷共同开创了生活抒情诗的格局。他的诗表现由战争向着建设题材的推移,由士兵向着石油工人的形象推移的过程。著有《玉门诗抄》等短诗集,另有长诗《杨高传》(由《五月端阳》、《当红军的哥哥回来了》、《玉门儿女出征记》等三部组成)。他此时创作的短诗也如闻捷,是大体整齐的半格律体,与过去只是形式上模仿民歌而有了新的拓展。李季的短诗多截取生活中的某些场面,表现新的思想情怀和生活中的追求和欢乐,这些诗节奏轻松,语言活泼生动,叙事和抒情有较好的结合。

20世纪50年代初期,随着中国大陆的统一,军队向着边疆和海岛开进,战争的结束和建设的开始,中国幅员广大、气候悬殊、民族繁多的特性,使当代新诗的视野和情调都有重大的扩展。从战争的硝烟和泥泞中走来的诗人,此时骤然面对宁静奇殊的自然风物,自然有一种热情的投入。于是在生活抒情诗的创作中,一时间加入了众多的年青的声音,他们的创作充满了生气,也初步地出现了各具特色的艺术追求。

李瑛(1926—)由大学生而成为军中诗人。他的创作受到中国新诗传统的深刻影响。他代表了这批青年诗人的大体倾向,即他们更多地受到中国新诗传统的熏陶,而不是像那批解放区诗人那样直接接受了民间歌谣对诗的影响。李瑛的诗语言清丽,有丰富的想象力,他能够细微地捕捉自然界的声音色彩入诗,他的诗风偏于细微。李瑛著作甚多,早期出有诗集《战场上的节日》、《天安门上的红灯》、《友谊的花束》等。李瑛早年就读于北京大学,在校期间即已开始新诗写作,曾有诗发表于朱光潜主编的《文学杂志》和杭约赫、陈敬容等人主编的《中国新诗》上。深厚的文化底蕴与高等学府所受的现代艺术的熏陶,使他成为很有准备的一位诗人,军中的多彩生活、它所展现的自然和地域的风光以及作为军人所具有的胸襟和抱负,使他的诗柔婉之中具力度,雄丽又不乏委婉的表现力。

与李瑛齐名的还有邵燕祥(1933—　),这是一位并非来自军旅的青年诗人。邵燕祥早期的诗集中表现了对古都北京的情怀。后来他"到远方去",用诗展示了一幅又一幅中国工业建设的图景。邵燕祥诗风清新、简洁、善短语。他的诗是年轻中国的声音,乐观而充满豪情。主要诗集有《到远方去》、《给同志们》等。严阵(1930—　)以写淮河一带农村风物著称,他著有诗集《淮河边上的姑娘》、《乡村之歌》及《春啊,春啊,播种的时候》等,也是一位游离于军方诗人之外的一位生活抒情歌手。

中国西南边疆集中了一批青年诗人,他们中多数是军人,也有一部分是参加建设从事其他职业的人。他们的诗表现了多民族的大西南多彩的生活。高平、顾工、星火、梁上泉都有表现进藏部队修建川藏、青藏公路,开山的炮声唤醒沉睡的雪山的诗篇。他们的诗表现了由停滞走向发展的新生活的画面。梁上泉的《姑娘是藏族卫生员》是截取新生活某一片断场景的具有简单情节的抒情诗,新人物和新生活的芬芳扑面而来。我们从那充满情趣的对话体的吟唱中感受到复苏的高原的一片生机。高平早期著有诗集《珠穆朗玛》(1955)、《拉萨的黎明》(1957)和《大雪纷飞》(1958)。《大雪纷飞》收长诗三首,其中《大雪纷飞》是一个悲哀的故事,农奴的女儿央瑾受主人之命在大雪中远走他乡,她最后冻死于冰原之中。通篇是央瑾对于情人江卡的私语,长诗风格清丽,没有繁冗的情节描写,而以质朴真挚的抒情见长,对于民族诗歌的吸收是内在的而不是表面的摹拟。这是当时出现具有开创性的一首长诗。雁翼、孙静轩、傅仇、流沙河着重表现四川的风情和建设。傅仇以写森林著名,他的短诗《告别林场》以跨世纪的激情,传达了既豪迈又悲凉的情绪。

在西南边疆诗人群体中,云南的军中诗人如公刘、白桦、周良沛等以抒情的方式表现了这片丰富、美丽、神奇的土地和生活在土地上的中国各民族多彩的生活。这些诗人参加了采集、整理各民族民间诗歌的工作,因而他们的作品能够把少数民族各具特色的歌谣传统化入中国新诗,不是外在的粘加,而是把那些有益的传统水乳交融地加以融会,他们的经验使新诗在汲取民间文化的影响方面获得了超越性的进展。

白桦和公刘都是相当出色的抒情诗人。他们的诗以才思敏捷、边疆特色和浓厚的时代使命感的交汇而形成自身的艺术个性。白桦(1930—)的诗热情、奔放,能够通过抒情完成叙事性的主题。著有《金沙江的怀念》、《热芭人的歌》以及长诗《鹰群》、《孔雀》等。公刘(1927—)是共和国青年诗人中最具抒情个性的一位,继《边地短歌》之后,他连续发表了《佧佤山组诗》、《西双版纳组诗》等一系列融自然景观与社会理想于一体的抒情诗,人们被他诗中的奇丽景象和独特风格所震慑。他的诗在当时的出现,犹如他在《西盟的早晨》那首著名的诗所表现的那样,是"带着深谷底层的寒气,带着难以捉摸的旭日的光彩"而迎面扑来的"一朵奇异的云"。公刘也和邵燕祥一样,诗中充满青春气息以及作为祖国守卫者的自豪。他的诗精炼隽永,使哲理蕴涵于形象,自然而机智。随后,公刘自边疆来到内地,写了《上海夜歌》以及关于北京的诗,这些诗后来结集为《在北方》。公刘的创作凝练而生动地呈现那时代青春理想的形象,他把50年代的抒情诗水平提高到一个新的高度。

与生活抒情诗相对应,由于政治在社会生活中的地位得到突出,政治运动频繁,阶级斗争不断,应运而生了被称为政治抒情诗的诗歌形态。这类诗以重大的政治事件或政治主题为抒情对象,通过长短相间的句式排列,以奔腾的气势,激昂的词汇,夸张的形容,多半通过蓝天、红旗、鲜花、波浪、东风、红日等形象,造出一种豪迈、理想、信心的宣传效果。

当代写得较早也较有影响的政治抒情诗是石方禹表现争取

和平、谴责帝国主义和殖民主义的一首长诗《和平的最强音》。这首诗以宏阔的视野、渊博的见识和雄浑的风格开创了政治抒情诗创作的新格局。石方禹这首诗在当时那种即景即事的氛围中是一个特异的现象,不论他的诗保留了多少当时难以避免的局限,但应当承认,它的自由而奔腾的表达、雄浑的节奏特别是它的一泻千里的气势,是与那个朝气蓬勃的年代相一致的。

随后集中写这类诗的是两位来自解放区的诗人贺敬之和郭小川。他们诗中的思想内涵相对来说,显得拘谨而不如前者开阔,也注意豪迈的表达,但刻意而为的痕迹却明显得多。贺敬之(1924—)是参加歌剧《白毛女》写作的一位,早期创作受到"七月派"的影响。50年代以后专注于重大政治题材的抒情诗创作,主要作品有《放声歌唱》、《东风万里》、《十年颂歌》、《雷锋之歌》等。贺敬之善于通过阔大的气势、瑰丽的形象、激昂的词句、纵横交织的历史画面体现他的政治思考,阐发他对构成这一政治事件的时代精神的理解。

郭小川(1919—1976)早期奠定了他的诗名的作品是政治抒情诗,尽管他是一位艺术思想活泼、善于变革诗歌形式的具有多种艺术才能的诗人。代表作《投入火热的斗争》、《致青年公民》,均出版于50年代中期。郭小川的政治抒情诗,师法马雅可夫斯基,出之"楼梯式"的自由体,他不像贺敬之那样讲究骈对和辞句的雕饰。他在诗中的形象是一位有过革命经验的兄长,以自己的得失告诫青年朋友正确面对困难的考验,树立坚定的人生理想。郭小川这类诗重理念说教,但总是选择恰当的形象,使所传达的理性内容具有可感性。他的诗心胸阔大、真挚坦诚、热情奔放。

政治抒情诗在中国大陆这个注重意识形态的社会里,有它畅行发展的良好环境。它一直盛行不衰,在历次政治性运动中都发挥着引人注意的作用。其信念是马雅可夫斯基的名句,即

"无论是歌,无论是诗,都是炸弹和旗帜"。要是说,生活抒情诗所形成的形态,创造了诗的颂歌时代的话,由政治抒情诗形成的形态,则开辟了诗的战歌时代。这种中国新诗的当代格局体现了毛泽东在延安"讲话"中提出的基于阶级对立观念的爱憎两极的思想,即对人民要歌颂,对敌人要暴露。从反对"资产阶级右派"到"大跃进",从国际上的反帝反修到后来造成巨大灾难的"文化大革命",在"文革",它更与现代迷信的个人崇拜相结合造成战歌与颂歌两大潮流的汇合。这种汇合,不仅是诗歌的苦难,更是中国文化和中国社会苦难的象征。

三

颂歌和战歌两大潮流的分立和聚合体现了中国当代新诗的主流意识。它是涵盖中国大陆诗创作的无所不在的巨大力量。它造成了当代新诗有异于"五四"以来现代新诗的独特形态,它也无情地约束了甚至扼杀了中国诗多种发展的可能性。

但深厚博大的中国诗传统并非真的会在政治窒息中死亡。数十年来在诗歌主流之外时或有着非主流诗的闪现。这种闪现带给人们以兴奋。它成为与主流对立或补充的一种力量,尽管它是微弱的、甚至要承担风险的。

在主流诗歌形态中,抒情诗的使命只能是歌颂光明,而与暴露无涉。但社会生活的发展赋予中国传统的现实主义以新的内涵。信奉这种"现实主义"原则的诗人,认为诗应当"干预生活"而不能是一味的对生活唱颂歌。他们还承认人的情感十分丰富,人们精神需要多种多样,对于情感的表达也不能只是欢乐。除了欢乐,也会有悲伤、失望或痛苦。这种实践使以艾青为首的一批诗人成为"右派分子"而从中国诗坛消失。他们的消失多半与涉及表现生活的黑暗面或人的情感多样性有关。

这里需要介绍一位前面没有提及的重要诗人蔡其矫

(1918—)。他以题材、形式和表现内容迥异于流行性而一直被认为是边缘性的一位非主流诗人。蔡其矫1938年到延安,次年来到晋察冀根据地。他深受惠特曼的影响,并有深厚的中国古典诗歌的修养。在格律诗盛行的年代,他一直坚持自由体诗的写作。在五六十年代革命风暴席卷大陆的时候,他以清新的风格、明确的形象写着生机勃发的山水诗。南海的媚秀和江南的清弱都生动地保留在他的诗中。他还写非常个人化的爱情诗。这在当时都是异端行为。他一直遭受各种各样的批判。先后有《回声集》、《回声续集》、《涛声集》等问世。

在50年代中期的政治狂热中,蔡其矫写了《雾中汉水》和《川江号子》两首著名的诗。当时正是中国大陆开展"反右斗争"和"大跃进"的年代,许多诗人都在"改变诗风"学写新民歌或是参加大跃进的合唱,歌颂虚幻的共产主义就要实现。但蔡其矫却在川江的航道听到了"碎裂人心的呼号","悲歌的回声在震荡",看到的是"川江舟子千年的血泪"。蔡其矫不同凡响的诗句表达了中国诗人的良知和坚贞,他所闻所见仅仅属于自己的内心感受,而不随声附和。这里是《雾中汉水》——

> 两岸的丛林成空中的草地;/堤上的牛车在天半运行;/向上游去的货船/只从浓雾中传来沉重的橹声/看得见的/是千年来征服汉江的纤夫/赤裸着双腿倾身向前/在冬天的寒水冷滩喘息……/艰难上升的早晨的红日,/不忍心看这痛苦的跋涉,/用雾巾遮住颜脸,/向江上洒下斑斑红泪。

不是当时的颂歌主潮中习见不鲜的欢乐幸福,而是浸透千年血泪的人生苦难。一种那时诗中已经绝迹的人道精神在这里闪光。对于人民的挚爱使诗人有勇气展现深刻的现实生活的画面,这里有一种对于粉饰真实倾向无声的抗议。

50年代以后中国大陆诗歌运动受到向着古典和格律回归

的理论倡导。民族化的强调排斥了世界性;古典和民歌基础的强调排斥了现代性;群体意识的强调排斥了个人性,这使诗歌一直在一条窄狭的道路上发展。伴随不停顿的政治运动而开展的诗歌批判,使众多诗人视张扬个性的艺术创新为畏途。

"五四"新诗自20年代后期出现的象征主义和现代主义的潮流至此已经断流,剩下的是那些诗人"旧习难改"的偶尔流露。但就是这样的偶尔流露也很少能够逃脱凌厉的批判。穆旦是一位重要的现代派诗人,他们创作始于40年代的西南联大。他和他的围绕在《中国新诗》的朋友如辛笛、杜运燮、郑敏、陈敬容、唐祈、唐湜、袁可嘉、杭约赫等的创作,均因为有现代主义的倾向而受到抑制,基本上已不再创作。但在当时"百花时代"的鼓舞下,穆旦写出《葬歌》、杜运燮写出《解冻》也因艺术上的歧异而成为"绝响"。穆旦最后也消失在政治运动中。

当时中国最有实力的诗人群,即团结在胡风的《七月》周围的诗人如阿垅、绿原、牛汉、鲁藜、冀汸、彭燕郊、罗洛等一批从事自由诗创作的诗人,他们也因为受到所谓的"胡风反革命集团"的牵连而被剥夺了创作自由。

中国新诗多流派的多元共生的秩序建立于新诗开始期,当总结新诗最初十年的实绩时,朱自清就把这种现象作了格律诗派、自由诗派和象征诗派的划分。大陆当代新诗的单一化倾向对新诗发展造成了损害,而纠正这种倾向尚须等待社会的转变。但中国新诗的深厚传统和顽强生命力,却在中国的另一个地区显现了出来,这就是50年代的台湾新诗。

50年代在台湾有一个振聋发聩的现代诗运动。倡导这一运动的是大陆来到台湾的现代诗人纪弦(1913—)。纪弦于1953年创办《现代诗》杂志,1956年正式成立"现代派",最初加盟者83人。纪弦提出"现代派六大信条",重要的有:"我们是有所扬弃并发扬光大地包容了自波特莱尔以降一切新兴诗派之精神与要素的现代派之一群";"我们认为新诗乃横的移植,而非纵的继承";"新的新大陆之探险,诗的处女地之开拓,新的内容之表现,新的形式之创造,新的工具之发现,新的手法之发明","知性之强调","追求诗的精彩纯粹性"等。

台湾现代派的理论实质在于重新强调诗的现代性。它给沉闷的台湾诗坛以震动,尽管为此展开了历时久远的论争,但实际上不仅推进了而且实现了中国新诗在台湾的现代推进。继"现代派"之后,"蓝星"诗社与"创世纪"诗社相继于1959年成立。从此形成了长期影响台湾新诗运动三大现代诗刊鼎足而立的局面。与此同时,《葡萄园》、《笠》等诗刊也在提倡"回归现实、回归明朗"的现实主义诗风方面做出了贡献。

50年代由于现代诗运动的推进,加上诗歌社团和刊物的支持和配合,台湾新诗出现了与大陆形成反差的繁荣期。从中涌现了一批有成就的诗人和他们的代表作品,如纪弦的《阿富罗底之死》,郑愁予的《错误》,覃子豪的《追求》,余光中的《白玉苦瓜》、《乡愁》,罗门的《麦坚利堡》,洛夫的《边界望乡》、《与李贺共饮》,痖弦的《红玉米》等。

台湾新诗在50年代的繁荣,从诗歌生态方面来看,它是一种纠正失衡的互补的存在,从完整的中国新诗史来看,它证实了中国新诗历史性的绵延并不会因为社会环境的改变而中断的事实。在大陆结束了"文革"之后,台湾新诗又成为有益的参照,响应和支持了大陆的新诗潮运动,从而揭开中国新诗史的新一页。

四

从50年代至70年代末,中国当代新诗在经历了"大跃进"和"文革"等的干扰之后,终于迎来了一个新的历史时期。这是新诗拨乱反正的建设时期。作为一个新时期的标志的是诗的人道精神和真实性的恢复。诗人们努力以自身饱含着血泪的声音,修弥由于政治动乱造成损害的中国新诗传统的断裂,并以重视新的多元格局为预期的目的。

被称为"归来"的一群,是指经历了历次政治运动而被放逐的诗人的重新开始创作。他们从切身的体验中,以个人的灾难和悲剧为出发点,思考着社会、民族的命运。他们的创作实践突破了"颂歌"或"战歌"的人为障碍,以挑战的姿态把悲怆的旋律引入新诗,从而打破了虚假的欢乐感对新诗的统治。他们创造了感伤的美。艾青的《鱼化石》和曾卓的《悬岩边的树》无情地再现了时间的暴力所造成的虽生犹死及残忍的扭曲。这些归来的诗篇成为灾难世纪和破损心灵的活化石。

历次被政治运动流放的诗人都有感慨唏嘘的归来,他们对诗的坚贞如旧,依然唱着希望和理想之歌。1981年有两本诗人合集相继出版,它们是由绿原、牛汉编选的《白色花》和收集了辛笛、陈敬容、杜运燮、杭约赫、郑敏、唐祈、唐湜、袁可嘉、穆旦九人代表作的《九叶集》。前者所收是受到"胡风事件"牵连的与《七月》有关的一批诗人,计鲁藜、冀汸等共20人的合集。编者在该诗集的扉页上印了诗人阿垅《无题》的诗句——

要开作一支白色花——/因为我要这样宣告:我们无罪,然后我们凋谢

仅仅是为了无罪的宣告,开放,而后凋谢。这是何等悲壮的动机和过程!

两本书,宣告中国诗坛两支劲旅的再生。《九叶集》是受到西方诗歌影响的一支具有现代倾向的诗歌流派。而《白色花》则是源于积极投入生活、基本遵从真实的信念而与时代保持紧密联系的诗歌流派。郑敏和牛汉是当今创作力最为旺盛的代表性诗人。

所有"归来"者用各式各样的声音倾诉着个人和家庭的不

幸,同时也歌唱着绝望之后的再生的喜悦。他们的诗充满了时代反思的精神。但就艺术思维及表达方式而言,则是沿袭着"五四"以来的新诗诸流派各自的传统发展而成。

身心充满伤痕的滴血的"归来",创造了中国诗史最为惊心动魄的悲怆时代。进入50年代以来中国诗中充斥着单纯甚而夸饰的乐观精神在苦难的经历中得到调整。尽管在这一时期理想之光并没有在诗中熄灭,但却被血泪浸泡的历史现实所改造。在诗人的心灵废墟之上留下了蛮荒岁月苦难的刻痕。这是一个重新发现和重新开掘的诗歌时代。

在归来者的诗篇中充满了这种曾经被掩埋的感受。充盈着活力的生命在突如其来的灾难面前突然受到掩埋,它们终于变成了化石。这灾难是猝不及防的,而且是摧毁性的。人们不知道它来自何方,去往何处,只知道它的巨大的破坏力和毁灭性。艾青的《鱼化石》记载的是:"不幸遇到火山爆发,也可能是地震"造成的灾难;曾卓在《悬岩边的树》说的是"不知道是什么奇异的风"制作的悲剧;蔡其矫在《常林钻石》中用的也是疑问句:"是哪一次惊天动地的火山爆发和地裂?""是在怎样的狂风暴雨中和怎样的飞灰流火下面?"都表达一种对于原来的不确定、不可知的判断。

这一诗歌阶段由于诗人们自身和家庭悲剧与大时代的风火雷鸣造成的巨大沉沦的结合而拥有了不同于前的鲜活的生机。它打破以往那种虚幻和矫饰的完满充盈,而把经过岁月洗礼的流血的创口暴露在世界面前。过去受到肯定的秩序变得不可信了,它由虚假的完整而呈现出真实的破碎感。

要是说,旧时代的结束,流放者的归来,是以残缺的诗美发现和开掘为标志,应当是适宜的。目睹了物质和精神废墟的真实,从苦难的血海中跋涉而来的诗人,他们的诗中保留了那一特定时代的沉重的记忆。

被掩埋而后的重新发现,是这一历史时期特殊的诗意。尽管掩埋本身是残酷的,上面有尘土和血污,但拨却蒙蔽却是一番崭新气象。艾青说的鱼化石其实是"人化石"。这一关于化石的发现是历史新时期的重大审美开掘。不可言说的原因造成了生命的掩埋,掩埋造就窒息和死亡,不论是鱼的"依然栩栩如生",还是悬岩边的树的"留下了风的形状",都是肉体和心灵的损伤和摧残的证实。但是奇迹也由此而生,那些陷于绝境的生命却在一个秋天造就的狂欢中再生了。

20世纪70年代末,山东省某处常林农业生产大队的农民在锄地时发现了一块硕大的钻石。这一稀世珍宝的出现,唤起一代诗人郁结于心的灵感。他们不约而同地纷纷以此为题,写出了无情埋葬的悲哀以及重新开掘的狂喜的诗篇。流沙河把它视为"祖国的娇女"、"中华民族的祥瑞";蔡其矫则认为它"仿佛是一次大变革的纪念",是"新时代一个灿烂辉煌的象征";艾青则以更贴近个人经历的方式进入他的对象:"像扭开一个开关/在一刹那的时间是/两种光互相照耀/惊叹对方的美丽"①,就是说,不仅是发现者发现了对象,对象也发现了主体。这一个主题掀开了一个诗的欢乐的时代——当然,这欢乐是结束苦难之后的宣告。

这些历经苦难的幸存者,他们的身心都留下了苦难的刻痕。许多诗人都以真实的笔触记下了那些离乱和恐怖年代的悲剧情节:家破人亡,精神创伤,心灵扭曲,理想崩陷。这些作品如林希的《你曾经是我的舞伴》、梁南的《我不怨恨》、胡昭的《答友人》、彭燕郊的《家》,都让人读之悲不能禁、唏嘘嗟叹。

但是,那些生发于具体感受而又在普遍层次上升华为对于

---

① 这些关于常林钻石的诗,流沙河、蔡其矫的诗题均是《常林钻石》,艾青的诗题则是:《互相被发现》。

一个时代特殊美感的概括的,是牛汉这一时期的创作。《华南虎》写一只被迫离开山林而关进笼中的虎,它的每个趾爪,"全都是破碎的,凝结着浓浓的鲜血";在铁笼内灰色的水泥墙壁上,"有一道一道血淋淋的沟壑,像闪电那般耀眼刺目",这是被囚禁的灵魂对于强加的作勇敢而又徒劳的抗争。值得注意的是,在华南虎的血迹斑斑中,诗人通过脚趾和牙齿强调了破碎感。

这是牛汉处于恶劣环境中——70年代初期他尚身陷囹圄——所致力的独特的审美创造。他写了《我是一颗早熟的枣子》,哀悼那受到伤害和侵凌的早夭;他写了《半棵树》,令人震惊地完成了被雷电的暴虐所塑造的残缺的造型;在牛汉的诗中凝聚着融个人命运于大时代深厚背景的悲剧精神。但是在无可逃避的恶的笼罩下,个人生命的内在力量却得到顽强的展现。牛汉显然不是从外在的环境进入他的主题,他对苦难诗情的提炼是一种个体生命体验与社会历史悲情的高度综合的浓缩,是感受于深刻的时代精神而又迸裂于内心的情感风暴。

对于破碎和残缺之美的发现和开掘,成为这一时期诗美建设的特异风景。在中国当代诗史中,这一历史新时期的创造性贡献,正是以这批"归来"诗人对于完整和和谐的否定和破坏为宣告的。至少是进入50年代以来,欢乐充斥着中国诗的天空。开始是发自至诚,后来是非如此不可,最后导致矫作。从来倡导的现实主义,面对真实的生活现实变得不是缩手缩脚便是退避三舍,这有诗人自身的原因(例如从来如此的咏唱的"惯性"和"惰性"使他们失去自己的眼和心),但更重要的是事实上在推进一种虚假的现实主义、只准"歌颂光明"的"现实主义"。50年代中期以迄于"文革"的长时间内,生活的泪水和血污事实上已是禁区。

这情景在新时期有了冲破。审美视界的拓宽是以这批幸存者的归来为始端的。这里需要谈到穆旦(1918—1977)。这位抗战时在西南联大崭露头角的青年诗人,他超逸的才情和智慧受到了时代的冷淡。50年代他抛掷旧我的一曲《葬歌》发于至诚而终于误解,可说是当代诗界的悲剧事件。当然,受到误解的不止穆旦,是整整一代真诚面对历史和现实的诗人。穆旦本身在掩埋的时代变成了掩埋物。令人遗憾的是,他们为时代见证的埋藏地层的"化石"未能在新时代的曙光中被发现,更谈不上"互相被发现"。

但穆旦在他生命的最后时刻还是留下了真诚而勇敢的声音。在《鱼化石或悬岩边的树》这本诗选中,保留了这位天才诗人写于最后而未被发表的十一首诗。其中《演出》以刀锋的锐利击破了现实的虚伪和丑恶——

慷慨陈词,愤怒、赞美和欢笑/是暗处的眼睛早期诗的表演/只看按照这出戏的人物表,/演员如何配制精彩的情感。

终至合上已习惯这种伪装,/面对天真和赤裸反倒奇怪;/怎么会有了不和谐的音响?/快把它削平,掩饰、造作、修改。

为反常的效果而费尽心机,/每一个形式都要求光洁、完美;/"这就是生活",但违背自然的规律,/尽管演员已狡狯得毫不狡狯。

却不知背弃了多少黄金的心,/而到处只看见赝币在流通,/它买到的不是珍贵的共鸣/而是热烈鼓掌下的无动于衷。

此诗写于1976年4月,第二年他即含恨告别人世。仿佛是一种预感,这一年是穆旦进入50年代以来写得最集中也最多的一年——他要在和人们永别的时刻留下作为诗人的诗的遗言和抗议:"你走过而消失,只有淡淡的回忆/稍稍把你唤出那逝去的年代/而我的老年也已筑起寒冷的城/把一切轻浮的欢乐关在城外"(《春》),春天只留下淡淡的回忆,人生的暮年到来的时候,他毅然拒绝"轻浮的欢乐"。这是一种彻悟。

许多这一时代的诗人都经历了悲剧的人生。何其芳以纯美诗人而投奔延安,从"夜歌"唱到"白天的歌",尽管是那样的艰难险阻,但毕竟体现着追求。他最后以一曲欲言又止的《回答》宣告了他矛盾种种的复杂心态;郭小川应该说是与这一时代精神和谐一致的诗人,他的革命代言的身份,最后(例如在《望星空》中)也因个人化的真实内心的流露而遭受雷殛。穆旦与他们不同,在黑暗年代他举着"旗"呼唤光明,而当光明到临的时候,他却从未享受过它的温暖与馈赠。即使是他表达对于光明的向往,也受到粗暴的拒绝。他终究只是一个被掩埋的天才而长存于诗火之中。

五

中国当代新诗在大陆地区的发展,受羁束于动荡的时世而历尽艰辛,它走过将近30年的曲折途径。对这历史性曲折概略描写大体是,意识形态化的强烈要求,使诗偏离了自身的轨道,诗受命于政治,它成为各种政治性要求的呼应。群体代言的性质逼迫诗与个人化的努力脱节,诗人均以流露和展现个性为耻,最后导致中国当代诗普遍不具有个人魅力的特性。

一个新的体制的诞生要求全社会整饬划一的秩序化。这种要求无形地影响着和约定着诗学的发展。整齐押韵的格律化倾向便是社会意识对于诗学的投影。长时期有一种议论将自由体等同于无纪律、最后等同于资产阶级化。倡导格律的结果使情感上与旧诗词靠近,异乎寻常地把新诗发展基础建构于古典诗词的学说使新诗急速走向它的反面。丧失了形式的生命力的新诗,最后也丧失了内容的锐气和鲜明的时代性。这是新诗的自戕。

一个灾难的时代挽救了新诗的灾难。要是没有"文革"的极端化,要是没有这么多人经历了这无以复加的空前危难,要是没有经受离乱和死亡考验的这么多的幸存者,对于历史扭变的反思和批判便无由而生,而黑暗和暴虐将无休止地延长下去。

从这个意义来看,从1949年至1978年这段灾难历程的结束,新诗由变异走向常态的历史转折,当以归来者的重返诗坛为标志。它作为一个时代结束的象征,具有浓郁的悲怆情调。当然,由此也开启了一个萌动着生机的新时代。

这种新时代的到来,当然意味着数十年来营造的抒情格局的解体,至少是诗的单调的社会功能的改变和迁异。进入50年代,诗与社会意识形态的关系,由于政治意愿的表达变得愈来愈紧密和直接,由此形成的两种表现基本价值的诗形态:"颂歌"的作用在于颂扬现实的种种功德;"战歌"的作用在于与敌对势力的批判战斗,二者大体是"延安讲话"歌颂批判概念的直接套用。因为这两种诗形态的广泛实行,无声无息同时也不知不觉地使诗彻底丧失了它的个人品格而沦为集体性发言。

欢乐的时代与抒情叙事的明朗化相联系,大凡带有个性色彩的方式均涉嫌异端。严重而刻板的社会意识要求于诗的,不仅是内容的纯化,而且是风格和形式的纯化,这就最后导致诗的枯竭。一切只能是"向上"的"乐观",而且是如此一致的"乐观"。到了"文革",连太阳上升的色彩和姿态都受到了严格的规定,"落日"是不可稍涉的禁忌。

这情景甚至使那位声称"不看新诗"的人也不得不感慨"没有诗歌"的严重形势。由政治造成的局面,只能由政治来解除,这是中国社会的特性。所谓"归来者"的出现,是由于"文革"的终结,因政局的改变而得以幸存。幸存而后方能歌吟苦难,歌吟苦难而有了对于大一统的"幸福"的冲破,于是有了诗歌审美意识上的重大改变。总之,那种整齐划一的情感规范受到了严重的质疑。

1978年是一个重要的年份,不论是对于中国社会而言,还是对于中国文学和艺术。对于中国新诗而言,沉重的闸门开启了,从天边透进来一线耀眼的光亮。这光亮如一道电闪,划破并切割了浓重的黑暗。这个凝滞而固化的社会,于是开始了缓慢而是充盈着生命力的蠕动。新诗也由此而走向新生。

(原载《诗探索》,1995年第1期)

中国新诗:1949—1978(下)

一

如今我们面对的这段历史,诞生在诗的废墟之上。废墟形成的直接原因是60年代中叶开始的被叫做"文化大革命"的政治颠狂。这个意识形态的地震持续了至少十年。它造就了中国人精神甚至肉体的巨创。诗在这个历史的大颠倒中被驱赶到绝路,一切的抒情或写意都被认定为阴谋或腐朽,唯有为那种极端政治认可而又抽去了诗的真实生命的那些沉滓还在传达那个时代的邪恶意欲。但那些虚弱的喧嚣做出的是无情的宣告:缪斯的琴弦已被斩断。

这个阶段的诗无疑受到了非诗的强力威逼和蹂躏,但毕竟诗的歧变的根本原因却产生于自身。中国特殊的社会处境以及中国诗教传统,把诗的命运和社会的命运紧紧捆缚。从30年代开始,几乎无间断地出现和推进诗的主流意识。这些推进使多数的诗一步一步滑向审美变异的意识形态化。"文革"提供了烈性的催化剂,使历史累积的量升华为诗的癌变。不少诗人随后歌唱的诗的新生,指的就是在政治疯狂中猝死的诗的复活。

但诗的新生却有一个极为艰难的路程。1976年清明的抗议,是诗觉醒的第一声呐喊。但那时依然是社会良知而并非诗美省思的醒悟。天安门诗歌运动所表达的意愿,甚至是纯粹政治学的而非诗学的。诗在这种政治昂奋中至多只是一种存在意义的被唤醒。社会动乱的年代,诗成为首当其冲的牺牲品。幸存的诗多数沦落为面目可憎的拙劣宣传。

反抗这种异化的动力,从60年代后期就开始悄悄的聚集。在当时流行各地的"知青部落"中出现了许多非出版物形式的诗的试验和传播。这些诗以真实的声音传达了与官方出版物迥异的诗情,异常年代中对社会和人的处境的真实感知,以及对丑恶势力的憎恨,激发了诗的新质的产生。当时成为禁书的中外优秀诗歌,特别是苏联解冻时期具有现代主义色彩的作品,在特殊年代反而有了广泛的流传。这在内容和形式上都给了探索者以新的启蒙。事实上,后来被称为"朦胧诗"的胚胎,已经在黑暗年代开始孕育。

80年代是中国新诗的复活节。它所展现的激动人心的诗新生的场景,系由两个方面的努力所构成:被批评家称作新的崛起的朦胧诗运动掀开了中国新诗史壮丽的一页;与此同时,是中国新诗传统艺术精神的恢复和发展,使受到至少长达十年窒息和损害的新诗呈现出生机。

关于"新诗潮"的涌现及其发展这一造成新诗历史性转折事件的评述和总结,将留与专立的篇章。这里我们将集中谈论中国新诗传统经受歪曲变异而得到恢复发展的事实。这是一个恢复和展延由"五四"前驱所开创的中国新诗传统的严肃命题,也是新诗在极端的权力施压之下未曾死亡的强大生命力的证实。对这一事实的描写将强化我们的信念并获得关于中国新诗的历史感。

二

诗在以往的日子里受到政治飓风的袭击。诗人被迫纷纷倒下以至消失。残存的诗大体保持了两种形态,一是前面述及的地下状态的创造和流传,另一种则是不同形式的苟活者。掩埋的话题由此产生。在中国那个空前残酷的年代,正常的诗情变成了不能公开存在的异常者；当然，当诗人失去正常的生存空间，诗的失常以至沉沦也在情理之中。

一旦政治的禁锢得到解除，当人们重新开始寻找，首先面对的是那一片可怕的废墟上由"假、大、空"装饰的伪诗。清理废墟的第一步工作是呼唤诗的真实性。艾青的题目是《诗人必须说真话》，公刘的题目是《诗与诚实》，这些题目对着曾经遮天蔽日的虚假而来。艾青认为"诗人只能以他们由衷之言去摇撼人们的心"，他揭示"没有兴奋而要装出兴奋，必然学会撒谎"。公刘谴责诗"成了押韵说谎的艺术"，他相信，"任何一个有良心的诗人，都只会在不打引号的真理面前低头，而绝不会在打引号的'真理'即棍子底下屈服"。

两位诗人的话都没有进入艺术，在那时，诗的内质的颠倒是最大的异化，因而所有的思考都未曾涉及诗美自身。诚实这个命题本来不是诗学辞典中的条目，而更像是社会伦理的一个范畴。我们面对这些有影响诗人如此郑重庄严的呼吁，不难想见诗自身的蜕变所达到的严重程度。

苦难是长久的积累。从20世纪50年代开始，人为的倾轧迫使一批又一批诗人湮没。这种湮没的规模随着时间的推移愈来愈大。开始是名称各不相同的那几个部分的诗人被宣布为异类，后来则是近乎全体的诗人。这种诗人的放逐或不作宣告的消失，是后来被我们称作"归来"的诗人群或他们的审美创造的精神的和物质的基础。近世以来无数战乱所造成的离散都没能超过60年代政治疯狂所具有的规模。"归来"是进入50年代以来历次群体性的生离死别悲剧的形象重现，不论是否有人倡导诗的真实性，幸存者在明亮的世界中反顾黑暗的来路，他拥有的很难不是发自心底的真实歌吟。

当苦难成为过去，诗人已经能够把自身经历从以往的"忘我"的停留于政治层面的状态中初步解脱。危境给个人价值的凸现以自然的契机,中国诗在这一历史转型期做了悄悄的宣告:对于个人命运关切的时期已经来到,尽管这种关于个人安危忧乐的关切仍然羁系在社会理想与社会谴责之中。

时代动乱和政治高压造成中国诗史最冷酷的一页。这一页从翻开到合上经历了数十年之久。那是一个其大无比的伤口。血泪凝聚了当代惨烈的诗情。这是几代人以苦难为代价所进行的感天动地的创造,这种创造因年龄和阅历的差异而各有侧重。就"归来"的诗意而言,大体集中在动乱前已有相当的记忆累积者那里,这些人离乱前已经成年,他们的回忆真切而具体,这些回忆所展现的情感内涵也更为苍凉沉痛。青年一代也有自己的追寻和抚摸,但多半仅是童年的噩梦,以及少年被迫漂流的追忆。二者失落感相同,但内容的沉郁却有差别。这只要以艾青的"鱼化石"和曾卓的"悬岩边的树"对比梁小斌对于"失落的钥匙"的寻找便可得到证实。化石不可能还原到生命,尽管它保留了生命的形态,而钥匙却在草堆中等待它的主人;失去的岁月对于老人来说是不可补偿的临近绝境,而对于人生的初涉者却是希望的长途。

中国新诗在它的历史发展中,几代诗人创造过诸多凝聚了各自时代精神氛围的形象:涅槃后新生的凤凰,吞食太阳的天狗,烽烟中的漂泊者,以及后来的初升的朝阳等等。但以浸透的血泪的语言写出关于被掩埋的悲痛或是关于重新被发现的惊喜的,则是这一时期诗人对于中国新诗意象宝库无可替代的贡献。

三

50年代是颂歌的时代。颂歌时代的形成首先是权力直接或间接的倡导,但也是歌唱者自身真诚的体认。当一个衰落而失去吸引力的时代结束,而一个新颖的社会形态出现于地平线,饱经忧患的中国人以释去重负的心情迎接了它。这时候的颂歌是连同着个人的解放与社会的前进两种因素的合成。应该说，当前一因素在社会中充当主导的时候,这声音是真实感人的,但当社会的特别是意识形态的意愿成为支配的动机,这一诗歌形态便与宣传和直接的功利相联结。这种联结有可能导致对于诗美创造的侵犯甚而取代。此时,诗中呈现的完善便获有某种虚假的成分。

因而,从20世纪中叶开始在诗中出现的那种圆满的幸福感和从中展现的完美性,逐渐演变为畸形与破损的真实替代物。人们对随后愈演愈烈的诗质异化的"假、大、空"的现象,首先表现了对虚假的谴责。这种谴责是公正而不怀偏见的。事情到了70年代末方才出现转机:那就是一批又一批受苦受难的灵魂的归来。

这些流放者关于归来诗情的营铸,喊出的是经历苦难后心灵深处真实的声音。归来的诗神进行的这一些创造性的工作将垂之久远。它使新诗由于政治无节制的干预造成的历史断裂得到修复和接续。这种工作纠正了长久的异变所给予人们的关于诗的错觉,它还原了"五四"前辈开辟的历史性工作的本质。

它告诉人们,新诗并不是他们所曾经习惯的那种虚假声音的充斥。诗应该是如今这样,既是时代风情的传达,又是个人哀乐的宣泄,是人的情感世界中欢愉与悲苦、灭亡与新生交织的真实情绪的结晶体。真正的诗是如今展现的这种血泪凝聚的声音。

归来的诗悄悄然无声地造出了划时代的辉煌。自有新诗历史以来,诗人破天荒第一次把个人命运变成了第一位的题目。的确,"五四"时代曾有过个性解放的诗表现,但那时个人意识的表达终极目标是实现对社会的承诺。此后漫长时期是集团意识对于个性主义的挤兑和压迫。诗对于个人的关切若没有集团的保护伞,便是自私或邪恶的同谋。

这种自我萎靡的局面促使诗一步一步走向虚妄,个人在诗中的失落宣告了真情的退却。那些以群体名分的张扬换取生存权利的赝品,最后取代了诗所赖以存在的个人情感的基础,大声喧哗的是那些与个人真实感受并无联系的最大公倍数的情绪代码。那里诚然有着对于现今秩序的满足感,以及对于未来理想的讴歌,但那些"完美"却是心灵残损或畸斜的臆造,而与个人的真实生存状态无涉。

　　中国社会在 60 年代中叶进入误区,政治的混乱造成社会动荡也造成个人命运的灾难性。对于几乎所有的中国人来说,时代的真实乃是理想的幻失以及家庭的不幸。因而这一历史歧误的最具本质性的特征是破缺和苦痛,而不是先前人们心造的完满。一批归来的诗人以充满个人性的哀痛和狂喜冲出那一片虚妄的迷宫,终于给新诗的长久蒙尘造出了一个真实的时空。

四

　　20 世纪中叶中国的疯狂重现了类似拉奥孔那样灾难的啃啮及痛苦的挣扎。那种肉体与心灵的经历化为了拉奥孔式的凝固的痛苦,在那刻骨的痛苦之上留下了情感风暴的刻痕。因为有无情的风,于是有摧残的花朵;因为有斧断斲和强加的捆缚,于是有变形和病态的树;因为有复仇之女神般的追逐,于是有惊悸不宁的警惕和敏感。这里所展示的美感,是以往习惯的背逆,那一片残损与破缺,是时代不幸对于诗史的馈赠。

　　即使在生活重新开始之后,人们依然保留了那一份使人震颤的惊恐。陷阱无处不在,它诱使无忧的灵魂悄然地落入。记得当时一位非常年青的童话诗人写过天真的小鹿被花丛欺骗而跌入预置的圈套的悲哀的故事——那是无数人间故事的精神折射。如今另有一位饱经忧患的诗人,再次向着善良的不设防的心灵发出了警号:麂子,不要往这里跑,你为什么莽撞地离开森林?这里,那里,依然埋伏着射杀的枪口!

告别了完美,归来的诗魂首先展现的是那一片无际涯的摧折之后的残缺和变异。这里有一棵树的故事:

> 不知道是什么奇异的风/将一棵树吹到了那边———/平原的尽头/临近深谷的悬岩上。//它倾听远处森林的喧哗/和深谷中小溪的歌唱/它孤独地站在那里/显得寂寞而又倔强。
>
> ——曾卓:《悬岩边的树》

这是一棵被迁移的树。迁移不是自愿的,是"奇异的风"强迫它来到那个别扭的地方:平原的尽头,临近深渊的悬崖。说别扭还近于轻描淡写,这是绝路:往前挪半步就可能粉身碎骨,是死亡之境。既然是一棵树,它当然希望有良好的生存环境:空气、阳光、水分和小鸟,但这一切都被剥夺了,它无可选择,只能接受强迫的命运。

森林的喧哗和小溪的歌唱都是遥远的故事,不属于这棵树。它与世隔绝,默默忍受孤独。"弯曲的身体留下了风的形状"这诗句以平淡说出沉痛,正因为平淡,越发显示出对于痛苦习以为常的麻木,创伤的极痛便是不痛。风在这里是暴力的象征,它的不断施加使树终于改变了原来的样子。肆虐和施暴摧残树的平衡发展,终致于畸变:是一种别扭的倾跌。要抗拒那不断的施加,需要大的毅力和坚定。倾跌和腾翔的临界状态是树的生存挣扎的证实,它的扭变则是生机与摧毁两种力量互为作用的造型。这就是我们现在概括的残损和扭变的诗意。

以往我们习见的都是那些春风沐浴的幸运的树木,如今却是这般的伤痕累累在死亡线上的挣扎。还有活得比这棵悬崖边上的树还要惨的。艾青的《盆景》写的是那些离开大地和阳光雨露的另一些被迫迁移的树。艾青在这里再次谈到养花人。这里出现的养花人不同于50年代,当年那个虽然趣味褊狭但心地善

良真心要扶植花朵的养花人已经消失,他也不再做梦。此刻出现的养花人留下了心理变态的记录:

> 为了满足人的好奇/标榜养花人的技巧/柔可绕指而加以歪曲/草木无言而横加斧刀/或许这也是一种艺术/却写尽了对自由的讥嘲。

目睹这铁丝和刀剪造出的变态和残暴,寒冬南国花市的春光并不能淡漠人们对于杀伐和虐待的不幸感受。大凡在七八十年代之交的幸存者,大概都会理解这种在欢愉时刻涌上心灵的深刻的苦痛。充分的阳光和雨露的润滋的常态的剥夺,树的生存的尴尬以及陷于绝境,是变异时代给予的伟大主题。这里的一切都是触目惊心的,但一切又都是非常真实的。

这里还有一棵"美丽"的树,它生长在七层塔顶之上,应该说,那里是一个很奇特的风景了,但对于诗人仍无欣悦。傅天琳的《七层塔顶的黄桷树》依然抒写那种别别扭扭的情怀。塔顶的树如一件高高晾着的衣衫(是衣衫,不是旗帜;是晾着,不是飘扬)。习惯的赞美和肯定的诗意在这里消失了,代替的是一种中性的,不动情感的描写。但这种"无动于衷"并没有持续多久,接着出现的是旷野以及长长的寂寞的影子,是一种阴影的拖长。

这诗是对特殊的生存境遇和生存方式的提炼:一只偶然的鸟儿的偶然的失落,一颗籽粒不偏不倚地落到了"砖与灰浆的夹缝里",这是什么样的命运的捉弄!年青的女诗人在这里不曾控诉也不曾谴责,也许是由于女性的温柔,她认定那是一次不大不小的玩笑,也就是在那"不偏不倚"的"偶然失落"之中造就了这样奇特的生长。诗人确认它是一个"永恒的灾难"。

不论是这棵黄桷树,还是前面提到的那些不留名字的树,还是牛汉的那棵倒下的枫树,它们都不意味着幸福。那些树有的受到铁丝的"关怀"和刀斧的"爱抚",有的受到风的塑造,都是一种被迫的选择。这棵七层塔顶的奇异之树从另一侧面揭示了灾难——一次并非预谋的疏忽。这样,几棵树的共同命运说出了苦难的多种导因。这的确是对于一个并不幸福的时代的反思。

这棵生根在高处的树,它脚下只是灰浆和砖面而仅有贫瘠的一点点土,它不能发展,甚至活着也艰难。这是一个离群的孤独者,是另一种囚禁,另一种埋葬,尽管说到"捎去并不破碎的盼望",但它并不知道盼望什么,如同悬崖边的那棵像是倾跌也像要飞翔一样,这树也有自己的姿态——

> 我不知道/它摇曳的枝叶,/是挣扎,还是舞蹈/是的,它活得多么别扭/但绝不会死去

这姿态一样地耐人寻味。说不出因由的舞蹈与为抗争死亡的挣扎难以分辨。或者可以说,生存的祈愿与濒危的舞蹈是特殊时代造就的尴尬的混合。而这就是那些苦难的树的家族"活得别扭"的真实情态。

五

"文革"结束之后,人们庆幸自己尚且活着,一方面,欣喜于自己竟然有如此强大的对于恶运的承受力,另一方面,则惊诧于岁月消逝得如此匆忙,以至于没有留下那些冰川纪的刻痕。少年发现失去了童年,他们当然不会感伤,也不会悲凉,但却在新生儿童奇特的彩色玩具中发现自己丢失了童年的积木,当年拼组的那些图像均成了流逝的幻影——他们只能对着如今流行的"魔方"怅惘。再大一些的孩子则有更为复杂的情感,他们记得灾变之前曾有的绚烂,于是寻找那"丢失的钥匙"。这些当年的孩子,一面奔走,一面寻呼:中国,我的钥匙丢了。寻找钥匙是为了开启那封闭的门和封闭的抽屉,那里锁着童年的憧憬、幻想和天真。

归来的老年和中年和他们的晚辈不同。他们拥有更多的回忆。他们异常痛心于对他们来说是不可复得的岁月的流失。他们的失落感中包蕴着巨大的悲恸。他们的寻找是一场悲哀的飓风。在以往的年代还没有出现过这样的情景,虽然中国新诗在30年代后期到40年代中期曾有过离乱的咏叹,但当年的悲哀被民族解放大背景的激扬所淹没。壮烈的激情冲淡了个人命运的关注,人们面对国家兴亡而乐于将一己或家庭的不幸置之度外。如今这一场灾难不同,那迫害来自曾经的信仰和理想,个人化的悲惨境遇与巨大的怀疑以及理想的幻灭结为一个整体。

从被放逐的荒原蹒跚地归来,发现失去了许多亲友,发现尘封的屋角不知不觉间掩埋了长久的岁月,于是有了刻骨铭心的叹惋和悲痛。人们纷纷寻找《失去的岁月》:

> 失去的岁月/甚至不知丢失在什么地方——/有的是零零星星地消失的/有的丢失了十年二十年/有的丢失在喧闹的城市,/有的丢失在遥远的荒原,/有的是人潮汹涌的小车站,/有的是冷冷清清的小油灯下面/丢失了的不像是纸片,可以拣起来,/倒更像一碗水泼到地面,/被晒干了,看不到一点影子;/时间是流动的液体——/用筛子、用网,都打捞不起;/时间不可能变成固体,/要成了化石就好了,/即使几万年也能在岩层里找见。

但时间毕竟如水,如烟,它不是化石。于是悲从中来的诗人只能把岁月凝固在想象的鱼化石上面,在那里他还能够和逝去的时间对话,享受它那永远的生命活力的记忆。

艾青在《失去的岁月》中用极平淡表现极沉痛。悲痛拒绝文饰,人们面对沉哀往往无言,而无言是一种极致。在这一场悲哀的旋风中,艾青是归来美感的第一个倡导者和实践者。如同当年他创造悲哀的北方烽火中的诗情一样,如今他创造悲哀的动乱时代的诗情。悲哀属于中国真诚的诗人。艾青希望时间凝固于岩石而不消失,他不经意间开启了一个新的审美空间:为了哀悼死亡而创造化石,为了寻找昨日而发掘被埋葬的时间。

一条鱼被突如其来的灾难夺去生命。它没有被粉碎,而是保持了完整的躯体,它让人想起生命原先的样子:动作活泼、精力旺盛、自由地跳跃浮沉于水中。但现今,它只是一具化石:连叹息也没有,对外界不仅无闻而且绝听。艾青的《鱼化石》接触到一个深刻的历史主题——生命曾因掩埋而消失。诗人冷酷地展示出一个完整的化石,一种不留痕迹的死亡。人们因时空转换可能遗忘或变得淡漠,但现在却看到了失去知觉的生命原先状态,由此引申出一个掩埋生命的残忍时代。

这是一条鱼变成化石的故事。鱼变成化石显然不是由于它自己想"不朽",鱼本身不知也不曾抗争。显然不是鱼忘记了运动的道理,鱼面临的是一场猝不及防的灾难:也许是地震,也许是火山爆发,是这种如今也谈不清楚的原因。鱼是无辜的,承担责任的应当是灾难本身,不管是以什么形式出现的灾难。要是沿此思考下去,人们将从鱼变成化石的故事获得一个悲剧时代的主题,从中我们了解到一个扭曲、变态和疯狂的历史感知。

由一首诗体认一个时代,而艺术成就的估量倒在其次,艺术的完整性以是否有充盈深厚的内涵为前提,艺术无疑需要思想、精神和气质的充填。我们仍然非常重视这首诗导引出来的意义,它通过一条莫名其妙而窒息了生命的鱼的经历,使人联想到众多的鱼变成化石的事实。这不是一种粉身碎骨的死亡,而是一种"不死"的死,是保持了生的样子,然而却是真实的死亡。这种死亡有着让人震动的悲痛。

《鱼化石》当然有诗人自传的性质,但它提供了典型的意义。这不是一个关于一条鱼死亡的故事,而是一个涉及不同的鱼而拥有一个共同的不幸和悲剧命运的故事,这就是前面说的"联想到众多的鱼变成了化石"。这是个人际遇与时代风景的叠合。一首关于个人命运的诗可以为丰富全部诗的审美经验作出贡献,它的启示绝不是仅仅属于一首诗或一位诗人的。

中国当代诗前此十余年一直都受到表现、制造欢乐的审美倡导的支配。这种倡导当社会产生重大转折时期大体与民众渴望安乐的心态相一致,因而当日的欢乐感是一种常态。此后有一种误解,即认为凡诗只能表现欢愉,诗只能乐观和幸福而拒绝不幸或悲哀,而不管生活的实情如何,这造成矫情的泛滥。

"归来"的审美证实了一种情感世界的醒悟。那就是对无故湮没的抗议,以及生命经受创割的感觉。诗为表现这种生命不可忍受的伤痛而把传统伪善的欢乐感抛弃,替换它的是对于悲剧命运的的审思。70年代末与青年一代迷惘之歌一同涌起的感伤的淹没主题的发掘,是中国当代诗内涵的新拓展。无疑,我们此刻接触到的化石的掩埋及开掘,典型地代表了感伤主题的归来。这一点,资深的诗人艾青的确"先声夺人"。

涉及掩埋及发现的除了化石还有钻石。诗人不约而同地在发掘化石的同时发掘了钻石。蔡其矫有《常林钻石》,艾青也有《互相被发现——题常林钻石》,诗人对题材的敏感受到时代精神也受到个人遭遇的决定。艾青讲的是互相的发现,诗人发现了掩埋的美,钻石发现了归来生命的壮丽。这样,发现了悲哀的同时又发现了喜悦,这是艾青对于感伤主题的另一个层面的展延:喜悦中包裹着被埋葬的巨痛,悲哀中充盈着涌动的生命力。

直至此刻讨论的"归来"主题出现之前,中国诗对生活的占领大体停留在公开的、袒露的、因而也是表层的水平面上,那时的审美风尚是明晰、详尽、畅晓,总是要求一览无遗。如前述那样黑暗中的沉埋和陷落,由此蕴藉着哀乐混合的复杂思绪,在当代诗中却是异常审美内涵的初露。这在诗学建设中相当于一块常林钻石那样稀世珍宝的发现。

一个时代的结束,另一个时代的开始,历史在它转型期往往会借助一个异象来暗示吉兆。常林钻石便是一种上苍的神启。那时北方一位农民的锄头下面闪出了一颗巨大的宝石,从掩埋到发现,漫长的黑暗化为了无边的狂喜。诗人从个人命运和时代灾变的结合处发现确定了诗美的新价值,于是有了一个当代审美风情的开掘。这里也有一首诗为这个审美主题定位:

> 天上的珍宝,大自然最美的结晶!/你形成,是那一次惊天动地的/火山爆发和巨震?/你诞生,是在怎样的狂风暴雨中/和怎样的飞灰流火下面/那时候,森林是怎样地在燃烧/山岳是怎样地被摧毁/大地是怎样地再改造?/那灼天的高热,又是怎样/把一切物质重新组合?
>
> ——蔡其矫《常林钻石》

这时期许多人创造了珠贝的意象,也是掩埋诗意的另一种凝聚。珠贝是痛苦包裹的产物,它也被淹埋,只不是在泥土中,而是在自己体内,是内心深处的坟茔。开始是柔软的创伤,由于体内侵入粗粝的妨碍物,被裹上一层又一层泪水和血滴,于是圆润而光滑,于是带上了日月星辰的悲泣而闪闪发光。

六

在中国新诗发展的这个阶段,它以丰富的艺术实践对历史实行了重大的反拨,它证实先前人们所倡导的完美是实际上的残缺。而表现这一实际的残缺却造出中国诗当代真实的完美。这种社会学和诗学上的背反,再一次说明现实的苦难可以造就审美的欢愉这一残酷的律则。艺术史正是在这种不断付出无情的代价中得到完成的。苦难把残损、破缺、畸变和失衡推向中国文学惯性审美意识的前沿,并且合理地取代先前的规范。它的出现完成了中国新诗意象体系和美学风范的巨大转变。

个人的经历和遭遇不再是微不足道的,个人对于命运不公的控诉和抗争最终使个人成为重大的文学主题和历史主题。受屈辱和受迫害的个人,不管他是多么渺小,身上有多少血污和伤痕,他从地上的匍匐而起,也比往年高昂着身躯的神像更高大和更光辉。这种个人经历的苦难反思宣布了中国文学主体性的历史转型时期的到来。

欢乐的主题在这一个时期开始时曾经出现,那是由于意识形态持续制约的惯性运行的结果,它基本上不属于诗学的范畴。在这个时期,人们经常为自己心仪的"春天"所欺骗,但属于主潮的欢乐的命题,已是混沌历史的过去。这种意识形态作用的传统浪漫主题,既不属于现在,也不属于将来。

历史宣布了欢乐颂的幻想性,它并非现实的产物;现实是苦难的存在及其结束或未结束,由于人们对于自身以及社会思考深入而导向的悲怆的主题的萌兴。不管意识形态如何宣称新的已经开始,前途如何充满信心,但人们面对的却是岁月无缘无故的和无可奈何的流逝。无可追寻的昔日的梦想,不可预期的今日的等待,都化作诗中流淌一脉的悲情。

60年代中叶开始的"文化大革命"的经历和记忆,近百年中国人振兴国运的忧患意识,加上进入80年代以来逐渐逼近和呈示的世纪末的悲凉感,这些因素在20世纪最后时刻综合成世纪之交文学的"悲回风"。

隐约的忧患代替明朗的欢乐,希望之星隐遁代之而来的是一股哀感的旋风。诗和文学以情绪转换的方式实现真实性对于虚伪性的挑战。就诗而言,此时"归来"的不仅仅是传统追求的重现,传统美学的因袭至深至重,在这一阶段宣告诗美的更新还为时过早。但几乎所有的这类归来的诗都以血泪的声音传达了当今时代的真实氛围。中国诗歌因这批"归来"诗魂的创造和加入,而有力跃现出美学变革的最初一道光芒。

这变革无意中证实波特莱尔对于"美"的坚定的观念:"我的确认为'欢悦'是'美'的装饰中最庸俗的一种,而'忧郁'却似乎是'美'的灿烂出色的伴侣;我几乎不能想象……任何一种美会没有'不幸'在其中。"(《随笔》)中国习常讲的"国家不幸诗家幸"大概也是这一残忍的诗学规律的一个印证。诗学的突破与创造的狂欢,正是建立在整个历史的血泪之上的。尽管人们可能厌恶历史的无情,然而,事实上任何人都无法规避这恶运的作弄。

1993年3月,大连—北京

中国新诗:1978—1989(上)

一

这段诗歌历史隶属于文学的新时期(即"新时期文学")。这是与社会发展同步的文学发展的一个指称,大体是指中国结束"文革"动乱、开始实行对外开放政策、以推进和实现社会现代化为目标的历史转型时期。这时期以 1978 年为标志。1978 年是 1976 年"文革"结束的第三年,这一年岁末召开了一个重要的会议,它宣告了中国对外开放的开始。中国文学艺术的发展从来都受制于社会的政治。社会禁锢就谈不上文学的自由,就诗而言,诗的开放是社会开放的恩惠。

当代诗歌的变革涌动的始端,显然要早于这一年,1976 年 4 月 5 日清明节,在政治高压之下有一个震惊中外的"天安门事件"。这一事件的动因是政治。开始是北京市民为悼念周恩来总理而举行了旨在反对"四人帮"的、以花圈为形式的抗议示威,后来波及全国各大城市以及边远的地区。这一抗议运动的武器是花,而方式则是诗,用花和诗来举行政治示威,在中国的社会运动史上是非常独特的现象。中国人以它富有文化内涵和有教养的高雅方式表达他们的愤怒和抗争。

出现在天安门前的诗歌除了后期个别的现象之外,基本都采取了旧体诗的方式。这些诗的基本上是对死者崇高品德的颂扬,并以隐喻的方式揭露和声讨那些残暴而阴险的"生者",所有的抒情都径直地指向了政治。诗歌在这里仅仅是一种手段和工具。从这点看,天安门诗歌运动是当时政治抗议的一种派生现象,并不具有诗学发展的含义。也许值得纪念的是,它以战斗的品格传达出民众们的真实意愿,它唤醒人们诗歌的现实作用的传统命题,从而恢复了人们对诗业已丧失的信心。从这点看,这不是在新诗艺术革命的角度,而是诗与公众真实情感的传达角度,以及诗在政治抗争的领域中重新生发影响力的角度,使天安门诗歌与往后的新诗潮运动保持了内在的关联。

这些诗当时受到查禁。诗的创作者和传抄者受到逮捕和迫害。但1976年以后,随着政治的转机,它们得以公开出版。一本诗集的编者写道:"雄伟庄严的天安门广场,曾经写下了五四运动游行队伍的脚印,曾经回荡过'一二·九'的革命呐喊。在历史发展的每一个紧要关头,她都被赋予过光辉的使命。1976年清明节,伟大的中国人民又一次在这里写下了一章可歌可泣、永垂千古的壮丽史诗。"编者还对这些诗词的价值作了概括性的评价:"这些诗词饱含着革命人民无限的爱和恨。这是人民的心声,亿万人的共鸣。它短小精悍,朴实鲜明。既深沉,又泼辣;既含蓄,又犀利;丝毫没有'四人帮'的'帮八股',也没有矫揉造作,无病呻吟,具有很强的战斗性和感染力。它在被'四人帮'严重破坏的文坛上树起了一面清新的旗帜"。[①]

作为一面斗争激情传达清新的旗帜,天安门诗歌确有其不可磨灭的价值。它代表一种摆脱强权逼迫而由民众独立行使艺术权力的可能性。尽管人们为此付出血的代价,但终究作为一座精神丰碑而保留在历史的记忆之中。它至少证实了如下一个真理性的事实,即不论官方权力如何规定艺术和诗的方式,而民众则会选择机会以自有的方式实行对这种规定的反叛。

天安门诗歌对中国文学艺术的最为有力的展示就在于此,

---

① 《革命诗抄·写在前面》。

正如《革命诗抄》编者指出的,它以清新、犀利的方式表示了与"帮八股"的决裂。而这种决裂却产生在文化统治最为严重的年代,我们以此观照中国诗界,就会对作为地火运行于地层下,随后浮出地表的中国现代诗的孕育和呈示,以及它的艺术变革的震撼力不至于完全感到意外。

二

新诗巨变的准备阶段,更确切地说,是在新诗受到严重摧残的"文革"肆虐的时代。当时存在着两种诗歌:一种是强大的主流形态的诗歌,它以豪言壮语的八股充填着千篇一律而又苍白无物的诗行,所有的高级形容词都指向一种得到批准的思想;所有的慷慨激昂的喊叫都归于一种夸饰的矫情。这是一种从内容到形式都失去生机的诗歌。与此相对的非主流诗歌,它以民间的和地下的状态流传着,它们有异于常的独特性,以及去掉虚妄之后的切近实际,吸引了对主流诗歌感到失望的民众。

食指(郭路生,1948—)是这类诗的作者之一,也是其中最突出、最有代表性的一位。他的诗在"文革"标语口号泛滥中悄悄地在上山下乡的知青群中传抄。他属于热情投入"文革"的那一代人,但却是这一代中最早表达出对于这一革命运动失望情绪的先行者。他在《海洋三部曲》中写道:"这夜,深远的夜空星光暗淡/狂风在命运的海洋里扬起了狼烟/……/像秋风卷起一片枯叶,/命运的海洋啊!/你将把这条船带向何方,/出地狱呢?还是天堂?"因此,我们对这位诗人首先获得印象是清醒的和尖锐的对于那场运动的批判精神。这种精神与70年代悄然兴起、80年代成为公开潮流的新诗变革运动有了绵远的衔接,而且合理地成为先导的脉源。一篇文章以同代人的感知评价食指(郭路生)出现的意义:"郭路生的出现所具有的正是这样一种象征意义,这就是:一种自由体新诗正在中国出现,它对1949年之后的文学构成一种挑战,或者可以说,这种新诗就是中国的前现代主义诗歌,虽然留有过去时代的痕迹,但是这种诗歌在精神上却是一反传统的。"①

《鱼儿三部曲》是食指最重要的作品之一。冰层下的鱼,"为了不失去自由的呼吸",它猛烈地跳跃;虽然每次的反扑总是失败,然而它"还在积蓄力量作最后的努力"。当然,其结果是悲剧性的:"鱼儿临死前在冰块上拼命地挣扎着/太阳急忙在云层后收起了光芒——/是她不忍心看到她们孩子,年轻的鱼儿竟是如此下场"。追求自由的结果是死亡,食指曲折地暗示了人世最悲惨的一页。应当说,在举世为某种被神化的激情支配着高扬幻化的乐观时,食指这种近于叛逆的暗示显现出作为诗人最动人的独立品质。毫无疑问,他的诗情开启了随后出现的新诗潮的忧患意识。

食指用他的作品准确而生动地概括了那个由激情转向绝望,由理想堕入深渊的一位青年的心灵复杂性。在《四点零八分的北京》这首具有非常的时代精神的诗篇中,他传达了那种无奈而又莫名的离别所造成的撕心的苦痛。在遍地都是激昂的口号和标语的异常年代,这首诗所传达的不可言状而又平静的悲哀,与那种无限膨胀的矫饰的乐观构成了巨大的反差:"当北京车站的建筑在一片告别声中剧烈抖动——/我们的心骤然一阵疼痛,一定是/妈妈缀扣子的针线穿透了心胸。/这时,我的心变成了一只风筝,/风筝的线绳就在母亲的手中。"母亲手中的针线穿透心胸,而列车却要扯着这颗心向着远方,不言而喻,这里发生了人间的大痛苦,而对这种痛苦的表达却是节制的、甚至是不动声色的,从这里,我们看到了这位诗人超脱当时时尚的成熟。

经受了幻灭而又不失希望的期待,食指以他的诗句证实了

---

① 赵振先:《未完成的〈今天〉》手稿。

这一代人特异的存在价值,这种在绝望中满怀理想的精神,后来成为"新诗潮"最让人倾心的内质。《相信未来》的声音正是在现实的神殿坍塌之时发出的:

> 当蜘蛛网无情地查封了我的炉台/当灰烬的余烟叹息着贫困的悲哀/我依然固执地铺平失望的灰烬/用美丽的雪花写下:相信未来//当我的紫葡萄化为深秋的露水/当我的鲜花依偎在别人的情怀/我依然固执地用凝霜的枯藤/在凄凉的大地上写下:相信未来

我们在《相信未来》这首充满理想和信念的诗中,可惊地接触到在当时来说是完全奇异的陌生的意象:蜘蛛网查封的炉台、灰烬余烟的叹息、凝霜的枯藤、腐烂的皮肉……。正是在这样一片近于绝望的坠落中,升起了动人心旌的关于未来的坚定命题。单从这些意象的提炼和构筑来看,食指在"文革"废墟中所进行的诗意寻觅,是充满创造性的。一代探索诗的现代性的人们,从这位先行者那里,得到了表达充分复杂和矛盾的精神世界的最初的启示。

食指的诗充满了青春的力量,但绝无虚幻的欢乐感,他展现了历史的沉重,却不使人在绝望中淹没。林莽在《生存与绝唱》中充分肯定了食指诗歌创作价值和贡献。"在那个一切文学艺术均沦为政治御用工具的时期,这些发自诗人灵魂与生命的作品指出一种方向,它们向人们表明:诗首先应是人的自由意志与独立精神的体现。在那个荒唐的年代,食指的诗再次实现了艺术的尊严与光荣。"这位早期以充分的激情投身"文革"浪潮的青年人,在红卫兵运动刚刚退潮后的日子里,他最先深刻地感知一代青年被愚弄与践踏后感到失落的悲惨。他在周围的人们来不及思考发生了什么样的变化时,敏锐地把握了那个时代的悲剧精神。

食指作为对既有秩序和价值的怀疑者,他属于开启新的一代诗潮的前卫性的诗人;同时,他对于未来的信念所拥有的浪漫情怀,以及他对于诗歌艺术传统品质的传承,又使他成为连接前代诗人的过渡性的诗人。在食指的使命感和理想精神面前,人们明确无误地辨认出他与中国诗歌传统的历史纽结,他理所当然地成为接续历史与未来、传统与现代的桥梁。

较食指年长、写作也早于食指的黄翔(1941—)也是这样一位承上启下的诗人。荷兰的柯雷最近著文说:"无论如何:郭路生和黄翔在中华人民共和国文学史中绝对不能缺席","从某种角度看,是朦胧诗的先行者"。[①] 黄翔因种种原因,国内对他了解不多,但他的确是一位非常重要的诗人。仿佛是对他个人命运的预言,黄翔于1962年发出如下的《独唱》:"我是谁/我是瀑布的孤魂/一首永久离群索居的/诗/我们的漂泊的歌声是梦的/游踪/我的唯一的听众/是沉寂"。这当然不能理解为他甘于或耽于这种离群漂泊的"独唱",而只能理解为他充满挑战色彩的孤独精神先天地不见容于世俗。这同样是一颗早醒的灵魂,在人性受到践蹋和变异的年代,他骄傲地宣称自己属于《野兽》一族:"我是一只被追捕的野兽/我是一只刚捕获的野兽/我是被野兽践踏的野兽/我是践踏野兽的野兽。"此诗作于1968年,他表达了与他所从属并吞噬了他的年代不可调和的对立:"即使我只仅仅剩下一根骨头,我也要哽住我的可憎年代的咽喉"。这里指涉的"可憎的年代",表达了对于"文革"动乱的最早的批判意向。同样的意象也出现在食指的诗中,在题为《疯狗》的诗中,诗人宣称:"受够无情的戏弄之后,我不再把自己当成人看"。"我希望成条疯狗,更深刻地体验生存的艰难",可悲的是,我还不如一条疯狗,我只能默默忍受那一切折磨而无法反抗。食指此诗

---

① 柯雷:《瘸子跑马拉松》,载《诗探索》1994年第4期,第50页。

作于 1974 年①，是对于"文革"经历的痛切反思而发出的悲愤的抗议。

1969 年黄翔写了《火炬之歌》。一支发光的队伍，一条静静流动的河，它的背景是暗黄的苍茫的天幕，这种行进是想象中的辉煌，它无声而且不具形，因而这火炬张大的是"一万条发光喉咙"。这出现在 60 年代末的火炬的长河让人想起 40 年代初期艾青举起的《火把》，艾青的火把可能是某次或某几次游行抗议的诗意陈述；而黄翔的火炬则是充分想象的，它只是诗人灵魂深处的某种幻觉的光的行进。60 年代较之 40 年代有更为严酷的现实，60 年代事实上不可能有这样公开的火的宣告。但他们对于光明的向往以及抗争的热情都完全相通，黄翔从艾青那里得到理想精神的传承。但黄翔属在疯狂的民族自我虐杀中呼唤光明和良知的一代人。他要唤起那些"被时间遗忘和忘了时间的／思想像机械一样呆板的"人们从麻木中醒来，他对于现实的尖锐批判展现极鲜明的时代性："为什么一个人能驾驭千万人的意志／为什么一个人能支配普遍的生亡／／为什么我们要对偶像顶礼膜拜／被迷信囚禁我们活的意念　情愫和思想"这一连串的拷问出现在取缔思想自由的年代，表现出锐敏和勇气。作为《火神交响诗》组诗的一个部分，另一首《我看见一场战争》，把中国人在那个年代经历的畸形遭遇，第一次作了宽阔的诗意的概括："这是一场罪恶的战争／它是有形的战争的无形的继续"。这种战争在每一个家庭每一条大街、甚至是每一个橱窗里以无所不在的方式进行着。这是一种冥顽而粗暴的力量的肆虐，个性被吞噬，失去约束的社会导致精神崩溃。空前的暴力进攻使人性退化。这些诗，传达出对这场"罪恶的战争"强烈的批判精神。

---

① 《疯狗》一诗，实写于 1978 年，首次在《今天》发出时，编者因多种原因改为 1974 年。

当然,作为呼吁正义和理想的诗人,他们诗的动机不仅仅在于控诉和揭露,而在于重新唤起人们对于未来的信念和热情。

食指和黄翔是这一类在黑暗与光明际会时刻的诗人的代表。像他们在压抑中用传统方式唱出受压抑声音的诗人还有哑默、路茫等。这些诗人的诗歌创作以明确的对于灾难性现实的批判思考而有别于传统的颂歌形态。但他们又以坚定的理想激情体现了50年代诗歌精神的接续,他们的力量在于批判历史和现实的勇气和独立精神。超前形态的愤激的声音具有诱发的力量,开启了一个时代的灵智。他们创造了以传统的方式而充盈着反叛精神的忠实于特定时代的艺术方式。这种方式面向中国新诗的未来,却生发于过去那些优秀的艺术经验的积累,他们的激情淘筛了以往的矫饰和虚夸,而他们面对社会积垢的勇敢和坚定又根本区别于以往的顺从和媚俗,并对之实行批判,正是这些"过渡性"诗人对中国新诗在新时代求得了开拓发展性的贡献。可以说,正是由于他们的启蒙——当然还由于别的一些因素,中国新诗随后产生的巨变方才成为可能。

三

诗歌和文学的发展在史家的眼光中往往予以截然的阶段的划分,但事实却难以如此,往往是新的潮流出现了而旧的潮流未必就此湮没。中国新诗在历史新时期尽管出现了艺术的跨越时代的巨变,但事实却是所谓新旧的交替表现为彼此的互渗和胶着的状态,近于实际的判断是旧中有新、新中有旧,虽有呈主流状态的嬗变,而并不存在非此即彼的断然区分。

"文革"结束初期,最引人注目的诗界现象是呼唤诗歌直面现实的人生,以真诚的追寻重新燃起人们对诗的信心和热情。艾青为此呼吁"诗人必须讲真话",公刘也提出"诗要真诚"。当时的抗争是杜绝虚假,以真实的血泪的声音表现诗人的良知而与千篇一律的空洞叫喊和矫情对抗。几乎所有的诗人都站在了这一旗帜之下,他们以对于动乱时势的感知和亲历的灾难,提炼而为凝聚着特殊时代精神的诗篇,总的题目是投射着黑暗的阴影的光的赞歌。其中最引人注目的是饱经离乱和心灵戕害之苦的"归来"的一群。

一批年青的歌者以他们拥有的经历加入了"归来"的合唱。他们和他们的前辈虽说经历了同一个悲苦的年代,但感受并不全然相同。对于他们的前辈而言,年华的骤失不仅意味着苦难的人生,而且意味着不可换回的人生。李其纲的《魔方、积木及其他》把玩积木和玩魔方作为两代人的象征,积木化为火的消失喻指着这一代人的特有悲凉。这诗传达了对于比他年轻的玩魔方的童年的羡慕。杨牧(1944—)的《我是青年》是另一种年龄段人的青春祭。这诗表达了被称为青年而事实已进入中年的特殊的一代人的心境,自我揶揄中透露着辛酸,心灵痛楚中依然感到责任。杨牧和周涛(1946—)、章德益(1946—)长期生活在西北,他们的诗强悍、粗犷、雄浑具有男性的力量,被认为是新边塞诗群的代表诗人。杨牧的《她骑马走向晶亮的雪山》、周涛的《鹰之击》、章德益的《地球赐给我这一角荒原》均属于这时期的诗歌力作。

回望青春的眷恋与失落感,是这一代诗人重要的创作主题。李小雨(1951—)的《红纱巾》是一首典型的诗篇。这诗的副题是"写在第二十九个生日时"。红纱巾记载着青春的血液和跳跃的脉搏,它"曾是我的颜色",它也保留了噩梦的惊恐,在今日的风雪中,它依然"点染着我那疲乏的并不年轻的青春",作为青春纪念的象征,它有着典型意义。引人注目的是,这首迟到的"青春之歌"中多了点这一年龄罕有的苍茫,这正是特殊时代留下的印记。傅天琳(1946—)写过一系列果园生活的诗,"让岩石覆盖苍茫,使荆棘护卫昨天,该埋葬的永远埋葬",这是一代人的

《心音》。她的最重要的诗是《七层塔顶的黄桷树》,它通过这一独特的意象,对这一代人的生存困境作了特异的概括:"一棵树长在了塔顶——/七层塔顶的黄桷树/像一件高高晾着的衣衫/旷野/拖着寂寞的影子/许是鸟儿口中/偶然失落的一粒籽核/不偏不倚/在砖与灰的夹缝里/萌发了永恒的灾难"。她不知道那摇曳的枝叶究竟是舞蹈还是挣扎,但她觉察到了这种"绝不会死去"的活着是充满喜剧色彩的一场"永恒的灾难":她用近于揶揄的口气说这树"它活得多别扭"。傅天琳的诗写出一代人生存的尴尬。当然,也有这一代人那种对于信念的执著。

诞生在50年代前后的这批诗人,他们受到传统诗教的营养,诗歌是他们传达理想表现真实人生的手段。一旦环境有了改善,他们便会迅速地弃置昨日的迷惘而以真诚的声音面对他们的时代。"文革"的结束重新燃起他们以诗行使权力的使命感。最早的呼声来自李发模(1949—)的诗,他在长诗《呼声》中控诉"文革"对于一位无辜少女的迫害,他呼吁制止这种残暴的死亡。此诗保持了繁冗叙事的特点,对于故事的注重使它忽视了提炼。它是把50年代诗风与"文革"现实予以衔接的最初的尝试。

1979年出现了两首引起震撼的诗,这就是叶文福(1949—)的《将军,不能这样做》和雷抒雁(1942—)的《小草在歌唱》。这两首诗弥合了诗与现实曾经发生的脱节,诗的视野重新向着现实生活矛盾表现出尖锐紧张的地方,向着民众关切的主题接近。诗人的正义和良知,锐利地指向腐败和邪恶的力量。前者为此经受新的磨难,但他的勇气激动了全社会。

社会性命题不仅唤起诗人的热情,而且得到社会的积极回应。曲有源继续和发展了郭小川式的激情,他的政治抒情诗超越了颂歌模式而具有强大的批判和讽刺的力量。《关于入党动机》、《打呼噜会议》等诗都以尖锐刺向着当时已经显露的社会痼弊。曲有源同样为此付出代价。熊召政的《请举起森林一般的手,制止!》和刘祖慈的《为高举的和不举的手臂歌唱》都是出现在80年代第一年的名篇。这些诗均以积极的介入生活和为民众代言的倾向而为诗歌赢得了声誉。一些诗如《将军,不能这样做》或《请举起森林一般的手,制止!》都因干预了生活而受到生活的干预。这些,当然都是中国社会古老的话题,既是积习原也不必多怪。尽管这些实践未必为诗学的开拓积累更多的经验,但诗人的真诚和勇气都化为了新时期诗歌美好的一页记忆。

这一时期诗创作响应了"诗人要讲真话"的号召,并以此对抗和替代前此时期诗歌创作的"假、大、空",使诗回到良性循环的秩序。但是介入和贴近现实生活并不意味着对待美的轻忽。一些诗体在关切社会的同时表现了过于具体、直接甚至繁冗,这是值得总结的倾向。这时期有首韩瀚创作的《重量》。以近于纯净的诗的方式(包括凝练、含蓄、简洁等)充分表达了社会性的命题——"她把带血的头颅,/放在生命的天平上,/让所有的苟活者,/都失去了/重量。"韩瀚的经验成为这一时期诗歌面对血泪真实的一个总结。

这是被逼迫流放的一代,他们的青春之花经历了风雪的摧残,却也在那里洒下汗水,取得了通往成熟人生的宝贵经验。他们的诗中保留了泥土的香味和劳苦农人的人性温馨,这似是艰难环境额外的报偿。李松涛(1950—　)带来了山野《第一缕炊烟》,他在政治充斥着诗行的年代,把来自田野的成熟的秋声邀回诗中,人们从他的《盛秋》一类诗中欣喜地与久违了的声韵之美重逢。叶延滨(1948—　)在陕北的黄土坡上获得了美好人性的震撼,他在物质的贫瘠中感悟到精神的富足。组诗《干妈》堪称这一代诗人吸取自民间的最丰足的收获。"干妈"是新时代的"大堰河",我们从不同时代诗人的笔下,发现了那里流淌着共同的滋润诗心的乳汁。

从"四五"天安门诗歌运动,到"文革"结束,再到广大的知青下放者加入"归来"的歌咏,对中国新诗来说,是展开一个划时代变革的准备期。应当说,从社会政治的因素到文化艺术的因素,对于一个新的诗潮的形成,业已提供了充沛的条件。"萧萧的凉风中,/黎明,在缓缓地分娩。/哦,光明的诞生原来这样痛苦,/看山的那边/还渗出一滴殷红的血。"这首由王泽洲创作的《日出》仿佛是一个宣告,日出不仅不再是那种一往无前的光芒万丈,而且是一种艰难苦痛的诞生。这种转变是时代性的,它表达了诗人的觉醒。对世间万象的观照和表现并不存在单一的受规定的模式,所有的人都可以选择和拥有自己的视点和方式。而且,更重要的是,这首《日出》的风格还预示:一种悲怆的忧患的审美态度正在涌现,它将消解已成定格的欢乐时代。

四

"文革"使中国新诗自50年代以来的线性发展突告中断。在此之前,诗的艺术方式为意识形态的动机所规定,诗的运营也由一个又一个的政治运动所支配。基于巩固新政权的动机,这促使诗加速了向着一统化以及古典和格律的回归进程,而意识形态的需要又几乎切断了中国诗与外国现代诗的所有联系。陷入孤立的新诗只能听凭于政治的驱使,而把艺术的和诗美的可能丢失殆尽。

极限产生新的希望,危境促发生机。对于僵硬的非诗规范的反叛,在新诗的废墟中萌生。抄家和焚毁的剩余物,那些理应被"消灭"的幸存者——人类优秀的文化和诗在那些已醒悟的受欺骗者中悄悄地流传。许多材料都记载了当时的"禁书"在上山下乡知青中流传的事实。"70年代初,北京青年'地下阅读'黄皮书热潮同时在白洋淀展开。除去被查封的《奥涅金》、《当代英雄》、《红楼梦》等外,这些青年还读到了刚刚译出供'批判'用的

《麦田守望者》、《带星星的火车票》、《在路上》、《娘子谷及其他》及一些现代派诗作。这些自由不羁的灵魂诉说,使他们饱享了偷食禁果的快乐,也开启了他们的心智。"①"早在1970年前后,我们这些朋友突然将'文革'前17年出的所有的有点价值的书都翻找出来了。古今中外,哲学和社会科学、历史和政治方面的凡是有些价值的书籍,甚至自然科学方面的书籍,不知从那个渠道在我们之中流传开来。这些书极大地开阔了我们的眼界和思维。"②另一篇材料记载,除了上述书名外,还涉及白朗宁夫人的十四行诗,梅热拉依梯斯的组诗《人》、《现代资产阶级文论选》、茨维塔耶娃的组诗《尘世的特征》,爱伦堡的《人·岁月·生活》等。③ 这些记述提供了新诗复兴广泛的文化艺术背景的实证。越是思想统治、文化禁锢的年代,人们越是采取异端的方式以更为迫切的心情攫取精神食粮。

这种"地下阅读"为中国新诗在新时代的发展作了广泛的文化和诗学的准备。与此种阅读有关的是那时文学青年中自然形成的各种"基地"、"文化沙龙"和各种人际交往的"圈子"。其中如著名的白洋淀就是集中了一批诗人的一个"基地"。人们利用这些形式写作和交流切磋诗艺,包括朗诵、传抄和出版油印小册子。

动乱的时代在宣告死亡的同时宣告新生。"文革"把诗推向了歌颂狂热运动和现代迷信的极限,由此也产生了对它实行否定并予以超越的愿望和实践。"这批诗人的出现并不是大学中文系制造出来的,而是,他们面临时代的贫乏和精神的深渊。"④特殊的经历和有异于常的感受,寻找新的语言、新的意象和新的

---

① 陈默:《坚冰下的溪流》,《诗探索》1994年第4期,第160页。
② 甘铁生:《春季白洋淀》,《诗探索》1994年第4期,第150页。
③ 宋海泉:《白洋淀琐忆》,《诗探索》1994年第4期,第133、137页。
④ 赵振先:《未完成的〈今天〉》手稿。

表达方式。对于庸俗化了的古典艺术形式的厌倦,使年青一代更为倾心于现代主义的表达。这种表达与他们的文化接受有关、与他们幻灭式的追求和流浪的处境有关、也与思想统治下的受到限制的语言环境有关。新的艺术探索和追求在那一代人是一种自然而然的选择。严力说过:"当时我们既想用现代一些的手法但又下意识或有意识地担心因文字而被定罪,所以写的时候有时会多拐几个弯,但那种被压抑的忧愁气氛在诗里从头贯穿至尾。现代手法或称对西方现代诗的模仿反过来让我们对放入的情感有种慰藉,就好像这种形式才是适合灵魂躺进去休息的躯壳。"①

对于现代主义或现代倾向的选择与对既有模式的拒绝表现为因果关系。新诗人断然排斥意识形态化的语言污染,这种排斥造成与对象拉开距离的陌生感,新鲜意象通过暗示和隐喻造出了震撼的效果,以此为契机引爆一场新的艺术变革。在以往充斥着红旗、青松、巨浪、光芒以及"磅礴欲出"、"冉冉升起"和"反帝反修"的地方,如今一个奇异的世界:"果子熟了/这红色的血/我的果园染红了/同一块天空的夜晚";"一条浸血的飘带散发不穷的腥气/吸引四面八方的恶狗狂吠通宵";"用苦艾酒洗浇一下受创的灵魂/剖开脚下的土地/掩埋下这颗幽咽的心"……这表面看来是一种替代,但替代的背后是决绝,决绝预示了一场挑战。

从1976年10月"文革"的覆灭到1978年底,时间飞速地前进了两年。这两年酝酿着一个重大的时代——即结束自我禁锢而转向对世界开放的时代的到来。社会的巨变使中国的诗歌(当然不只诗歌)受到直接的鼓励。几乎与1978年底的那个决定开放政策的会议召开的同一个时刻,北京一个民间的刊物《今

---

① 严力:《我也与白洋淀沾点边》,《诗探索》1994年第4期,第156页。

天》终于宣告出版。

这是年青、单纯、充满才气而又颇为自负的宣告。《今天》创刊号发表的《致读者》这样宣称:

> 历史终于给了我们机会,使我们这代人能够把埋藏在心中十年之久的歌放声唱出来,而不致再遭到雷霆的处罚。我们不能再等待了,等待就是倒退,因为历史已经前进了。
> ……
> 五四运动标志着一个新时代的开始。这一时代必将确立每个人生存的意义,并进一步加深人们对自由精神的理解;我们文明古国的现代更新,也必将重新确立中华民族在世界民族中的地位。我们的文学艺术,则必须反映出这一深刻的本质来。
> 今天,当人们重新抬起眼睛的时候,不再仅仅用一种纵的眼光停留在几千年的文化遗产上,而开始用一种横的眼光来环视周围的地平线了。只有这样,才能使我们真正地了解自己的价值,从而避免可笑的妄自尊大或可悲的自暴自弃。
> 我们的今天,植根于过去古老的沃土里,植根于为之而生、为之而死的信念中。过去的已经过去,未来尚且遥远,对于我们这代人来讲,今天,只有今天!

这篇宣告包括了如下几层意思:继续"五四"开始的时代追求,促进古老文明的现代更新;环视和面对周围世界的"横的眼光"的确立;植根历史传统而紧紧把握今天的现实。这些意思表达的核心的问题则是:诗的现代性。

《今天》的短暂的奋斗所生发的深远的影响,在于接续中国新诗自"五四"开始的现代更新历史,以现代主义为参照,在新诗发展基础上致力于对陈旧而僵硬的艺术模式予以革新。它首先冲击的是艺术表现缺乏生命力的苍白程式。应用意象化的手段,通过大量的隐喻和暗示,意在改变原先的单调平庸而造成了意义和情绪的多层面显示,因而加强和扩展新诗的艺术表现力和内涵丰富性。

中国的读者和一些批评家因为长期接触的是50年代以迄于今的诗歌模式,所以很难或未能把握这些诗歌的朦胧意象造出的崭新世界,加上一些艺术保守势力的支持,于是有了关于"朦胧诗"的诗论和批评。有感于新诗长期变异的悲剧,也由于以《今天》为代表的"新诗潮"激发的生机,有影响的诗评家支持了开辟新道路的试验和实践。从1980年起,先后有三篇以"崛起"命篇的评论从不同层面肯定了"新诗潮"的合理性及其可能带给当代诗巨大而深远的影响,这就是谢冕的《在新的崛起面前》,孙绍振的《新的美学原则的崛起》,以及徐敬亚的《崛起的诗群》。这些评价后来被概括为"三崛起"。

五

"新诗潮"是中国社会发展一个特殊时代的产物,它以长达十年的"文革"为背景,它的诗情凝聚着对于当代社会灾难的严峻反思和批判精神。但作为艺术潮流,它更是对于中国新诗自50年代以来逐渐形成的艺术一体化的反动,它的出现宣告了受限定的艺术规范的冲破。

"新诗潮"最重要的诗人是北岛(1949—),他著有《太阳城札记》、《北岛诗选》、《旧雪》等。北岛以怀疑精神构成他的严峻、深邃的风格。他以与旧时代和"旧"诗的挑战者的姿态出现在人们的视野中,他的具有经典意义的作品是《回答》。《回答》展现了悲愤之极的冷峻,它以坚定的口吻表达了对暴力世界的怀疑。诗中那种不妥协的决绝,面对着希望的被无情扼制。他看到"镀金的天空中,飘满了死者弯曲的倒影"。这诗句意在揭示:虚假的辉煌乃是以死亡为代价。北岛此诗以当时让人震惊的警句开头：

> 卑鄙是卑鄙者的通行证，
> 高尚是高尚者的墓志铭。

这是对这个受扭曲并被异化时代的精缩的浮雕。在盛行一览无余的叙写的风气下，这里展现的无视惯例的概括，有着鲜明的艺术反抗性。

北岛被诗意地比喻为"北方的孤岛"，这是指他的作品所宣示的悲剧色彩而言。在早期的《太阳城札记》中，到处是这样一些欹斜和残破的意象："飘/撕碎的纸屑"(《自由》)；"红波浪/浸透孤独的桨"(《青春》)；"那支老枪抽枝、发芽/成了残废者的拐杖"(《和平》)。北岛所有的诗句似乎都在叙述一个共同的主题——《冷酷的希望》：被打碎的花瓶、吁呼的芦苇、凝固的波涛，诗人总是随时感到希望幻灭的沉重。

但绝望与这位抗争的诗人无涉。这是一座"退潮中上升的岛屿"，它的目光随时都在寻找通往彼岸的帆影。他的忧郁是寻找帆影的忧郁，他的怀疑是冰川纪重临的怀疑。他的最重要的品质是迷途中坚定的前行，以及面对黑暗宣判的勇敢而不妥协的"我不相信"的回答。

北岛是对动乱历史进行反思最彻底的一位诗人，他的艺术实践开启了"新诗潮"艺术变革的灵智。他以充满个性化的艺术形象概括了他所经历的特殊的时代，他于是成为这时代最重要的一位诗人。"诗人应该通过作品建立一个自己的世界，这是一个真诚而独特的世界，正直的世界，正义和人性的世界"，可以说，他通过他所倾心的意象的组接和叠加，撞击和转换，通过他所谓的超越时空的蒙太奇的剪接，已成功地将这个理想的艺术世界呈现在读者面前。和北岛同一时代的诗人共同创造了中国新诗最新辉煌的一页,他们作为先行者的名字不会被历史忘记,其中如依群、根子、方含、田晓青等。

"新诗潮"的代表诗人中,和北岛风格最接近的是芒克(1951—),他著有《芒克诗选》、《阳光中的向日葵》等。芒克的《天空》和北岛的《太阳城札记》像是姐妹篇,有异曲同工之妙。"太阳升起来/天空血淋淋的/犹如一块盾牌",这和当时流行的"红太阳"相比,它的不拘一格的着色和形容,展现了充分独立的艺术品格。芒克独特的个人话语使他的诗充满让人惊异的新鲜气象:"太阳像那树上的苹果","我将和所有的马车一道/把太阳拉进麦田"。读芒克的诗似乎能摸到泥土的温馨,有一种新近感。他的富有生命力的意象,驱赶着特异时代让人惊悚的悲苦。他的诗有一种如他的为人那般的洒脱,巨大的抗力只是在不经意间得到展现。林莽(1949—)也是这样的一位诗人,他著有诗集《林莽的诗》,他和芒克一样,受到白洋淀的最初的洗礼。在《海明威,我的海明威》一诗中,他宣告"我不是迷惘的一代",他的诗展现一代人沉郁中的坚定:"英雄再一次死去/留下一片纸,一支笔/和一颗不允许失败的心"。

多多(1951—)著有诗集《行礼:诗三十八首》、《里程》等,也是一位持更为极端的个人话语立场的诗人。具体的感情经历在他的诗中有着更为超脱的提炼。早期的《无题》:"一个阶级的血流尽了/一个阶级的箭手仍在发射",大体还能看到时代的曲影,与北岛的诗有着相近的隐喻。80年代的创作如《鳄鱼市场》则以更为特异的意象表达着内心的紧张。严力(1945—)是《今天》中既写诗又作画的,著有诗集《多面镜旋转体》等。他的诗风近似多多,意象独特,更为抽象,时代的影子和个人的经验更多地转化为遥远的象征。"他善于抓住事物原始机制和彼此呼应的玄机","他会在那个高度和广度思考生命。并且用生命去实现思考中的一切"。严力坚持在美国主编和出版《一行》诗刊多年,为中国现代诗在海外的传播作出积极的贡献。

杨炼和江河以史诗的追求起步,他们在推进现代诗的内涵方面作出有益的贡献。杨炼(1955—)著有诗集《荒魂》、《面具与鳄鱼》。杨炼最早的创作寄托着明显的使命意识,一组以动词为题名的诗体现积极入世的浪漫激情。"我的诗不是缓缓的溪水/载着丁香花影在春日下叮咚/而是火山,不断喷射出血色的赞美/与石头的诅咒。"(《我的诗》)他的诗引起广泛关注并形成独立的风格,是在《敦煌》组诗的长诗《诺日朗》创作之后,他由社会的关怀转向更深广的史诗的追寻。"他的诗生长于与浪漫主义决裂的创口之上。野性、凌厉的原始生命流涌与文化意识的觉悟彼此制约和平衡。他把这两极之间的张力场变成了一座巨大的语言实验场,一座智力和狂想的精神迷宫。"①

江河(1949—)著有诗集《从这里开始》、《太阳和他的反光》等。江河以《祖国啊,祖国》、《纪念碑》、《星星变奏曲》等成为"新诗潮"的代表诗人。江河早期的创作充盈悲怆的理想精神。"如果大地每个角落都充满了光明/谁还需要星星,谁还会/在夜里凝望/寻求遥远的安慰"(《星星变奏曲》),这诗句典型地传达了当代人寻求和祈愿的情怀。此后,江河以组诗《太阳和他的反光》的写法,迅速转向现代史诗的试验。随后的江河重视对传统的现代改造,重视对古典精神的综合融和,他在诗中开始追求静穆和谐的境界。这种过早地关于完熟圆润之美的追求,当然减弱了江河早期的先锋性。这说明,在中国古老文化的诱惑下,坚持锐意的批判精神和先锋立场是相当困难的。

顾城(1956—1993)著有诗集《黑眼睛》、《海篮》、《墓床》(由友人编辑整理)等。这是一位生前和死后都被广泛议论的诗人。

---

① 唐晓渡:《心的变换:"朦胧诗"的使命》,《在黎明的铜镜中》,北京师范大学出版社1993年版,第15页。

顾城作为"朦胧诗"的代表诗人,以他的两行诗《一代人》获得普遍的关注:

> 黑夜给了我黑色的眼睛,
> 我却用它寻找光明。

顾城以简洁的意象,表达这一代人的处境和心愿。他们是"黑夜"中成长而且由黑夜赋予一双"黑色的眼睛"的一代人。尽管他们一切均与黑色相关,但并未因此在黑暗中泯灭和沉沦;处身苦难而并不放弃追求光明,《一代人》体现了他们不无悲壮的投入精神。

从最初的写作开始,顾城便展示了他的独特的风格。《远和近》、《弧线》均被读者目为不易解读并与现实生活距离"遥远"的诗篇。这样的诗着重传达抽象的感觉,当人与人的关系变得冷漠,它们特定的时代色彩便得到了突现:"你看我时很远/你看云时很近",这种隔膜的揭示便不能不具有特殊的意义。顾城被称为"童话诗人",这是由于他始终自视为"孩子",并以孩子的眼光看世界。"我是一个任性的孩子",希望有"一片属于天空的羽毛和树叶/一个淡绿的夜晚和苹果",他用天真的声音这样自述,但事实上顾城"纯真"的诗与他复杂的内心有着巨大的矛盾,这是一枚铜币的两面。他希望保持"童真"以抗拒邪恶,这种希望带有极大的虚幻性和表演性。顾城用心造的"童话世界"企图抗拒现实的严酷并遮蔽内心的浑浊,最后,他在不能实现的幻想中以恶毒的方式毁灭他人也毁灭自己。"他幻想成为一个兼有天真童趣和恶毒智慧的精灵,结果就真的变成了这样的精灵。"[①]不论人们对他悲剧的人生结局如何诟病,他的简洁而充满神秘的诗风是他对"新诗潮"无可替代的贡献。

---

① 唐晓渡:《心的变换:"朦胧诗"的使命》,见《在黎明的铜镜中》,北京师范大学出版社1993年版,第15页。

生发于《今天》的"新诗潮"事实上只是一种诗歌流向的集结,它并不是一个统一的艺术流派。"新诗潮"本身就是一个众声喧哗的群体,也许只有如下一点是它们共同的支点,那就是对于旧时代的反思和批判,以及对已成颓势的传统艺术规范的反抗和革新。"新诗潮"用以批判社会动乱和残酷时代的武器,是受到凌辱和遗弃的人性精神。在对社会层面的动乱和残暴的谴责之中突出它的非人性的罪恶;对于人性复归的呼吁与诗人主体意识的树立与增强互为表里。一个时期中关于"朦胧诗"中"自我"形象和诗人独立的精神世界的强调,正是由于上述内在精神的引发。"新诗潮"的这种基调的确立,影响并充实了这些新时期的内涵。

舒婷(1952—)进入人们的视野,正是由于上述精神在她的创作中有突出的体现所致。这位生活在南方滨海城市厦门的女性,以遥远的共同艺术追求的感应而加入了诞生在北京的《今天》诗群,并且成为其中产生了深刻影响的代表诗人。舒婷著有诗集《双桅船》、《会唱歌的鸢尾花》、《始祖鸟》,她还写散文。

舒婷最早引起人们注视的是她的《致橡树》。自由无羁的心态,优美典雅略带忧愁的诗情、卓然自立的女性形象和爱情观,在长久受到坚冰封固的诗界,不啻是吹来了一股清新的风。舒婷作为北岛的同代人,她的诗同样布满了那时代的阴云。但她并不直接面对它。舒婷更多地从青年女性的立场出发为恢复同情和爱心,以及对于人的自尊和理应拥有权力而歌吟。她说:"我愿意尽可能地用诗来表现我对'人'的一种关切","我相信:人和人是能够互相理解的,因为通往心灵的道路总可以找到。"(《人啊,理解我吧》)

舒婷委婉地以人性的理想追求表达她对时代的抗议。尽管她的诗带有浓重的古典情调,但她的思考却是充满现代感的。她是"新诗潮"最早的一位诗人,也是受到传统诗潮滋养最多的一位诗人。如同沟或桥,舒婷的诗体现诗的时代分野。把诗从外部世界的随意泛滥凝聚到人的情感风景的核心,舒婷是一个开始。舒婷的诗体现了浪漫情调的极致。她把当代中国人理想失落后的感伤心境表现得非常充分。因为企望与追求的不能如愿,舒婷创造了"美丽的忧伤"。她的声音代表了黑夜刚刚过去,曙光悄悄来临的蜕变期中国人复杂的心理和情绪。

中国"新诗潮"断然拒绝诗的服膺于现代迷信的矫情,它无声地倡导驱逐轻浮的"欢乐""昂扬"之后的沉郁诗风。因为失落而使它充满悲凉,因为反思历史而使它满含苦痛,于是它被误读为"迷惘的一代"。其实,"新诗潮"代表的是黑暗中寻求光明的具有使命感的一代,不过是,这种寻求因艰难困苦而拥有超乎平常的沉重。梁小斌(1955—)的《雪白的墙》和《中国,我的钥匙丢了》正是因此而成为最能代表一代人生发于特殊年代复杂情怀的诗篇。《雪白的墙》是幼小心灵对于肮脏年代的追悔,表达了晴空下纯洁的信念。《中国,我的钥匙丢了》的主题则是对于无可名状的失落的追寻;夹在书页里的三叶草,作为爱情信号的海涅的诗集,童年的记忆和青春的约会等等都曾是昨日世界里的彩虹,但是——

> 这美好的一切都无法办到,/中国,我的钥匙丢了。/……/太阳啊,你看见我的钥匙了吗?/愿你的光芒/为它热烈地照耀。//我在这广大的田野上行走,/我沿着心灵的足迹寻找,/那一切丢失了的,/我都在认真思考。

梁小斌在他的诗中把动乱年代个人的遭遇提升为一种普遍的主题,个人经验和特定的时代氛围有完美的结合。读他的诗感受到浓重的忧患,但又有坚定而执著的追寻。梁小斌和他的同代人一样,认为"诗人的宗旨在于改善人性"。对生活的热爱使他最后能够驱走那笼罩诗中的昔日阴霾。像梁小斌这样以诗锲入历史和现实的,还有骆耕野、王家新、徐敬亚、王小妮、吕贵品、许德民等。创作群体大多为有过上山下乡经历的 77、78 级大学生,他们在 80 年代初中期的创作得益于"朦胧诗"创作的滋养,又在新的时代有着对现实和历史的不乏青春气息的现代思考。

骆耕野(1951—　)以《不满》一诗引起注意,他的《沉船》、《沸泉》、《车过秦岭》均体现出热烈的反思历史的精神。王家新的创作也始于 80 年代,但他的力作则以出访欧陆之后的居多。

在 80 年代,"新诗潮"的崛起伴随着无尽的纠缠、谴责或批判的风景终究未能摇撼坚定的艺术实践。事实证实了北岛的预言:"也许全部困难只是一个时间问题,而时间总是公正的"。"新诗潮"弭平了新诗史上的最大的一次断裂,它使"五四"开始的新诗传统得到接续和延伸;它结束了长期以来新诗向着古典的蜕化,有效地修复和推进业已中断的新诗现代化进程;它结束了新诗思想艺术的"大一统"的窒息,以开放的姿态面对世界,由此开始了艺术多元发展的运行。"新诗潮"结束了新诗的暗夜,以富有活力的实践撒下了新时期诗歌的第一线的曙光。

六

艺术一旦拨离意识形态的粘涩,它便会生发出向前推进的动力。"新诗潮"恢复了中国诗歌的生机,它造出了一代诗歌的辉煌,由此也宣告了艺术的极限。魔瓶的开启使魔怪不再受约束,它也促成了反对自身的力量。80 年代中期,迅速发展的"新诗潮"登上了峰巅,由此也爆发了一场声势浩大而又迅猛的"诗的哗变"。被称为"新生代"或"第三代"的诗人,他们接受了"新诗潮"的启蒙和滋养,但又以反叛的态度扬弃和批判前行者所已取得的目标。由于"新生代"和"新诗潮"在反对诗的陷于大一统的艺术桎梏上持同样立场,也由于"新生代"是在"新诗潮"影响下形成并起步,它们在艺术构成上与传统诗相比更具亲缘色彩,故被概括为"后新诗潮"。

"后诗新潮"最后消解了诗的群体代言性质,它以更为个人化的姿态,仅仅以个体的方式面对世界。"后新诗潮"宣称它们拒绝"新诗潮"的社会使命感,宣称它们不代表社会,甚至不代表"一代人",而只是他们自己。他们不愿使诗有更多的社会历史以及意义的承载,愿意恢复诗的平常状态。最典型的是韩东的《有关大雁塔》——

> 有关大雁塔/我们又能知道些什么/我们爬上去/看看四周的风景/然后再下来

这首诗几乎就是针对着杨炼的《大雁塔》做另一种文章,在杨炼那里精心构筑的"智力的空间",它的立体的历史内涵被平面化了。韩东几乎消解了杨炼赋予大雁塔的所有意义。

平常状态、平常心和平常话语,"后新诗潮"标举平民化的旗帜以反抗"新诗潮"在内容和艺术上的"贵族的倾向"。首先,它们因为消解意义而导向拒绝崇高。它们把大量的平凡甚至平庸引入诗中,用世俗的琐屑以替代"新诗潮"的崇高严峻。这方面的典型作品如王小龙的《外科病房》、蓝色的《圣诞节》、于坚的《尚义街六号》、李亚伟的《中文系》等。调侃和戏谑成为风尚。"后新诗潮"把诗从庄严肃穆的殿堂拉到了平民的日常生活,使诗去掉高不可攀的神圣而更为世俗化。

"新生代"诗人表现了对于艺术精致的嫌恶,他们认为的"新诗潮"在艺术上的贵族倾向就是对于意象的刻意追求。"新生代"诗人放弃意象的营构,他们更愿意以日常口语入诗。他们甚至嘲笑:"'意象'!真让人讨厌,那些混乱的,可以无限罗列下去的'意象',仅仅是为了证实一句话甚至是废话"[1]。

由"新生代"对于"新诗潮"的全面的反抗,爆发了80年代中期的诗的又一次震撼。由《深圳青年报》和安徽《诗歌报》策划推出的《中国诗坛1986'现代诗群体大展》是促成"后新诗潮"大声势的一个重大举措。1986年9月30日《深圳青年报》发表消息称:

> "朦胧诗"高峰之后的新诗,又在酝酿和已经浮荡起又一次新的艺术诘难。诗毫无犹豫地走向民间,走向青年。作为整个艺术家敏感的触角,数年来,它曾领众艺术之先,高扬并饮弹。目前,"后崛起"的诗流,仍是整个辽阔国土探索艺术的第一只公鸡。

从这段话可以看出,两报此番运作是有感于"朦胧诗"之后诗业已产生新的嬗变而引动的。

徐敬亚最早对"后新诗潮"初显的实质作了阐释:"崇高和庄严必须用非崇高和非庄严来否定——'反英雄'和'反意象'就成为后崛起诗群的两大标志"。"大动乱后,中国人的真实生活、日常琐事、鸡毛蒜皮、七情六欲四处流淌了——应该说,'反英雄化'是对包括英雄(人造上帝)在内的上帝体系的反动,是现代人自尊自重平民意识的上升,是把兴奋矛头最后指向人本身的一种必然结果"。"贵族和英雄气息渐次消褪,代替它们的是冷态的生命体验。这使朦胧诗中疙疙瘩瘩的、饱含深刻的意象群纷纷溶化。语言被诗人高度亲近、高度敌对。'反意象'的结果,是诗又一次打破了缠足……对于新诗自身来说是更进一步靠近并

---

[1] 王小龙:《远帆》,见北大"五四"文学社编《青年诗人谈诗》,1985年版,第106页。

发展了现代汉语"。①

"后新诗潮"改变了由《今天》开始的诗的使命承诺的单一流向,它打乱了"新诗潮"创造的诗的新秩序,它使中国现代诗陷入了空前的有意的"混乱"之中。在80年代,新权威的确立取代了旧权威的统治,如今则是无权威对于新权威的否定。失去主流的河水开始向四方流溢,它们行止无序,率性而为,甚至截然相反的现象共生共处。例如在"后新诗潮"中,向着东方古典传统靠近的"汉诗"潮流,以及向着后现代主义靠近的"非非"诗派、"他们"诗派、"莽汉"诗派等潮流的各自独立发展便是极动人的景观。

这一场"美丽的混乱",是自有新诗历史以来最散漫、也最放纵的一次充满游戏精神的诗性智慧的大展示。新诗线性发展的历史中断了,多向度和多层面的开展成为当代新诗的常态:走向历史和走向文化,走向个人和走向内心,走向麦地和走向生命,显现出从来未有的驳杂和繁富。一批卓有成就的女性诗人,更是破天荒地(指中国女性诗歌)大规模地把诗引向了女性的生命体验,在那里,她们从女性的视点和触觉开启了一片神秘的天空。翟永明的《女人》组诗20首和《黑房间》、伊蕾的《独身女人的卧室》组诗14首、唐亚平的《黑色沙漠》组诗11首和《死亡表演》都是女性诗的杰作。

和平岁月和开放社会为女性才情的施展提供了充裕的条件,80年代中后期中国现代女性诗的繁荣创造了中国诗史空前的辉煌。它的代表诗人除上述提到的,还有陆忆敏、张真、海男、张烨、小君、林雪、虹影、赵琼、林河、童蔚等一个长的名单。

---

① 以上三段引文均见徐敬亚:《历史将收割一切》,《中国现代主义诗群大观》,同济大学出版社,1988年9月版。

七

"朦胧诗"高潮之后,在无节制的非崇高化的浸漫之中,学院诗人的中坚一直固守着纯诗的高地。北京高校,特别是北京大学校园诗人的坚持尤为引人注目。以西川、海子、骆一禾、戈麦为代表的北京大学的一群,他们通过自办刊物和发表诗作,表达他们作为学院诗人特有的视点和关怀。1988年《倾向》创刊,编者在《〈倾向〉的倾向》中否定了当时流行的议论:"写作并不是语言之下的动作,纯感官的行为、宣泄或作为'生活方式'的无聊之举,从情绪感受直抵语言并且'到语言为止'的倒退,写作也不是从语言到语言的实验"。为此他们郑重宣告:

> 写作是在语言之上的,是对语言的升华,是关于灵魂的历险。……诗人通过写作,所要寻找和发现的是最高虚构之上的真实、光明朗照的无限之境,是绝对的善,而这正是《倾向》的乌托邦,精神的乌托邦。

《倾向》特别强调他们对诗人写作的这种认识,"基于诗人理想主义信念和应当得到倡导的知识分子精神"的体认。校园诗人重申他们对"秩序的原则"的重视,认为"秩序是对于'艺术自觉'的归纳。它首先是对于自由的节制"。校园诗人显然已经预感到漫无节制可能对纯诗的建设构成危害。

1988年12月24日晚7时,由北大"五四"文学社和圆明园诗社在燕园联合举办"黑洞诗歌朗诵演唱会",会上散发了由刑天执笔的《新浪漫主义宣言》:"我们宣告:诗是建设性的,是建立在语言基础之上的有序的文字体系,它直接对人类灵魂进行干预","我们鼓励用最简单的文字处理最广泛的内容,竭力接近人类内心的真实,强调诗歌的主题性、激情和对生命的赞颂"。这宣言与《〈倾向〉的倾向》互为呼应。在诗歌创作中大体表现出新理想主义或新浪漫主义追求倾向的青年诗人,还有陈东东、孟浪、肖开愚、柏桦、欧阳江河等。遗憾的是,这种关于理想精神的呼吁和追求被突如其来的有关"死亡的事件"打断了。

1989年3月14日凌晨3点,来自北京大学的诗人海子写了他一生中的可能是最后一首诗《春天,十个海子》:

> 在春天,野蛮而悲伤的海子/就剩下这一个,最后一个/这是一个黑夜的孩子,沉浸于天空,倾心死亡/不能自拔,热爱着空虚而寒冷的乡村//那里谷物高高堆起,遮住了窗户/它们一半用于一家六口的嘴,吃和胃/一半用于谷业,他们自己繁殖/大风从东吹到西,从北刮向南,无视黑夜和黎明/你可说的曙光究竟是什么意思

悲哀而断续的思路,破碎的意象,不连贯的臆语,仿佛预示了某种幻灭。这诗句带来了不祥的惊恐。1989年3月26日是一个普通的日子。这一天,当太阳越过山海关古老的城墙,在"天下第一关"苍劲的大字上投下了一道阴影,向着茫茫渤海坠落的时节,海子,这位在世上刚刚度过25岁的诗人,在山海关与龙家营之间的一段慢车道上卧轨自杀。他的诗友骆一禾夜以继日地整理他的遗稿,其中包括200余万字的文学作品,以及仅有的3篇日记。

骆一禾因海子的死亡深为悲伤,加之窗外"令人哀感的风浪的袭击",他心力交瘁。1989年5月14日,骆一禾脑溢血猝倒于地。他昏睡了18天,于1989年5月31日在天坛医院去世。他的绝笔是写于5月13日的《海子生涯》。1989年6月10日,骆一禾的遗体在八宝山火化。他的亲人、老师和朋友含泪为他送别。中国"新诗潮"的理想主义者选择死亡做它的结语。而中国现代诗史的最新一页,也将以死亡作它的开篇。

1995年4月5日,风沙迷漫中,完稿于北京畅春园

中国新诗:1978—1989(下)

一

诗在中国往往能够成为社会变革的先兆。这是由于中国社会有着崇尚诗教的传统。这传统生成了诗在中国社会生活中的特殊价值观。古时统治者采诗以观民风,历代的平民则通过诗以为兴亡忧乐的宣泄和兴叹。近世最大的一次诗的集结性的示威,则是公元一千九百七十六年发生在北京的天安门诗歌运动。至少长达十年的苦难的积郁,以及历史承继的忧患,在那时,如同当年的五四运动那样,又一次得到火山爆发式的突现。诗歌终于奇迹般地召唤人民奋起摧毁黑暗神殿的统治。诗于是再度成为社会预警的极具权威性的证明。

诗在中国的这种特殊性质证实:诗既是它自身,又不仅仅是它自身。作为艺术的诗,超负荷地拥有和承担了艺术以外的职能。历时久远的发展,这种承载造成了诗的合乎中国国情的扭曲。诗终于有可能向我们提供确证:从它的内涵和外态的走向中,我们往往可以得到中国世态人情的盛衰沉浮,乃至社会结构的板结和松动的有效信息。

20世纪的最初十年,新文学运动的先驱者正是从古典诗歌高度完备的定型化中,看到中国社会潜在危机的初征。中国诗歌与现实的社会人生,特别是与20世纪现代文明的悖逆,恰恰是诗向着明智而又敏感的中国有识之士发出的呼救信号。我们相信当年那一批从事文化和文学变革的猛士,他们的最终目标在于改造中国社会——无论是蔡元培、陈独秀、胡适还是鲁迅——但他们的灵感却可溯源于文学和诗的启悟。

胡适乃至郭沫若整整一代人对于中国诗的"大爆破"的行动,当然是他们对于中国社会旧质之否定和新质之建立的宏愿的表达。新诗孕育和诞生的深沉苦痛以及随后的无尽折磨,便是改造的愿望与反改造的抵抗二者搏斗的记录。那种痛苦之所以是长久的和深刻的,乃是中国社会传统积习和历史惰性的拼力抵抗所致。只需例举一点便可证实全部,旧诗的完备说明了社会体制的超稳定状态,而新诗建立过程中受力最重的部分,并不是新思想和新观念的输入,而是几乎是"看不见"而又无所不在的、驱之不去的旧诗词的情调和风格的笼罩。胡适通俗地称之为对于"旧词调"的摆脱。这种精神上的"脱离关系"最艰巨,它几乎花费了整整一代人的精力。具有悲剧意味的事实是,为数不少的反叛者,到了暮年又纷纷向着当初他们所反对的方向"复归"——他们中的一些人几乎全力以赴地做起了旧诗。这就使我们这些后来者感到了西绪弗斯式的悲哀。

二

现在轮到了我们这一代人。我们得到的关于中国新诗发展的全部史实可以概括为,从诗歌革命到革命诗歌这样简单的方程式。我们从这一简括的归纳中看到了历史的必然性,以及这种必然性导致的悲剧效果。我们看到了革命诗歌合理地生长为中国诗歌的主流,并为中国艰难时势作出贡献。但我们因而也面对着一个触目惊心的事实,即诗歌革命的全部成果几乎断送在它向着"革命化"展延的过程中。

新诗从胡适的"尝试"开始奠基,到周作人的《小河》宣告独立,郭沫若的《女神》以激越的气势为狂飙时代造势,至徐志摩的系列艺术精品的出现,证实了植根于中国而又吸收外国诗模式的综合创造的成功。自此开始了自由和创造力的有效展开。这种展开保留了迄今为止尚不失其辉煌的、全面开放的"五四"新诗的成熟形态。朱自清就此概括为自由、格律、象征三派并立的表述未免失之粗疏,但无疑却是道出了此一时期诗歌创作的繁盛气象。

30年代开始的红色的激情,由于民族的忧患频仍,造成了其与救亡运动的结合。左翼诗歌运动很快地对那一切进行了整合和荡涤。为了挽救危亡而宣布放逐美神和爱神被认为是合理的,因而革命意识对于诗歌的全面涵盖也理所当然地具有合理性。

很快,我们便引进并形成了一套领导艺术生产的方式,即通过行政手段(报告、讲话、号召、决议,直至开展形形色色的运动),对一切诗进行革命性的改造。由于时代的推移,今天我们有可能看到这一空前改造的实质,那便是以铲除艺术的多元状态为目标的诗歌标准化工程。这一工程的长远目标,指向了改变多种诗歌并存和竞争的格局,为单一诗歌方式的排他的和孤立的存在。

这种统一化的艺术整肃,至少包含两个方面的内容,首先是排除主流诗歌以外的任何可能性,以保障主流诗歌长足的无阻拦地占领。为此,历次的"讨论"、"批判",均以对于非主流诗歌的排斥为目的。此种排斥的通常性的方式,是将那些受到排斥的诗歌定为暗流、支流以至逆流而与主流诗歌相对立。其次,对主流诗歌自身,又通过大抵相同的手段排除和杜绝其"非常态"的发展,以保护主流诗歌自身的"纯洁性"。革命诗歌需要极度虔诚地贯彻和维护它的艺术信条,不论这种信条有多大的随意性,其总趋向却是坚定的和具有延续性的。

规定艺术主流,规定创作方法,规定表现方法,甚至规定情感基调,总之,严格规定文学和诗歌的价值观念并约定它对于社会的教化作用,规定性造成了艺术的空前窒息。这种窒息使"百花齐放"成为纯粹的空言。事实只承认一种按照统一的模式制造的、经过严格规定的创作程序,其结果当然是由此种程序制造出来的所有的作品都不提供新的内容和新的形式。实际上,这种艺术方针是在倡导不同程度的重复。

中国诗歌自20世纪30年代中期开始它的革命化进程,这种进程随各个时期不同的社会情态而不断地强化。30年代强调为"国防"服务的诗歌使命,促成了诗的诸多品质的丧失。40年代延续大众化的提倡,基于当时的民族危机严重的形势,自然地把此种提倡纳入了民族化追求的总格局之中。从而使诗在狭隘的农民文化趣味和民族保护主义的规范下割断了其与其他民族文化、特别是与世界现代诗歌的联结纽带。50年代是内战结束和政权巩固的时期,现实为诗歌的全面统一提供了最强大的行政保证。左翼诗歌运动与解放区诗歌传统在新时代的结合,终于使久远的经营的诗歌理想得以实现。

现在可以断言,这种实现是强大的,却也是灾难性的。20世纪70年代后期,我们终于在中国大陆诗歌大一统完成的同时也宣告它在这片土地上的解体。我们从这种诗歌现象中再一次得到中国社会超常或异常的佐证。诗歌的封闭和僵化是社会病态的艺术投影。这当然是社会状态约定的结果。严酷的社会现实不可能不把它的严酷精神禁锢加诸艺术,首先是艺术最敏感的神经——诗。

人们早已认定,在中国大陆这一特定环境中形成的诗歌形态,因其体现时代的特定风貌而拥有独特价值。但当这一特定时代同样奇迹般地指出了文学和诗的扭曲时,人们对它投以怀疑的目光是自然的。如同以往诗歌的扭变引起人们对社会的扭变的警惕一样,如今人们把社会再生的希望寄寓于诗歌再生的希望之中。

这就说明了当人们对传统诗歌(指新诗开始单一化过程之后与传统的艺术思维保持紧密联系的那一诗歌潮流)产生普遍的失望情绪时,为什么会对可能产生的诗歌变革寄以殷切的期待,而且一旦发现那种变革到来的迹象时会不惜代价地予以支持的内在因由——作为艺术的诗,它的艺术以外的超载使人们自然地对它寄以社会改革的希望。热情或激情是确凿无疑的事实,究其实,这种热情与其说是完全属于艺术,不如说是更多地源起于社会和政治。

三

"文革"结束之后,面对劫后余灰,怀旧的心理迅速生成。那时有一个情绪激动的追寻和复制延安革命文化的蜜月期。从戏剧、美术、音乐,以至诗歌、小说,凡是能够唤起昔日梦幻以慰今日寥落心境的,都一无例外地赢来真诚的掌声和泪水。

正当周围纷纷向着四五十年代的黄金记忆寻找旧梦时,一些"异端"的艺术反叛首先在诗歌领域生成。1978年末,批判现代迷信的举措融化了思想文化界的深厚冻土层。一批艺术探险者开始集结在民办油印刊物《今天》的周围。这家刊物的创刊号上有一篇简短的《致读者》,可以视之为这些探险者的艺术宣言。《致读者》的要点大体是:呼吁真正的百花齐放;在纵的承袭以外强调横向参照、借鉴的理念;以及作为不同于旧日的新生文学力量的参与意识——

> 五四运动标志着一个新时代的开始。这一时代必将确立每个人生存的意义,并进一步加深人们对自由精神的理解;我们文明古国的现代更新,也必将重新确立中华民族在世界民族中的地位。我们的文学艺术,则必须反映出这一深刻的本质来。

今天,当人们重新抬起眼睛的时候,不再仅仅用一种纵的眼光停留在几千年的文化遗产上,而开始用一种横向的眼光来环视周围的地平线了。只有这样,才能使我们真正地了解自己的价值,从而避免可笑的妄自尊大或可悲的自暴自弃。

难忘的1979年,思想解放引发了艺术自由的最初祈愿。艺术的各个领域先后出现了一批有影响的作品,它们传出了艺术解放的最初信号。1979年对于新诗而言,是它结束"地下状态"公开走到公众面前的可纪念的一年。这一年,中国作家协会主办的《诗刊》发表了舒婷的《致橡树》和北岛的《回答》。前者以对个人情感的尊重,以及对普通人、特别是对普通女性的独立意识的召唤,体现了高度的人性精神。这召唤对于习以为常的个体生命的无价值,并为群体意识所淹没的秩序,不啻是一道突闪的雷电。和舒婷相比,北岛的《回答》更见沉郁厚重,它那建立于对既有秩序的怀疑精神,以及对于曾有的、当时也未曾消失的黑暗遮蔽之无畏的抗议,成为了艺术新世纪到来的强大而有力的"宣告":

卑鄙是卑鄙者的通行证,/高尚是高尚者的墓志铭。/看吧,在那镀金的天空中,/飘满了死者弯曲的倒影。//冰川纪过去了,/为什么到处都是冰凌?/好望角发现了,/为什么死海里千帆相竞?//我来到这个世界上,/只带着纸、绳索和身影。/为了在审判之前,/宣读那些被判决的声音://告诉你吧,世界,/我——不——相——信!/如果你脚下有一千名挑战者,/那就把我算做第一千零一名。//我不相信天是蓝的;/我不相信雷的回声;/我不相信梦是假的;/我不相信死无报应。//如果海洋注定要决堤,/就让所有的苦水都注入我心中,/如果陆地注定要上升,/就让人类重新选择生存的峰顶。//新的转机和闪闪的星斗,/正在缀满没有遮拦的天空,/那是五千年的象形文字,/那是未来人们凝视的眼睛。

一出现便进入高潮。新时期所具有的一切,都在最初的现象中得到说明。只在这首《回答》中,我们感到了与往昔迥异的思维和观念的表达。怀疑代替盲从,抗议代替颂讴,不顾惯例而竭力高扬的自由精神,使习惯于为黑暗笼罩的心灵突然射入了强光。这种进入惊醒了濒于绝境的中国文艺,激起许多人探头一识这一"怪兽"的愿望。他们中的许多人震惊于它的形状、声音,特别是它的异端的思想。

一出现便陷入重围。人们因其一切的有异于常而宣判其于国家、于民族均是"不祥之音"①;因其艺术方式的有异于常而判断其为走向绝路的"诗歌癌症";因其思想方式及表现手法的有异于常,而判断其为"资产阶级自由化"②或"精神污染"——关于新诗潮的论争延续数年,蔓延到诗歌界以外,一时间成为文学界,乃至思想文化界的一个热点。

"新诗潮"面对的是经历了数十年的改造并获得高度统一的诗歌现实。作者、批评者和广大的欣赏者拥有的是强大而僵硬

---

① 孙犁语,见《诗刊》1982年第5期《读柳荫诗作记》。原话是:"这些诗,以其短促、繁乱、凄厉的节拍,造成一种于时代、于国家都非常不祥的声调。读着这种貌似革新的诗,我常常想到:这不是那'十年动乱'期间一种流行声调的变奏和翻版吗?从神化他人,转而神化自我——实际上这是一种连贯的、基于自私观念的、丧失良知的、游离于现实的人民群众之外的、带有悲剧性质的幻灭过程。"

② 如程代熙在《致徐敬亚的公开信》中说:"你在文章里引用了一些写诗的青年人的话,把他们说成是新的诗歌宣言。其实你的这篇文章又何尝不是一篇宣言,一篇资产阶级现代派的诗歌宣言。如果你能恕我直言,我倒想说是一篇资产阶级自由化思想的宣言书"。见《诗刊》,1983年第11期。艾青《从"朦胧诗"谈起》中也说:"他们对四周持敌对态度,他们否定一切,目空一切,只有肯定自己。他们为抗议而选择语言。他们因破除迷信而反对传统;他们因蒙受苦难而蔑视权威。这是惹不起的一代。他们寻找发泄仇恨的对象。"见《文汇报》1981年5月12日。

的非诗化的眼睛,非诗化的耳朵,非诗化的心灵。思维的惯性,加上艺术的偏见,为"新诗潮"提供了一个非常强大的抗体。

以一批没有名气、没有地位、甚至不少还是没有职业的诗人,面对巨大的社会惰性和艺术惰性,其艰难困苦当然是难以言说的。从诗的变革的一隅,我们窥及中国旷古的悲哀。这个文化富有且自足的社会,几乎对一切旨在改变固有秩序的企图和努力天生地怀有敌意。这个社会以它无所不在的惯性和引力,把那一切同化并使之纳入那深厚的沉积层而后消失自身,融而为统一的混沌。这样,原有的和融入的又合成了一致抵抗外物的"白血球"。这些"白血球"充满警惕,随时待命,准备着扑向那些异端的侵入者。"新诗潮"对于传统诗而言,是一种异质。因而它的遭到"白血球"的围歼,乃是一种宿命。

人们为此感到悲哀,是由于感到了中国巨大的因袭。它几乎无一例外地拒绝一切可能的变革——只要它尚能维持。诗不过是一个小小的洞孔。一旦洞口漏进了光明,破坏了黑暗的完整与和谐,扑上来的踩踏和撕咬就表现出相当的残忍和酷烈。我们从诗的变革这一个小角落,依然看到了中国的积习。它体现的是大悲哀。由此,人们可以联想,要想变革这个巨大社会的实体会是多么的艰难!

一个古老的世纪将在诗的变革中被送走。中国新诗在20世纪初年为对抗旧诗的艰难诞生,它一路经受磨难所创造的业绩,曾在人为的异化中淡忘乃至消失。新诗因而变成了新的"旧诗"。它体现的内在生命的疲软和缺乏再生力;它形式上同样缺乏原创性的呆滞和僵硬,从而体现出表现力的衰竭。上述这些受到时代扭曲的新诗的衰颓现象,可堪与传统旧诗的习性和积弊相类。令人吃惊的是,它的自我退化的速度,体现出中国古老思维模式的巨大吞噬力。

这一代人中的多数人,无疑将听到另一个世纪的晨钟的敲响。中国在20世纪的大多数时间里无尽地扮演着耻辱的角色。中国将以何等姿态迎接新的世纪？中国将自救自强，还是将再度沉沦？深刻的忧患弥漫着全社会，也弥漫着诗歌和文学。然而，不管从诗的一隅进行的艺术探险将付出何等沉重的代价，对于一个其重无比的，而且懒于转动的球体，哪怕只是一个小小的冲击与推动，使它感到即使是微不足道的力的存在，也是一种不容忽视的价值。

只需感到力的存在———一种变革现存秩序的力的存在——就已足够。何况对于中国新诗潮的涌动而言，它所引发的，却不单单是一团浅浅淡淡的涟漪。于是，我们想给这个球体施加了推动力——当然也包括了迎接新世纪的激情。

四

人们从新诗潮中感到了一种崭新的质素，一种不受传统习惯羁约的、充满挑战精神的、传达了渴望自由的心灵思考的新力。任何一首被称为"朦胧诗"的代表性的诗篇，都是一篇艺术反叛的独立宣言。判断新诗潮具有的价值，始终不能脱离它所面对的那个历史久远的巨大存在——传统诗潮所具有的全都艺术惰性的参照。这样，我们的期待就显得格外的丰实。因为面对贫困，因而我们富有。每一首代表性的诗篇都是一片新大陆。整个的大陆无时无刻不在进行着动人的造山运动。

自有历史以来，中国新诗除了"五四"最初十年那个时期，新诗的发展运动还没有如同这个时期的奇崛、多变和充满革新精神。对于惰性的反抗是整个新的诗歌变革运动的原动力。但构成它的内在精神的，却应从整个社会的宏大背景去寻求。这个时期的中国本土，是长远封闭和禁锢之后开放的"新大陆"，中国从初开的窗口探出头来，全世界的风溢满这空气窒息的暗室。它所带来的强刺激，不单是新的东西方文化的冲撞，而且是完全封闭的封建体系面对完整的现代潮流的大震撼。

这种震撼,由于社会的曾经凋敝以及心灵的曾经蒙受伤害而具有大的对比度。它造成的心理落差不是简单的失落情绪所能概括的。深厚的封建沉积,加上中国社会连绵不断的苦难,造成了深重的民族忧患。这种民族的集体忧患,与社会各个成员自身的困顿和劫难经历的融会,悄然地渗入新诗崛起的潮涌中。一股浩大的情绪流,浸润着每一首旨在反抗固有艺术秩序的现代诗。它们传达着"重睹天日"的兴奋,但却不甘情愿地让忧愤和苦痛把悄悄的、或公开的快乐淹没。

新诗潮的基本情绪构成,不是轻松而是沉郁,不是欢愉而是感伤。传统的祈愿和向往在这里也被无边无际的忧愁和悲哀所取代。在新诗发展的这个阶段,古老的群体意识和陌生的个体意识完成了最佳的结合。每一首代表性的诗篇,都闪耀着这种特殊的社会和个人情感品质合成的"近代化石"的光芒。

要是说新时代的诗质中意与象的聚合和叠加是艺术品质的独特之处,那么,新时代诗歌创作主体心态中的社会和个人的契合则是明显的象征。绝对排斥个人性的诗时代结束了,绝对摒除社会性的诗时代并没有到来。这一时期诗歌由于惯性,也由于定型化的审美习惯,体现出来的未必是过渡性的艺术景观。社会和个人不同圆周的同心圆多层重叠,使新诗结束了自它建立以来的关于社会性和个人性的无休止的烦恼和纠缠。上述这一重叠的极致,是诗异常准确地传达了社会转型期几代中国人的精神状态和情感状态。

中国人天才地重组了他们的艺术空间。一方面,他们把过去视为禁地的人的自我心灵实行了占领,他们扩展这一"占领地"并勇敢地面对谴责;另一方面,他们决然与庸俗的写实倾向脱钩,不是不再关注社会人生,而是以空灵和超然的姿态把握诗的宏观空间。这种艺术空间的重组,造出了一批优美的既代表时代、又代表个人的里程碑式的作品。在"朦胧诗"兴盛期出现的那些凝聚了时代伤痕和个人血泪的诗,都是这样以"小"笔墨写成的"大诗"。

我们从中看到了忧患。它以超个人也超实在的姿态使每一个不失良知的中国人震惊。"朦胧诗"运动的思想先驱和艺术前卫的性质,最集中也最鲜明地体现在这种全民忧患意识上。许多攻击这一思潮的人,尽管他们发现了攻击对象,但他们却不能理解或拒绝理解它。偏见使他们陷入肤浅。这些融个人和社会的思考在一起的沉重和痛苦,不是像他们所认为的那样是所谓的"不祥之音",而是先于天下的对于浅薄的乐观和麻木不仁的警报。

从19世纪中叶到20世纪中叶,一百余年间,中国黑暗重重。无数先驱者困顿奔突,而民族灾难和民生凋敝依旧。而在这一百余年间,整个世界发生了奇异的变化。发达国家所取得的社会民主和科技进步,对比中国的苍老和愚钝,使中国先进的知识者在20世纪的"血色黄昏"里感到了世纪末的悲凉。

敏感的心灵属于诗人。中国新一代诗人在开放和交流的冲击中最先捕捉了这一时代的脉动。激情的呼诉,感伤的自语,曲折的抗议,深刻的疑虑,种种表层的情感现象的背后,是一百年中国社会积郁的牵引。这一切,由于借助大动乱的反思变得更为合乎情理。

如同"五四"那一场文学革命受到当时的思想解放运动的激发一样,中国国门开放以来的时代大转折所具有的思想解放的性质,也为当前的文艺运动提供了历史大背景和思想原动力。诗最先感应了新时代的到来。一切也如同"五四"新诗所生发的对于中国文坛乃至中国社会的大震撼一样,中国"新诗潮"的崛起同样充当了一场新的文学艺术变革的先声。

围绕"朦胧诗"的出现而开始的激烈讨论,体现了中国文学艺术是维持原样还是为适应潮流而实行变革的两种冲突的表面化。人们对"新诗潮"的谴责的核心,诸如"低沉"、"灰色"、"自我中心"、"艺术没落"等等,恰恰是新诗基于对传统艺术秩序的怀疑、否定而发生的艺术思考的证实。中国社会的开放既然不可逆转,则中国文艺的变革同样不可逆转。"新诗潮"是这个时代的合理产儿。这诞生之时的第一声啼哭,宣告的不仅仅是新诗,而且是中国文艺的大蜕变时代的到来。

五

从传统诗到"新诗潮",再从"新诗潮"到"后新诗潮",人们为这样迅疾的演进感到了接受的困难。这是由于从诗观到诗艺都经历了大跨度的跳跃所致。更为重要的是,这一艺术巨变的"三级跳",都是在短短的几年内完成的。对比以往的凝滞不动,如今是魔鞋般的旋转不停。艺术的强迫甚至比意识的强迫,更使接受者感到了困惑。艺术欣赏的情趣培养是长期的,甚至是"遗传"的。这种习惯一旦形成,便会自然地导向欣赏趣味的固化,并产生欣赏的惰性。人们的阅读追求暂时性的刺激,而拒绝艺术的根本性变移。这现象在中国这样的文化环境中表现得尤为明显,历史积淀的丰富性为艺术拒绝提供了充足的理由。

从"文革"结束到如今,诗歌所产生的一切变异,似乎都是猝然的和突发式的,其间互动、流变和承袭的关系极为复杂,难以清晰地界定。但就大体趋势予以划分,约略可以摸清理路。从传统诗向着"新诗潮"的过渡,最鲜明的变化可以概括为从意义的诗到意象的诗。这种概括不在说明前者只表现意义而后者不表现意义甚至无意义。而只是强调:特定的意义在诗中的位置,以及意义表达方式的独特性。

传统诗从确立、完善以及走向衰竭的过程,是社会和政治这些非诗因素的侵入和最后占领的过程。这一过程的完成所赋予诗的使命是明确的,即诗应当忠实地表现时代,应当介入现实生活并为政治斗争服务。总要求是,诗应当时刻不忘自身所担负的阶级斗争工具和道德教化的职责。诗具有表现这些确定意义的天职,所谓的社会效果和使命感,以及时代性、人民性,都指向了诗对于社会负有的宣讲和褒扬的意义。

诗人变成了不是他自己。他只是他人、他物、他事的传声筒、训导者和宣谕者。这就是曾经被称之为确定意义的诗的第一品性。这种诗还规定意义的传达必须遵行的共同方式——这种传达必须是直接的和明白的。所谓直接,其含义在不同的场合有不同的要求。但共有的特性则在于无论是描写、叙述、抒发、象喻,都应当是确指的和直接显示的。不管艺术方式有多大的差异,意义的诗要求的是意义传达的明确和直接。

确定的描写,确定的抒发和引申,确定的象征和比喻,这是一种"一读就懂"——一读就明白其意义的诗。对于写实的诗来说,注重直接的再现过程;对于表情的诗来说,注重直接的宣泄和寄托;对于比兴的诗来说,注重比体和喻体之间的明确的关系。这样的诗,主题突出,意义明白,排除一切可能的误读。

从传统诗到"新诗潮",除去时代的、政治的和社会的因素造成诗的变异,艺术自身也提供了导致变异的契机。这就是人们在酝酿准备这一艺术变革时,普遍地对意象化予以重视这样的事实。意象化现象也许是受到了英美意象派诗歌的影响,但主要是中国自身的原因。对于历史惰性的恶感,导致艺术心理的逆反。简而言之,这是对于一览无余的描写的反抗及其延伸。北岛题为《生活》的以一个字构成的一首诗,实现了意象的诗对于意义的诗的反叛。

意象作为诗人感知诗意的独特方式,意与象的瞬间化合如同精卵结合造出的第三体——一个崭新的生命。这是意象诗的基本单位。它不是无意义的,但意义又不是浮现的,意义被深藏在意象的背后。这就使传统的阅读习惯受阻。人们原以为诗都是诗人宣示意义的结果，如今却遇到不肯明示意图的和"故弄玄虚"的、意义含混的作品。

传统诗在这里遇到了它的天敌。这些意象的精灵随意地打击着人们欣赏领域中那些不肯退让的意义方程。欣赏的惰性召唤着传统的读者奋起反击这些"古怪"的入侵者。但意象的营造者依然不顾世俗的谴责骤雨般打来，他们兀自在那里精心建构他们神圣的殿堂。这些诗的意思从来不作说明。诗人故意地和欣赏者捉迷藏。他们的每一首诗都是一个谜语，这使那些传统诗的欣赏者苦不堪言。

他们确实面对着一个崭新的艺术世界。这个艺术世界受制于一个经历过苦难、当时也未曾找到确定目标并走出困境的时代。这个艺术世界同时受制于千千万万个同样经历过苦难、失落而获得欢欣又悲苦、获得自身又缺少自由的、说不清况味、又理不清头绪的普通人的心灵——这一切默许了和鼓励了艺术的不明确的、含混的表达。即使用反映论和再现论的观点来审视，传统文学观念和批评原则似乎应当容忍如今出现的朦胧性。但偏见无疑相当深刻。明白的表达既是一种秩序，似乎更是一个原则。任何想动摇和改变意义的明白传播的企图，无疑都是异端的怪诞。

但意象的魔法显然已经改变原有的秩序。意象的灵活的组构，它的交叉和重叠，它的固定和回旋，造成了一个真正的万花筒。每一次转动都出现绚烂的新奇和迷幻的天空。意义在这里失去了它的固定性：多指和无确指替代了平面铺展。高层建筑的空间造成意义的多义性。诗人提供的只是排列和组合，诗人从过去的宣示和诠释者的位置上退居幕后或台下，他微笑着看他的接受者在那里绞尽脑汁，他听取他们的感知和领悟——这些也许是诗人自己所未曾想过的，于是，他惊异甚至惊喜于人们的发现和补充。

在过去,欣赏是完全被动的,如今成了完全的探险。探险者沿着诗人撒下的疏疏落落的石头(意象之石,它起了启悟和联想的定位作用),踩过那些漂流的水面,从而画出那道行进的直线和弧线。由这些散点画出的是多种或多层的含义,这些含义是不必征得诗作者的同意或首肯,也不必服从权威的判断。

创造有无限的可能性,欣赏也有无限的可能性。一只关在笼中、习惯了笼中生活的鸟,一旦失去了笼子,它的悲哀也是非常的。它有翅膀,但它不会,也畏惧飞翔。但中国这些失去牢笼的精灵,伴随着无尽的痛苦而来的,却是无尽的自由——尽管目前为自由而痛苦。

六

20世纪80年代中期开始一个新的骚动:被称为"新生代"的一批新诗人向着"新诗潮"发出了一个明确的信号。这对许多人来说都是意外。适应"新诗潮"的秩序还只是刚刚发生,甚至是目前尚在进行的事件。北岛、舒婷和顾城从"魔鬼"变成"天使",即使不再是想象,也只是刚刚发生的变化。此刻,他们却成了新的被攻击的目标。

这启示我们深入反顾和探测"新诗潮"和传统诗之间实际存在的亲缘纽带。讨论中国艺术问题最易产生误差的地方,多半总在忽略或无视任何标明为变革的事实其与历史的全部关联。许多"朦胧诗"的批判者,由于艺术理解的偏见而产生的激动,使他们完全无视"新诗潮"自身所具有的传统品质。

人们激烈抨击"新诗潮"的"低沉"和"迷惘",认为它有悖于传统诗歌那种乐观精神。他们拒绝这种忧伤和沉重,他们谴责这些青年对人民情感的失责。这显然是一片叶子遮住了眼睛。他们忘记了二者之间存在的那种最动人的一致性:使命感、理想化和英雄精神。艺术形式是产生了大变化,但诗质却没有或甚少产生变化。有一种非常遥远但又非常坚定的遗传使反对者和被反对者彼此认同。

"新诗潮"开始之后的艺术变革之所以让人震惊,在于后者表现出来的彻底性,它并不以局部目标的达到为其目的——在"新诗潮"是诗歌情感的真实性以及它原先负有的时代和社会使命的修复——应当说,这一轮新的更为彻底的变革承担了双重的历史使命。首先是作为被异化的革命诗歌性质的纠正和优秀传统的修复,其次则是接续与"五四"新诗革命的联系。而以此为起点,重新开始与之相一致的诗艺的二度革命。这一革命的性质,在于修正新诗单向发展的歧变。特别是对诗的黏着于政治,最后成为政治附庸这一事实的纠正,使之最后复归于诗质自身以及诗自有的生态——创式、自由、多元和竞争的生态。

诗歌首先开始了文艺与政治的疏离化的进程。疏离化于是成为"后新诗潮"的基本特征。其目标则在于彻底改革诗与政治的黏着状态,而力促其与现实的政治和社会意义的拨离。这种拨离的主要标志是社会淡化。"后新诗潮"在构成的若干意识支柱方面与"新诗潮"完全一致,它们之所以有先、后的区别,首先是由于对形成"新诗潮"的基本艺术倾向的意象化受到了严重的质疑。

反意象的表层意思,是旨在反对新的奢靡导致的过于曲折的表达。这种表达使人们普遍感到了它与人们的实际生存状态相距遥远。挑战的实质仍然是反对艺术的单一化。从现实的到浪漫的,从象征的到意象的,依然是主潮更迭的线性发展的理路。这一理路业已被证实为是违反艺术本性的。反意象作为一种艺术的变革行动,却因此而再度冲破艺术的另一种封闭的可能性。

"新诗潮"决口之后,出现的是另一种前所未有的艺术奇观:

单行的河道消失了,代之而来的是千百支水流的网络状态。失去主潮的诗歌现实,预示了诗运的生机。要是把艺术的反意象当作是一个偶然的动机,而截断意象化运动造成的线性生态的最预想不到的效果,是诗歌自然和自有生态的真正开启。这一生态的最集中的和最早的显示,是《深圳青年报》和《诗歌报》共同倡导的"中国诗坛1986'现代诗群体大展"。

七

从中国新诗发展的历史的总体考察,"新诗潮"的价值是明显的:它以自身的完成为革命诗歌运动画了一个句号;它又以自身的试探为第二次诗意革命画了一个冒号。而代表这个二度革命的内驱力的,则是"后新诗潮"运动。如同曾对传统诗之后作出的从意义的诗到意象的诗的概括一样,"新诗潮"以后的概括,亦可描述为从意象的诗到生命的诗。

"新诗潮"正在退潮。在退潮的沙滩上,我们不仅听到了人们对于意象的非议,而且舆论普遍关注了诗对生命本体的联结和观照。有人指出现代诗的本质是人生复杂经验的聚合。他们在构想一个通过历史、现实,特别是对生命自身进行透视和组合的新艺术世界。

"后新诗潮"诗人明确地宣告了与时代的疏远——即使他们在深层还保留着某种潜在的联结——他们不承认诗与时代的契约。他们认可了北岛、舒婷的诗代表一个时代的论断,但声称他们只是他们自身而不代表任何人,更无力或不屑于代表时代。诗人自己的生命之窗只面对自己。他们真切地感到了自身的尴尬处境,所有的感觉和判断都离不开这个具体存在的肉体和灵魂。

生命感受既是诗的出发点,又是诗的归宿。诗对生命的发现有丰富的意蕴,首先是普通人代替传统的超人之突现。理想的光环剥落以后,真实的人所拥有的一切真实地显现了出来。他们希望以完全不事雕饰的质朴的方式显示当今中国人的生存状态。这一层生命体验衍化出许多意存讽喻的,而以平淡语言把痛苦和激奋掩藏起来的诗。这一部分诗依然由现实的积重、负荷和挤压所激发。它表现出的"满不在乎",其实包含了生活的困顿和悲苦,因而这里展现的生命画卷依然是社会的投影和折光。

更深层的生命体验是内宇宙的发现。人不再把自身当作社会机器的一个零件,而是把自身看做是一个完整的世界。人不再跪倒在太阳面前。而是确认自己就是一轮太阳。人为自己的这个发现而欣喜。他为发现了生命的辉煌和黑暗所震惊。人先前被现实搅得惶惶不安,如今被自己的发现的这个生命体搅得惶惶不安。他们开始抚摸这个魔鬼和上帝一体,并且二者不断发动战争的神秘之国。

这个内在精神实体的自身分裂,展现出一个完全不比外在世界更为贫穷的、混沌而迷乱的空间。在自然界,人的高度发达的智慧,使他们有生死的自觉。人一旦知道死亡的必然,他也就把生看成是一个过程。而且人洞悉这个过程充满荒谬和苦痛。人对生命的复杂体验和对死亡的恐惧,为诗的领地展开了无限的空间。

从事生命体验的探索的诗歌,确认了个体生命的基本特征是生命的绵延和冲动。表现这一亘古长存的生命欲和生命流,对诗人来说,是个永远充满魅力的诱惑。诗人从自身的体验出发,凭借人对生命的神秘感,通过诗人对自身的抚摸和凝思,进行与生命的直接对话。他们从内部洞察生命现象,从而把无法言传的生命之流以及生命的自有状态予以把握和传达。

这个内在世界的发现,为"后新诗潮"提供了一片崭新的大陆。这一发现有助于把中国现代诗运动与中国传统诗学的局限性进行消解。而使中国新诗在冲决"民族性"的羁束之后在全人类视野内进入世界现代诗的总格局。中国新诗似乎惟有获得此种境界,才有可能和世界的现代心灵获得交流与共识。

八

"后新诗潮"内涵规定性的突出之点,是现代人心理情绪的孤独感。这种孤独感当然与社会民族的忧患攸关,但基本来源于生命被挤压的感受。离开现代人的这种孤独感很难解释现代诗的创作动机。

"新诗潮"也曾表现过孤独的主题。但新诗潮的孤独只是第一度孤独。那个孤独感产生于社会大动乱之后。梦醒之后的孤寂激发了对周围秩序的抗议。知音的寂寥,加上因反抗和独立思考而遇到的抗力,从而萌生了深沉的悲哀。继"新诗潮"之后生发的"再度孤独",其特征与"后新诗潮"的实质相联系。

对不同时期的孤独主题大体加以划分,可以认为前者由于超前的觉醒导致游离群体的孤独,后者纯粹属于原于个体的因由。诗回到了人的自身,回到了生命自身。它把自己关在生存的困境和文化的困境中而与世隔绝。旷古的悲哀自天袭来,它陷于无尽的黑暗。这种孤独感不是社会的,也不是情感的,也许压根儿就是与生俱来的。

当自我意识从群体意识中进行第一次剥离,人因而也第一次感到了强大的因袭力量的压迫,以及不被理解的痛苦。这种痛苦可以说是社会对个人的歧视和压迫、共性对于个性的吞噬和戕害而产生的心灵挣扎。产生在"后新诗潮"中的孤独感,由于它与具体的社会原因的脱节,人更加沉醉于人自身具有的潜意识的攫取。

当人从社会压迫的桎梏中挣脱,或是人渴望这种挣脱时,人首先感到了孤独。现在,人要挣脱的是另一种压抑,即从过去依附于社会的状态,而渴望回到亘古长存而又从未得到表现的生命自身状态时,人再一次陷入孤立无援的境地。传统的诗观对此予以严拒。诗人的自以为是和自作多情,换来的是社会和读者更大的冷淡。这一个逐步走向孤立的过程大体是:从社会群体意识走向自我个性的张扬;从一般的人性争取走向人的生存状态和生命体验。有一种诗甚至不涉及他人以及身心以外的一切。它从感觉和经验出发写生命的内在历程,以及人对自己内心的触摸。

诗人们兴致勃勃地审视离开纷扰的外界而进入内心所获得的浩瀚而辉煌的另一个宇宙。从生命的外在形态走向生命的内在形态,从描写的走向玄思的,诗的极境仿佛就是绝境。它的与"世"隔绝造成了深刻的痛苦。诗从尽情夸张的描摹和抒发走向梦呓和咒语般的呈示,仍然受到传统的欣赏习惯的抗拒。它因缺少"知音"而拥有另一层痛苦。从自愿的追求孤独到被迫吞噬这一枚苦果,它体现出后新诗潮内涵上的一个突出表征。

"新诗潮"是伤痕文学和反思文学的先导,也是寻根文学的先导。寻根文学表现博学和高雅的文化情趣,在不无炫耀心理的文化展示中,人们为之投入了足以唤起文化追念的最终导致心理平衡的一切,从典籍到器皿,从砖瓦到建筑,一部分人在远古的梦想中寄托现代人的怅惘,他们膜拜和顶礼那些辉煌的文化传统——因为他们面对的是那传统被毁后的废墟。他们有重构文化历史的愿望,表示对现有秩序的失望情绪。

另一部分人却有意地鄙弃那一切。他们意在破坏,首先是破坏那古老的梦境。一片稀里哗啦的声浪,能够宣泄他们破坏的快感。"当许多诗人正忙碌于搜寻祖先的图腾时,他却把自己变成了一头误入瓷器店的猴子";[①]一部分人在构筑,另一部分

---

① 朱大可:《从文化的寂灭到自我的寂灭》。

人却在刨掘地基。不是为了建造,而是使已有的建造毁坏。尽管这在有些时候只是一种姿态,但姿态依然真实。

　　诗歌的美丽天宇坍塌了。浮现出来的是那些肆意而为的美学骚乱。原先承担道德教化和陶冶心灵的神圣,如今变成了一片嘻嘻哈哈的调侃和揶揄。在这些满不在乎的玩笑中,最让人揪心的是,世界和我总是阴差阳错地不可协调。事与愿违造成了无尽的悲哀。

　　这些"不美"的诗以情感进行过滤和稀释的结果,彻底反抗了"浪漫主义"的滥情。它把人生的悲欢离合看成是不可避免的遭遇和过程。于是传统的悲情被抽空,剩下来的只是那些近于零点的冰冷的沉思。这样的诗中当然也有属于个人情感的联系,但几乎无一例外地被作了"冷处理",并且没忘了加上了常见的"轻松"和调侃。那种化悲为谑的情趣,传达给我们以明显的信息,那就是"第三代"诗人正以更加惊世骇俗的态度,反抗传统美学的根基。

　　"后新诗潮"的挑战造成的美学暴动并不到此为止。一种对于虚假神圣的报复心理,使这批中国反传统的诗人从文化亵渎开始导致最后的自我亵渎。他们无所顾忌地把传统认为美好的东西加以驱逐,而让那些最不能入诗的进行粗暴的占领。这是在文化批判的基础上开展的对于丑陋的认可。应当说,当一部分人进行着神圣的皈依和开掘的时候,另一部分人进行了反向的寻求,这种互补将大有益于中国,它对于经久不衰的自我陶醉,是一种警觉和惊醒——它在可能让你感到作呕的同时有了冲出噩梦的疼痛。

　　由生命的体验导致对于死亡这一最令人厌恶和畏惧的领域的触及,诗大面积地逼近了丑陋之美。这种死亡与丑陋的结合,成为诗歌创作空前的叛逆。诗自从被邀入皇家的宫殿与沉香亭侧的名花美酒为伍,到驰突于烽烟疆场,与勇士英雄报国的热血融合,到后来,诗被时政裹胁陷进了阴谋圈套,从那里发出令人厌恶的虚假之声。如今,诗进入一个迷宫之中,这是一个纷乱无序的世界,它迷失了以往一致的和笔直的方向感,最后也与单纯的美丽悲壮地告别了。

消失的只是单一的情绪和情感,消失的只是单一的富足和理想,消失的只是单一的诗。当它最后消失的时候,诗也就因而拥有了更多和更大的世界。如今的一切似乎在炫耀它无所约束的"自由",但就是这样的自由令人心生惶恐。

九

仿佛是在开启那只古希腊的魔瓶,我们释放出那些混世的精灵从此不再收回。我们自食其果。但这果实虽不易吞噬却也并非禁果。一个意念造成一场"灾难"。任何一个想统御和整饬这个局面的人都将束手无策。我们不知不觉地来到了一个可怕的误区。这里的一切对于我们都是陌生的,我们除了应和自己的呼唤别无选择。

中国"新诗潮"的兴起,以及"后新诗潮"对于前者的展延,其性质是前瞻的。但这并不意味着非此即彼的惯性的重复。研究中国文化、文学和诗,有一种观念似乎应当提及。即中国以它漫长的历史进程中的沉积的深厚,更迭的延缓,几乎在每一个领域都形成无所不有和无所不包的杂陈状态。尤其是际此新旧观念胶着并存的特殊时代,诸种观念和方式的交错和纠结的复杂情状令人瞠目。

诗首先提供事实。它告知我们,一种艺术思潮和艺术方式的勃兴,未必是以另一种的潮流的消失为代价的。不仅现今发生的和存在的现象如此,在中国,即使是距今相当遥远的现象也如此。就诗而言,新诗革命的成功,并不就是旧诗的死亡这一事实已为人所共知。尽管当年那些血气方刚的叛逆者却有这样的期待,但事实远非如此。令人吃惊的还不是旧诗至今仍以它特有的魅力吸引着后来者的目光,而是不少当年立志要打倒旧诗的人,到了激情退潮以后,许多人都不约而同地向自己的对立物表示和解。

中国诗的基本生态与其说是淘汰和取替,毋宁说是贪婪地积存。于是我们看到一种艺术的奇观:并陈杂现的结果使中国诗成为一座最驳杂也最丰富的诗歌博物馆。对于中国这一条浑重而流不动的"悬河",似乎最不应该谈论对传统的宽容,但事实却一再提醒我们不可忘却中国历史的漫长和悠久。

这里最需要的仍然是变革传统的无畏精神。正是在这一点上,我们肯定"新诗潮"的品质,也肯定"新诗潮"的精神。但肯定显然不意味着替代,事实上我们无法替代。传统诗的确曾经展现出极大的变异。而它未曾变异的艺术经验并不因而消失。"新诗潮"代表了新时代的艺术潮流。但我们显然应当学会和我们所不同意的共处一室。一方面,意识到自身无可替代的价值,同时也意识到另一方也拥有生存和发展的权力。

现代艺术思维的基本特征是竞争。在尊重和理解中,适应全面走向多元的世界和人生。肯定和推进"新诗潮"运动,其目标在于改变中国新诗受到扭曲的格局,使之拥有一个必要的扩展和充实,而不是要求以一种新的方式取代以往的方式。这种取代不仅难以实现,而且也有悖于现代艺术的本质。当人类日益意识到自己正在做什么和可能做什么,艺术专制和政治专制同样地因违背世界潮流而成为不合时宜。因为不论艺术如何嬗变,它不会也不应重新形成由统一的艺术统领全局的局面。

尽管如此,我们依然要为推进艺术的更新竭尽全力。在中国,古老的社会和传统生成一种可怕的惰性。若没有强力的挤压。那古旧的一切绝难自行退出或予以变更。为此,加入和拓展便极为重要。"朦胧诗"作为一个正常的艺术现象,竟然引动了那么强烈的持久的激动,以至需要借助艺术以外的力量的干预和威慑,由此不难发现这片黄土地的深厚和沉滞。

我们当然不会无视纵的继承的必要,但这毕竟无须强调和提醒也会有惯性的压力推进这种承继。继承不会被忽视,也永远不会被忘却。至于"横的移植"(其实,更准确地说,是参照)作为一个新的命题,它在中国的任何一个角落,任何一个时候,都会招来非议。但这一概念无疑异常重要。艺术的横向扫描与当前经济的全球化观念取向的一致性。它们的互渗和互补,只会使社会获得好处而不是相反。

中国艺术取得世界性语言这一大趋势不可逆转,就是说,不论我们如何冷静地面对这个社会的复杂性和包容性,如何宽容地面对这座古老的"博物馆",我们也绝不会以妥协换取艺术通往世界的可能性。因为意在反抗固有的模式和秩序而兴起,因而要求它不带缺憾的成熟便近于苛求。要是这种变革不平静,要是因这艺术的反抗给人们带来了建设的启示,那么,我们这种竭力而为的争取,并不是无意义的。曾经有过的混乱是我们呼唤的结果。较之那种由权力和意志安排的秩序,目前这种无序状态便是进步;较之那种由非艺术的运动规定的发展,目前这种网状的展开便是进步。魔瓶开启了,妖魔于是飞遁而不再回到瓶中。不管你是否乐意,你必须在自己的呼唤中适应。

有一个事实是大家都注意到了的,那就是,自"新诗潮"打开了闸门,诗歌艺术便如脱缰之马一路狂奔。20世纪80年代中叶,诗界的宣言书如雪片飞舞。艺术流派林立使人目不暇接。其中不乏极端和随意的主张,也许是些偶然的兴之所至的言说,如今已成了过眼烟云。但当时那种激情无疑是生命力的一种展示。

时间快速流动。二十多年前的那一阵关于"古怪"的惊呼。如今已被证实本身即是一种"古怪"。传统的心态和思维习性在那一阵惊呼中暴露无余。如今,那一代先行者已经走远。在已经退潮的沙滩上,留下的是渐行渐远的足迹,更多的后来人走到我们面前,而我们不再惊呼。当年惊呼的那些人似乎也不再惊呼。这说明中国人正在慢慢地改掉他们那易于大惊小怪的毛病。

中国的确在进步。我们如同往昔,同样期待以不懈的推力,使那只其重无比的铅球,感受到转动的祈求和愿望。

1989 年旧稿,2002 年 2 月 1 日整理

中国新诗:1989—1999

一

在90年代到来之前,也就是在80年代的最后一年,有一令人悲痛的春天。3月26日的死亡是一个不祥的预告,5月31日的死亡则是一个对于前者的确认。诗人之死不会与诗无关,更不会与这个春天无关。不然的话,在不长的时间里接连发生这样一些令人震惊的悲剧事件,便真的成了偶然。

从春天到夏天,80年代最后一年的中国,仿佛是又一次经历了1976年那样的大地震。惊天动地的雷鸣电闪中,中国大地有一个剧烈的颤动,中国的天空则留下了一道刻骨铭心的永远的隐痛。

前面说到,海子在这个春天里写了可能是他一生中的最后一首诗:《春天,十个海子》。复活了的十个海子,它们都在"低低地怒吼"着。他是这个春天的幸存者,是最后剩下的一个海子——一个黑夜的孩子,他几乎是变态地"沉浸于冬天,倾心死亡",他一往情深"不能自拔,热爱着空虚而寒冷的乡村"。海子短暂的一生中写了许多关于春天的诗,他深情地歌唱着村庄和麦地。但是,即使如此,他最后也不容于他所热爱的春天。80年代的最后一个春天拒绝了他,拒绝了诗歌和诗人。

海子的挚友骆一禾,他们是诗歌的朋友,更是心灵的朋友。他和海子一样,同样是春天和麦地的儿子。他在海子死后把整理海子遗稿当成他一生中的最重要,也是最后的一件工作。做完了这件事,也是他向这个世界、这个令人伤心的春天诀别的时候。骆一禾给海子很高的评价:"他是一位诗歌烈士。我拒绝他的死,虽然这是事实。他是一位中国诗人,一位有世界眼光的诗人,他再生于祖国的河岸,必会看到他的诗歌被人念诵。今天我要在这里说:海子是不朽的。"(《"我考虑真正的史诗"》)

海子像是一团燃烧着的火焰,最后也以暴烈的方式结束了自己的生命。相比之下,骆一禾则有着近于理智的洞彻。对80年代的最后一个春天,他仿佛有一种预感,预感到它的敌意。在这之前,他写下了让人触目惊心的诗句:"留下天堂,秋天萧杀,今年让庄稼挥霍在土地,我不收割","这一年春天的雷暴,不会将我们轻轻放过"。(《灿烂平息》)

这是拒绝90年代的诗人,倒是给他们所拒绝的年代留下了珍贵的遗言。他们把80年代的诗歌理想,作为世纪的赠言,给予了新的年代。这些看来显得过时的理念,在周遭弥漫着平庸和世俗的气息中,却凭空地增添了一些近于孤立的高雅。在海子的观念中,抒情诗人分两类。一类诗人只"热爱生命中的自我",另一类诗人,"虽然只爱风景,热爱景色,热爱冬天的朝霞和晚霞,但他所热爱的是景色中的灵魂,是风景中的大生命的呼吸"。他认为梵高和荷尔德林属于后一类诗人。他自己当然也心仪于这样的诗人。

在这篇题为《我热爱的诗人——荷尔德林》的文章中,海子预言了诗歌的"世纪病"。他认为当今的中国诗歌必须克服"对于表象和措辞、对于修辞的追求,以及对于视觉和官能的感觉的刺激",以及对于细节的描绘这样一些"疾病的爱好"。他的这些关于"诗歌世纪病"的预言,不幸成为90年代普泛的事实。

海子和骆一禾的诗歌理念中,保留了20世纪值得留念的理想主义的余光。海子说过,"从荷尔德林我懂得,诗歌是一场烈火,而不是修辞练习"。当周围弥漫着平庸和世俗的习气的时候,当人们起劲地谈论诗到语言为止、诗的技术性这些似是而非的话题的时候,站在90年代的门槛上,海子向我们透露了最后一道关于"伟大的诗歌"的光芒:"这一世纪和下一世纪的交替,在中国,须有一次伟大的诗歌行为和一首伟大的诗篇。这是我,一个中国当代诗人的梦想和愿望。因此必须清算,扫清一下对从浪漫主义以来丧失诗歌意志力与诗歌一次性行为的清算,尤其要对现代主义酷爱元素与变形这些一大堆原始材料的清算","在伟大诗歌方面,只有但丁与歌德是成功的,还有莎士比亚。这就是作为当代中国诗歌的目标的成功的伟大的诗歌"。(《诗学——一份提纲》)

海子以他有限的生命投入了这份诗歌理想的实践。他写出了以《亚洲铜》、《祖国》、《面朝大海,春暖花开》等为代表的数百首抒情诗,以及《河流》、《传说》、《太阳》等多部长篇史诗。在经历了80年代中后期对"新诗潮"的普遍质疑,以及驳杂、纷乱而不免有些浮躁的诗体实验(有的则仅限于口号的宣示)之后,经过沉淀和省思,中国"后新诗潮"的诗歌艺术进入了一个相对冷静的智性实践的阶段。海子可称为"后新诗潮"中进入了具有个性化的、集中而趋于稳定的艺术实践者。

在海子的艺术追求中,贯穿着一种经过现代浸漫的古典浪漫主义精神。这种精神跨跃了时空的间隔,接通了他与19世纪浪漫派诗人的内心联系。在海子身上,中国传统文化和西方基督教文化的精髓,有着自然的交汇。而这一切,又都统一植根于中国本土的"麦地——村庄"情结之中。敏感而紧张的心灵,以及可以预想到环境的压力,卑琐的现实对于孤高精神境界的逼迫,使诗人陷入了幻觉之中。这使海子在他的艺术实践中造就了一种近于神秘的美感。它仿佛是一堆古瓷的碎片,在不完整的残缺中,却有一种诱人的美艳。读海子的诗,会有一种难于把握的恍惚不定的感觉,但这种感觉又是独特的,而且是十分确切的。理想的境界与现实的"废墟",冲撞而又交错的意境,赋予海子的诗以强烈的个体化的特征。

在80年代中期开始的"后新诗潮"的探索中,海子是为数不多的找到自己位置的诗人之一。他创造了仅仅属于他自己的意象系列,他的诗歌语言与此前流行的"新诗潮"的语言全然有别。他建立了属于自己的诗歌风格。他是当代最具独创性的一位诗人。

二

显然,关于"伟大的诗歌"或是关于诗歌的理想精神的呼唤,并没有为喧嚣的90年代所接纳。理想主义的火种已在80年代末的社会阵痛中暗淡下来了。亦即此时,由"新诗潮"奠定的新的诗歌秩序受到了否定性的挑战。"新诗潮"被质疑并试图被取代。尽管出现了海子这样有着相对稳定的诗艺追求的诗人,但诗歌无序地涌动的状态,已形成无可阻挡之势。中国现代诗于是开始了杂呈的、同时又是纷乱的大面积弥散。

这种诗歌的弥散现象,究其成因,当然是由于诗在这个时期产生了巨大的变化。而讨论中国任何的文学艺术问题,也都不能与社会的现状无涉。经历了重大的社会动荡,进入90年代之后,经过大约三年的调整,中国社会加快了改革的步伐,通往市场经济的大门业已打开。商品经济的运转,冲击着传统社会的主流意识。一个陌生的、新的怪影在中国的大地上游荡。它以近于粗暴的姿态,面对着这个古老社会的传统生活模式,它轻而易举改变着人们从来信奉的价值观、社会思想,甚至情感方式。

受到社会动荡袭击的诗歌,如今又无奈地面对着这一场市场经济的侵蚀。90年代初期,先锋诗歌在这场动荡中受到挫折和贬损,一方面表现为实验性艺术实践的中断,另一方面,则有一些应时随俗的诗歌趁虚而入,这些诗,一时成为地摊上的抢手货。其中一些诗歌以甜美的小感受和小抒情,传达着一些浅俗的"哲理",满足着那些文化水平不高而又喜爱诗歌的少男少女的情感需要。商业运作的方式支配着这些诗的出版和销售,显露了作为商品的诗歌的初步定位。它当然也预示了诗歌在社会转型期的历史命运。

因"新诗潮"的出现而带来的诗歌变革和创新的热情消退了。诗和时代兴衰、民众忧乐紧密联结的情状开始式微。一场诗歌狂欢的盛典于是落幕。随之而来的,是退居边缘的寂寞的坚持和守望。

由计划经济向着商品经济的转型,给予文学和诗歌以大的震撼。首先是作为高雅文学的一个品种,诗歌从以往的为理想而讴歌的高处跌落了下来。原先为意识形态所控制的诗歌,如今正面临着新的、可能沦为商品或准商品的命运。诗的崇高感和它的丰盈的内涵受到质疑,被称为欲望时代的到临,欲望化解了诗歌的传统中受到宠惠的意义的追求、价值观,甚至它的审美性。在这种大的社会环境的制约下,诗歌内部也开始了急剧的嬗变。

运行了将近半个世纪的主流诗歌的现象开始改变。诗在广泛的弥散和游走中,丧失了从来都是权威的支配中心。令人眼花缭乱的、各式各样的实践,改写着诗歌的历史。中国新诗曾有的所有的方式都没有消失,却凭空地增添了更为繁多的新异的方式。诗歌的确是空前地丰富了。以往定于一尊的诗歌观念,被各行其是的新的理念所取代,乃至受到否定。商品的自由品质使诗歌受到传染。挣脱了政治涵盖的诗歌,从此也开始自由的滑动。

随着 90 年代的到来,热爱诗歌的人们终于有机会,看到失去主潮之后的诗歌漫无边际的多元实践的胜景。统一指令的束缚被解除。失去规范对于诗歌而言,是失去一副枷锁,同时,也使诗歌面临着秩序失衡的新的考验。

三

人们对于"新诗潮"的质疑明朗化了。这种质疑基本围绕在两个方面的话题:代言性和意象化。前者是从诗的内涵上讲,是对它的时代以及群体代言性质的否定。"后新诗潮"在承继"新诗潮"充满挑战性的对于现实和历史的怀疑和批判精神的同时,对前者所拥有的浓厚的使命感,以及激情的英雄式的社会代言者的身份产生怀疑。"新诗潮"讲:在没有英雄的年代我只想做一个人。这个"人",因他的沉重负荷而同时具有新的英雄的身份。而"后新诗潮"则申明它既不试图为历史、为时代、为阶级、为群体,也不试图为他们所从属的"一代人"代言。他只是作为个体的自身发言。

"后新诗潮"担心诗歌会在这种"代言"中被剥夺了自身的独立性。鉴于以往诗被严重意识形态化的历史经验,"后新诗潮"采取了断然的姿态,迈出了推进个人化的重要的一步。个人化于是成为90年代诗歌的一道最引人注目的风景。个人化倾向的加强以及相当普泛的精神逃亡主题的突现,显示出"后新诗潮"强烈的批判锋芒。

诗歌采取独立的立场,和社会的意识形态保持一定的距离。从而摆脱了诗以外的因素的干扰和渗透,这对维护诗自身的品质来说,无疑是一个重大的进步。但极端个人化的结果,使一部分诗成为与社会的现实和历史不相干的行为,从而使之陷入与世隔绝的自恋之中。诗摆脱"代言"的本意,原在于使诗能获得更为广阔的空间,而这种极端化的结果,却使它陷入"个人"无限的羁绊,最后终于失去了它所希冀的广阔。90年代,当诗走过"空言"和"大言"的禁囿,却发现举目尽是一些迷恋于自我抚摩的"小"诗。这样的结果也许有违于后新诗潮萌起的初衷,也是人们始料所不及的。它无疑造成了诗歌生态的不平衡。

"后新诗潮"消解它的前身的使命负载的意愿,导致了对于意义的怀疑和取消。那些获得平民意识的诗人,对于诗的"贵族化"怀有很大的警惕。在他们的意识中,平民不仅与政治性的豪言壮语无涉,甚至也与诗的崇高感和理想主义无涉。他们轻而易举地把那一切目之为神话或虚构。因此,当平常人、平常心大量涌入诗中的同时,也涌入了凡人的庸俗和卑琐。而此种情状却被痴迷于此中的人们不视为异常,但事实上它所造成的匮乏则是明显的。

诗与高远阔大的境界的不同程度的疏离乃至决裂,造成了诗自身的困厄并坠入卑微。尽管大多数论者仍然把诗的回归个人视为一个伟大的进步,然而,它所造成的负面效果也是确定的事实。

四

令人意外的是,在普泛的个人化的追求中,其直接的受惠者,却是中国当代的女性写作者。可以认为,如果没有诗的个人化运动,如果没有勇敢的对于"公众"的拒绝,如果没有对于个人言说自由乃至对于"身体"的独特关怀,女性诗歌在当代的巨大发展是不可能的。

早在80年代中期,伊蕾写过一篇叫做《确认自己 实现自己》的文字,作为她的诗集《独身女人的卧室》的后记予以发表。在那里,她叙述了作为"女人"的"个人"意识萌醒的过程:"我小时候心情总是很沉闷,觉得周围的世界使我很不满意,又说不出是因为什么,只是想哭,因此无缘无故地哭泣,下课十分钟,同学们抓紧时间做游戏,我就抓紧时间哭。七岁那年,我妈妈给我买了一双黑色皮凉鞋,我穿上以后到胡同口买东西,边走边哭,因为我觉得那双皮鞋是男式的。想起儿时的这些事情有,那时我对生活有着那么多难以表达的渴望,甚至那么强烈地意识到自己是一个女人,渴望做一个女人。""当这个愚昧的时代已经结束,当所有的封闭一旦打开,原我就像积蓄已久的洪水冲杀而来,猛烈地冲击自我和超我"。

伊蕾的上述那些文字,向我们展示了从蒙昧的无性别年代到性别觉醒的一个触目惊心的过程。正是在这样的背景下,产生了伊蕾以《黄果树大瀑布》、《情舞》、《独身女人的卧室》、《女性年龄》这样一些女性诗歌的杰作。到了80年代末,当代的另一位重要的女性诗人翟永明则敏锐地反省了女性诗歌实践中的问题:"题材的狭窄和个人的因素使得女性诗歌大量雷同和自我复制,而绝对个人化的因素又因其题材的单调一致而转化成女性共同的寓言,使得大多数女性诗人的作品成为大同小异的诗体日记"。(《"女性诗歌"与诗歌中的女性意识》)从伊蕾的论述到翟永明的论述,可以看到中国女性诗歌前进的迅疾的步伐。

中国女性诗人的写作,大体上有三个大的发展阶段。第一阶段以"五四"新诗运动为标志,即女诗人参加新诗的建设的阶段。此阶段大抵是以女性的解放自立为主题:女性争取和男性平等的位置,围绕着婚恋自由而写作。它是作为新文化运动的组成,放置于个性主义和人的解放的大背景中。这时的中心是争取女作为"人"的地位的抗争。诗是反映这一抗争的特殊领域。第二阶段是"五四"之后到"文革"结束之前,它占了新诗历史的大部分时间。作为革命文学的组成部分,是女性诗歌取消性别差异的时代。文学和诗在这个大的阶段里,全力地投身于革命化的改造。女性写作的目标,是争取和男人一样的为阶级和民族的解放,以及后来的为人民群众的解放而斗争。这种追求后来被概括为"男女都一样"的、基本是无性别的写作的年代。

女性诗歌的第三个阶段,则是在"新诗潮"——"后新诗潮"的最近二十年间发生的,这是在准确意义上的女性诗歌的发展阶段。这是一个以发扬女性的性别特征为标志的阶段。这里所谓的女性诗歌虽然不等同于，但却确定地与世界性的女性主义或女权主义有关联。在近二十年中，由于持续有力的实践，成就了一批有影响的女性诗人和女性诗歌。中国新诗运动中的女性诗，在90年代达到了它的成熟期。

唐亚平写过一篇创作谈《我因为爱你而成为女人》，其中《身体》一节对这一时期的女性意识觉醒，有概括性的表述："躯体作为我个人完全的所有，也是世界的所有。我需要的一切就在我自己身上，我是一个自给自足的世界。然而并不是每个人都能珍惜和领受自身的恩惠。自身的资源需要性灵的开发和保养。冥冥之中，身体这样引领我回到生命的物质本质，以及这本质所包含的智慧和功能"，"柔软的肌体，温和的性灵，天然的静谧与平缓，妙相庄严，深情地善待所有的存在。怀腹的身体，安然入睡的身体和宇宙万物浑然一体，如此说来，整个女性的方式天生是诗意地拥有世界的方式。怀腹使女性得到了圆满的形式。

五

90年代的诗歌实践是返归自由的诗歌实践。中国新诗自"文革"动乱结束以迄于今，经历了一个天翻地覆的变化。在很长的时间内，依然是社会思潮约定着文学思潮。诗歌的嬗变在每一个历史阶段中也都保留了那一阶段主流诗歌的痕迹和影响。但这些阶段性的演进，并不能取代诗歌固有的品质。作为一个特殊文体的诗歌，它的艺术规律总在每个时代的社会意识和政治意识的缝隙中或隐或显地存在着。在诗的领域，有很多可改变的东西，也有很多不可改变的东西。

中国新诗自"五四"新诗运动开始形成的多种传统，都不会轻易地消失，而是韧性地存活在不同诗人的创作中。这是一种永远的资源。这里所说的新诗的传统资源，大体是由下述三个方面构成:"五四"新诗运动的自由主义传统,其主要资讯来自西方现代和古典诗歌;从文学革命到革命文学,在社会革命中形成的革命诗歌传统,其主要资讯来自民间文化和民间诗歌;"文革"结束之后建立在社会反思基础上的诗歌变革,其主要资讯来自现代主义——后现代主义。当然,还有一个生命力极为健旺,并已成为中国诗歌灵魂的古典诗歌传统。

这些来自多方面的、丰富而驳杂的诗歌传统,从遥远的古代一直漫流而下,直至20世纪的最后一年。多种传统汇聚在旧世纪的交汇点,中国诗歌在它看似无序的混乱中,逐渐地浮现出矛盾的症结。近百年的探索和实验,诸多的纠结(其中最重要的是社会因素对诗的加入和侵袭),使诗歌艺术的发展更加显示出它的艰险和奇崛:对于生存环境的适应和规避,对于诗质的坚守和退让,对于各异的资源的采纳和扬弃……诗歌艺术的变革和更新引领着、孕育着近百年诗歌风云的聚散和消长;半个世纪的正负面的经验,近二十年来的新潮的冲击,近十年来商品经济下的坚持和守望,这些因素,都诱发着世纪末的总结和清算。

1999年4月,在北京平谷召开了来自全国各地的、有代表性的诗人和批评家参加的"盘峰会议"。这个会议的召开,距1980年的南宁诗会是二十周年,距"新诗潮"重要诗人作品的公开发表,正好也是二十周年。二十年是由婴儿成长为青年的青春成熟的时辰,对于中国现阶段的诗歌来说,无疑具有象征的意义。但是,南宁会议开始的争论,至今也没有结束。这正好说明了中国新诗道路的曲折艰难。

关于这次会议的报导,《文艺报》以《"民间"的还是"知识分子"的——诗人为写作立场而争论》为题,《北京文学》以《一次真正的诗歌对话与交锋》(张清华)为题,分别发表长篇论述。《诗探索》也为此于1999年的第3期发表专辑,介绍这次会议。"盘峰会议"引起舆论广泛的关注。会议围绕"民间写作"和"知识分子写作"而展开。两方面的诗人为各自的立场进行辩护,并对对方的主张施以批判,论争所达到的激烈的程度,同样引起了诗界内外的重视。

上述这两种写作态度,产生于"新诗潮"退潮、"后新诗潮"兴起之后。它是对"新诗潮"进行辨正和调整的产物。八九十年代迅速走向多元化的诗界,艺术追求不同,写作立场各异,各自的主张原不止"民间的"和"知识分子的"二端。不过是,上述二者因几本诗选的出版而明朗化了,甚至是更趋于白热化了。这些选本有程光炜主编1990年诗选《岁月的遗照》、杨克主编的1998《中国新诗年鉴》、唐晓渡主编的1998《现代汉诗年鉴》等。这里有诗观的分歧,也有非诗的其他因素的分歧。这些分歧的产生及发展,是当今诗界真实状态的说明,说明在商品经济主导的社会中,纯文学处境的艰难和尴尬。

从中国新诗的历史看,上述分歧可以追溯到中国新诗取法西方还是取法民间这样遥远的话题上来。"五四"新诗(包括后来西南联大)主要倾向在取法西方,革命新诗(包括后来的延安和五六十年代)主要倾向在取法民间。它们之间既是立场的差异、审美理想的差异,也是资源的差异。当然,时代大大地向前推进了,环境也有了很大的改变,当时的问题与现今的问题也断然不可等同。但事出有因,而"因"却在于"史"。

因为争论双方都有激烈的表达,这里摘取张清华综述中对陈仲义的分析以为参考。陈仲义认为:"知识分子写作"强调的是一种独立的和批判性立场,它在文本上接近于"智性写作";而"民间写作"强调的是某种"平民"立场,从文本角度看,比较接近于"口语"写作,其优势是立足于生活的原生态,强调原创与本真。张清华在发言中也指出,二者一个强调活力,一个强调高度;一个倾向于消解,一个倾向于建构,这些论述大抵公允、平和。

90年代是诗歌大发展的年代,也是诗歌受到广泛批评的年代。诗歌内部有激烈的争论,诗歌外部则有热烈的期待。在激烈的争论的背后,是一种坚定和自信,当然也是力量。目前,争论仍在继续,人们的期待也在继续。这个世纪之交的大争论,是否会带给我们以新世纪的希望呢,这显然是一个大期待!

2003

《乌鸦》简评*

《乌鸦》的作者是女性,内容又与性有关,读者很容易与近年流行的"美女写作"等观。我在阅读之前也有这样的心理防御。阅读之后,感觉是不一样的。首先的一个感觉是此书读起来很痛苦,与读前述的那些书的"放纵的狂欢"截然有异。正如此书的封面所注,《乌鸦》写的是留学生一族中的"另类"。随着我国的国际交流日渐频繁,留学生题材的作品大量涌现,其中叙述方式和故事模式大体相类,大都找得到《北京人在纽约》的影子;有置身底层的生活体验,但却不曾堕落;有陷于极境的艰难挣扎,但却不失高雅。《乌鸦》不同,它的主人公一下飞机就开始说谎,住进房东家之后,从偷吃冰箱里的面包到偷衣柜里的裙子,光是父亲的身份,她编造了至少两个,她一开始就陷入卑劣的、不诚实的生活氛围中。

这位伪装成"高干子女"的年轻女性,她的"留学"目的很明确,那就是要离开她的母国,做一个信奉胡姬花、吃惯榴莲果的异国公民。她为了得到一张长久居住的绿卡而不择手段。名为要"学好英语",却根本无心上课,频繁出入于娱乐场所,周旋于各色男人之间,以至走投无路,沦为妓女。她的最后结局是在海边杀死了旧日的"情人"。为了获得一个长期居留权,她不仅放弃了原先体面的工作、稳定的生活,而且亲手毁掉了青春、贞洁,以及可贵的自尊,她把一个大的疑问留给了我们:这究竟值得花

---

* 此文据文稿编入。

如此巨大的代价去换取吗?

这个始终隐去真实姓名、几番编造家庭神话的浑身透出邪恶的女人,她在短暂的"留学生涯"中,所面对的那些男人和女人,几乎也都浸透了这种堕落和无耻的气息。这里完全看不出人性美好和善良的一面,而更像是一群蛆在生活的阴沟里拱成一团。女人无耻,男人比女人更凶狠也更残忍。他们玩弄她们,请她们吃饭,唱歌,和她们做爱,而后给她们钱。这里没有平等和尊重,是性和金钱的交换。这些来自中国的女人,她们都不喜欢自己的国家,那些玩弄她们的本地的居民,也很少表现出对这些女人的国家的友好和尊重——而他们原本是同一种文化、同一个根。

《乌鸦》的确让我们看到了生活的另面,和生活中的另类。它让我们从惯常的思维和习以为常的场景中跳出来,看到了我们所不知晓的、甚至是厌恶地排斥的另一种真实。要是指责作者给我们的只是无边的黑暗和绝望,那可能也并不公平。但我们的确只能在作者所展开的黑暗蔽空的某一个空隙里,发现了人性深处的那么一点点可怜的羞耻感,和不曾完全泯灭的同情心。作家的冷酷和残忍几乎让人窒息。她只是让她笔下的人物在受尽屈辱和迫害(金钱和性,而不是过去那样的权力和政治)之后,在她们伤痕累累的肉体和心灵深处,让我们在颤栗和恐怖之余,感到了她们隐忍的抗议和吞声的饮泣。应当承认,它所提供的场景和画面,不仅让人深思,而且让人警醒——我们以往曾经是那么粗心地忽略了那令人痛苦的生活的另一面。我们所熟知并理解的一切,竟是这样地残缺不全!

不过,话又说了回来,掩卷沉思之后,不免产生疑惑。是什么诱惑着书中的主人公那样不顾一切地执意妄为?她经受了那么多的苦难和凌辱,最后是身心两损。她究竟是为了什么?是为了那远离此地的一套居室?是为了那失望的爱情?是为了那一张绿卡？她就是为了这一切而灯蛾扑火般地走向毁灭性的绝境！这当然是她的选择,也是她的逃避。而选择和逃避的结果,是比原先更糟。这就是《乌鸦》根本的不真实。

尽管本书封面注明是"我的另类留学生活",我们当然不会简单到认为这个"我"就是作者自己。正如作家在答客问中说的,"写的是我的经验,而不是我的经历"。但毫无疑问,作家在她的人物身上倾注了自己的想象和同情。然而,当人们在这一切令人震惊的苦痛面前,不能不发出一个问号:她们到底何为？她们不是向往"美好的生活"吗？她们却连同自身都变得污秽不堪！女人的丑恶,男人的丑恶,满世界的丑恶,无边的黑暗如同那"翻滚着黑色浪涛的渺茫的大海",难道这一切是可信的吗？有人赞美《乌鸦》,那是他们的事,反正我不敢苟同。

(乌鸦,九丹著,长江文艺出版社出版)
2003年1月6日于北京大学中文系

在汤阴谒岳飞庙[*]

每次到杭州,我都要怀着肃穆而景仰的心情,拜谒位于西泠桥边的岳坟,去感受那里感天动地的浩然之气。每次我都会遥想起岳飞那伟大崇高的人格魅力。他是在国家危难之际,当那些身居要位的大人物们沉迷于偏安一隅,在江南的软风吹得把中原沉沦的苦痛抛到九霄云外之时挺身而出,在"还我河山"的呼声中,拼死疆场,收复失地,很是唱响了一曲复兴救亡的壮歌。但他的孤忠大义却遭到了那些奸佞的忌恨。他们串通起来,利用朝廷贪图安逸的心理,以十二道金牌,以"莫须有"三字残害忠良,造成了令人扼腕的千古奇冤。到岳坟,去看那些为悼念忠良而枯死的古柏、不食草料而饿死的战马,能够使我们的心灵得到净化。

岳飞的纪念地不止杭州一处,与岳飞相关的纪念场所更是不少:宜兴岳堤和百合场遗址,泰州岳庙,靖江岳飞生祠,于都岳飞寨,开封朱仙镇岳庙。当然最著名的要数是他家乡河南汤阴的岳飞庙了。去年岁末,我访安阳。主人盛情,在临上火车前,相邀去了汤阴,为的是拜谒岳飞庙。我到安阳数日,都是弥天大雾。那日也是如此,在中原少有的雨霰寒颤中,我怀着朝圣般的心情,踏上诞生并哺育了这位大忠、大义、大孝的传奇人物的故土。尽管近来学界有一种关于岳飞是否是民族英雄的争论的传

---

[*] 此文刊于 2003 年 5 月 9 日《中国纪检监察报》,题为《谒汤阳岳飞庙》。据文稿编入。

闻,但在我的心目中,岳飞作为在国破家亡之时挺身而起的伟大的英雄形象,始终没有改变。他一生壮烈悲慨的事迹,什么时候想起,我都会为之气壮神雄。

汤阴岳飞庙建于明景泰元年,后每隔数十年便有一次大的修葺。历代统治者都能对此自觉地予以保护。惟有20世纪60年代那次"大革命"是例外,岳庙终于在劫难逃,"遭到严重破坏"——这也是"史无前例"的一个例证。这汤阴的岳庙和杭州的岳坟不同,这里规模略小,没有杭州那样的恢弘。但这里岳飞作为神的形象弱了,似乎更富于人间情怀,透出了浓厚的乡情和民俗的气息。铁铸的跪人比杭州多了一个,那是王俊。此人绰号王雕儿,平日专事搏击,坑害无辜,编入岳家军后寸功未立,对岳飞素有嫌怨。在奸臣张俊的收买下,"告首状"陷害岳云、张宪,致使岳飞冤案得以成立。从杭州的"四跪"发展为这里的"五跪",就鲜明地体现了民众对佞臣的极端愤恨。

这个庙宇之所以让人感动,在于它浓厚的民间色彩。庙前有施全祠,纪念行刺秦桧未果而被施以磔刑的忠烈。在施全铜像的左侧,为隗顺塑像。隗顺是一个狱卒,有感于岳飞的忠义,乐岳难后他私背岳飞遗体葬于钱塘门外,家人亦毫无所知。直至临终前,方以实情告诉了儿子。这在当时,是要冒族灭的危险的,一个狱卒,身份卑微,却是这一番感天动地的无畏!汤阴故里,乡人情重,铸像千载,以志不朽。这也体现了中原大地质朴而博大的胸怀。

此次拜谒,我印象最深的是悬挂在正殿"乃武乃文"横匾两旁的一对楹联:

人生自古谁无死
第一功名不爱钱

当时读到,好似是石破天惊,觉得畅快淋漓。此联是清同治

年间的一位榜眼、翰林院编修何金寿集句题书。何金寿还有跋文一道,尤有深意:

> 王尝曰:文官不爱钱,武官不惜死,则天下太平。偶读文信国、杨忠愍两公诗,得此二语。因思孤忠大节,与其立论者,异代同符,上下千古,未有若斯言之吻合无间,爰书于王之庙堂。呜呼,金寿不能赞王,此王之志也。

文信国是文天祥,杨忠愍则是受魏忠贤陷害致死的杨继盛的谥号。我对立于岳庙正殿中门的这副楹联感触良多。记得当日迎面一读,有一种被电击中心灵似的震撼。自古而今,立于岳庙的文墨,多得数不胜数,其中也有不少极为精彩的文字。惟独这一副对联,用的是明白浅显的话,说的却是千秋万代平民百姓都能懂的、随时都能起到惊天动地的效果的道理。去掉那些多余的形容和典故,淡去那些华彩的装饰,旷古而今,普天之下的大忠大德,剩下的不就是这两句诗所表达的简单明白的道理?

首先是"人生自古谁无死"。这是一句参透了人生底蕴的至理名言。死亡对于所有的人都是公平的,人人都难免这一个最后的了结,但死的价值却大有不同。若文天祥、岳飞者,为社稷江山,视死如归,可谓壮烈至极,换来了千秋万世的景仰和赞誉,而且成为了人生的境界和典范。这个意义却是一般人所难以到达的。另一句是"第一功名不爱钱"。这也是一句非常透彻的话。它的概括力很大,许多人生的道理都凝聚其中。想一想目下的那些贪官污吏,那些江湖骗子,那些为金钱而身败名裂的家伙们,哪一个不是在"钱"字上面栽了跟斗!所以,功名云云,难以尽述,第一要义则是"不爱钱"三个简简单单的字。做到了不爱钱,就是做到了无私心。只有不受金钱的诱惑,才能谈及。

岳飞一生的行状,他留给后世人们的巨大而丰富的精神遗产,也就统统包括在这明白简单的一副楹联之中。集这副楹联的翰林院编修很谦虚,也很聪明,他不用自己的话,而是引用了两位前贤的名言,以显示异代同符的孤忠大节。这就是"金寿不能赞王,此王之志也"的意思。其实,他是深深地认识岳飞、了解岳飞的。真理是朴素的,真理不需要装饰。汤阴岳飞庙仅仅因为有了这一副楹联,就会像一块巨大的磁铁吸引着千千万万的朝圣者。我坚信!

2003年1月20日于北京大学畅春园

喜鹊在午夜啼鸣[*]

　　从黄昏到深夜,那一群喜鹊的叫声惊动了我。喜鹊的叫声凄厉而惨烈。这些飞翔的精灵的叫声,在民间的习俗中,历来被认为是象征着吉祥的。喜鹊一叫,喜事就来到,从祖先那里就传来这样的说法。可是,此刻令我心神不宁的,却是这些日复一日、年复一年为我们祝福的吉祥鸟的鸣叫!那声音充满了惊恐,不,不仅是惊恐,是愤怒。不,不仅是愤怒,是控诉——。

　　从黄昏到深夜,这些令我不安的喜鹊的叫声是和一阵接一阵的大树轰然倒塌的声音混合在一起的。每一阵大树倒下,都伴随着一阵这样的叫声。我仿佛看见他们失去窝巢之后的那种天塌地陷一般的惶恐和哀戚。这一切,是在那片树林遭到砍伐之时产生的。那里,正在进行一场疯狂而残暴的杀伐——杀场就在我所居住的园区的东侧。这里原先生长着一片浓密的白杨树,因为地势的僻静和清幽,喜鹊们都喜欢来这里筑巢,这里的树上有许多喜鹊的家。每当晨昏,喜鹊们的欢闹给人们带来了难得的欢娱。这一片白杨林是它们平安宁静的家园——风雨中的庇护,烈日下的阴凉,它们觅食、嬉戏,安宁而幸福地繁育着后代。没有人侵害它们,它们的日子过得安详。

　　现在,那些高高的白杨树正在喜鹊们的哭声中倒地,它们辛苦地一枝一叶衔来筑就的窝,也就在这样的哭声中坍塌。那曾经带给人以吉祥的祝福的悦耳的鸣叫声,那些由欢乐的翅膀组

---

[*] 此文刊于《人与自然》2004年第5期。据此编入。

成的生命的飞翔现在正在寂灭。这里一片狼藉,已成了废墟。这一天的黄昏时节,应该是喜鹊们回家团圆、正是一天中最喧闹的时刻,灾难就这样产生了:树是一棵接着一棵被砍倒,大树倒地的声音撕心裂肺,昏天黑地,喜鹊们眼见雏死巢毁,惊飞四处,悲鸣彻夜。

进行这番大屠杀的是人类。原因起于某个发了大财的公司,他们有了钱就要扩大地盘,于是就要盖办公楼,盖营业厅,盖宿舍。他们买下了这片树林,于是就动手砍树。砍树盖房,这几乎已是一定之规。这样,灾难就降临到喜鹊们的头上了。人类是自私的,他们认为这地球上的一切只属于他们,他们可以为所欲为。他们不知,这里生存着的一切生命,都是这地球上的主人,喜鹊是主人,包括树,它们都是生命,它们都享有在这里生存、享受、并繁衍后代的理由。可是人类肆意而为,他们随意地砍伐森林、污染河流、挖掘丘陵和谷地,驱赶所有的生灵,蛮横地占领原先本应属于它们的家园。

这从黄昏到午夜的喜鹊们的哀鸣,使我心神不宁。几句千年以前的诗,没来由地涌上了我的心头:月明星稀,乌鹊南飞。绕树三匝,何枝可依? 这原是风马牛不相及的联想,写这诗句的诗人,曾是一世枭雄,他借此种情景抒写他一生的抱负和此刻踌躇的心境,原与这里说的喜鹊的毁家一事并不相关。然而,"绕树三匝,何枝可依",——我恳请读者不要过责于我——我硬是想起了喜鹊们的悲剧,想起了这些顿失家园、还有它们的亲子的突遭灭顶之灾的族类! 今夜,它们将在哪里栖居? 它们将怎样度过这个漫长的、悲伤的夜晚?

喜鹊在午夜啼鸣,这种啼鸣令我不安。也许有人会笑我为这区区小事而"多愁善感"。他们有大境界,有大胸襟,甚至是有雄才大略,这我不管,我只是要为这些"另类"不安! 喜鹊在午夜悲啼。为它们被毁灭的家园,为它们夭亡的子女,这些飞翔的物类，它们同样为自己的家族和亲缘的安危牵肠挂肚，它们不幸，在人类的贪欲中成为"无家可归"者！

人类经常为自己的生存危机呼天抢地，经常为天灾的临近或已降而惊恐不安，然而，人类何曾想到在他们看来理应如此的背后包藏着的、蕴涵着的"人"之常理——对于比人类弱小得多的物类而言，眼下进行的这种摧毁性的砍伐，是与人间社会所发生的一切悲剧有着同等分量的虐杀，同样是"家"毁"人"亡！

2003年2月28日于北京昌平北七家村

这城市已融入我的生命＊

初到北京,我对这座城市非常生疏。那时内城和外城的城楼和城墙都还完好,有轨电车就在几座城门之间穿行。电车的铃声悦耳而浑厚,从西直门高高的城门洞里穿越而过,一路响过西内大街,响过西四和西单——那时牌楼已没有了,只留下这永恒的名字供人凭吊——直抵天桥。城楼高耸,白云蓝天,北方萧瑟的秋风,凝重而庄严。电车进了城,两旁一例灰色的胡同,胡同里一例苍劲的古槐。一切都说明这城市的悠久。

这城市让我这个生长在温暖而潮湿的东南海滨的人感到了一种神秘。我知道它的历史,我只能遥遥地怀着几分敬意望着它,那时的北京对我来说的确是生疏的。我觉得它离我很远,不仅是离我南国的家乡的距离很远,也不仅是它作为辽金以来的故都与我此际所处的时空相隔绵邈,还有一种心灵和情感的阻隔:那是灵动而飘逸的南方与古朴浑重的北方之间存在着的巨大反差所造成的心理阻隔。那时的北京,对我来说是遥远的。尽管我已来到了它的身边,但我还是感到了遥远。它是不曾属于我的,我也许只是个远道的造访者,也许只是个匆忙的过客。

那时我有一位朋友,他是地道的北京人,住在前门外打磨厂。打磨厂是一条宽而长的街道,朋友的家就在那里的"三川柳南口"。记得初来此地,我为那个"柳"和"南"的发音很出了些洋

＊ 此文刊于《书摘》2003年第6期;《青年文摘》2003年第8期;《厦门文学》2004年第1期。据《书摘》编入。

相,也很苦恼了一阵。在我的家乡,"n"和"l"的音是不分的,而在北京,"柳""南"这两个字的声母却要分得非常清楚,不然的话,你就真的要"找不到北"了。记得那时初进打磨厂,这"三川柳南口"的问路,对我来说竟是一番不大不小的磨难。

初进燕园,难忘一个秋日的清晨,我在北大东操场遇见一个北京的小女孩。初来的我对这里的一切都充满了新鲜感,我和女孩攀谈,她的每一个发音都让我着迷——那真的是一种音乐。我与北京由生疏到亲切,是从它的语言开始的。从那时到现在,时间不觉已经过去了将近半个世纪,那个当初我在东操场遇见的女孩,现在也该是年近花甲的人了。不觉间,我在这个城市已居住了半个世纪,我已是一个北京人了。北京是我的第二故乡。我在北京生活的日子,早已超过了我在我的出生地福州居住的日子。尽管我现在还是一个南腔北调人,乡音难改啊!直至今日,我坐在电脑前,仍然经常会为一个字的发音而手忙脚乱——临时抱佛脚,翻字典。不翻字典又怎么办?我读不出那字的正确发音,我无法输入!现在我可以自豪地说,我已是一个"资深"的北京人了。尽管(原谅我,又是一个"尽管")走在街上依然不改的"左手拐弯""右手拐弯"的积习,使我在北京城里依然南北不分、东西莫辨。但毕竟,我亲近了它,而且融进了它。它是我除了家乡之外的最爱的城市。

我对北京从初来乍到的"生分",到如今的亲切的认同,用了将近半个世纪的时光。北京接受了我,我也接受了北京。这包括它的语言、它的气候、它的居住、它的饮食、它的情调——都和我的生命密不可分。这当然不是全部,以饮食为例,吃惯大米的我很容易地接受了面条和饺子,但北京的馒头至今仍是我所拒绝的,更不用说窝头了。与饮食有关的,有一件往事令我至今想起仍觉得有趣。大概是二十多年前吧,有一天中文系一位主管学生工作的系主任打电话找我,说是一位从福州考来的女生,因为吃不惯食堂里的棒子面粥而哭闹着要回家,不读了! 这位系主任知道我是福州人,希望我做她的工作。当然,这个学生后来放弃了回福建的想法。现在,她已从美国回来,而且也像我一样选择在北京定居了。

从这事可以得知,我当初对于北京的遥远感是真实的。我们距离北京真的是太远了。即使是饮食一端,也足以使我们这些"南蛮"望而却步! 黄河以北的饮食习惯与长江以南的饮食习惯有大不同,大抵是,江北粗放,江南细腻。就北京而言,虽说满汉全席号称是古今筵席的经典,但那是皇家的盛宴,与我们平民无关。我仍然相信即使是满汉全席中,也一定融进了游牧民族的豪放风格。北京的饮食除了受北方民族的影响之外,山东的鲁菜因为最靠近京城,应当是影响较大的。但鲁菜毕竟不能代替北京本身。北京本土的风格依然决定着它自有的特色。

在北京居住久了,我每每苦于无以待客。入乡随俗吧,拿得出手的大抵也只是烤鸭和涮羊肉两款。这可以说是我款待客人的"传统节目"。我的客人来自天南地北,各种口味都有,其间要数来自南方的客人最难招待。人家来自物产丰富的地方,又有那些响当当的名牌菜系做后盾,什么佳肴没有尝过? 粤菜、闽菜、湘菜、潮州菜、淮扬菜、上海本帮菜,哪个菜点不是上品、极品? 民间有言:"京城第一傻,吃菜点龙虾",指的就是这种招待错位的尴尬。海鲜,包括龙虾在内,对于岭南闽海诸地的人来说,即使不是"小菜一碟",也是一种"司空见惯"! 不仅是原料新鲜,而且会做。再说,招待海鲜之乡的客人吃海鲜,这本身就有点班门弄斧的味道,怎么说也是不妥。

所以,我这里能拿得出手的,也就是一烤、二涮这两样"看家菜"。但这并不意味着北京的饮食无可言说,在北京住久了,在国内外也跑了不少地方,比来比去,北京的烤鸭和北京的涮羊肉还是最。谦虚一点说,也还是天下第一。烤鸭的外焦里嫩,裹着吃的那蒸饼和甜面酱都是很有讲究的——我常感外地做的烤鸭总不对味,包括那年在香港友人郑重请吃的。至于涮羊肉,羊肉的质量,那薄得纸般透明的羊肉片,还有它的作料,芝麻酱、韭菜花……。普天下找不到那种地道的感觉,真的是,一出北京城,味道就变了。

自五十年代定居北京至今,我的口味也变得随和了,甚至也有些改变了。其中最明显的是适应了北方的简单粗犷。记得舒婷曾讲过她家乡厦门的春卷如何如何的讲究,虽然我也是福建人,对她鼓吹的总觉得太繁冗了。也许那春卷真该叫好,但不等于承认繁冗就是第一。为了说明我对北京的认同感,这里我要与前述舒婷的春卷作个对应——我推崇的北京的两道"名吃"——那可算是简单的典范。人们听了我以下的介绍也许要笑话我,但我不怕。

这两道"名吃"是我用半个世纪的经验换来的,也是众里寻它千百度,最后定格了的。其一就是北京的灌肠,是肠衣充进淀粉的那种平民食品。灌肠的做法极简单——以隆福寺为最佳——把灌肠切成不厚不薄的不规则的片,下大平底锅用素油煎烤至焦黄,而后装盘,蘸蒜泥盐水吃。再一种是主食类,更土、也更简单,那就是玉米糁粥。不是玉米面,是用新鲜玉米去皮磨成半粗半细的那种,加碱、加水,上锅用文火熬。佐餐不用别的,用咸疙瘩——其实就是盐水腌制的苤蓝。咸疙瘩不加香油,也不用任何佐料,切丝上盘即成。我上街饿了,多半找灌肠吃。很便宜,那时是两毛钱一盘,一块钱可买五盘。在家若是饿了,就熬玉米糁粥。这两道"名吃",它的风格就是两个字:单纯。平淡到了极致,那就是另一种极高的境界了。

老北京有很多食品是我所怀念的。最怀念天桥街边的卤煮火烧。记得是五十年代吧,去天桥看戏,在街边摊上吃卤煮火烧。昏黄的油灯,冒油的墩板,冒着热气的大海碗,使北京严寒的冬夜也变的充满了人间的温情。那气氛,那情调,现在是消失得无影无踪了。让人怀念的当然不止卤煮火烧这一端,还有北京的打卤面,羊杂碎汤,还有三分钱一只的大火烧。这些让人怀想的北京土产,最本色、最接近平民的廉价食品,现在都找不到了。现今即使在哪家郑重标出的"老北京"的食肆里发现它们的痕迹,那多半也是"搽了雪花膏"的,它们早已失去了那种粗放的、不加修饰的平民本色和传统韵味了。

在我的家乡,秀丽的闽江流过我的城市。那江水滋润着两岸的沃野,亚热带的花卉开得茂盛。福建是花乡,又是茶乡,茉莉花、白玉兰花、还有珠兰和含笑,这些都是熏花茶的原料。花多了,就缀满了妇女们的发间和衣襟。记得当年,母亲的发髻最美丽。那时母亲年轻,她每天都要用很多的时间梳理她的头发。梳毕上了头油,她总要用当日买到的新鲜茉莉花串成一个花环,围在她的发髻上。姐姐也是,她不梳发髻,那些花就缀上了她的旗袍的衣襟。这就是南方,南方有它的情调。而北方就不同了,北京带卷舌的儿化音,胡同里悠长的吆喝声,风铃叮当的宫殿下面夏日慵懒的停午,还有在凛冽的冰雪和漫天的风沙中挺立的松槐和白杨……。南方的秀丽和北方的豪放,南方的温情和北方的坚定,南方的委婉和北方的强悍,其间存在着许多难以调和的逆差。

这对于一个来自多雨、多雾、多水分的南方人,要适应这样的环境,无异乎是一次心灵的迁徙。毫无疑问,我需要用极大的毅力和恒久的耐力去适应它。幸运的是,我适应了并爱上了,我认定,这是属于我的,属于我的心灵的,更是属于我的生命的!

北京是一本读不尽的书。我用将近半个世纪的时光阅读它也只是一种似是还非的懵懂。我生得晚,来不及赶上在红楼的教室里找一张书桌,也没能赶上用稚弱的声音参加民主广场上的呐喊。但我认定我是属于它的。在我幼时的记忆中,那一年巴黎和会所引发的抗议，由此而掀开了中国历史的崭新的一页。那一场为维护民族尊严而展开的抗议运动，最终触及了对于文学乃至文化的变革，从而为中国在新世纪的再生写下了壮丽的篇章。这一切气贯长虹的思考和行动，就是生发在我如今处身其中的这座城市的。由此上溯，那是十九世纪末叶的故事了，也是在这座城市里，有了一次要求变革而爆发的维新运动。那是中国近代史上的一次惨痛的流血事件，康梁出走，六君子弃市。这一切，我都未曾亲历，却都是我幼小心灵上的一抹壮烈和绮丽。

后来，我从东南海滨风尘仆仆地赶来，在燕园的一角找到一片土，我把细小的根须伸向那片土，我吸取它的养分。我不能选择母亲，我却能选择我的精神家园。在半个世纪不长也不短的时间里，我朝夕呼吸着这个城市的气息。北海波光摇曳的湖面，留下了我的影子；东华门那条覆盖着丁香的御河边的林荫道，留下了我的足迹；在居庸关险峻的隘口，在天坛美轮美奂的穹顶下，都是我曾经流连的地方。最动心、也最刻骨铭心的是我所亲历的发生在天安门前的那一幕又一幕的惊心动魄的场景。北京以它的博大、以它的沉厚、以它的开阔、以它的悠远铸造了我，不，是再造了我！它在我多汁液的南方的性格中渗进了一份粗放、一份激烈、一份坚定。我曾说过，我只是一粒蒲公英的种子，我从遥远的东南海滨被命运的小女孩吹到了这干涸而寒冷的北方。这里濒临沙漠，这里是无尽的原野，然而，这里给了我一片土，给了我柔韧的枝条和伸往地层深处的长长的根须。

2003年3月8日于北京大学畅春园

铜的铁的血的火的——[*]

　　读牛汉先生的诗,若用铜琶铁板来伴奏恐怕还不够,要用大鼓,要用那敲得震天动地的、让人惊心动魄的大鼓才够味。他的诗与一切的温柔敦厚无涉,也与一切的中庸平和无涉,他的诗是用历尽苦难的生命深处渗出的汗水、泪水和血水写成的。要想在他的诗中找到通常所谓的温情的抚慰,期望读了他的诗后流一滴两滴温柔泪,或是找到那些给少男少女多愁善感的爱情撒上一些胡椒面,那肯定是要落空的。他的诗不是用来在花前月下读的(尽管这也是读诗的一种合理的境界),这是拒绝了闲情逸致、也拒绝了轻松愉快的诗歌,是一种写着痛苦、读着更加痛苦的诗歌。

　　和许多诗人一样,牛汉先生写的很多诗,好像都在写他自己。不论是想象的飞扬还是意象的熔铸,都可以溯源到与他血肉相连的独特的经历和生命的极限体验上面去。当然,这一切都是诗的,都凝聚在一种悲壮的诗性光辉之中。牛汉先生所有诗的造型,都让我们窥见一位强者和智者用铜、用铁、用血、用火铸就的心灵世界。他是一位激情的诗人,总是有火焰一般的情感在他的诗行里跳动、燃烧,仿佛要把周围的空气燃烧得爆裂开来。

---

　　[*] 此文刊于《诗刊》2003年7月号上半月刊。据此编入。这是牛汉《铸钟人的呐喊》诗中的句子。原句为:"向里面浇灌吧,铜的铁的血的火的液汁。"见《牛汉短诗选》,银河出版社2001年8月香港第1版,第54页。

他的生命经受过严酷的考验,他几番从濒临死亡的边缘奇迹般地复活。因为有了这种生死临界的体验,所以他尊重生命,特别珍惜和礼赞一种庄严而高贵的生命境界。通常有一棵高高的树在他的诗中出现,这棵树站立在空旷得有点荒凉的山巅,宁可被风吹折而不向强暴俯首。就像他在《悼念一棵枫树》中写的那样,有一种让人震惊的死亡,被砍伐的枫树躺在草丛和荆棘中,"看上去比它站立的时候还要雄伟和美丽"。更有一棵被雷劈成一半而仍然活着的树,它坚定而骄傲地站着,"还是一整棵树那样高,还是一整棵树那样伟岸"(《半棵树》)。这些都体现牛汉所肯定的生命质,是坚硬的、顽强的和不妥协的。

有一首题为生命的诗,共两节,合起来总共九行,他写了半个多世纪。其中前半首写于1946年,后半首写于1996年,五年后即2001年再改,此诗写作经历了五十五年。诗意大抵如下:头发向上生长,又直又硬,脊骨也在向上生长,又直又硬;五十年后,头发脱得几乎净光,剩下的头发如一支孤军仍向上生长,又直又硬,仿佛是生出了骨头。最动人的是这样一句:

　　而骨头也像头发
　　一根也没有弯曲

从流行的"纯美"的眼光看,这孤零零的、硬邦邦的头发,比起目下广告上的那些又黑又柔的秀发来,它实在一点也不美。但它体现了诗人牛汉独特的审美向度,这直,这硬,这仅存的"孤立",这既不媚雅又不媚俗的坚定质朴是最美的。因为经历过也目睹过众多的生死,所以,他能够在莎士比亚的"懦弱的人一生死一千次,勇敢的人一生只死一回"之后,对此加以改写:"勇敢的人死一千次仍勇敢地活着,而懦弱的人仅仅死一次就懦弱地死去了"(《生与死》)。

牛汉的诗绝不"甜美",甚至也和"细腻"、"精致"等不沾边。

他的诗和他的人一样"粗糙"。这也许是他的缺憾,但话说回来,若是没有这"粗糙",又到哪里去寻找诗人牛汉?牛汉的诗有一种质朴无华之美。呈现出来的是生命的原质,是一种不打磨,不刨光,也不搽雪花膏的,来自生命深处的呐喊和嚎叫,带着血水,更带着愤怒。说他不打磨,不等于他的诗没有打磨,他的诗在用字、音响、节奏方面都是很有讲究的。他把艺术性的追求置放于生命的热烈呼喊之中,他拒绝那种雍容华贵的装饰,他宁肯在诗中保留下那种刀凿斧砍的痕迹,而使他的诗显露出诸多的棱角和尖刺。牛汉创造了仅仅属于他的粗放风格。

这位诗人的胸中始终孕育着铁石铸成的句子。他写的是大情大义大爱大恨,儿女情,英雄气,都被包裹其中。汗水、泪水、血水都搅拌成混沌的一团。那是一种沉淀的、浓缩的、凝重的、是一种世所罕见的坚硬的汁液。牛汉是一个硬汉子,草原上的风雪雷电,养成了他的一身宁折不弯的硬骨。但是透过那大情大义大爱大恨,我们却发现了诗人内心的一种柔性。对土地、对天空、对人民、对真理和正义,他爱得心痛。因为是爱的深,所以当所爱受到伤害,他的愤恨也深。男人有情,男人也有泪,但男人的情不轻露,泪不轻弹。生命在荆棘中燃烧,皮肉被刺伤流血,不是无泪,而是"泪比血隐藏得深,泪全部凝聚在心里","刽子手们猎取到的只是血和尸骨,他们找不到泪"[①]。

2003年3月20日于北京昌平北七家村

---

① 牛汉《血和泪》中的诗句。见《牛汉短诗选》第48页。

警察与微笑[*]

我们在生活中期待着微笑,互不相识的人们在街上相遇,友好地颔首对视微微一笑,会有一种温情升上心头。别看这样一种很随意的举止,不仅让人感到人与人之间的和谐、友好,而且更体现一种文雅和高贵。这样无言的问候和致意,我在国外经常遇到。在维也纳森林中晨运的时候,在凡尔赛宫前排队购票的时候,在纽约的地铁车厢里互相让座的时候,甚至在华尔街行色匆匆的人群中擦肩而过的时候,时不时的,会有这样的微笑给你带来意外的温馨。

向你微笑的有时是西装革履的先生,更多的则是年长的或年轻的女士。有许多次我和友人手持相机互相拍照,这时总有不相识的人前来热情地为我们拍合影。他或她都不是闲人,这时总是会放下手中的事或身边的女友,前来友好地问:"我可以帮助你吗?"这种善解人意的行为每次都让我们感动。这种情景在国内有时也会遇到,但多半不是本国同胞,本国同胞好像无此习惯。在有些年代,有些地区,如有一个时期北京的女售货员(那时的称呼)的"凶"(更不用说"微笑"了)在全国就很有名。当然北京人不必为此介意,这是那时,现在是文明多了。

曾经有人说过,你若是在街上像在国外那样"没来由地"向别人发出微笑,对方一定会认为"这人有病"。凭心而言,我也是没这样的勇气的。但我总是期待着生活中有更多这样"没来由

---

[*] 此文据文稿编入。

的"微笑——轻轻的,浅浅的,一瞬即逝的,但却是让人难忘的那种互不相识的人们之间的这种微笑。现在有时国内媒体也在这么提倡,但多半是向服务行业的从业者提出的,叫做"微笑工程"。至于效果如何,尚待考证。但说明至少在一些行业已开始注意自己的行业形象。我要强调的是,这决不是什么"工程",也不是靠什么"号召"或"运动"就能奏效的。这取决于社会的文明程度以及公民的素质和教养。"微笑"是简单的,但养成微笑的习惯却不能速成。

我这里的话是从微笑说起。但话说回来,有些行业却似乎很难"微笑",甚至是不能"微笑"的。这样的职业很多,他们对社会所起的作用是良善的,但他们的工作性质却在于监督和规范这个社会的行为。他们的职责赋予他们以庄严乃至威严感,他们不可能向所有的人(特别是在执行任务时)"微笑"。

我这里只举警察这一端——我们不可能期待执法的警察(在你犯了过失的时候)对你微笑。也许偶尔会有,但绝非常态。他们在工作时,严肃性是第一位的。他们是从逆向给社会和人群以温情,但极少甚至不采用通常表达温情的方式,他们的表情甚至是冰冷的和僵硬的。举例说,对于交警来说,红灯是决不可通融的,只有在大家都遵守"红灯停"的原则时,正常的人性和谐(例如微笑)就会出现。而在违规的情况下,那交警绝对是冰冷"无情"的。人们不可能期待执法的交警在红绿灯面前徇私,这是常理。若是有人对个别人的违规之举徇了私情,那就是对大人性和大温情的抛弃和否定。

就简单的道理来讲,警察就是这样的"无情"的人。当然,不光是警察,凡是执行对社会进行监督业务的人,大体都具有此等性质。于是,我们就看到了职业分工的另一种"姿态":在交警和违规的司机、行人之间,就存在着这种不可通融的"冰冷"——尽管他在执法时会向你敬礼。需要说的是,你若是期待着在你违规的时候他们会对你微笑,这对于一位敬业的警察来说,是一种非分之想。尽管迄今为止有些司机见了警察还会"咬牙切齿",但那绝非警察的过错。我没有开过车,我没有这种感受。但我想起平日和警察仅有的一些接触,却有属于我的一些真切的感受。

那是几年前的一个冬日的夜晚,我们锁了房门,陪同一位日本友人去长安大戏院看京剧。我们六点半出的门,十点半回的家。回家打开房门一看,家里进了人了,一片狼藉!窃贼翻越铁栏而入,撬开凉台的门闩,在玻璃门上挖了个圆洞进了屋,衣柜和抽屉被翻,现金被盗。我们被这突如其来的闯入惊呆了。在这孤立无援的情况下,这时想起的第一个人,就是警察。我们立即报了警。这时来看望我们并给我们以安慰的,也是素不相知的警察。小伙子是燕园派出所的片警,他在第一时间里来到。各处查看之后,他用改锥把我们的房门修好了,安慰了我们,走了。

茫然无助之中,极度惊恐之中,因为有了这么一位片警,我们顿然有了安全感。此刻出现在我们面前,冒着冬夜的寒风前来救援我们的人,就是给我们以温暖的最可亲的人——我看到了平日里觉察不到的警察的"微笑"。警察也会微笑吗?回答是肯定的。

2003 年 3 月 24 日于北京大学畅春园

大风雨登黄山莲花峰[*]

一朵云也看不见,一棵松也看不见,一片石也看不见。山上山下是混沌的一片。这是我第三次登黄山的全部印象。

我们从灵谷寺乘缆车抵白鹅岭的时候,但见山上到处贴满了布告,说是黄山已经一个多月没有下过雨,目前是火警发生的危重时期。布告警告游客杜绝一切火源。可就是这一天,就是我们来到黄山看到了火灾警告的这一天,黄山大雨。

我出来有一段时间了,我已倦旅。从北京到成都,再从成都到芜湖,参加了几个会议,作了几次讲话,会议虽有安排,主人虽有挽留,想起手头没有做完的事,心绪甚是不宁。黄山我是不想去了,我希望能买到一张回北京的机票。会议安排者作了努力,结果是没有买到。我无法可想,只好决心和大家一起登山。朋友们安慰我说:"这是黄山多情留你。"我想也是,都来到黄山脚下了,何不乘兴一游?都说是,谁谁谁百岁十登黄山,我与之相比,应该是年轻多了,人家都能做到,我为何就做不到?想及此,顿时也兴奋了起来。

天说变就变,谁料到才到白鹅岭,一开始是稀疏地下了豆大的雨点。顷刻间,雨点愈下愈密,竟像是黄豆般地打在脸上。我有几次登山的经验,以为绝对要轻装。登山会淌大汗,衣服也是干了湿,湿了干,用不着多带。结果我与众人有别,十月底的天气,依然是单衣短袖,一袭夏装。这下雨下得紧了,风一吹身

---

[*] 此文刊于《山花》2004年第3期。据此编入。

上骤寒。原先不想穿雨衣的我,不得不在山上以高于山下数倍的价位买了一件披上。我自我解嘲:"黄山留我,是要我给久旱的它带来一阵喜雨。"事情就这么巧。若是我顺利地飞回了北京,对我个人来说是失去了一次难忘的大风雨登山的经历,而对黄山来说,它的损失更大,也许它依旧紧张地持续着令人心焦的旱情——因为没有人能造出这一场大风雨来。

雨大,也罢了。雨是夹着风的,风一来,人就站不住。黄山是有很多让人心颤的险仄之处的,因为是在雨中,什么也看不见,也就无所谓胆战心惊的形容了。其实风更可怕,在那些壁立千仞的山道转弯处,在那些万丈深渊的悬崖绝壁上,风就那么一吹,人若稍有闪失,后果不堪言说!这一切并没有难住我们。我们都艰难而又快乐地走过来了。

该死的是那件用高价买来的雨衣,它不仅没能为我遮蔽风雨,反而成了我的累赘。风夹带着雨水,从我的领子口上往里灌,手机、照相机、一些害怕浇淋的物件,一切都照淋不误。更糟糕的是,它反过来影响了我的行动,那里外都是水的雨衣,它粘着你的胸和背,纠缠着你的腿,使你在风雨中无法迈步。我愤怒了,把那件破雨衣从身上扯了下来,宁可让身体暴露在风雨中,让雨水痛快地从头到脚往下浇。这倒应了我原先的想法:在黄山毕竟不能多穿衣。

因为根本看不到所有的一切,什么云海,什么奇松,什么怪石,什么始信峰的秀丽,什么鲫鱼背的惊险,一切的花和树,一切的云和石,一切都只是雨雾中的迷蒙和苍茫!这番游黄山,可算是创了纪录——我们什么都没有看到,除了不见尽头的雨水。因为看不到一切,风雨中我们走得很快。汗水,雨水,真的是干了湿,湿了再干,对于我们来说,此时的急走没有别的目的,目的就是赶路。同伴们的行走速度参差不一,现在都已星散。我们是走在前面的几人,我们发了狠,既然黄山如此款待我们,我们干脆就拿出威风来给它看——我们的目标是攀登莲花峰绝顶。

莲花峰是黄山三大高峰之一，平日登临尚须极力奋斗，何况今日这满山满谷的飞流急湍，劈头盖脑的狂风暴雨？几次上莲花峰从没有这般漫长的感觉，盘山道无尽地弯曲，走不到头。而且有风，从前面，从身后，从不知的什么方向，推搡着我们，摇晃着我们，他们想动摇我们的决心和毅力。而我们只是前行，再无退路。大约用了一个小时，我们终于登上了莲花绝顶——当然，这里仍然是空濛的一片。我们看到了两个人，是在峰顶上设点营业的摄影师，尽管没有游人，即使有了游人也无法拍摄，这他们知道。但他们坚持着，两人相拥，用雨布遮盖着摄影机，而他们的身上则是一样地雨水横流。这就是我们在莲花峰顶看到的唯一的风景。

大风雨中我们急行。经飞来石，登光明顶——这是黄山第一高峰。光明顶下来，一线天，百步云梯，抵玉屏楼。此际山路渐趋平缓，我们在玉屏楼的台阶上会聚，相互庆贺。这毕竟是平生难遇的一种大风雨登黄山的特殊经历。

孙文光是我旧日的北大同窗。此番盛情邀我参加芜湖盛会，会后又亲自陪我游览。在孙君，已是七登黄山了，这次伉俪结伴为陪我冒着风雨再一次登临，状极感人。归后又有诗记此盛事。诗曰："翩翩小谢负诗名，唾玉风生四座倾。履险更惊腰腿健，莲花峰上踏云行。"同登莲花峰的，还有上海的聂世美君，他是近代文学的专家，也有七言古诗《大雨登黄山莲花峰》一首见示。聂君诗中对我的赞誉当之有愧，他写了我"短袖单衣冲风雨"的情景，他感慨说："此情此景知难必，快意翻从偶然得。振袂还复下山来，始觉险绝起股栗。股栗心战只此回，人生感悟响轻雷。岁月长河原平缓，一登黄山显奇瑰！"

真是，这样的经历不可重复，也许一生只有一回。

2002年10月17日，中国近代文学学会第十一届年会暨安徽近代文学研讨会组织会议代表登黄山，是日大雨。

2003年4月5日作于北京大学畅春园寓所。

随　想[*]

诗不是政治,但诗不能脱离政治。一个忠实于自己所生存的时代的诗人,总要把传达那个时代特有的精神当做自己的使命。大诗人有大境界,他们总是那个时代精神气象的有意无意的"代言者"。只表现个人小小的悲欢,诉说一己的小情趣,津津乐道的是那些可能是值得同情、也可能是并不值得同情的卑琐的小人物的小故事,从而失去大关怀和大悲悯的——尽管他可能达到了令人羡慕的艺术高度,但他不是大诗人。我们当然不能看轻那些真挚地抒发了个人情感的杰出的抒情诗篇,那些诗篇会令几代人为之着迷。但历史似乎更愿意记住那些与时代融为一体的情怀和胸襟:陆游讲:"死去原知万事空,但悲不见九州同";杜甫讲:"不眠忧战伐,无力振乾坤"。这些诗句让人们感动了一千年,相信一千年之后的人们读这些诗句,还会如同今天这样地被感动。

当然,不是凡是写大了就有意义。大题材,大主题,也必须有大意境和大技巧来完成。同样道理,诗歌也不是越小越好。有的诗歌玲珑剔透,精巧细腻,是一件小小的精品,也令人愉悦,但毕竟格局不大,缺少震撼力。其实,诗无论大小,写好了都是好诗。当前的问题,是缺乏能够体现大转型的时代精神的大诗,是缺乏那种体现了人类博大宏阔的大爱大恨的大诗。上个世纪末的科索沃战争,很少诗人关心;本世纪第一年的"九一一事

---

[*] 此文据文稿编入。

件",中国诗人出奇地冷漠。上一个世纪人类因两次世界大战而有大不幸,却也因苦难深重而造就了大诗人:聂鲁达的"葡萄园和风"的歌唱,他的"伐木者醒来吧"的呼唤,是那个时代的和平的最强音;还有希克梅特,他在土耳其的监狱里面对着窄小的空间,遥想俄罗斯雪原上为人类尊严和自由而献身的少女卓娅,真的是气势如虹的世纪绝唱!

不知从何时开始,也不知是出于何种原因,中国当今大量的诗人一边倒、一窝蜂地拥向了内心世界的"开掘"。让人揪心的是,这种"开掘"在很多时候仅仅属于诗人自己——诗人说着只有自己、甚至连自己也不懂的话——他的劳作与广大的读者无关。诗从火热而生动的现实生活中退场,也从曾经热爱和关心它的大众心目中淡出。诗成为了只有诗人自己、至多再加上他周围的几个人孤芳自赏的玩意儿。诗一旦断了这种与读者的联系纽带,人们当然有理由怀疑它到底有什么存在的价值。

中国的二十世纪诗歌有一个让人沉痛的经历。相当长的一个时间里,诗歌被要求为不断变更的政治服务。为了理念而放逐抒情,为了思想而牺牲艺术。那时在理论上也在行动中对诗歌的诗性追求和艺术切磋都怀有敌意。甚至把那些注重艺术表现的诗歌谥之为"唯美主义"或"艺术至上",诗歌被指定充当空洞而苍白的思想的传声筒,在中国,所有的人都写着同一种诗。好在这严酷的时代已经结束。诗歌从统一模式和"集体主义"的阴影中走了出来,诗歌回到了自身。但问题也随之而来,诗歌因厌恶政治的统治而拒绝思想,又因艺术曾被排斥进而玩弄技巧。诗不再是激情的喷发,也不再是想象的飞扬,在一些人那里,诗歌只是"手艺"的制作,只是文字堆积的游戏。告别了优雅情感的宣泄,告别了高贵精神的诉求,人们心甘情愿地让诗沉沦,成为恶俗的絮语,成为粗鄙的梦呓,成为与世无涉的自我抚摩。

中国诗歌害这种流行病为时已久,人们对诗歌的不满为时已久。有说萧条的,有说萎缩的,有说低迷的。但是诗人以及一些诗评家对这种指责不以为然。他们指责这种指责,认为是偏见使然。读者和舆论的冷淡在继续,而诗人的自我感觉依然良好,这造成了当今中国诗界的一个背谬。我最近在回答一个记者的采访时明确表示,我不同意诗歌萧条的判断,却也不认为诗歌繁荣。我至今依然怀念八十年代的诗歌大潮,怀念诗歌与社会盛衰、万家忧乐的密切关系,怀念诗歌为传达时代精神而锐意进行的艺术革新。可惜的是,新诗潮的经验过早地被遗忘,以至于它的丰富经验没有得到充分地传承和发扬。这时代实在是太过匆忙,它缺乏那种默默耕耘、锲而不舍的坚持的耐心。人们太热心于"主义"的更迭,"宣言"的转换了。其实,好诗是不论"主义"和"宣言"的。

为社会代言,为一代人代言,肯定不是诗的过错。正如表现个人不是诗的过错一样。但的确,境界有大小,品位有高低,人们依然钟情于那种为大时代讴歌的诗歌。从艾青的"为什么我的眼里常含泪水,因为我对这土地爱得深沉",到北岛的"卑鄙是卑鄙者的通行证,高尚是高尚者的墓志铭",都是让人怀念的诗歌经典。可惜的是,这种经典远离了我们。

2003年4月5日凌晨于北京大学畅春园

善画能文的易洪斌[*]

易洪斌先生善画能文,所作奔马,飞云流火,英风烈慨,充满了生命的活力与遐想。蔡若虹前辈盛赞其画:"神在征途形在马",讲的是易先生在绘画上的形神两胜的卓越气象。我不懂画,但看过易先生马品中的《两小无猜》、《厮磨》诸作,觉得其中渗透了人性的温馨,蕴有真趣。至于《红雨随心》、《闻道》、《非清流而不饮》等更是把文学中的思维方式和想象力(应当说,艺术和文学是相通的,但成熟而自然地表现这种共同品质的,在绘画界并不多见)引进了画中。这些都说明易洪斌不仅是一位画家,更是一位诗人。他在这两个艺术品种做到了相互融通而又相得益彰的成绩。

易先生不仅画马,也画虎,画人物。他所画的虎,可谓虎虎有生气,而又默默有温情。我最喜爱也最难忘他的《相看两不厌》这幅画。画的正面是一只卧虎,与虎面对着的是一位裸女——从画面上我们只看到她斜卧的背影。这位女性的背影说明她实在是一位丰腴有致的美神。"他们"就这样一动不动地对视着。她欣赏的也许是"他"的雄健伟拔,"他"欣赏的也许是她的温柔艳丽。就这样,虎看着她,她看着虎,他们都忘情了。他们都是大自然造就的美的极致,他们都异常欣喜地发现了对方。画题用李白《独坐敬亭山》中的名句。李白的"相看两不厌,惟有

---

[*] 此文刊于《文艺争鸣》2003年第6期;2003年12月31日《中华读书报》,题为《好书告诉你》。据《文艺争鸣》编入。

敬亭山",说的是物我两忘的完美境界,易先生把这诗意引进了画中,给了人以无尽的想象。我对于绘画只是一种喜爱。严格讲,只是在门外的缝隙里,偷偷窥视那辉煌堂奥的些微光亮。因为是外行,本不应多言。但看了易先生的画,欣喜之余,收不住,说了些可能是贻笑大方的话。

现在该说到正文上面来了。这里要谈的是多才多艺的易洪斌的另一种本领——散文的写作。易先生的散文所写的内容涉及甚广,但偏重于历史性题材。有几篇是自述性质的,记载了对父母的怀念,这些文字在叙述中抒发着深深的亲子之爱,非常感人。《凡圣之间》写父亲平常、执著而又认真的一生。其间有警语,写父亲的悄然谢世时说,死亡"在父亲沉睡之中到来,来得轻柔而又残酷,平静而又凄厉,温馨而又惆怅",接下来的一句是:"任何向妇孺和老人出手的暴力都是卑劣的,这个死也一样,我诅咒它!"《龟虽寿》也写父母晚年的日常生活,对风格豪放的易先生来说,这些怀念父母的文字却是非常婉转细腻的——它们表现了儿女情长的一面。

当然,最能体现易洪斌雄健博大的文风的,是他的那些涉及历史题材的文章,这些文章,寓深刻的哲理思考与个人兴寄于丰富的史实之中,着眼的是大视野和大胸襟的抒发。《千年等一回》最能说明作者历史知识的渊博,它从秦始皇陵寝的兵马俑说到汉唐立国以及天下兴亡的道理。旁征博引,视野开阔,纵横三千载,指归于当世。这是一篇博思雄辩的大文,充分显示出作者占有和运用史料、以及缜密思考并艺术地表达这种思考的功力。这样的文章还有《他成全的是历史——回望西楚霸王项羽》,以及他那气势磅礴的一唱、再唱、三唱阳关的今日的阳关三叠,等等。"你可以想象,在浩瀚的塔克拉玛干大沙漠里,当朝暾午露晨光初动之时,那衔尾前行远送东方文明的马队留下的拉长的影子如何日复一日坚韧不拔地在沙丘上缓缓移动;当落日熔金暮云合壁之际,一片苍茫中,带来域外信息的悠扬、粗犷、苍凉的驼铃声是如何穿越时空响在自己心头——这时,你真得会涌起一股要向冥冥中的历史老人,向几千年前每一个走在丝绸路上的先行者合十颂祷的强烈冲动"。这样的文字是随手拈来的,在他的文章中到处可见,都是一些很强悍的、很坚韧的文字。这些展现了历史风物和足迹的文字,很能说明易洪斌散文的基本特征:他为文有大气势,不以精细委婉见长,而追求风格的遒劲放达。

我们的画家笔下有很多的动物,他通过这些动物的形神寄托自己的人生境界和梦想。我注意到,除了对于历史的浓墨重彩的点染,表达他的关于兴亡盛衰的思辨之外,他还把眼光投向了大自然一切生物的生存状态上。《你绝望的眼神让我心碎》是一篇让我感动的文字。文章从庄子和惠施关于鱼乐的论辩说起,推到动物是有感情的论断。易先生引用了很多生动的统计材料来证实这一点。但是一个严酷的事实是,人类正在毁灭动物,人类正在促使近代物种以比自然灭绝快一千倍的速度丧失,以比其形成快一百万倍的速度促使其消亡。这些物种的消失在上一个世纪大约每天一个,现在则是每小时一个。"在人类无所不到的威力和永无止尽的欲望面前,在人类文明特别是现代文明面前从最渺小的、最温顺的虫豸鸟雀到最强悍、最孔武有力的猛禽巨兽,全都显得是那样的孤苦无助,它们的任何反抗都不堪一击,整个动物界在战栗。"

读这一篇让人心灵为之颤抖的文字,想着作者所说的"绝望的眼神"——他指的是那些动物在受到人类的虐杀、濒临死亡之前的那种祈求、以及祈求无效之后的绝望,这是一种让人心悸的眼神,作家的博大爱心使他看到了这种眼神,他把这种悲哀的感受传达给了我们。想着那些在人类的贪欲、残忍和淫威的逼迫下失去家园和生命的动物界,我想,写这样文字的人,该有怎样伟大的一份悲悯之心啊!

　　写到这里,我又想起了易洪斌的一幅大画(请愿谅我再一次谈到了他的画)《仁者》。在画的前面作者有一题记:"一支年代不详,以杀伐为生的武装队伍,不知从何而来,向何而去,没有谁能止住他们坚毅沉重的步伐——一个小小的意外使这些铁石心肠的战士猝然止步——就在他们的脚前,跌落了两只呱呱待哺的雏鸟。"这些无可阻挡的硬汉子们,就这样在两只雏鸟面前停住了他们的脚步。画家称这些可能是林中强者的他们为"仁者"。画中的故事无可考,也许压根就是一个虚构,但这里的确跳动着一颗仁者之心。

　　易洪斌先生好为长文,一些重要的文章总在万言上下,颇像时下读者爱读的文化散文一类。但易先生有他自身的特点,那就是进步的史观和精深的史识,以及气势磅礴的文章风格。总的说来,他是自成一家的。奔放热烈,旁征博引,汪洋恣肆,气象万千,于述事中饱含情感,这些,大抵可称为易洪斌文章的大格调。

2003 年 4 月 10 日于北京大学畅春园

古宁头落日 *

在金门游览的程序表中有古宁头看落日一项。古宁头我们是去了,但却没能看到落日。那天很怪,一天都是晴朗的天气。我们去了马山观测站,又去了金门国家森林公园,都是一派风和日丽的景象。南方海岛上的秋日,仍是一片碧绿。甘蔗已经成熟,高粱却是青绿的饱满。太阳很暖和,也是灿烂如花。一路上,都是金门明亮的太阳导引了我们。可是我们就是没能看到灿烂如花的古宁头的落日景象。

这一天的行程安排得紧,早餐在金沙镇上吃"广东粥"(其实是闽南——可能是仿效广东的早茶——特别风味的一种咸粥)。这种粥用料考究,约有十多种配料,鸡胗、鸡蛋、皮蛋、各色丸子、牛肉、鱼,外加青菜。就餐时,佐以一种特制的酥皮烧饼。这种烧饼吃时需特别小心,要用一种专门制就的纸托着,免得吃时饼屑四撒。这家食店生意好,它专做咸粥一项,做出了品牌。这顿早餐是金门采风文化发展协会理事长黄振良先生个人请客,没有任何仪式,也不客套。极朴素的一家小店,极具本地风味的著名小吃,这顿早餐给我们留下了深刻的印象。黄先生是此次诗酒文化节的具名邀请人,但他却没有机会表达地主之谊,所以挤了这天早点的时间来表达他的心意。

早餐匆匆结束,我们径往马山观测所。马山位于金门岛北

---

  * 此文初载《厦门文学》2003年第12期,后收入《那时很年轻》。据《厦门文学》编入。

端突出部,在那里,我们用肉眼可以看到对岸的角屿和大、小嶝岛的村落和山野。在森林公园我们在丛林环抱中有愉快的休憩。我们一路紧赶,为的是去看古宁头的落日。真的很怪,一路上一样都是晴朗的天气,待得临近古宁头了,天突然地阴晦了下来。闽南海岛的秋日的傍晚,应当是秋阳美艳如花的时节,可是,当我们到临古宁头的时候,那海滨却是一片愁云惨淡的景象。

古宁头在金门岛北端,那里有一片海湾,有一片沙滩和石礁,海水在那里缓缓地拍打着岸上的岩石。原先想象中的那一片血般的落日的殷红凄艳,此刻却为看不到头的愁云惨雾所取代。但见海涛翻滚之处,天边闪现了无际的灰暗。落日是看不见了。不看也罢,我给自己来了个安慰:要是真的看到了古宁头惨烈的落日,那将带给我们以何等沉重的心灵的伤痛?

古宁头是一个很特殊的观光点。导游许燕萍小姐没有说明理由——她是金门旅游社的专职导游,我们则是来自大陆的客人,一切都无须说明,一切都彼此心中明白——她只是用严肃的语气向我们宣布不能高声说笑,不能照相,不能吃零食。一路上的轻松谈笑,都停止了下来。我们依照旅游观光的路线,导游小姐也不再作任何的介绍,大家用无声的沉默来感受那一段悲哀的历史,感受那已经消失在历史风烟中的噩梦一般的昨日,昨日的海浪的呼啸和海风的怒号,昨日的硝烟和火焰。

没有看到古宁头的落日,也许别人会觉得遗憾。因为从一般的观光者看来,能够站在金门北海岸的一个突出部,观看瑰丽而庄严的日落仪典,眺望那一派灿若黄金的、燃烧的丹红的熄灭而复归于寂静,那一定是非常惊心动魄的时辰。而在我,却是私心庆幸。我不愿看到那一切。我对那里曾经发生的一切有刻骨铭心的深知。我没能赶上看到那一伤心惨目的景象,对我来说是一种躲避。在想象中,那夕阳一定是极艳、极惨烈的殷殷之红,一定是闪着强光的、达于极限的、近于黑紫的那种绝望的红。是飞溅和迸裂,是爆炸和燃烧,是喊叫和呼啸,是一弯静水换成了激越的狂涛,而最后归于寂灭。连叹息也没有,就这样在那里沉没,在那里变成泥土,赶着春天生起遍地的绿。

在古宁头,大家无言。欢笑和歌声都没有,全车的人都在沉默。导游小姐说,这一带过去发生过许多怪异的事,搅得乡里不宁。人们说,这里阴气太重,很多孤魂不能回乡,因为没有旅资。善良的乡民集资请道士颂经超度,异兆终于平息。归途经过慈湖,湖边有一小孩在看垂钓。她向我微笑,天真地送给我一个飞吻。慈湖的轻浪拍打着岸,岸的那边,用截断的铁轨竖起了钢铁的栅栏——那是昨日阴森的记忆——。

古宁头是伤心地,不说也罢,不说也罢。

2003年4月15日记金门游踪于北京大学畅春园

基础教育需要稳定[*]

最近几年,中、小学教育方面议论很多,事件很多,好像行动举措也不少。处在旁观者的立场上看,觉得热闹是很热闹了,但是,毕竟是局外人的关系,有些事情却是始终弄不清楚。我的印象是,好像是不断地在谈论教改的问题,但是改什么?为何要改?改了没有?却总是闹不明白的。

譬如教材问题,主要是中、小学的语文教材,也是闹腾得紧。关于此事,因为涉及语文教育,我却不完全是局外人了——间或也参加了一些讨论,总的印象是,有不少的专业语文工作者,包括大学里的文学和语言学的学者们、以及不少的出版部门的人士参与其事。其间有一些批评涉及以往教材方面的内容,更多的人则热情地投入了新教材的编写和出版工作,抱着培养下一代健康全面发展的动机的,应该是问题的主流,但是热情过度了,例如不断重复地、变着花样争出教材、出课外参考、出文选,这种千军万马齐上阵的架势,让我们看到了一种"过热"的气象,其中除了责任,是否也存在着其他方面的考虑?还有高考,也有许多尖锐的议论,在考试方法、内容以及招生等方面,也似乎每年都有些新举动。这一切的言论和举措,几乎都是对着教育的问题而来,但教育究竟出了什么问题了,一细究,又弄不清楚了。

我对中学教育所知不多,也没有实际工作的经验,这方面很专业的问题,本来毋庸我置喙。但因为毕竟当过中学生,对此却

---

[*] 此文刊于《福建教育》2003年第6期。据此编入。

也不是一无所知,不免也想凑着热闹说几句闲话。我的基本态度是,中小学教育的确存在着需要改革的问题,但改革不能如今这样"天天讲"。"频频出手"和"朝令夕改"的结果只能使师生无所适从。我的看法是,要对以往教育的方针、政策和内容的简单化和教条化积弊进行清理,一旦正本清源的工作做好了,第一要务则是稳定教育秩序。

再以中学语文教材为例,不一定是愈新愈好,也不一定是愈改愈好。上个世纪五十年代以来,我们有了大的改革,现在看来,至少在语文教材方面,改得并不成功,甚至产生了负面的影响。学生在作文中说套话和假话,难道教材和教学就没有责任?历史上出现过一些好的课本,后来被"革命"革掉了。说得不好听一些,我以为解放前的中学语文教学,就有一些好的经验,可惜没有被继承下来。以往开明书店,还有叶圣陶先生,夏丏尊先生,陶行知先生,都为中小学教育倾注过很多心血,他们的经验也并没有过时。

所以,我以为一旦问题看准,改革到位(恕我直言,很多情况下,是"恢复"到位),就不要再"屡屡变革"了。基础教育,讲的应该是:做人的基础,学习的基础,知识的基础,语文写作的基础,其实很多是"自古已然"的,甚至是"万变不离其宗"的。我以为当今的问题是应该少一点浮躁,少一点赶时髦,少一点"多动症",一句话,叫做少安毋躁,稳定第一。

2003 年 4 月 18 日于北京昌平北七家村

千岛南洋的乡愁[*]

在千岛南洋,那里有明媚的阳光和充沛的雨水,还有在城市的尽头那广袤无际的热带雨林,在明珠般闪亮的肥沃的大地上,生命在艰难中生长并成熟着。这生命仿佛是那浓密的森林中默默生长的一棵树,它吮吸着这大地肥美的乳汁,它的根须深扎在这土地里,沐浴这里透明的空气、阳光和海水给予它的恩惠。它生长着,它认同这里的土地。理所当然,他把这里看成了它的乡邦和家园。这些树,都是在这临近赤道的土地上生长起来的,但有的却是借助风、借助雨水从远处飘过来的种子生成的。这些来自外地的种子在这里找到了发芽生根的一方沃土。这些原有的和外来的树,他们共同组成了这大地无边无际的绿。

千岛南洋是勤劳而又勇敢的华裔子孙劳作和创业的地方。这些来自中国沿海的人们,他们离乡背井,漂洋过海来到了这块养人的天空和大地,一代人接着一代人,在那里耕耘,与当地的族群,共同创造了值得自豪的财富和文明。但不论怎样,这批有着自己的血统、语言和习俗的移民者,在他们的血液中奔流着一个古老民族的记忆。因此,他们在漫长的岁月中(基于主观的,也基于客观的原因)总难摆脱一种客居的心态。这种心态,在一般民众那里可能是朦胧的、飘忽的、似有似无的存在,而在一个知识者那里——特别是在敏感的诗人那里,却是一种根与血的分离所带来的"身份不明"的刻骨铭心的痛苦。它可能成为近于

---

* 此文据文稿编入。

遗传的与生俱来的、灵魂的重压,是内心深处永难愈合的裂痕和伤口。两个家园:祖先的家园和现今生活着的家园,其间隔着一个辽阔的海洋。此刻它在诗人的心目中却是一个"破碎的大海"——"我的故乡就在岸上,再也无法圆满"。诗人的乡愁是破碎的。

林幸谦的这本诗集,有力地印证了我的上述判断。我惊奇地发现,在这部诗集中不管写的是什么内容,用的是什么题目,尽管是千头万绪,可是百折千回,总通向一条大体相近的线,那就是表达异乡过客的思绪。诗人通过各种途径和方式,总是向我们讲述一个共同的"寄寓在异地的故事"(《半岛的滋味》)。诗人总是在向我们表达这样一种强烈的情怀——在"边界"感受"在异国的星空中累积起来的相思"(《边界》)。这里频繁地出现的是与"漂泊"和"寻根"相关的词语,而在纷繁的意象的重叠、交叉和链接中,在具体可感的岛与半岛和幻影般的遥远的大陆之间,总游荡着一颗充满焦虑的心灵。这诗集中的一些重要的诗篇,总给我们提供一种可能,即通过错综复杂的场景、从多向交叉的角度,甚至是从迥异的主题中,都或明或晦地流淌着这股来自悠远时空的牵萦。

乡愁的主题是中国文学的传统。历朝历代的诗人都表现过。在当代台湾的诗人中,乡愁更是他们经常表现的传统主题,这其中尤以余光中先生的诗作表现得最为充分。但若以林幸谦的诗中的乡愁与余光中等的作品相比较,二者之间则有明显的差异。在余光中和他的同代人那里,是有一种家山阻隔、骨肉离散的至少长达半个世纪的离乱所带来的伤痛,但不论是"母亲在那头,我在这头",还是"我在这头,大陆在那头"(《乡愁》),或者是站在基隆港遥想多寺、多亭、多风筝的江南,是"回也回不去"的多燕子的江南(《春天,遂想起》),但那回不去的、或在梦中想念的毕竟是、而且归根到底是属于自己的。所以,在余光中那里尽管有对于人为的阻隔所发出的遗憾,从而表达了重新整合的热烈愿望,但他和他们的乡愁原先是完整的,而最终也将归于完整。

而对于林幸谦来说,情况就不一样。他感到自己航行在"失语的航道"上,他"呼吸着岛与大陆的暧昧的气候",他面对的是"破碎的大海"。他自知"故乡就在岸上",却"再也不能圆满"。他称这是"破碎的乡愁"。浓重的破碎感充盈在他的诸多的诗行之中——大海是破碎的,乡愁也是破碎的!那么,到底是什么造成了这种强烈的破碎感呢?诗人坦言,这种他称之为的"过分发酵的乡愁",是由于对于"文化的追思"所引发的。林幸谦不仅用破碎来形容大海,也以此来形容乡愁,这与他的生存环境有关。在千岛南洋,他所面对的无边的海洋,也是阻隔了他与故土、当然也是产生了乡愁的海洋。岸就在遥远的那边,但始终不可抵达。这一点,他与台湾一代怀乡的诗人截然不同。可以说,他们是可能抵达的,而对于植根于异邦的这些移民的后代来说,则不可能。很清楚,其间存在着身份认同的问题。作为中国人,他们既"不是",然而又"是"。这就是处境和身份的尴尬。

我把读诗的这种感受,定名为"千岛南洋的乡愁"正是此意。这不是中国传统的乡愁所能概括的。在古代,客子为了求生或谋取功名而羁留他乡,或是由于战乱而流亡异地,每当莺飞草长,秋风落叶,念及父母妻儿,乡愁油然而生;在近代,由于政局变动,或由于其他原因,山川阻隔,有家而归不得,于是有[①]了"边界望乡"一类的伤及内心的浩叹!白发千丈,愁绪弥天,这些乡愁之作于是成为了中国文学的传世瑰宝。这里要说《千岛南洋》作者的忧患感,可以说,这种忧患不是一般的离愁别绪,也不是一般的念旧怀古,甚至也不会涉及家山寥落、骨肉离散等等,

---

① 此为洛夫的一个诗题。

而是一种更为深沉的由"文化追思"所引发的、被作者称之为的"文化乡愁"。

要是说,是异乡的土地养育了他们的血肉之躯,而中国文化则养育了他们的精神。对比而言,后者是一种隐秘的、但却是深入骨髓的绵延恒久的遗传。是梦境也罢,是诱惑也罢,是神话也罢,这一切对于真切地感受到它的伟大辉煌的人来说,最不堪忍受的是与它的那种若即若离的、可望而不可即的"永远充当他者"的状态。诗人说,"秋天我只身离开半岛,意图解构乡愁的密码,却发现破碎不堪"①;又说,"把我放逐的国度,在边界吞我",在故国的神话中,"永远充满他者"②。

有些评家已经注意到林幸谦的诗注重理性,有"情寡理胜"③的特点,即使他在抒写旷古的乡愁之时,他在情感上依然是内敛的。这种理胜于情的特质,一般都认为是诗家之忌,但却不尽然如此。例如林幸谦这里所做的,由于对外在的情愫作了高浓度的提炼,使他的诗情发出了理性的光辉。他身居"边缘"远望"中心",置身于不同文化的冲撞从而导致内心矛盾,他将这种感受总结为"文化乡愁"。他不是单纯地再现这种情感,更在表现过程中渗透了浓厚的世纪反思的内质。如在《人潮之幻》中,他写"一盏灯敲破一扇长窗,,百年的旧梦横跨海峡——展开缠绵的文化论述",便含有批判的意蕴。再如《海外人》:"走在20世纪的脚底,民族的欲望,在共有的根的心中,缤纷埋葬的憧憬,化为海外中国",都有一种理不清、道不明的思绪在。中国传

---

① 见林幸谦诗:《破碎的乡愁》。
② 见林幸谦诗:《边界》。
③ 见《千岛南洋》徐国能先生的"名家推介"。徐先生说:"林幸谦的诗不流缅于事物表象所引发情感的澎湃,转而专注于内在理性的思辨与检证","这样的语言使用营造了其诗情寡理胜的特质,当我们阅读他的作品时,不容易在瞬间被饱满的情绪感染,但却不免深思其旨而更加惊憷。"

统的乡愁文学在林幸谦的诗中有了多侧面、多视点的开掘,无疑,他的创造性的劳作丰富了并拓展了这一传统主题的表现深度和广度。

关于林幸谦的诗,有些朋友已经从许多有趣的角度谈到了它的特色。例如痖弦先生谈到他的"漂泊美学"①,刘再复先生注意到他对学院和城市的质疑和反抗意向等②。他们对此都有许多精彩的论述,我不再重复他们的话题了。我想加以补充的是,我注意到,除了我在前边谈到的与"漂流"有关的话题之外,他的诗中还有一个突出的意象,那就是"中年"。这一意象在九十年代后期的诗中频频出现,证实了他的在热带雨林中诞生的生命已步向成熟期。

"漂泊是一朵离枝的玫瑰"(《浮世车站》),漂泊说明它的"失根"状态。漂泊的一生也是寻根的一生。当时光"划破中年",世事日知,愁肠百结。因为对他所钟情的中华文化知之深,那种不可抵达的愁亦深。步入中年之后,这种身世难明的飘零之感益为深重。"一朵午后故乡的小花,古老的蒲公英,随潮水来到边界,打乱土地的秩序"。更为奇特的是如下的句子:"漂来孔孟的叮咛,明白了老庄的吊诡"③——它把"文化乡愁"作了具体的呈现。这诗句证实所谓中年的醒悟,其实乃是文化的醒悟。他以中年的经验和认知,而要"调整异文化的姿态",但是处身于"漂"或"飘"之中,"移动"是绝对的和断然的。诗人面对的是这种永恒的漂移,其实也是面对永恒的无奈:"再难以醒来的繁梦,一到中年也要再一次醒来"(《伪装》)。

林幸谦长期生活在海外,他治学勤奋谨严,所作关于张爱玲

---

① 见痖弦:《漂泊是我的美学——林幸谦生命情结的文学省思》。
② 见刘再复:《对学院和城市的诗化叩问》。此文系刘再复为林幸谦诗集《原诗》所作的序。
③ 此处引文见林幸谦诗:《漂泊之身》。

的研究,刘再复已有盛誉在前,为学界所公认。在诗歌创作方面,不论是理论还是诗风,均受西方现代理论影响甚深。他的诗蕴有很大的哲学思辨在内。故其诗作内涵精深,而诗风略显艰奥。读他的诗,须伴之以艰难的思忖与寻觅。他的诗与中国新诗潮初期的风格相近,重意象的营造和构筑。但由于彼此生存环境有异,从表象上看,"破碎感"则同,其内在涵容则判然有别。读者自可意会,此处不赘。我感兴趣的一个话题是,从林幸谦的诗的总体特征上看,自然是近于现代或后现代的风貌,而令人感到意外的是,其内质则是很"中国"的、甚至是很"传统"的。如若不信,请看他的《女娲》,再看它的诗句:"八月落入雨丝风片里,寂寞人间五百年。"若在前句删去"落入"二字,则句式如下:

　　八月雨丝风片里
　　寂寞人间五百年

这就活脱脱地跳出了中国七言古诗的韵味了,这难道是偶然的吗?留待读者诸君明辨。

　　　　2003年4月29日—5月13日,京城疫情尚炽,
　　成稿于北京大学畅春园——北京昌平海德堡花园。

诗人的大情怀[*]
——论犁青

　　诗人犁青，人缘很好，在国内外有很多朋友。他总是微笑着面对生活中的人和事。他的善意与好心在朋友中享有盛誉。犁青的微笑不论是在国内还是国外，都是非常有名的。知道犁青身世的人都很清楚，他有非常悲苦的童年。早年父母出洋谋生，幼年的犁青与失明的祖母相依为命。"他的祖母将他契与一位心地善良的丐妇。这位丐妇风雨里到处行乞；将讨到的几勺残羹剩菜，带回来哺养他，有次也将乞讨得来和拣来几段彩绸，编成一条彩色缤纷的彩带，缀嵌上一块孔元铜宝，作为他的桂冠项链，冀企为这位苦孩子避邪和添福。他是在一片乡农丐妇的祝福声中长大的，他在小学五年级时就兼任安溪民报校对，还兼任学校的图书馆管理员，开始半工半读的生活。"[①]

　　他的青少年时代的生活也很坎坷。上个世纪60年代他所旅居的印尼政府实行排华政策，犁青的生活也受到极大的震荡。他被迫四处谋生。自述："我转变为工作狂人。我养殖鱼虾，种植西瓜，我开采白瓷矿土，在小港船坞修整鱼船；我在郊区办化学纤维、织布、印花、绣花、制衣等工业；我办塑胶工业、冰冻工

---

　　[*] 此文刊于《中外诗歌研究》2003年第3期和《海南师范大学学报》2003年第4期。据《海南师范大学学报》编入。
　　[①] 西彤 小秋：《中国人、中国心、中国诗》，原载《深圳作家报》12期，1993年12月28日；《华夏诗报》82－83期。见《山花初放》第131页，海峡文艺出版社1996年9月福州第1版。

厂、木、藤业;我绘图建屋,此外还经营房地产——在这段风风浪浪中,无论是世界经济危机、美国经济衰退,或是祖国的经济改革,侨居国政情、经济情况变化,还有香港的九七问题波荡——只要它们一打喷嚏,我就伤风发热。"①

犁青把这一段岁月称之为"无诗的时日"。他为了求生虽涉足多种行业,但诗人的本质使他在这些方面并没有做出太出色的成就。《犁青先生年谱》称他"对经商与贸易没有天才,常受欺骗,屡战屡败"。② 但他毕竟还是挣扎着做了下来,而且也取得了一定的成功。在犁青的这一代人中,时局的险恶,生活的动荡,乃是一种世纪病,几乎没有一人能够幸免。但在犁青这里,他的历险和突围,有着超常的严重。要说身世的坎坷,岁华的飘零,他本身就是一口丰富的、取之不尽的写作源泉的深井。他尽可以用同样超长的篇幅,来咀嚼属于他自身的深沉而真实的苦难,但从犁青的全部诗歌创作来看,他一开始就没有把笔尖完全指向自身,他的目光始终向着充满艰辛困苦的外面的世界。

从很小的时候起,他就对那片他所深爱的乡土倾注了深深的眷念和怀想。他写磨豆腐的人,"用血液,使石磨沉重地旋转"(《夜行者》,1944);他写《孤独》(1944),也不是为自己的命运悲叹,而是渴望以自己年轻旺盛的血气,去"温暖垂死者冰冷的身躯"。这颗聪慧的幼小的心灵,一开始就把同情给予了那些挣扎在底层的劳苦者。他写《船内》(1945),自由,春天,歌声,阳光,都不属于那些出卖劳力的船夫。他们所生活的船舱内的世界是狭窄、阴霉、充满了腐臭的世界。应当说,犁青早期的这些诗是稚嫩而不成熟的,但在那些单纯的意象背后却展示着一种早熟

---

① 犁青:《千里风流一路情》。转引自《朝晖与彩霞》,见《犁青的诗》第7—8页。人民文学出版社,1996年12月北京第1版。

② 卡桑、黄自鸿编写:《犁青先生年谱》,第9页。香港汇信出版社,2002年12月第1版。

的、与他的实际年龄并不相称的悲悯心怀。

早在1946年,这个少年就写了一首题目很长的诗:《来! 我问你,你把胜利带到什么地方了?》这首由短句构成的长诗,可以明显地看到田间早期风格的影响,短促的诗行传达着激越的情绪,是田间式的充满了激情的战斗鼓点。在这里,和他早期的诗歌一样,他依然没有把他的愤怒囿于一己的身世。他的质问依然是一个宽广而宏大的主题。犁青写此诗时,距离二战胜利恰好是一周年。漫长的抗战结束了,中国人期望着有一个新的开始。可是,这种用人民血泪换来的胜利顷刻间却改变了颜色。这首诗就是诗人代表人民对他所认为的"魔王"、"混蛋"、"寄生虫"、"吸血鬼"的无情的、严厉的拷问:

> 胜利的花朵
> 被你们
> 揉毁
> 踩碎
>
> 你们的大手
> 偷天换日
> 和平 民主 团结
> 可以用
> 劫收
> 屠杀
> 争地
> 代替
>
> 我们看到
> 你戴着
> 假面具

> 你一脸凶肌横肉
> 一对杀人的
> 毒眼
> 在闪着光——

　　这首由激越的节奏组成的诗,传达出少年犁青不畏强权的凛然之气,他用有力而质朴的语言,利剑般地直刺窃取胜利果实的背叛者。时光流逝,往事依稀,二战的烟云已无迹可寻,但这些诗句所传达的正义与良知,至今依然深深地感动着我们。尽管我们承认文学艺术的职能是多元的,文学可以尽情地、无拘束地表达仅仅属于个人的情感和情绪,但一个无可辩驳的事实是:自古而今,所有第一流的诗人,所有第一等价值的诗歌,无不是那些为国家兴亡、百姓忧乐而激烈跳动的心灵所创造的。

　　纪伯伦在他的散文诗《无名的忧戚》中有一段话与我们此刻讨论的话题很吻合:"朋友们,你们称青少年时代为黄金时代。在那些年月里,你们对生活的艰辛与磨难不屑一顾。你们像小鸟一样展开双翅,摆脱忧愁与烦恼的羁绊——但我的青少年时期,却只能被我称作无名的痛苦时代(论文作者插话:这与犁青说的"无诗的时日"多么相像!)。那时侯,无名的痛苦盘踞在我的心头,像风暴在胸中翻滚,它随着我心脏的搏动而日益增长,却苦于无法找到宣泄倾吐的机缘。"[①]法里德-萨玛赫在评论纪伯伦的作品时说:"他从心底深处感受到黎巴嫩的苦难。黎巴嫩,则以自己的山峦、河谷、平原、海洋启迪了我们天才作家的灵感,使他写出了自己的思想,点燃了他眼中的光焰,使他从灵感中汲取笔端的五彩霞光,描绘出对祖国爱的梦想。"[②]

---

　　① 《纪伯伦全集》第1卷,人民文学出版社,2002年1月北京第1版,第149页。
　　② (黎巴嫩)法理德-萨玛赫:《纪伯伦全集》序言,韩家福译。《纪伯伦全集》第1卷,人民文学出版社,2002年1月北京第1版,第1页。

犁青的这些诗作体现了作为诗人的一种非常可贵的品质——尽管他的家庭和个人都曾蒙受苦难,但他把这种经历化作了他的诗性的根基。那些原先属于个人的苦难经验,变成了一个吸盘,使他有可能和外部世界的全部复杂状态进行融合,由己及人,由此及彼地了解世界以及世界上的同样蒙受苦难的灵魂。这种不停留于个人的、对于个人经验的推衍,使他能够经由个人进入更为广阔时空的大的关怀。犁青的这种创作境界不仅体现他作为诗人的品质,而且也为我们评估诗歌价值提供了一个标准。这正如马克思说过的:"一个人如果认为一味地考虑自己,比用自己的力量来建设世界、作世界的创造者还更快乐些,——那他就应该受到精神上的诅咒,——永远失去精神上的享受,而且他势必为了安慰自己而考虑自己个人的快乐,夜里做梦都要想到自己。"①

孙绍振在谈到犁青早期的创作时,也注意到了他早年诗中所受到的田间的影响,以及这种超越了个人苦难而触及社会痼疾的特点。孙绍振将犁青和田间二者的诗作了对比:"他不像田间那样的以强烈激情取胜,他在本性上是一个温和的人。但是在表达对社会不平的愤怒时,也时有少年的血气——。这是少年犁青性格的另一面,这么凌厉,这么锋芒毕露,又这么义无返顾,和犁青至今仍然不改本色的犁青式的敦厚的微笑形成有趣的反差,使得犁青式的单纯不至于显得单薄。"②

孙绍振在这里所作的评价,大体是以犁青的《来,我问你,你把胜利带到什么地方去?》为基础所作出的判断。这样的诗在犁

---

① 卡尔·马克思《伊壁鸠鲁派哲学、斯多葛派哲学和怀疑派哲学的历史笔记》,马克思、恩格斯《早期著作集》,苏联国家政法书籍出版社 1956 年版,第 169 页。见《马克思恩格斯论艺术》,第 2 卷,曹葆华译,人民文学出版社 1963 年北京第 1 版,第 58 页。

② 孙绍振:《少年犁青之风貌》,《华侨日报》1994 年 11 月 23 日。

青早期的创作中并不少见,如在题为《餐》的诗中,他说,我吃着白饭,玉蜀黍,是"吃下了一粒粒的泪珠","我看到了一幕幕仇恨的影子"。再如《等待》,我点燃油灯,把门关紧——

  来吧,敲门吧
  把我绑架
  把我枪杀

  我在门上放着把刀
  墙上挂一把箭

  我的枕下有一把枪
  它默默假寐
  等待你——

  犁青在这些诗中所做的,鲜明地表现了作为诗人的最为可贵的品质。即他把同胞的苦乐当成了自己的苦乐,他能够从自己出发,感同身受地体验并表达他所钟情的大众的悲哀和愤怒。雪莱说过,"道德中最大的秘密是爱,亦即是暂时舍弃我们自己的本性,而把别人的思想、行为、或人格的美视若自己的美。要做一个至善的人,必须有深刻的想象力;他必须设身于旁人和众人的地位上,必须把同胞的苦乐当成自己的苦乐。"①

  和所有诗人一样,犁青的歌唱始于一颗纯净的诗心。现在看到的他的最早的一首诗是《春风》②:春风踩着土风舞来了,春

---

  ① 雪莱:《为诗辩护》,缪灵珠译。见刘若瑞编《19世纪英国诗人论诗》,人民文学出版社,1984年7月北京第1版,第129页。
  ② 《春风》,1944年作于诗人的家乡福建安溪县古山村,诗人时年仅11岁。此诗分别见《山花初放》,海峡文艺出版社,1996年9月福州第1版;以及《犁青的诗》,人民文学出版社,1996年12月北京第1版。

风唱着季节的歌曲,在田野上,牛拉着犁,泥土绽放花朵,春风笑绿田野,把花香送上晴空,向着遥远的群山。这样的诗,澄澈透明而单纯。生命刚刚展开,来不及体味人生的艰辛和苦难。但诗显然不会停留在这样纯美的境界中——尽管诗人可以纯美,但生活不会。很快,无情的生活就把诗人推到了底层的血腥与泥淖之中。

这就是我们在前面所读到的犁青早年的那些诗作,那种"忘记自我"而把同情和悲悯的触角伸向众生苦难的品质。这些品质说明了犁青作为一个爱国者的优秀品格。正是由于早年这种创作的奠基,方始有了后来非常著名的"犁青山水"。犁青是中国农村的儿子,他的本性亲近自然,他对土地的热爱是与生俱来的。尽管童年有过苦涩的记忆,尽管有相当长的时间,他曾在异乡的土地上奔波,但他的一颗心,始终都向着他的祖邦。他有游子浪迹天涯踏浪归来的喜悦,他的一颗心总在"家乡的山水间飞翔"。他是中国的儿子,他的心拥抱着一个完整的中国。他从香港的浪波上远眺大陆,他踏上落马洲遥望深圳河,他登上扯旗山寻找台湾的东岸和西岸。他决心要买一张机票,买一张车票,要去阿里山,要去万里长城,这都是属于他的——完整的中国。

犁青这么想着,犁青也这么行动着。自从20世纪80年代他回香港定居以来,他的足迹踏遍了中国的大陆和台湾。他一路走着,一路唱着故国山川的赞美诗。犁青自述:"1986至1987年,我兵分两路,其一我写了《台湾诗情》(诗集)。我写了台湾从东海岸到西海岸,从北方到南方,从城市到乡村,从陆地到海洋。其二,我写了《犁青山水》(诗集),我写了《北疆屐痕》、《北京的爱情》、《窈窕桂林》、《边城的美感》、《白藤湖速写》、《岭南诗笺》、《初访黄山》、《上海行》、《情留西湖》、《回乡诗草》及《西安一片云》等组诗。中国,我的完整的中国。它包括了大陆、香港、澳门和台湾。中国,我《情深处处》,我写遍全中国——《千里风流一路情》。"①

他的这种创作特点被敏锐的批评家准确地把握住了:"犁青的许多诗,都是一幅一幅的画,色彩明丽,线条舒展,色调柔美,诗人深深地感到诗人是溢满一脸的笑,站在他的画布前。"②犁青正是用他蘸满热血的心灵拥抱着他所日思夜想的中国。"他的诗和他的人一样,质朴、坚实、深挚。他总是充满情感地吐露他所看到的一切和经历的一切,他对美好、善良、穷苦的同情心和他对丑恶、奸诈、残暴的仇恨力在他的诗的大河里翻滚着两股犬牙交错却又浑然一体的波浪。"③

伟大的八十年代犁青迎接来他诗歌艺术的另一个收获期。他一边行走在祖国辽阔的国土上,一边辛勤地写作他所深爱的大地的赞歌。香山的红叶是那样的美丽,"白云围绕着青黛的叶片,叶片镶着橙黄的花边";他夜访艾青胡同里的火把,看到"千刀怒砍的牢站着的危礁",也看到"弃埋荒土的发光的鱼化石头";那悠悠闲闲的桂林的云,在漓江的清水中蹒跚(《桂花树》)。这一个时期,犁青漫游祖国的广袤土地,他不仅"醉在桂林",而且也醉在中华山川。

他自喻是一只"采蜜的蜂",他行走在如花的国土上。一些在大陆生活久了的人所司空见惯的景象,在倦旅归来的诗人那里,却都是一份令人惊叹的新鲜。如罗湖口岸、蛇口工业区、深南大道、黄山的奇松怪石……,他都要为之发出年轻人那样的激情的欢呼。但欢呼过后,他又会回到深思。以《黄山挑夫》为例,

---

① 犁青:《朝晖与彩霞》《自序》。见《犁青的诗》,人民文学出版社,1996年12月北京第1版,第11—12页。

② 沙鸥:《论犁青山水》,《香港文学》1990年67期。并见《沙鸥谈诗》,首都师范大学出版社,1996年7月北京第1版,第354—385页。

③ 刘湛秋:《人—生命—诗》,见《犁青的微笑》,中国文学出版社,1998年北京第1版,第16页。

千米道上,千米直落,一步一把汗,一步一滴血。由这挑夫,他想起自己的身世,"我的父亲,我情如手足的兄弟",他们日夜拉纤,年年拉纤,"你们驮着一座座雄伟、峻峭的高山"。在《云山一老人》中,他写一种幻觉,你看到"他"摘下一朵山杜鹃,想插在一个姑娘的胸前,那姑娘却忽地不见了——她已安息在迢远的海岛胶园!他这才回过神来:"时光倒流了七十年"。

诗人犁青在陶醉于山水之间时,并没有忘了自己曾经经历过的人世沧桑。他的诗写得轻快,但却有一种记忆的重压。在享受欢乐之际却没有失重。歌德说,"诗人应该抓住特殊,如果其中有些健康的因素,他就会从这特殊中表现出一般"[①]。赫拉克利特在他的"著作残篇"中也说过,"自然不是借助相同的东西,而是借助对立的东西形成最初的和谐",又说,"结合既是完整的,又是不完整的,既是协调的,又是不协调的,既是和谐的,又是不和谐的,从一切产生一,从一产生一切"。[②] 犁青的诗,很好地实践了并印证了这些大师的论断。

和中国大陆的所有诗人一样,犁青也经历过20世纪60年代以后中国诗的"死亡"时期。"我的歌声喑哑了近二十年"。[③] 他也和中国大陆的所有诗人一样,他在上个世纪八十年代迎着新时代的晨曦,开始充满激情的歌唱。犁青有一首小诗非常精彩地传达了那个时代的声音——我听到你踩着雪橇前来(声音

---

① 爱克曼辑录,朱光潜译:《歌德谈话录》,人民文学出版社,1978年9月北京第1版,第90页。

② 引自H.狄尔斯:《前苏格拉底哲学著作残篇》,柏林,1954年出版,陈洪文译。见《欧美古典作家论现实主义和浪漫主义》,中国社会科学出版社,1980年北京第1版,第9页。赫拉克利特(约公元前530—前470),古希腊的伟大思想家,"辩证法的奠基人之一"。在他的残篇中,第一次出现了"艺术模仿自然"的提法,他对世界的辨证理解,对艺术与和谐的认识,给予古希腊美学思想发展以很大影响。

③ 犁青:《韧性亦任性的追求》。见《山花初放》,海峡文艺出版社,1996年9月福州第1版,第126页。

很微很微),我看到呛着硝烟前来(烟味很淡很淡)。紧接着就是这样两句——

> 我等你来,你来青春就来!
> 我接你来,你来爱情就来!

这首诗的副题是"写在梅花绢画上"。又是梅花,又是绢画,这当然不仅仅属于个人,本身就有一种象征性。这里的"爱情"和"青春"也不应只作一般性的理解,它有大的包容。在这首诗中,最动人的是"我等你来"和"我接你来"这两个具有复沓效果的简单句子。这里的"我"出以单数,却暗示着一个大的集合体。其实是,我们始终都在等待,我们也始终准备迎接。等待和迎接的是"你"——一个前所未有的动人的时代。一切的事,一切的人,都在这样的季节里感受到了青春的欢乐和爱情的幸福。中国"文革"动乱结束以后,整个文学界弥漫着的就是这样充满理想和憧憬的心情。这一点,犁青和中国大陆的诗人们完全一样。

但也有不同之处。早年漂泊海外,如今又定居香港的诗人,有着一种不同于长期生活在闭锁状态的内地诗人那样的拘谨苦涩,他拥有一种不同于后者的开放心态和宏阔视野。一方面,他希望通过他的新诗创作以扩大中国诗的表现内容。前已述及,他的眼光是全局式的,他有一个"大中国"的诗歌蓝图,那就是两岸三地的整体诗情。八十年代以来,犁青的事业和活动相当广阔,不仅仅限于诗。就诗而言,除了创作,他还是一个积极而热情的组织者和活动家。"我想为海峡两岸构搭诗桥,召开了有大陆、台湾和海外诗人参加的座谈会和组织了文学世界作家诗人联谊会,出版《文学世界》和《诗世界》","我自荐做两岸诗人的'传呼机'和'显示屏'。"[①] 人们把这一时期的犁青,称之为沟通

---

① 犁青:《韧性亦任性的追求》。此文又见《犁青的微笑》,中国文学出版社,1998年北京第1版,第233页。

两岸三地的诗歌使者。这时期,他写出了一批既有"大中国"的情怀、又有世界性视野的诗歌力作。

记得大陆此时,正是思想解放和艺术解放风云际会的激动人心的时刻,犁青感知了这个时代,他无条件地加入了伟大时代的大合唱。作为犁青的同代人,我本人对他的创作历程有一种亲切的认知。记得原甸先生对犁青的创作有过精彩的评述。原甸说,诗人早期的创作有一种自律和节制的特点,"常爱以近乎严峻和冷漠的神态来描绘生活",他"不愿把感情化成太多的水分去浸湿题材,他只是缓缓地一笔一笔地勾勒着一个又一个的生活画图"。[①] 原甸认为五十年代是犁青创作的第一个丰收期,此时诗风有变:"他一反初期那种隐蔽感情的作风——而是纵情地打开他的情感的闸门,让胸中的热情像潮水一样地朝题材上奔泻而去。"原甸精辟地分析了形成这种诗风转变的原因:其一,是由于中国五十年代新诗出现了新的面貌,开朗的基调,明快的诗情,坦率的放喉,开阔的音亮,犁青不能不受到影响;其次,则是生活有了新的变化,"全新的生活对诗人激情的喷发是无可阻挡的"。[②] 关于这种受五十年代诗风影响的例子,我愿举他的《我在家乡山水间飞翔》作证:"那青翠的茶山披上了新装,当年的采茶姑娘成了社长;那层层弯弯的梯田平步青云,当年戴云山的好汉战斗在农庄。"这种激情铺叙的诗风,和五十年代中国大陆的所有诗人的创作毫无二致,这既包括了时代风尚的长处,也包括了它的短处。

这证明犁青是一位始终跟随时代步伐、对社会和诗歌现实毫不隔膜的、既勤奋朴实、而又能够自然地融入当代诗歌主潮的

---

① 原甸:《犁青尚在耕耘》。见《新晚报》,1984年6月17日及24日。又见《作品》1986年第3期。

② 同上。

诗人。20世纪80年代在中国的社会大变动中,文学和艺术以它饱满的激情留下了时代转型的鲜明印记。也是在八十年代,犁青写了一首关于中国的最重要的诗:《台湾岛的东岸和西岸》。讲的是,这座岛屿的地形在变化,东岸削一寸,西岸就伸一寸。这是自然之理。在这一伸一缩之间,台湾的建设在发展。东海岸在喊,不要退让,不再缩减,西海岸却是脉脉深情地向着大陆贴近。此诗最后结句是:神州台湾,你永不沉落,你是帕米尔高原和昆仑山脉的延伸!在这首诗中,体现着诗人一贯的爱国主义原则精神。它不是来自任何现成的教条,而是我们的诗人在他充满苦难而又奇特的一生中自然而然地获得的。可以相信,无论是从思想上、还是从艺术上看,犁青此诗都达到了同类题材的新高度。

恩格斯在他的一篇题为《风景》的文章中曾这样描写过:"如果你站在宾根附近的德拉亨菲尔斯或罗甫斯倍克的顶峰上,越过飘荡着葡萄藤香味的莱茵山谷,眺望那与地平线融合在一起的远处青山,了望那泛滥着金色阳光的绿色原野和葡萄园,凝视那反映在河川里的蔚蓝色天空,——你会觉得天空同它所有的光辉一起俯垂到地上和倒映在地上,精神沉入物质之中,语言变成肉体并栖息在我们中间。"[1]读犁青《台湾岛的东岸和西岸》这一类诗歌,你真的会感受到"精神沉入物质之中,语言变成肉体并栖息在我们中间"那种奇妙的效果。

从20世纪80年代开始,犁青先是在中国的两岸三地之间频繁地行走。他一边行走,一边吟唱。他的许多美好的诗篇,不仅是写在旅行途中、别人用于休息的饭店里,而且也写在火车上

---

[1] 恩格斯:《风景》,《马克思恩格斯全集》,俄文本,第1版,第2卷,第55—61页。见《马克思恩格斯论艺术》,第4卷,曹葆华译,人民文学出版社,1966年2月北京第1版,第388—389页。

和机舱里。他的脚步并没有就此停止,他的活动和交游更有重大的扩展。他的活动领域有了新的展开,他积极联系东南亚各国的写作者,并广泛参与欧、美、中东和阿拉伯国家的诗人聚会和作家会议。柏林墙倒塌时他在柏林,海湾战争时他在开罗,东欧巨变时他在塞尔维亚。诗人的足迹所经之处,都留下了他清新、自然而又充满异域风情的诗篇。在里斯本街头,他发现"里斯本的阳光像金丝猫一样,梳理着金黄色的柔绵绵光亮"(《里斯本的阳光》);在伊比利亚半岛,他看见"一头黑色的公牛呆呆地站在红土层上,一簇云彩静静地悬挂在空中"(《驰骋在马德里至桑坦德的公路上》);在以色列的郊野,他眼睛一亮:"未成熟的香蕉青春焕发,她穿上了蓝湛湛的裙子"(《以色列的香蕉》)。就这样,他的诗像摄像机一样,留下了既让人感到陌生、又让人感到亲切的精美画面。

20世纪行将结束时,世界各地发生的重大事件,他几乎都在现场而成为亲历者和见证人。当当代中国的诗人们不同程度地忘记外边的世界而致力于自我"内心世界"的开掘时,很少有犁青这样的立志于国际事件的积极参与与激情投入者。这些人中,有许多人才智与技艺都并不低于犁青,但是他们始终感觉良好地沉溺于自我的梦呓,却没能做出迄今为止犁青所已做出的诗歌业绩。倒是犁青,他以国际题材的歌唱而为中国诗人赢得了荣誉。犁青的那首大诗《石头》,很多人已经作过评论,在写这篇文章的时候,依然感到是一个让人产生激情的话题。这首诗以随性的(实际是精心的)排列,展示以色列民族追求民主自由的性格和心态的外在形象,更重要的是,诗人在所有的绚烂景物中发现并铸造了"石头"这个意象。

石头的发现是对以色列的再发现。优美的石头创造了以色列的文明与繁荣,柔韧的石头展示着以色列人的勤苦与耐劳,坚硬的石头体现着这个民族伟大的坚定。从来微笑着的、体现了雍容尔雅的风度的犁青,在这首诗中让满纸堆积着那些棱角分明的、音韵奇崛的、掷地有声的奇危与嵯峨。《石头》所展现的鲜明而博大的爱憎,体现着诗人对法西斯的憎恨和对受压迫民族的伟大之爱。这石头遍地的、充满了苦难的狭小国度,因为有了这首奇特的诗而拥有了辉煌的力量。犁青在和朋友谈诗时曾经说过:"我接触到诗的自然三界是:'看'、'想'与'悟',亦即'视':'内视'与'灵视'。先看到其外表形象(第一自然),再想到其内里(第二自然),最后悟到其精神、气质和灵魂(第三自然)。直至我的内心受到极大的震撼,我很想写诗时,我才想写它。"[①]这些话,可以作为犁青写作《石头》的注释。

读这首诗时心中想起恩格斯的一个诗歌评论,也许能够说明我此时的阅读心情。恩格斯非常称赞维尔特的诗。维尔特被马克思称为"就独创性、机智、尤其是如火如荼的热情来说",是"最重要的诗人"。马克思认为在德国文学中,"其位置仅次于歌德,超过了海涅",这是由于他的诗"表现了自然和健康的感受和热情"。[②] 这里的引文与此刻评论的对象不具备对应的关系,值得强调的是马克思关于"表现了自然与健康的感受与热情"的评语。这无疑对我们的价值判断提供了根据。

20世纪匆匆地过去了,犁青为这个世纪留下了大批成熟的诗(当然,也包括了一些并不成熟的诗)。但不论是《台湾岛的东岸和西岸》也好,是《石头》也好,显然都还不是这位多产诗人创作的顶巅。犁青的顶巅始终在前方。在21世纪到来之前,世界并没有像人们所祈祷的那样祥和太平。早在震惊世界的纽约世

---

① 犁青:《与卡琳嘉女士谈诗》。见《犁青的诗》,人民文学出版社,1996年12月北京第1版,第457—458页。卡琳嘉是犁青诗歌的西班牙文译者。

② 恩格斯:《格奥尔特-维尔特〈徒工之歌〉》。《马克思恩格斯全集》,俄文版,第16卷,第1部,第154—157页。见《马克思恩格斯论艺术》,第4卷,曹葆华译,人民文学出版社,1966年2月北京第1版,第127—128页。

贸大厦遭到恐怖袭击之前,已经发生了同样震撼人们心灵的科索沃战争。这一场发生在欧洲腹地的局部性灾难,使诗人犁青写下了一批他从事创作半个多世纪以后最值得重视的诗歌精品。在诗集《科索沃—苦涩的童话》的扉页,印着诗人的一段话:

> 献给生活在贝尔格莱德和科索沃的,在母子医院,儿童医院,克瑞恩—约卡难民营德西约—赛洛孤儿院等的儿童;及为了逃避战乱数以十万计的离家远逃的灾民,难民,他们无家可归、或已伤残,困居于难民营,收容所,或联合国儿童基金会协建的帐篷学校,医所等的孤幼老弱人士;以及广大的遭受战乱祸害生活在缺水、缺暖、失业,他们有的误触地雷、流弹、遭受精神侮辱、神经摧残及时刻仍会吸入雾化的贫铀弹碎尘等不幸的人群。

犁青写下上述这些话的时候,震惊世界的"九一一"事件还没有发生。但是,在上一个世纪发生的科索沃战事,已经给即将到来的世纪罩下了阴影。正是此时,犁青来到了科索沃。他目睹战争带来的巨大灾难,写下了一批充满激情的诗行。他看见一行被齐腰砍断的榆树,他歌唱炮火下的共和国广场音乐会,他谴责"香水洗不净这个脏手",他悲愤地写下《她寻找妈妈的坟场》。而这些诗作中,最动人的是这样一首充满了反抗精神的让人欲哭无泪的《一只手掌和一节脚肢》:

一

草丛中露出只白嫩嫩的手掌
手掌的截断处是堆齿状交错的碎肉和污血

这只手掌是那么柔绵那么鲜白
她是被突然而来的弹片刈断飞抛到草丛里

她安然的顺从的伏放在草丛上
她来不及、来不及
　　握成拳头!

二

铲土机装满了一车的尸骸
有条被烧灼的脚肢垂挂在外面

这条脚肢的脚掌尚很完整和干净
五只脚趾是那么圆滑和嫩白

他悬挂在车壳外面摇摇摆摆
他来不及、来不及
　　穿上军鞋!

　　就是这样,犁青走在了同时代诗人的前面。他的本色、勤奋和对人类的大爱,对他们命运的关怀,使他的声音充盈着智慧和热情,强烈的爱恨情仇,爆发出惊人的抒情的魔力。这位从闽南乡间走出来的诗人,因为获得了这样的大情怀,于是成为了国际性的诗人。这里还得引用恩格斯说过的话。他说,马赛曲尽管"灵感非常丰富",但歌词"并没有很高的价值","然而这里超出民族局限的东西,达到全人类的东西,却是非常地高贵。"[①]犁青的这些国际题材的诗,整体水平很高,但也参差不齐,这里也许

---

　　① 恩格斯:《爱恩斯特－莫里茨－阿伦特》。马克思、恩格斯:《早期著作集》,苏联国家政治书籍出版社,1956年版,第363－376页。见《马克思恩格斯论艺术》,第4卷,曹葆华译,人民文学出版社,1960年2月,北京第1版,第328页。

也存在着"歌词并没有很高的价值"这样的缺点和遗憾。但无疑,这些诗因为它"超出了民族局限的东西,而达到了全人类的东西",因此也同样是"非常地高贵的东西"。

这就是我所说的——诗人的大情怀。

2003年3月—5月,写作于北京大学畅春园——北京昌平海德堡花园。此文原为此年6月在香港召开的犁青诗歌国际讨论会而作。该会议以SARS疫情猖獗而无法如期举行。此文力图按照会议主持人香港大学黎活仁教授的论文规范化要求写作,这对于写作者无疑也是一种毅力和耐力的考验。2003年5月26日,作者附志于北京大学。

《现代汉诗的百年演变》序[*]

王光明处世做人的特点是执著坚定，做学问就更是如此。从八十年代他来到北大开始，我就发现了他这一特点。他做学问让人放心。他不急功近利，更不会偷懒取巧，认定了一点，他就一心一意地向前做去。遇到问题他会主动找你讨论，他若不找你，就说明他正在那里心无旁骛地做着，你尽可等着他来交卷好了。那时他在做散文诗这个研究。散文诗在文学各品种中是很不起眼的，是一个受冷落的课题。当年改革开放，许多人都奔着新潮的或是时兴的题目去了，但王光明不管它，他认定了散文诗这一点，一下子扎了进去，结果做出了成绩，出了几本书。后来我负责大百科全书中国文学卷的一些工作，临到写"散文诗"这个条目的作者时，想来想去，还是选了当时远在福建、而且似乎还不怎么出名的王光明来做。

王光明的学术专业是文学理论批评和中国当代文学，举凡女性文学、台港澳及海外华文文学诸领域也多有涉及。这些年，他的学术视野和学术领域较前有了大的开展，但最专注、考虑得最多的还是中国新诗的研究。在中国新诗的研究方面，无论是史，是论，还是诗人个案研究，数十年来真是文案如山，华章似海，令人如行山阴道上，目不暇接。其中不乏前辈学者及当今名家的精心著述。选择这个题目，无疑要承担诸多风险。要么跟在前人背后，拾人牙慧，要么不求有新的发展，陈陈相因，用老办

---

[*] 此文刊于《山花》2003年第11期，题为《坚守这一角沉着冷静》。据文稿编入。

法来写老文章。而这种庸常状态的"学问"又有什么意义？而要有所创立，则无异乎要有超强的毅力作后来居上的冲刺。这对于一般学人，均是令人望而却步的选择。

从当前已有的此类论著来看，一般性的著述仍然居多，而能够彰显个性的立论还是少数。所谓一般性的著述，就新诗史而言，最常见的写法是把迄今为止新诗发展的已有资料进行各式的组装，或者按照流派或"主义"表面化地划分若干思潮，再把各类诗人分类归入。另一种就是把新诗的发展时间，作一些阶段性的切割，再把这个时段的诗人有关的生平作品嵌入其中，等等。这些工作，间或也有精彩的言说，但大抵也多是属于重复劳作一类。我研究新诗的年头也算是不短了，每当想到这些难点，总还是有些犯怵而不敢轻易为之的。现在回过头来再说王光明，他在八十年代从散文诗这个小小的门类打了一个"硬"仗之后，经过一段认真的思考和准备，终于"挥师"指向了一个崭新的"阵地"。

这次他盯住的是中国新诗。也像往常一样，一旦他顽强地盯住一点，他就会像铆钉一样地咬住而绝不放松。王光明如今这番举动，是死盯住新诗的"新"字做文章。他翻出了新诗的"老谱"，从近代"诗界革命"的"新派诗"、"新意境"、"新语句"开始，对其中的"新"意进行寻根刨底的考问。再到胡适的白话诗试验，直至1919年《谈新诗》一文的发表，他都有细致的观察和思考。

自从新诗革命宣告成功，其间经历了一段相当曲折的道路。自此以后，人们开始把中国新文学革命的诗歌这一文类的试验定名为"新诗"。王光明的工作便是从这个"定名"开始的。他怀疑这种命名的真理性，这是非常大胆的举动。他把隐藏在这一词语背后的东西找出来，剖析它的合理性和不合理性。它的工作是从找它的"问题"开始的。他质疑"新诗"这一理念，他认为胡适的定名"有点进化论的味道",他主张用"现代汉语诗歌"(简称"现代汉诗")来代替它。

一旦抓住了问题的实质,他就锲而不舍地往深里钻,以他长期积存的历史、哲学、美学知识,调动他所掌握的全部资料,从他人的推理和结论中,也从自己的思考和实践中,深入问题的全部复杂性,探求合理的解释。这时的工作好比是一台千米的钻探机,一往无前地往地心里钻,不触及那核心就不停钻。这是做学问的一番境界,许多学问家正是在这样艰难探险的路上炼成正果的。

近年学界浮躁之风甚炽,报端对此多有披露。有些人、有些事发生了,都远在情理之外。这话说的人多了,这里不说也罢。探究这风气的发生,归咎于时代或归咎于体制,固有其理。但同处一个时代或同属一个体制,有的人如此这般,有的人并不。所以,说到底还是个人的原因。我国"文革"动乱结束之后,学术界面对的是一个相对自由、相对尊重个人意愿的时期。思想解放,张扬个性,是这个时代的新气象。但是,长年笼罩在知识分子头顶的思想统治的枷锁一旦拆除,迎面而来的却是失去规范的物欲滚滚的洪流。这种风气影响了一向清静平淡的学术界。人们对做学问失去了耐心。急着出书,急着成名,急着当教授,要是套用一句老话,那就是,以中国之大,真的是"安不下一张平静的书桌"了。

生当此时,每每告诫自己,也告诫自己的学生,不为浮躁之风所裹胁,要坚守这一角沉着冷静的寂寞。王光明的工作让我感到欣慰。他拒绝那种急功近利的态度。这本书的写作就是证明。它相当全面地展现了一个年轻学者的崭新的境界,他正在以自己的执著和坚定,跋涉在前辈学人行过的充满艰险、却又默默耕耘的路上。王光明这本书的写作是具有挑战性的,他从根本上质疑了新诗的指称。而这些指称的背后,却是定见、惯性和权威。这就是本书作者所要始终面对的事实。学问的路从来就不平坦,要是不冒任何的艰险和困难,要是不准备挑战已有的结论,那样的学问是非常可疑的。

中国新诗在它创立的过程中,业已取得了划时代的辉煌的成就。这无论是在当年或是在现在,应该是没有分歧的。但即使是在五四初期,就已有人尖锐地批评它"为了白话而忘了诗",或者如王光明在导言中说的,"怎样现代和如何文学,始终都是个问题"。就诗而言,王光明认为胡适的新诗理念中,"强化了新旧对立的意识形态,使新内容(时代精神)和新语言(白话)成了新诗的指标"。而正是这种指标误导了诗歌,使诗质的丰富性被"时代精神"所遮蔽,使诗歌语言的多义性被白话的透明所取代,从而使诗的美学要求降到最低点,形式和语言的艺术性变得微不足道。这些判断都是"往深里刨"得到的,应该承认是溯及源头的批评。

作者强调同为汉语写作的诗歌内质的传承性和同一性,认为新诗"只能是不断延伸的中国诗歌传统的一个历史阶段","包括新诗在内的新文学,实际上是一场寻求思想和言说方式的现代性运动"。他立论于以"现代汉语诗歌"这一指称来替代传统的新诗这一指称。整部《现代汉诗的百年演变》都在求证这样的立论。近百年来,人们谈论新诗的诸多问题,总是充满了焦虑。本书作者则认为新诗在它的发展中面临的是一个长期的问题,"是一个重新创造它的作者与读者的历史进程,一个迂回探寻的脚印,一个在实际中寻求认同和修改的梦想"。他有一种从容求证的心态,他的出发点不是要"锁定"历史,而是以开放的视野提出问题。他呼唤诗的艺术自觉的觉醒。

新诗从它准备到诞生,从那时到现在,一直存在着议论和争论。这些议论和争论,随着环境的变换,也不断地变换着名称。但究其根源,大抵总是出于与中国古典诗歌以及外国诗歌二者的关系,也可以说是传统与现代二者的关系。这就是中国新诗的百年之痛。王光明在书中谈到,"破坏越是彻底,建设的压力就越大。资源越是丰富,体系越是开放,重建象征体系和形式秩序,求得普遍认同就更为坚苦卓绝"。可谓触及了问题的实质。

我是赞成多研究些问题,少谈些主义的。近年来我在不少的场合都说过,好诗是不分主义的。但恰恰相反,还是有很多人热衷于标举旗帜,侈谈主义。有的人不了解历史,认为诗就是从他那里开始的。这是今日诗界的顽症。我希望大家都从问题出发,多研究些问题,像王光明在这里做的那样。面对新诗,开始时我们充满焦虑,数十年过去了仍然充满焦虑。但有些事好像急了也没有用。时间照样往前走,而且愈走好像问题愈多。究其原因,大概也就是本书作者所言,文类秩序的重建,美学趣味的养成,作者和读者阅读共识的形成,有一个漫长的过程。要是我们这一代人不再盲目,触及了问题,把它和盘托出,即使我们不能解决,那就留给后人来解决。

王光明治学严谨,本书多有创见。而且论述平易,不故作危言。他对史料的熟悉,使他的行文从容不迫。其中若干章节,如"现代诗的再出发"诸章,资料丰实新颖,发前人所未发,实属难得。此书写作经年,以百年为期,综观历史演绎,寻根究源,以启来人。对于作者本人来说,也许正是从此书的写作开始,他赢得了一种独立表达的权力。他所说的道理,他人很难反驳。他颇有一些自信,颇有一些"力排众议"的味道。也许正是因此,让我们深信一个学者的成熟。

2003 年 5 月,京城 SARS 肆虐,于昌平北七家村

走向世界的中国诗人 *
——犁青诗歌网上研讨会序

应该向这位诗人致敬。不仅是因为他在20世纪的大多数岁月中,以他丰盛的创作为中国新诗的繁荣发展作出了重大的贡献;也不仅是因为在中国大陆实行开放政策之后,他为促进两岸三地、以及世界华文诗歌的交流互通起到了桥梁作用,从而使中国诗歌的视野得以拓宽,使意在整合中国文化和文学的第一步——"大中国"的诗歌蓝图得以浮现;更是由于他在20世纪与21世纪之交以他坚定的信念和博大的爱心,把关怀的目光投向了国际性的重大题材上,在巴以冲突中,也在科索沃战争中,他的声音汇入了世界人民的热爱真理、伸张正义和争取和平的大潮之中。他的诗歌创作和文学活动,赢得了世界诗歌界的普遍敬重,也为中国诗人赢得了荣誉。

犁青先生生于战乱。童年和少年时代曾陷于生存的困境之中,忧患促使他早慧。他四十年代就开始写作。① 早年的诗歌反映了中国农村的凋敝和农民的苦难。他触及时事,对当日的社会痼蔽进行了尖锐的抨击。当年他的声音虽然稚嫩,但却尖锐有力。他的诗《来,我问你,你把胜利带到什么地方去?》,由急促的短句组成,节奏明朗有力,充盈着批判黑暗和召唤光明的激

---

* 此文刊于《海南师范大学学报》2003年第4期。据此编入。
① 犁青最早的一首诗《春风》,作于1944年。另据卡桑、黄自鸿编《犁青先生年表》,童话诗集《红花的故事》(笔名徐彦,东方未明编)于1945年由安溪民报社出版。

情。犁青早期此类诗风,深得田间鼓点的神韵。他那时年轻,博采众家,多所择从。若论及个人风格,则有待时日。但从基本倾向上看,因为所涉多及世事,故以写实的路径为尚。原甸先生评说,他早期诗风有不外露情感的特点,①是指当时创作重场景的再现和事件的铺叙那一部分,这是对的。但若以我开始例举的那首来看,那种激烈的抨击,无情的拷问,诗人的情感却是充分"暴露"的,恐与"节制"相径庭。从这里也可看出,即使是在创作的初期,犁青也呈现出他的丰富性。

犁青虽然早年谋生海外、后又定居香港,应该说,他与中国的文化主潮有着一定的间隔和距离。然而考察他的全部创作历程,却意外地发现,不论犁青生活工作在何时何地,他总与中国文化——诗歌的主体保持着密切的关联。五十年代,他的诗中同样"装填"了很多的"新人新事",他的创作如同当日中国诗界,以铺叙生活的新气象为鲜明特征;八十年代,他和大陆所有诗人一样,同样感受到了一种充满憧憬和期待的理想主义精神。他行走在祖国各地,捕捉生活中的奔放热烈的情绪,使他的诗歌充满了开放时代的氛围。犁青以他的实践证实,他是一位紧紧跟着时代潮流的奔涌而走在生活前头的人,他和他所置身的大时代始终保持着一种血肉相连的联系。

他始终是"传统"的守护者(也许应该指出,犁青守护的"传统"可能是前进的,也可能并不意味着是前进的。不论是五十年代,还是八十年代,他的传统性都有可待追寻和质询的地方),他又始终是诗歌新潮的推动者。从他的诗歌实践的实绩中,我们可以发现中国当代诗歌发展的一个轮廓。把他在20世纪的诗

---

① 原甸:《犁青尚在耕耘》说,"他始终有意识地在闩着他情感的闸门,在创作的时候,不任他感情的波涛放纵地汹涌","他是有节制的和充满'自律'精神的"。

歌创作连缀起来,本身就是一部充盈着时代精神、也说明着它的所有局限的"诗的史"。应该客观地说,一直在20世纪90年代之前,犁青的创作一直处在一个创造个性并不突显、但却紧紧地跟随着生活和诗歌而稳步前进的热情的时期。这种状态一直维持到《台湾岛的东岸和西岸》的出现。可以说,以这首诗的出现为标志,划分了犁青创作的两个截然有别的阶段。

20世纪90年代在犁青的创作中,是一个非常特殊的时期。这里用得上一个成语来形容,那就是"大器晚成"。首先是1992年《石头》的出现。它达到了一个诗歌高度,那就是由于大爱心和大悲悯造出了一个大境界。这种大境界借助于一个创造性的意象捕捉而获得,终于成功了一首具有国际性影响的大诗。在一种周围弥漫着故作风雅和莫测高深的"表现个人瞬间感受"的风气里,《石头》一诗的出现,改变了人们对当代诗歌的看法,也改变了人们对中国诗人的看法。当世界表现得是那样的"不纯"的时候,"纯诗"毕竟是可疑的。

从这时开始,犁青把他的眼光从一般性的赞美新生活、再现新场景,移向了弥漫着国际风烟的开阔地。他的视野展开了,他的境界也扩大了。他成为20世纪末叶许多重大事件的亲历者和见证人。柏林墙倒塌时他在柏林,海湾战争时他在开罗,东欧巨变时他在贝尔格莱德,巴以冲突时他在耶路撒冷。终于,他毕生最重要的诗出现了,这就是:《科索沃——苦涩的童话》。在这部诗集中,人类命运,战争与和平,真理与正义,悲悯与抗议成为基本的主题与旋律,在这里从来微笑着的诗人充满了愤怒! 一位诗人从远方写信给他:"自从您关怀南斯拉夫塞尔维亚科索沃那块远方血色的土地后,您的诗完全变了样,变得雄浑豪壮,写得变化多端。像是一个过去从未有的最大胆最前卫最敢表现正义良心的诗人。"①

　　犁青,中国诗人的骄傲。

2003 年 5 月,急就于 SARS 肆虐中的京城

---

① 见向明 2001 年 4 月 18 日从台北写给犁青的信。

值得提倡的学术品格[*]

中国的报告文学伴随着新文学走过了将近一个世纪的历程。它在近代以来中国历史的各个重大转折时期都留下了鲜明的文学性的记载。从早期瞿秋白的《饿乡纪程》、夏衍的《包身工》到宋之的的《1936春在太原》,这些前辈作家的劳作,奠定了中国报告文学的坚实基础。随后又有华山等杰出的记者、作家,通过他们的文学之笔,生动地报道了在战场、农村、矿山、工厂发生的诸多动人故事。华山的《踏破辽河千里雪》、魏巍的《依依惜别的深情》以及徐迟的《祁连山下》,均是辉煌的接续。新时期以来,以徐迟的《哥德巴赫猜想》为标志,更是创造了报告文学空前的繁荣期。

与创作的繁荣相比较,学界对于报告文学的研究,就显得相对滞后。就是说,创作报告文学的作者很多,写作的成就也很大,但对它进行研究和批评的工作却很少,专门的研究者就更是凤毛麟角了。正是在这种期待之下,我欣喜地读到了龚举善先生的专著《走过世纪门——中外报告文学论略》(红旗出版社2003年版)。这种欣喜,首先是毕竟有人——特别是像龚举善先生这样的年轻学人——未曾忘却并积极关注和投入这一文体研究的慰藉。更为令人欣慰的是,这种关注是非常专业化的。

龚举善先生长期从事文艺学和报告文学的教学和研究工作,他的导师尹均生教授对他的治学和研究给予过很高的评价。在我的印象中,龚举善对报告文学的研究是全方位的。他的研

---

* 此文刊于 2003 年 6 月 14 日《文艺报》。据此编入。

究视野非常开阔,论述的范围也相当地广泛深入。他的研究具有强烈的文化意味和历史感。如在叙述中国报告文学的发展历程时,他对此作出了阶段性的归纳:30年代的救亡型,50年代的建设型和80年代的改革型。这种归纳大体是符合实际的,从中表现了作者知识积累的丰富和宏观概括的能力。不足之处在于,相对于报告文学的全面研究而言,这种划分大体停留在宏观描述上,还有待于深入到文体自身的建设方面,诸如风格的成立和演变,个人的和整体的审美风尚的把握和总结等。但我已经知道,他的有关这方面的建构正在进行之中。我期待着,在不久的将来,他会有更为重要的著述面世。

但即使如此,他所做的工作已是相当地有成效了。例如关于左联与30年代报告文学的研究,他取向于文化发生学方位的考察,就是很有新意的。再如在新时期报告文学的考察方面,他取向于现代意识的检视、主题学方位的研究和文本品格的多方访问,可谓别开生面。又如,他为转型期的中国报告文学梳理出五种文化理路,表现了很强的理论整合能力,颇为大气。同时,他对新时期报告文学美学品格的解析也显示出一位青年学者并不多见的精到。龚举善先生的研究不仅涉及中国的报告文学,而且涉及世界领域的报告文学与广义的纪实文学。他围绕斯诺的创作所进行的研究颇为深入,关于世纪之交的国际报告文学以及全球化背景下的纪实文学的发展态势的回望与前瞻,亦多有创见。

就我个人的偏好而言,我更为欣赏他对报告文学的"良知与正义"、"批判性文化品格"这些品质的强调。他的这种强调表现了作为年轻学者非常可贵的信仰与追求。还有一点,也是我要着重指出的,这就是,学问的范围很大,以一个人毕生的精力去做,也难以尽善尽美的做到。也许天才是个例外,但我并不迷信天才。因此,认定一点,坚定地、锲而不舍地、一点一滴地去做,如现在龚举善先生在报告文学领域所做的那样。我以为,这就是值得提倡的学术品格和治学态度。

新文学"一百年"[*]

所谓的新文学一百年,是并不确切的。从严格的意义上讲,新文学从1919年正式诞生到现在还不到一百年。但从新文学的准备到初步实验,从宽泛的意义上讲,即从中国文学的近代改革上讲,则是有了一百年、或是超过一百年的历史了。

中国的新文学运动,要是从新诗的最早实验算起,从1916年到现在[①],将近一百年。要是由此往前追溯,从晚清倡导"诗界革命"、"文界革命"和"小说界革命"[②]算起,则已过了一百年。这一百年是中国社会发生重大转变的重要时期,也是中国文学发生重大转变的重要时期。从文学的层面上讲,其标志就是延续了几千年的中国古典文学传统中断了它的历史。古典的中国

---

[*] 此文据文稿编入。

[①] 胡适在《逼上梁山》文中回忆了1916年他和一些朋友在美国酝酿改革文学时的冲撞和争论,以及其间关于白话诗的试验。这一年8月23日,他因这种实验的寂寞写成《朋友》一诗(后改名《蝴蝶》):"两个黄蝴蝶,双双飞上天,不知为什么,一个忽飞还。剩下那一个,孤单怪可怜;也无心上天,天上太孤单。"朱自清在《中国新文学大系-诗集-导言》的开头就讲:"胡适之氏是第一个尝试新诗的人,起手是民国五年七月。新诗第一次出现在《新青年》四卷一号上,作者三人,胡氏之外,有沈尹默、刘半农二氏。诗九首,胡氏作四首,第一首便是他的《鸽子》。这时是七年正月。"

[②] 这里的前两个口号系梁启超分别于1899年12月25日、28日在《夏威夷游记》中提出,见《饮冰室合集-专集》第五册。"小说界革命"的口号,始见于1902年11月出版的《新小说》创刊号的《论小说与群治之关系》一文(署名"饮冰")。在这篇文章中,梁启超极力推崇小说对于改造社会人心的作用:"欲新一国之民,不可不先新一国之小说。故欲新道德,必新小说;欲新宗教,必新小说;欲新政治,必新小说;欲新风俗,必新小说;欲新学艺,必新小说;乃至欲新人心、欲新人格,必新小说。"

文学史结束了,现代的中国文学史由此发端。如同漫长的中国文学史的开端是《诗经》和屈原的《离骚》一样,新生的现代文学史也有自己的开端,那就是胡适的《尝试集》、鲁迅的《狂人日记》、郭沫若的《女神》这样一批代表性的作品。

惊心动魄的20世纪,在中国和世界都发生了许多重大的事件。在世界有两次世界大战,给各种肤色的人们留下了悲哀的记忆。在中国也有几乎没有间断的动乱和流亡,有各式各样的"运动"和"革命"。但其间的大部分事件,似乎都近于破坏,而与建设甚少关涉。若论及建设,特别是精神层面的建设,近百年中对国人的心理素质、思维方式和生活习性影响最深刻、最全面、也最长远的事件,恐怕没有比新文学的设计和建立更为重要的了。

中国人决心以新文学来取代旧文学的举动,如果作一个比喻的话,可以比喻为一批先知先觉的人士为了追求文学切近中国的社会和民众,而痛下决心打破那只祖宗传留的精美的坛子。这坛子就是世代文人精心经营了几千年的中国古典文学。这个"打破"所付出的代价是沉重的,至今仍是中国文化史上的痛,但却是极其必须的和非此不可的。因为有了这次决绝的"告别",才有近百年来的"再生"。在五四新文化运动中诞生的用白话写作的新文学,已经在中国人的社会生活中存在了将近一个世纪。言文一致改变了过去的书面表达和口头表达的割裂状态,这种改变极大地促进和改善了中国人的生存状态和思维方式。

近代以来饱经忧患的民族,一直心怀强国新民的理想,若是没有这一番文体上的彻底革新,可能至今还是一个遥远的梦。胡适等人所从事的新文学革命的一个最基本的理念,即非常重视"文的形式"的改变。胡适在论及新诗革命时说,"形式上的束缚,使精神不能自由发展,使良好的内容不能充分表现。若想有一种新内容和新精神,不能不先打破那些束缚精神的枷锁镣铐。

因此,中国近年的新诗运动可以说是一种'诗体大解放'。因为有了这一层诗体的解放,所以丰富的材料,精密的观察,高深的理想,复杂的情感,方才能跑到诗里去。"①他在这里讲的是新诗,其实,其他文体更是如此。因为有了文体的解放,新时代的精神、思想、以及科学知识,方才能借助与口头基本一致的文字的载体通往人们的内心。从而使他们不仅获得了新思想和新知识的滋养,而且获得了表达新情感和新思维的适当方式。

告别锦绣古典的精美对于中国人来说,是一个伤痛的过程,也是一个永远的遗憾。但是,从那时开始,中国人在语言文字表达上的障碍基本消除了。中国人去掉了文言的束缚而获得语文表达的自由,这样的功效不仅属于文学,更属于文化。一个民族在文化的阵痛之后获得了新生,这样的结果使人们感到,哪怕是再大的代价,所有的付出与之后的获得相比都是值得的。从这个意义上讲,新文学的出现较之20世纪的任何一个事件,都更为重要。不论是战争的惨烈,政治的动乱,乃至灾异和瘟疫,也都有风雨过后的宁静和澄清。惟有这新文学的建立和变革,是中国人贯穿整个世纪、甚至绵延至今尚无止息的实践,是对一个民族影响最深刻、最全面、最久远、最重大的一个事件。它发生在文学,而其影响却在更为广泛的领域,在文化、也在精神,是改变社会、更改变人的心灵的大事件。近年来经常有这样的议论,认为新文学革命造成了中国文化的断裂。对于此等论断似应持谨慎的态度。事实上不论是文言还是白话,它们毕竟都服务于中国的文化,不能说语言的变更不会产生影响,但文化的脉流毕竟是互通并接续着的。断裂说似可置疑。

需要指出的是,除了以文学改造社会人生的动机,与此并行

---

① 胡适:《谈新诗》。见《中国新文学大系·建设理论集》,上海良友图书印刷公司,1935年10月初版,第295页。

的,在五四当时也还有西方人本思想的移置和植入。即当人们非常重视文学的"救亡"的责任的时候,同时也行进着文学的"启蒙"的思潮。即从根本上树立个人的价值和尊严、解放个性和承认个人的思想自由和人格独立这样的启蒙。这一思潮意在把中国人从封建时代的蒙昧,引进到现代文明的状态。这个方面的意义,也许在表面上不如改造社会来得迫切和直接。但事实是,如若不能"新民",就谈不到"强国",二者是互为表里的。较之"救亡","启蒙"甚至是更为根本的。

在启蒙这一层面上,周作人的《人的文学》(《新青年》第5卷第6号)所具有的意义,可与胡适、陈独秀的文学革命的檄文相比美,它们有着同样不可忽视的价值。在这篇篇幅不长的文章中,周作人指出,"我们现在应该提倡的新文学,简单说一句,是'人的文学'。应该排斥的,便是反对非人的文学"。他标举人道主义精神,认为"用这人道主义为本,对于人生诸问题,加以记录研究的文学,便谓之人的文学"。他强调这是"个人主义的人间本位主义"。自爱而又爱人,利己而又利他,强调的是基于人性的个人的地位和尊严。但是国势的衰危掩盖了人性的启迪。救亡的话题终于把启蒙的话题淹没在汪洋之中。这个时候,社会兴亡、民族再生的题目便压下了个性解放的题目。

更重要的是,中国新文学革命对于旧文学的质疑,源起于那时的先行者对于文学在强国新民这一目标上的殷切期待。当时忧患频仍,书生报国无门,救国乏术。求诸实业、求诸国防、求诸吏治、求诸科学,四处碰壁,于是想到了文学救国。若是文学能够救国,则即使有再大的牺牲,也在所不惜,何况乎文言?又何况乎古典?对于中国知识者而言,这里有一个认识的过程。他们中的很多人,原先都认为中国的积弱在于国民的体质,即所谓的"东亚病夫"。所以他们先想到的是科学。后来才知道那些充当"示众"的材料和麻木的"看客"的,却都有着健壮的身体,而病弱和伤残的却是灵魂。鲁迅在《呐喊》自序中谈到了在日本的课堂上一个电影资料片所给予他的心灵震动:"从那一回以后,我便觉得医学并非一件紧要事,凡是愚弱的国民,即使体格如何健全,如何茁壮,也只能做毫无意义的示众的材料和看客,病死多少是不必以为不幸的。所以我们的第一要著是在改变他们的精神,而善于改变精神的是,我那时以为当然要推文艺,于是想提倡文艺运动了。"[①]

鲁迅在谈到他是如何想起做小说来的时候,说过他那时的文学观:"我仍抱着十多年前的'启蒙主义',以为必须是'为人生',而且要改良这人生。我深恶先前称小说为'闲书',而且将'为艺术的艺术'看作不过是'消闲'的新式的别号。所以我的取材,多采自病态社会的不幸的人们中,意思是在揭出病苦,引起疗救的注意。"[②]许多人都怀有这样的文学信念,从康有为、梁启超开始到五四新文学运动的参与者,他们都坚定地相信文学的社会改革作用。

因为对文学的期望过高,因此百年文学的生存状态一开始就是超负荷的。诚然,文学对改造人们的精神是有作用的,但文学的这种作用却是远非直接的,特别不会是即效的。文学在社会生活中,是通过审美的方式使人们产生愉悦,并间接而缓慢地作用于人们的情感。通常人们都把文学和艺术并称,文艺在作用于人们的心灵方面,确有共通之处,即,它们首先让人感动,而后影响人的行为。这种影响主要体现在净化和提升人的情感的层面上。因此,更准确地说,文学只是一种润滑剂,而主要的不是药到病除的良方。

---

① 《〈呐喊〉自序》,见《鲁迅全集》第一卷,人民文学出版社,1959年版,第4—5页。
② 《我怎么做起小说来》,见《鲁迅全集》第四卷,人民文学出版社,1959年版,第393页。

但是，文学改良和文学革命的前驱者们，一开始就把文学当成了救亡图存的首要的、甚至是唯一的手段。这就使文学一开始就有了不堪承受之重。既然文学在今天能够救国救民，那么，日后也就一定能够"亡党亡国"。后来发生的一切悲剧，从20世纪40年代直至70年代的漫长时间中一切发生在政治——文学领域中的人为的灾难，其实在新文学诞生之初就已埋下了根由。

前面说过，中国新文学的起步，着眼于运载工具的改革（建立白话文学）和内容的改革（倡导人的文学）。一旦白话文学试验成功，按道理应当进入人性文学的建设方面，可是，中国社会和中国知识者对于文学的急切要求，使新文学一开始就偏重于"为人生"和"写实主义"方面的发展。新文学从它诞生之日起，就和中国社会的处境有了非常紧密的结合。借用鲁迅一篇小说的篇名来比喻，在当时绝大多数的人们的心目中，文学就是一副疗救社会病苦的"药"。它毫无例外地涉及了华小栓病理上的危症，更涉及了华老栓迷信人血馒头的精神上的危症，当然也涉及了夏瑜坟头上的寂寞的花圈，以及杀场上取人血馒头的"潮一般往前赶"的围观者。这篇新文学的经典之作，丝丝都透着冰冷，"周围是死一般的静"。

《药》写于1919年，正是新文学正式开始的一年。文学一开始就是沉重的。这是沉重的文学。难忘的1919年在鲁迅的著作里，到处都充满了这样激昂的、焦虑的声音。是一旦醒来，痛感中国历史的积重，于是便呐喊几声，好冲破那铁屋子的窒息。这一代人注定了要"陪着做一世的牺牲，完结了四千年的旧帐"，"我们还要叫出没有爱的悲哀，叫出无所爱的悲哀。——我们要叫到旧帐勾销的时候"（《随感录四十》）。

鲁迅是最能代表着文学的实质的。鲁迅的作品可以看做是中国新文学本质的浓缩和概括。在鲁迅的作品中，我们几乎看不到一丝笑容，是眉头深锁的沉思，是无奈的悲苦，是黑暗的铁屋子里的孤独的彷徨和呐喊。我们不妨再看一下作为中国新文学的开山之作的《狂人日记》，在这篇非常经典的文字中，我们依然找不到甜蜜和温馨，仍然是铁一般的阴沉，这里充满了不可理喻的"怪异"和"紊乱"的逻辑。其实依然是作家所追求的启蒙思想在起作用。鲁迅其实是在说，所有的人都以为他和他处身其中的世界是正常的，惟有这个"不正常"的"狂人"，读出了历史的异常："我翻开历史一查，这历史没有年代，歪歪斜斜地每叶上都写着'仁义道德'几个字。我横竖睡不着，仔细看了半夜，才从字缝里看出字来，满本都写着两个字是'吃人'！"

中国新文学是应着人们表现社会堕落和人生疾苦的召唤而诞生的，是应着如鲁迅所说的是为着"揭出病苦，引起疗救的注意"的初衷而设计的，所以它不能不沉重。读当时的那些代表性的作品，我们几乎毫无例外地都会感到那让人喘不过气来的铅一般的重压。在曹禺的《日出》中，那个美丽的眷恋太阳的年轻女子，不得不在日出之前死去。她的最后的台词："太阳出来了，黑暗留在后边。但是太阳不是我们的，我们要睡了"，那份悲凉至今还震撼着我们的心灵。这文字不仅沉重，而且沉痛。

再读读那时的诗歌，郭沫若笔下的"凤凰的再生"，是以它们的自焚为代价而获得的。诗歌同样地不甜蜜，艾青的那些代表作，都是含着泪水的沉痛的呼唤。那时的文学也表现爱情，但几乎所有的受到重视和肯定的"爱情"，都是与"革命"有关的，"革命＋爱情"是当年的时尚。特别让人不解的是郁达夫的那篇名著《沉沦》，那个在日本留学的有着性苦闷和性变态的中国青年，他最后喊出的话却是："祖国呀祖国，我的死是你害我的"，"你快富起来，强起来吧"。在这种勉强得有点可笑的"爱国主义"的"联系"中，我们不难发现当日作家那份对于文学的神圣的期待和给予。

然而文学毕竟是文学。尽管中国的儒家讲究文学的教化作用,但文学除了认识和教育之外,它不仅与娱乐有关,它本质上通过审美性而令人产生的愉悦的性质也并不排斥消闲的功能。文学的作用是宽泛的,它绝不狭窄。特别是作为文学作品的艺术价值总是始终与人们的审美理想和审美追求有关。五四时期,开始时意见尚平和。尽管有种种强烈的文学契合社会改造的要求,但那时毕竟有着思想解放的总体的自由氛围,在文学的建设中也还能宽容对待和满足文学的多种职能。那时出现了一种相当动人的短暂的各种各样文学并存的局面,例如倡导"为人生"的文学研究会和倡导"为艺术"的创造社的各得其所,又例如主张写实主义的诗与"新月派"、与"现代派"、"象征派"的自由竞争,等等。

到了二十年代末,情况大变。那时左翼文艺思潮盛行,以阶级性的眼光来判断文学的价值成为一时风尚。随着创造社大部成员的转向激进,五四的"文学革命"迅速地转向"革命文学"。此时开始激烈地反对文学的个人性和趣味性。对所谓的"个人主义"和"趣味中心"抨击最厉害的是后期创造社的那些人。他们大多数是留日学生,信奉"普罗文学"的思想。最典型的是成仿吾发表于1927年的《完成我们的文学革命》这篇文章,此文激烈批判当时的文艺界"就好像许久被人把口封住了一旦得了自由的一样,都是集中在自我的表现","我没有想到他们会这么早就堕落到趣味的一条绝路上去的"。他认为这种"遭遇着趣味这种臭气"的倾向不是文艺的正轨:"这种以趣味为中心的生活基调,它所暗示着的是一种在小天地中自己骗自己的自足,它所矜持着的是闲暇,闲暇,第三个闲暇。"①

其实,即使是如鲁迅这样的毕生以社会承担为己任的先行

---

① 成仿吾:《完成我们的文学革命》。见《中国新文学大系》第二集,《文艺理论集·二》,上海文艺出版社,1987年2月第一版,第4—5页。

者,他的一贯的激烈之中,也存在着通达的一面,并没有后期创造社同人这般的"彻底"。鲁迅在他的那篇著名的文章《小品文的危机》中,有一些为大家耳熟能详的名言,那就是:"生存的小品文,必须是匕首,是投枪,能和读者杀出一条生存的血路的东西。"紧接着这句话,他还说,"但自然,它也能给人愉快和休息"。尽管他对这种"愉快和休息"作了限定,即:"这并不是'小摆设',更不是抚慰和麻痹,它给人的愉快和休息是休养,是劳作和战斗之前的准备。"①鲁迅的"通达"代表了那个时代的基本精神。即一方面,把文学的功能定位于改造社会的大前提上,所以,他首先要求于文学的,是作为武器(即"匕首"和"投枪")的性能,是为求生存而能够杀开一条血路的东西。然而,文学同样感知了那个时代追求个性解放的、对于个人存在及其欲望的尊重的总体氛围,有它的自由和民主性的一面。因而,它能够注意到文学毕竟存在着那种有限度的和有节制的"愉快和休息"的性能。

所以,我们看到了这样的事实:在一定的历史空间里,文学的风格和样式是多样的并存着,尽管它们之间有着某种对立和抗争,但却不会是排他的、更不会是唯一的。这种相对宽松的心理承受,在那个时代是一个普泛性的事实。例如文学研究会和创造社这两个影响力相当巨大的文学社团,它们的宗旨各有不同,但却并行不悖,各自沿着各自的路线发展。文学研究会宣告,"将文艺当作高兴时的游戏,或失意时的消遣的时候,现在已经已经过去了"。据茅盾介绍,这个文学社团的宗旨认为"文学应该反映社会的现实,表现并讨论一些有关人生的一般问题"(《中国新文学大系·小说一集·导言》)。与此判然有别的是创造社,他们是倾向唯美的一群,强调"文学除了对于外界的使命

---

① 《小品文的危机》,见《鲁迅全集》第四卷,人民文学出版社,1959年版,第443页。

之外,总有一种使命对于自己","有不少人把这种对于自己的使命特别看得要紧,所谓艺术的艺术派便是这般"。① 但即使如此,创造社的作家同样"显示出他们对于时代和社会的热烈的关心","他们依然是在社会的桎梏之下呻吟着的'时代儿'"。② 这些材料有助于我们现在进行的讨论。首先是,它说明五四时期对于艺术主张各不相同的艺术派别的宽容和大度,同时也恰好证明了即使是艺术自身规律之倾向的社团如创造社者,它依然不能完全脱离苦难深重的中国社会的现实。就是说,它们的文学依然是沉重的。

革命意识的介入,使原先那种近于极端的文学主张获得强有力的支持。这种意识的核心是阶级论,即社会人群的阶级性,阶级矛盾和阶级斗争的理论。这种新兴的理论被有效地嫁接在中国本来就矛盾重重的社会肌体之上。它造就一种幻觉,即认为中国近代以来所苦苦追求的强国新民的理想终于显示出明晰的线路。来自域外的理论使国人的悬念有了答案。似乎它的到来,往日所有的纠结和悬置全都迎刃而解。新文学为寻求社会进步而拥有的批判性,如今非常明确地与激进的政治理念完好地契合了。一向不甚明晰的文学变革的设想,迅即从政治意识的定位中取得了明确的方向感。

大约是在 20 世纪 20 年代后期,一些政治色彩很浓的文学理论大量引入并发表,这些文章更加猛烈地批判文学的趣味性,"凡所谓趣味都是这样的,它是路旁的一个迷魂阵"。③ 持论者

---

① 郑伯奇:《创造社的倾向》。见《中国新文学大系·小说三集·导言》。上海良友图书印刷公司,1935 年 10 月初版。

② 郑伯奇:《创造社的倾向》。引语转引自成仿吾《新文学的使命》一文。见《中国现代文学史参考资料》第 1 卷上册,高等教育出版社,1959 年 3 月,北京第 1 版,第 168—169 页。

③ 成仿吾:《完成我们的文学革命》。

认为"资本主义已经发展到了最后的阶段(帝国主义),全人类社会的改革已经来到目前",对于当时的文学态势,也有激烈的批评:"在整个资本主义与封建势力二重压迫下的我们,也已经曳着跛脚开始了我们的国民革命,而我们的文学运动——全解放运动的一个分野——却还睁着双眼,在青天白日里寻找已经迷离的残梦。"①

可以说,从近代的文学改良直至五四的文学革命,都是在中国社会危机的背景上展开的。试图通过文学的变革以达到消除危机的目的,这种追求的目标的确立及实行,在很长的时期中都是不确定的、模糊的和充满矛盾的。但是在二十年代末,这种追求由于与强劲的革命思想的遭遇,无疑于给中国的新文学运动注入了兴奋剂。仿佛是得到了证实,即新文学所追求的强国新民的梦想,可以凭借着那时流行的那些话语得以实现。一批由留学生引进的新潮理论似乎造成了"事实":那就是认为一个崭新的社会革命正在中国大地上进行。因而,当受到五四思潮影响的国人,面对着救亡和启蒙两项使命感到踌躇时,因为有了上述那种引进从而使先前的矛盾得以缓解。"救亡"摔下了它的兄弟"启蒙"而单独前行了。这样,当"救亡——革命"的公式出现

---

① 成仿吾:《从文学革命到革命文学》。载《创造月刊》1928年2月1日,第1卷第9期。本期编辑王独清在"余谈"《今后的本刊》中说,"仿吾的'从文学革命到革命文学'是一篇最重要的论文,简直可以说是今后同人要从事于新努力的一篇宣言"。本期同时还发表郑伯奇的戏剧《牺牲》,蒋光慈的小说《菊芬》。王独清对此评价说,它们"都充满了革命的情绪"。在这篇"余谈"里他还说,"新时代斗争要开展在我们的面前,处在这样的一个转变期间的我们,应该持一种真实的态度;我们是应该向后退呢,还是应该去欢迎这新时代的来临?——我们要承受新时代将开展以前的朝气,我们要参加催促新时代早临的战线,我们要尽我们的能力做些自觉的工程作欢迎新时代的礼物"。这一期刊物所登的作品、理论以及编者的编后谈,构成了一种"事实",即五四新文学已经转型。而这种转型却是由于中国社会"业已"发生了"新时代"的转变。这是当时创造社同人的愿望和判断。它也代表了中国在抗战爆发前的二、三十年代"革命文学"运动的一个事实,也是当时的"文学主潮"。

在人们面前时,人们早已对此习以为常而不会大惊小怪了。

对于中国文艺界来说,当它"顺利"地处理了上述那一对矛盾之后,下一个目标就是文学的社会性和个人性这一对新的矛盾。这是一对更复杂、更深刻也更棘手的矛盾。五四初期关于"人的文学"的议论烟消云散之后,在它消失的沿途抛撒下一路"个人主义"的碎屑。对个人主义的申讨始于二十年代末,盛于五、六十年代,而终于九十年代。这是一个痛苦而漫长的路程。它的背景非常复杂,其基本动机则是社会功利。现在不妨再把话题拉回到上个世纪二、三十年代之交的那场革命文学运动。那时的目标非常明确,即,革命是倡导集体性而反对个人性的。而在文学上,则是要以集体的价值和趣味来排斥和替代狭隘的个人主义。革命文学,它天生地总与大众利益以及社会群体的思想性有关。

在这一方面,蒋光慈的论述最多,也最详。蒋光慈《关于革命文学》一文就是把文学放置在特定的社会政治的环境中考察并提出要求:"现代革命的倾向,就是要打破以个人主义为中心的社会制度,而创造一个比较光明平等的,以集体为中心的社会制度。"与此相对应,他认为,"革命文学应当是反个人主义的文学,它的主人翁应当是群众的一分子,若这个人的行动是为着群众的利益的,那么,当然是有意义的。否则,它便是革命的障碍","革命文学的任务,是要在斗争的生活中,表现出群众的力量,暗示人们以集体主义的倾向"。[1]

事情这样开了头,就有源源不断的后续者的发挥。这些后续者越来越表现得自信、坦率且坚定。到了毛泽东,他更以断然

---

[1] 蒋光慈:《关于革命文学》。原载《太阳月刊》1928年2月1日,第2期。转引自《中国新文学大系 1927—1937·文学理论二集》,上海文艺出版社,1987年2月,第46页,上海第1版。

的语气说:"我们是无产阶级的革命的功利主义者,我们是以占全人口百分之九十以上的最广和最远为目标的革命功利主义者,而不是只看到局部和目前的狭隘的功利主义者","我们的文艺应当为千千万万劳动人民服务——在今天,坚持个人主义的小资产阶级立场的作家是不可能真正地为革命的工农兵群众服务的"。① 此后,革命文学的性质与作用似乎就专注于对于个人主义的批判。在一批革命文学家的心目中,个人主义是罪恶的,等同于资产阶级,而集体主义则是圣洁的,等同于无产阶级。

在这一点上,郭沫若的主张最为彻底。他以麦克昂的名字发表的《桌子的跳舞》,激烈批判中国作家"他们都是些很舒散的个人无政府主义者。他们只是想绝对的自由",他们表现的是"极狭隘,极狭隘的个人生活的描写,极渺小,极渺小的抒情文字的游戏"。② 还有一篇《留声机器的回音》(署名麦克昂)指出,对于"唯心的偏重主观的个人主义者"来说,他们"应该克服自己已有的个人主义,来参加集体的社会运动","就是要叫他们当一个留声机器——这就是第一,要你发出那种声音(获得无产阶级意识),第二,要你无我(克服自己有产者或者小有产者意识),第三,要你能活动(把理论和实践统一起来)。这些道理说白了,也就是取消个人主义,不要表现自我,要被动地、无保留地充当集体意识的传声筒。

较之周作人当年"人的文学"的提倡,这是一个明显的倒退。

---

① 毛泽东:《在延安文艺座谈会上的讲话》。《毛泽东选集》第3卷,人民出版社,1953年5月,第866、858页,北京第2版。

② 麦克昂:《桌子的跳舞》,见《创造月刊》,1928年5月1日,第1卷第11期。本期编辑后记写道:"革命文学的激潮已经传到四方,知识阶级的青年大众已经完全接受,以后必须进入一个新的阶段","在革命文学的全运动上,文艺理论的建设与作品行动只是形式上的区别。指导理论的发扬,由指导理论的灯光去照彻有产者家犬的衣裳,点破一切新旧文妖的本性——这些都是最重要的工作。我们今后将更努力于这方面;正确的理论决不是空虚的,它是轰破敌军的强有力的炮火"。

革命把原先那一点点微不足道的启蒙意识都消解了。这时,明确地对文学家提出要求,即,为革命而文学,而不是为文学而革命,落脚点是革命。至于创作的动机和目的,应该是由"艺术的武器"改变到"武器的艺术",出发点是武器。① 文学和艺术到了这时,自然地变成了革命和武器了。由于上述那些理论的推进,新文学在经历了初期的有些庞杂、也有些散漫的发展之后,就被迅速地吸引进了革命的隧道。强调社会性和集体性的结果,使文学的"个人主义"受到沉重的打击。那些指向农工运动和底层生活的革命作品,使恋爱也染上革命的色彩。这些无一例外的严肃而沉重的作品,一时间站在了时代主流的位置。他们从批判文学的趣味中心转而批判文学的个人主义。激烈地反对文学的个人主义的结果,伤及了文学的心脏——文学的所有悟性和灵感的核心。这就给此后漫长岁月中的文学悲剧投下了浓重的阴影!

以20世纪40年代初期那个讲话为标志,直至四十年代末的《斥反动文艺》②的发表,事情可谓愈演愈烈。邵荃麟那时说:"在今天,作为一个进步知识分子来说,只有在同广大群众结合中,进行其自身意识改造,在这个基础上建立起健康的感性生活,否则便可能走向到个人主义文艺的旧路上去。我们以为今天文艺思想上的混乱状态,主要即是由于个人主义意识和思想代替了群众的意识和集体主义的思想"。③

一百年来,我们的新文学就这样以不堪重负的姿态,行进在发展创造的长途上。文艺不仅是疗救社会病苦的药物,后来更

---

① 见李初梨:《怎样地建设革命文学》。《文化批判》1928年2月15日,第2期。转自《中国新文学大系1927—1937·理论二集》,上海文艺出版社,1987年2月第1版,第63页。

② 郭沫若作,载《大众文艺丛刊》第1辑。香港1948年3月出版。

③ 同上注。发表时署名为"本刊同人-荃麟执笔"。

成为政治的代言,甚而本身也成为政治。文艺排斥和拒绝轻松和闲暇的结果,使那些不能占据主流位置的写作者受到质疑和打击。他们是主流以外的人,他们的工作长期得不到公平客观的承认。他们被称做小资产阶级或资产阶级作家。他们置身于支流、边缘甚或是逆流的受轻视和受排斥的地位。在上述那篇《斥反动文艺》的文章中,作者说:"我今天要号召天真的无色的作者和这些人绝缘,不和他们合作,并劝朋友不合作。人们要袖手旁观,就请站远一点,或站在隐蔽的地方。"这种局面从二十年代后期开始,一直延续到七十年代,大约占了一个世纪的一半。在长达半个世纪的漫长时间里,文学一直如此沉重,这说明中国新文学的生存环境并不正常。

新文学在行进中,它却又是在不断地试验中。从它酝酿和诞生的时候起,它就一直在尝试着适应中国这个充满危机也充满变数的社会政治现实。它是文学,却又不单纯是文学。尽管在漫长的时间内,有不少的理论批评和创作实践都在提倡一种"纯"的文学,但文学在中国就从来也没有"纯"过。在中国这个现实里,文学似乎总是天生地和它的生存环境和社会兴亡,甚至和政治沉浮保持着千丝万缕的联系。从最初的"为人生"到"为大众",再从"为工农兵"、"为社会"、"为绝大多数"到"为政治"。开始是自然而然的推进,后来就有点着了魔似地"穿着红舞鞋"不停地跳着,再也停不下来了。

你说是自觉自愿也好,你说是不知不觉也好,总之,文学是"从善如流"般地走进了一条不可逆转的窘境。这就是中国的国情,也就是中国文学的命运。近日从钱仲联的《近代诗钞》抄得林学衡①诗一首:《乘人力车过市》——

> 曳车用人力,奔走烈日下。祇此百十钱,乘人如乘马。上坡下坡行,汗出动成把。佝偻腰背折,仰窘弊其踝。得钱活全家,辛苦较多寡。坐客时骂叱,谁是哀怜者?同为仆御流,汽车出巨厦,高座旁无人,千里直一泻。黄金变兹世,劳逸愈分野。终恐起工农,尽使白为赭。

人们都记得《新青年》四卷一号有胡适和沈尹默的同题诗《人力车夫》,今录胡适的一首用以对比——

> "车子! 车子!"
> 车来如飞。
> 客看车夫,忽然心中酸悲。
> 客问车夫,"你今年几岁?拉车拉了多少时?"
> 车夫答客,"今年十六,拉过三年车了,你老别多疑。"
> 客告车夫,"你年纪太小,我不坐你车。我坐你车,我心惨凄。"
> 车夫告客,"我半日没有生意,我又寒又饥。你老的好心肠,饱不了我的饿肚皮。我年纪小拉车,警察都不管,你老又是谁?"
> 客人点头上车,说"拉到内务部西!"

发表这诗时,是民国七年,1918 年,离五四运动的爆发还有一年。正是新文学诞生的前夕。从上举两首诗可以看出近、现代文学以及新、旧体诗歌之间的内在联系。它们的内质是相通的,但语言和形式产生了重大的改变。对弱者和底层民众的同

---

① 林学衡(1897—1941),福建闽侯人。1910 年入京师大学堂。辛亥革命后参加南社,但他的诗学主张深受"同光体"闽派的影响,并不赞成柳亚子等人的观点。著有《丽白楼自选诗》等。

情和悲悯是中国文学的优秀传统,这在新文学的实践中得到了发扬。从道理上讲,这是无可非议的高贵的传统。在这两首诗中,可贵的同情心产生于个人,但它又作用于社会。在这里,社会与个人并没有产生不可调和的对立。对立是发生在革命文学的激烈批判"个人主义"的时候。到了四十年代末,随着对"绝大多数"的极端强调,文学的个人性可说是到了末路了。

这一切都是在非常庄严的、富有正义感的场合下予以强调的。要是我们略过那场关于文学大众化的激烈论争,我们让时间跨过大约十年的界限,我们可以很容易地在四十年代初的那篇重要的文章中,得到经典性的关于"大多数"与"极少数"(也就是无产阶级与资产阶级)相对立的文学阐析。它们是延续性的、不曾间断的。

"我是个学生出身的人,在学校养成了一种学生习惯,在一大群肩不能挑手不能提的学生面前做一点劳动的事,比如自己挑行李吧,也觉得不象样子。那时我觉得世界上干净的人只有知识分子,工人农民总是比较脏的。——革命了,同工人农民和革命军的战士在一起了,我逐渐熟悉了他们,他们也逐渐熟悉了我。这时,只是在这时,我才根本地改变了资产阶级学校所教给我的那种资产阶级和小资产阶级的感情。这时,拿未曾改造的知识分子和工人农民比较,就觉得知识分子不干净了,最干净的还是工人农民,尽管他们手是黑的,脚上有牛屎,还是比资产阶级和小资产阶级都干净。"① 毛泽东说,"这就叫感情起了变化,由一个阶级变到另一个阶级。我们知识分子出身的文艺工作者,要使自己的作品为群众所欢迎,就得把自己的思想感情来一个变化,来一番改造。没有这个变化,没有这个改造,什么事情

---

① 毛泽东:《在延安文艺座谈会上的讲话》。《毛泽东选集》,第 3 卷,人民出版社,1953 年 5 月,北京第 2 版,第 853 页。

都是做不好的,都是格格不入的。"①

从悲悯情怀到现在这样的道义迷思,这一切似乎都是顺理成章的。新文学中的"工农兵文学",直接演绎自"革命文学"。他们都是中国社会必然的产儿。上述这种对于大众和集体的强调以及对于个人主义的抨击,到了中国革命成功之后,由于行政力量的加强,也由于权威性的阐释,得到了普遍的推广。主体文学思想的权威阐释者周扬说,"当中国人民已经在中国共产党领导之下奋斗了二十多年,他们在政治上已有了高度的觉悟性、组织性,正在从事于决定中国命运的伟大行动的时候,如果我们不尽一切努力去接近他们,描写他们,而仍停留在知识分子所习惯的比较狭隘的圈子,那么,我们就将不但严重脱离群众,而且也将严重地违背历史的真实,违背现实主义的原则。"②

持续不断的对于个人主义的批判和申讨,以及与此相关的对于被称为"绝大多数"的集体主义的推崇,给新文学带来了新的伤害。使新文学在原先的社会承诺的沉重负荷之上压上了巨石。这种伤害之所以较之先前更为严重,是因为前者毕竟只是在文学的职能上不经意间加以限制,使本来丰富的文学职能变得单一和狭窄了。它给文学带来的伤害只限于功能上的收缩,而没有伤及根本。而对于文学个人主义的质疑,是对文学创作的基本原理和基本规律的彻底性的否定。事实是,文学创作如若是离开了非常个人化的对人世万事万物的体验和感悟,如若是离开了基于个人的、而且仅仅属于个人的艺术表现才能和非常个人化的语言表达能力,一句话,即作家个人天才的独创精

---

① 毛泽东:《在延安文艺座谈会上的讲话》。《毛泽东选集》,第3卷,人民出版社,1953年5月,北京第2版,第853页。

② 周扬:《新的人民的文艺》。这是1949年7月5日周扬在中华全国文学艺术工作者代表大会上所作的关于解放区文艺运动的报告。原载《中华全国文学艺术工作者代表大会纪念文集》,新华书店1950年版。

神,文学还能有什么呢?

作家是自由创造的君王。他只听命于自己的内心,而无视来自任何方面的指令。任何想倚赖外在的力量指挥作家的创作,都只会给文学带来负面的影响。当然作家应当始终关注社会的盛衰和万众的忧乐,对此有强烈的自律性。与此相关的是,强调文学的社会性和倡导表现大众,应当是与文学创作的个人独创的基本规律并不矛盾的,更不会是相斥的和对立的。不能因为引导文学向着社会大众而粗暴否定文学生产的个体特征。同样,也不能因为重视了个人独特的感受和表现力,而认为这种倾向违背了文学的社会承担。

中国作家在这种日趋严酷的写作环境中,往往处于一种两难的境地。一方面,按照文学创作的规律,作家的自我意识始终是创作的驱动力和灵感的源泉,但几乎所有的作家都在这一条路上如临深渊,如履薄冰,他们不得不在这里表现得小心翼翼,竭力不让自己流露出哪怕是些微的资产阶级的或小资产阶级的思想情感。他们有很浓厚的自我意识的"原罪感"。另一方面,他们又处在不断地被要求和被号召的总氛围中。他们要以全部的精力投入他们所生疏的、所不熟悉的人物故事的写作。而在这一方面,也有接连不断的指令,例如五十年代初,就有关于表现新的人物,特别是表现"新的积极人物"的指令。[①] 后来有批判写"中间人物"的指令。到了"文革",就更具体也更详尽了,那

---

① 周扬在《新的人民的文艺》中要求作家"更有力地表现积极人物,表现群众中的英雄模范;克服过去写积极人物(或称正面人物)总不如写消极人物(或称反面人物)写得好的那种缺点。"同时他还提出,作家必须站在"时代思想水平上","将多方面地、深刻地反映生活与明确地、坚持地宣传政策,两者统一起来"。

就是"三突出"、"三陪衬"等等。① 一句话,他们不得不抛弃自己所熟悉的一切去适应自己所陌生的一切,并按照那些越来越具体也越来越严格的指令来创作。

上述这样的文学状态,是长时间的、持续的、渐进的过程。作家被引领和进入这样的状态,也是始终一贯的、不间断的过程。几乎所有的作家(也许少数或极少数例外)都无法适应这样一种被指令的状态。他们被要求不断进行自我改造,自我改造的前提是自我批判,而自我批判的核心则是所谓的个人主义。在二十世纪五、六十年代,整个文学界弥漫着惶惑的气氛。张天翼用不确定的第三人称的语气表达他的忐忑:"他自以为是站在劳动大众立场,并为他们而写,究竟他做到了没有,做到了多少?他的没有做到或做得远不够,或自命做到而实际没有做到,这除开怪那时的政治环境而外,就没有一点主观方面的原因么?"②巴金也对自己以前的创作加以否定:"很早我就说过我没有写过一篇像样的作品。现在抽空把过去二十三年中写的东西翻看一遍,我也只有感到愧怍。时代是大步地前进了,而我个人却还在缓慢地走着。在这样的时代面前,我的过去作品显得多么地软弱,失色!"③

回望新文学走过的路径,它的一切辉煌和曲折使人深省。新文学虽然饱经沧桑,但依然成绩斐然。它出现过一代又一代杰出的作家,也出现过一批又一批优秀的作品,积累了丰盈的经验,但至今还不是一个成熟的文学形态。这是一种令人有点沮

---

① "三突出"指"在所有人物中突出正面人物;在正面人物中突出英雄人物;在英雄人物中突出主要英雄人物"。"三陪衬"则是俗称,指"用反面人物陪衬主要英雄人物","用其他正面人物烘托主要英雄人物","运用环境的渲染突出主要英雄人物"。见上海京剧团《智取威虎山》剧组:《努力塑造无产阶级英雄人物的光辉形象》,《红旗》杂志1969年第11期。

② 《张天翼选集》自序。开明书店1951年版。

③ 《巴金选集》自序。开明书店1952年版。

丧的判断,但事实确乎如此。这是由于,迄今为止它还不能在影响新文学发展的若干重大的问题上,如传统与现代、社会与个人、政治与艺术、思想与审美等这些根本性的问题上给自己定位。文学非常容易受它的环境所左右而产生摇摆和动荡,它始终处在一种不稳定的状态中。因了这种种的原因,在五四随后的一些文学阶段里,原先的那些卓有成就的作家,可以认为是大师的作家,都在这种摇摆和动荡中黯然失色。20世纪50年代以后茅盾、郭沫若、巴金、曹禺①都没有写出超过《子夜》、《女神》、《家》和《日出》那样的作品。老舍也只有《茶馆》差强人意,除此之外,也无法重现昔日的辉煌。

造成这样的事实的根本原因,如前所述,是由于一开始就对文学的期望过高。由于期望过高,急切中使文学由倾向进步转而倾向激进诚然,终于因靠拢政治而最后陷入政治。这种陷入对文学的打击是致命的。文学可以对社会人生起作用,但把天下兴亡盛衰的全部希望寄托于文学,造成文学不堪重负的局面,不能不说是一种错失。从道理上讲,文学可以是药,但也可能是茶或酒,甚至可能是软饮料。文学可以改变社会人生,但却远非是即效的,是一个缓慢浸润的过程。

新文学从它诞生之日起,就把注意的中心投放于思想和内容的革新上。对白话诗而言,为了"白话"而忘了"诗",对新文学而言,为了"新"而忘了"文学"的现象,那时就存在。在新文学的建设中,由于急切地要使文学进入社会人心的改革,它的注意力一开始就集中在对于文学的思想内容方面。从它诞生的时候开

---

① 一篇谈论曹禺创作的文章谈到,黄永玉曾说曹禺"失去了伟大的通灵宝玉,再也不容易找回来了",这篇文章的作者说,"这个比喻说的是曹禺特有的思想才能和艺术才能,他对现实生活和戏剧艺术都有一种与众不同的悟性,能够看穿人的灵魂,了解人的性格与命运"。见甘竞存:《戏剧大师曹禺的"悟"》,《雨花》1998年第4期。

始,直至"文革"结束,从来就存在着为思想而轻忽艺术,为革命而轻忽文学的弊端。

四十年代初那篇重要的讲话发表,更为文学鲜明地提出了"政治标准第一,艺术标准第二"的指针。其实作为文学艺术来说,艺术性是决定性的,也从来就是第一性的。这是它的应有之理。在它所涉及的一切方面,无论是政治,还是别的意识形态,都只能是通过文学艺术的方式来实现它的意图和价值。一旦离开了这个前提,那就不是艺术。这样一个基本的观念,却长期受到人为的曲解。我们面对的事实从来都是:政治对艺术的强暴,思想对审美的侵略。为革命而放逐抒情,为思想而放弃艺术,被认为是天经地义的。

中国新文学在它漫长的发展途中,一直为自己的合理生存而抗争。它面临着艰难的非此即彼的选择。一切矛盾在它的面前变得完全的对立化,它一直走着一条极端的险径和窄径。这就使新文学被置于永远"不成熟"的位置上。在20世纪的最后一个时段,中国文学的处境发生了一个根本性的变化,从来受到严格的政治制约的文学终于有了空前的松动。中国的社会由封闭走向开放,经济由计划走向市场,舆论由控制走向民主,文学终于也由禁锢走向自由。这是百年来从未有过的划时代的巨变。

要是从19世纪末叶算起,直至当前,中国新文学从它的酝酿到建立,经历了跨越三个世纪,两个世纪末的沧桑巨变。中国新文学伴随着中国社会的狂风急雨,走过了充满泥泞和荆棘之路。在十九世纪—二十世纪之交的上一个世纪末,文学做着强国新民之梦,经历着弃旧图新的痛苦。随后是无边无际的政治对于文学的挤压,有一段时间(例如"文革")文学在这样的挤压下,只剩下一只空壳。一面是文学,一面是政治,就这样翻烙饼似地玩弄着钱币的两面。文学有着不堪承受之重!这可以说是社会强加的,但更可以认为是文学自取的。

在刚刚过去的二十世纪—二十一世纪之交的这个世纪末,中国新文学在时代的新生中也获得了文学的新生。这是一个全新的时代。文学也面临着全新的问题。政治关于文学的限制逐渐淡化,束缚作家创作的条规已经消除,新时代给予作家的创作自由度是空前的。新时期文学的蜜月期过去以后,文学享受着市场化经济给予的恩惠,中国作家享有了几代人梦想了几代的:("基本上"、或者是"有一定限度的")想写什么就写什么,想怎么写就怎么写的充分的自由。这完全是一个崭新的局面。

七十年代后期出现的转机,是由于中国社会环境的改善。继五四第一次思想解放之后的又一次思想解放,带动了文艺思想的解放,这就是前边说到的"文学新时期"或者叫"新时期文学"。这里所谓的"新",当然与五四时期的新文学的"新",有不尽相同的含义。可以理解为,这里所谓的"新",是对于文艺的地位和价值的重新体认,是重新调整文艺和政治、文艺和大众、以及文艺和社会诸关系的历史新时期。这种调整是要把文艺从从属政治、直接为政治服务的阴影里解放出来。这个过程是艰难的、缓慢的,但却是非常伟大的。

在这个过程中,我们可以感受到时代转换的艰难险阻,也可以感受到文学的积重。《班主任》、《伤痕》都有政治代言的余绪。那时人们依然迷恋于"写什么",而并不重视"怎么写"。值得充分重视的是小说《爱,是不能忘记的》和散文《拣麦穗》,这些作品体现了巨大的跨越,即从政治到艺术、社会到个人的跨越。也可以说是回归。不论是跨越,还是回归,都是划时代的伟大。作家终于可以轻松地写作仅仅属于自己、并仅仅是使自己感兴趣的内容了。

20世纪80年代短暂的文学狂欢节落幕以后,严重的缺失随之而来。在普遍地重视趣味、愉悦和享乐的同时,人们也普遍地感到了中国文学在新时代的失重。无思想、平面化、无深度、零度情感正在成为时尚。文学是非常地轻松了,轻松得让人不安,甚至让人"怀旧"。相当的一部分文学正在成为自私的事业,它与社会、甚至与读者都没有关联。即目所见,充耳所闻,四围弥漫着的尽是让人漂浮的东西。我们正在经历着一种新的灾难——那就是挣脱了政治束缚之后,文学正重新经受着欲望时代的裹胁。我们正在承受着同样不堪承受的"文学之轻"。

2003年6月21日,完稿于北京大学中文系

作者附志:本文原系2002年5月13日为东南大学百年校庆所作的学术讲词。当时只有一个提纲。我久疏懒,历时一年有余,不能将讲稿整理成文。此次蒙陈平原先生催促有加,始克完成。匆忙甚,粗疏之处乞谅!

社会进步,致富有理[*]

我们这一代人的财富观念很特别。很长的时间,我们一再被告知,它是不洁的。因而一说财富,便有一种恐惧。那时我们打心眼里瞧不起金钱,将它与"剥削"、"腐朽"等观。这种理念带有时代的偏见,有着浓厚的意识形态色彩。那时我们都追求进步,自然就与这些代表腐朽的欲望的财富自觉地划清界限。在非常"革命"的那些年代里,人们都以贫穷为荣,我也如此。那时所做的一切,是不讲报酬的,讲的是无私的奉献。到了后来,连稿酬也取消了。写书,发表文章,都是不拿一分钱的。记得当年,我们集体编写中国文学史,初版七十万字,二版一百二十万字,都是分文不取。后来是出版社过意不去,给了一些象征性的奖励,我们也只是给大家买了几本书,算是酬谢了。

这些理念是特殊年代给予我们的,打着很强的时代印记。加上身为知识分子,受儒家思想影响本来就深,所谓"君子固穷,小人穷斯滥矣"(《论语·卫灵公》),都是这一套。所以很长时间内,我们耻谈金钱,标举清高,崇尚寡欲净心。我们真心信奉儒家的养性修身之道,远离物欲,宁静致远,澹泊明志,是我们追求的高境界。记得孔子曾经盛赞过他的弟子颜回:"贤哉,回也!一箪食,一瓢饮,在陋巷,人不堪其忧,回也不改其乐。贤哉,回也!"(《论语·雍也》)颜回就是我们传统的精神偶像。

这样的传统,加上革命时代灌输给我们的特殊的价值观,久而

---

* 此文刊于 2003 年 7 月 19 日《上海证券报》。据此编入。

久之,我们自然地视财富为罪恶之渊薮,甚至目之为寇仇。不仅与之划清界限,甚至一再地批判"铜臭"的腐朽性。而我们当时并不知道,即使是儒家,虽然它一贯推崇精神上的完满,但也并没有全然否定财富,也并没有否定人们通过正常的手段获取财富。即使是在《论语》中,孔子也多次谈到他的财富观。孔子并不一般地反对人们追求财富,他说,"富而可求也,虽执鞭之士,吾亦为之。如不可求,从吾所好。"(《论语·述而》)"执鞭之士",讲的是一些低级的劳动。就是说,若是"富而可求",即使是低级的劳动也不拒绝做。如果不可能,那就按照自己的意愿,做自己喜欢做的事。

另外,他还说,"富与贵,是人之所欲也,不以其道得之,不处也。"(《论语·里仁》)这话的意思是,承认追求富贵是人之常情,但强调要取之有道,要以合理合法的方式去获得,反对用不正当的方式获得财富。但是,儒家财富观念中最可贵的地方,是它把个人的致富与社会的兴衰联系起来:"邦有道,贫且贱焉,耻也;邦无道,富且贵焉,耻也。"(《论语·泰伯》)这话的意思是,国家进步,你个人却贫贱,这是你的耻辱;同样道理,社会腐败,你个人却飞黄腾达,这更是可耻。这些话,讲出了一种非常人性化的境界,社会进步了,给每个聪明、勤劳的人提供了机会——你应该富起来。你若不能致富,那可能是你自己的原因。这些思想启发了我,使我形成了这篇文字的题目:社会进步,致富有理。我们应该在发达的社会里,理直气壮地做一个富有的人。

现在讲讲我个人与财富有关的一些话题。在社会繁荣发展,人们普遍变得富有起来的今天,比起一些"有产者"来,我至今还是一个"小资产阶级"。这不是由于我懒惰,也不是由于我愚笨,而是没有机会(或者是没有争取机会)。记得八十年代初期,文学界开始繁荣,又恢复了稿酬制度。那时在我所在的这个小单位里,我写小文章最多,因此时不时地总有稿酬寄来。这样就有点出名了。当时正流行"先富起来",或是"万元户"什么的,于是人们就给了我一个谑称:"中文系首富"。在大家都不大发表文章的那时,这称呼似乎也合适——尽管那时我得到的钱实在可怜!但"首富"、"首富"地叫得也顶亲切的。但却真的是名不副实。

后来,学校和系里公派出国讲学的人多了,他们从国外回来,开先是带回来四大件什么的,后来就是大把大把的美元了。所谓的"万元户"早就成了笑谈。他们个个都成了美元意义上富翁。而奇怪的是,全中文系的老师派了一轮又一轮去国外讲学,好事却始终没临到我头上。当大家大踏步地往前赶的时候,我却原地踏步。我现在成了倒过来的"首富"——其实是名副其实的"首贫",这也是公认的。

发"洋财"无望了,那就等着发"土财"吧。好容易盼到了北大、清华实行岗位津贴制。心想,机会该来了。经过一番艰难困苦的、剥了几层皮的评审,终于侥幸地被评上了一级岗位。工资以外,年薪五万,这下可该发财了吧?未必!领了五个月的津贴,就通知我"下岗"。于是盼得天长地久的,我只拿到五个月的一级岗位津贴,就这样下来了。于是,发"土财"的希望也彻底地落空了。

我这人穷惯了,无所谓,想得开。过去经常想,那些贪赃枉法的,要那么多钱干什么?心想,我要是有那么多钱,还不知道怎么花呢!也是,就我这样的"小资产阶级",平时不上高级娱乐场所,也不上高级宾馆,也没有特殊嗜好,又不穿名牌衣服,要那么多钱干什么?这种洋洋自得的、自满自足的心理,是在前年才被打破的。我的住房太小,使用面积只有五十平米,书籍堆得满世界都是,吃饭、写字,没有饭桌,没有书桌,来了客人连喝茶都没有地方。这才下决心购房。一到购房,这才知道没钱的难处了。也罢,倾其所有,以毕生的积蓄作最后的一搏,也还是捉襟见肘。这话长了,不说也罢。这才有了一个彻悟:钱不是万能的,没有钱是万万不能的!

真理!

2003 年 6 月 25 日于北京大学中文系

在过去与现在之间^{*}
——读徐小斌

现在的很多小说是平面的,人物没有来处,也不知去处。他们在我们面前晃来晃去,这些人我们熟悉,都是眼下漂浮着的。他们没有背景,也没有记忆,一切似乎都是现在进行时。这些人衣食无愁,没有沉重的负担,因此活得轻松。很多的时候他们是快乐的,有时也有烦愁,但那也是淡淡轻轻的,不会有刻骨铭心的悲痛,当然更谈不上惊天动地的惨烈。要是我们不把小说看得太重,我们把它看成街摊上的小报,看成即食性的快餐和软饮料,那也无妨。但是,不能所有的精神产品都如此,我们的生活中要有让人品评的茶,要有让人做梦的酒,要有一点回味,要有一点醇厚的东西。不然,我们的生活就太乏味了。

我在徐小斌的小说中读到了这些东西,读到了我们经常在文学作品中感到匮乏的东西。那就是,我们在她的小说中不仅读到了现时的生动,而且读到了历史的沉积。也许是时代的不同吧,徐小斌总是有意无意地让我们在现实的轻松中,感到了时间的沉重。有时是轻松中的沉重,有时是沉重中的轻松,更多的时候她是把二者对照着来写的。徐小斌是宽容的,她没有老一代或少一代常有的那样固守自有价值观的排他的苛刻。在处理这些关系时,她很不在意,并不刻意,甚至有一种满不在乎的随意。

---

* 此文据文稿编入。

这些话说起来有点抽象,就说这个本子里写作时间最近的《非常秋天》吧,不同时代的两个女人依芽和韩竹心,她们由彼此陌生而走到了一起,成为了跨越代沟的好友。我们在小说的展开中看到了这样的场面,一边是依芽,一边是韩竹心,在她们之间,还有一个不显身影的作家。作家是始终在场的。她理解比她年长的韩竹心(这多么难得),也理解比她年小的依芽。当这两个女人互不理解时,作家充当了沟通者。徐小斌没有我们常见的那种小说家在人物之间作出臧否,正和邪,对和错,肯定和否定,她不急着作判断。但她在对比中无疑有一种暗示。她尊重依芽的以金钱和享乐为中心的、甚至有点自私的人生态度,她也许并不赞同这种态度,但我们并没有见到对这种观念的鄙薄,甚至严厉的谴责。

这时代本来就是宽容的。依芽不理解秋瑾,她坦言她不喜欢秋瑾。她"从来也不明白一些人,为什么能为一些莫名其妙的事情牺牲掉自己的生命。上辈人所谓的那种献身精神在她看来简直一文不值。她觉得没有任何人,任何事值得她去'献身'。"但她却可以理直气壮地写秋瑾的电影剧本——为了稿费。依芽在陈述这些近于亵渎神圣的言论的时候,韩竹心没有急。作家也以平静的心态对待这种"冒犯"。我们看到,作家容忍了这些"奇谈怪论",她对此未加严词驳斥。韩竹心也好,徐小斌也好,他们都以平常心来对待依芽的这种不理解,似乎在这种不理解中,她们理解到了在以往被我们忽视的一些东西。甚至当依芽隆胸失败情绪低沉之时,韩竹心对这位小朋友也没有责怪,她对她充满了怜爱之心。但作家并不是模棱两可的,她展示韩竹心终生的隐痛,以及最后为心爱的人复仇而终于"献身"的秘密。这是一个女人毕生的坚守和付出。这一切,无疑都在为依芽一代人提供一种高尚人生境界的启示——你可以不理解,但你不能不被震撼!

我们的社会正在经历着巨大的变动,阻碍人性发展的戒律消解以后,随之而来的是相对宽松也相对自由的局面。过去一律的价值观有了分化,多元价值观念并存的状态开始显现。其间,有的价值观是可以交汇互融的,有的则是冰炭不容的对立。徐小斌的好处是她拥有一种平和的心态,对于林林总总的现象,她都能处变不惊,能够冷静地面对那光怪陆离的一切。她在这种局面中所处的位置,好像是《异邦异族》中的人物苏闪闪。闪闪一方面能够容忍一心要做"性的实验"的小贺,以及先后玩弄了单斯、单美两姐妹最后又先后把她们抛弃了的小杜,而闪闪自己,面对着她所倾心的陈小鸥、林凡以及简陶,她都因圣洁的矜持而错过。作家的同情是在苏闪闪这一面的。徐小斌有自己的价值取向,但她很聪明,她不愿过分坦率地表达伤害了她所感知的宽容的时代精神。

我对近年小说(不光是小说,还有别的文学样式,几乎所有的作品)经常在感到满足的同时又感到不满足,经常痛感这些作品历史感的缺失。一个失去记忆的民族是可悲的,更是可怕的。一些轻轻浅浅的调笑掩埋了一个时代。而这个时代却是我们几代人以血泪为代价换来的。一批又一批的及时行乐者,他们高举着物欲和金钱的大旗,游走在灯红酒绿的"新天地"里。他们从何处来?他们向何处去?他们只是一些没有骨肉的游魂,他们只有今天,不问明天,而没有昨天。就是这样,当"做绢花的孔师母"出现在我面前的时候,我感到作家是在为我的遗憾而作出了补偿。

孔师母生活在五六十年代,但她却是从三十年代的月份牌上走下来的。她并不十分漂亮,但却非常高雅。孔师母出身名门,正是所谓大家闺秀。她不仅会打扮,而且有风度,"走路没有声音,步子款款的,就像戏台上的青衣那样斯文"。再看居家的这位女人:她做绢人在家属园里出了名,她还做绒花、绢花、做红绿挂钱儿,她做的东西,大人小孩都抢着要;再看她主理的一顿普通的午餐,"无非是一个清汤狮子头,一个油浸鱼,一个菜心,一个豆腐,两碟开胃小菜,一大碗乌鱼蛋汤";孔先生到家,孔师母总是急忙上前为他宽衣,再敬一杯茶,孔先生进餐,菜一定是孔师母夹到碟子里的才吃,就着旁边的一小杯酒。我读这些文字时,禁不住要为徐小斌叫好。我相信现在不少的新进作家写不了这样的文字,他们可以写北京的秀水街,写燕莎,写啤酒一条街,但写不了孔师母和孔先生。

但燕莎等等却同样难不倒徐小斌,这在她的所有的作品关于现实生活场景的描写中,已经得到了证实。所以我说,徐小斌是跨时代的。她一边连接着七八十年代的"新人类"或"新新人类",一边连接着韩竹心和孔师母,中国几代女性的人生画卷都在她的股肱之中。徐小斌的笔下展开着对于中国几代女性命运的思考。这种展开依托着一个大时代的背景。举例说,孔师母鲜明生动的形象,正是由于这个背景而具有了立体感。她的高贵文雅的言谈举止,说明着她的家世和修养。她自身和家庭的悲剧又概括了一个沉重的年代。这个空前野蛮和愚昧的年代最后摧毁了这个美丽的生命。

这是徐小斌写作最可贵的品质。她生活在今天,但她却有着郑重的对于昨天的记忆。她没有失去这记忆。她笔下的今天是从昨天延伸而来。她笔下的人物是有深度的。孔师母如此,韩竹心也如此。后者的命运也是悲剧性的,而悲剧的根源仅仅是由于她对爱情的坚贞。韩竹心生活的那个时代蔑视这种高贵,那时代践踏了生命的尊严。再看《天籁》岁岁的母亲那种近于疯狂的残忍的背后,同样站立着一个野蛮的年代。那个时代摧毁了两代人的幸福——尽管岁岁母亲的残忍是不可原谅的。

大体说来,徐小斌对上一代女性始终怀有同情和敬意,但她们几乎都是不幸的。而当她的笔触及当代女性的时候,她的笔却显得轻松,她显示了这些女性的可爱的一面。但并没有掩饰她们的浅薄乃至轻浮。她处身在过去与现在之间,她了解中国几代女性的命运和历史,并且鲜明生动地再现了这一切。她是深思的,虽然她一般不批判什么,但她的笔下的确暗藏着批判的机锋。

2003年7月1日于北京大学中文系

非常的春天*

这年的春天如期而至。燕园的迎春花开得比以往茂盛,但我无心赏花。这年的春天真的很怪,和往常的早春的燥旱不同,雨是时不时地下着,空气湿润。风是温顺的,往年此际那一场紧似一场的可怕的沙尘暴也不见了。而我并不快乐。我的心,被遥远的幼发拉底河和底格里斯河上空的战烟牵萦着。我每天坐在电视机前,透过沙尘滚滚的迷蒙,谛听那来自巴格达城郊的爆炸声。后来,樱花开了,珞珈山下有一个约会。在鲜花、诗歌和青春的包围中,我仍然不能忘怀于遥远的苦难,我的心依旧哀伤。我为那些无辜的平民祈祷。那时,我对那些年轻的朋友说,珍爱和平,珍爱生命,远离战争,让鲜花和诗歌与我们永在。后来,联军攻陷了巴格达。那里的巴比伦时代的艺术珍品遭到劫掠,街头的铜像被推倒,数十万共和国卫队一夜间蒸发得无影无踪。那一场战争在毫无所获的搜寻中,逐渐地淡出了我的视野。

没有想到的是,当遥远的天边那些硝烟还没有散去的时候,一场可怕的灾难却在我们的身边悄然降临了。它怀着嫉恨,似乎是对着我先前的祝祷而来。它要夺去我们所珍惜的宁静和温馨。饱经战乱的中国人,已经享受了至少五分之一世纪的没有硝烟也没有血污的生活。中国人正在历经灾难的国土上,在广阔的山涯水滨,也在城市的中心地带和僻远的街区,遍植花木和树立大理石的或青铜的雕塑。告别了动乱和劫难的中国人,正

---

* 此文刊于《北京文学》2003年第10期。据此编入。

在建设自己崭新的生活,而且满怀期待地享受着和平赐予我们的安宁。这年代赋予我们的无尽的灵感和想象力,正在我们面前展开着一种前所未有的生活。但是就是此时,灾难以鬼祟的猫步悄无声息地逼近了我们。

这个春天,一场人与人的战争进行得如火如荼。坦克轰鸣着,弹片呼啸着,鲜血浇灌了无与伦比的巴比伦空中花园。从停泊在波斯湾和地中海的航空母舰上发出的巡航导弹,从英国和美国本土起飞的远程轰炸机,在那片创造了古老文明的土地上留下了一片又一片的废墟。这个春天,也就是这个春天,中国江南正是莺飞草长的季节,中国北方正是桃红柳绿的季节,那一场规模巨大的被称为现代信息战的隆隆爆炸声尚未远去,而在我们这里,一场旷古未有的"战事"突如其来地降临了。不是本-拉登,不是萨达姆,不是基地组织,也不是共和国卫队,那一切的邪恶和残暴做不到的,这一双无形的手,都做到了——它实现了对一个伟大国家的首都及其周边地区的恐怖袭击!

我们的天坛没有像纽约世贸大厦那样被轰塌,我们的长城依然坚定地拱卫着东起黄渤海西迄嘉峪关的漫长疆域,但是,那些我们无法视及的敌人,越过了我们的边界,透过了我们的空防,一切的边防巡逻,一切的雷达搜索,对它全是空设。这些敌人,既无弓弩,又无刀枪,它无影无形,无声无息,却又无处不在。它嫉妒人们的拥抱和亲吻,它隔离所有的亲爱者。它阴鸷毒狠,让所有与它"有染"的人在高烧和窒息中毙命。而且可以无限地扩展受害的群体,使所有的亲密接触者纷纷倒地。它侵入了我们城市的街区,侵入了我们的家庭,在朋友之间,在亲人之间,它极端奸险地制造疑虑和防范。在城市,也在乡间,在一切的公共场所甚至是私密的空间,在公共汽车上,也在轮船和飞机上,它以无色无形的"军队"对我们实行了全方位的占领。

这个春天,天空晴朗,雨水丰沛,花开依然,草绿依然,而我们却沉重而哀戚。不是战争,比所有的战争更严重;没有血污,比所有的血污更惨烈。这是一场"没有"敌人的遭遇战,这是一场比珍珠港更为严重的阴险的偷袭。一场不宣而战的战争来临了。恐惧在偷偷地袭击着并考验着勇者的内心,紧张和危惧的心情在空气中弥漫、扩散。一些社区被封锁,一些人群被隔离,过去的战争倒下的是武装的士兵,而现在,倒下的是更多的穿着白衣的女性,她们在抢救病者时遭了暗算!

我们被迫关闭了所有的剧院、博物馆和音乐厅。宾馆停业,火车空载,满园春色的公园闭门谢客。我们告别了朋友约会的欢乐和远游名山的愉悦。是什么无形的手夺去了我们以血泪为代价换来的一切?是什么样的仇恨使它对我们刚刚开始的正常生活充满了敌意?我们的愤怒和申讨应该向着何方?

这一个春天,迎春开后是樱花,玉兰开后是丁香。开到荼蘼花事了,晚春到来的时候,所有的花都开过了,而春天对于我们依然是充满紧张和忧虑的。正是花事阑珊的时节,我和一些从事写作的年轻朋友有一次远行。在春城昆明,在花城大理,春天依旧,花月依旧,只是这一场突如其来的袭击造成了心灵深处秋天般的萧瑟。我人在他乡,心系京城,想着那些高举着南丁格尔旗帜的人们,正在前赴后继地英勇奋斗,想着昔日这条黄金路线的繁华和眼前的落寞,我心依然哀伤。

非常的春天,非常的心境,非常难忘的感动,为那些奋不顾身的奉献,为那些勇往无前的行进,为那些无私的援助和真情的关怀。这一切,都使我们觉得即使这个春天的花不属于我,歌声和笑声不属于我,在这个春天里我们不曾欢乐,但我们终于有了获得——我们在巨大的灾难面前看到了一种伟大的爱,和由爱生发出来的伟大的力量。我们失去了很多,但我们得到的更多。

2003 年 7 月 19 日完稿于北京昌平北七家村

所有的赞辞对他都不过分^{*}

  陈嘉庚出身于我国闽南乡间的一个平民家庭,经过一生不折不挠的艰苦奋斗,终于成为了万人景仰的一代伟人。这有赖于他那勤苦劳作的本色,勤勉而又精明的经营才能,加上毕生坚持正义与进步,这些因素把他推向了人生的至境。其间最核心和最动人的地方,则是他在处理大小事务中显示出来的人格力量。而铸成他的伟大人格的,则是原自几千年文明的中华道德传统中的最精华的那些部分。传统的美德,加上长期在海外生活身受的西方现代文明的熏陶,二者的结合在他的身上产生了非同寻常的人格魅力。

  陈嘉庚事母至孝,待人至诚,在乡里中讲究宽厚,在社交中首重信义。前面我说到的首读二章,其实就是一个孝字和一个信字。有孝则家和,有信则事兴。世间万象,看起来复杂,实际上简单,而能达到这简单的,则非常人了。以陈嘉庚在父亲身后代还欠款一事而言,这债务在法律上是不成立当然也不被追究的,陈嘉庚承担了,而且言出行果,其实全在一种信念。当他经过多年积攒,带着巨资出现在已经破落的债主面前的时候,不仅是当事人,而且也令我们这些读者眼为之湿!

  当然,陈嘉庚一生行止,他生前的受人崇敬,以及他身后所享有的殊荣,究其因,远非孝、信二端所能概括,他的精神深厚而博大,细小处严谨而襟怀能容万物,他严于律己而宽于待人,但

---

  * 此文刊于《新港湾》2003 年 11 月号,收入《那时很年轻》。据《新港湾》编入。

是事关大局则绝不含糊。每次来到厦门,我总要到集美瞻仰鳌园,瞻仰陈先生的陈列馆。陈先生可谓富甲天下,而日常生活却极为节俭。平生所用器皿,一顶凉帽,一支手杖,一个旧手电筒,还有简陋得令人心酸的床榻,都使人为之深思:什么是平凡的伟大? 他的财产是依靠自己的勤奋和智慧挣来的,他生财有道。但他几乎倾其所有而贡献于教育事业。当他经过亲身的观察认识了真理,他又义无返顾地全力支持了正义的事业。

中国传统的道德理念,在他的身上化为了一种足以战胜一切艰难,度过一切苦厄的神奇力量。但他的一切言行却显得极其平凡和普通,他可以在抗战时期大后方派来迎接他的豪华轿车的泥痕中看到腐败,他不止一次不顾主人的尴尬拒绝乘坐轿子和人力车。陈嘉庚是传统的,但他又很现代。他主张服饰改革,反对穿长袍马褂,他不遗余力地推进教育事业,为了办学,他可以变卖自己的房产。尽管他身上浓缩了中国儒家的精神传统,但他又是一个着眼于未来的思想开放的人,他行为有节却毫不古板。

最近读到一本叙述陈嘉庚充满传奇色彩的生平故事的书,印象至为深刻。这本书改变了传统的传记写法,以说故事的形式为伟人立传,分节细致而不琐碎,不求首尾衔接而又前后有序。作者写伟人的平凡又能凸显他超越常人的不平凡。在我们的心目中,陈嘉庚始终都是一位和民众忧乐息息相通的人,但又总让人感到他的巨大而崇高的崇山大海般的存在。作者笔下的陈嘉庚是普通人,是平常人,但总把他放置在一个宏大壮阔的背景中展开他真实而丰富的内心世界。

这里有二次世界大战的万里风烟,这里有国共两党的恩仇离分,从重庆到延安,从新加坡到印度尼西亚,作家为他的人物提供了一个广阔高远的活动场景。同盟国的全球战略,东南亚的惊天风雷,在书中都成为展示人物风采的舞台。从蒋介石、汪精卫,到毛泽东、周恩来,陈嘉庚周旋于这些显赫人物之间,不卑不亢,有节有度。即使是国民党营垒中人,陈嘉庚臧否人物也不怀偏见,如对蒋经国的赣南新政则赞誉有加,对宋子文办宾馆则严加驳斥。

在充满硝烟的动荡年代里,行走着一个始终让人感到亲切的伟大身影,这就是陈嘉庚先生。他是二十世纪人物画廊中我们始终不会忘记的人。他一生行善,他一生向上,他一生持正,他一生以正义抗恶。通常都说人无完人,这话本来不错。但依我看,这话用在陈嘉庚先生身上就有点不切了。考察陈先生一生行状,从修身,持家,到以毕生的心血贡献于社会,从他的严于律己,乐善好施,勤俭敬业,无论是家事还是国事,他的言谈举止,都让我们感到高山仰止,心向往之!这下我们真的要破一下例了——他是一个千古完人。

所有的赞辞对他都不过分!

2003年7月22日于北京大学中文系

东安旧话[*]

  东安市场是旧北京一景。清末竹枝词有句:"若论繁华首一指,请君城内赴东安。"那时游北京城,可以不去八达岭,不去十三陵,却不能不去东安市场。不到东安市场等于没到北京,这是公认的。我到北京的时候,是五十年代中期,东安市场虽然经过了"改造",但大体还保持了原来的模样。记得有卖百货的、卖小吃的、有卖旧书的,当然也还有北京老字号的一些铺面,更多的则是临街的摊点。这些店铺,门脸都不大,说不上华贵,但也并不寒碜,有一点旧皇城的老气。这些店家,除了应付日常店面上的销售之外,旧时还经常给王府和大宅院里定期上门送货,所以它们多半有着京城里的达官贵人的背景,不可小看。那时的鞋铺兼有作坊,可以按照客人的需要定做花鞋和皮鞋。那些食店,也有给有身份的人家送宴客的餐点的。这些店铺一般都不注意装饰,有一种好货不怕无人光顾的雍容大度。尽管难以摆脱北方都有的那些土气,却也不俗气。这里毕竟是帝都。

  这东安市场坐落在紫禁城的边上,过去明文规定"内城逼近宫阙,例禁喧嚣",向来是不准开设戏院、会馆什么的。过去京城里的百姓要看戏必须绕过皇城,出正阳门到南城的天桥一带的戏院看戏,很不方便。所以20世纪初年吉祥茶园在东安市场开张,人们可以在临近皇城的地面购物吃饭,又可以观赏演出,当时是一件轰动京城的新闻。东安市场除了娱乐餐饮之外,最具

---

 [*] 此文刊于《书摘》2003年第12期。据此编入。

特色的是它经营百货的小、零、全的特点。举凡擦澡用的丝瓜囊,开酒瓶的瓶起子,老太太梳头用的刨花、网子,茶杯的盖子碎了,可以在这里配上,许多小零碎,都可以在这里找到。人们喜欢这个"万宝全",因为它贴近平民的生活。逛东安市场可以让人体会到生活的凡俗性和人情味。

  时间久了,我已经忘了那些名牌老字号都坐落在那里,总记得,进了东安市场是一些纵横交错的街衢,店铺一家挨着一家。食铺著名的有东来顺、五芳斋、奇珍阁、森隆餐馆、小小酒家等,经营着京、沪、粤、湘各地的名肴。那时我是穷学生,囊底羞涩,一般不敢进那些食馆。因为是福建人,只记得有一家闽菜馆叫闽江春的,倒是常去光顾。闽江春店面不大,约摆下十来张红漆桌子。这家菜馆菜品并不多,烹调也未见特色。我到闽江春多半只点鱼丸汤、炒米粉之类,因为别的吃不起。但只要到了王府井,我总要到闽江春坐坐,为的是那里有一种乡情的安慰。

  说起闽江春,有一件往事现在我还记得清楚。有一次,我在那里用餐,猛抬头看到朱德熙先生和姚殿芳先生正在那里一起吃饭。他们那时正在给我们讲授现代汉语。朱先生和姚先生那时大约也只是三十岁,风华正茂。朱先生当时和吕叔湘先生合作写《现代汉语语法修辞讲话》,在人民日报连载,名气很大。姚先生的美丽是出名的。她平时衣饰讲究,总是把头发盘起,高雅而华贵。她在大学时便是惊艳一时的校花。我是学生,礼貌地向他们问好后便辞退了。但那种非常美好的感觉,时过半个世纪之后仍然深刻地印记在心中。中国知识分子在五十年代的中期,具体说在反右之前,大体都有一种从容的、宁静的、而且是宽裕的生活——这是我在闽江春相逢朱、姚两先生所得到的启示。后来,这种气氛就消失得无影无踪了。

  逛东安市场的旧书铺,也是人生一乐。在这里,只要有耐心,你想要的书,经过努力一般都能找到。我在解放前零星地购了万象书局印行的现代作家选集。这套选集共二十本,我那时已经积攒了十七八本。记得沈从文和周作人的两本,就是先后在东安市场配齐的。这套书我现在仍然珍藏着,闲时摩挲,总对春明书店的帮助心怀感激。

还有一件,也与东安市场的旧书肆有关,是不能不提起的。大约是五十年代后期吧,我在某一期的《人民画报》上看到刊登印尼苏加诺总统的藏画。其中一幅题为《阿拉伯少女》的油画令我着迷。我心藏奢望,总想着买到这期刊物。而要实现这个近于虚幻的目标,只有东安市场能助我。那时"文革"风烟骤起,到处都在焚毁书籍。我想着那位美丽的阿拉伯少女,我想在这漫天烽火中找到她!这几乎是绝望的寻求。那一天,我怀着侥幸的心理进了东安市场,我在一堆将要被处理掉的旧书报中翻检。"阿拉伯少女"奇迹般地出现了!我强压着狂喜,以"无动于衷"的"冷静",几乎没问价钱就买下了这份画报。最后是当小偷一般地"溜"出了书店。

我是冒着极大的风险,在空前的文化劫难中,"抢救"了这幅油画的复制品。我对东安市场的感激是与"文革"的噩梦般的记忆联系在一起的。这件旧画报,我珍藏至今,它是我的"镇宅之宝"。它比一切都珍贵,无论什么人,无论用什么代价,想换取我的这份珍藏,都是绝对做不到的。

东安市场在"文革"中被改了名字,叫做东风市场。是东风压倒西风的意思。这名字被叫了好久,是好久也唤不起原先的那种亲切的感受。这市场经历了漫长的动乱,终于迎来了新时代。一切又在新时代里得到了新的改造。旧东安市场彻底地拆了,盖起了富丽堂皇的又大又高的楼房。它现在的名字是新东安市场。都说是新,也唤不起我的新意。在新东安市场里,找不到配零碎的"万宝全"了,找不到才华横溢的朱先生和光彩照人的姚先生吃饭的闽江春了,也找不到配齐万象书局那套丛书的旧书摊了,更找不到我寻找的那位美丽少女的那个旮旯里的书报堆了。我的怀念使我心痛,我丢掉了我心中最美丽的梦。

新东安市场还站在原先的地方。但我找不到我往日的足迹,也找不到我往日的那种心情。现在我在北京的任何商场都可以找到在这里所要找的;在别的地方找不到的,在这里同样也找不到。它和北京任何一家商场都没有区别。我何必要走那么多的路到这里来?我不喜欢甚至厌恶过去的"东风"。对现在的"新",我似乎也难有什么兴味。人们都说王府井变漂亮了,自它变漂亮以后,我就很少到那里去。

我问自己,要是到了王府井,我会进现在仍然叫做东安的那个市场吗?不见得。

2003年8月1日于北京大学畅春园

涉江吟咏的人[*]

诗人王行水,湖南淑浦人。淑浦地处湘西,沅江自黔阳北上,至大江口纳淑水经辰溪再入江,蜿蜒东行而注于洞庭。这淑浦就是屈原当年涉江而上"迷不知吾所如"而彷徨叹息的地方。王行水就诞生在这里。这个行走在水边的人,亦即"涉江"之人。如他的先人那样,这个在水边行走的人,一边走,一边吟咏心灵深处的愁苦和期待。波光荡漾,云影摇移,兰竹竞秀,心仪香草美人,这原是造就诗人的地方。

这个涉江吟诗之人,生在一个世事日趋清明的时代,做起了管辖一方的政吏。他把对诗歌和文学的美好情感,引入了他所从事的琐碎工作中。日夜忙于公务的他,总也没忘了诗情的获取与表达。从麻阳到新晃,他从苗寨走到了侗乡。这一带的特殊风物,椎髻乌裙,鬟佩摇闪,吊脚楼,风雨桥,花阶路,还有那位诞生于凤凰的文学大师笔下的花一般的长河,统被摄进他的诗中。他诗意地行走在青山碧水之间,一路吟哦,把诗的花瓣撒满了这奇幻、诡异而神秘的红土地上。

王行水已出了《泛舟长河》和《梦幻夜郎》两本诗集。自从做起了新晃侗族自治县的县委书记,他更加迷上了夜郎古国的遥远的梦。他为自己现在工作的地方自豪。史载,新晃曾在唐宋两代先后置夜郎县,历时287年。《晃州厅志》序称:"晃州,古夜郎国也"。王行水就任之后,几乎倾全力推动古夜郎文化的开掘

---

[*] 此文刊于《湖南作家》2003年第7-8期。据此编入。

与整理,业绩卓著。在诗集《梦幻夜郎》中,他几乎写遍了夜郎文化的林林总总,从夜郎谷到十里钓廊,从竹王岩到龙溪古镇,从傩戏到侗家的合拢宴。他是在有意识地做一种诗歌和文化的积累。新晃的人民也以自己有这样的诗人而自豪。我在那里关于夜郎历史的展示中和大幅的宣传油画上,看到了当地人大量地引用他的诗句作解说词。

王行水的诗作得很精致,在别人容易做得很随便的常见题目中,他也认真地作出了新意。例如他写"喂养了我的童年"的《玉米》:先是说后羿激怒于嫦娥偷吃灵药的背叛,引弓而发,"射落了无数星辰",又说这一片苞谷地原是观音撒下的网,"射落的星辰都被网起",且被打腊加工,这才成了真正的"神丹"。他能在平常的题目里做出了不平常。作诗如此,相信他为人处事更是如此。有了这份顶真的心志,世界上还有什么能难得住他!

王行水虽然做着地方一级的官员,他其实是一个很平民化的人。他在《梦幻夜郎》中,除了尽力表现古夜郎在今日的精神文化承传之外,还以大量笔墨表现了在那一片土地上辛苦劳作的百工形象——从篾匠、铁匠、石匠、木匠到剃头匠、修脚匠、弹花匠、补锅匠——他很看重这些平凡的劳动者,也尊重他们的特长和技艺。这些诗充满了对这些劳工的神圣礼赞,而且充满同情地表现这些底层生活的疾苦。有些工匠的品种,正随着我们生活的现代化进程,而成为已经消失或正在消失的风景。在这里王行水的吟哦,更像是对往昔岁月的一曲挽歌。作为诗人,他更是性情中人。他的情诗写得不错,一首《你的生日》,那种新鲜的气息迎面扑来,读了直让人感动——上帝选了一个最炎热的日子塑就了你,初次与你邂逅,心就被你灼伤;刚把这个日子写进诗歌,我的日记就着火了;刚把这个日子藏进春天,生活就马上进入夏季。这诗让人耳目一新。

完全不是因为他是一个地方官员,我们才称赞他的诗。弘征先生读了他的诗后,盛赞他的《水车》:周而复始,绕了三百六十度的弯,终于把水拉直了;还有他的《草垛架》:草垛上的理想只是为了登高,走下草垛的稻草还想走远,回到收割后的田垄。这些诗句,都是一种原于生活的奇想。王行水的确有这样的诗歌才能,他能在别人都看到的地方,看到别人看不到的东西,这就是心的灵妙。

王行水的诗,清新自然而不造作。他的目光始终对着这土地上正在发生的一切,他同时也把目光向着深幽的夜郎峡谷中冥冥之中启示着的一切。他的诗是注重现实的,同时也是注重幻想的。他写诗是心灵的需要,他用诗来丰富自己的精神,他也期望着通过诗来提升读者的境界。他是在不断求索之中,不同于他的先辈的是,这个涉江吟诗之人已经告别了那种"吾不能变心而从俗兮,固将愁苦而终穷"的悲观无望,而是充满期待地生活着、创造着和吟咏着。

2003 年 8 月 11 日于北京大学中文系

侗寨尝新节记[*]

  这是癸未年的六月初六日，阳历公元二零零三年的七月三日的早晨。湖南新晃侗族自治县扶罗镇伞寨举行一年一度的大赶坳。坳会的会场设在河滩上，不远处是清澈的贡溪在明亮的阳光下闪烁。贡溪经扶罗镇注入舞水，此后一路蜿蜒而行，直至汇入沅江。伞寨扶山临水，林木葱郁，是个青山碧水风景佳丽的所在，再加上侗乡特有的浓郁风情，这里的坳会引发了我们这些外来的客人浓厚的兴趣。

  少数民族的歌节我参加过不少，此类活动的中心，多半是为男女欢会而设。跳舞，对歌，而后情人幽会，总是非常浪漫的爱情节日。侗族的赶坳当然也不例外，也有歌舞爱情的节目。我们来到河滩的时候，赶坳活动还没有开始，人们正缓缓地从贡溪两岸向河滩集中。会场上正播放着一对男女的爱情倾诉。主人告诉我们说，现在正在演唱的是本寨的歌手，并把歌唱的内容翻译给我们听，大抵是梁祝故事中楼台会那样的情节——男女有约，但女方的家长却为她另觅夫家，男友闻讯赶来相会，是一种无可奈何的互诉和话别。回肠百转，凄婉悲绝。那哭诉的声音回荡在空旷的河滩上。

  要是仅仅作为传统的浪漫爱情的盛会，我们此行不会有惊喜。但是我们却有了一个意外——作为传统坳会的核心部分的，却是侗族一年一度的尝新节的祭祀仪式。尝新节我是第一

---

 * 此文据文稿编入。

次听到,尝新节的祭礼活动也是第一次参加,这种第一次给了我们全新的感受。乡民介绍,明洪武年间,侗族姚、吴、杨三姓始祖为避乱辗转至晃州,入银甲寨(今伞寨),开田拓土。永乐三年三月,他们于谷雨时节播植禾黍麦豆,至六月初六,恰逢辛卯,但见所植作物均已孕苞。于是相约各家自设香案,敬谢神明,遥请先人品尝当年新谷。祭祀仪式大抵始于午后未时,焚香三柱,冥纸二贴,米饭两碗,新鲜禾苞两根,米酒七杯,有钱人家则用刀头(即猪肉)置于神龛。自此定每年六月十五之前逢卯日(丁卯除外)为尝新节,遂成定制,至今凡五百余年。

那日我们参加的是全寨的祭奠仪式,这是尝新节坳会的第一项也是最主要的内容。仪式是在鞭炮、锣鼓和唢呐声中开始的。尝新节祭祀的是神农氏,他们采集田中丰满的禾苞,以酒撒地,焚香燃纸,宣读祭文。他们也有自己传统的祭文形式,祭文是文言的。歌颂神农为"五谷之尊","凡民之生存也,全赖昔帝之亲尝百草之苦也"。因此他们"每逢尝新佳节,休忘神农之大德",这是中华传统文化中颂扬农神的庄严的祭奠仪式。侗民族是很善良的民族,他们感恩图报。他们设祭神农,却也没忘了感谢给他们带来丰足和平安的一切神灵和先人,从"开荒业主、古老前人","诸佛神圣,历代宗亲",到"大成至圣,文武曲星","开国大帝,保朝帅领",祭文中都请他们"大驾光临"一起和村民"欢庆尝新"。

这一天的伞寨嘉宾云集,来自北京的,来自长沙和贵阳的,更有来自市县和乡镇的,大家欢聚在一起。我们的尝新宴是在村长的家中举行。伞寨的村长和书记举办了盛大的宴会,款待这些外边来的客人。这是一座大吊脚楼,厅堂和游廊里摆下了十多桌宴席。四样菜蔬:酸苦瓜,氽豆角,蒸茄子、焖南瓜;两道主菜,烧蹄髈和煮鱼,都是白煮的,不用酱油和其他作料,但是极为精美纯正的农家菜。我平生讲究饮食,也很挑剔,无论精粗,均以本色到位为准,绝不含糊。这次伞寨的盛宴,并不铺张,却以朴素简单见长,实得我心。菜肴是无可挑剔的,米酒更佳,甘甜温润,都是用大碗喝。同席扶罗中心小学语文老师杨飞辉,是此次坳会女主持,豪爽善饮。她连续敬我五碗,五碗之后,我已预感此酒非同一般,便戛然而止,遂未醉。

据村支部书记杨长华介绍,伞寨原名"伞在",今名是后来改的。当初姚、吴、杨三姓兄弟清明扫墓培青,持伞遇雨。离开时,伞忘置墓间。翌年清明,人们发现那伞还在,遂定村名为"伞在"。此地民风醇厚,由此可见一般。

今日同游者,除外地宾客外,尚有怀化杨序岩、芷江舒绍平、新晃王行水、黄骐华、卿定伯、徐朝大、姚敦干诸君。

2003年8月13日于北京大学畅春园

诗的绿音[*]

　　还是那个绿音,还是我当初见到的她。她还是那么青春的、秀丽的、而且是聪慧的。当初她临风而立,长发飘动,写着轻轻浅浅的诗,抒着淡淡浓浓的情,很感动了一些人。我不记得我和绿音第一次是怎么相见的,也许是在家乡垂挂着浓密的三角梅的一座院落里,在同样浓密的榕荫底下,她来看我。诗是先前就读过的,人是第一次才见到。绿音有一种淡淡的不求装饰的风格,她的诗也一样。

　　和我认识的许多诗人特别是年轻的女性诗人一样,绿音似乎只生活在自己的诗里。而她的诗大抵也只是属于一个年轻女子的那份情,那份爱,还有一片充满幻想的天空。世上有很多事,绿音也许知道,也许不想知道。她把在相当多的人看来是应当竭力争取的诸多琐碎的世俗情节都忽略了,只留下那种单纯。但即使是这些单纯,也被她灵动的思绪点化而为那些浅浅的、淡淡的、然而内里却包孕着让人感动的质素的诗句。

　　绿音的诗,和她的人一样清纯。情感真挚,不事装饰,有一种热情,却是非常内敛而节制的。多半是短句,不华丽,很简约。她的诗有一种类似平淡的清雅,她不想从外面添加些什么,很本色。现在的诗多半奢华。有很多的装饰,或者是故作深奥,或者是故作粗鄙,但都具有一定的表演性。而在绿音的理念中,写诗是一种快乐,是一种剥离了虚伪与世俗的自我释放。她追求的

---

[*] 此文刊于《东方》2004年5月号。据此编入。

是让心灵温暖明净的纯粹和真实。她的实践证明,她做到了。

她只为爱而生,把属于个人的情感看得比什么都重要。所有的诗作,大体总围绕着这样的题目。绿音自己说,生命、死亡、爱和永恒,这是她经常想要表现的诗的主题。所谓永恒,其实就是一个字:爱。生命是不会永恒的,一旦死亡降临,生命也就终止了。而爱是超越时空的,当一切都终止了的时候,那曾经存在着的刻骨铭心的情,却始终飘浮着、游动着,在曾经爱着的心灵中。当然,这一切都必须借助于诗的翅膀。

绿音总是那么清纯,她是永远为爱而生的女人,是诗给了她这样一串绿色的音符。从我初识绿音直至今日,时光是流走了很多,但绿音依然清纯。她似乎不愿长大,一直留住了她的纯真。每次遇到她,或是通过越洋电话的攀谈,她只有一个话题,那就是诗。从八十年代到现在,人们说,诗已经落潮了。许多写诗的人,或是做起了生意,或是写起了小说或电视剧,而像绿音这样,信守着最初的承诺,坚持着最初的理想,专注地爱着,审美地写着的人,实在是不多了。这就是绿音让人感动的地方。这种对于世事的"无知"的单纯,在今日这种浮嚣而又恶俗成癖的世道中,实在是罕见的。

还是当年我在故乡的榕荫下认识的绿音,还是当年在香港同游铜锣湾的绿音,当年诗一样单纯的诗歌青年其实是成熟了。的确,她依然还在为永恒的爱情而写作。但她对她所归依和膜拜的,已有了深切的感知。绿音不是不认识当今世界的复杂,她只是宁可要把那复杂表现得单纯。她一如既往,拒绝浓重的修饰,更拒绝恶俗的夸张,她的诗还是清清的、浅浅的、淡淡的。但岁月还是留下了它的印痕,我们从中看到了深沉和浑重:我向火焰寻求燃烧的定义,火焰不说话;我在黑暗中寻找光坠落的方向,黑暗不说话;这是绿音现在所拥有的无论是冷雨还是寒风都不能阻挡的"沉默的世界"。

"海枯石烂之后,是否我们还会站在美丽的废墟上,彼此凝视?"(《倾城》)"悲哀是沙漠上永恒的骆驼,有着永远走不完的行程,幸福就是骆驼背上的那只水壶,而坟墓就在我们脚下。"(《时间》)这样的感受显得深远缅邈,当然是对于早期创作风格的超越。在浅淡之外,她无疑有一种沉郁在诞生。绿音是精心的,她能在别人觉察不到的地方,让技巧造出了语言的奇迹——这里是《空海》:任你的航线一千次地切割我,我是海,只有泪水没有伤口!绿音以我们难以觉察的成熟带给我们以欣喜。但即使如此,我还是不得不说,绿音依旧,她依然有她的摒弃一切的坚定——

今夜我在你掌中
不说前生
也不问来世

2003年8月24日于北京大学畅春园

你的草地总是清香[*]

我相信在人们的所有行为中,诗离心灵最近。因为诗是与人的心灵有关的,而且,更因为诗在本质上是与世俗的功利无涉的,因此,我相信诗能使人的精神变得更为富有,也更为高雅。在我们的社会中,所有的人都在从事着各自的事业,这些人受教育的状况不同,文化背景各异,他们在社会生活中扮演着各种各样的角色,他们对社会的贡献也是各不相同的。但我发现,这些人中凡是热爱诗歌,或是本身又兼着诗人身份的,多半属于此中的精英分子,他们几乎毫无例外地是其中的优秀者——无论是在政界、学界还是商界,也包括在乡村和城市从事着艰苦劳作的劳动者。

一个社会无论物质多么丰富,都不能代替精神、情感和思想的丰富。物质的生产和积累能够促进社会进步,这在当今是谁也不怀疑的。但我始终认为,对于社会的发展而言,精神的贫困是最令人忧虑的。所以我愿借这个机会,重申我对诗歌价值的基本信念:诗始终是人们产生和表达崇高情感的重要方式,诗歌理想始终是促进社会良性发展的催化剂和润滑剂。

我和诗人骆英相识于二十七年前。那时他从遥远的西北风尘仆仆地来到北大,带来的是一颗火热的诗心。北大毕业之后,我们长时间地没有联系。据了解,他在这段时间里有着非常丰

---

[*] 此文据文稿编入。此题为骆英作《晓莹》诗句。见《落英集》,华文出版社,2003年7月北京第1版,第111页。

富的人生阅历,而且取得了事业的成功。令我惊奇并感到欣慰的是,他依然热爱着诗,诗的火焰一直在他的心灵燃烧。昨天他在写给我的信中说,离别之后"我对诗歌的爱好一直保持下来"。这使我非常感动。

骆英说,"我的诗是写给自己的。在一个诗被遗弃的年代写诗,是无法向世人解释动机的"[①]。这话说得精彩。诗的动机仅仅属于个人,极而言之,甚至仅仅属于情感。它是宣泄,它更是寄托。在情感的宣泄和寄托中,人的精神境界得到提升,并且缓慢地、但却长远地影响着社会。"写诗要有一颗很伤感的心,要把最惨的事写得很美,要把最微小的体会写得永恒"[②]。我以为这些话讲出了诗的真谛,诗也就在这样近于夸张的隐喻中,作用于自己的内心平衡,并最终得以感动他人。

诗的被遗忘或被遗弃,绝不是社会的福音。幸好有了我们此刻谈论的这样一些诗人,他们以自己的赤诚给世人提供美好的信息。它告诉人们,至少有这样一些人,他们的理智和良知并没有被膨胀的物欲所淹没。他们以诗的方式向世人讲述精神的高贵。我所认识的骆英,从来就是一位诗人,但现在我所看到的材料说明,他还是一位很有业绩的企业家。陶斯亮女士在《一个行者》[③]文中讲到,诗人骆英身上感性的而兼有企业家果断决策魄力的"诗里诗外""很难重合"的性格特征。我却更愿意相信是诗人的敏感和才华、人文理想、以及对众生的悲悯情怀促成了他事业的成功。因为我前面说过,诗人的身份往往(但不会是全部)会使他成为那一人群中的翘楚。

骆英说过他写诗旨在追求完美,他立志要写"好听的诗"。

---

① 《落英集》后记。见《落英集》第 224 页。
② 同上注。
③ 此文为《落英集》代序,见《落英集》第 1—7 页。

这也是他的诗让人感动的原因。我们的生活正在变得越来越没有情趣。我们总是急匆匆地行走,从一个场所赶往另一个场所。我们已经习惯了周围的一切,听着单调的语言,适应着刻板的程序。我们已经没有耐心也没有机会去倾听秋天夜晚的虫鸣,去吮吸夏日荷塘的清香,去谛听遍地月光下万家临水捣衣的声音。我们现今的生活是被数字编组起来的,生当此时,我们格外地怀想那些能够填补我们的审美空虚的诗篇。

我读骆英是从他的一首小诗《晓莹》开始的:盼望微风,盼望灯光,盼望你的面对,你的草地总是清香;盼望轻吻,盼望忧愁,盼望你的凝眸,你的微笑总是芬芳。这里节奏鲜明,音调清朗,更有动人的复沓,让人读了从内心感到温暖。骆英的诗大都简洁清朗,不事装饰。他崇尚自然,在自然中呈现美感。和"你的草地总是清香"一样,他写"故乡的回忆像草原,有时很鲜,有时很淡"也如此,出手平淡,却在平淡中见新意,有一种如幻似梦的感觉。

骆英的诗以单纯取胜,但单纯不是贫乏。他能以单纯写复杂,写深刻。这正体现了他身兼诗人和企业家的另一面。他身居闹市,却对城市的喧嚣保持警觉。《夜城》写在明亮的橱窗前审视心在变形,且坦言"这夜晚的浪漫不再是纯情"。还有《心的流浪者》"在喧嚣的十字路口总是迷途,在高楼的顶端总是忧伤"。"在一个克隆的时代生存,我对我的细胞也产生着仇恨",他享受着自己所建设的城市的繁华,同时又不能不充满矛盾地惊呼:"城市啊,我无法退出你的繁华,再也无法逃脱你的吸引,像被股市套牢的股民。"[①]他的诗触及了现代人的尴尬,其中也蕴涵了对物欲社会的含蓄的批判。

2003年9月5日急就于北京大学中文系

---

① 此处引文见《在一个克隆的时代生存》。《落英集》第11页。

独特的鄂华[*]

鄂华是我们的同时代人,但他很早就成名了。当他发表《自由神的眼泪》时,我还只是大学二年级的学生。我们当年熟知他的作品,而且都是仰望着他的。他写《自由神的眼泪》的时候,中国人对外面的世界知道得很少。他的创作涉及了那时很少有人写的国际题材,可谓别开生面,让人耳目一新。他于是成为这一领域创作的开风气之先的人。半个世纪过去了,他的业绩依然在人们的记忆中长久地保留着。我们都感谢鄂华对中国当代文学创作所作的贡献。

鄂华从事写作的这一时段,是中国现代文学发展中的一个特殊的时段。这是一个漫长而又艰险的、充满着希望而又令人痛苦的文学年代。伴随着这个年代,中国作家付出了血泪的代价。鄂华走过了它的全过程。而且不论时局多么艰难,他的创作除了"空前浩劫"那段以外,几乎没有中断过。他的创作内容涉及之广,创作体裁使用之多,在中国当代作家中,几乎也是绝无仅有的。

鄂华早年就读于北京大学化学系,以理工科的学生而立志从事创作,而且做出了卓越的成绩,这本身就是文学界的一个奇迹。更需要强调的是,它的出现是在"工农兵"题材盛行的特殊的写作环境中,国际题材的写作有一种如履薄冰的谨慎,因而他的写作格外地引人注目。自此之后,鄂华可谓是文思如泉,奇想

---

[*] 此文据文稿编入。

联翩,妙笔生花。自五十年代中期直至"文革"开始,中国的文化领域,始终风雨飘摇,作家的创作一直处于危境之中,而鄂华却在这种环境中坚持他的创作——他的笔总在那里飞舞着。

鄂华是创作的多面手。从短篇小说到长篇小说,从写实文学到历史小说,从散文到长诗,从报告文学到寓言童话,从电影文学剧本到古典文学研究,可以这样说,举凡文学创作和文学批评,鄂华的足迹几乎遍及所有的文学领域,而且几无例外地都取得了成功。鄂华将及半个世纪的文学实践,证明了他不仅是值得我们普遍尊敬的劳动模范,而且是令我们难以企及的创新者。他的确是中国当代文学界的一个奇迹。

鄂华能在我前面述及的文学艰难阶段坚持创作而基本没有中断,能够在那样的环境中保持了特异的文学业绩,他没有在严重的政治指令中随"俗"或随"众",而是始终保持了创作者的尊严和良知,在严重的时代里坚持独立的写作精神,这证明了一个智者的存在。鄂华的这种文学操守,已经有人作了论述,我在这里只想就我读到的一些例子,借以表达我的敬意。

长篇写实文学《呼龙哨记闻》写于阶级斗争狂热的年代。鄂华在这篇长达数万字的长文的开始写下了如下一段让人触目惊心的文字:"在这里,我懂得了一个严酷的真理:用仇恨构筑的历史,不会在和平中终结。它那寻求报复的力量是毁灭一切的,是可怕的,不会因岁月的流逝而消逝。"《呼龙哨记闻》记的就是这样被仇恨意识煽动起来的连绵不绝的、怨怨相报的故事。从正面看,可以看做是正统的阶级斗争史,而从更广泛的角度看,则是人类相残的可怕的仇恨的记述。那些年代过去了,而文字被保留了下来。我们如今看到的,是一幅残杀和阴谋凝成的历史,而这一切是被特定的意识所指使和支配的。

那文字的背后,跳动着一颗痛苦的心。这种看似"正"写实是"反"写的文字才能,呈现出来的是作家超越常人的睿智,以及他的恪守正义与同情的良知。另一篇写实文字《又为斯民哭健儿》写的是黑暗岁月结束之后、黎明已经到来之际的一个惊人的丧失了理性的屠杀。史云峰终于无可逃脱地惨死在刑场上。在这篇文字里，作家强忍着愤怒和悲痛，以异乎寻常的冷静的叙述，道出了那些至今尚未得到惩罚的真正罪犯的丑恶。

《阴影将在正午消逝》写的是曾被广泛宣传的蒋筑英生命中最后四十八小时的可悲遭遇。我们以往看到的是知识分子为工作奋不顾身的典型，是所谓的"先进事迹"。而鄂华此刻披露的，是蒋筑英究竟是怎样死去的？在蒋筑英生命的最后时刻，他的朋友们为了挽救他的生命，在病危之后的长达二十小时的时间里所遭遇到的自私、虚伪、冷漠乃至冷酷的折磨，最终无援地死去的悲惨经历。作家悲痛的文字让我们看到了"英雄传奇"背后的阴暗，一个让人愤怒的社会真实。写英雄传奇是容易的，而写英雄无可奈何的死亡，从而揭出那通体光明的背后的阴暗，不仅需要勇气，而且需要一颗为真理和正义而呼唤的良心。

我这里没有论述鄂华那些引人注目的国际题材的作品，也没有论述他倾注了许多心血的关于太平天国翼王石达开事迹考证以及关于这位传奇人物的生动的笔墨。我是有意地避开那些大家容易看到的他的创作成果，而论及一些容易被忽略的创作现象。除了上述那些写实文学之外，我在这里要提到他所写的科普读物《爱因斯坦》，以及他为小朋友们写的《蝴蝶谷》，在那里有许多关于矿物学和生物学方面的知识，这一切，都在他的笔下转化而为异常生动的形象。鄂华在做着容易被许多作家忽略的、或者是难以做到的工作。这一切证明，鄂华的笔是为文学有用于社会而工作的。

我们看到了一个独特的鄂华，一个让人肃然起敬的鄂华。

2003年9月11日中秋，急就于北京大学中文系

为邓程新著所作序*

邓程的博士论文就要出版了,能在书前写上几句以示祝贺,在我是很高兴的。在北大攻读博士学位期间,邓程积极参加了由我主持的批评家周末的活动,我们在学术上多有接触和交流。他为人质朴笃实,勤学敏思,发表意见不趋时尚,卓然自立,很有新意。在这本著作中,他对中国新诗有着系统而深入的思考,有些论述,发人所未发,颇有价值。

关于中国新诗,历来存在着各种正面的和负面的评价。一般说来,正面的评价占据了主流的地位。本书作者则更多地挖掘了一些负面的资料,从而使对新诗的评价的问题乃至新诗的发展的问题,再一次凸显出来。应该说,这是本书作者的一个贡献。

当然,作者对新诗所作的较为明确的负面评价,从根本上讲,做的还是维护新诗的工作。他是意在指出问题以求有所补正,有着一种积极的动机。前些年郑敏先生认为新诗与传统产生断裂,并对白话文写作有所质疑。本书作者则更认同于郭沫若的说法,认为新诗用白话作为语言材料正是拯救了中国诗歌。

邓程在展开这一话题时,大量吸收了学术界的研究成果,从而使立论最大限度地避免了偏颇。作者要处理的问题涉及中国古代文学、新文学、西方文学及其彼此之间错综复杂的关系。学术界不乏处理这些复杂关系的经验。从该书来看,作者对各相

---

* 此文据文稿编入。

关学术领域的现状和历史是了解的,因而处理起来也比较允妥。比方他对西方文化采取理性与宗教的双重视角,就充分吸收了学术界对西方文化的认识成果。

应该说,从学术的角度来看,最使我感兴趣的还是他对中国古代文学的处理方法。二元对立模式的西方理论,在近代以来一直占据阐释中国古代文学的主流,而中国古代文学本身的特征也被西方文学的阴影所遮蔽。而作者则一直力图发现并证明中国古代文学的独立性,一直在小心翼翼地回避西方理论二元对立模式的陷阱,比如理性/宗教、主观/客观、现实主义/浪漫主义、唯心/唯物、先验/经验、有限/无限,等等。这一努力的结果如何,需要假以时日,期待着学界的检验。

近百年来对新诗发生发展的研究,可谓诸说纷纭,有些意见则是截然对立的。这体现了学术发展的常态。我以为不同见解的充分表达和自由碰撞,只会有利于学术的发展。青年学人在这一点上,尤其扮演了前卫的角色,这点是让人感到欣慰的。我坚信邓程对于新诗的意见,一定会启发我们关于这些问题的进一步思考。

2003年10月19日于北京大学中文系

依然一棵年青的树*
——贺辛笛先生诗歌创作七十周年

辛笛先生从事创作的年限已进入"古稀之年"。但读他的诗,依然感到一种青春的气象。此刻诗人静坐在那里,望着那棵窗前的树。那树是他的老朋友了,他们经常默然相对。尽管在不开花的时候,他和树一样要承受寂寞,但他们不说一声憔悴。我不知道树的年龄,但我知道诗人已不再年轻,但他依然有着一颗憧憬春天的心。诗人就这么坐在那里,望着这棵"窗前树",空阔中传来他的声音:"明年春天来了,它还会照样开花。"①

再过两年,还是一样的年轻的声音:"四月,春天来了。"他看到了"桃花挤满枝条"的繁忙景象,也看到了那三十六层高楼一夜间又长了一层。在写给从巴黎归来的友人的那首《客诗贴》中,他回忆起莫奈的睡莲,名叫"诺曼底太阳"的红酒,他一样听到了塞纳河边树叶的絮语。半个世纪已经悄然在身边过去了,诗人并没有那种落寞的秋意,他仍然执著地相信:生命的冬天可以触摸到春天的脚步。② 这些诗,都是在诗人过了八十岁以后写的。他已把一生中大部分时光留在了身后,但他的情感世界没有苍老,他对周围的一切仍然保留着那种纯真的喜悦。这就是辛笛,九叶诗人中最年长、也最辛勤的、令人肃然起敬的一位。

---

* 此文刊于《诗刊》2004年3月号上半月刊。据此编入。
① 辛笛:《窗前树》,作于1993年。见《诗刊》2003年10月号上半月刊,第24页。
② 辛笛:《四月,春天来了》、《客诗贴》,均作于1995年。见《诗刊》2003年10月号上半月刊,第24—25页。

辛笛先生是一个很矜持的诗人,他对自己的创作有着近乎冷酷的挑剔。记得他在《手掌集》的后记中引用过奥登在1945年的诗集小序中的论点,奥登认为在每一个作者的眼光中,自己过去的作品大体可分四类,一是不堪入目的东西;一是有一些很好的意思,只是由于才华短拙或匆忙成章而没有写到好处;其三,是一些自认为尚看得过的篇章,但缺乏重要性。任何集子都无可逃避地以此三类为定,只有他认为的第四类,才是诗人自己最为激赏的诗歌。但若以此为限结集成书,那么他的集子就薄得太令人气短了。辛笛先生说,"我很喜欢奥登这一段简洁完全的文字,虽然写来平易,创作的甘苦都给他轻轻道破。我写了这么些年的新诗,纵说是百分之九十九时间都用在与诗歌全不相干的研究和工作上,写存的诗原本不多,更经不住拣选,而论起品质来——倘若有何品质可言,却大体属于奥登所列举的前三类的东西。加上从1936年的《珠贝集》中摘下的部分也还只有如此小小的一本。"①

辛笛是一位对自己要求非常严格的诗人。尽管他对自己的文字显得有些吝啬,总的产量不算太多。但我们还是要感谢他,是他在沉沉的暗夜撒给了我们一串闪光的珠贝。我这里要说的是,即使他毕生只写一本《手掌集》,就这本诗集也足以展示他作为成功诗人的全部才华与风采,他在中国诗歌史上的地位也可以由一本诗集来论定。事实是对所有诗人来说,大量的诗总是平常的,好诗总是少数。即使一位诗人非常杰出,事实上也不可能每篇均可传世。由一首诗而让我们永记一个名字,因一本诗集而让我们想起一位诗人,这样的例子在中外的诗歌史上实在是太多了。记得当年,我还是一个爱好诗歌的少年,我是那样地对辛笛先生的文字感兴趣。一本《手掌集》当时定价是国币四元

---

① 见《手掌集》后记。星群出版公司,1948年1月,第115—116页。

五角,它使一个贫穷的初中生在书柜旁徘徊了整整一个学期,终于攒够了钱买下来了。这本《手掌集》伴随我走过了风雨人生,经历了无数劫难,至今仍是我的珍藏。

我现在还记得初读辛笛诗歌时所受到的感动:"鞭起了的马蹄不可少留。想收拾下铃辔的叮当么?帏灯正摇落着无声的露而去呢,心沉向苍茫的海了。"①当日这样的语气和句式让我着迷,我感到从来没有的新鲜和奇异,诗原来是可以这样委屈地表达情感的复杂性,可以如此细微地体察人情、而且可以如此传达出婉转缠绵的美感。我那时不知诗,只知道辛笛和他的朋友们写着一些不同凡响的诗。后来约略地知道,辛笛的诗和当时流行的诗之间有着明显的不同之处——他极端重视通过精美的艺术表现力体现生活中的美感。在别人可能是直露地表达的地方,他追求一种纤细委婉的效果②。他直接继承了五四以来新诗崇尚艺术审美的这一路诗人的传统。这一路诗人注重诗的艺术性,但并不排斥诗歌和现实生活的关联。但他们对艺术的真诚,在艺术不受重视的年代的确是一道鲜丽的风景。

他们明确地坚持诗应当是音乐的,是美的,诗不仅应当有情有意,还应当有声有色。"花的天气里夜的白色,映照中一个裙带的柔和"(《丁香、灯和夜》);"我把碎裂的怀想散播在田原上","你给我带来了一纸清寒"(《寄意》)——他的诗句表达情感很细腻,有一种感伤的美丽。它通过暗示、借代、移情、通感等多种手段,让所要加以传达的情致都有一个熨帖的居所。读《潭柘》的

---

① 辛笛:《夜别》。作于1933年。见《手掌集》,1948年1月,第11页,星群出版公司。

② 星群出版公司出版《手掌集》时在《诗创造》上刊登的广告词说:"他的诗里没有浮面的东西,没有不耐咀嚼的糟粕,他把感觉的真和艺术的真统一成一个至高至纯的境界,使人沉湎其中,低徊而忘返。他那柔和的笔触,对于遣词使字和内在节奏都是十分完美的。"

首句"虫声让我怀着夏日的绿意了",即可窥见作者的匠心:虫声是诉诸听觉的,绿意是作用于视觉的,从声音的感知,转换而为色彩的接纳,造出了这种音色之间的立体画面。主体是人,我是被虫声唤起而怀着一种夏日清凉的绿意的。

读着这样的诗句,人们也许会说,这是辛笛早年的作品,那时他年轻,有着青春愉悦的心境。此话其实不对。即使是六七十年之后的今天,诗人审美的触角依然没有钝化。一曲《夜航》①即是明证。夜航船"悄悄地,在巨幅流动的暗色绸面上滑行",他说的是夜间的水面,那是流动的暗色的绸,夜航的船是在一幅巨大的绸缎上滑行。即使到了晚年,辛笛依然心细如初,文字鲜丽如初。他是一棵依然年轻的树。

20世纪40年代是辛笛创作的高峰期。当时中国社会处于剧烈震荡之中,时世的严重使一些人产生错觉,以为思想替代艺术是正当的,为了内容的重要性可以完全忽略形式和技巧。这些人往往对注意艺术表现的现象不怀好感,认为是"艺术至上"或"唯美主义"。很长时间内对"九叶诗派"的误解即是由此而生。其实,分歧不在对现实的态度,而在如何表现现实,即是艺术的还是非艺术的分歧上。所谓"至上"是心目中除了形式别无他物,"唯美"云云,也是如此。反观辛笛那时的作品,如《巴黎旅意》:"千里万里,我全不能为这异域的魅力移心,而忘怀于凄凉故国的关山月";再如《布谷》②——

> 我听见过意大利的夜莺
> 我听见过英吉利的百灵
> 但我渡海而归

---

① 《夜航》,辛笛作于1993年。载《诗刊》2003年10月号上半月刊。
② 《巴黎旅意》,约作于30年代末,《手掌集》第69—71页,星群版。《布谷》,作于1946年,《手掌集》第91—94页。

暮暮朝朝
我只一心一意想着你
古中国的凡鸟

从《巴黎旅意》到《布谷》，跨越不同的时空，始终不变的是那种非常让人感动的东西，说是乡土情结也可以，说是爱国主义也无妨。这点，所有的忠实于时代的诗人都在这么做的，也是不问艺术流派的。20世纪40年代后期，《中国新诗》和《诗创造》兴起，其中以辛笛先生参与其中的"九叶诗派"最为引人注目。"九叶"诸诗人精通外文，深得现代主义神韵，又熟谙中国传统诗学，致力于沟通东西方文化以建设现代化的中国新诗。这本是上个世纪中叶中国诗歌史上的一番盛事。不意却是谤讽骤起，有说是"中国新诗的恶流"的，是"南北才子才女大会串"的。① 这不能不使人感慨于中国的惰性。

然而历史是公平的，偏见已随着岁月流逝。至今人们对此都深信不疑：辛笛（和他的朋友们）不仅是非常"新潮"的，而且也是非常"传统"的。辛笛先生最近在接受一次访谈时说了这样一段话："直到今天我仍然想我们如果运用一些半文不白的词汇、典故，只要运用得当，必然会给新诗增添一种难能可贵的魅力——中国文言贵在言简意深，而古典诗词的内涵蕴藏尤为丰富，不论四声，格律，对仗都是讲究有来历的。很多美妙之处是只能意会不可言传的。所以如果能够把古典诗歌的传统恰当地溶入到新诗中来，必可为新诗开拓前所未有的思路。"② 这话说得很"大胆"，也很"保守"，但的确发人深省。

---

① 见张羽《南北才子才女的大会串》——评《中国新诗》》，《新诗潮》第4期，1948年。又见游友基著《九叶诗派研究》，福建教育出版社，1997年8月第1版，第112—113页。

② 辛笛、张大为：《辛笛访谈录》。辛笛口述，王圣思整理。《诗刊》2003年10月号上半月刊，第21—24页。

附带说一句,辛笛先生不仅外文好,而且国学基础深厚,他不仅新诗写得好,还写着一手地道的旧体诗,他的《听水吟集》可与《珠贝集》和《手掌集》比美。

2003 年 10 月 27 日于北京大学中文系

不竭的诗思[*]
——唐湜先生的诗和诗论

我从事诗歌研究受到了许多前辈诗人和学者的启迪。而在诗歌批评方面，特别是在诗歌批评的文体和文风方面，给我以最深刻也最直接的影响的是唐湜先生。我在初中时代便喜欢诗歌，20世纪40年代后期，在决定中国命运的光明与黑暗际会的时刻，一个少年人把对于国事家事的焦虑和期待，都集中到了诗歌上面。那时节，《王贵与李香香》或者是《王九诉苦》，对于生活在国统区最南端的中学生来说，是遥远而陌生的。而上海和香港那时就成了提供精神文化资源的可靠的"后方"。我就是这样地接近了《中国新诗》、《诗创造》、星群出版社、森林诗丛，以及它们的编辑和作者们。这些闪烁在乌云笼罩的沉沉暗夜里的"严肃的星辰"们，给我寂寞而愁苦的心以慰藉。唐湜先生（还有后来被称为"九叶诗派"的一群）就这样走进了我的视野——尽管我们的相识是迟到的。

唐湜先生著作非常丰富，他有非凡的想象力和不竭的诗思。第一篇《海上》写于1943年，他要找"渴慕已久的北斗星"，因为它"刚强的屹立"。四十年代中期他有一次"诗意的洗礼"[①]，一周间写了一部《交错集》和两章长诗。这些诗作反映了当日社会

---

[*] 此文据文稿编入。
[①] 见唐湜：《我的诗艺探索》。唐湜抒情诗选《霞楼梦笛》代序，人民文学出版社，1993年北京第1版，第3页。

的动荡和自己天真的幻想,乃是所谓矛盾交错的产物。唐湜先生的创作最辉煌的时间,应该是在上个世纪四十年代后期,他那时充满着期待和憧憬。他借悼念朱自清先生的机会,表达了他对即将开始的时间的信念:"我已看到在混凝土的地层里/一个新人类的早晨/已经发亮,树林下有遥远的/海,沉沉的云预言似的/下垂,呐喊,熊似的生命/众多的手臂是人们的森林。"①

唐湜先生当年意气飞扬,诗思如涌。他的一首题为《诗》的诗中,表达了诗歌对于时代的期许:"诗如其可以在生活的土壤里生根,它应该出现在生活的胜利里","果实是为了花的落去,闪烁的白日之后才有夜的含蓄"。② 在这首诗中,唐湜还表达了在新时代里新生的意愿:"主呵,苦难里我祈求你的雷火,烧焦这一个我,又烧焦那一个我","圆周重合,三角锲入,在自己之外又欢迎另一个自己"。在同一期刊物里,他还有一首《剑》,也表达了更新旧我的决心:"我曾想爱一把剑使自己流血/痛苦里我创造一个崭新的自己/有剑的锋利,水的坚韧/更有年青的野兽那样的奔突直前。"他的这种埋葬旧我,呼唤新我的声音,让人想起穆旦后来引起恶评的《葬歌》③,但唐湜的作品比穆旦提早了大约十年。

唐湜先生自述,他年轻时常与同学"倾听欧洲的诗人们在明

---

① 见唐湜:《手》,《中国新诗》第四集《生命被审判》,1948年9月,第1—2页,森林出版社。此诗发表时署名迪文,并有作者附记:"朱自清先生于1920年前后曾在浙江温州中学任教三年,温中的校歌就是他写的,'雁山云影,瓯海潮踪,看钟灵毓秀,桃李葱笼——',现在仍然在我心里袅袅不息。朱先生写了不少关于温州风土的文章,《梅雨潭的绿》就是每一本教科书上都会有的。作为一个故乡山水的爱好者,我对朱先生有着一种沉默的向往——一种脉脉的激动如秋雨后的微思,但我更爱把朱先生看成这时代受难的到处给人蔑视的知识生活的代表,从他身上看出人类的受难里更深重的知识的受难,他的'背影'是很长的。"《霞楼梦笛》收入此诗,见该书第17—19页。

② 见《中国新诗》第2集《黎明乐队》,1948年7月,第10页,森林出版社。

③ 穆旦:《葬歌》,见《诗刊》1957年第5期。

媚的湖畔歌吟,有时听着雪莱的云雀鸣啭,济慈的夜莺轻啼,有时也进入一片象征的森林漫游。浪漫主义的激情引起了我的狂放不羁的幻想"①。欧洲19世纪的浪漫激情与中国当日社会正在进行的巨变的现实的结合,构成了唐湜这个阶段诗歌的基本精神。他从根本上讲,是一位注入了现代精神的"唯美"的诗人。后来他把自己的一部诗集定名为《幻美之旅》,另一部诗集定名为《遐思——诗与美》,他在后者的前记中说,"诗应该有纯净的美","一切美都应该是抒情的"②。唐湜除了致力于抒情的十四行写作之外(在中国,他的十四行写作的产量可能是最为丰硕的,计达一千多首),他还是叙事长诗最忠实的实践者。从《英雄的草原》③开始,此后又有《海陵王》、《泪泉》以及叙事诗集《春江花月夜》等多种。

唐湜在"九叶"诗人中身兼诗人与评论家的双重身份,诗和诗论都取得了引人注目的成就。诗的成就特别表现在十四行体和长篇叙事诗的写作上,而我更愿意强调他在诗歌批评方面的成就,甚至可以说,后者超过了前者。无可置疑,评论是他诗歌写作中最为鲜丽的一笔。唐湜的诗歌批评开创了一个崭新的风格。他自认为是"以抒情风格来写评论","我是要引导人们进入诗的王国去欣赏奇异而鲜艳的景色,我想在自己的引导中勾描出诗人的风采,诗的浑然风格来"④。关于这一点,他在题为《怀刘西渭先生》的诗中讲述了刘先生对他的影响:"四十多年前,一

---

① 见唐湜:《我的诗艺探索》。唐湜抒情诗选《霞楼梦笛》代序,人民文学出版社,1993年北京第1版,第3页。

② 唐湜:《遐思——诗与美》,漓江出版社,1987年9月第1版,第1—3页。

③ 《诗创造》刊登的森林诗丛的广告说:"这是首史诗型的长诗,一个虔诚的理想主义者的寓言,作者具有一份宏大的气息,一份可惊的浪漫蒂克的力量,波浪万丈,使人迷晕又振奋。"

④ 唐湜:《霞楼梦笛》代序,《我的诗艺探索》第4页。

个中学生/由于您的'咀华'的光照/进入了一个新奇的世界。"[1]说明他的批评也得到了前辈批评家的启发。

他为《中国新诗》创刊执笔写作了《我们呼唤》一文。在这篇发刊词中,他以"严肃"这个关键词,来概括他所面对的时代以及这个时代的艺术和诗,应当说是非常凝重而准确的。这体现了他作为诗人和评论家的敏感和智慧。"我们面对的是严肃的时辰;到处有历史巨雷似的呼唤;到旷野去,到人民的搏斗里去,到诚挚的生活里去,它以它的光让我们知道:只有在历史的光辉里才有人的光辉,人的存在只因为它的严肃的工作,人的存在只因为它的自我牺牲——在生活里也在文艺与诗的创作里"。[2] 唐湜置身在新时代与新诗歌的洪流中,他把握到时代和艺术的激烈脉搏,他以华美而灵动的文字,准确而又生动地传达他对诗的评价和抉择。他的气势宏大的文字,有力地激发着人们的创作热情和阅读热情,并有效地影响着一代人的审美风尚。

《穆旦论》是他的一篇杰作。他对穆旦诗歌的分析直逼他的诗歌生命的内质,他为穆旦所作的判断迄今没有过时,仍具有长久的经典的意义:"朴素的唯物论的精神,以肉身的感觉体现万物,用自我的生活感受与内在情感同化了又贯穿了外在的一切,使蜕化成为一种雄健的生命。真挚,虔诚,坚忍,一种'坚贞的爱',一种爱与恨的凝结与跃进使他有了肉搏者的刚勇与超越博大的生命力。"[3]他的概括很有文采,有强烈的抒情性,不免也有点抽象。但就是这种不确定的叙述,确实读者感到了一种接近切实的言说。诗无达诂,谈诗原也不必拘泥,诗论的某种"游移"不仅是允许的,有时却更显魅力。唐湜论诗,往往能于激情恣肆

---

[1] 唐湜:《幻美之旅》,宁夏人民出版社,1984年8月第1版,第67页。
[2] 《中国新诗》第一集《时间与旗》,森林出版社,1948年6月,第1页。
[3] 唐湜:《穆旦论》,见《中国新诗》第三集《收获期》,森林出版社,1948年8月,第27页。

之中夹杂着切实的缕析。举例说,他在分析穆旦《成熟》(之二)"那改变明天的已为今天所改变"这句诗时说:"这句短短的话,真可以是一个数学公式,一个可惊的透明的结论,含有多么可怕的世情。"①在这些含蓄的语句背后,我们很容易地读出了"具体",而且被感动。

唐湜是四十年代后期对于当时具有现代主义倾向的新诗实践得最热烈、也最有力的支持者和推动者。他为这批诗人写了大量的奔腾激越、气势宏大的文章。这些文章是那样及时具体地向读者和社会推出这批新锐诗人的新作。辛笛的《手掌集》出版,是他最先加以推介的。而立论之精警,以及基于艺术风格的深知,使他对辛笛的定位具有了相当恒定的价值。

> 有两种天才:一种内敛,一种外放;一种凝重,一种奔泻;一种含蓄凝藉,一种意气感人;一种恬静,一种激动。如果说后者的气质是浪漫蒂克的,则前者就是克腊西克的。奇怪的是向外奔放的却往往只表现了自我人格的投掷,而内向凝含的却反常常能入神于众多的人生光景,任意象自由地遨游。②

这里所指"前者"则是辛笛一路风格。在唐湜的主持下,《诗创造》推出诗论专号。他在《严肃的星辰们》这篇文章中有力地推荐了唐祈的《诗第一册》、莫洛的《渡运河》、陈敬容的《交响集》、杭约赫的《火烧的城》。在《诗创造》第八集《祝寿歌》中著文《诗的新生代》,以更为广阔的视野和胸襟介绍了风格迥然不同的诗人。他做着及时性的、几乎是同步的诗歌批评,在他的笔下

---

① 唐湜:《穆旦论(续完)》,见《中国新诗》第四集《生命被审判》,森林出版社,1948年9月,第26页。

② 唐湜:《手掌集》,见《诗创造》第九集《丰饶的平原》,星群出版社,1948年3月,第23—29页。

展开的是一幅又一幅壮丽动人的诗歌的时代画图。我们总能在唐湜的评论中,捕捉到当年诗歌行进的脉搏。

唐湜由于他所接触的诗歌资料的丰富性,以及他立足于中国传统诗学、西方浪漫派诗学,以及与西方现代主义潮流结合的交汇点上,使他的立论有一种难得的开放性和包容性——他不囿于作为单纯的"九叶诗派"的批评家而存在。他是当日中国——至少是战事日益逼近的南中国诗歌运动的最及时、最有力也最权威的阐释者。

2003年10月30日于北京大学中文系

当前诗歌述略^{*}

论及当前诗歌,尽管人们对它的现状时有微词,但公平些说,较之以往,诗歌的确是有了长足的进步。新诗潮的崛起,改变了新诗的命运。诗歌已从昨日的严重阴影中走了出来。这个阴影当然不单属于诗歌,而且属于中国文艺的全体。很长时期以来,由于中国社会所处的严重的环境,要求包括诗歌在内的文艺把启蒙人心或拯救社会危机的任务承担起来。这就导致对于诗歌的社会作用有极端的强调。五四过后,经左翼文化运动,进入抗战时期,直至解放区文艺,每个时段都有高于艺术的社会政治要求在提出。审美受到了挤压,为政治而驱逐抒情,历经数十年的"调理",已经形成一种习以为常的"秩序"。实用性功能的强调,导致对于文艺的大一统模式的确立,从对内容的要求统一,再到对艺术表现的要求统一,这原是顺理成章的事。

对诗歌进行的统一模式的"改造",多年以来都在不遗余力地推广。对此进行严重挑战的是朦胧诗。朦胧诗的出现主要不是从理论上,而是从实践中对这统一体进行了质疑。朦胧诗不仅怀疑曾有的历史和现实,而且怀疑诗歌的生存状态。它在那个统一体上面打进了一根楔子,使它有可能开裂,并最后导致诗歌产生划时代的巨变。严重的斗争使"怪异"成为平常,它公开一个道理:所谓的神圣是可以怀疑的。以朦胧诗为起点,新诗变革的潮流汹涌而来。继新诗潮之后,第三代诗人又有新的展

---

* 此文刊于《广西大学梧州分校学报》2003年第4期。据此编入。

开。直至20世纪末,大功始成,中国新诗于是拥有了一个新的起点。朦胧诗的巨大贡献在于,它把一只硕大而坚固的坛子给打碎了。

我要肯定诗歌的另一个视点,是诗人在市场经济中的可贵的坚守。从上个世纪末开始,中国的经济迅速地向着市场转型。市场经济的繁荣激活了全社会的消费热情,使中国停滞的社会充满了力量和动感。但它在带来新气象的同时,也带来无所不在的物欲的膨胀。文艺在很大程度上也成为了商品。这些精神产品和其他商品一样被收购、贩卖、进行等价的或不等价的交换。诗歌因为社会对它的冷淡,而幸运地被市场拒之门外。诗人自爱,他们不为物役而甘心地守护着一方净土。面对喧嚣而浮躁的世界,我们不能不对寂寞中坚守的诗歌产生敬意。他们因贫穷而守身如玉。当然,与此相关的问题是,它坚守了,又能坚守多久?

至于当前为人们所关注的"下半身"写作是否与市场有关?不能否认它与世俗之间不存在着共谋的关系,也不能否认它的主张没有迎合层次不高的趣味的因素,但就其主要倾向而言,还是一种接近体现生命本体的诗歌观念及其实践。但无可讳言的是,它所表现出来的偏执令人不安。诗歌从本质上看是情感的和审美的,当诗变得无"情"而又不"美"的时候,人们就有权利怀疑它是否还有存在的价值了。这种命题是非常严肃的。

我们当今所面对的诗歌现实,是八十年代伟大实践的结果。那时开展的围绕朦胧诗的论争,即使从现在的视点看,仍然有着巨大的历史意义。它体现了诗歌对当日既有秩序的怀疑和批判。它旨在改变由当时的政治形态推进和鼓励的诗歌的"假、大、空"的现象,并致力于使诗歌能够传达民众真实的心声,即所谓的"诗歌要讲真话"。它同时争取诗歌艺术表现的自由,不仅是写实的和想象的,而且也还有抽象表现的自由,这就导致诗歌向着现代主义的重新接近。当时论争的焦点,涉及表现公共的"大我"之外的"小我"的问题,其实就是个性的彰显的问题,涉及诗歌回到真实,回到个性,以及反对公共化的问题。对朦胧诗论争的最简单的评价,那就是,由于它打开了封闭的闸门,诗歌终于能够从绝境中走了出来。

近期发生的知识分子写作或民间写作的论争,与朦胧诗论争的语境有很大的不同。在已经获得解放并取得民主意识的诗歌程序中谈论一种自以为是的唯一形态,并论证除此以外别无他法,其实质是一种倒退。另外的疑点是,中国的知识分子怎么可以和民间对立起来?说白了,真正的知识分子是在民间生存、并是能代表民众愿望的群体。中国的非民间的知识分子是有的,但为数不多,而且他们的身份有很多可疑之处。

对所谓的民间的或知识分子的两种主张的分歧,我更愿意理解为这是基于中国新诗内在资源的长期矛盾的外化。如果它们之间有什么不同的话,那就是知识分子写作强调知性和技巧,表达玄思,把诗歌写作引向细致的技艺的安排和处理——它的忽视诗的生命力的倾向是明显的。它更偏向于向西方取得经验。民间写作强调平民意识,倾向于表现这些生活在低处的多数人对于生活的焦虑和不安。它在表现这些生活内容时,采用了接近日常口语、甚至较之日常用语还要鄙俗的方式。它执意于要在诗中驱逐被他们认为的"矫情"或"滥情"的诗的抒情性。他们似乎立意于反抗那种精致的审美。而他们的诗又似乎把一切涉及情感的丰富和细致的审美都排斥了。

从两种诗歌写作的倾向看,前者更注重西方现代艺术技巧的沿袭和借鉴,是重在知性的传达。而后者更近于"本土化",它拒绝细腻和弯曲的艺术方式,它秉承一种直接粗放的风格,甚至以俗为雅。两种倾向表明了中国新诗在建立之初的对于两种资源的抉择上的困境。新诗是按照西方诗歌的"样式"重新"造"出来的。但中国诗的根源却在"古典",而"古典"在当时是要予以弃置并予以批判的。但不论在理论或实践上对中国固有的传统是如何地鄙薄,而植根于本土的诗歌影响却是深远的。在本土诗歌影响这点上,需要辨明的是,除了古典的因素,也还有民间的因素。特别是来自民间的民歌体格律诗,经常以与古典合谋的形式,对诗歌的发展起不可忽视的影响。当然,民间写作就其基本倾向来看,与此相去甚远,但就其本土性而言,它们原本就是一家。

两种资源,前者在新诗建立中占了上风,因为新诗去了旧的模式,必然要采取新的模式,这就是西方诗歌的模式。有人说,新诗其实就是用中文写的外国诗。至于后者,在当日是受到质疑并予以排斥的。但它却与中国诗的命运紧紧地联系在一起。它在新文学革命的初期暂时地被冷落,并不等于它在中国新诗发展中没有地位和不产生影响。所以,要说两种写作方式何者为尊为主,何者为卑为辅,这事绝对没有意义。而说到它们代表着中国新诗建立之初两种资源的矛盾,并引起我们对整合中外影响、合理地引进和利用内外有益资源,以助益于新诗的建设,则又不是没有意义的。

诗歌的迷误已经有一段时间了,人们对诗歌现状的批评也是不曾间断的。但为诗辩护的论者的态度也是十分坚定的,这与读者的不满情绪构成了极大的反差。这些维护者认为持批评态度的人并不认真读诗,他们的不满只是从想象出发的一种偏见。维护者们对诗的现状很满意,并不认为诗歌真的发生了什么。但他们的确不能为新诗的批评者提供有说服力的证明,甚至不能提供一份有分量的好作品的名单。自从海子消失以后,好作品真的是寥若晨星。而且更为令人遗憾的是,这几年几乎就没有出现过对全局发生影响的诗人,如五四时期的郭沫若,抗战时期的艾青,"文革"期间的食指,"文革"结束后的北岛等。缺乏对全局产生影响的诗人,再加上缺乏能够概括这个大时代的诗作,这就是中国诗歌的现实。基于这样的现实,又有什么理由对人们的失望不以为然?

我们对中国诗歌怀有大希望。一个社会的经济愈是发达,物质愈是丰富,则对精神层面的期待便愈高。当物质的诱惑成为一种普泛化的现象时,精神的匮乏便鲜明地显现出来了。这个时候,人们便有理由期待着情感的和审美的音乐、绘画以及其他艺术来填补那些让人们感到失落的空间。这个时候,诗歌可能是一种宗教。大时代有大欢乐,也有大忧患。大时代呼唤着大诗,而我们恰恰是缺乏这种与我们的时代相称的、无愧于我们时代的诗歌。

邱滨玲著《半边鱼》序[*]

读邱滨玲的诗很让我感动。这诗集原名叫做《闲话人间》，后改今名。这里展现的是真实人间的一幅幅画图，一个个场景。邱滨玲把这一切写得非常真实，也非常朴素。都是人间正在发生的和已经发生的一切，都是一些不大的题目，人生百态，人间常情，特别是一些小人物的小故事。他把这叫做"闲话"，其实闲话不闲，只说明作者有他的独特运思，出以"闲"笔，表达的是人间关怀。他往往从不经意的角度切入人生真谛，对材料进行不那么严重的低调处理。"闲话"无疑体现着作者的用心和姿态，即一种对于事态人情的积极参与、介入意识。

邱滨玲用一颗平常心，把他的所思所想，通过普通的语言和简单的意象予以简洁的表达。他写的基本上都是不大的场面，大都是通过小镜头，通过一些人所熟知的题目，如"犁"、"老牛"、"矿工"，甚至"露珠"这样一些非常一般的题目来做文章。以"露珠"为例，写的人实在是太多了，要写出新意很是不易。但邱滨玲知难而进，他一旦抓住这个题目，就认真地做。露珠是渺小的，露珠是清贫的，露珠是短暂的，但露珠又是伟大的——它勇敢地迎接日出，然后又壮烈地消失。这首诗，若只是以上所述，则未免平常。他的好处是，把认定的题目紧紧盯住，一直往深处钻。果然功夫不负有心人，他把一个被人写"滥"了的题目，作出了全新的一首诗：因为它"身子曾装过整个太阳"，因此它"短暂

---

[*] 此文刊于 2004 年 2 月 7 日《厦门日报》，题为《人间冷暖诗人牵挂》；又载于 2004 年 12 月 30 日《闽西日报》，题为《平凡中见绮丽》。据文稿编入。

而不朽";因为它给万物的复苏提供了水分,因此它"清贫而富有"。仅有这还不够,最后他归结了一个永恒的真理:瞬间有瞬间的辉煌,短暂有短暂的丰富。一下子提升了诗的品位。

这就是邱滨玲,一个执著的、顶真的诗人。他不怕题目的"熟",即使是被很多人写了的题目,他一旦选定也不回避,一样地经心,一样地在意,一样一往无前地往深里钻。作为诗人,邱滨玲的毅力和敬业精神不能不让人感动。他不仅写一些通常的题目,而且时不时地出现一些奇思妙想。这给他的诗增添了阅读的兴味,而且显示出平凡中的绮丽。如《蚕》,先说它是印象派的雕刻师,"用牙齿锯掉桑叶的肉,表现绿世界的风骨";再说它是现代派的建筑师,"用嘴巴搭建椭圆形的小屋,供圆寂的灵魂居住";最后说它是超现代的魔术师,"以爬行者的姿态进入,以飞行者的形象复出"。这里连续出现的三个比喻,从不同的侧面切入主题,非常精彩,又非常质朴,而这里的质朴,恰恰是诗人才华横溢的地方。

这样的例子还有,如《犁的诉说》,犁说自己的下半身是"跪着"的,这是诗人对事物的穿透性的发现。而这还仅仅是外观的,在这发现的背后,由于诗人一贯的执著和韧性,他毫不放松地由外往里地开掘,直至"掘"出那犁的内在"精神"——"我"跪在牛的背后,"我"跪在种子的前面。这一前一后两句短语,构成了精彩的人生格言。坚强的人格摒弃下跪,但对于牛和种子这象征着劳动创造和生命未来的,下跪意味着崇敬。与此相关的,如《矿山行》讲矿工的一生"生是黑金,死如火凤"也是。

有些人写诗,容易流于浮表,一题到手,凭着一时感兴,宣泄尽致。这种人不能说没有才气,也不能说没有艺术素养,但他们浮躁,不肯沉下心来,把那题目做深做透。因此,他们做不出精致的东西。邱滨玲写《蚕》,也是熟题,我读过许多咏蚕的诗,深感这位诗人真有"苦吟"的味道,他从"雕刻师"、"建筑师"、"魔术师"三个层面写蚕的一生。奇想联翩,真有语不惊人死不休的劲头。从中可看出邱滨玲为诗之道,也发人联想在生活中和工作中的邱滨玲,一定会有一种锲而不舍、务求精透的作风。我与诗人过去并不相识,但我由诗及人,几乎可以这么断言。

诗有诸多境界,有人出以清丽,有人出以凝重。邱滨玲则是时时处处以"闲话"的方式介入社会悲欢、人间冷暖。再由此返抵内心,感悟生命存在的律动。通观邱滨玲的创作,最让人感动的是他对弱者和弱势群体的处境和命运的深重关切。面对欺凌和不公,他有时甚至有抑制不住的愤怒。《半边鱼》就是一个抗议的声音,在这背后是一种宽广的悲悯情怀的支撑。在有的诗中,他甚至因此而表现出某种"无奈"来:"我看到人间的卑鄙,我扣动思想的扳机,语言的枪膛里却没有子弹。"诗人的心为苦难而颤动。

如今的诗歌写作真是乱花迷眼,但邱滨玲心无旁骛,一径专注地朝着自己的目标走去。他有自己的审美抉择(尽管这种抉择可能有点单调),他没有跟着时尚走。也许人们因此看出了他的"保守",而我却由此看出了他的"坚定"。艺术看重的是生命的"质",而不是它是否能在时世的推动中如何花样翻新——尽管我承认艺术变革对于艺术家的极端重要性。

邱滨玲的诗风简洁纯正,他有丰富的想象,但却明白畅晓,有一种透明感。他不会像有的人那样"玩"深沉,把诗写成蹩脚的"哲学"。他也追求一些哲理的韵味,但却平易近人。他也有奇特的想象力,但从不故意炫耀,而是在平凡中见绮丽,在明畅中见绚烂。

诗集《半边鱼》要出版了,我就用这些读后感来表示我对诗人的祝贺。

2003年11月30日于北京大学畅春园

一份刊物和一个时代*

那一年十月,中国的天空响起了惊雷。雷声把人们唤醒,他们迎着秋天的阳光,擦干眼中的泪水和身上的血迹,告别十年噩梦,开始了新生活的追求和梦想。这十年的苦难太沉重,也太惨烈,人们都在考虑如何结束过去,创造未来。政治家们有他们雄心勃勃的事要做,他们在筹划着创造中国近现代史上一个与过去任何时期相比都不逊色的伟大的工程。在最先醒来的人们中,有社会最敏感的神经的文学家们——包括作家、诗人、文学批评家以及默默奉献的文学编辑家们在内的全体文学工作者——他们也隐约地感到了特殊时期对于文学重建的召唤,也有一个发自内心的对于这一庄严事业的悄悄的激动。

北京历来是开风气之先的城市。一份后来产生了深远影响的大型文学刊物,在20世纪70年代那场巨大灾难落幕之后诞生了①。刊物赶在改变中国命运的那个划时代的会议之前创刊,它是一个时代开始的象征,更像是一个传送信号的气球,向久经苦难的人们预告一个新时代的降临。这就是《十月》。

《十月》创刊的时候,文学圈中正是满目疮痍,一派萧瑟的景

---

* 此文刊于《十月》2004年第4期。据此编入。

① 参看陈晓敏的《实话实说谈"十月"》。文中说:"1977、1978年,正值思想解放运动兴起之时,很快开始平反'冤、假、错'案。被迫害的作家们陆续返回文坛,人民群众中压抑已久的文学激情渴望交流——文学在那个特定的历史时期,很容易成为社会关注的一个热点。众多的作者与读者正需要沟通与联系的桥梁,精神文化生活也急需这样的易为大众接受的宣传媒体,用一个稍嫌生硬的词汇叫'时代需要',或者大众化一些的语言叫'天时、地利、人和',《十月》应运而生。"

象。人们面对的是一片精神废墟。从昨日的阴影走出来,人们已不习惯满眼明媚的阳光,长久的精神囚禁,人们仿佛是久居笼中的鸟,已不习惯自由的飞翔。文学的重新起步是艰难的,它要面对长期形成的思想戒律与艺术戒律,它们的跋涉需要跨越冰冷的教条所设置的重重障碍。也许更为严重的事实是,因为长久的荒芜和禁锢在读者和批评者中所形成的欣赏与批评的惰性。文学每前进一步,都要穿越那严阵以待的左倾思维的弹雨和雷阵,都要面对如马克思所说的"对于非音乐的耳朵,最美的音乐也没有意义"①的欣赏惰性的自我折磨。

十月的阳光是明媚的,但十月的秋风又有些让人感到了寒气的逼近。但毕竟,文学已经听到了时代的潮水在远方涌动的声音。《十月》一旦选择了诞生,它就不打算停止自己的脚步。哪怕遍野荆棘,它也要滴血前行。刊物出版的第二年,就有一场关于《飞天》的遭遇战。一个以饥荒和动乱为背景的爱情,受到了强暴。作品第一次涉及了对于"文革"、高级干部滥用权力以及腐败的揭露,它理所当然地引起了舆论的关注。这段故事已成过去,二十余年后抚今追昔,不能不惊叹作者和编者的睿智和胆识。当年的风风雨雨,如今成了一则起于青萍之末的风的预言。它的警策作用是非常明显的。文学原是社会良知的一盏明灯,它又是社会病变的显微镜,有时甚至也能成为一副杀菌剂。为了这种目的,它往往要付出代价,但亦在所不惜。

在难忘的岁月里,在我们的心灵中,永远镌刻着那披着长巾凌空起舞的美丽的女神的形象。艺术匠师们凭借着他们非凡的想象力,让飞天在自由的天宇中翱翔。她是苦难的见证,也是人

---

① 见马克思《1844年经济学哲学手稿》。原话是:"从主观方面看来,只有音乐才能引起人的音乐的感觉;对于非音乐的耳朵,最美的音乐也没有意义,对于它,音乐并不是一个对象,因为我的对象只能是我的某一种本质力量的肯定。"《马克思恩格斯论艺术》,第1卷,人民文学出版社,1960年北京第一版,第204页。

间真情的见证。就这样,刊物在思想解放的大时代里,以勇敢而机智的姿态追求并创造着,迎接艺术解放的大时代的到来。它以自己骄人的业绩,而成为新时期文学的勇猛的先行者和崇高目标的实践者。

随着 20 世纪 70 年代的结束,中国文学进入了伟大而辉煌的 80 年代。中国文学满怀着理想主义的激情,它已经预感到一个文学的新时代的到来,而且正以充盈的浪漫情怀,以自己坚定、勇敢和创造性劳动去迎接这个时代。一方面是要修复文化虚无主义和"新纪元"论[①]造出的与中国古典文学传统以及五四新文学传统的断裂,一方面是要修复与一切外国古代和现代的优秀文学传统的断裂。这从 1978 年 8 月出版的第一期刊物所设置的"学习与借鉴"栏目即可看出。在这与千万读者初次见面的时候,《十月》刊登了鲁迅的《药》、茅盾的《春蚕》、屠格涅夫的《木木》以及都德的《最后一课》,并分别佐以欣赏分析的文章。编者"接续"传统的意图非常明显。那时,长久的与世隔绝,造成的视野的闭塞,观念和方法的陈旧,使当日的中国文学家个个都成了饕餮之人。他们饥不择食,贪婪地吞食一切,以弥补长久的文化饥饿。

中国新时期的"文艺复兴",就这样在修复与传统的断裂以及引进新知的大背景下展开了。他们心照不宣,有着一个宏阔的计划,即要在短短的几年之内,使中国文学夺回失去的时间并开始正常地运行。在文学做梦的年代,《十月》也是一份引人注目的走在前面的刊物。至今人们阅读它当日发表的那些文字,

---

① 出处见《林彪同志委托江青同志召开的部队文艺座谈会纪要》(1966 年 2 月 2 日—2 月 20 日),载人民日报 1967 年 5 月 29 日。原文是:"我们应该为做一个彻底的革命派而感到自豪。要有信心,有勇气,去做前人没有做过的事。因为我们的革命,是一次最后消灭剥削阶级、剥削制度,和从根本上消除一切剥削阶级毒害人民群众的意识形态的革命。我们要在马克思列宁主义和毛泽东思想的指导下,去创造无愧于我们伟大的国家,伟大的人民,伟大的军队的革命新文艺。这是开创人类历史新纪元的,最光辉灿烂的新文艺。"

依然难以抑制那种发自内心的激动。人们很难忘怀那个晚霞消失的时候,在泰山极顶庄严绮丽的夜色中所进行的那场劫后重逢的对话。沉重的悔恨和自省,激情的燃烧及退潮,经历历史沧桑的人们,在落日的余晖中把灾难的记忆留在了身后,憧憬着更加理性、更富哲理的人生,那时节——

> 只见火红的夕阳正悬挂在万里云海上,开始向天空投射出无比绚烂的光辉。青色、红色、金色、紫色的万丈光芒,像一面巨大无比的轻纱薄幔,在整个西部天空舒展开来,把半个天穹都铺满了——这光轮在进入云涛之前,骄傲地放射出它的全部光辉,把整个天空映得光彩夺目,使云海与岱顶被全部镀上了一层金色。

这是一场庄严的告别,更是一场伟大的迎接,迎接那经历了阵痛之后的更加辉煌的日出。"许多只能在这个时代发生的事情,都已经随着这一个时代的过去而永远地过去了"[1]。也许没有过去的是那刻骨铭心的记忆,以及记忆带来的悔恨与彻悟。整个八十年代,中国人和中国文学都沐浴在这样一片十月给予的激情之中。《十月》没有辜负诞生了它的时代,它勇敢而智慧地穿越险象丛生的开阔地,绕过一丛又一丛可能触雷的榛莽,而把文学的争取和希望留给了这个永远值得纪念的新时期。不是没有痛苦,也不是没有欢乐,而是在痛苦的反思之后迎接了文学复兴的欢乐。那一切是多么难忘,当我们那变得澄澈的天空中出现了一只雁,三只,五只,终于组成了雁阵,"雁阵用世界上最大的一个民族的文字,在苍穹上写了一个铺天盖地的'人'字"的时候。我们不能不为这伟大的争取和觉醒而自豪。

那时的空气中弥漫着这种纠结着痛苦的挣扎最终而赢得欢

---

[1] 礼平:《晚霞消失的时候》中南珊对李怀平说的话。见《十月》1981年第1期。

乐的氛围。正如如下一段文字所揭示的:"我相信,会有一个公正而深刻的认识来为我们总结的,那时,我们这一代独有的奋斗、思索、烙印和选择才会显露其意义。但那时我们也将为自己的幼稚、错误和局限而后悔,更会感到自己无法重新生活。这是一个深刻的悲观的基础。但是,对于一个幅员辽阔又历史悠久的国度来说,前途终是光明的。因为这母体里会有一种血统,一种水土,一种创造的力量使活泼健壮的婴儿降生于世,病态软弱的呻吟将在他们的欢声叫喊中被淹没。从这个观点看来,一切又应当是乐观的。"①

刊物的编者们辛勤地工作着,艰难地行进着。那些饱含着时代反思精神的作品,一篇一篇从这里走向社会。那些作品传达着当代中国人的情感和思考,从对动乱年代的追忆和批判,到呼唤人性的复归,从苦等来车的没有站牌的车站,到艰难起飞的沉重的翅膀,《十月》的触角延伸到社会生活的各个层面。人们清楚地记得,在瑶山深处有一座爬满青藤的木屋,那里住着一位青春美丽的瑶家女子,由于密林深处透进了一线明亮的阳光,她终于结束了与世隔绝的封闭,萌醒了对于健康、自由生活的向往。那里后来演出了一场刻骨铭心的悲剧,人们至今还为那个女子的命运悬心。这说明通往光明的道路漫长而艰辛。而《十月》为此作出了郑重的承诺。

这一份诞生于黑暗与光明际会时节的刊物,从它出刊的那一天起,就把表现和讲述时代盛衰与万家忧乐当成是自己的庄严使命。它记载着当代中国人的泪水和血水,它尽情地抒写着深重苦难带来的悲哀,以及灾难结束之后的欢愉。它是新时代诞生的第一声呼喊。社会接受并认可了它。这从刊物的发行量一路攀升即可看出,从1978年始刊发行10万册,到1980年底

---

① 见张承志《北方的河》,文前题记。《十月》1984年第1期。

已接近24万册,到1981年,最高印数达58.5万册。1981年到1983年间,因为印量激增,邮运量过大,不得不安排在北京、湖北、四川三地同时印刷发行。三年中,平均印数都在40万册以上。① 一本文学刊物能够获得这么巨大的发行份额,只说明读者需要它,它和读者的心是贴近的。具体一些说,是由于刊物能够不断地推出引起社会广泛共鸣的作品。以中国作家协会主办的中篇小说评奖为例,第一届获奖作品共15篇,《十月》占了5篇,为总数的三分之一,第二届、第三届各为20篇,《十月》分别为5篇和4篇。这数字很说明问题。

《十月》走在当年思想解放潮流的前面,也走在艺术解放潮流的前面。要是《十月》只有领先于时代的思想领悟,而没有与之相适应的丰富而新颖的艺术表现力,它最终也会失去读者。现在反观当年,在那些引发广泛关注的作品中,的确也存在着艺术粗糙、或者表达过于直露等缺陷。言之不文,行之不远。那些艺术粗糙的作品,即使轰动一时,也不会保留下来。发表在《十月》并获得佳评的那些作品,不仅记载着一个时代思想所达到的深度,也记载着一个时代艺术所达到的精度。

有一部或两部作品,最先向话剧的创作和演出,发出了艺术变革的"绝对信号",那里有面临窘境的青年人的沉沦、彷徨和追求,也有在车站徒步出发的独行者。还有一部作品,最先倡导了小说叙事的创新,在那里,主人公三十年的升降浮沉,幻成了一只蝴蝶的梦,但最终,作者说:"不管你飞得多么高,它来自大地和必定回到大地,无论是人还是蝴蝶,都是大地的儿子。"②这些

---

① 这些资料见陈晓敏的《关于"十月"》。文中说明有关数据是由《十月》前主编苏予提供的。

② 见王蒙《蝴蝶》。文中说:"这个故事不应该是庄生梦见蝴蝶,或者蝴蝶梦见自己成了庄生。它应该是一条耕牛梦见自己成了拖拉机,或者一台拖拉机梦见自己成了耕牛。在生活里飘飘然和翩翩然实在少见——他有一种结实的、沉重的感觉。"

作品记载着一个时代文学行进的路径,它浓缩了一个时代的全部艰辛和辉煌。也许这一切都说明着如今出版《十月》典藏版的意义和价值。

《十月》和中国所有的文学刊物一样,目前正面临着严峻的挑战。影视屏幕和休闲刊物夺去了为生活奔波的人群的大部分剩余时间,纯文学很难使少有闲暇的人们静下心来,品尝精致的文艺作品。而市场运作和传媒导引的结果又夺去了相当数量的读者。在创作方面,由于经济等因素的考虑和诱惑,应时的和随众的动机,也使一些作家失去了耐心和毅力。文章为时而作,作品为世所用,这样的价值观在一些作家那里受到了冷漠甚至调侃。文学的时尚化仿佛是一场迅速蔓延的传染病,相当数量的文学作品正在可悲地沦为快餐和软饮料。文学刊物因此陷入了困境。

正是由于目前这种艰难的处境,使我们萌起了出版典藏品丛书的念头。目的在于提醒人们珍惜我们曾经进行过的努力。回顾我们曾经拥有的艰难和克服艰难之后的欢乐,由于我们曾经尽心尽力,我们的工作曾给人们带来震撼——因为这些作品体现了对于社会生活和人的心灵的关注,文学成为希望和追求的象征。文学有自己的传统,那是无数作家、诗人、文学批评家和文学编辑家以自己的创造性劳动所积存的经验的延伸。这种血脉不会断绝。我们坚信,在某一个时期,由于某一种机遇,文学和时代会再一次摩擦,重新生发出耀眼的火花。这就是我们的祝祷和期待。

2003年12月1日,完稿于北京大学

《温州的月光》前记[*]

  诗人兴会,不可无文。曲水流觞,兰亭雅集,历时千载,百代景仰。我辈凡庸,岂敢谬托前贤?古云,虽不能至,心向往之,乃人之常也。此系古事,更有近者。记得当年,朱自清、俞平伯两先生荡桨秦淮,相约作同题散文《桨声灯影里的秦淮河》,一时传为佳话。周作人、郁达夫两先生分别主编新文学大系散文卷,灵心慧眼,朱俞双双入选。此二文,遂成五四文学之经典。

  公元二十一世纪之第三年,秋阳如花时节,中国当代文学研究会、温州师范学院,暨温州山水文化传播公司,联名举办诗歌盛会。会间诸友联袂出游江心屿、雁荡山、楠溪江诸胜。秋水依依,秋月澹澹,风月无价,情意绵恒,如此良辰,岂可无记!

  偶念兰亭秦淮翰墨之胜,相约以"温州的月光"作同题散文,以纪其盛。此议既出,应者甚众。《温州晚报》慨允贻以版面,共襄盛举,尤可感也。岁月匆匆,秋往冬至,文稿频传于电邮之间,佳品联翩于京温诸地,事成指日可待。爰为数言,以明初衷。

癸未冬月谢冕记于京郊畅春园

---

[*] 此文据文稿编入。

温州的月光(其一)*

温州的诗会开过,我们要去雁荡山了。雁荡山太出名了,曾出现在我童年的梦中,但我用了数十年的等待,方才圆了这个梦。温州的朋友很早就告诉我,游雁荡山主要是看雁荡的夜景。当时就有点纳闷,雁荡山又不是城市,不可能有那么多的灯火,这夜景到底怎么看?到了雁荡山,导游小姐重申主要是要看夜景,并且说,"雁荡山的夜晚是令人销魂的夜晚"。这就有了一种神秘的味道了。

好像是一种提示,进山第一景便是一对偎依着的情人。男性的那个略高些,与之相依的另一位,就格外地显示出江南女子的温柔缱绻,绝对地是一个小鸟依人的可爱模样。众人不放过这个机会,纷纷在那里留影或合影,我是有意回避了。我只能这样充满惆怅地踽踽独行。

今年浙东久旱,纵横雁荡山的鸣玉溪、碧玉溪、锦溪这些美丽的溪流,因为水浅都失去了昔日的光彩。而大小龙湫以及三折瀑等名胜,在以往都是惊涛倾泻、飞银溅玉的风景佳好的地方,现在或者是涓涓一线,或者是浅水一湾,几无可观的了。雁荡山古称"岗顶有湖,芦苇丛生,结草为荡,雁来宿之",论理该是水草丰茂的地方,如今有荡无水,当然也就失去了它的灵性。但山依然充满了诱惑。这里有热恋的情侣,这里也有偷情的男女,甚至更有僧尼越轨的恋情。导游总是因形设事,造出许多男欢

---

* 此文刊于 2003 年 12 月 28 日《温州日报》。据此编入。

女爱的故事,以诱发人们的想象力。这些解说词不免千篇一律,是有些乏味的。但我们还是耐着性子,等待那"销魂一刻"的到来。

薄暮时分,我们经碧玉溪,越碧玉桥,抵白云庵。这白云庵周遭,乃是灵峰景区,号称雁荡的东大门。沿鸣玉溪一线,周围危峰环峙,怪石叠嶂,移步换景,千姿百态。放眼望去,北为伏虎金鸡,东为超云天冠,西为五老合掌,南为犀牛双笋,这里竟是夜间观景的处所了。

我们到达白云庵时,夕阳尚在峰巅,周边虽有暮云,却未到观夜景的时辰。于是相约登灵峰谒观音洞。观音洞是一个奇特的去处,它嵌在灵峰与倚天岩之间。两峰相峙而立,远观如双掌相合,故又称合掌峰,而观音洞恰恰就修在那双掌相合的"缝隙"中。庙居峰顶,计九叠,有石阶拾级而上。九叠之上为大殿,供奉观音神像,香烟缭绕,梵音盈耳,恍若置身仙界。众人在此,或跪拜,或求签,鼓磬交鸣,状极动人。

此时洞中人影绰约,我们从洞中外望,但见那双掌接合之处,显出了一条狭长的光明带。在那光明带的中央,一抹斜阳射出惊人的光艳。那斜阳艳丽如火,正燃烧在西天的黑云之中。而在它的周围,衬着极蓝极蓝、蓝到了极限而似是深海般的天空,以及那被一抹斜阳烧红了的云彩和古木稀疏的影子。这景象令我们激动无名,那是一个神秘的召唤,是一种由黑暗而祈祷光明的神启!

我们下山的时候,天已全然暗了下来。盘山的石阶已是一片模糊。路很难走,只能循着前人的影子,一步一步缓慢地往下移动。抵达白云庵的时候,已是夜色迷蒙时分。但见暗夜中,各路游客在导游的指引下正匆忙地集中。一阵忙乱过后,我们被带到了指定的地点,这时,雁荡山的神秘之夜开始了。导游叫我们按照她的提示,从不同的方向和部位,观看白日里那些耸峙的群峰。她让我们背对一座峰峦,头往后仰观,这时奇迹出现了,那是一对挺拔而诱人的乳峰!还有,这里,那里,那些平时望去是鹰或虎的山峰石岩,它们此际也都褪去端庄肃穆的外饰,而显露出浪漫的情状。他们或甜蜜地倚肩,或亲密地拥抱,或忘情地亲吻,都是些充满性感的情爱的场面和镜头:这是一对贪欢的男女,那是一对恩爱的夫妻,那是一个窥视的牧童,那是一个充满嫉恨的法老……

我们这才体会到那被反复强调的"销魂之夜"的隐秘含义。这才觉得雁荡山的这一个夜晚实在很不寻常,这里到处都充盈着那种让人想入非非的暗示和诱惑。这一切都是在那有光不亮,有云不暗,若隐若显,不深不浅,似明反晦的雾霭和云影中发生的。这夜晚,雁荡山所有灯火全都熄灭,这夜晚的一切,全在这神秘的氛围中演出。这是一个晴明的夜晚,没有风,没有雾,好像也没有虫鸣,一切都静谧,一切都在想象中。

人散了,把空旷和寂静留给了白云庵。此时抬头,一片发黑的蓝中,有疏星寒闪,新月在天,装扮着温州含蓄而神秘的天空。温州的月光是温情的。

2003 年 12 月 14 日,在京华追忆温州的月夜

温州的月光(其二)*

夕阳下去的时候,温州的街灯亮了。我们登上了江心屿。我们把繁华留在了身后,去寻找这与城市仅有咫尺之遥的宁静。我们行走在江心屿的林荫小道上,这里已没有游人,是一片静谧的世界。江心寺庙门已闭,缭绕的香烟已经消散。矗立小岛两端的东西塔,伫立在薄暮的霞光中而似有所待。鸟已归巢,花已闭眼,正是月上柳梢的时节。

江心屿是温州的骄傲。它使我想起我刚刚访问过的厦门的鼓浪屿,它们都是城市水域中的明珠。不同的是,鼓浪屿是在海中,江心屿是在江中,它们都是云环雾绕的水上花园,是都市里永不沉没的五彩花船。鼓浪屿是著名的音乐之岛,在那三角梅覆盖的盘山小道和西式洋楼里,鸣响着钢琴优美的旋律,从那里走出了一代又一代的钢琴家。鼓浪屿有一家非常出名的钢琴博物馆。与之相比美,江心屿是诗歌之岛。这里的小道上到处飘荡着诗歌的芬芳,一代又一代的诗人,从南北朝的谢灵运,到唐代的孟浩然、李白、杜甫、韩愈,经宋元明清以迄于今,无数的诗人慕名而来(有的则是虽不能至而心向往之,还是写出了诗篇),留下了他们的兴叹。

浩然楼同时纪念着孟浩然和文天祥的游踪,而澄鲜阁的题名则撷自谢康乐的名句"空水共澄鲜",这里处处都能听到那些名噪一时的诗人们的呼吸和心跳。它是一座不具形的诗歌博物

---

* 此文刊于 2003 年 12 月 28 日《温州日报》。据此编入。

馆。诗之岛历时一千五百余年,历代诗家吟咏不绝。也许是因了这里的江水,这里的风物,但我更相信是因了这里一片永远明媚、永远灿烂的温州月。这真是:温州一片月,千年吟咏声!

鼓浪屿和江心屿是一对姐妹,她们都是奥林匹斯山上专司音乐和诗歌的美神。不久前的一个夜晚,我曾坐在厦门轮渡码头上眺望过鼓浪屿梦幻般的灯火楼台,谛听那跨越港湾的琴音。如今我又投向了江心屿的怀抱,领略这里无尽的诗意。我诚何幸,同时拥有了这一对姐妹!

月亮无声无息地从瓯江的对岸升起。她步履轻轻,如南方秀丽的女子,低着云鬟,乱着雾鬓,从井台边汲水而来。一轮明亮的秋月,穿过浓密的树梢,此刻正温情脉脉地悬挂在江心屿的上空。南方的明月,漂漂亮亮地、清清爽爽地一轮玲珑月,她深情地抚摸着这里的每一棵树,每一朵花,每一片石,这里的古塔、寺庙和楼台。月光给这一座诗一般的岛屿,镀上了一层银色的清辉。

温州的月光是温柔的。她照着瓯江,仿佛是情人的眼睛。那江面因为这深情的凝眸,而有了悄悄的激动,泛起了轻轻的涟漪,那是不宁的胸脯在起伏。似是感动于多情的月色,瓯江从江心屿的两端轻轻地绕过,把这孤屿拥入怀中。它是爱人柔软的手臂,拥抱着此刻变得透明而妖娆的爱的精灵。

已是秋天的夜晚,这里依然洋溢着夏天的热情和奔放。鹿城的主人把江心屿最美的地方,留给了我们这些远方的来客。面对着江屿上空的一轮明月,谛听着摇荡着波光的浪拍苇岸。是梦境,却没有梦境的虚幻;似仙境,却充满了人间的温馨。晚会开始了,音乐、舞步和诗歌,还有轻盈的欢笑,和铺天盖地的月光融成了一片。中夜时分,月亮升高了。它是悬挂在温州上空的一只银色的圆盘,轻纱般的光霰涌动着,涌向了这绿树笼罩的江心屿。

我是南方人,因为在北方生活久了,反而生疏了南方的月亮。我熟悉北方的月色,特别是在秋天,那月光澄澈透明,把一切照得纤毫毕露,有如白昼。北方的月亮一点也不含蓄,它是开阔的、无边无际的,它无遮拦地直直地逼近你,带着那种强悍,甚至还有点粗暴,带着无可抗拒的丝丝的凉意。北方的秋意不让人有回旋的余地。它是晶莹的,但是太晶莹了。它的穿透性,甚至让人想起凛冽的杀伤力。除了冰雪,几乎让人想不起还有什么可比喻的。想象中李白写月光"疑是地上霜",该也是我所叙述的这番景色吧?这样的月色也是不可替代的,有一种阔大的空间,有一种一泻千里的气象。

温州的月光全然不同。温州的月光是温柔的,她温婉而多情。她蹑着猫步,她生恐惊动你,宛若那种最聪明、最善解人意的温柔女子,她会不带一点响动地想你靠近,带着瓯江上空的浓浓的水气和雾霭,那是一轮湿湿的、润润的、半明半暗的、含蓄多情的温州月!

我正沉浸在无边际的月光的联想中,那边响起了轻轻的音乐声,晚会开始了。晚会的主持人——她有着温州的月光般的明亮和秀丽——打断了我的浮想联翩。这一个夜晚多么难忘,诗歌、舞蹈和音乐充盈着这里的每一个角落,伴随着这一切的是,明明暗暗、浅浅淡淡、若隐若现、若有若无的温州的月光!

2003年12月12日追记温州的秋月之夜于北京畅春园

小狗包弟

　　这篇散文体现了巴金先生一贯的风格，文字十分平实，内容却震撼人心。可爱的小狗包弟，终于未能逃脱"文革"的厄运。主人自身难保，万般无奈之中，终于狠着心把包弟送进了医院做实验。包弟送走了，主人的心反而沉重起来。巴金先生用极沉痛的文字写道："不能保护一条小狗，我感到羞耻。为了想保全自己，我把包弟送到了解剖桌上。我瞧不起自己，我不能原谅自己。"

　　"文革"结束之后，巴金先生倡导"讲真话"，有"随想录"系列文章问世。《小狗包弟》是一篇真诚忏悔自己的文字。巴金先生通过包弟的命运概括了一个时代，这个时代中一段心灵苦难的经历。他摒弃了一切华丽的词语，用极朴素也极简洁的文字写自己内心的隐痛，从而产生了直逼人心的强烈效果。真诚是不用装饰的，文章的力量来自郑重的对于一个时代的反思。

　　《小狗包弟》是一篇因小见大、通过小动物讲大时代的具有巨大概括力的文字。

2003 年 12 月 16 日于京郊昌平北七家村

---

*　此文据文稿编入。

登梵净山记[*]

梵净山在贵州境内，海拔二千五百多公尺，比黄山还高出七百余公尺，是云贵高原境内第一山。梵净山和别处不一样，它以"步"来做地名的标识。这山因为一般的山坳都没有名字，所以就出现"三千二百步食宿店"之类的名字。梵净山所谓的"步"，指的是它的石阶。从山下往上走，每登一个台阶为一"步"，平地前行，不论多远，也就是一"步"。山势崎岖，登山途中难免也有下行的时候，那么，下行不论多远，都不算"步"。登梵净山绝顶，总数是七千八百九十六步。这是准确的数字。就是说，单程上山有大约为七千九百步的石阶要走，加上返程的，那就是要步行大约一万六千步。都以为下山容易上山难，其实，下山的难度决不比上山小。很清楚，当人的精力发挥到了极限，极限以外的一切，都是一种超支。这时不说一步，就是半步，也都有登天之难！大凡有登山经验的人，都清楚这一点。

梵净山没有受到太多的"开发"，这是它的幸运。所以，这里保持了极好的植被。整座山都被原始森林覆盖着，是一座青翠的、绿涛起伏的森林之海。那天我们登山的时候，雨一直下着。身上的汗水和外面的雨水，湿成了一片。我尽力地保护着手机和相机，其余的一切都置之度外了。我一个人始终走在最前面，这是我登山的习惯，人多了互相受牵扯，还要说话，还要停歇，而这一切都要付出体力，最终影响登山的成败。每次登山，我都谢

---

[*] 此文刊于《山花》2004年第3期。据此编入。

绝乘坐滑竿。一般也不坐缆车,除非是集体行动。现在旅游景点修缆车成风,不高的山,也修。每次遇此,我心都不悦。我为这人为的对自然景观的破坏而痛心。现在的人很轻浮,什么都想速成!

  我就这样一个人在雨中走着。过了三千二百步,再过三千六百步,行至四千五百步,这里方才有了一个真正的地名:回春坪。此时天已昏暗,这里距离极顶还有大约一半的路程,不能再往前走了。回春坪是我们今天要住下来过夜的地方。我到达回春坪的时候,同游的大部分人还没有上来。雨下得极大,屋檐滴水如瀑,我就在屋檐下,以雨水冲浴。没有毛巾,没有香皂,就把身上的衬衣脱下来当毛巾用。人们还没到,我就钻进了被窝。因为我已无衣物可穿,随身的衣服都用来做"毛巾"了。

  回春坪的此夜,大雨倾盆。宿舍的门几次都被风吹开,雨水发疯似地往屋里灌,这一夜仿佛是在惊涛骇浪中度过。到了天明时节,雨还是没有停歇的意思,我们是冒雨继续上路的。我依然走在最前面。有两位年轻一些的朋友,大概是为了照顾我,与我同行。过了镇国寺,低头赶路的我们竟然茫无所知,在逼近梵净山极顶的双叉路口,我们走错了路。我们径奔通往蘑菇石的一条路。

  此时山风极烈也极悍,它充满了恶意,竟像是下了决心要把包括我们在内的一切摧毁,并推到天外去。这里是高山草甸地貌,周围没有一块岩石,没有一棵大树,甚至连灌木也没有。一条崎岖的小道,沿着一条陡峭的山脊通往绝顶。我们无所依托,也无所遮拦,完全裸露在暴风骤雨之中。风雨像是发疯似的向我们扑来,无法站立,只能匍匐着往上爬行。风势实在太猛了,爬行也不行,风力之大也可能把爬行的人像推动一根树枝那样,把人推下山。这时,才感到人在自然界面前的渺小。我是下定了决心要登上梵净山的极顶的,我狠下一颗心,我把身子倒过来,干脆坐在地上,倒着身子,低伏着头,一步一步地倒行着往上挪动。

这通往蘑菇石绝顶的山脊,它的两边也许是悬崖峭壁,也许是万丈深渊,幸亏有了这么大的雨雾,它把一切的可能让人失魂落魄的景象全遮蔽了。周围是灰黑灰黑的云天,我感到此刻我绝对是孤立无援的,我只能依靠自己微小的力量,抗争着来自大自然的无边的狂暴。为了前行,我只能在这一片疯狂的迷茫中,曲身坐在地上,艰难地往风雨迷茫中的山巅挪动——这就是我此时此刻的状极狼狈的"攀登"!我的两位同伴是尽责的,他们一人在前,一人在后,护卫着我。下山的时候也是这样,他们一前一后,拉着我的手,三人全都弯着腰,低着头,用拼凑起来的力量,抵御着凶狠的高山风。

非常遗憾,我们拼死抵达的并不是梵净山的金顶。这只是蘑菇石,这里有著名的"万卷书"景点,但这里不是我们要攀登的目的地。我们走错了路。我们白担了这份危殆了。站在蘑菇石的绝顶,风是一阵紧似一阵的狂烈,雨点斜着扑向我们,也是一阵紧似一阵的暴戾。这山顶太危险了,我们不敢久留,赶紧下撤。

到了梵净山不登金顶可就太冤了。特别是在这样的暴风雨中,我们已经经历了这么多的"苦难",所谓的"行百步,半九十",我们能这样半途而废吗?这是不言而喻的,也是不可更改的。顺着原路往回走,从镇国寺的另一个方向向金顶冲刺!这就是此时此刻我们的选择。我们仍然寻找着通往金顶的路,我们绕过了一座冲天而起的危峰,它矗立在九霄云上,是真正的壁立万仞。因为是毫无遮拦的一座孤峰,山峰的周遭全用铁链围住了,人就手抓住铁链小心地走。但即使这样,那猛烈的风也还是让人胆战心惊。我亲眼看到一位当地的妇女,在铁栏边上她的背篓被风吹起,如一面迎风的旗。那情景真让人惊心动魄!我们未曾却步,还是小心翼翼地绕过那铁链封锁的、危立天际的孤峰。

绕了这山峰大约一圈,终于逼近金顶。前面已无路可走。迎面又是一柱陡峭的巨石,有一道长约五十余米的人工凿就的笔直的石阶,石阶的外面安装了用以攀登的铁梯!这是通往金顶的唯一的路。就是说,此时所有决心登顶的人,都必须在这样的急风暴雨中,一人的头顶着另一人的脚跟,垂直地攀援这座铁梯。须知这是怎样的攀援啊?一百八十度的垂直,八级以上的巨风,劈头盖脑的大雨。充满了登顶激情的我们,都在这样严重的局面面前停住了脚步!

梵净山绝顶就在咫尺之遥的上方,等待着我们的到来。我们已经历了那么多的"生死考验",真的就差那么几步了,但是就这几步,却令我们望而生畏!这样在极险峻的陡直的石岩上凿出的阶梯路,即使在平时也令人丧胆,何况是现在这样的风雨交加。此刻三人对望,不约而同地说出了最不愿说出的话:"不上了。"这在我,是平生第一次作出这样"懦怯"的决定。对于我这样历来秉信前进哲学的人,这的确是极为严重的,也是极为遗憾的"退却"。

到了梵净山,我用整整两天的时间抵达金顶,却在仅差几步的关键时刻停下了脚步,为此我留下了终生的遗憾。由此我也领悟到:不是所有的时刻都应当前进,而是要在非常关键的时刻选择——尽管你可能极不情愿——后退。这是否就是这场梵净山的大风雨给予我的启示?我把这样的启示电告我远在英国的年轻朋友,她正在为一场没完没了的笔墨官司苦恼,我告诉她:后退并不一定就是失败,有时也是胜利。

2003 年 12 月 31 日于北京昌平北七家村

回到文学批评[*]

　　文学面对人类生活及其历史发言。但不是一般的发言，一般的发言其他意识形态也能做。文学的特殊性在于，它是以形象的感知和塑造为方式的一种发言。文学在进行这一工作时，时刻也没有离开人类的情感活动，在文学所传达的思想中，浸润着和饱和着人的情感因素。至于文学批评，它和文学创作一样，都是文学家族中的成员。它们之间的不同在于，作家面对的是活生生的人物及其历史，而文学批评家除了这种面对之外，还特别面对着作家和作品。就是说，它既要面对文学的对象，又要面对创造这些文学的对象。这样看来，批评家所要关注和介入的，要比作家更具复杂性。

　　然而，在现实生活中，文学批评的地位正在被削弱，文学批评的职能正在受到曲解。它的独立性正在消失，它被普遍地认为是作家的附庸。作家们平时并不理会批评的存在，曾经听到相当多的作家对批评家的不敬言论。只是到了他们有新作需要宣传了，他们这才想到对于文学批评的利用。很多作家事实上并不希望文学批评家对他的作品评头论足，他们喜欢赞扬，他们未能免俗。久而久之，批评家们也揣摩到作家的心意。于是，充斥首发式、研讨会、书评专版的，尽是一片好听的言说。严肃的文学批评，实际上变成了"文学表扬"。批评家愈是这样的随众和随俗，舆论便愈是无视甚至鄙薄文学批评。这是恶性循环。

---

　　[*] 此文刊于2004年2月9日《人民政协报》据此编入。

文学批评的歧误,不仅来自批评自身,来自作家和读者的习惯性期待,也来自它的生存环境。最要命的,是批评丧失了它的标准,对作品的判断和评估无所依傍。以政治性的强弱来厘定作品价值的指针,业已被发展的理念所否定。文学创作当然要把文学性的高低雅俗,以及通过艺术方式所达到的思想高度和深度,作为评价的先决条件。这也就是现时人们普遍认识到的,改变"政治标准第一"为"艺术标准第一"。但是对于作家艺术能力又当如何判断?文学界有人提倡"好看的小说",提出了"好看"的标准。这应该说是把作品的艺术性和读者对于艺术的感受程度,作为批评的尺度提出来了。但是,什么样的作品是"好看"的,作家要经过怎样的努力达到"好看"?问题仍然存在。在诗歌界,经常有人重复"人间要好诗"的吁求,但是,怎样的诗才是"好",怎样的诗是"不好"。这里的"好"是悬空的,它本身也期待着判断的准绳。

这是一个众声喧哗,人言言殊,价值失衡的时代。要是说,在广大的受众之中,统一的评价标准已经失去了意义,而在专业的批评家这里,标准就决非是可有可无的。我们需要再度审视一个陈旧的命题:批评何为?在我看来,要而言之,文学批评承当着如下三大任务:提高欣赏水平;研究写作技巧;总结创作经验。问题的核心是,应当非常重视文学批评对于艺术经验的提高和传播。作家是要重视作品的社会价值、重视文学作品的思想性的,这已是常识之论,并不存在分歧。问题在于在批评家的心目中,作家是如何通过精到的、美轮美奂的艺术方式和手段,抵达他对于社会人心的深刻认知和剖析,这才是最重要的。

20世纪80年代,中国批评界有一个向西方引进新概念和新方法的热潮。文化批评迅速地为新派批评家的接受。公平地说,文化批评的确扩展了文学批评的空间和视野,它丰富了原来的文学批评的思路和领域,给文学批评带来了新气象。但是,文化批评无限扩张的后果,挤压了,并且替代了对于文学的研究和批评。试想,文学批评若是失去了"文学",再好的"批评"恐怕也没有意义。当前的局面就是如此。批评家们海阔天空,旁征博引,汪洋恣肆。但是只有"批评"而没有"文学",精彩可能是精彩了,其奈离题万里何!

  本文在一开始的时候,就强调了文学批评的文学属性。不是一般的属性,而是更为复杂,也更为丰富的文学属性。文学批评有着非常丰富的关于艺术表现和艺术技巧的言说和承担。现在的文化批评,一般都表现了对于文学性和文本本身的轻忽、乃至视而不见。事关作品的立意,情节和结构的安排,人物的性格,他们的音容笑貌,乃至他们的出场和结局,故事产生的环境,那里的自然风光和展现主题之间的关联,等等。这些都是文学批评本身应有之物,但是不幸得很,这些内容在当今的批评中已经濒临绝境了。

  回到文学批评,回到对于文学自身的关怀上来,不然的话,文学批评就将不再是它本身了。这不是故作危言,这是事实。文化批评对于中国批评界的贡献是有目共睹的,它可以,而且应当继续发展,但文化批评不应该挤兑文学批评的位置,更不能最后代替文学批评。批评家们,关心一下我们的作家的创作状况吧,细心地研究一下他们在创作中体现出来的对于人类的爱心和对于弱者的悲悯和同情,细心地剖析作家在运用语言方面的得失,在景物描写方面和在运思和结构方面的成败这些属于文学自身的话题吧!文学批评家们,请不要忘了你们是文学中人。

2003 年 12 月 31 日,于北京大学畅春园

2004

个旧的春天[*]

　　北方正是滴水成冰的季节,我被遥远的春天所召唤。个旧那边来电话说,那里有一个文学的聚会,要赶在新年的假期里举行。于是,这一年的第一件事,便是在第一天的第一时间里,赴一个春天的约会。在昆明机场,我们受到了鲜花的迎接。个旧的朋友远道来迎。我们不敢怠忽春天的期许,婉谢了昆明留客的美意。宜良、路南、弥勒、开远、沙甸,一路向南,一路向着春天。一个车队把我们送到了千年的锡都。

　　个旧群山环抱,老阴山和老阳山南北相对,是一种谐调中和的象征。城市中心有一湖,名为金湖,它是个旧的心脏,日夜跳动着碧蓝的脉搏。个旧所有的建筑都环湖而建,环形的楼房之外,套着环形的群山。这山,这湖,这四季常绿的树,这一年到头开不败的鲜花,让人怀想起世界上那些城市里嵌着绿宝石的最美丽的地方。这城市地处亚热带的北端,我们到达的时候,所有的鲜花都在开放。节气正进入数九,在中国的大部分地区,寒冷才是起头,严重的冰天雪地的威胁还在前面。而这里拒绝了冬季。

　　城市是绝对洁净的。在街头,我们看不到一张乱扔的纸屑,一个飘飞的塑料袋,更看不见一个随地吐痰的人。居民的素质可以和那些发达国家相比美,个旧让中国人为之气壮。没有噪

---

[*]　此文刊于2004年4月7日《光明日报》。据此编入。

音,没有喧哗,也没有灰尘,温馨的、安祥的、梦一般的宁静弥漫在城市的每一个角落。对于住腻了大城市的人来说,个旧是太迷人了。个旧是锡都,全世界大部分的锡,都由这里提供。没来个旧的时候,我有一种先入为主的想法,以为工业城市总与粉尘、烟囱、嘈杂相联系,何况个旧是一座老工业城市?个旧的蓝天、白云和澄澈的湖水,它的出乎人们预料的宁静和清洁,打破了我的成见。

这还只是物质的和外在的个旧,更让人感动的是精神的和内在的个旧。为了召开个旧市的第二届文代会,个旧政府的各个部门,各行各业,可谓全力以赴。我到过许多城市,参加过许多会议,还没有见过为文学而全部动员这样感人的场面。个旧的朋友说,这是对一个春天的纪念,也是一个文学的约会。二十年前,也是这样的春天时分,个旧迎来了一批作家、诗人和批评家:丁玲、蹇先艾、杨沫、茹志鹃、李乔、苏策、白桦、晓雪以及王安忆等,他们在这里种下了一批树木。沈从文先生当年为之题写"文学林"三字。二十年过去了,木已成林。个旧人念旧,他们不忘故人。为了纪念这些健在和已经不在的人们对文学的贡献,他们重修了"文学林"。文学林的揭幕仪式在宝华公园隆重举行。这是这个春天的聚会的一个郑重的内容。为前人的旧树培土,后来的人们新植称为活化石的董棕一棵,以示继承前贤事业之意。我们在那里留下了足迹。

个旧与巴金先生有缘。巴金先生曾四次来过个旧,所住的金湖宾馆至今尚在营业。为了纪念巴金先生与个旧的友谊。他们修建了金湖文化广场。个旧政府派专人赴沪请巴金为广场题名。现在碑石已刻就,广场已落成,我们来这里,正好为巴金题写的碑碣揭幕。广场背靠雄丽的阴山,前濒温柔的金湖,是风景佳好之地。我们揭幕的时候,广场上彩旗飞舞,锣鼓齐鸣,身着民族服饰的群众跳舞欢歌,为巴金,也为中国文学祝福。

个旧是一座小城,是人口不过数十万的县级市。但个旧却有魄力把自己的名字与中国的文学大师的名字联系起来,这不仅是由于愿望,更由于它的视野和胆识。上个世纪80年代初期,中国文学还处于乍暖还寒的时节,思想的禁锢虽在缓慢地解冻,而艺术上的偏见却依然严重。个旧人就有这样的长远而宽阔的眼界,硬是把巴金和沈从文"请"到小城来了。在中国,在一个不大的县城里,能够同时拥有以巴金和沈从文命名的文学景点,可能只有个旧;为了文代会的召开,而举行一连串的文学庆祝活动——金湖文化广场落成,青少年文化活动中心落成,宝华公园文学林重修揭幕,邀请省内外数十名专家进行系列文学讲座——也可能只有个旧。

白桦被邀请在会上讲话。他深情地回忆了半个世纪前发生在红河河谷里的那场殊死的、也是最后的战斗。作为幸存者,他不能泯灭那血腥的记忆,他把这种记忆凝聚而为文学的理想精神。他说到萧洛霍夫的孙女莎莎在他们握别的时刻,代表她的奶奶赠送的萧洛霍夫生前最喜爱的"不死花"的故事。他期望我们都能成为文学的"不死花"。白桦说,丁玲留下了她的莎菲,杨沫留下了她的林道静,茹志鹃留下了她的百合花。我们呢,我们能否为文学留下一片绿叶?这样的场合,这样充满诗意的谈话,这都是春天的个旧的赐予。

最难忘文代会闭幕的那个夜晚,充满春天激情的个旧,竟然把奥地利的莫扎特交响乐团,从维也纳到北京,从北京到昆明,不远万里地给请到个旧来了。蓝色多瑙河,维也纳森林,春之声圆舞曲,融汇着中国茉莉花的清清淡淡的香气。最后,沃尔夫冈-格罗斯大师如同在金色大厅那样,指挥着这里的听众应和着我们都熟悉的拉德斯基进行曲的节拍,让我们的掌声在个旧体育馆内回响。这时,晚会到达高潮,礼花响起了,彩球升起了,五彩缤纷的纸花从高空慢撒而下……

个旧不仅是热情的,而且是高雅的。在当今,也许连文学中的一些人,都不再把文学当回事了,而在个旧,却始终铭记着曾经到过这里、曾经为文学默默贡献的人们,个旧对文学的敬畏和尊重是令人感动的。感谢个旧,感谢个旧的主人们,感谢他们在严寒的冬季给了我们一个文学的个旧,春天的个旧。

2004年1月1日—1月6日,个旧市世纪广场酒店

红河谷的密林深处[*]

从个旧一路南行,沿着哀牢山的余脉,两岸是望不到头的青翠。红河急湍在深深的谷底奔涌。因为落差太大,我们只听见红河急流奔腾的遥远的声音,我们看不见红河的流水。云贵高原自北向南,有一个大倾斜,告别寒带雪峰,告别温带丘陵,我们把高原留在身后,也把洱海,把滇池留在身后,车子一路向南,一路向下滑行,一路向着红河谷。

蔓耗是个古镇,它是个旧最南端的一个乡镇。蔓耗往南是金平,再往南走,就出了国界,到了邻邦越南了。红河就是这么走的,它从下关一路南行,过了元江,经个旧,蔓耗入老街,最后注入北部湾。蔓耗过去是红河出国之前的一个重要港口,设有海关和边防检查。它是天津条约最早被迫开放的通商口岸,它当日的繁华景象至今尚为人所称道。现在还有人记起,那时每日有五千多批马帮穿梭于古栈道上,数万人工不停地运送着有色金属、药材和山货。当日行驶在红河上的大船达千艘,大船其宽度有五根竹竿横排那么长,可见那时的非凡气势。那时的蔓耗古镇,不大的地面到处都设有酒吧、客栈、茶馆、商行、钱庄和妓院,是地处深山的红河谷底一个灯红酒绿的不夜港。后来红河水浅,加上陆上交通发达,蔓耗就衰落了。

我们路经蔓耗的时候,正值街日。那里有身着民族盛装的乡民在赶街,运货车、拖拉机和骡马大车熙熙攘攘,集市上特有

---

[*] 此文刊于 2004 年 3 月 16 日《羊城晚报》。据文稿编入。

的热烈气氛,依稀传达着昔日的繁华。我们今天要访问的地点,是位于蔓耗境内的绿水河热带雨林。这次南下,我仍不忘二十多年前在西双版纳逗留的情景,我想念那里的无边无际的森林,以及密林深处的野象群。我以为要看热带雨林,非去西双版纳不可,个旧的主人细心周到,特地安排了绿水河之行。他们说,绿水河也属于热带地貌,那里保留了非常完整的一片热带雨林。

绿水河是一条从山间奔泻而下的山涧,它是地名,也是一个著名的水力发电厂的名字。绿水河水电站是当年为了战备而建设的一座地下电站,建于上个世纪60年代。整个的绿水河流域,就是发电厂的施工地。这座电站的特点是高水头、深地下、多层、多道,用的是绿水河的山间急流发电。当年数百职工身带草帽、背壶、镰刀"三件宝",自"大跃进"的年代开始在这里创业,迄今已近半个世纪。他们在深山河谷建设了自己美好的家园。

在以往,在我们的概念中,建设的代价总是生态环境的破坏。一般的铺路建房尚且如此,何况像绿水河这样的大型水电站的建设?但是红河谷改变了我们的看法,我们看到的是另一种景象。水电站的职工不仅把昔日的荒山建成了温馨美丽的家园,而且硬是把一大片大约总面积达五千余亩的热带雨林给原汁原样地保全了下来。电站办公室的一位女士向我们介绍,他们不仅保护了原有的这一片珍贵的原始森林,而且在施工建设的漫长岁月中,在厂区和生活区周围遍植荔枝、龙眼、香蕉、芒果多种果树。单是芒果一项,他们就种了五千余株。绿水河的芒果远近闻名,芒果成熟季节,附近各单位纷纷驱车来购,供不应求。如今的绿水河电站,已是一座瓜果飘香的大花园。

为看热带雨林而看了水电站,看了水电站而更深地了解了这一片热带雨林得以保存的奥秘,这是这次红河谷之旅的意外收获。在绿水河两岸,在茂密的原始森林里,这里生长着三千余种热带和亚热带的稀有动植物。沿着盘山小道,我们进入森林,迎面就是一株矗立天际的巨大的董棕,这是长寿树。在湍急的山涧边,清澈的溪水飞溅着透明的珍珠。遍地都是青翠,遍地都是碧绿,漫山遍野的金花草、望天树、桫椤树。这里生长的多歧苏铁,被称为植物界的大熊猫。在深山,那里出没着云豹,那是国家一级保护动物。为了迎接我们的到来,电站的主人在厂史陈列室特意安排了梁建强、梁建云兄弟私人收集的蝴蝶标本展,三百余种五彩耀眼的"会飞的花朵",让我们看到了大森林的富丽堂皇。

近年来总在外边跑,走过不少名山大川,也看过不少古代遗存的名胜,当然还有更多的新开发的景点。值得注意的是,所谓的新开发往往是生产和制造"假古董"的缘由。有时不免痛心地想,与其如今这样地"制造",当初为何要毁坏?有时听到某省某地又有某处旅游资源被开发了,闻之总是有些胆战心惊。因为新开发就意味着新破坏。来到绿水河水电站,原先也带着此种担心,但热带雨林的现实使我心为之释然——电站的建设不仅未曾破坏,而且有效地保护和发展了这里的生态环境。绿水河水电站乃是一个楷模。

此日同游蔓耗原始森林的,还有云南大学的赵仲牧教授,他是美学家,又擅长楹联。他即席拟了一副对联持赠电站主人。联曰:

雨林深处谁曾到?
绿水河边我有缘。

此联工整匀妥,大抵能表达我等的感受。

2004年1月8日于丽江虎跳峡宾馆

文学的作用[*]

——集美《新海湾》顾问寄语

古来圣贤均在强调文学对于社会人心的作用,此事实有其理。但若涉及文事兴邦或文章丧国云云,此论却大可怀疑。这些言说,其实都是过高地估计了文学的现实可能性。兴亡盛衰事大,远非文学所能定。文章救国,说说可以,真要实行,可就难了。然则,文学真的无用?文学当然有它的作用。但这种作用是无形的,更不会是直接的和立竿见影的。近代以来的中国,由于国运衰危,仁人志士一时救国乏术,急切里想到了文学,并把文学对于强国新民的作用作了极大的强调,认为"欲新一国之民,必新小说"。可是,文学曾经改变了国运没有?答案是:未必。最终人们知道,还是靠政治,靠政治指导下的军事行动和经济建设,改变了中国的积弱状态。

然而,难道文学只能是茶余饭后的消遣,或者只能是文人雅士手中的玩物?当然不是。鲁迅在讲小品文的危机时,就反对过"小摆设"。文学不能只当"摆设",特别是"小摆设"。文学有它的地位和它的独特的作用,这是由文学的特性决定的。形象性的描写和虚构性的实现,乃是文学的擅长。文学通过想象提供理想,人们在这种提供中得到满足。文学使人认识或忘记无边的苦难,并鼓舞人去战胜它。文学的"用",在用于改变人的精神,最终作用于世道人心。文学可以是药,但并不包治百病,特

---

[*] 此文刊于2004年3月号《新海湾》。据此编入。

别不会药到病除。要是用一个比喻,文学可能更像是社会人心的润滑剂或营养剂,它缓慢地、无声地滋润着、并最后地影响着。

文学是民族精神的象征,文学把一个民族的精神传统以文字的形式固定下来。文学是一个民族永远的骄傲。李白的月亮永恒地悬挂在古长安的上空,时代沧桑,清澈如初。普希金的诗篇使全世界的人感到了俄罗斯语言的优美。所有的生命都会感激贝多芬的旋律,感激它给予的战胜艰难命运的无形的激励。屈原的天问,表达了中华亘古长青的智慧。真的是"屈平辞赋悬日月,楚王台榭空山丘"!文学的魅力是永远的。而那些权势、财富、富贵和荣华,都是过眼烟云。从这点看,文学是让人敬畏的。

当今盛行游戏精神,从游戏人生到游戏一切,当然也游戏文学。每个人都有游戏的自由,这是他人无法阻拦的。但是,当人们不再创造,不再为当今的和未来的人们提供新的精神滋养,伟大而丰富的文学传统在我们这一代人的手中,游戏殆尽,而且不再得到补充和接续,将是怎样的后果?这不是故作危言,请热衷于游戏文学者三思。

2004年2月5日,甲申正月十五,于北京昌平北七家村

感谢文学　感谢诗歌[*]

我主要想讲两个意思：首先参加这样的会议，我是为学习人生来的。我了解了李永新的一些情况后，我觉得今天文化界、诗歌界对李永新写作的重视不是没有原因的。永新是一个业余作者，但是几十年坚持诗歌写作确实不简单，他的诗集中1973年写得非常多。请诗歌界的朋友注意这一点，诗中保留了许多这一时期的珍贵材料。1973年是"文化大革命"后期，在诗歌和社会生活当中，一个非常浪漫的时代事实上已经结束了，面对"文化大革命"所造成的创伤和灾难性的后果，作为一个具有一定文化水平和非常热爱诗歌写作的人，如何在这样一个年代里生存下去，坚持下去，这一点在他的诗歌里面有很多的保留。我觉得李永新的诗歌在这个年代里保留了一个过渡性转型期的特点，浪漫时代的结束。他是一个矿工，一个有企业经历的人员，已经深入到了诗歌的实质方面。李永新随着诗歌的发展，技巧也逐渐在成熟。我更重视他写的《心的秋季谁在收获》和《秋色为谁欢呼》。我们要欢呼秋色，要欢呼秋色里的收获。这是在讲精神，他是要讲精神和心灵的成熟，情感的成熟，应该说是接近中年的状态，这是人生成熟的阶段，他用他的诗歌表现出来了。

---

[*] 此文刊于2004年2月6日《经理日报》。据此编入。

永远的遗憾*

2003年10月31日,辛笛诗歌创作七十年研讨会在上海举行。我为此写了发言稿:《一棵依然年青的树》,准备在会上宣读。我的行装都收拾好了,即日就要出发。就是此时,有一个我必须参加的会议突然而至。上海是不能去了。为此我感到遗憾,因为自前年我在上海拜望了辛笛先生以后,我们再没有见过面,我非常想念他。现在人既不能到会,只好托孙玉石先生把文章带到上海,再由吴思敬先生在会上宣读。

为着写发言稿,我专门去了通县我的藏书处,找出辛笛先生的有关资料。我有两本《手掌集》。一本是1948年在福州购到的,上海星群版。那时我只是一个初中生,为了得到这本薄薄的诗集,我"倾囊而出",付出了多年积攒的所有的"积蓄"。当时我为辛笛的诗所着迷,我会背诵其中的许多篇章,而且还学着写"辛笛体"的诗。这本诗集陪伴我度过了初中至高中的年月、以及相当长的动荡的军旅生活,行军、训练、海岛、工地、土改和剿匪,它都被装在沉重的背包里。环境艰险,变化多端,《手掌集》居然安然地随着我复员归来。后来我求学北上,这诗集也随着我来到了北京。在"史无前例"的"文革"中,它也奇迹般地逃过了"焚书"的劫难!将近六十年的患难与共,我对《手掌集》珍爱有加,我绝对不容许它离开我了。

另一本《手掌集》是八十年代香港出的,辛笛先生寄赠给我。

---

* 此文刊于《诗刊》2004年3月号下半月刊。据此编入。

那时我和辛笛先生还未见过面。从上海由先生亲自封寄的《手掌集》的扉页上，竖行写了如下的赠语："这是三十多年前所集旧作，本已久不写新诗，过去的就让它过去吧。不想近年香港书商私自翻印，承友好远道见惠，感到汗颜中又有欣然之意。更不想在拨乱反正的今天，我要重新以无限振奋的心情拿起笔来写诗，这真要深深感谢'文艺复兴'春天的气息了。为此敢以一册奉请谢冕同志指教。辛笛，一九八零年六月二十八日。"辛笛先生办事非常认真，在寄书的同一日，还写了一封信——

> 谢冕同志，恕我冒昧给你写这一封信。近来在报刊和杂志上读到你写的好几篇关于新诗问题的文章，有观点，有分析，适获我心。相信通过诗歌评论之力从今新诗的路子也可以开拓更宽广一些。另一方面，通过和辛之、敬容、唐祈诸诗友的来信，也时有提起你，并以能有机会和你晤谈，看作是一件非常令人高兴的事情。我虽然还未能见到你，但也以分取了这一分喜悦。寄给你一本旧作（解放前"手掌集"）和一些近作，请指教。此致敬礼。王辛笛。

四十年代的一本，加上八十年代的一本，为着这次先生的作品研讨会，一时都集中到了我的身边。我是打算亲自到上海向先生祝贺创作七十年的。此行在我私心里还藏着一个愿望，那就是带上伴随了我近六十年的那本《手掌集》，带着当年一个初中学生对先生的崇敬之情，请先生在扉页上题名留念。但是，我的这个想法，被突如其来的那个会议打乱了。

既然我无法到上海去，我原也可以像发言稿那样托人带去，请先生签名后，再由另一人从上海带到温州我们都参加的会上交还给我。但一想到这个辗转复杂的过程，我害怕了。这本诗集在我是无价的宝贵，因为它记载着我生命的一段难忘的经历，而且在极艰难的境遇中一直不离不弃地伴随着我。而在他人，就会是极普通的一本书,极普通的一件事,他肯定不会像我这般在意。万一,我说的是万一,万一在这个复杂的过程里有了闪失,那该是怎样严重的后果啊!我不敢往下想了。为安全起见,我放弃了托人带去代请签名的想法。我想,机会会有的,那时,我会郑重地请先生为这本书签名。

上海的会开过了。孙玉石先生将我的发言稿带到上海,并由吴思敬先生在会上宣读,一切都非常顺利。而我的那本《手掌集》却滞留在北京的寓所里。会议召开的前些日子,辛笛先生的夫人不幸去世,先生带着伤痛到会。先生已九十高龄,但精神尚健好。我们都暗暗祝祷这位"九叶"中最年长的一叶,永远如一棵年青的树。而在我,更是期待着有一日带着那本《手掌集》,重访上海南京路先生府上,看着先生带上他的老花镜,为我写下"辛笛"两个字。

我怀着这样的愿望,来到了新的一年。直至收到先生的讣告:2004年1月8日上午9时20分,先生病逝于上海中山医院。中国诗歌史的上空,一个明亮的星陨落了,这是无可补偿的损失。可是在我,在1948年那本经历了无数劫难幸存下来的《手掌集》的扉页上,却是留下永远的空白!天老地荒,永远不会有人为我题写他的名字了,这是怎样的遗憾啊!

2004年2月8日,辛笛先生逝世周月写于北京大学

大地的怀念[*]

去年秋天在温州,从一位年轻朋友手中接过《夜行者独语》。她没有多作介绍,只是希望我读这本她喜欢的书。书带到了北京,一直放在我的案头。在静谧的灯下,它默默地望着我,期待着我能倾听这位白天忙于政务、惟有夜晚属于写作的"夜行者"的心灵诉说。我至今还没有见到刘长春,只是从资料中知道作者的一些经历。刘长春的散文很有影响,已有诸多名家评论在先。我这里谈的,只能是阅读后的一点随想。

在各种文体中,散文的特性是"散",不散就不是散文了。这种文体的考验人,在于看他是否能把握这个"散"字。人们也许要说,文章写严密不易,写散又有何难?殊不知散文的难处就在一个"散"字上。刘长春认为散文就是"散开之文"[①],这话说得很机智。散开就不是收拢,也许最后要收拢,但基本的行文特点是散开。刘长春解释他的"散开"说:"散开的是作者的性情、襟抱、领悟、才华。"他没忘了强调"散只是表象","不散的是思想、是内核"[②]。这就是说,我们在强调散文的"散"的同时,时刻也不应忘记它的"不散"。又要散,又要不散,这真地难为了所有的散文作者。

---

* 此文刊于 2004 年 5 月 13 日《文学报》。据此编入。

① 语见刘长春《我理解的散文》:"也许很难给散文一个精确的定义。散文、散文,顾名思义乃散开之文。"《夜行者独语》代序,新世界出版社,2003 年 7 月北京第 1 版。

② 以上引文,出处同上。

散文的基本精神是自由,它的表现形态是行云流水。内容愈是整饬、严谨的散文,其外在形态愈是流动的,便愈佳。所以,我很赞同刘长春对于散文文体特性的界说,是自由,而非别的,是在写法、题材、思想、心态、乃至风格、表现空间上的自由。但话说回来,无节制的自由,就容易流于散漫。若是以为散文是"散漫之文",那就大错了。所以散文写好是极难的。

刘长春在这点上,不仅是一种体认,而且更是有效的实践。《白鹤翔集的地方》是一篇短文,不过千字左右。开头是"一条弯弯扭扭很窄的路,牵引着我们走进山中"。山中极静,"抬头望山,四围皆松,它们都很寂寞"。先写发现一洞,次写洞中探幽,再次写出洞见有鹤飞翔——

> 忽地,惊起一池白鹤。一只鸟儿自水中腾空而起,白的;又一只,也是白的。然后聚集在池边的,休憩于树间的,站立于岩上的,成千上万的白鹤飞舞而起,遮掩了一角蓝天。——却看见它们悠闲地拍打着翅膀,恍若千万双生命之手,饱蘸着浓墨,以行云流水般的笔画在天空的大纸上书写着逆入、平出、左倾、右斜、重叠、穿插与回锋——鹤鸣于天,几声呖呖——滴下来的几点墨汁,洒落在我的心头,又在另一张宣纸上渗透开去。

读这文字,以为他写的是现时景,再由现时景转入绘画景。其实,我们被作者"骗"过了。这文章文字极曲折,布局甚奇幻,峰回路转,乱花迷眼,我们只能随着他的笔走。直至文章的后部,他才狡黠地点出:"这是四十年前留在我脑海中的画面与记忆"。原来他一开始就没打算老老实实地按着时序写,整篇文章是一个大倒笔,从过去往现在写。到了末了,他才点明:委羽山在浙江省台州市黄岩区的郊外。紧接着,引用了两句诗:"谁筑孤亭望瑶鹤,至今不见一归来",留下的是缠绵的思绪。

四十年沧海桑田,那鹤是再也不来了!毁林烧荒,开山种粮,树没有了,水也没有了。这里早已失去方志上写的"长林郁郁,幽涧泠泠"的景象,那白鹤翔集的地方,只能是旧时景了。作者最后说,"假如我能像以前一样,看到原来的景色,我也会像普里什文笔下的别连杰耶娃那样:'就会跪下来——'"。绕了这么多圈子,这才归结到他所原本所重视的文章的"思想"与"内核"上面来。这原是一篇有关生态环境的文字。文章很短,也就是千字光景,可却是九曲回转,风情万种。你说散文好写吗?好散文写来真是不易。你说这里没有运思,没有技巧,而只是一味地散漫开去,那能是一篇好散文吗?

刘长春的散文写作,在艺术方面表现出来的这种聚散、开合、舒缓有度的成熟性,给人留下来非常深刻的印象。他的散文充满了灵思,在不经意中见机巧,见缜密。这无疑是刘长春散文的价值所在。他有很漂亮的文笔,许多文字让人感动。一处写:"山一高,云就缠绵",又一处写:"到了半山腰,止步四望,白云牵衣,迷漫一色",这是何等幽深的景象!"石为铜壶,水为滴漏,那瀑声飘向远处松林的更远处,落在枕边,落在人的无尽思念中",这又是何等细腻的笔墨!

但我似乎更重视他的文章所传达的那种坚定的精神。他的许多文化性散文,通过特定的人物,传达出作者内心深处的精神关怀,是很感人的。《晚年的跋涉》写唐代那位被莫名其妙地从长安远谪台州的郑虔。郑虔是一位名士,时称诗、书、画三绝。但他的书法早失传,画则是"传世绝少",而诗在《全唐诗》中也仅存一首五言绝句。他以布衣终老台州,应该说是功名无所就的悲剧性的寂寞一生。但刘长春看重的是此人身上体现的"文化人格",他深情地说:"不该寂寞的是精神,一种历久而弥深可以影响后世百代的文化精神。"《文人风骨》更是饱蘸着情感写方孝孺感天动地的悲情故事。数百年后,作者寻到了方孝孺的故里宁海溪下庄,在桃花溪的雨点中望见了、并听到了"生命的放达与不羁",即所谓的"台州人的硬气"。

若是说,刘长春在文化散文中更多地关注传统精神的话,那么,他在许多写景抒情的短文中却鲜明地体现着现代人的情怀。作者走一路,写一路,也思考一路。《走进蓝色的黄河》发出了黄河首曲是什么颜色的问话,"是的,蓝色、蔚蓝色、让人简直惊骇莫置而又不能不相信的蓝色。就像梦幻似的,从轻微微颤音开始,于小提琴上奏响的'蓝色的多瑙河'一样的蓝。"对此,作家要问的是,黄河是怎么变黄的?问苍天,问大地,问人间!这里有一种亘古的哀愁。《雁荡无荡》,但看题目,便知不是寻欢之文。旧时雁荡山巅有湖十里,水草丛生,雁群来归。乱砍滥伐的结果,水荡没有了,雁当然不来,雁荡徒具空名!这里同样有深重的忧患。

刘长春写山水,极幽、极美、极壮丽、深得山水的精髓。但他不是一般地怡情和陶醉,而是思忖,甚至是痛苦地思忖。他是在无的时候,想起曾经的有,他为如今失落的生态而悲哀,他有无限的忧思。这种忧思不属于昨日,而属于现代化的今天。人类为了今天的利益,正在毁灭它的昨天,而昨天是不再有的。《找不到田野》、《哭泣而又忧愁的小河》,单看这题目,就知道作家的哀愁有多深。每当触及这些,刘长春就非常地动情,而他的文章也就格外地感人。可以给他的散文一个总题目,叫做"大地的怀念"。

刘长春写散文的状态甚好,有点随意,也有点闲适,但在轻松中见厚重,在展开中见缜密。他的文章有文人气,但从不故作高雅;有书卷气,但绝不故弄玄奥。行文清新,雅洁端正,最动人的是那种深切的关怀,从自然到人文的关怀。有点感伤,有点悲凉,是那种浅浅的、淡淡的、但又是深深的、浓浓的忧愁——为着人类的明天,为着我们的后代。他发自内心,却不事张扬。

2004 年 2 月 20 日于北京昌平北七家村

快乐每一天[*]

我们居住的地球是快乐的,因为地球上有生命。温暖的太阳,皎洁的月亮,茂密的森林,清澈的流水。花在这里开放,鸟在这里飞翔,人在这里劳动。劳动创造了一切,人因而得以温饱,获得温饱的人是快乐的。由人而反观世间万象:鱼游水中,水是流动的,鱼在这里感受到生命的活力,因此鱼是快乐的;鸟飞天上,天空是无际的,鸟在飞行中感到了生命的自由,因此鸟是快乐的。诗人说,"万物静观皆自得,四时佳兴与人同"(程颢:《偶成》)。因为万物都沐浴着地球的恩惠,春花,秋月,夏天的阳光,冬日的冰雪,这地球上的一切,都被地球上的万类万物享受着,因此它们都是快乐的。

但人是有思想的生命,因此对于人来说,他的快乐不是无限的和无边的。在诸多的生命现象中,只有人知道所有的生命都不是永存的,人知道死亡的必然性。因此,人对于生命的感受不仅是快乐的,而且也是悲哀的。他知道,生命存在,生命也消亡,因此,人不快乐。与地球上的所有生命相比,一切都"坏"在人会思想上,的确,人因思想而丰富,也因思想而充满智慧。人的智慧是绵延的,它不仅在亲历中获得,而且还从书本上得到前人的承传,人在精神上因此变得富有了。但是,正是由于这种富有,人并不快乐。

因为思想,人由此得知世界的不可尽知和不圆满。它知道

---

[*] 此文据文稿编入。

人间有不平,世上有苦难,为争取平等和消除苦难,人为此而产生理想。在通往理想的过程中,在愿望与目的之间,始终是一种未能到达的状态。因为生命太短暂了,一件事、特别是一件大的事,需要一代又一代的人接着做。而从其事者往往不能亲见成效,这就是"前人种树,后人乘凉"的意思。人为这种永远的不能到达而无奈。再说,知识多了,对于世界的理解也多了,这当然是好事,但也不全然。常说"人生识字忧患始",就指的是这种思想的承担所带来的苦痛。的确,书愈是读得多,便愈是感到知识的不足:生有涯而知无涯。这是怎样的旷古的悲哀啊!思想是痛苦的。

钱多了就一定快乐吗?的确,没有钱是很不快乐的。我年纪小的时候家境贫寒,常常朝不虑夕,每个学期都为交不起学费而发愁。那时我不快乐,因为没有钱。在那时,我要是有钱的话,可以不愁吃穿,可以有钱交学费,我就会很快乐。但是,那些有钱的人真的很快乐吗?金钱、财富、地位、权力,毕竟都是身外之物,当生命终结之后,剩下的会是什么?再说,物质再丰富,毕竟不能代替精神的充实。人生而无知,这不是最大的悲哀吗!

生命因思想而痛苦,生命终将因思想而欢乐。生命对于所有的人来说,都是一个过程,过程的美丽就是生命的美丽。鱼游水中,在水面画出了一道又一道的波纹;鸟飞空中,在天上画出了一道又一道的弧线;那是它们的生命在展示,这一切都是快乐的,也都是美丽的。那么人呢?人行走在大地上,他把坚实的脚印打在坚实的大地上,一步接着一步,这些脚印连成了一道又一道的粗的或细的、笔直的或弯曲的线,这些线证明生命的存在,也证明生命的价值。过程是美丽的。

真正聪明的人懂得:花开不是为了花落,而是为了灿烂。那么,它快乐吗?哲人这样向我们发问。是的,花开放,而后凋零,花的生命也并不永恒。从孕育、蓓蕾到开放,花吸收大地给予的阳光雨露，它用灿烂来回报大地的恩惠。花的生命过程是美丽的，它应当是快乐的。人活着，从襁褓到牙牙学语，从蹒跚学步到学得知识，它用平凡的工作来回报大地，它展示了生命的价值，它也应当是快乐的。

古人讲"立德、立功、立言"，这是对辉煌生命的期待。这未必人人都能做到，即使是做到其中的一项也极难。但是，珍惜生命，让生命的每一分每一秒都不虚度，却是人人都能做到的。行走过，尽力过，以诚实的态度对待人生，在平凡的或是不平凡的位置上，为国家、为社会、为人群做着自己力所能及的事，这就是美丽的人生。美丽给人带来快乐。工作每一天，快乐每一天，美丽每一天。可以辉煌，也可以平淡，让生命证实一切。这既非高不可攀，也并非碌碌无为，原是众生都能做到的。

花开时节是灿烂的，它给世界带来了美丽，花是快乐的。它不应当为繁华的瞬息即逝而悲哀。人也如此，人在活着的时候，努力地画着人生的轨迹，认真地、诚实地、勤勉地，不愧对苍生，也不愧对父母。让后来者在这些弯曲的或是笔直的、粗的或是细的线条上，看到一个生命曾经这样地存在过，这就是最平常意义上的人生。当然，要是我们以有限的生命中创造出无限的价值，当生命不在的时候，让后来者记起曾经有过这样的人，做过这样的事、说过这样的话，那就是一种至高的境界了！

让我们始终记住，活着是快乐的，或者，活着应当是快乐的。

2004 年 2 月 29 日于北京大学中文系

世纪反思[*]
——新世纪诗歌随想

不觉间,进入21世纪已是第四个年头了。记得上个世纪末,许多人都被要求对未来世纪的诗歌作出预测。那些做了的,现在看来大都落空。诗是依然故我,原来是什么样子,现在还是什么样子,并没有随着新世纪的到来而有什么改变。世纪的划分原本和诗歌的发展无甚关联,诗歌有自己的行进规律,尽管社会现实的情势可能对它产生或大或小的影响,但它基本上是被艺术的惯性推着走的。它的轮子会毫不在意地跨过两个世纪的交汇点,那留在路上的轨迹依然清晰、深刻且未有间断。

中国社会由计划经济向着商品经济的转型,给文学艺术的生产、传播及接受带来了巨大的震撼。置身于大转型之中的诗歌,无疑也打上了这一时代的印记。但这些留在诗歌行进途中的印迹,是从上一个世纪绵延而来的,并不因世纪的转换而中断或有所更改。所以说诗的演变与世纪无直接的和必然的关系。诗按照自己的规律行事。要是说,在两个世纪之交,诗歌的状态与20世纪80年代相比有着大的改变的话,其因盖出于市场经济时代的到来。而市场经济时代并不以世纪分。

这一时代使艺术生产受市场需要的驱动,使一切都被打上了商品的标签,诗也不能例外。市场是时尚化的,80年代讲跟着感觉走,如今讲跟着时尚走。而时尚是飘动的,不确定的,甚

---

[*] 此文刊于《河南社会科学》2004年第3期。据此编入。

至也是短暂的。曾经有一部分诗这么做了,做得很无奈。有些应时的诗歌,一时很轰动,不久则寂然无声,人们也很快淡忘了它。一部分诗在原点上坚持,也坚持得很尴尬。舆论的冷淡与前者几乎完全一样。在文学艺术中,诗的本质原本是贵族的,从来都具有高雅的品格,它追求永恒性。如今它的这一品质受到了蔑视。在周围的肤浅之中而坚持厚重、恒远和高贵,本身就显得有点不合时宜。

当前诗歌这一趋向与80年代开始的新诗潮截然不同。那个时代诗歌追求的是理想,抒发的是实现这一理想的激情。诗歌自觉地承担着时代的使命:以执著的姿态批判并清算过去,以坚定的目光瞩望未来,这就所谓的拨乱反正。当日的诗歌以修复古典诗歌和现代诗歌的传统、特别是接续西方现代主义的诗歌传统为自己的目标。诗歌走在新时代的前头,以艺术的变革推动思想的和内容的变革,有着自觉的历史和社会的承担。那时讲,在没有英雄的时代做一个人,或是讲,用黑色的眼睛寻找光明,都是这样的意思。

很快,这种承担便受到了质疑甚至嘲讽。新兴的理论否定了"为时代代言"或"为一代人代言"的庄严感。诗歌的个人化乃至私密化倾向以极端的程度高扬起来。这种高扬不是偶然的,而有着深刻的背景。在以往的年代,个人在诗歌中的地位是受到批判和否定的。在很长的历史时间中,以虚幻的"集体主义"来抑制切实的"个人主义"——这种个人主义实际上是诗的个人性——已给诗歌的发展造成了极大的伤害。所以公平地说,诗歌回到个人的趋向和企图,应当受到尊重。长期的张扬集体而抑制个性实际上是对诗歌本质的摧残。现在则是还诗歌以常态的时候。所以应当承认,诗的由群体返回个人、由外向走向内心,尊重诗人创作的个人感悟、体验以及充分个性化的艺术实践,确是一个历史性的进步。

但是这种由集体向着个人的滑行,不仅来势凶猛,且以无可置疑的单一的和排他的形态出现。它匆忙而急促,且一发而不可止,甚至造成了完全的覆盖。这却是始料所不及的。中国的情势就是这样地容易造成畸斜和走向极端。一时间,几乎所有的诗歌,纷纷从外面走向了内心,从大众走向了个体,走向了身体,乃至走向了"下半身"。

个人化的结果是诗歌的与世隔绝,它只有"自我",无视社会与群体的诉求。诗歌从来没有当前这样的自私,它陷入自恋,沉迷于"自我抚摩"。在一部分诗人那里,诗对个人的迷恋到达一种痴迷的程度。诗人自我幽闭,那个天地是完全私密性的,别人无法进入。那些私语总是一种仅仅属于一两个人的,他人不可解读。

此一时间的诗歌,由于排斥和厌倦以往那种意识形态的强加,它竭力躲避被动的诗对于政治的图解,于是鲜明地强调诗的艺术属性。那时有一个表面看来说了等于没说的"诗就是诗"的强调,其实是针对曾经有过的"诗不是诗"而言的。诗本来就是艺术的,这种强调没有错,而且在特殊的年代,它甚至具有了革命性的意味。但是从强调艺术到了认为写诗乃是一种近于或等于"手艺"的"平面"操作,这种在艺术创作过程中断然排斥思想性的理念,就显得有点可疑。

在艺术革新的名义下完全排斥诗歌的思想情感内涵,这在一个时期,甚至成为一种时髦。一部分诗开始游离诗的本质特征,在贴近日常生活的借口下,完全无视诗对于情感的皈依,一些诗从"冷抒情"到"零度抒情",再加上"诗到语言为止"的倡言,不仅拒绝和驱逐传统诗的"缘情"、"言志"的职能,甚至掏空它对于有价值的内容的承载。诗流于几个人甚或是一个人的私语和梦呓,它离开了公众空间,成为与世无涉的绝对私人的游艺。诗行进到了这样的地步,它与读者的联系已下降到极为脆弱的地步,基于此,人们对它的冷淡是预料之中的。

诚然,在以往长时期的诗歌指导中,有一种社会政治对诗的强加。这使得诗失去了自主性,从而沦为某种意识形态的附庸。复归之后的诗歌对此怀有警惕。对于"代言"职能的否定和抛弃,其实就是一个因这种警惕"矫枉"而"过正"的行为。的确,诗不是政治,但诗能离开政治、能离开对于世间重大事件的关怀吗?在上述那样的气氛下,诗一旦表现重大的主题,或是被希求为一定的主题发言,此举就会无例外地招来质疑并受到鄙薄,以为"政治又回来了"。事情正好来了个倒换,这就是新的历史时期的"政治恐惧症"。

这成为诗歌发展中的另一个误区。对于世界上和生活中的重大事件的无动于衷,使诗进一步地偏离了它的读者——读者无法在诗中找到诗人与他们的心灵共震点。在新旧世纪之交,在中国和在世界,都有许多让人心神难安的事件发生,空前的洪水,危急的疫情,令人惊恐的SARS,摩天大楼的倒塌,阿富汗和伊拉克战争,遍及世界各处的恐怖活动——那些无边的哭泣和无尽的鲜血,似乎都很难唤起诗人的兴趣和激情。我们当然应当尊重诗人对自己的关心,然而,我们却要对这种可怕的冷漠,对这种大爱、大恨、大关怀、大悲悯的缺席而担忧。

上一个世纪80年代出现的新诗潮之所以得到了全社会的关注,乃是由于在那些诗中体现着非常动人的诗人的情思和襟怀。诗人的心与社会兴衰和民众忧乐共跳动。那时的诗,是一种追求,一种呼唤,更是一种激情的宣泄。诗人的声音传达着并代表着民众的心灵诉求。那时的诗与众人有关,与时代有关,不论是怀疑精神还是批判精神,都充盈着那种与时代和社会息息相关的现世关怀。这里摆脱了被悬置空中的虚幻,因有着切实的和平凡的人间情怀而显得高贵。为什么诗一旦与平民意识相对接就一定要流于委琐?为什么为了走向民间而要以"告别崇高"为代价？难道"崇高"是那样地与平民冰炭不容吗？这里的偏执是显而易见的。

失去了与崇高精神的诗歌，充斥着世俗性的卑微和委靡而缺乏优美情怀的诗歌，能带给人的心灵以怎样的滋养？这会是丰富的诗歌吗？这会是永恒的诗歌吗？这些既不丰富又不永恒的诗歌，它的价值究竟何在？可以断定，为了"平民"而放弃"崇高"的诗歌行动肯定是一个陷阱。

现在似乎是需要我们再一次发出呼吁的时候了：让诗回到它本来的位置上来，让诗首先是诗，是情感的，是思想的，是高贵而永恒的，是作用于人的心灵的，是能够疗救人的精神而始终引导人向着前方行进的！让我们再一次郑重强调，诗就是诗。诗不是游戏，不是"手艺"，不是快餐和软饮料，也不是时装表演！诗只能是人类永远的精神家园，让灵魂在这里栖息，让现实生活中的匮缺在这里得到补偿，让可能是贫乏的变得富有起来，让我们再一次期待，期待着诗重新成为我们的必需。

2004年3月6日于北京大学中文系

悲喜人生*

不知不觉地，人就老了。人老了，首先是形貌上有了变化，变得不那么可爱了。而其实质是，体质上有了变化，变得不那么健壮了。这是不能不承认的。若不承认这一点，以为一切还如年轻时一样，那在待人接物上就会出问题，例如不回避一些不宜参加的场合等等，而在行动上更会产生问题——老人有老人的身体条件，一般来说节奏应当放慢，急不得。应该适当地改变年轻时期的动作习惯，例如负重、下蹲等，不能过急过猛，要根据自己的体力行事。我在这方面就有过教训。

以上说的，只是问题的一个方面。我以为更为重要的一方面是与上述反向的，就是不能老想着自己老了，更不能老把这挂在嘴巴上。不要想这些，一切如同往常，做应当做的事，说应当说的话。这就是，心态绝对要年轻。要是人老了，心也老了，那才是真的老了。我见一些同辈人，甚至比我岁数小许多的人，他老觉得自己老了，想着想着，步履就蹒跚起来，思维就迟钝起来，衰老得很快。都说老年人要乐观，这话好像说了等于没说，但我却认为是很重要的。

对老年人心理上最直接的威胁，是死亡。死亡是日近一日地逼近你，使你不能不心生恐惧，以为来日无多，于是手忙脚乱，弄得身心两衰。其实，死亡是上帝平等赐给所有人的，上自帝王权贵，下至平民百姓，大家机会均等，有什么可畏惧的！王瑶先

---

* 此文刊于《人民文学》2004年第3期。据此编入。

生生前讲:"不想死,不等死,不怕死。"这里边有朴素的哲理,不想死,就是现在流行的"活着的感觉真好";不等死,就是我说的"该做什么,该说什么,一切照样";不怕死,就是"人人如此,怕也无用"。有了这三条,思想就会大解放。明知前面是终点,但行走就是一切。等到实在走不动了,那就停下来。

  只要我们在行走,就快乐着,享受生命的每一天。我相信我这种生死观并不浅薄。我的人生哲学是整体上的悲观主义,局部上的乐观主义。悲观是绝对的,而乐观则是相对的。我曾郑重地说过:"人生到底是一个悲剧。"此话现在还不想修改。人来到世间,无忧无虑的童年转瞬即逝,此后上学,是投入了一个大竞争,此后就业,又是一个更大的竞争。人生途中充满了压力和艰险。有的人就此败下阵来,终生潦倒;有的人经历过种种磨难,穿越过人生诸多的忧患,能够战胜那一切险阻,并最终到达自己的目标,这是一种成功的人生境界。而这样的境界却不是每一个人都能获得的,只有少数人或极少数人在这种艰难的竞走中走到了前面。

  话说回来,即使是那些幸运的到达者,当他们功成名就之日,多半也人已中年,人生开始走下坡路了。我这里讲的只是学业和事业上的竞争,没有说天灾和人祸,没有说病苦和贫穷,没有说突如其来的天崩地裂。人生拥有的纯粹的快乐,只在短短的童年的一瞬间,这能不让人慨叹吗?人生究竟是苦多还是乐多?我的局部的乐观是建立在整体的悲观之上的,所以我并不肤浅。但是我到底还是乐观主义者。我主张以快乐的态度对待人生的一切苦厄。我的主张就是认真每一天,快乐每一天,享受每一天,也美丽每一天。

  我们毕竟无力对抗衰老。但我们的乐观精神能够延缓它的到来。我希望认真地对待人世拥有的每一天。想让人高兴的事,做一个自己快乐、也让别人快乐的人。有些人老了以后心情也变坏了,他自己不快乐也总让别人不快乐。我希望我不是。我愿忘记那应当忘记的,记住那应当记住的。放下的是那些伤害、那些卑鄙和污秽,放不下的是那些温情、那些友爱和良善。人生只是一个过程,过程以外,什么都不能留下,包括人们十分看重的名誉、地位、财富。世间没有什么比友情、亲情、爱情更宝贵的东西,它们无价,金子也换不来。

现在我已从工作岗位上退了下来,工作上的压力比过去少了,但我还是很忙碌。写文章,参加社会活动之外,我始终坚持身体锻炼,慢跑、冷水浴,这是一年四季不间断的,最近在一位年轻朋友的鼓励下正在学打网球,虽然现在还怯于上场,但已是一个"网球迷",居然也知道阿加西、库娃和大小威廉姆斯了。这是我"古稀"以后发生的事。去年我曾在大风雨中登上黄山的莲花峰绝顶,今年更在暴风雨中步行七千九百九十六级石阶直逼梵净山金顶。在这些活动中,我每次都走在所有的年轻的和不年轻的同伴的前面,他们都称赞我"四十五岁的体力",我当然有点得意。尽管仍然有很多让人烦忧的事,但我的生活充满了情趣。做一个健康的人,不仅自己快乐,而且也会使周围的人快乐。

当我们活着的时候,要记住那些在困难时帮助过我们,在痛苦时安慰过我们的人们。当我们不在的时候,也让人们记住我们的一些好处,至少人们会给你这样的评语——一个可爱的人。做一个除非万不得已、尽量不给别人(包括自己的子女)添麻烦的人,做一个别人喜欢你,至少不讨厌你的、让人亲近的人,这就是我的人生的"大"目标。我始终心怀感激,为那些想着我的、记着我的、爱着我的人们。我不看重一切身外之物,我只看重我内心的那些秘藏,为那深深的、浅浅的、浓浓的、淡淡的、若即若离、若有若无、抓不住又放不下的一缕扯不断、理不清的情思……

不论我们活得多么艰难,我们应当尽一切可能,让生命美丽每一天!

《天堂·炼狱·人间》推荐书[*]

巴金研究已是中国现代文学研究中的一门成熟的学问,国内外许多专家已在这个领域进行了许多卓有成效的工作。国内关于巴金先生的传记或评传已出过多种,陈丹晨先生是诸多此类研究者中坚持最久、致力最多、也是成就最著的作者之一。

陈丹晨这本《天堂·炼狱·人间》是继作者的《巴金评传》和《巴金的梦》关于巴金生平创作研究的两部著作之后的第三部著作。从写第一部《巴金评传》开始,迄今已是二十年过去。他的研究锲而不舍、层层深入,一直进行到写出现实和历史处境中的矛盾重重而又个性鲜明的、充满了内在冲突的这位文化巨人。作者秉承了巴金先生"说真话"的倡导,不为贤者讳,写出了一个真实的巴金。

陈丹晨这部新作着眼于揭示20世纪50年代以后的巴金的后半生经历。他从"真实的我"和"梦中的我"两个层面写出了巴金的人生悲剧——他在现实中追梦,在荆棘丛生的道路上满身伤痕地跋涉。他有平常人的弱点,他因理想而轻信,他为了保护自己的家庭而怯懦,直至人生最后的忏悔。

可以说,陈丹晨先生这部著作是迄今为止关于巴金传论的最深切、也最全面的一本书。谨作如上推荐。

2002年4月3日于北京大学中文系

---

[*] 据文稿编入。

白鹤起舞的地方*
——鹤煤集团福田作品集序

卫河在东,淇河在南,太行在西。水东流注入黄河,山则自北逶迤向南。那城就这样斜倚着这美的水和这美的山。城市也有一个美的名字——鹤壁。说是古时有鹤栖于峭壁之上,故得名。鹤是祥瑞之物,城也是祥瑞之城。淇河无疑是城市的骄傲,主人得意地告诉来客,它是国内少有的一条无污染的河流。我到过淇水之滨,那里垂柳依人,清波荡漾,乡民正在沿途种植花木,一条沿河的步行道,正蜿蜒着修向远方。我也曾登临淇河岸边的山头,看多情的淇水婉转地流过山丘的平野,在那里绘出了一幅天然的太极图。"瞻彼淇奥,绿竹猗猗","瞻彼淇奥,绿竹青青"①,这是《诗经·卫风·淇奥》的起兴之句。由此可想见数千年前,这地面水草丰茂、竹木森森的动人景象。鹤壁这地界说奇也奇,那著名的殷都朝歌就在这境内。比干墓、纣王摘星台,《封神演义》里那些神奇的故事,在这里都可以按图索骥。自城市向北,那里更有名扬天下的殷墟,有甲骨文的发祥地,还有文王演周易的地方。这里是中原腹地,这里的地面和地下遗存的丰富,足以让世人震惊!

却说旧日那白鹤翔舞之时,大地气宇澄清,到处白光闪闪,天空现出了明亮而清朗的奇景——那是一种神启。这鹤壁地下有光且有热,那乌黑的金子在地下日子久了,要出来为乡里造福

---

* 此文据文稿编入。
① 见《诗经·卫风》,这是《淇奥》前二章的起兴之句。

了。于是它借那鹤的飞翔现出了光明的征兆。从久远的年代直至今日,一批又一批制造光明的使者——采煤工来到了这里。日久天长,鹤壁就成了一座煤城。在深深的地层下,人们忍受着艰难困苦,以汗水和青春为代价,换来了地上的光和热,换来了漫天飞舞的幸福的白鹤。地下的乌金和天上的白鹤,就这样在鹤壁这土地上有了奇妙的结合——地下的黑金喷出了地面,舞成了通天的光明。鹤壁是创造光明的城市。

这里先有矿,后有市,它因矿设市。鹤壁现在已经是一座规模不小的现代化城市了,明净、安宁,是一个诗意盎然的地方。旧城四处矿井星布,那里居住着辛苦劳作的工人和他们的家属,那里的生活是日常的安详,方便,也相当整洁,充满人性的温馨。但鹤壁人为了提高生活质量,硬是把市中心三次向南绵延了数十公里。我们有幸拜访了鹤壁新城,那里崭新的西式建筑的风格让人耳目一新。鹤煤集团为了让那些从事最脏最累的工作的人们享有一个生活舒适的环境,去年在新城辟地近二千亩,沿鹤煤大道两侧建新世纪广场、鹤煤大厦、科技中心、会展中心、商业中心和迎宾馆,这些工程有的已完工,有的也接近完工,一座雄伟壮丽的鹤壁新城,正在人们的眼前闪闪发光。这真是一个白鹤翔舞的时代。

前面讲到,鹤壁因矿设市,城市的建设是围绕着生产和工人生活的需要而进行的。但鹤壁的市领导和鹤煤集团的领导都注意在建设物质文明的同时,非常重视精神文明的建设。企业文化的倡导和企业精神的高扬,始终是鹤壁人思考的核心。来到鹤壁,我的第一个访问的项目便是参观巍然耸立市区的鹤壁古典艺术博物馆。这博物馆是鹤煤集团筹资兴建的,巍峨、壮丽、华美,与那些大城市的博物馆相比都不逊色。一个煤业集团办起了一个古典艺术博物馆,这在中国不说没有也可能是罕有的。这是鹤煤集团致力于文化事业的匠心独运的一笔。我在访问中得知,博物馆馆藏的大部分是私人的藏品。张秦森先生五代家传,历经劫难,终于奇迹般地保存了大部分文物。其中尤以古陶瓷的藏品最为珍贵,也最为齐全。

鹤煤集团有鉴于此,决定筹资建馆,纳张氏藏品于内。这在企业可谓一项壮举,也是文化投资的明智之举。此举目光长远,既有益于藏家,又有益于提高企业的文化品位、有益于丰富职工的文化生活。于公于私于群,均是一番义举。现在人们访问鹤壁,不仅知道有一个为我国能源生产作出杰出贡献的、历史悠久的巨型煤矿,知道这里有十几万默默地、辛勤地在地层下为社会生产光明的可敬可爱的矿工,还知道这里有一个展品非常丰富的古艺术博物馆。访问鹤壁,不仅是一次对于普通厂矿的访问,而且也是一次对于历史和文物的访问。

鹤壁人的想象力源于他们对人的精神世界的关怀。企业领导人有着诗人的情怀,他们深知经济时代精神文化传承的极端重要性。"我们要继承和发扬人类优秀的传统文化,也要继承和发扬中华民族优秀的传统文化","艺术是人类心灵的宝贵财富,是开启心灵的金钥匙,我们可以通过时空隧道,回归自然与过去并展望未来"。① 这种情怀体现在他们在为职工建设的高级住宅区福田小区文化园林的规划设计上。福田充满了人性的温馨,小区中心地带矗立着福田阁。在福田阁的周围,望月潭莲叶田田,通锦桥碧波轻漾,廊桥可待月,曲岸可观鱼。他们给那些从事着最苦的工作的人们,提供着最美的休闲的场所。白鹤起舞,是为创造光明者祝福。鹤壁是温馨的城,是人性的城,也是诗的城。

说到企业为职工集资建房,此事本身就值得称赞。但鹤煤

---

① 见《一心谋发展,一意奔小康》。该文系鹤煤集团董事长李永新在集团公司福田小区园林景观作品征集座谈会上的讲话。《鹤壁矿工报》2003年6月27日。

领导却不是把这当做一般的事来做。他们没有放弃他们一贯的对于精神文化寻求的思路。他们在职工宿舍新区建造具有一定文化品位的园林,他们特别重视良性的人居环境对于人的精神的陶冶和提升。公司领导多次引用"孟母三迁"的故事,阐明环境对于人的精神成长的潜移默化的作用。强调小区的园林建设要涵容和展现"不同时代的文化艺术",认为"艺术的精神享受是一切享受中最迷人的享受"。[①]

特别有趣的是,鹤煤公司在全力以赴地营造园林化住宅的时候,以有效的组织和宣传的形式发动全公司的一切人员——从公司的部门领导到一般矿工,从家属到学生,人人都来为自己的家园献计献策。以诗词颂其功,以翰墨记其盛。公司开展广泛的征文活动,发动人们为福田阁作赋,为重要景点拟写楹联。此议一出,从者甚众。文采风流,极为一时之盛。小区竣工之季,园林建成之日,也是歌吹盈耳、墨香满室之时。《福田作品集》带着鹤煤全体职工才气与热情、情思与智慧,终于奇迹般地出现在我们面前。

当然,文笔有雅俗,境界有大小,技巧有高低,但每一件作品无一不是发自鹤煤职工内心的挚情与自豪,无一不是真诚地寄托了他们对于时代和生活的激情。《福田作品集》计收《福田阁记》八十余篇,诗词约三百首,抒情记叙散文近百篇,楹联作品最多,近二千件。我有幸亲身游历了福田新区,对那里的园林风采留有深刻印象,如今又阅读了这些来自普通职工的作品,我是深深地被感动了。也许较之来自心灵深处的这些声音,我的这篇文字是苍白的,但我不讳言,它的确表达了我的感动和我的祝福。

2004年5月1日于北京大学畅春园

---

① 见《一心谋发展,一意奔小康》。

路桥的红灯笼[*]

路桥原先不怎么出名,是盛产蜜桔的黄岩的一个镇。它现在是台州市区的一部分。台州是一座雄心勃勃的新兴城市,路桥更是如此。现在的台州市治,由椒江、黄岩和路桥组成。三地连成一片,已经显示出一座大城市的气派。台州地处浙东,北为宁波,南为温州,都是全国乃至世界赫赫有名的地方,台州夹处其间,指南向北,它只能这么默默地、憋着一股劲地生长着,台州人的好处是永远不服输地行动着。

路桥给人最深的印象就是,这城市没日没夜地在升腾。仿佛是一棵春天的树,满身的芽苞充斥着生气和活力,鼓动着、奔涌着无尽的热血往上升腾。高楼在往天空上窜,那是春天节节拔高的树。旧房在拆除,道路在翻修,那是春天在畅通它的血脉。青春期的路桥,是一位少女,时时刻刻都在变化着,生长着令人不可捉摸的美丽。我们来到路桥的第一天,就拜访了城市的三大工程,世纪广场的雄丽,国际会展中心的巍峨,其中那座多功能大厅,它的华美与高贵,更是让人难忘,还有文体中心,那个既是赛场又是旋转舞台的奇妙建筑,简直让人不可思议。路桥只是一个区,以一个区的力量,能够盖起这么漂亮的体育馆,真的不能不惊叹路桥人的非凡魄力。

这里是民营企业的天下。那些民营企业家们都异口同声地盛赞路桥这地面有亲和力。一位卓有成就的企业家满怀深情地

---

[*] 此文刊于《作家》2004 年 7 月号。据此编入。

说,路桥这地方很神奇,人民友善,真情待人,而且历代没有动乱,日子过得安宁。他们都愿意到这里来投资。这里有一座规模巨大的汽车超市。它的经营目标是:新款车的展示前台,畅销车的仓储中心,知名车的汇集之地。这一宏伟的目标,他们做到了。果然,在路桥的迎宾大道的这座汽车城里,我们终于有机会与世界上那些名车亲密相会。

路桥人并不满足于做汽车买卖,他们要自己制造汽车。先看这规模并不大的吉奥,它瞄准了广大富裕起来的农村市场,它做的是既坐人又载货的两用车。吉奥的广告词很有诗意:"历史的风沙卷过苍茫大地,当盏盏车灯汇成了都市的街灯,当汽车喇叭的鸣叫代替了远古的驼铃,汽车文明走进了人们的生活。而中国的农民对汽车怀有同样的梦想,他们渴望载物旅途中也能享受乘坐家用轿车的舒适感。"做吉奥皮卡汽车的是一位不善言谈的小伙子。就是这样一位憨厚又有点腼腆的人,却是出语不凡:"永恒的天体运行,是吉奥人永不停息的创业轨迹,给我一个支点,我将把地球撬起。"然后是一句英语:"Go now , Lets go now."这就是路桥人的典型,一种把英雄气隐藏在不事声张的外壳中的默默苦干的典型。

我们走进了一个更大的汽车城,这座汽车城的现实让人震惊。吉利集团可谓雄姿英发,它原先是一家制冷元件厂,后来做起了汽车。它是全国最早也最大的民营汽车企业。过去我们只知道一汽、二汽,只知道国营的汽车企业,不知有吉利,不知有生产优利欧和美人豹这些名车的民营厂家。吉利也是充满激情的:"有一种触动心弦的风度,给心一万个奔腾的理由。沉稳中,毫不掩饰自己的热情,演绎人生每一个自由的梦想。"吉利的领导人也是一个充满信心的实践者,他也有非凡的理想,那就是"让中国汽车走遍全世界"。他说这话时情态安详,语调平稳,仿佛是在诵读心中的诗句:吉利是一叶小舟,吉利像一棵小树,吉利又是一曲清泉。但他着重要说的是吉利的理想,要造中国人买得起的好车!

这话对于我简直就是石破天惊。我想起了诗人邵燕祥的两首诗的题名,一首写于五十年代,叫《中国的道路呼唤着汽车》,另一首写于八十年代,叫《中国的汽车呼唤着高速公路》。两首诗记载着不同时期的中国的梦想。这些梦想经过几代中国人的努力,现在均已实现了。吉利人在这里向世人提供的,是新世纪的中国人的新梦想:不是让中国的道路跑满全世界的汽车,而是让中国的汽车跑遍全世界!这样的理念若是由政府的负责人提出并不特别,现在是由一个民营的企业提出,就非常地让人震动,中国真是发生了过去想也不敢想的大变化!吉利人正在办高等教育,他们要培养适合企业需要的人才,他们定下了今后五十年汽车发展的轨道,他们要让几百万辆的汽车从路桥开向世界。

初到路桥,我们对它的名字有点陌生。到了路桥,我们对这名字感到了亲切。路桥是东海之滨的水乡,路随水走,弯曲而多姿,蜿蜒地,然而却是坚定地伸向远方。路桥的路是用无数的桥连起来的,一座桥接着一座桥,这路就没有尽头。桥就是人们心中的念想。当路中断的时候,就出现了桥。路桥人只要想到了,就会一往无前地去走。他们务实,但是他们有想法,他们是不会轻言放弃的。无数的桥连起来,就成了路。路不会笔直,也不是永远地宽广,但他们有桥。所有的路都有桥来连接,因此所有的路都会通畅。

路桥有一条著名的长街。长街随着水走,一边是街,一边是水,有着江南城镇水街一体的特色。长街是旧日的繁华。史载在宋代,这三桥边就崛起了商铺"廿五间","百货麋集,远通数州"。但现今的路桥人珍惜这份旧日的怀想。我们来到这里的时候,十里长街挂起了红灯笼。那灯笼红艳艳,光闪闪,充满了喜气。走在这长街之上,让人有一种爱情的悬想。想象着情侣并肩,斜依花伞,也许是柳梢月色,也许是细雨青苔,此情此景,真让人沉醉。

路桥是让人沉醉的,这象征着爱情的十里长街,这长街上为人祝福的红灯笼,这长街所代表的它的昨日;还有那些汽车城,那些现代化的建筑,那些挂满枇杷的农庄,那些海塘,那些迎着潮水的巍峨矗立的水闸,路桥的今天更让人沉醉。

2004年5月4日于北京大学畅春园

诗歌是民族的骄傲[*]
——在"北京大学诗歌中心"成立大会上的发言

在文学各品种中,诗歌是一个重要而独特的文体。它在语言的运用、韵律的讲究、意境的营造,以及在审美的追求等方面,都有一些有别于其他文体的特殊的规律和要求。研究诗歌于是成为一门独立的学问。历史上一些杰出诗人的经典作品,往往成为一个民族永远的骄傲。歌德和海涅体现德意志民族诗意的智慧,普希金突显并提升了俄罗斯语言的惊人魅力,而李白的月亮,不论是悬挂在长安城头还是峨眉山顶,依然有着千年不易的美丽。

我国历来重视诗教,也重视诗学和诗史的研究。在中国,诗歌从来就和教育有关。古人讲"兴、观、群、怨"[①]。又讲,诵诗三百,不能致用,多也无益。[②] 都是强调诗在教化人心以及社会实践方面的作用。诗的工作对象是人的灵魂,最终作用于精神的丰满和提升。诗歌在大学中的存在,不仅在于可借助这里人才集中、信息通达、思想前沿的优势,以推动诗歌的研究和创作的开展,从更长远的角度看,良好的诗歌传统和诗歌氛围在大学的传播和扩展,具有一种无形的力量,由此可取得美化和诗化这里

---

[*] 此文据文稿编入。
[①] 《论语·阳货》:"子曰:小子何莫学夫诗,诗可以兴,可以观,可以群,可以怨。迩之事父,远之事君,多识于鸟兽草木之名。"
[②] 《论语·子路》:"子曰:诵诗三百,授之以政,不达;使于四方,不能专对;虽多,亦奚以为?"

的人文环境的收效。

大学有无数诗的知音,更有大量诗的潜才,大学不仅有条件使优秀的诗歌拥有广大的读者、并造就一批又一批不但在学识上,而且也在审美情趣和诗歌涵养上具有较高素质的群体。当这些人由校园走向社会,便会通过他们向更广阔的社会播撒诗歌的种子。大学社区这种广泛而频繁的流动性,使诗歌能够顺着这样的渠道把影响推向全社会。这样,经过持久的、不间断的努力,使人在优美的诗意中栖居的梦想最后成为一种可能。

北京大学是一所综合性的大学。北大不仅在中国诗歌的研究和创作方面拥有悠久的历史和丰富的人才,而且在世界诗歌史和以各种语言写作的诗歌艺术的研究方面,以及在不同文化背景下进行比较诗学的研究方面,北大也拥有相当全面而深厚的优势力量。北大诗歌中心的成立,有助于凝聚这些力量,并吸纳国内外有影响的专家和诗人的力量,以更灵活、更多样的方式进行多方面的、时间不等、规模有别的协作研究,以推动诗歌事业的发展。

北大诗歌中心视通今古,涵容中西,它不仅关注诗歌的理论批评和美学的建设,更致力于各种诗歌通史和断代史的研究和总结。与一般学术机构不同的是,诗歌中心不仅不排斥创作的加入,而且认为以一个大的文体命名的学术机构兼容研究和创作于一体,将有助于改善以往学术机构那种"悬置"状态,使研究和创作得到互补性的开展。诗人和他们的创作同样是这里的主体。

北大自建校以来一直追求学术与社会的紧密联系,在诗歌研究及创作领域也是如此。北大师生在"五四"新文化运动中和新诗的试验和建设中充当了前驱者的角色,北大于是被喻为是"新诗摇篮旁的心"。从最初围绕在《新青年》和《新潮》两本杂志周围的那些勇敢的实践者开始,近百年中,从这里走出了一代又一代卓有成就的诗人,他们为中国诗歌界带来了青春的气息和艺术变革的活力。在中国新诗史,"校园诗人"几乎就是"艺术革新者"的同义词。最初的胡适等人不必说了,从冯至到卞之琳,从穆旦到当代的海子,中国新诗史上鲜明地记载着校园诗人的卓越贡献。

北大诗歌中心将以开放的姿态面对公众,它期待着国内外学界同行的支持和参与。一方面,它将充分发扬科学精神,继承勇于创新和严谨务实的学术传统。毫无疑问,它将致力于使健康的、创造的、建设的精神成为诗歌理论批评的常态。另一方面,它在坚实富饶的诗歌传统的基础之上,始终面对着变化而又发展着的诗歌现实,以革新的姿态推进诗歌的进步。陈独秀先生在距今整整九十年前发表的《敬告青年》中所列数端,至今仍是我们的目标,特别是"进步的而非保守的"、"进取的而非退隐的"、"世界的而非锁国的"这几点。[1]

2004年5月31日于北京大学中文系

---

[1] 陈独秀:《敬告青年》。载《青年杂志》(即《新青年》)第1卷第1号,1915年9月15日发刊,上海群益书社印行。陈独秀在文中"谨陈六义"以供青年之抉择,其六义分别为:一、自主的而非奴隶的;二、进步的而非保守的;三、进取的而非退隐的;四、世界的而非锁国的;五、实利的而非虚文的;六、科学的而非想象的。

与中国诗歌共命运[*]

北京大学诗歌中心和北京大学新诗研究所的成立,很容易使人想起新诗的诞生、实验及发展的全过程。这个过程与这所大学有着血肉不可分的深切关联。北大是和新诗共命运的。五四新文学运动前后,北大师生为新诗的创立和建设贡献了他们的心血。新诗从无到有,从幼稚到成熟,北大不仅是见证人,而且始终是参与者。近百年来,新诗几经风雨,有过挫折,走过歧途,封闭之后是开启,禁锢之后是自由。新诗在磨难之后获得了新生,拨乱反正,新潮崛起,其中也留下了北大师生竭力争取的足迹。

北大参与了中国诗歌的现代化的全部进程。新诗的历史上印记着北大鲜明的身影。胡适是一个光辉的起点。红楼的一面普通的窗子里,传响过"冲决历史之桎梏,涤荡历史之积秽,新造民族之生命,挽回民族之青春"的呼声。它传达了青春中国的浪漫诗情。北大拥有一批最早也最具实力的新诗的实践者。在西南联大,在闻一多、朱自清、冯至讲课的教室里,也在穆旦、杜运燮、何达他们读诗的草地上,那里的活动铭刻着20世纪40年代艰难环境中可贵的坚持。50年代有一个乍暖还寒的早春时节,这里发出"是时候了"的呐喊。80年代有一个诗的狂欢节,一位年轻诗人以"面朝大海,春暖花开"的歌唱为新时代作证。

保存并光大丰富而悠久的诗歌传统,是学界永远的使命,同

---

[*] 此文据文稿编入。

时,大学校园也是萌发并形成新鲜思想的场所。产生在学校里的奇思,往往是变革潮流的先导。人们现在已经知道,大学的参与可以增广理论研究的科学性,诗对校园的加入却能够有效地改变学界与社会、理论批评与诗歌现实的隔绝状态。把诗歌的研究和创作的基础建立在北大这样综合性的、多学科交叉的、而且始终充满青春活力的高等学府,无疑将为诗歌事业的发展进步提供有力的保证。

新诗在上个世纪80年代经历了巨大的历史转型,新诗业已告别以往那样单一的发展模式,认可并适应了多元交叉的新格局。诗人的创作个性和写作自由已得到普遍的尊重。但当今人们依然存在着对诗的现状的不满,主要的不满来自诗人过度的自我化而导致对大众诉求的忽略。记得俞平伯先生在新诗草创时期曾有文论及"自由与普遍"的关系,那论点似是为今日而发。俞先生在强调诗的"自由"的同时,也强调诗的"普遍"。他说:"诗是独立的表现自我,但是一方也是在同类人们中表现自我","诗不但是自感,并且还能感人,一方是把自己的心灵,独立自存地表现出来,一方又要传达我的心灵到同时同地,以至于不同时不同地的人类"。[①] 温故知新,确是至理。

2004年6月1日于北京大学中文系

[①] 俞平伯:《诗的自由和普遍》。《新潮》第3卷第1号,本期目录载民国九年出版,版权页则载出版时间为民国十年十月一日,新潮杂志社编辑,国立北京大学出版部发行。

塔什库尔干[*]

有人在帕米尔高原上用石头垒了一座城,这就是塔什库尔干。一只鹰飞到了那最高的一块石头上,它骄傲地收起了坚强的翅膀,这就是塔什库尔干。在高原,在中亚澄碧的天空下,在鹰的飞行也感到艰难的地方,硬是有人把一块一块的大石,从高及天边的高处,搬到了鹰住的地方。在塔什库尔干,石头城就是这样产生的。希腊神话里的那个人,把石头从山下推上山去,中途又滚了下来。再推,再滚,终于成为了悲剧的象征。而塔克拉玛干那里神一般的人,把许许多多的石头,推向了世界最高的高原,做出了一座城,这就是塔什库尔干。塔什库尔干是力量和智慧的神话。

这周围是一片绿洲,绿洲的外面是无边的沙海,这石头是哪里来的?不问来处也罢,这么多、这么大的石头,它们又是怎样被搬到这高入云霄的台地上来的?是一些什么样的人,在什么样的年代,他们用什么样的工具?这旷古的谜,我们无法回答。这里是经堂,这里是客栈,这里是街巷,远古的驼队走过流水的峡谷。如今从石头城的高处往下看,那里水已断流,只留下干涸的河床。有几棵红柳点缀着空旷中的寂寞。想当年,这里的驼铃摇撼着帕米尔,和着叶尔羌河的天空般的碧蓝。驼队从这里走向了远方。

那日我陪你登上了石头城。我们挽着手,我们避开众人的道路。在空旷的台地上,在错落的巨大石头板块之间,只有我们

---

[*] 此文据文稿编入。

享受着这份远古的孤寂。天这么高,高得鹰也懒得飞翔;地是这么阔,阔得骆驼也懒得走动。而这里只有我们的心跳。你是累了,但是你坚持要走这苍老而荒凉的创造奇迹的路。于是我们拥有了属于我们的塔什库尔干。

台州的花园[*]

　　一路的台湾相思,一路的木麻黄。台湾相思树形婀娜,叶片娟细,如南国少女。而木麻黄则树干坚挺,其形态有点像松,却也比松树秀气,毕竟是南方的植物。这两种树都抗风耐旱,适合于滨海地区,它们是海疆的守护神。从居住的宾馆出发,出了市区,二十多公里的夹岸林荫,就这样由一排相思树,一排如松似柏的木麻黄装点成了路桥的一道花径,把我们引向了碧水连天的地方。

　　林网卫护着一片广阔的园林,这是今天我们要访问的台州农垦场。农场坐落在东海边上一个叫黄屿的地方。农场的前身是黄岩柑橘场。黄岩蜜橘全国闻名,现在就属于台州地面。当然,它现在不仅种植柑橘,还有枇杷,还有大棚栽种的早熟西瓜,都是些赫赫有名的产品。南方郁郁葱葱的树木引导着我们,我们终于窥及了这一片滨海农场的全部秀丽。柑橘的季节已过,而枇杷尚在树梢酝酿着她的黄金年华,这些,我们都无缘见到。我们有幸看到了从以色列引进的西红柿。它是扦插的,藤蔓上挂满了鲜红的果子,一望无际的鲜红,就像路桥十里长街上沿河悬挂的红灯笼。

　　这是台州的花园,它一直透迤到东海边上。农场绣花般的的防风林网的边界,就是无边的浅海滩涂,滩涂外面就是海了。1997年11月,这里刮起一场强台风,沿海塘堤全线溃决。政府

---

[*] 此文刊于《中华散文》2004年第8期。据此编入。

和民众全力抗击,两年后建起了长达十五公里的标准海塘,构成了一座风雨不动的海上屏障。它是台州美丽花园的一道金项链。金清镇在路桥很有名气,除了农场,除了海塘,它还有个金清新闸。在炎热的中午,我们登上了大坝的最高层,我们望见了东海的万顷碧波。

这一天的访问依然紧张,我们下了金清新闸,已是过午。路桥区政府设宴于金清镇上的如意酒店。乡镇小店,貌不出众,甚至还有点简陋。可是不敢轻觑了它!如意一顿饭,可谓打破了我此番南行的所有宴席——包括那晚在广州花园酒家近万元的宴请加上两大瓶人头马在内。平生吃饭不尚豪华,却也不决绝豪华。看重的却是菜做得是否地道。如意的厨师没有出面,却在幕后操纵那一切。因为一切也都是家常,故也无须出面。

一款香草制作的香菇素馅糯米果子,绿滟滟,香喷喷,软糯糯,可惜我来不及问它的名字。一款酒烹蛏子,一款清煮海肠,一款水煮小海螺,都是本色、醇厚而不加修饰的。还有一款更隆重,那是一大盘的清蒸墨鱼膏!我这人走南串北,口味很杂,却也挑剔。不重排场,但讲究真味。到过的地方不少,宴席的场面各异,虚华的伪饰却瞒不过我。金清镇上如意小店一桌饭,却让我一路惦记到如今。

当然,路桥是永远不忘的。在鑫都国际大酒店,我有过几个不眠的夜晚,我有过一些难忘的约会。我行色匆匆,我不能登天台山,不能访国亲寺,不能游括苍山,不能去我日思夜想的仙居——那里居住着我亲爱的朋友。甚至,因为匆忙,或者因为别的原因,我们都来不及郑重地告别!对不起,路桥;对不起,天台;对不起,仙居!我把这种遗憾留给了将来的补偿。也许明年,也许别的什么时候,我们将重会。

2004年6月5日于北京大学畅春园

邓荫柯随笔短评[*]

许多看来平常的往事，却是记忆中闪亮的珍珠。生命就是这样被一颗一颗的珠子串接起来的。未必都是辉煌，却有真切而平实的鲜明；也许并不甜蜜，却在淡淡的酸楚中依稀留下了当日的单纯与热情。这一切，跳动着，在阴沉的夜，或者明亮的晨。

我常把记忆视为财富，常感有记忆的人是幸福的。邓荫柯文笔清丽，叙事平实，是平常事，见平常心。最可贵的是亲切、自然、真实。是诗人心肠，能以细节体现情怀，即使沦入地狱，也有天堂的高洁。

2004 年 6 月 9 日于北京昌平北七家村

---

[*] 据文稿编入。

诗使心灵明亮[*]

人生有很多欢乐，但欢乐并不永恒。青春，美丽，荣誉，金钱或者权力，也都是过眼烟云。伴随着人生旅途的，却是更多的缺憾和不完美。苦难是与生俱来的，无边的苦难往往使人心生绝望。当人们溺水而陷于没顶的时候，应该会有一种力量能够使人绝处逢生。但这种能够给人希望和信心的力量究竟是什么？有人说是宗教。宗教有点神秘，它讲的事情多半涉及另一种世界。是一种博大，但却有点空玄。我以为与宗教最接近的是诗歌，它们同样涉及灵魂和精神，但后者却始终面对着人的生存、生存的困境及对这种困境的超越。它有点高雅，说话的方式近于神启，但却倾向于现世，是可感知和可把握的。诗歌让人心生敬畏，我终生都向它膜拜。我个人更愿意把诗歌视为一种宗教。

诗歌的工作对象是人的心灵，它的作用在于提升和丰满人们的精神。诗歌不会解决什么，甚至也不直接解答什么，但它始终导引着人类向着高尚、美好、圣洁的境界，它真的有点超凡脱俗。它使陷于困境乃至绝境的人走出黑暗的地狱，它充满了神奇的力量，它甚至能够战胜死亡。诗歌始终为人类的尊严、为和平和正义祈祷。诗歌使人的心灵明亮。当这个世界到处充满了物质的享乐和诱惑的时候，人们感到了匮乏，诗使人们丰足，并且忘记那些贫瘠和困窘。所以诗是另一种宗教，它最终将引导人类向着光明的境界。

---

* 此文刊于 2004 年 11 月 24 日《中华读书报》。据此编入。

全世界的人们的憧憬和梦想都是相通的,诗歌没有国界。要是说,当今的世界仍然存在着恃强凌弱、不公正、恐怖和残杀的话,唯一的不歧视、唯一的能够实现平等和共享的,是诗歌。写诗,读诗,爱诗的人们真正有福了,不论他们多么贫困,他们是富有者,他们享有来自天上的梵音。就我个人而言,我是始终怀着这样的神圣的理想,投入这个让人们感到富足而不匮乏的工作中来的。我以充分的幸福感,面对全人类一切优秀的诗歌,如诵圣典。并以感恩的心情,向着那些在暗夜中启示光明的一切星辰。

感谢牛汉先生,感谢洛夫先生,感谢特朗斯特罗姆先生,感谢你们为人类的智慧和良知所作的不朽的贡献。借此机会,我也向比我年轻的亲爱的朋友西川、王小妮、于坚致意,你们的诗歌光芒,如同你们获奖的奖项名称一样:启示着明日的辉煌。

2004 年 6 月 12 日于北京大学

太姥山志[*]

天下奇山水我走过不少,大都因为它们独特的景观而令人历久不忘:黄山以松,济南以泉,杭州以湖,苏州以园,桂林以碧簪罗带,峨眉以金顶佛光。也许因为是闽人吧,每以家乡的武夷、太姥两山而夸于人:武夷碧水丹崖,九曲柔肠,世所称绝;太姥耸峙海东,山石多姿,风流灵秀,尤见绮丽。此二山,与浙东之雁荡相呼应,遂成鼎足之势。国之东南,山水形胜,这些,应该是此中翘楚了。

记得那年,应闽东主人之邀,京中诸友联袂南行。访三沙港,游三都澳,在霞浦饱览畲乡风情,最后登上了太姥山。太姥我是第一次登临,但我对它并不陌生,说起来却是有一段久远的因缘。记得早年——大约距今总有六七十年了吧——我家中存有一本《太姥山志》(?)。据说是我的父亲或是我的兄辈游过太姥,从寺庙的僧人那里买来的。这本《太姥山志》系手抄本,宣纸书写,字迹娟秀。竖行,有注,每一景点单独列行,极为珍贵。可惜时代惨烈,战火连绵,人命尚不保,何况这一本山志?它当然是消失在风烟之中了。我怀念这一本当年似懂非懂的书,它的命运至今还让我扼腕!

太姥山历史悠久,历来有很多传说。山名太姥,民间流传说,汉代有一老母修炼山中,得仙人指点,于阴历七月七日在此升天。又载容成子也曾修炼于此山,后来移往崆峒。汉武帝的

---

[*] 此文刊《福建文学》2011年第2期。据文稿编入。

时候,这山就很有名气,被列为三十六名山之首。所以这里寺庙甚多,而大盛于唐。开始是道教圣地,唐玄宗敕建国兴寺后,陆续修庙甚多,遂成东南一带的佛教中心。太姥山的寺庙引来了诸多文人学者,朱熹曾在此注释《中庸》。

太姥耸立台湾海峡的北端,面对着东海的万顷碧波。作为一个旅游胜地,太姥山的好处是山海相连,水天一色。山紧贴着海,海依傍着山。在山巅可以观海,在海滨可以看山。游太姥可观云海,可瞰日出,山岳逶迤向着海洋,那里的沙滩和帆影又增添了山景的妩媚。太姥的潮音洞可谓山海结合的一个杰作,洞立于水中,潮水穿洞而过,飞玉溅雪,声如雷鸣,动人心魄。太姥山并不高,路亦不见险峭,倒是这山海穿插的奇观,使它名扬遐迩。唐薛令之的"东瓯溟漠外,南岳渺茫间"(《太姥山》),明陈五昌的"云横翠壁来天际,日照红涛出海东"(《御风桥》)。"溟漠"也好,"渺茫"也好,都写的是那山海交映的惊人之美,更不用说"红涛出海东"这一直抒海天景色的笔墨了。

若是说,游黄果树为看瀑,游张家界为看峰,游泰山为看"文化",那么,我认定,游太姥是为了看那千姿百态的岩石。太姥的石峰、石柱、石洞是太迷人了,我到一地看山看海,多半不听那些导游状物编故事的讲解。那些讲解浅一些说是"强加",深一些说是"误导"。他们的解释引导人们放弃主动的再创造式的欣赏,而被动地接受那种层次不高的"某某像某物"的形似的喻指。但到了太姥,这想法却有了改变。金龟爬壁,金猴照镜,金猫扑鼠,金鸡报晓,那比喻惟妙惟肖,大都形神具备。有的景静若处子,有的景动若脱兔,你不能不在那"逼真"上叹为观止。至于九鲤朝天,仙人锯板,十八罗汉诸景,都是大场面,大手笔,竟是鬼斧神工奏出的大乐章。

说到大山奇石,我在雁荡山看过一座男女相依的情人峰,他们是站立着拥抱的,不离不弃,极为缠绵。现在太姥山看到了另一对男女,他们同样地温柔亲爱,但他们这次是"坐拥",仿佛就此可到天明,又仿佛就此可至永久。这是太姥山在为普天下的有情人祝福。

　　游太姥已经多年过去,现在回忆起来,依稀尚是当年景象。可是,斗换星移,人事已非,那些昔日同游的友朋,却已星散天涯了。我一面在回忆当年的游踪,一面在想念当年的同游者。我的这篇文字,似是在还一笔文债。但更确切地说,是在怀念那本丧失在战烟中的《太姥山志》,怀念那些在艰难年月中丧失了的一切。

2004年6月13日于北京昌平北七家村

诗歌的自由精神[*]

各位女士,各位先生,各位朋友:

在大会正式开始前,主持人需要向各位报告如下几点:首先,大家在进入会场时可以看到,今天的大会不设主席台,也不排座次,大家可随意自由就座。在往后我的主持中,除非特别必要,一般也不介绍与会者的职务。或称诗人,或称教授,或者就是女士、先生。因为今天我们是诗人的聚会,我们要尽量体现诗歌的自由精神。这在本质上是对诗的尊重。还有,今天会议的筹备者一定要我来主持。我坚辞再三,最后把矛盾送到林庚先生那里,请求裁断。林先生说:"我也赞成。"我胆子再大,师命是不敢违的。所以,主持人请求大家支持和配合我的工作,不要让老师和同学一个多月的辛苦毁在我的手中。

今天我们也要打破常规,不一一介绍来宾。在这里,我要对今天的与会者作一个总的介绍。今天到会的人员组成,大体是:北京大学的校、系领导,中国作家协会及中坤集团的负责人;从事中国古典诗歌、外国诗歌、诗学及比较诗学、诗歌理论批评、歌谣、以及中国现当代诗歌研究的学者;现在活跃在中国诗歌界的老、中、青三代诗人;北京大学中文系及各个研究所的老师和同学;包括中央电视台在内的新闻界的朋友,在这里,我要特别感谢杨晓民先生和他的同事们的热情支持。

---

[*] 2004年6月19日北京大学诗歌中心暨北京大学新诗研究所宣告成立。这是在成立大会上作者作为会议主持人的讲话。据文稿编入。

我们的诗歌界朋友都十分支持我们的成立大会。李瑛先生一行十余人访问山西,为了赶我们的会,昨夜从太原上的火车,今晨抵京。他们来不及扑打身上的灰尘,便来到了会场。牛汉先生在电话里告诉我们,虽然近日身体有些不适,但北大的会一定要参加。他并且相邀年已八十七高龄的蔡其矫先生一起到会。吉狄马加先生亲自打来电话,表示一定到会,我在电话里请他在会上讲几句,他说:"一定。"现在,我郑重提议,让我们以热烈的掌声,欢迎我们尊敬的朋友们的光临!

我们的中心主任、我们十分敬重的老师林庚教授,一直热情地支持我们的工作。一个月前,我们向他汇报了我们的工作设想,并请他出任中心主任。林先生愉快地答应了。这对我们是巨大的鼓舞。林庚先生不仅在诗歌史的研究和诗歌理论批评方面卓有建树,而且还是一位具有非凡创造力的杰出的诗人,由他出任北大诗歌中心主任,可谓众望所归。而且,建立这样的中心也是林先生多年的愿望。林庚先生充满活力的创造精神、他对诗歌的毕生的坚持、他的体现着知识分子独立自由精神的人格魅力,始终鼓舞着我们。

林先生今年已九十四高龄,但身心两健。他是诗歌中心最坚定和最热情的支持者。他今天本来要参加会议并看望大家的,但前几天偶感风寒,虽已痊愈,医嘱不宜多劳。所以他今天未能与会。上午在他府上,他特别嘱咐我们一定要代他向他的新老朋友、向他的学生们致以真诚的问候和感谢。

现在我宣布:北京大学诗歌中心成立大会正式开始!

2004 年 6 月 19 日于英杰中心阳光大厅

关于出版《20世纪中国新诗大系》的说明＊

在新文学革命中,新诗的建立和成熟是一件重大的成果。编辑出版这部大系,是我们对刚刚过去的20世纪的最好的纪念。像这样以20世纪百年为期的、总体的、而且是大规模的系列丛书,目前国内还没有。

本大系的读者对象兼顾专业研究者、收藏者和一般的诗歌爱好者。本大系以内容的精博、资料较为全面、能够涵容各个时期各种风格流派、并以不遗漏在新诗发展中有保留价值的任何一篇重要作品为自己的编选原则。

考虑到中国新诗发展的各个时段的特点,在编辑中拟按诗史的时代行进的轨迹分卷。具体如下:第一卷,20世纪初叶—20世纪20年代;第二卷,20世纪30年代;第三卷,20世纪40年代(含解放区、国统区、敌占区);第四卷,20世纪50—60年代(含中国大陆、台港澳);第五卷,20世纪70—80年代;第六卷,20世纪90年代—2000年;第七卷、第八卷,重要诗论诗评;第九卷、第十卷,新诗记事、诗集索引及有关资料。每卷字数约50—60万字,总字数约500—600万字。

谢冕任总主编。一至六卷主编分别为:孙绍振(福建师大)、兰棣之(清华大学)、孙玉石(北京大学)、杨匡汉(中国社科院)、程光炜(中国人民大学)、王光明(首都师大)。七、八卷主编为吴

＊ 据文稿编入。

思敬(首都师大)。九、十卷主编为刘福春(中国社科院)。

入选诗人拟参照《全唐诗》和《中国大百科全书》的体例,按诗人的重要性分大、中、小三个层次入编。第一类可选百首左右,其次可选十首左右,再次可选三首左右。在保证时代特色的前提下,极端重视诗的艺术成就。凡是艺术粗糙低劣的作品,不论其历史价值如何均不入选。

长青树的祝福*
——在郑敏诗歌研讨会上的发言

郑敏先生20世纪40年代在西南联大读哲学,她的毕业论文是《柏拉图的诗学》;50年代在布朗大学读英国文学,她的硕士论文是《姜·顿的玄学诗》。中国传统文化和文学的深厚根底,再加上哲学、英美文学、以及现代西方理论批评的广阔知识,构成了她创作和学术研究的特殊背景。这样的背景在中国现代诗人中是并不多见的。中国和西方,古典和现代,诗和哲学的结合,这些方面构成了郑敏诗歌创作和理论批评方面的特殊而又坚实的前提和基础。

诗歌批评界已经注意到这一点,有批评说,"也许由于研究哲学的关系,郑敏的诗往往爱从人生种种情景转向深远的幽思"。有评论指出:"她的风格典雅而洗练,结合了冯至和卞之琳的某些原质,特别是他们在三十年代后期的诗作。其实,郑敏不但继承了冯、卞二氏的文体风格,也继承了他们爱好冥想的创作路线。但她如冯、卞二氏一样,她也并不是一个苦燥的纯知性的诗人,相反地,她有极丰富的想象力。"[①]知性和想象力的高度融汇,是郑敏诗歌的美学基调。

郑先生的诗意生活中,始终伴随着金黄的稻穗和琴键上的

---

* 此文刊于《诗刊》2004年11月号上半月刊。据此编入。

① 见张曼仪主编:《中国现代诗选》。转引自诗集《心象》。人民文学出版社,1991年2月版。

月光。哲思和韵律,色彩和音响,在她的诗中有着和谐而美妙的融合。诗、音乐和绘画,是郑敏创作的"三元素"。郑敏的许多抒情诗是从一个画面开始,如《金黄的稻束》。总是逐渐由实景转向抽象,最后归于一种沉思。也斯精辟地指出:"她在最具体表现意象的时候也不愿放弃哲理,最绘画性的时候也不愿止于纯粹的视觉效果。"① 郑敏生活在满室书香的世界里。她的诗有一种别人难以抵达的高雅华贵的境界。但她并不与世隔绝,她的心与周围的世界息息相关。在她的纯美的诗情中甚至也不乏沉重的东西。正如郑先生自己所表明的,她的诗,是一个中国知识分子"经历了半个世纪的历史跌宕起伏,现在进行着回忆和沉思,记下自己生命的痕迹"的"心象的诗笺"。②

读郑敏的诗,我们会获得一种安详、从容、一种超然的抚慰和感动。在这个时候,作为女性诗人的身份,就显示出她特有的魅力。她的诗安慰我们的灵魂,让我们超越对时间的焦虑,克服对死亡的畏惧,从而平静地面对一切苦难。对于死亡,诗人更有一种宗教般的哲学的彻悟。她是感到了死亡无时不在身边,但她对死亡的回答是:"我不会颤抖。"她认为《我不会颤抖,死亡!》这首诗"反映出一种迎战的姿态"。她对死亡有着澄澈透明的心境。

郑敏自述,"里尔克在他的《杜依诺哀歌》之八中将死亡看成生命在完善自己后重归宇宙这最广阔的空间,只在那时人才能结束他的狭隘,回归浩然的天宇",她认为"诗美能转换人对死亡的陌生畏惧感,而将它看成生命中最亲密的伴侣,因为它引导你

---

① 也斯:《沉重的抒情诗》,《早晨,我在雨里采花》序。香港突破出版社,1991年7月初版。

② 郑敏:《郑敏诗集1979—1999》序,人民文学出版社,2000年12月北京第1版,第1—2页。

回归所自来的大自然"。① 死亡在她的笔下,甚至表现为一种诗意:"人们最后一次喷放,不是红色的火焰,或黑色的昏暗,它是白色的,强烈而迷茫无限。"

我们在郑敏的诗中还读到伟大的母性。她的诗歌闪耀着"母性的辉煌"。她有一颗非常敏感的柔软的心,从妻子、母亲到后来是祖母的愈久愈浓的一股柔情,充盈在她的诗中。作为母亲,郑敏对母爱有崇高的评价,认为它"实际是人类博爱思想之源头,大而化之,是和平、平等、互助、扶弱济贫、仁爱、慈爱、宽恕等等人类一切高尚理想和美德的原型与基础。人类之所以能够联合抵制暴力,反对歧视,都因为人类无论其为何种何族都有伟大爱的天性的一面"。②

最动人的是那些表达亲子之爱的诗篇。在美国探亲的期间,她和儿子有过一段时间的相聚。她自述这种人生聚散的实感,"我们珍惜每一分钟的周末聚会,深深感到人生的漂流不能自主,临别前内心的悲哀,充满了生离死别的缘尽之感"。③ 她感觉得到时间在平静中无可奈何的流淌——

> 昨夜绿色悄悄爬上树梢
> 从那粗壮的树根
> 漫出,浸透枯老的树皮
> 三更时开始洒下春雨

我们听到来自空中的遥远的声音。因为参透了人生的悲欢,因此其间弥散着一种非常动人的近于哀伤的情调。《外面秋雨下湿了黑夜》(副题为"秋夜临别赠朗"):外面秋雨下湿了黑夜,你不再听见落叶叩阶,命运只给若干假期,停车场上两辆,暂

---

① 郑敏:《郑敏诗集 1979—1999》序,第 4 页。
② 同上书,第 5 页。
③ 同上书,第 6 页。

时相偎,相近又相远,孩子,你已走出母亲的路灯——。命运只能是这样,各自走向生或死的召唤。这就是诗人所感知的"生命的距离",这是一种天老地荒的遗憾:

> 告别时无数次拥抱,孩子,也不能
> 将你再融入我的生命,变成
> 山坡上的雪,终将融入黄土
> 陪伴着黄昏松树的孤独

郑敏的诗充满了母性的柔情,但若以为诗人的天地是一种与世无涉的绝对静谧,那可能是一个迷误。诗人的内心非常丰富,她甚至有一种冲破沉寂的激情。《圆的窒息》表达的是不满足于"周而复始"的"浑圆"的状态,不满足于"在开始里就有了终结,终结又回到开始"这种"不会跌出轨道"的"平静"。她向往于"虫子冲出苹果的圆","胎儿冲出母腹的圆",憧憬那种"自圆心出发的力量——咬破、冲破、剪破、突破——"。她有一种失去平静的不满、冲突,甚至是一种"临战的状态"。这在组诗《不再存在的存在》中,特别是在《莫斯科演奏了被迫害者的安魂曲》中,表达得最为明显。风雪、冻土、狼嚎、还有无数的冤魂,我们看到了诗人的对于专横、残暴、以及黑暗的谴责和抗议。

人们称郑敏为中国诗歌界的一棵长青树。我们读她的诗中关于生命、关于母爱、关于死亡以及关于对于正义和真理的吁呼,就会得到答案。这就是郑敏诗歌创作中和学术研究中始终保持着青春状态的奥秘。对我本人而言,最受震惊的是她的那些写于最痛苦时刻的充满血泪的篇章,那是一些流血的令箭荷花,那是一些开在五月的白蔷薇——"只有花还在开,那被刀割过的令箭荷花,在六月的黑夜里,喷出暗红的血","只有花还在开,吐血的令箭荷花,开在六月无声的,沉沉的,闷热的,看不透的夜的黑暗里"。温柔包孕着坚定,沉思中夹杂着风暴。这就是诗人郑敏。

也斯认为她写的是"沉重的抒情诗",这不仅指的是她的诗中有哲学,有诗意的玄思,更有她对现世的关怀,有诗人在20世纪大部分时间里所经历的一切动荡、曲折和苦难,以及历史的重大变故所给予心灵的重压。"时代的荒谬,历史的伤痛,不仅见于狂号与呐喊,也渗入个人优雅的抒情,令文字也变成难以承受的沉重了。诗人欲言欲止,欲止欲言,解诗人只不过想把诗介绍给更多的读者,又何必强作解人呢"[①]!也斯的这些话是很节制、也很智慧的。

祝福你,诗歌的长青树!

2004年6月24日于北京大学中文系

---

① 也斯:《沉重的抒情》。见《早晨,我在雨里采花》,第13页。

那一片红土地[*]

告别海洋,告别蜿蜒秀丽的海岸线,告别花团锦簇的鼓浪屿。这是十月,十月有明亮的阳光,十月在这里还是开花的季节,十月在这里依然有着温煦的碧波白浪,这里是白鹭飞翔的地方。远方在召唤着我们。亲爱的厦门,我们要向你告别——告别满城的凤凰木和台湾相思,告别迎着海风摇曳的椰子树和芒果树,也告别那爬满三角梅的窗子里流淌出来的肖邦的月光。温柔的月光,多情的三角梅,我们要向你告别,那一片红土地在向我们招手。

车子越过海堤。过了集美,过了同安,过了漳州,车子向着闽西的崇山叠嶂的深处进发。那深山的深处有我们神往的宝物,那里的土地是红的,那里地下埋藏的矿物燃烧起来是红的,那里耕耘这大地的人的心是红的,血也是红的。蓝色的海洋,我们爱你,爱你无尽的活力,爱你不竭的生命,爱你不分日夜的奔涌,爱你千姿万态的灵动,你是自由的精灵。但我们也爱高山,爱他的沉稳,爱他的浑重,爱他的坚定,爱他的伟大的缄默。我们多么贪心,我们得陇望蜀。我们拥有了海洋的浩瀚和深沉,我们还要高山的雄健和博大。基于这样的向往,我们从蓝海洋驰向红土地。

这里是龙岩的红炭山。红炭山是一块巨大的燃烧的煤,它的熊熊的火焰,把整个闽西的崇山峻岭燃成了红土地。红炭山

---

* 此文刊于 2004 年 9 月 10 日《中华读书报》。据此编入。

是福建煤电公司的象征。这公司的矿区分布在龙岩、永定、苏邦三地，绵延百余公里，方圆达六百多平方公里，是一座规模不小的矿山。公司支持文学事业，把作家诗人和编辑们从厦门、也从北京和其他地方请到这里来。这是文学和煤矿的握手，也是蓝海洋和红土地的握手。正是由于这样的机缘，我们才有可能认识这里的山林和田地，这里的城镇和乡村，特别是那些在深深的地层下面为我们生产光和热的可敬可爱的人们。

翠屏山，龙潭，铜罗坪，培丰，瓦窑坪，大同沟，还有苏邦，矿工们都站在自己的岗位上，日日，夜夜，月月，年年，日以继夜，年复一年。所有的巷道都是一条飞翔的龙，它们穿行在千百米的地层下。矿灯闪烁，钻枪飞旋，乌金漫天，罐笼升降。这一切充满生命力的、轰轰烈烈的搏斗，都在人们看不到的地方进行。这些生产光明和热量的人们，他们做着最苦、最累、最脏也最险的事情，创造着大地天空的灿烂辉煌，但他们的名字却鲜为人知。他们是伟大的默默的奉献者。

铜罗坪矿矿长李梅煌，美丽的名字，坚强的汉子。他从工人干起，班长、队长、区长，干到今天的矿长。问他过去岁月的记忆，他笑笑。感受最深的是，那时井下大干，没有待遇，年终给一张五好奖状。又说，最厉害的是一块黑板，上面画着飞机，火车，汽车，板车，谁都不想坐板车，只有拼命地干。李矿长，1951年生，石狮人，生产建设兵团一师六团做过战士，在邵武矿做过采掘工。有一男一女，男孩子在石狮热电厂，女孩子在中山大学英语系。这样的人很多，很平常，却是无言的灿烂。

矿区是漂亮而整洁的，龙潭矿，铜罗坪矿，翠屏山矿，到处都种着鲜花和草坪。一切都井然有序。在一座矿井井口的矿灯房门前，我读到一首打油诗："工作一马虎，就会出事故，国家受损失，个人受痛苦。"心中感动，顺手抄了下来。在矿井的值班房，我顺手翻开安全信息中心的报表，有的字很潦草，看不清楚。这

是 2003－10－5 夜间的记录,比较清楚工整,也抄了下来:

  掘 6 队:上山正常进尺,岩性一般,炮后加强敲帮问顶。绞车提升时严禁行人,做到行车不行人。

  采 5 队:39#井 W 小眼进尺,顶板比较差。炮后加强敲帮问顶,及时支护。沿途断柱,当班补齐 39#E。

  这里有些专业用语,我们不甚了了。但可以看出记录是认真的。本子很旧了,一行挨着一行,一天挨着一天,密密麻麻地记了一整本。有的字迹清楚,有的字迹潦草,不同的笔迹来自不同的书写者,都是当班的安全检查员。他们都写得实在,好处说好,差处说差,具有实效性,不是做给别人看的。我望着这些文字,有一种神圣感自心中升起。这就是他们的日常,也就是他们的平常,日日夜夜,年年岁岁。

  我们只是客人,我们有些感动,也有些激动,但我们看过就走了。他们在坚持,坚持着日常,坚持着平常,每一天!

  那一片红土地,我亲爱的、遥远而又亲近的红土地!

2004 年 6 月 26 日于北京大学中文系

重返南日岛[*]

记忆中这里有过一场惨烈的战事。战事发生在碧水连天的地方,在一座不小也不大的岛屿上。地图上标明这里是南日群岛。南日岛北临兴化湾,南濒湄州湾,中间隔着一个长长的石城半岛,它是撒在东海碧波上的一串闪光的珍珠。那时南日是莆田县的一个区,有几个乡,数十个村落,也没有个像样的市镇。这里气候温暖,草木繁茂,遍地生长着剑麻、木麻黄和台湾相思。因为风大,没有什么果树,也不长什么庄稼,倒是盛产番薯。

在那个年代,这里不是花园,而是一个战场。这边是防守,那边是进攻,平日里严阵以待,空中和海上时有冲突。却有过一次造成悲壮结局的殊死的搏斗。那时我在一个连队做文化教员,正奉召集中在团部进行一场"扫盲"(扫除文盲的简称)的最后攻坚战——集中"扫除"全团那些最"顽固"的文盲们,其中就有我们营的副营长,一位在泰安战斗中脑部受伤的、被称做"爆破大王"的三级人民英雄。当我们正在全力以赴地"攻克"那些"顽固的堡垒"时,突然一道命令下来,要我们立即停止这些工作——前方发生了紧急的事件。扫盲班解散了,教员和学员各自返回自己的连队。

我们——第三野战军步兵八十三师二百四十九团——登上南日岛的时候,那里的战斗刚刚结束,野地里和山头上的硝烟还没有散尽。举目是一片触目惊心的激战之后的废墟景象。一场

---

[*] 此文刊于 2004 年 8 月 29 日《新民晚报》。据此编入。

从海峡那边发起的偷袭取得了成功,那是十倍于这边守军的机械化部队。这边一个加强连——即一个步兵连,加上一个迫击炮排,一个侦察排,一个通讯排等等——的官兵除个别幸存者外全部殉难。偷袭者取得了战果后迅速撤退了,二百四十九团作为后援部队重新占领了这座岛屿。上级给我们的命令是,与阵地共存亡,即使地面被占领了,转入地下也要坚持至援军上来。

那时很有点悲壮的必死的决心。上岛的人员无分男女,不论干群,每人都是作战人员,包括我们这些文化教员的文职人员在内。那时毫无作战经验而且身体相当瘦弱的我,也全副武装了起来:一支捷克式步枪,一百发子弹,四颗手榴弹。在此之前,我连靶场还没有上过呢。就这样,我们踏上了南日岛。当我翻过一座不高的山头(这岛上并无高山,这里也许就是全岛的制高点了),只见那山坡上到处都是刚刚掩埋的士兵的坟墓。简单的木牌,写着牺牲者的姓名和所属部队的番号。一些组织部门的干部正在登记着这些英勇死者的名单。记得是当时是一场雨后,满山的泥泞和着鲜血在流淌。那惨烈的情景犹如昨日,至今难忘。

岛上的岁月极其艰苦。一个多团的兵力,聚集在这十数个村庄里,多数的部队都是铺上稻草席地而居。记得我当时的住处,是一个渔家的"堂屋",这边睡着我们,那边睡着房主人的猪,地上一样地铺着稻草。我们日以继夜地挖坑道,从朝鲜战场志愿军那边请来"师傅"教我们挖。白天连着黑夜,黑夜连着白天,我们把一把又一把丁字镐,挖成了一只又一只"拳头",手上是血茧重重。也是在南日岛上,我学会了抽烟(烟草的牌子好像是"丰收"),因为除了抽烟,生活中没有什么让人轻松的内容。在南日岛战斗中,我有两位一起做文艺工作的朋友失踪了,我在岛上没有找到他们的踪迹。这使我在悲壮之中又加了心灵的伤痛。

岁月无痕。重返南日岛是整整半个世纪之后。这一年在福州办完了事,主事者善解人意,知道我青年时代曾在南日岛服过役,特意安排了这样的节目。一辆军用越野车载着我们,一位海防师的少校,一位研究诗歌的年轻学者,还有一位司机。我们从福州出发,高速公路是一阵风。过去走过的崎岖和泥泞,那种无休无止的长途复短途,那种走得几乎绝望的、盼不到头的宿营地,如今都被这风一般的速度所取代了。过去的急行军要用几个日夜的路程,如今是几个小时!车轮是欢快的,而我的心却是愈走愈沉重——也许这就是所谓的"近乡情怯"!

我想念着那些年月的虔诚的激情,那些风雨中隆隆前进的炮车,炮车行进时卷起的黄泥浆。炮车两边是背着沉重背包、枪支、弹药和给养袋(里边装着晾干的馒头片,这是当时最实用的自制干粮)的步兵的队列——当日一个十八九岁的年轻人,就行进在这样的队伍中。如今已是半个世纪过去,以往的一切青春豪迈和艰难困苦,那种报国理想与渴望自由交织的心态,似是一场依稀的梦境。

此刻我们的军车飞驰,如雷似电。从福州一路往南,过乌龙江,经福清、宏路、江口、涵江、莆田,而后东转向着半岛的尖端行进。过黄石、笏石抵石城,那里有一座教堂,教堂旁边有一个成衣铺。越野车最后上了渡海的舰艇,驻军的一位团参谋长在岸边迎接我们。我终于登上了留下我的青春足迹、汗水和泪水的岛屿。守军也是一个团,他们是海防十三师四十一团,正是当年从我们手中接防的队伍,他们在这里已是半个世纪,整整五十个年头。部队的首长,他们全部的领导班子,从政委、团长、副政委、副团长和正副参谋长、正副政治部主任和我们见面,为我们设宴接风。有趣的是,他们异口同声地称我为"老首长",而当年,我只是一个连队的文化教员,级别为副排级。这也就是我在军队的最高级别。

我要寻找当年我们连队驻防的旧址。一位团政治部副主任驱车陪我前往。我们在岛上驻防那么久,竟然不知那个村庄的名字,可见当时形势是多么紧张。我只记得村旁有一块大岩石。

我曾在那岩石下读书写作,而岩石的前边就是一望无际的大海。从那里可以望见对方守军占领的乌丘屿,天气晴朗的时候,还可以望见他们的旗。还有,我们连部的房东是一个漂亮的少妇,脸上有淡淡的雀斑。她梳着椭圆形的发髻,发髻上攥着红绳,别着闪光的银笄。可是,这些,都无助于我们的寻找。

那个曾在石旁读书的年轻人已经走远,而那个有雀斑的漂亮的渔家少妇也已走远,岁月,就这样不留痕迹地走远了。那么,那块有人曾经在那里幻想诗歌和未来的石头呢?难道它也走远?我怀疑我的记忆了!我没有找到我旧日的住地,那些艰难岁月里的一切坚持和梦想,我的激情和忍耐,还有我的不安和恐惧,我都没能找到。政治部副主任和我,还有那位师部派来陪我的少校,那位与我一路同行的文学博士,我们都有点失望。我们来到一个村庄的街头,找到一位年长的村民,他也只是说,这里和那里,这方的军队和那方的军队,战斗和流血。但他没能回答我,当年的那位青年人,他留下的足迹究竟在哪里?

南日岛现在已是一座花园。我们当晚下榻的团部招待所,有空调,有电视,有城市里的宾馆所具有的现代设备。晚宴之后,政委和团长陪同我们在营区散步,花坛,草坪,如花的灯柱。我们谈话的题目是诗歌、足球和音乐。他们是军人,他们现在还在承当着守土卫民的重责,但是,我们当年的惨烈和决绝,已离他们很远很远。

我没有找到我当日的南日岛,我的住地,我的房东,我读诗的那块岩石,我散落在那里的那些可歌可泣的日子,我都没有找到。守岛的主人告诉我们,你们来晚了几天,我们刚刚庆祝了进岛五十周年。我一想,可不是,我离开这里也是整整五十年了。

2004年7月1日记2003年重返南日岛旧事,
于北京昌平北七家

从军行[*]

20世纪40年代即将过去。那是四十年代的最后一年,五月,人民解放军开进了中国最大的城市上海。此时我在家乡福州,是高中一年级的学生。福州离上海很近,我已经预感到大转变时代的到临,心中充满了欣喜与期待。那年我十七岁,对人生和时局已经有了自己的看法。我已经没有耐心忍受那黑暗的岁月。政治腐败,物价飞涨,百业凋敝,饿殍遍野。整个中国社会,生死存亡,盛衰荣辱,已经到了决定命运的关头。忧患使人早熟。我盼望着生活的改变,我把希望寄托在当时正在进行的解放战争上。

这年的暑假,人民解放军解放了福州。枪声稀疏之后,大街两旁睡满了长途行军作战疲惫不堪的部队。这是何等壮观的场面啊!他们是胜利者,他们有理由享受他们以鲜血和汗水换来的一切,但他们就这样躺在夏季的阳光直接照射的大街上。南国的夏季非常炎热,这些士兵,携带着自己全部的行囊和武器,也携带着泥泞和汗水,甚至还有血迹,就这样和衣卧躺在城市的街道旁。我对这种严格自律而秋毫无犯的义师形象,感受极深。我被这情景感动了。我先前所知道的光明也好,理想也好,希望也好,都是抽象的,都不及我在福州街头亲眼目睹的这一幕。世界上的事,包括真理和正义,有时无须言语,只要一个行动!什

---

[*] 此文据文稿编入。

么叫无私,什么叫奉献,什么叫伟大,这就是!

这就是那年、那月、那日我下了决心离家从军的最简单的原由——我相信这支军队,我不会后悔。在此之前,一个中学没有读完的少年人,我还从未离开过家门。父母为我的抉择而忧心忡忡,我也对自己的这一步跨出而心怀忐忑。但的确,一切的苦乐、得失、安危,都阻挡不住我心中燃烧的理想之火。当年的年轻人参加部队,没有后来那些的功利性考虑,参军就是置个人的任何利益于度外,包括生死。只要走出这一步,就不能为自己留退路。部队实行义务制,当兵是自愿的,是没有报酬的。大家都为着一个理想到这里来,这理想就是建设一个新中国。有着这样的大目标,个人的一切都无须计较了。

我承认当日的我非常单纯。我以极大的耐力和毅力,克服对于艰苦生活的恐惧。行军、训练、守备、修工、备战,一切我都能忍受,我也都坚定地"挺"了过来。现在回想,我几年的军旅生活,最畏惧的、甚至可以说是最"痛恨"的,是每日清晨的起床号。海岛上的凌晨,天幕是暗黑色的,没有丝毫的光亮。就在此时,军号响起来了。疲劳了一天的人,被无情的号音活活地从沉沉的梦境中拖了出来。接着就是寒风中的跑步,一圈一圈再一圈!那时心想,什么是幸福?幸福就是没有起床号的睡眠。不能说不怕死,但是既然选择了这条路,就不能回避死。而死亡,是每日每时地窥视在你的身边,已是"司空见惯"了。在那时,比死亡更直接的威胁,来自起床号。

我在军队服役的时间不长。我平生奉行的生活哲学是一旦下了决心,就不后悔。那时有一些和我一道参军的朋友,因为不堪部队的严格纪律而"开小差"走了。我暗下决心,无论如何,我不能违背初衷,我要坚持下来。尽管我有长期在军队服役的愿望,但事实是部队不想留我。在正式实行军衔制的前夕,我奉命复员了。原因是我有"海外关系"——我的一个哥哥于1945年去了台湾就业。闽台原本就是一家,怎么就变成了"海外"了呢?不论我理解不理解,我就这样并不情愿地回到了家乡福州。在等待民政局分配工作的时间里,我自学读完了高中的全部功课。随即考上了北京大学。从此改变了我的人生道路,这是后话。

回过来单说我在部队不长的服役时间中,做过文艺工作,当过文化教员,做过武装的土改队员,还临时做过军报的记者。我在部队的大部分时间都生活在基层连队,而且都在海岛驻防。我是小知识分子,但不是"机关兵"。我是一个中学生,我勇敢地迎接了部队对我的"改造"。我的很多知识分子的习惯,在这个时间里都改掉了。其中有些习惯是部队给予我的,使得我多少保持了一些"军人品质",对此,我至今还是心存感激。这些品质,例如勇对一切艰难险阻而不后退,例如遵守纪律和守时,例如行动果断而不犹豫,等等。

但是,我承认始终不能改变的是我内心深处对于个性的追求以及对自由的渴望。而军队的集体生活和铁的纪律性是与此不相容的。我内心的这些追求,按通常的说法,是知识分子的自由散漫的"劣根性"。前不久在厦门,与当年同在一个单位的老友见面。我们很有兴味地回忆起当年我们几个"小知识分子"私下里唱电影插曲《天长地久》,因而受到营教导员严厉批评的情景。我们的"错误"是"一贯"的"资产阶级情调",而且总要找机会表现出来。这当然是思想改造方面的问题。

我在军队的最高级别是副排级。这在当今的人们看来,我的"级别"就不免有点可笑。而在当年我所在的连队,我这个副排级的文化教员,却令相当多的连队干部战士看了眼红,心中不服。在一个连队中,副排级是非常抢眼的。一个连的建制,统共算起来,连排级干部不过十人上下。许多参加过淮海战役和上海战役的战士,那时甚至连班长都没能当上。而我是福州参军的中学生,却这么"轻而易举"地当上了排级干部,他们心中怎么也想不通!

岁月如流水。逝水无痕,不觉已是半个世纪前的故事了。这些话,对于当今的年轻人来说,都是很陈旧的,也很乏味的。真有点"白头宫女在,闲坐说玄宗"的味道。但它对于我,却是与我的青春、理想、人生紧紧相连的。我选择,我追求,我坚持,因此,我无悔。

2004 年 7 月 7 日于北京大学畅春园

姜宇清的散文理论批评[*]

在中国文学各类文体中,诗和小说的研究有比较良好的开展,已经出现了理论与创作互动的良性发展的局面。而在散文方面,创作的实绩是显著的,涌现了一批又一批各个年龄段的、从事各种职业的、有成就的散文作家。但对散文这一文体的内在规律及其特性的探讨,特别是对散文写作现状的及时性的、追踪式的总结创作成就、探求写作得失的批评,显得尤为匮乏。姜宇清是为数不多的专注于从事散文理论批评的专家之一,也是这方面取得了引人注目的研究成果的一位。

在《品味与体验》这本书中,其中绝大部分的文章是对着当代正在进行的散文创作发言的。在这一系列的文章中,可以看出作者对现在进行时的散文写作的关注,他为此投入了关照的热情。这些文章虽然涉及写作的不同的个案,但他的论述却有着对于散文总体规律的揭示与诠释的特点。如他论述散文结构的两大支点:立体的美与稳定的美[①],指出散文的结构"不仅要做到立体的美,而且要具备稳固的美,这才是圆满的建筑,如果说立体美着眼于文章描写对象的内在层次的话,稳固美则体现为外在叙述视点,叙述风格,叙述方式上"。又如所述散文"停"的艺术[②],指出:"作为纯粹的艺术散文,就其感应把握世界的

---

[*] 此文据文稿编入。
[①] 姜宇清:《结构的两个支点:立体的美与稳定的美——读刘亚洲散文》。见《品味与体验》,黑龙江人民出版社,2003年12月第1版,第110页。
[②] 同上书,第35页。

敏锐程度,还是外化现实的审美形式,在其有限的篇幅里,特别应注意这种'停'的艺术,没有这种'停留',便没有散文对生活与心灵的洞察与深化"。上述那些论述,都显示出作者对于散文文体的深入而独创的思考。

姜宇清能在这些评价具体作品的场合,道出关于散文写作的一般规律,从而具有了普泛的意义。上述关于散文的"停"即是一例。有一篇文章谈到散文作者对于情感的"控制与放逐",指出后者是一种"风行水上本然天成的艺术生命的流动",是一种"限制中的自由"[1]。在另一篇文章中,他以具体的例证,解除了一般读者对于"大散文"的某些疑虑。这些,都证明作者对于他所研究的对象的深刻理解。

姜宇清的散文研究以他对散文作品的广泛阅读和积累为前提,加上他的总体性和前瞻性的深入思考,因而具有坚实的基础。由于他长期关注散文创作的历史和现状,作为有实力的批评家,他拥有了相当充裕的对这一文体的发言权。他的散文视点是广阔而高远的。我以为《规模散文论:对散文艺术的九种表述》[2]是他迄今为止最具代表性的重要论文,它集中体现了姜宇清学术研究的水平和成果。

这篇论文从多个向度阐发了散文文体的若干基本问题。其中对散文的"内在规模"及艺术特征作了全面、系统、深入的考察,具有重大的学术价值。这是一篇具有历史和理论深度的散文艺术总论。在这篇文章中,他创造性地总结了散文的文体品质,提出了一些具有原创性的范畴和理念。如他基于散文写作运思与表述过程整合性和通融性的特性,提出了"内容规模"说,

---

[1] 姜宇清:《结构的两个支点:立体的美与稳定的美——读刘亚洲散文》。见《品味与体验》,第19页。

[2] 姜宇清:《规模散文论:对散文艺术的九种表述》,《东北师大学报(哲学社会科学版)》2004年第5期。

并且进一步具体分析此一文体"无长度而具跨度"等各项内在特性。再如他论述散文对于事物表述中的"反弹力"的特点,并就散文写作中"事小理大"、"事零情整"、"事凡境奇"等独特规律,作了透彻的剖析。他的这些精辟论述发人所未发、言人所未及,具有很高的学术价值。

姜宇清治学严谨,教学经验丰富,在学术研究上深入扎实,有思考和总结理论架构总体能力,并有较强的独立把握对象的能力。特别是考虑到他在散文这一文体研究方面的突出成就,我以为姜宇清副教授已具备晋升为教授的条件。特作如上推荐。

谢冕 2004 年 7 月 7 日于北京大学中文系

金门三件宝[*]

金门有三件宝物,是金门人很引为骄傲的。第一件是风神爷。风神爷是土生土长的宝贝,好像别的地方还没有。它其实是一个神像,一个很可爱的小老头。其形象有点像内地到处可见的土地爷。那土地爷也是一个可爱的小老头,有时还带着他的夫人一起出场,那夫人就是土地奶奶。土地老头管的事可能多一些、也杂一些。风神爷属于专项管理的,他管的是风。和土地不同的是,土地爷多半住在庙里,而风神爷好像不喜欢住办公室,倒有点像站岗的士兵。这也可以理解为,这爷儿没有什么架子。

金门是一个海岛,境内并无高山,平地不多,倒是有一些丘陵,但起伏也不大。从海上刮来的风,是长驱直入,日夜无遮拦地吹。海上风势很猛,风也造成灾害,树木吹折,庄稼被毁,房屋倒塌。特别是台风季节,出海的渔船可能造成没顶之灾。这样,风神爷的供奉就是非常必要的了。风神爷是保护神,可向它祈求太平,在人们的心目中,它是平安、安全、祥瑞的象征。老百姓指仗着它来造就一方安康,因此它是可爱的。

金门到处都可以看到风神爷。大的可以是一块巨石雕成,其大如丘石。有石制成的、有金属制成的、也有竹木或其他材料制成的。大一点的风神爷大抵都安放在有风的路口,意思是让它抵挡住那风。风神爷是金门的吉祥物,是亲友间相互馈赠的

---

[*] 此文据文稿编入。

礼品。它现在已是一种旅游工艺品。各种材质制造的、或方或圆、或长或短、或大或小、或村或俏、或敏或钝,非常生动。有做给女士用的饰品,有做给小孩用的玩具,有佩带物,也有悬挂件,可谓五花八门,万象纷呈。我离开金门时,金门的朋友送给我一尊风神爷,那是一个钥匙链的坠子。这坠子是我访问金门的珍贵纪念品。

金门地面不大,只是东南海中的一座岛屿,属于大的闽南文化圈。平心而论,金门有自己地方特色的文化资源,不是很多。但就是一个可爱的小老头,却活生生地造出了仅仅属于金门的著名品牌。对此我不免有些感慨,大陆旅游点的礼品市场,已经千篇一律到了令人生厌的地步,不论何时,不论何地,都是景泰蓝的瓶子,都是穿着各色民族服装的布娃娃,从南到北,从东到西,不论是山区还是平原,都是一例的劣质的玻璃珠子!但是金门小小一座岛,一个风神爷,却造出了万种风情。金门的经验颇值得我们深思。

金门人引为骄傲的第二件宝物是金门高粱。金门是海岛沙地,盐碱很重,原先这里并不产高粱,当然也不造高粱酒。上个世纪50年代,金门成了前线,驻军云集。军队要生产,驻军官兵要喝酒。而且那时北方的兵多,他们思乡心切。北方人是要喝白酒的,酒能解除乡愁。据说是守军的一位将军基于这些原因,开始引种高粱,同时找一些北方子弟会酿酒的,终于在海岛上酿出了高粱酒。在那边,那时也没有什么竞争,金门高粱是独一家。士兵退伍了,把金门高粱带到了台湾。终于又为台湾居民所钟爱。

那年我到台湾,前年我到金门,当地的朋友们在觥筹交错之际,每每隆重推出金门高粱,以示友情之重。每当这个场合,金门高粱也总不负众望,它成了两岸朋友心灵沟通的纽带。几杯金门高粱下肚,大家也都得到了一种难忘的醉意。前面说过,金门原先并不产高粱,金门人也不酿高粱酒,但金门却硬是造出了这样名震遐迩的名牌来。这样的事又不免使人再度发出感慨来。以大陆的丰富而优越的条件,应该能做出更多的地方品牌来才是。可惜的是,大陆的很多资源,都被平庸的思维白白地浪费了。

现在该说到那第三件宝物了。这第三件宝物是一把刀,金门人引为骄傲的金门菜刀。菜刀是到处都生产的,但金门菜刀却是一般所谓的"名优产品"无法比拟的。先说原料,就很特别。金门菜刀的原料来自五六十年代的金门炮战。那时有著名的单双日打炮的公告。每逢打炮的日子,海岸这边的远程大炮,就会向金门前沿阵地和其他军事目标倾泻出暴风雨般的炮弹。这些散落各处的弹片和部分哑炮,后来就成了金门菜刀的珍贵原料。炮弹用钢是极讲究的,用这样的弹片制成的菜刀,当然也是无与伦比的。至于工艺,金门有第一流的工匠,他们是世代相传。有着民间传统的高超技艺。

在金门的那些日子,我们参观了许多家制作和贩卖菜刀的铺子,这些铺子规模都不大,保留了民间前店后坊的格局。我们看到在飞扬的火焰中,炮弹的厚厚的弹壳,怎样被烧得通红,通红的炮弹怎样被切割,被锻造,最后变成一把又一把闪闪发光的金门菜刀的。炮弹意味着战争,菜刀意味着和平。那些战争的利器,如今化作了家居的平和和温情。感谢金门,感谢金门的乡亲,是他们以自己创造性的劳动,把干戈化成了玉帛。金门菜刀价格不斐,每把大约需要人民币一百多元至数百元不等。以这样的价格来购买一把菜刀,是要有一些决心的。幸好飞机上不让携带刀具,我们也就乐得省下这笔开销了。

金门三件宝,除了风神爷,其余两件均与战争有关。因为防守,于是有了在驻军倡导下的种植和酿造;因为进攻,于是有了成千上万吨炮弹的落下和爆炸。有趣的是,这些基于战事的原因,却意外地造出了反向的效果:高粱酒和菜刀,它们意味着日常生活的安定和温馨,它连接着亲情、友谊,连接着和平时代的交流和沟通。在金门访问的那些日子,作为客人,我一方面享受着主人给予的热情而周到的款待,感受到亲情和乡情的温暖。另一方面,由于我曾经有过一段军旅生活的经历,特别由于我所服役的那支部队,曾经在金门交战中遭受过惨痛的损失,因此在金门,我有着与一般旅游者不同的内心感受。

我怀念那些记载着我们的热情和单纯的失去的日子,怀念那些为自己的理想而献出生命的可敬的人们,我更为我们的今天祝福。值得庆幸的是,昨天曾经是炮击和爆炸的对话,今天则变成了名酒和欢宴的对话。那曾经充斥在漫长岁月里的仇恨和敌意,如今正在被鲜花、美酒、充满兄弟情谊的聚会,以及笑容可掬的风神爷所代替。我感谢金门的三件宝。

2004年7月7日于北京昌平北七家村

我有了一枝郁金香[*]

我终于有了一枝郁金香，一枝带着露水的、金黄色的郁金香。这枝郁金香我等了好久，终于幸福地等到了。它是郑敏先生郑重地送给我的。那天在清华园郑先生的寓所，在场的还有很多人，郑先生没有送给别人，惟独送给我一枝郁金香，一枝充满生气的、水灵灵的郁金香。我是多么的欢喜，因为这是我长久的等待。

我的欢喜是有缘由的。记得那时，郑先生家还在清华园十一公寓。郑先生住一楼，一楼门前有一个大约二十平米的小花园。郑先生喜爱郁金香，引种了几株名贵的郁金香品种。其中就有最名贵的黑郁金香。那时国内郁金香很是稀罕，人们知道郁金香是荷兰的名花，只是无缘拜识芳容。因为国门刚刚开放，与外界的联络还有比郁金香更为急切的事务。郁金香于是就成了稀罕之物了。域内如此，公园如此，私家更是如此。

郑先生花园里的郁金香开放了，这当然就成了当日的一道时闻。我对郁金香倾慕已久，与郑先生更是熟悉，当然不想放弃一睹芳颜的机会。我曾向郑先生表示过这种愿望，可是大概是这花太名贵了，我并未得到邀请。"室有美妇邻夸艳"，是要格外当心才是，这是自然之理，一般人也都能理解。但在我，因为与郑先生这种亦师亦友的亲密关系，平常去她那里甚至是无须预约的，就不免有点不是滋味了。我的这种心情被细心的先生知

---

[*] 此文据文稿编入。

晓了,她大概是为了抚慰我,先是让我的一个学生专程送来了她为我拍摄的郁金香的照片。我当然感谢她的这番好意。只是为她曾经的婉拒而心怀耿耿。

　　这就有了如今的这枝郁金香。从当初的拒睹芳华,后来的赠送玉照,再到如今的贻我佳丽,前后时间大约是三载过去。先生心中惦记再三。于我则是欣喜莫名。鲜花传递,情感交流,这在今日已是平常景象。而在我,在郑先生,却有着言语难以表达的"背后的深意",不管怎么说,我终于有了一枝郁金香,而且是郑敏先生送给我的。我感激,而且欢喜。

　　　　　　　　　　2004年7月7日于北京昌平北七家村

《那时很年轻》后记[*]

某日接到柳萌兄电话，说是要纠集一班有过军旅经历的人，出一套文集，邀我加盟。随后，就有本文集的另一位主编陈先义先生寄来约稿信。约稿信向作者提出了文选中"反映部队生活或有关的作品占多数"的"希望"。这可为难了我。一是我在部队服役的年头不是很长，再就是复员之后半个多世纪的时间都生活在校园里，我写作的反映军队生活的作品实在是太少了。为此犹豫甚久，不敢回信。

后来交稿的时间过去好久，实在不好交代了。开始翻箱倒柜，找出了几篇，又临时赶写了几篇，凑成了现在的第一辑："剩下的只有怀念。"《从军行》是根据陈先义的要求新写的。统共算起来，也不过可怜的这么一点点。倒是竟然找出了写于建国前夕的那篇《我走进了革命的行列》，还有点纪念的意义。我是1949年8月参军的，那是我穿上军装之后的第一篇作品，也是我写作生涯中写于解放前的最后一篇作品。

其余的几辑文字，大体上均与军旅无直接关联，而只与我的学术生活的经历有关联。我所从事的学术研究工作是文学史和文学批评，特别是诗歌史的研究和新诗的理论批评方面。因为后来指导硕士生和博士生的学科方向是中国现当代文学，故所涉及的不仅是诗歌方面，还有诗歌以外的更为宽泛的领域。诗歌方面的书，我已出了不少。但诗歌以外的那些文字，却从未结

---

[*] 此文据文稿编入。

集出版过。这次趁这机会把这些文章翻出来了,加以整理,这就是本书二、三、四、五辑的那些内容,亦即涉及小说、散文、以及戏剧、电影、电视及其他艺术门类的那些内容。

自己写的文字,均与自己的思考有关,有平时的积累,也有临场的发挥。而且也总是生命的一段经历,在自己,是轻易不愿弃置的。这就是所谓的敝帚自珍的意思。凭心而论,这文集中的有些文章,有的还真有点不平常的意义呢,举例说,我写《迟到的第一名》的时候,还很少有人知道这位后来享有大名的作家。在批评界,这也可能是第一篇评论这位作家作品的文章。尽管这文章写得有点稚嫩,还保留了一些那年代的痕迹,但在作者这里,却是倍加珍惜的。至于作家如何看待这些评论,事实上并不重要。读者诸君,要是你们读了这些文字感到了乏味,那我真的是有点抱歉的。

要是在抱歉之外,允许我作些"宣传"的话,我想向大家建议,对于已经熟悉我的诗歌评论的读者,不妨读读我这些诗歌以外的文字,看看我是如此这般地班门弄斧的。这倒是在另一个层面显现它的意义了。末了,我真的要感谢两位主编、我的责任编辑、以及解放军出版社的朋友们,是你们给了我机会,使我的这些零散而又不愿丢失的文章有了一个"安置"。

书名《那时很年轻》。那时的确年轻,年轻得甚至让我嫉妒自己。但那时也的确少不更事,很单纯,很轻信,很盲目。"那时"不是确指,也许不仅指的是当兵的"那时",可能也指的是写后来那些文章的"那时"。到底都是一种"悔其少作"的遗憾啊!

2004 年 7 月 15 日于北京大学中文系

不朽之盛事[*]

　　书写了给人读，人读了书又写书，写了书再给更多的人读。文化就是这么承传、也是这么发展的。一个民族文化的繁荣，靠的是包括写书在内的这样一些创造性的精神劳动。旨在丰富和充实文化传承的，有诸多的手段，其中最主要也最常见的方式则是书籍的生产和传播。中国最早的书，是刻在兽骨上的，后来是竹简，是木刻板，是铅活字，再后来是今天的电脑键盘，是数字化。

　　花开花谢，往来古今，许多写书的人不在了，而他的书仍在，仍有人在读。许多写书的人和读书的人并不相遇，但他们的心仍跨越时空地在交流。这就是出版的功劳。出一本对人有好处的书，使世代的读书人受益，这对写书人和出书人来说，都是"不朽之盛事"。这就是最大的积德行善。因此，我不仅对写书的人怀有敬意，也对出书的人怀有敬意。

　　读书不仅在于长知识，还有比长知识更为重要的，我以为是在学做人。人写书不是仅仅在于传授知识，当然传授知识是很重要的。事实上，所有的写书人都是在写自己。"我注六经"和"六经注我"是辩证的。我们读书，读到了最后，就是读人。任何一个写书人，归根结蒂，写到了最后，莫不是总写进了自己的抱负、胸襟和情怀。他总是有寄托，不然，他为何要写书？

　　正是因此，我们读《史记》读出了司马迁，读《离骚》读出了屈

---

[*] 此文据文稿编入。

原,读《岳阳楼记》读出了范仲淹,读《阿Q正传》、读《狂人日记》、读《孔乙己》、读《祥林嫂》读出了鲁迅。我们读司马迁、读屈原、读范仲淹、读鲁迅,读出了世道人心,读出了悲天悯人,读出了光明正大。在中国的文学理念中,从来都把书和人联系起来讲,什么叫"文如其人",什么叫"道德文章",都是讲:书即人,人即书。

这是否有些绝对了?也许有那么一点。的确存在一种文字和人品不相符甚而相背谬的,那是一些假人在写假书。我们此时讲的,将这些排除在外了。我们认定要读那些言行一致的,不读那些欺世盗名的书。我们更坚持这样的信念:读书除了长知识,更是要学做人。

2004年7月17日于北京昌平北七家村

赞美是泉边的玫瑰[*]

沙光把所有的诗篇献给了赞美。她写泉边的玫瑰,清泉是主的恩典,赞美是泉边放香的玫瑰,或者说,永活的水泉是主的恩典,而我的赞美是泉边经久不衰的玫瑰。她改变了传统的浪漫主义诗歌中的泉与玫瑰的意象,在那些诗篇中,泉与玫瑰经常被赋予爱情的暗示。在沙光这里,它们也是爱的象征,但却是无所不在的、永恒的大爱。沙光现在写作的诗歌主题只有一个:赞美。她说,感恩和赞美已化作我的生命的主题。也可以说,这也就是她的诗歌的主题。

沙光还是当年的沙光。那时她是一个热心于诗的人,现在也是。诗已融入她的血脉,是沙光年轻生命不可分割的一部分。但沙光也并非当年的沙光,她现在已皈依了宗教。这对她的诗歌写作的最直接的影响就是,诗歌的主题变得单纯了。作为她的师长,我对她如同对所有的学生一样,尊重他们的个性,尊重他们的选择和追求,包括自由地选择自己的信仰。在普遍缺乏信仰的时代,一个人能够毅然地选择自己的信仰,并投入以极大的热情,毕竟是可贵的。

我的学生从事着各种各样的职业,有从政的,有写作和教学的,有做经营的,也有做节目主持人和制片人的,有教授,也有白领,他们中有倾向于左翼思潮的,也有信奉自由主义的,当然,也有沙光这样虔诚的信徒。这原是思想自由的、价值多元的年代。

---

[*] 此文据文稿编入。

沙光自称《泉边的玫瑰》是一本本土的信仰者赞美上帝的诗集。我的青少年时代曾在英国的教会学校上过学。对基督教有过一些接触,却也说不上深知。但对宗教教义中宣讲的无条件的博大之爱,却留有极深的感动。因此,我对宗教是尊重的。

读沙光的诗感到一种静穆的美。那里也发着光,那是一种澄澈透明的圣洁的光。她是如此挚诚地向往着那光,那是她以全生命献给的、自始至终的"仰望"。《仰望》组诗有一个祈祷辞,在祈祷辞里,她说,主啊,求你使我一生一世坚定地向上仰望,这是我心灵的仪态,更是我生命美丽的方向。她感到了光的迫近,但也感到超越不了那薄薄的云层,因而未能到达永恒光明的境界:"常常我离你的旨意只差一步,却未能进入蒙福美景。"这光是那样崇高,是不能轻易获得的,它需要毕生执著的赞美和祈祷。"在赞美中我学会了仰望,在仰望中我学会了歌唱,在歌唱中我学会了顺从,在顺从中我看见了你旨意的荣光。"[①]

在人的一生中,对光的信仰是至为崇高的。罪恶拒绝光而迷恋黑暗。"光照在黑暗里,黑暗却不接受光。"[②]"光来到世间,世人因自己的行为是恶的,不爱光倒爱黑暗,定他们的罪就是如此。凡作恶的便恨光,并不来就光,恐怕他的行为受责备,但行真理的,必来就光,要显明他所行的是靠神而行。"[③]向往崇高境界的人,从来总与光同行。沙光是一个蒙恩的人,她感激于冥冥之中有一双"全能、全智、全爱"的手,牵着她走过长长的甬道进入"荣美的光明"。

也许在理解个人的微光与整体的宏大无边的光明上,人们不会产生大的差异。例如沙光这样说:

[①] 沙光:《心笛》祈祷辞,见诗集《泉边的玫瑰》。
[②] 《约翰福音》第1章第5节。
[③] 《约翰福音》第3章第19节。

> 一颗小星,只有被嵌在夜空
> 它才能照亮夜行者的前方
> 一滴水,只有当它融入大海的合唱
> 才能汇成宇宙嘹亮的乐章①

许多积极劝导正确处理个体与整体关系的理念,也都是这般表述的。而在宗教的劝示中,这些个体发出的光,是在十字架的照耀下,"才能踊跃出生命最美的诗行"。这就是宗教与一般哲学的不同。但它们之间的最后归依于美善,则是同向的。

信教之后的沙光,不论是人,不论是诗,全都有了新的境界。我感到了神之爱的光芒,沙光是住在那里边的。"神就是爱,住在爱里面的,就是住在神里面。这样,爱在我们里面得以完全,我们就可以在审判的日子坦然无惧。因为他如何,我们在这世上也如何。爱是没有惧怕,爱既完全,就把惧怕除去,因为惧怕里含着刑罚。惧怕的人在爱里未得完全。"②神赐福给信他的人,沙光是有福的。"他要像一棵树栽在溪水旁,按时候结果子,叶子也不枯干,凡他所作的全都顺利。"③

沙光的诗把我们带进了一个新的境界,那是一种摆脱了尘俗的空明澄澈的境界。在这滚滚尘嚣的世界里,沙光给予我们的是一种我们所陌生的无功利意图的大爱。她给予我们的是一种启示——在这人际关系变得十分脆弱的时代,存在着一种让人的生命得以净化的精神力量。从这个方面来看沙光现在的作品,我们可以清楚地判明它的价值,尽管我们先前对此是生疏的。

《泉边的玫瑰》全书分十二组,为《心笛》,为《印记》,为《归回

---

① 沙光:《仰望》,见诗集《泉边的玫瑰》。
② 《约翰一书》第 4 章第 17—18 节。
③ 旧约《诗篇卷一》第 1 篇第 3 节。

主爱的金门》,为《仰望》,为《高举你在一切之上》,为《压伤的芦苇鼓起赞美的花絮》,为《乘驾地的高处》,为《泉边的玫瑰》,为《孤栖》,为《微声祈祷》,为《祭坛》,为《冠冕》。十二组,应了十二个月的时数。每组有诗七章,应了上帝创世的七日之数。《创世记》说:"天地万物都造齐了,到第七日,神造物的工已经完毕,就在第七日歇了他一切的工安息了。神赐福给第七日,定为圣日。因为在这日,神歇了他一切的工,就安息了。"[①]每组七章之后都有一祈祷辞。沙光是虔诚的信徒,她的诗集的布局也鲜明地体现着他的虔诚的心——那就是每年、每周、每日,不忘为主祈祷。

诗人有福了,沙光有福了。

2004年8月3日于北京昌平北七家村

[①] 旧约《创世记》第2章第1—3节。

置身于时代的沉重[*]

作为诗人,李松涛最让人倾心之处是,他总是置身于时代的潮流之中,思考着并行动着。在无诗的年代里,是他以"第一缕炊烟"向我们通报了诗的存在与坚持。在一个绝望的时代,李松涛的"炊烟"不仅证实了生机,也许还预示着希望。李松涛行进着,他的步履执著而坚定。不论周围是多么喧嚣,也许是旗帜林立,也许是口号连天,但他心无旁骛,一径地朝着自己认定的目标行进。在热闹的年代,他不是风云人物,却是一个认真而忠实的实践者。

20 世纪 80 年代中期,"朦胧诗"似已落潮,周围是一片 pass 之声,正是中国诗界非常热闹的时段。李松涛不为当日的浮嚣所动,他专注地审视着,冷静地抉择着,"潜心留意着高含量的题目"。可以说,当周围的人们在走马灯似地玩技巧或玩深沉的时候,他自觉地摈弃了"轻",而钟情于"重"(即他所谓的"高含量")。那时他"影影绰绰地瞄上了黄河",经十年的酝酿,又"邂逅了生态意义上的水"[①]。历史的河的追怀与现实的水的忧思相遇,一个宏大的主题就形成了。对此,他有一种欣喜:"我拥有了作为'时代人'抒怀的依托。"[②] 言语间可以看出,他是多么重视这种作为时代代言的角色。这正好印证了我在此文最初的论

---

[*] 此文据文稿编入。

[①②] 以上引号中文字均见李松涛《黄之河》代序《甘愿沉重》。春风文艺出版社,2002 年 10 月第 1 版。

断,他是一位始终置身于时代潮流中与时代共脉搏、同忧患的诗人。

从《无倦沧桑》到《拒绝末日》,前后大约二十年,他一直在为这首长诗苦苦思考着。《黄之河》的写作经历了长时间的酝酿。"理性为杆杠,忧患为底色。试图从微观着手,提炼出宏观的寓意,想体现两个字:关爱。"①首先是理性的思忖,其间贯穿着悲天悯人的巨大情怀,这就是长诗《黄之河》的基本构思。再加上独特而周密的结构方式,十二个地支为十二章,每章三首诗为一单元,计黄河的十二处自然景观,十二位历史人物,十二个民间传统节日,共三十六首,正合天罡之数。历史与现实,传统与现代,人物与自然,纵横交错,呼应互动,既委婉多情,又气势雄健。

李松涛确立《黄之河》写作计划的那个时候,是一个相当躁动的年代,到处都浮动着"创新"的欲望和追求——那是一个以求新求变为时尚的时代。但李松涛却坚持自己的选择,他选择了沉重。他自述这是"甘愿沉重"。当周围都沉溺于"甘愿轻松"的时候,李松涛的这一选择是特别的。物欲横流,恣意寻欢,诸多生命均经历着不能承受之轻,而此刻,《黄之河》的作者却另有所择,他毅然选择了沉重的话题。确如作者所言,"这是一些写着沉重,读着也沉重的诗",它和周围的狂欢气氛构成极大的反差:一边是轻歌曼舞,一边是忧患深重。

从事实看,欢乐也好,轻松也好,也是当今生活的常态,当然未可厚非。而长诗所涉及的主题,生态恶化,环境污染,道德素质下降,却是更为严重的、无法不面对的事实。《黄之河》就是这样以不和谐的姿态出现在人们面前。诗人宣称,在他"迷彩的行囊中,没有携带一首颂歌"。在这首诗中,他几乎不涉及传统歌颂的内容。历史上曾经的辉煌已是历史,如今我们面对的却是

---

① 李松涛:《甘愿沉重》。

无尽的悲哀。长诗无情地展示了让人触目惊心的事实:三条源水两条断流,本应是一切福音的故园,如今却成了一座攻打中完全失守的老营。① 作者不忍心说它是"病河加害河",却不经心地改写了杜甫的诗句:国在山河破!②

诗人为无力克隆一条黄河而叹息。在《中秋节》里,他感慨昔日的"月光如水",如今却是"丁东尽失,清流不再"。究其缘由,"中国人,古来就嗜砍成癖,成仙的吴刚依旧恶习难改,广寒宫让人寒透了心"。还有《清明节》,他为大自然的病入膏肓而发出警号。现今的人们,再也走不进北宋当年依水赶集或傍水娱乐的风俗画,"《清明上河图》永远是图了"。这真是一首让人不忍卒读的哀歌:"野鹿绝种,香獐丧踪,藏羚羊哀鸣"(《源》),"完达山惨死的老虎,波阳湖饮弹的天鹅,神农架遭屠的熊猫——成了一日三读的凄绝讣告"(《龙门》),到最后,只留下:"幽幽浊泪,是唯一醒着的流体。"③

李松涛近年来常为疾病所扰,他自言,"疾病的副收获是有助于清醒"。应该说,《黄之河》中的许多思考,是他在病中获得的。"体健时只顾瞎忙,消闲了才抬起头来打量周遭。我病着,我们的生存环境也病着。都是因为人的缘故,这世界才如此老旧与残破。"④读这首长诗,我们不仅感到了深重的忧患,甚至感到了一种巨大的悲愤。"当你梦见自己是鱼,醒来必定没有水——只有网;当你梦见自己是鸟儿,醒来必定没有天空——只有笼子;当你梦见自己是羊,醒来必定没有草——只有屠刀"⑤这里表面说的是屈原,其实却是说的是今日人类的困境。诗人

---

① 《黄之河》子章,《源》。见该书第13页。
② "病河加害河"、"国在山河破"等语,均见《序曲-液旅》,《黄之河》第3页。
③ 见《寅章-故道》。《黄之河》第38页。
④ 《黄之河》《后记》。见该书第170页。
⑤ 《黄之河》丑章,《屈原》。见该书第28页。

因自然生态的恶劣而反思,人的自私,贪婪,不自爱和无节制,归根结蒂,乃是由于人与自然为敌,方导致了今日这样的恶果。诗人的思考是沉重的,却也是冷静而清醒的。

《黄之河》结构谨严,视野开阔,气势宏大,风格沉郁,是近年少见的一首大诗。近来诸多诗人的写作,似乎都向着隐秘的内心倾斜,他们大多不关心自己以外的世界,认为是一种浅薄。他们大多活得很轻松,像李松涛这样"甘愿沉重"的人,真的是凤毛麟角,或许竟是"另类"了。而这也就是我十分看重《黄之河》的原因。诗人为此诗的写作,可谓呕心沥血,这不能不因之起敬。李松涛的作品有激越的情感,有丰富的想象,还有建立于知识上的理性的思考,这构成了此诗独具的魅力。他行文时作谐语,有时以日常语入诗,这能够给读者增添阅读的兴趣,但有时也造成不和谐的效果,如"硬着头皮,顶在那里","潦草地把生米做成熟饭",等等,就显得用语不够考究。

2004年8月31日南疆之旅归来,于北京大学畅春园

温情的上海[*]

现在中国的城市是很发达了。在以前,甚至就在20世纪80年代,人们都在说,中国是一个大农村。那时人们都承认,中国只有乡村,而没有城市。要是有,那就是上海,也只能是上海。那时北京土得掉渣。天津号称港口,却总也脱不了华北大平原的那股土气。(天津人、北京人可别骂我,我说的是从前。而且我多少也算个北京人了)上海在当年就很洋气,人称"十里洋场"。后来一些大人物又给它加上一个称号:"大染缸"。这称号对上海不大恭敬,却也从中透露出某些未必全是贬义的评价来。

我的家乡在福建福州。那里离北京太远,总有一种"远"不可"及"的味道。而上海就近多了。所以,较之北京,上海于我是更为亲切的。再说,它们毕竟都是南方城市,情调上总有相近之处。先说远一些的话吧。记得那是上个世纪40年代的最后一些年月,战事已逼近长江。福州地处东南海滨,和内陆腹地已失去联系。那时我还是一个中学生,而且追求进步,内心深处向往革命。日益孤立的城市,憧憬未来的青年,如饥似渴的求知欲,能够满足我们这些要求的,那时只有上海和香港。

别看这两地"名声"都欠佳,都与"资产阶级"沾上边。可当时,却是向着这些追求进步的青年提供进步读物的"根据地"。我在国统区秘密读到的《白毛女》、《白求恩大夫》、《王贵与李香香》,甚至毛泽东的一些著作,如《在延安文艺座谈会上的讲话》、

---

[*] 此文据文稿编入。

《改造我们的学习》等,都是从这些"大染缸"里传过来的。那时在我的心目中,不论香港,不论上海,它们的形象是与后来那些宣传不大一样的。我对上海的好感,始于此时,也许更早于此时。其实,在当日中国,上海不仅意味着物质生活的丰裕,还意味着文化的先进和精神的开放。

那时不仅是东南沿海,其实是全中国,上海总是领风气之先的地方。别的不说,只说娱乐和服饰,三四十年代风靡全国的电影,是由上海制作并提供的。上海让我们认识了胡蝶、李丽华、王丹凤、赵丹,那是当年年轻人的偶像。当日全中国女人的穿着打扮,都跟着上海学。上海流行什么,外地就学什么,不管学得像不像。这就是当年上海给予我的印象。后来读了茅盾的《子夜》,再后来读了白先勇的《永远的尹雪艳》、《游园惊梦》等作品,股市、舞厅、咖啡厅、上流社会的豪华场面,逐渐进入了我的眼帘。上海毕竟是时尚的、享乐的、奢华的,当然,那背后也有血泪。

在我的心目中,南京路和外滩,是永不过时的经典。几次路过国际饭店,都要惊叹它的辉煌,年青时曾把它喻为一支"堇色的芦笙"。还有淮海路,它的高雅让人心折,至今还是赏心悦目的地方。我不知道那些铺天盖地的法国梧桐是否还在?简直是太迷人了。现在人们都在谈论上海的发展,记得那年,中国作协在金山开国际会议,费德林、马悦然都来了,上海作为东道主,它的有效工作和周到服务,很让刚刚改革开放的中国人有了面子。八十年代的上海,浦东还未开发,我们参观了第一条水底隧道,当时就非常振奋。

这几年上海是大发展了。前年到浦东,过南浦大桥,从金茂大厦到电视塔,真是乱花迷眼,不能不惊叹上海的变化之大。我的一位朋友是地道的北京人,现在定居上海。那日他陪我乘地铁,参观人民广场的地下商业街。他对北京和上海作了比较:

"上海人聪明,学外国就像外国,北京人也学,学下来还是满身土气。"我相信他的话,因为他本身就是北京人,不会有偏见。

人们也有诟病上海的时候,例如上海人打心眼里瞧不起外地人,例如认为普天下只有上海最好,等等。我以为那只是昔日上海人的局限,而且并非所有的上海人都如此。在我这里,上海始终是温情脉脉的。我走过许多地方,听过种种方言,始终以为上海话最好听,特别是上海女人讲上海话。我也不会有偏见,我从来没有说过福州话好听。对了,还有上海女人,上海女人是温柔而让人喜欢的。平生交往,对此总留有不忘的印象。

上海是温情的。在我的心灵中,在我的记忆里。

2004年9月9日于北京昌平北七家村

《余光中经典》序*

余光中先生在中国诗界可算是一位奇人。他写诗的产量多,写作的时间跨度长,而且现在还处于创作的巅峰状态,这种不曾退潮的"青春期"是让人艳羡的。余光中不仅写诗,而且评诗;不仅评诗,还选诗和译诗。诗人、选家、诗评家、翻译家,他全兼了。他是真正的多面手。这样的全才,在当今中国,不谓仅见,也算少有。

我说他是奇人,还不止这些。前几年我在谈论徐志摩的作品时说过,徐志摩不但诗好,而且散文也好,可是他的散文的成就被诗的光辉遮蔽了。现在来看余光中,二人竟也相似。大家都知道余先生是成就卓越的诗人,也有人知道他散文写得好,但并不知道他的一些散文的成就超过了诗。在当今中国,他是一位散文大家。可是,同样地,余光中的散文成就被他的诗名夺去了光耀。① 所以这本《余光中经典》(这书名是出版社定的,"经典"一词经常惹麻烦,我是有些警惕了),准确地说,是收录余先生经典性的诗歌作品,而不指涉他的至少同样杰出的散文,乃至其他文体的实绩。

---

* 此文据文稿编入。

① 关于这点,余光中自述:"早年我自称'右手为诗,左手为文',是以诗为正宗,文为副产","我的散文比诗起步要晚十年,但成熟的过程比诗要快,吸引的读者比诗更多。"他说自己写散文"开始不过把它当作副业,只能算是'诗余'。结果无心之柳竟自成荫,甚至有人更喜欢我的散文。后来我竟发现,自己在散文艺术上的进境,后来居上,竟然超过了诗艺。"引文见《炼石补天蔚晚霞》,《余光中集》自序。《余光中集》第1卷,百花文艺出版社,2004年1月第1版,第2页、第4—5页。

余光中的诗歌作品,不论是在台湾,还是在内地,不论是单行本,还是选本,都出了不少。今年百花文艺出版社更隆重推出了皇皇九卷的《余光中集》。其间除了经作者自定留存未收的少量篇章外,余光中的诗、文、评作品大体都齐全了。那么,在这样的情况下,我们为什么还要出这样的一本书呢?从道理上讲,余光中的作品拥有广泛的读者群,应当是不愁销售的。但现今市场竞争激烈,也是不可轻率处之的。

我在这里要向读者介绍的是,作为一本新的选本,它是一个精选本。编者希望能够在二百首上下的架构内,尽量不遗漏余先生那些脍炙人口的佳篇。其次,则是希望编得有点特色,力求有别于其他选本。这是一个插图本,期待着能收到图文并茂、诗画互映的良好效果。还有一点,就是希望在编例上出点新意。起先,我和责编吴晨骏先生商定,想按诗人的创作年代,将全书分为三个时期,即台湾一期(1950—1974)、香港时期(1974—1985)、以及台湾二期(1985—2003)。如此划分,历史的脉络是清楚了,但是不免略嫌板滞,也乏新意。

余光中生平所作诗,不仅量多质优,且内容广博,涉及世情万象,层面繁丰。虽然他以"乡愁"一曲享誉大陆,但他的创作丰富性却远非简单的"乡愁"二字所能概括。余先生对某些读者及评家指称他为"乡愁诗人"的提法颇有质疑。他说:"这绰号给了我鲜明的面貌,也成了将我简化的限制。我的诗,主题历经变化,乡愁之作虽多,只是其中一个要项。就算我一首乡愁也未写过,其他的主题仍然可观:亲情、爱情、友情、自述、人物、咏物、即景、即事,每一项都有不少作品。"[1]我们受到余光中自述的启发,决定此书编例以"情"为题按内容进行分类,分别为:乡情、爱情、亲情、友情、世情、风情、心情。计有七情,为七单元,每单元

---

[1] 《余光中集》自序,第4页。

收诗数量不等。如此下来,编者自觉颇为惬意。

这正好应了我对诗这一文体的基本看法,我始终认为诗是从情出发的、以表达情感为根本的一种文体。当然从道理上讲,文学艺术各种样式都离不开对于人类情感世界的把握和传达。但它们中有的偏于叙事,有的体物言情互见,而诗却是专司此道的。情是诗的灵魂和根本。现下有人大谈"零度写作"或"冰点写作",实在是一个歧误。古人云:"凡音者,生人心者也。情动于中,故形于声,声成文,谓之音。"又说,"言之不足,故长言之;长言之不足,故嗟叹之;嗟叹之不足,故不知手之舞之,足之蹈之也"。① 这些表述,都证明诗与音乐等艺术品类是与人的情感的发生及表达,有着非常密切的、可以说是决定性的联系。

余光中在对现代诗的思考中对诗的知与情的关系辨识甚详。艾略特认为18世纪诗人抑激情而扬理性,十九世纪则反过来,抑知而纵情。20世纪初的反浪漫运动中艾略特等人之所以提出"主知"说,是为了纠正浪漫主义的"纵情"倾向,强调作者要着重观察与思考,而不是仅仅凭借感情与想象。余光中在简要回顾这些历史之后说:"然而抒情的需要是无法否认的。即使有些喊出'主知'口号的诗人,也无法不在自己的作品中抒情。"② 由此看来,我们的选本以情定编,应当是大体无背于诗的本质,也无背于余光中先生的整体诗观的。

余光中重视诗人自身体验对于创作的作用。他曾经论述过诗人的创作过程,"诗是以最经济、最有效的文字,将主观经验客观化的一种艺术"③。我非常重视他的"主观经验"的提法。以

---

① 语见《礼记·乐记》。《礼记集说》,陈皓注。
② 《现代诗的名与实》,见《望乡的牧神》。《余光中集》第4卷,百花文艺出版社,2004年1月第1版,第429—430页。
③ 《从经验到文字》,见《望乡的牧神》。《余光中集》第4卷,百花文艺出版社,2004年1月第1版,第419页。

为这种经验总是与诗人的心灵、情感、以及他的人生体悟有关。在另一篇文章中,余光中认为一首诗的创作过程,"是从作者的心底长途跋涉而到达他的笔尖"[①]的过程。他强调丰富的生活经验对于一位诗人的至关重要性。"一个作家在体验生活时,他必须和外界有够深的交往,但是当他把这种体验变成艺术,形诸文字时,他必须回到内心"。诗人的这些表述,似乎都在暗示着并证实着心中之情和诗中之情的联系。

本书以情定制的构想,新是新了,但也有缺憾。首先是诗人创作的时间顺序被打乱了,也造成检索的困难。再就是有些诗难以判断它的归宿,有些诗究竟是写友情还是写爱情,有些诗究竟是表达心情还是抒写风情?这样做开去,难免武断,难免"错判",可能会出现让人尴尬的局面。但是编者的决心既下,就不打算改变了。当然,还有一些优秀作品在编者的眼下被疏漏了,留下了遗珠之憾。我期待着余光中先生的指谬,更期待着读者诸君的批评。

我对余光中先生虽有多次晤面,但未有深谈,却始终怀有敬意。这次编辑"经典",较为广泛地阅读了他的诗文,特别是他的关于中国现代诗的一些论述。他的一些论点深得我心,我是引为同调的。大家都知道,余先生是台湾现代诗运动的推动者,也是以自己的创作成果证实了现代诗的必然性的一位诗人。中国自有新诗以来,一直存在着新旧诗孰优孰劣的思考和论争。余先生对此是非常清醒的。他说过,"在古典诗与五四的新诗之后,现代诗是'必然',再走回去是不可能的。具有这样的信心,我才挺身出来为现代诗辩护。但是现代诗毕竟是新生的艺术,传统尚未建立,毛病在所难免。"在为现代诗辩护的同时,余先生

---

① 《我的写作经验》,见《掌上雨》。《余光中集》第7卷,百花文艺出版社,2004年1月第1版,第77页。

也"警觉到西化之失,并挺身而出,向许多西化作家直言苦谏,更不惜向虚无与晦涩断然告别"。①

在中国诗界,新与旧、传统与现代、变革与继承这些问题,一直困扰着几代人。如何既保持前进的姿态,不断吸收新的养分,以完善现代诗的建设,使之更切合中国的实际和读者的欣赏习惯。同时又能避免和摒弃完全抛弃传统,与中国的文化传承造成断裂的、即被余先生称之为"恶性西化"的倾向。作为现代诗运动的亲历者和过来人,他对于相当多的一段时间引起广泛关注的话题,诸如,西化问题、技巧和主题问题、大我和小我问题、以及土洋问题等都发表了很有针对性的看法。他反对那种导致"读者无法分享,成了禁宫式的绝缘经验"的所谓"纯粹经验"的主张;他批评那种"一端执住自我,另一端自称执住了人类,于中间的社会民族并无同情或不加视察"的"自我之发掘"。余先生希望于诗人的是:"不装腔作势,不卖弄技巧,不遁世自高,不滥用典故,不效颦西人及古人。"②他的这些言说,可谓针砭时弊,一针见血。

中国诗歌自近代首倡变法以来,经五四草创新诗,历时已逾百年。其间时局多艰,战乱频仍,诗歌也在此种颠沛中曲折地前进着。许多卓越的诗人,为着建设中国的新诗历经艰苦,作出诸多贡献。上个世纪50年代,政治的变动使诗歌呈现出纷繁多姿的格局。大陆的诗歌一时沉浸在早春的氛围中。而海峡那边的中国诗人,他们的作品却是充满了痛失家园的悲秋情调。同一个中华文化血脉下的中国诗歌,由于一条窄窄的海峡的分割,造出了截然不同的景象。也许这就是通常说的"国家不幸诗家

---

① 《掌上雨—新版序》。见《余光中集》第7卷,百花文艺出版社,2004年1月第1版,第3—5页。

② 此一段落引文,均见《听听那冷雨》集的《现代诗怎么变》一文。《余光中集》第5卷,百花文艺出版社,2004年1月第1版,第298—302页。

幸"？余光中的乡愁之作，就是这样地拨动了两岸三地、乃至遍布在世界各地的华夏子孙的心弦的。

这里又谈到了乡愁。的确，乡愁之作虽佳，却是不能以此概括余光中的创作的。他的创作有辽阔的边界，而且不论什么题材的创作，他都能使之达到别人难以企及的高度与深度。举例说，情诗大家都写，因为写的多了，却是最难超越。一般说来，初恋好写，越往后就越难写。而余先生却是愈写愈好。他的《蜜月》是献给"仍是新娘"的妻子的，写得既甜蜜又热烈；而《珍珠项链》则是由三十年的岁月串起来的，缠绵依旧，多情依旧。余先生诗中风月澄澈，锦霞满天，这是大家都深信不疑的。

那么，为什么广大的读者，特别是大陆的读者格外倾心于乡愁的吟咏呢？这里不排斥阅读范围的局限的原因，但是也应该承认除此之外的合理的因素，它与乡愁之作提供了非凡的价值有关。中国诗中怀乡之作甚多，而且历朝历代都有，有羁旅的远念，有深闺的愁怀，也有沙场的悲思。但是余先生所提供的是当代中国人的深广的乡愁。这无边的忧愁发自诗人的内心，这乡愁却不仅属于他个人，而是属于全体中国人。上个世纪中叶发生的家园阻隔，骨肉离散，是中国近代以来最深重的一次离愁别绪，它是中国人内心深处无以填补的巨大的流血伤口。这一旷古的悲情，在余先生的诗中得到了整体的展现。

这无边无尽的乡愁，这乡愁的滋味，这乡愁的烧痛，这乡愁的等待，这无边无尽的酒一样的长江水，这血一样的海棠红，这母亲一样的腊梅香。感谢余光中，是他以充满血泪的吟唱，"钟整个大陆的爱在一只苦瓜"。感谢他充着泪、充着血、充着情和爱的诗，感谢他以这种创造性的劳作丰富了我们的新诗。

2004年9月13日于北京大学诗歌中心

一切都很平常[*]

一切都很平常,但却造出了辉煌。一切都无须装饰,在最平凡中出现了奇迹。这首诗是写给一个人的百岁诞辰的。斯人不在,却留下无限的思念。这是一首平常的诗,写给一个平常而又不平常的人。此人身经百战,屡建奇功,几番沉浮,终成不朽。他是一个魅力无限的人,许多人赞誉他,是一个真实的人,但并非完人。所以我说,一切都很平常,平常的人,平常的诗,平常心态的阅读。

刘忠华的这首长篇政治抒情诗,共十章,计约千行(我未仔细计算过),应该是一部大诗了。从结构看,也是平常的。有一个序诗,有一个"不算尾声"的尾声。正文十章,历数诗中这人生平行状,其间"法兰西岁月"、"百色起义"、"挺进大别山"、"决战淮海"等,都是耳熟能详的故事,写的也都平易。可以看出,作者为了写这部长诗,做了极细致的准备,在史料的掌握上,也在现实访谈的积累上。例如,赴法留学从重庆出发至上海,乘坐的是吉庆号,时间是1920年8月27日;同年9月11日离上海赴欧。又如,淮海战前,国民党布置在徐州地区的兵力、指挥官的姓名等,均具体有据。

但我还是看重长诗表现人物的日常状态的那些篇章,特别对那些"凡人琐事"感兴趣。序诗部分就有好的开头,那日游行队伍路过天安门,突然出现了一个"直呼其名"的横幅。诗人说,

---

[*] 此文据文稿编入。

平常的天空,平常的阳光,还有"真实的胡萝卜"。那横幅上的标语,没有"伟大",也摈弃"敬爱"。它意味着平常,更意味着平等,也许还意味着新时代。第一章标题为《平头·乡音·中山装》,抓住了此人的平常状态。一生的平头,一生的中山装(除了当留学生勤工俭学的那一段,作者写,他把一套西服留在了塞纳河边),一生不改的四川口音。这说明这人本色,自然,不做作。可能还说明他自信,还有坚定。这一章读起来亲切感人。

还有就是末章了,题目是《大树枝叶的风景》。这一章也有意思,写诗中那人是桥牌高手,"喜欢和强手逐鹿,不愿和弱手相争"。又写那人喜游泳,他之所以"敢立马太行,是大海胆略的支撑"。还有登山,也都磨炼着他的意志。最有趣的是本章还列了一节叫《其他》(需要指出的是,我以为这不应是诗的题目。这种非诗的毛病,本诗别处尚有),那就是作者认为的大树枝枝叶叶的"风景"了。如他的爷孙之乐,如他以高龄而嗜爱"世界杯",成为"超级球迷"等等。

政治抒情诗是当代诗歌的一种稳定的形式,它旨在为当代重大的政治事件抒写情怀。从上个世纪50年代开始,这种诗歌形式就广为流行。政治抒情诗的抒情主人公一般说来都是集体性的"大我",有极强的"代言"性质。这种诗多半气势宏大,激情澎湃,适于朗诵,尤其是在大场合朗诵,能产生巨大的鼓动性。近年来,由于国家形势好转,这种诗体又得到诗人和群众的喜欢。它和大量诗歌的倾向个人内心,形成了互补的效应。我们此刻讨论的诗,属于此类,也是其中比较优秀的作品。

通读全诗,略感不足的是,它有些忙于说事,而疏了抒情。这样长的篇幅,讲述的是一个吸引了全世界目光的人的一生,他的经历和事迹是需要交代的,但是不能让"事"掩盖了"情"。这不是指诗中需要多少的感叹词,而是性质和方式应当是抒情的,应当从具体的事件出发,到达抒发情感的目的。这样,反过来读如下的句子:"比如在台湾问题上 日本人有意回避 邓小平咬住不放 访日期间,他 多次郑重申明 台湾问题 是中国内政"。在诗中,这些都是分行写的。但若连写,就和通常的文章无甚区别了。

有些用语,如"字迹不甚颜柳"、"制作并不班门"、"离骚了一首诗歌"、"义勇了一部进行曲",读起来有些别扭。原因可能在于,作者把不能转换使用的词进行了转换。"离骚"是名词,这里想作动词用,结果就别扭了。"班门"一词,我猜想是从"班门弄斧"来的。"班门弄斧"是一句成语,是不能拆开用的。如此等等,就不一一说了。

2004年9月14日于北京大学中文系

成熟是真正的青春[*]
——在北京大学中文系1980级、首都医科大学医疗系1980级毕业二十周年庆祝会上的致辞

亲爱的同学们,感谢你们邀请我参加你们今天的聚会。我是为着祝贺你们毕业二十周年而来到这里的。今天走进会场的时候,我的耳边总回响着歌曲中的两句唱词,一句是,"八十年代的新一辈",另一句是,"再过二十年我们来相会"。我平常不唱歌,我不记得这些唱词是来自一首歌,还是来自两首歌,也不知道它的作者是谷建芬,还是王酩。我只记得这断续的句子,我以为这80年代的"祝酒歌"是为你们而写的。平常听到"再过二十年我们来相会"的时候,我总在欢乐中听出了悲凉。今天我们的环境不同,是一种喜悦和欣慰。

你们是幸运的一代人,因为你们是八十年代的儿子。80年代给了你们青春,给了你们与你们的父母和老师完全不同的令人羡慕的人生。你们是在黑暗与光明际会的时刻走进这所校园的,那是一个令人憧憬的、产生理想和激情的年代,同时又是前途未卜、充满着不安和动荡的、有时甚至是让人惊心动魄的年代。而八十年代的你们,也正是面对着未知的生活、怀着青春期的梦想和热烈、然而朦胧的希望的如花的岁月。瞬息万变的时代,人们都惊叹这二十年过得太快了。二十年来不及咀嚼一转

---

[*] 此文据文稿编入。

眼就过去了!

80年代给了你们机会,80年代又让你们在它的怀抱里成长。二十年的时光,你们告别了青春期的骚动和不宁而变得成熟起来。成熟是真正的青春。现在的你们正是风华正茂的青春年月。现在你们所拥有的,是积累了丰富经验的、最富创造力的人生阶段。这是你们让人羡慕、甚至让人嫉妒的、至少是我们这一代人想要也要不到的财富。

我这里要说的是,八十年代不仅属于你们,而且也属于我们。八十年代的第一年,当你们走进北大和首都医大的时候,和你们现在所进行的庆典一样,也正是我们毕业二十周年的日子。对于我来说,八十年代也是我真正人生的开始,那时我比你们现在的年龄要大一些,四十八岁已进入中年。那时我说过,"人生从中年开始"。我和你们的父辈一样,童年战乱,少年忧患,青年动荡,我们没有青春,也没有真正意义上的人生。和我们比,你们是幸福的一代人。

从六十年代到八十年代,也是完整的二十年,但是比起你们过得太快的二十年,我们的这个二十年,是太漫长了!那看不到头的、无边的苦难和羞辱,几乎使所有的意志坚强者也会失去继续走下去的勇气和信心。但是,我们是胜利者,我们和你们一起迎接了伟大的八十年代。今天是欢聚的日子,我不愿用沉重的话题来冲淡欢乐的气氛,总而言之,我们是走到了八十年代,我们一起分享着这时代给予我们的不安、动荡、憧憬、梦幻般的朦胧的幸福感,而且一起开始充满希望的人生。

感谢你们,祝福你们,也期待着你们,期待你们在未来的岁月中做出更多、更好的无愧于母校光荣名字的业绩。

2004年10月3日于北京大学阳光大厅

你的诗让我感动*
——致妍丁

尽管你的诗只为特定的人而写,但我却被这些诗所感动。这情,这爱,不是与我无关,也不是与他人无关,它是一种真真切切的情爱,让人想起痛苦,想起幸福,想起摒弃一切的舍生忘死的恋爱。它感动一切人。在空旷的大海边上,站立着一个青年女子,她身穿红色的长裙在浪花里旋转,长长的海岸为她燃起了火焰。这就是你向我们提供的你的诗的整体意象。这么热烈,这么浪漫,这么奔放,你燃起了一团火,那火焰烧灼得让人睁不开眼。读你的诗,眼前自然地浮现着一个美丽而动人的身影,更确切地说,是感受到了一颗美丽而多情的心的跳动。你似乎只为情而活着,为你所爱的人。你义无返顾,如飞蛾扑火,明知前面是火场,也不回头。

"问世间情为何物,直教人生死相许!"你不隐匿自己的情感,所有的诗句都在说明,你是那样地倾心于你的所爱。这真让人羡慕。特别是在今日,在现世,当人们不再珍惜存在于两性之间的那种欲生欲死的、刻骨铭心的情感的时候。在一个深且美的夜里,你这样写:今夜,我为你病,为你沉醉,我是真的,真的无法不这样深而又深地想你,不要让你我之间在今夜有一丝的距离。这是心的渴望与倾诉,这是深夜思念的自语,真实、质朴、没

---

* 此文据文稿编入。

有任何的装饰。你喜欢那些在小房子里仅仅属于两人的宁静的日子,声称要做深山里远离尘世的树——"我可以在山坡上,在山脚下,在任何一处向阳的地方孕育我们的孩子,你知道我喜欢孩子,你知道我想为你生许多许多孩子"。这些都是热恋中的梦语,处处都是让人感动的、闪烁着金属般光芒与声响的真情。

好诗是无须着意作的,它自人的心间自然地流出。世间第一等诗,就是这样一种旁若无人的、发自内心的自我陶醉状态。特别是情诗,情到深处,情到极处,就是这种忘我的梦呓。没有羞涩,无须遮掩,有的只是这种无所顾忌的"癫狂"。有时真希望能变成你,变成你才知道我是多么幸福;有时真想祈求上帝,把我化为水,让你每天饮我,即使生命干涸了也情愿,把我化作风,让我每天都能吻到你的额头——直到命若游丝,拼却全部生命,也要化作一缕柔情!什么是人间的至情至爱,这就是。能够得到这彻心彻骨的情爱,要有怎样的福分?上面这些不加引号的句子,都摘自你的诗篇,有些文字十分稚拙,不加打磨,甚至有的还相当随意,这些,都无碍于痴心的、甚而是死心塌地的情致的表达。因为,毕竟都是情中语,只打算说给一个人听的,深一点或者浅一点,文一点或者白一点,是无关宏旨的。

我正是以这样理解来读你的这些诗。我没有挑剔你的遣词造句,也没有苛求辞章结构的完整与否。但我还是被你的挚情所打动,我无法掩饰我的喜欢。再看看这些诗句:如果不是你醒着,我会睡不着么,我的苦恼是知道你醒着,也没办法哄你入睡;我最爱的人病了,我愿意,我的爱人,为你付出我的血、肉体,无论什么只要是你需要的,我都会快乐。这些断续的句子,都摘自你的诗章。我得承认我对此做了删节和串接,因为你的句子并不完整,很难整句地摘取。读着这么热烈,这么率性,这么无保留的诗句,不用说这情这爱的拥有者,即使是听着、读着、念着、想着的人,一个无论多么坚强的心,也会被熔化。

在你这些让人感动的诗歌面前,我的审美角度发生了转移,我无法坚持我从来的批评立场。我不得不为此作出妥协。但我没错。我看重的是情的深,爱的真,看重的是这份率真,这份坦诚,这份透明。有了这些,其他的一切,都显得不那么重要了。从你的诗句中,我听到一颗始终在梦境中的心的歌唱。有点古典,却非常现代,充满了浪漫奔放的激情,却又是情感细腻,缱绻温柔的多情种子。你真是一个女妖般的精灵,你有那么多的梦想,你有那么丰富的想象力,你真让人嫉妒。不仅所有的女人会嫉妒你,我想男人更会。人们都有点私心,这是自然而然的。

好在你是豁达的,你并不狭隘,你拥有那么多的情感,你也理解那么多的情感。令人感动的是《二月十四日的门铃》。这个特殊而敏感的日子是毋庸介绍的,单说这一天的门铃,"响得有几分刻意,又有几分谨慎",送花的人不留姓名,而"玫瑰显然是经过了悉心的选择"。你尊重这种情感,你说,我还是很喜欢那一天的房间,有一种关不住的美丽:

> 人生有些个谜底
> 也许永远都不需要揭开
> 让一种缘分
> 就这样行走在我们
> 或近或远的视线

妍丁,那年同游张家界之后,直至这次南疆之行,我们统共只见过两次面。而且一直没有深谈过。我只是从你的诗中读出了你——你原本就是性情中人!对于你的诗而言,词语已经不重要了。我听到你发自内心深处的激情,你的至情的咆哮(原谅我用了这样粗糙的词)早已冲决了所谓的优美修辞的堤坝。虽然不会是雄伟,也不会是豪健,只是一种缠绵,只是一种温柔,却是一无阻挡地向前奔涌,却是坚定,却是顽强,却是毫不妥协,为了这情,为了这爱。你只是忠实于这种情感,尽心随意地表达着自己。修饰已经不需要了,修饰在这里不仅多余,反而是苍白的。因为情感本身异常绚丽,足以使所有的形容黯然失色。

无情就无诗,这是我一贯的观点。情是诗的生命,是诗的灵魂。你拥有了这一切,你就拥有了作为诗的原质根本。我说你的诗有时有点散漫,有点随意,有时不够精练。但决不是说你的诗不讲究、或没有技巧,决不是。请读这诗句:

　　前世今生
　　所有幸福的含义
　　就是天亮了
　　一睁开眼帘
　　我就看到了你

你说这是"生活的深意",你还说"你是第一个被我划伤的人",你把恋爱中的痴心女人的心情表达得多么精致!还有那首被你用作书名的诗:《真想叫醒你的耳朵》。你不说叫醒你,而说叫醒耳朵,这难道不是巧思?这样写了,你还显得不尽意,你更进一步说:

　　真想叫醒你的耳朵
　　如果不是深夜的星星
　　阻止我
　　十二点
　　这是个连风也在酣睡的时间

我为"这是个连风也在酣睡的时间"所折服。我真的羡慕你,一方面你要酣畅淋漓地写你的那份几乎要把你烧成灰烬的情缘,一方面你还能这样从容地展示你的想象力。这里活跃着你的锦心绣口,你是聪慧的。你是在充分抒情的同时又充分地展现你的想象和幻想,并且充分展现你独有的自然、清新而又热烈的写作风格。这里难道没有技巧?技巧被隐藏了,隐藏在火焰的下面,隐藏在激情奔涌的浪涛的下面。我知道,你在写作的时候,没有考虑如何表达,你的确只凭着你的心情的导引,但你的确有着非凡的、却又是自然的表达。

2004 年 10 月 1 日—7 日于北京大学

沥血呕心事平常[*]
——《路漫漫诗词选》序

安阳故都,地灵人杰。它是甲骨文和《周易》的发祥地,又是建安风骨生长和形成的故乡。文章彪炳,古韵流芳,历来是人文荟萃的一方宝地。前年这里举行殷商文化杯诗歌赛事,我有幸忝为评委来到安阳,结识了路尚廷先生。路先生原是性情中人,儒雅放达,且长于声律,我们竟是一见如故。

路先生新旧诗都写,尤专于旧体诗词。在旧体诗中,他又是多面手,从五七言古、近体,到词、曲、小令,诸体诸式,他都娴熟,而且得心应手,运用自如。诵读此书,每每惊叹他的文才雅致。所作藏头诗机敏睿智,妙趣横生。就我个人偏好,认为他的七言律绝尤佳,多可过目成诵。如《翡冷翠》的"遥望琼楼翡若丹,细察绿树翠如蓝";如《观雪》的"一朵梅花香四海,三杯美酒醉八仙"。最令人喜爱的是《内蒙大草原》:"天际茫茫大漠荒,沙尘荡荡漫天黄。如今着翠青青草,胜似中原绿绿桑",清绝可喜,堪称上品。

《路漫漫诗词选》为作者近四十年创作的结晶,华章丽句,跨越了两个世纪。在这里,他以诗的方式记叙了他一生的追求和理想,青年从戎,中年从政,匆匆岁月,漫漫长路。国事萦怀,世情铭心,托以辞章,每见真情。路先生长期殚于政务,诗词所涉

---

[*] 此文据文稿编入。语见路漫漫《和李长祥先生》:"搜肠刮肚抒盛慨,绞尽脑汁著诗章。咬文嚼字乐中苦,沥血呕心事平常。"

甚广。多变的时代,多事的政局,可谓风云激荡,满纸烟霞。其作品可视为世纪之交诗意的历史记事。于平实中见丰富,于澹远中见精神,这是智慧与文采的交融。

古今诗家,言志抒怀,蔚为传统,先生亦然。正义与真理,道德与修养,辨忠奸,析贪廉,世道人心,国忧民瘼,都是他诗歌的题材。路先生的诗词,多为时事而作,或勉励先进,或表扬楷模,为环卫工人,为幼儿教师,为公安干警,为抗洪抢险,都不吝他的笔墨,展现的是他那可贵的古道热肠。我印象最深的是他为法官写的《喜迁莺》,其中引用唐滑州(今安阳滑县)李元宏旧事。武后时李任上判案,其上司慑于太平公主威权,令改判。李复审无误后称:"南山可移,判不可摆。"凛然正气,跃然纸上。

路尚廷诗词的好处,是涉世之作多,不尚空谈。但诗词心情所至,风月绝少亦非所宜。所幸他并不一味地严肃,新时期以来亦有少许"闲来之笔",多少留给我们一点轻松。其中如"红楼梦'芙蓉女儿诔'"的"译诗",洋洋洒洒几三百行,蔚为大观。作者称该诔文"百读不厌,为之所感,为之动情,心潮澎湃如闸门洞开,不可遏制",遂成篇。这是一篇奇文。另有一篇,也是有趣的文字,是"'洛阳与落阳'辨",竟是满纸谐趣,令人忍俊不禁。

路尚廷诗作是他公务余暇的产物,如今是一册皇皇巨著。可见他平时的辛苦劳作。他在与友人唱酬中,多次谈及创作的甘苦,曾谦虚地说:"词曲难成传世作,选字遴句心血抛","咬文嚼字乐中苦,沥血呕心事平常"。现在他的诗集要出版了,要我为他写几句话。我就以我的这篇读后心得来搪塞,请路先生海涵。

2004年10月8日于北京大学诗歌中心

贺《中华文学选刊》一百期[*]

眼下文学刊物甚多,多得让人眼花缭乱。这还不算报纸上的文学副刊,要再加上那些,就更多了。专业如我者,看不过来,更不用说一般的读者了。这就要借助于各种文学选刊。在这些文学选刊中,《中华文学选刊》是办得很好的。不觉间已出满一百期了。这是个大庆的日子,应该祝贺的。

《中华文学选刊》是专业文学工作者的挚友,也是广大文学爱好者的良师益友。大家都感谢它,因为它总是能够把当下最好的作品及时地推荐给我们。它为我们提供了方便。它能够在我们目不能及的地方,把最好的作品找出来,放在我们的面前。我们向它表示谢意。

《中华文学选刊》出刊一百期,我们大家共同的节日。

2004 年 10 月 10 日于北京大学

---

[*] 此文据文稿编入。

一本特殊而有趣的诗集*

　　这是一本很特殊的诗集。它是从一位作者的爱情诗中遴选而出,而遴选者本身也是诗人。特殊的还不仅乎此,这位既是诗人又兼选家的人,还为这个选本的每一首诗作了精到的评点。就是说,它不仅是个选本,还是个评点本。这样的例子,在古代诗中有过,在新诗,则很是罕见。所以,这是一本特殊的诗集。

　　爱情诗的原作者是董培伦,选家兼评者是柯平,这本诗集的名字就叫《太空之恋——柯平手定董培伦爱情诗58首》。柯平是从董培伦已经发表的250余首诗中选出这些诗的,当然属于他所喜欢、或者他觉得有话可说的诗。董培伦写诗经年,成绩卓著。而柯平则是80年代朦胧诗运动中的一员骁将。这些,诗界中人也都知道的。现在,由他们二人联手推出了这本诗集,可谓当今诗歌界的一大盛事了。

　　放开董培伦先生暂且不表,单说这位柯平先生。今天由他出面选诗又评诗,这事不很平常。他是诗人,选诗有他的标准,评诗有他的经验的加入,别人如何能置一词?可是,这事偏偏就轮上我了。董培伦先生给我写信,希望我能为这本诗集写个序言,"这不仅是我个人的心愿,也是我的忘年交柯平先生的心愿"。球就这样踢到我这边了。评诗是我的本职工作之一,我不大犯怵。而我现在面对的却不仅是诗,还有诗的评论。更要命的,这位评家原本就写诗!他选诗,他评诗,肯定都有些特别,都

---

　　* 此文据文稿编入。

有些独到之处。我该如何?而我又不能不做。我的难处大了。

说了这书的特殊,我还要指出这书的另一个特点,那就是,它还是一本有趣的书。说有趣,是指董培伦那个时代的爱情故事非常有趣。那是一个爱情需要认定位置的年代,或者干脆说,爱情这事总有点不那么合适、至少是不能那么公开谈论的年代。爱情是吞吞吐吐的,爱情也是遮遮掩掩的。大家读董培伦的诗就会发现那些年月里的"常态"。那时的约会是"沉默"的,两人坐在一起"谁也不敢抬起害羞的眼睛";恋爱中的人连亲吻也会难为情,"只要目光能够相吻,就让它永远沉默",如此等等。这些现象,在今日的年轻人看来,真有点不可思议。这就引出了柯平评点的诙谐有趣来。所以,当年的爱情故事很古典,古典得有趣;评诗的人看出了这里的有趣,那评点也显得妙趣横生。

但我还是要公平地说,在那个年代,董培伦的爱情诗是写得很率真,也很大胆的,它具有"先锋性"。经过柯平的筛选,入选的作品可谓是那个时代爱情诗的上品。就爱情诗的创作而言,董培伦的成就令人刮目相看,他走在了时代的前列。记得上个世纪50年代有一首写"吻",受到了激烈的批判。在当时是一大事件。现在来读董培伦的《吻》:"你的芳唇似花朵玫瑰般艳红 我是一只栖落在花心的蜜蜂 从你那儿吸吮一滴津液 足够我酿造甜美的一生",具有异曲同工之妙。通读全诗,佳作联翩,不能不令人惊叹董培伦感情之炽烈,想象之丰富,比喻之生动,体式之多样。他写初恋,写热恋,写擦肩而过的美丽,写别离之后刻骨铭心的相思,<u>丝丝缕缕</u>,欲死欲生,真是情到深处,爱到极处,他的笔墨到处,却是满目锦绣。

董培伦诗写得好,而柯平的评更是毫不逊色,他们的合作是成功的。柯平的评点很有特色,一方面,他能从自身的写作经验出发,在评述中点出创作的得失。另一方面,他能在古今中外的诗作中找出相似的例子,对照着谈。柯平读书甚多甚广,他学识丰富,能引经据典,言之有理有据。再加上他的生动幽默的文字,读之往往令人爱不释手。柯平评点的好文字甚多,这里随便举出一例,如他评《假若今生无缘》一诗时说——

今生无缘,寄情来生,此事古来有之。"还君明珠双垂泪,恨不相逢未嫁时","珊瑚百尺珠千斛,难换罗敷未嫁身",这里的未嫁时与未嫁身,我的理解显然已是下辈子的意思。今生既然不能结合,也只能寄希望于来生了。也有今生夫妻做得好,盼望来生还能结为夫妻的。《浮生六记》第一章写沈三白与芸娘七夕之夜同拜天地,当场刻了两枚印章,上写:"愿生生世世为夫妻",就是一例。

这一段文字并不谈诗的得失,只是由此引荡开去,临场发挥,随意而精彩。所以,我以为这本书的创意极佳,读好诗,又读好文字,轻松中不仅得到好的精神享受,而且还得到知识的营养。我是先睹为快的,不敢专擅,愿意供之同好。这不是一篇序言,而是一篇推荐书。

2004 年 10 月 10 日于北京大学诗歌中心

痛别文超[*]

得到文超的噩耗,我不感到突然,但我还是有锥心之痛。文超在我的所有学生中,不论是学术还是人品,都是最优秀的。我失去了文超,仿佛是失去了生命中最重要的部分,我的哀痛无以言说!

文超已经与绝症苦斗了十多年,他已精疲力竭。他实在是太苦太苦了。我们身体健康的人,看着身患绝症的文超,一面忍着常人难以忍受的病痛,一边做着超负荷的工作——他是用这样近于疯狂的工作,使自己忘记随时都在折磨他的死神的威胁。坚强的文超就这样忍着巨痛,任凭凶狠的癌细胞从喉部到淋巴,再到肺部,有恃无恐地在他身上四处游移,无情地摧残他的血肉之躯。换上任何一个人,早就挺不住倒下了,而文超却始终站立着!凡是认识文超的亲友和医生,都说他创造了生命的奇迹。

文超一贯乐观。不是我问,他从不在我面前谈论病情。他只是咬着牙,一个人苦苦地撑着。他把无尽的悲苦留给了自己,而试图以此安慰一切爱他的人。从九十年代得病,几番重大的手术,几次几乎绝望地推上手术台,几次又奇迹般地从地狱回到人间,不是别的,是他那超乎常人的精神力量在支持着他。

命运对于文超,是太过不公平了。他是一位才智过人,毅力过人的人,他想在学术上做很多很多的事,他要培养更多更多的学生。一直到不久前还打电话给我,讨论他最后一部著作的出

---

[*] 此文据文稿编入。

版。但是上天不给他健康和机会,他就这样并不心甘情愿地撒手人间。他很年轻,他死得太早了,他是被恶命运活活地逼走的。我深知文超,他对此是绝不甘心的。有那么多平庸的生命,都在苟且地活着,为什么要这样对待像文超这样人类最优秀的生命?想到这里,我真的要为文超抱屈。

有一次,文超戏谑地对我说,他是被上帝"惩罚"的。因为他出身鄂西北农家,世代没有出现一个大学生,而他却获得了从学士、硕士、到博士,从北京大学到伯克利大学的高学历,最后,当上了博士研究生的导师。他的成就是他历经艰苦、自我奋斗得来的。可是,却连上帝也嫉妒了。他获怨于上苍,因为他的事业和成就已经超越了上天可以容忍的极限。

文超是经我培养的第一位博士生,我看重他甚于我自己。无论从哪方面看,他都比我更有潜力,更有积蕴,而他却抛我而去。我的悲凉是彻骨透心的。我要向上天抗议,是它无情而不公地夺走了我的至爱和希望。

文超,你是太苦也太累了。人世茫茫,你还是认了命吧。你也好借此安息下来,结束你的虽然悲哀、却依旧辉煌的、短暂的一生。你是无愧于师友,无愧于亲人,无愧于人世的。我们永远爱你,我们也把你永远记在心中。

2004年10月27日深夜至28日凌晨,心绪苍茫,
　　万端悲苦,匆匆草于福建晋江旅次。

最公正的是时间[*]
——蔡其矫诗歌研讨会闭幕式讲辞

舒婷院长安排我做最难做的作业,而我又不能不做。两天的会议,发言者数十人,涉及蔡其矫人生和艺术实践的广泛话题,我无力对此进行综合评述,只能就个人阅读蔡其矫先生的感受说一些心得。

我认识蔡其矫先生是在 20 世纪 80 年代,而阅读他的作品则始于 50 年代,也是半个多世纪的时间了。我最初读他的《南曲》,被它的美丽和忧伤所征服。在言论一律、思想一律的年代,它对一个文学青年的心灵,不仅是征服,也不仅是震撼,甚至带来了一种惊恐。是美被发现与被展示的一种惊恐。后来读《川江号子》,读《雾中汉水》,感到了蔡先生是这样的与众不同,他不仅仅是美丽,而且更是一种英勇了。与这种阅读相伴而来的,是我所知道的对他无休无止的冷遇与批判。蔡先生沉默地接受了这一切,他没有公开抗辩,他在内心深处坚持着。这样的时间很漫长,漫长得让人痛苦。

最无情的是时间,最公正的也是时间。我们终于有机会在今天以这样隆重的和庄严的方式,向一位真正的诗人致敬。这是人类伟大精神的胜利。蔡其矫先生以他的创作说明,什么是世界上最强大、最恒久的力量,这就是对真理和正义的热爱,对人类和自然万物的悲悯与同情,对美的尊重与倾心,对理想的永

---

[*] 此文据文稿编入。

不疲倦的追求。这也就是蔡其矫以他顽强的、不屈不挠的、在更多的时候几乎是悲壮的坚持的精髓。

蔡其矫说过,"我总是一个平常人,过普通的生活,爱和恨都不掩饰"。他的这些平平常常的话感动了我。他所说的,几乎也是我所追求的。做一个真实的、本色的、普普通通的人,我认为是很高的境界。在我们生活的年代,做一个英雄很难,做一个普通人也不易。大胆地去爱,去生活,按照自己的愿望和方式;敢于说出自己的喜悦和祈求,表达自己的悲哀和愤懑,用公开的或隐蔽的方式。这些,蔡先生做到了,我做不到。所以,他不仅是智者,也是强者。

在政治吞噬和强暴艺术的年代,他智慧地穿行在险峻的缝隙里。在蔑视和扼杀真诚的情感的年代,他勇敢地向自己所爱的女性亲近。他为此付出了代价,但他赢得了美丽的人生。我们敬佩蔡先生的勇气,我们也羡慕他的幸福。但我们却往往因为懦弱和卑怯而无法到达和拥有。

蔡先生是特别的,蔡先生也是独特的。他是神仙一般的人,云游天下,看美丽的山川,也看美丽的女人,写着美丽的诗。他经历苦难,他感受压迫,但他把一切的丑恶和不幸转化为美丽。他的人很特别,他的诗也特别。在中国,千篇一律的诗太多,千篇一律的诗人也太多。蔡先生不管别人怎样教导他,他一意孤行,做着自以为是的事,写着自以为是的诗。

蔡先生是闲云野鹤。牛汉先生说他"飘逸",我说他"委婉"。他不强烈,但不是没有强烈,他的强烈是内敛的;他不奔放,但不是没有奔放,他的奔放是潜藏的。他是一条地下河,地面上芳草萋萋,花枝摇曳,而地层下却是惊心动魄的激流。所以,飘逸的蔡其矫,委婉的蔡其矫和坚韧的、顽强的、热烈的蔡其矫是一致的。他造出了中国诗歌天空的一道特殊的风景,他是一个奇迹。

人的阅历愈多,对生命的感悟也愈深。十八年前蔡其矫说过这样的话:"生命即使是伟大而勇敢,也难以到达成功。没有谁能够保护我们,只有靠自己的力量支持到最后一息。"又说,"即使成功了,也都有寂寞之感,并都在尽力掩饰这种孤独感。——深沉的、透入心底的孤寂,是诗人异于常人必须付出的代价"。蔡先生是一位深知生命真谛的人,他说过:"生命在于贡献,也在于享受。生命既不给我们快乐,也不给我们忧伤。以自己的力量按照内心的规范建立起生活。我的快乐是梦境的快乐,所拥有的快乐别人看不见。美都是瞬间到来,瞬间消逝,在美面前,既感到快乐,也感到悲哀。它是多么娇嫩,又多么难存!"

在痛苦中寻求快乐,在孤独和寂寞中捕捉那稍瞬即逝的美、并使之在自己的诗歌中永存。这就是蔡其矫给予我们的启示。

2004年10月28日于蔡其矫先生的家乡福建晋江

奥依塔克[*]

  整个夜晚,奥依塔克都被玛拉斯弹唱摇撼着。那传达着遥远的恋情和征战的柔软的、雄健的旋律,摇撼着这里的雪山和松林,摇撼着这里的毡房和牧场,如急浪,又如煦风。于是,那些在奥依塔克静静的夜晚,抬头细数南疆夜空的星月的人们,那些静静的心灵,也因充盈着这些来自远古的节律而失去了平静。

  我们难以判断此刻我们身在何处。帕米尔高原如一头巨狮,蹲在中亚湛蓝得有点发黑的天空下。公格尔峰,慕士塔格峰,一字排开的还有无数的冰川和雪峰,它们齐刷刷地、无所阻拦地向着遥远的塔克拉玛干倾泻它们的雄伟与壮丽。奥依塔克就站在那冰川的夹缝中,骄傲于它在洁白世界中独特而耀眼的宝蓝和青绿。奥依塔克是夹峙在冰川与荒漠之间的一块润玉,它闪着寒冽的光。

  此刻,它一样地在倾听那玛拉斯彻夜的弹唱,一样地在接受它的旷古的温柔与强健。奥依塔克有一个失眠的夜晚了。篝火升起的时候,淡淡的烟雾驱散了峡谷深夜的寒冷。人们踏着舞步,忘记了高原夜间逼人的风露。

  篝火渐渐地息了,琴声渐渐地弱了,而人们的舞步却是更加欢快了。奥依塔克的这一个夜晚是不眠的。好像是一种梦境,当舞曲终了的时候,当篝火在高原的夜色中暗了的时候,依稀中

---

[*] 此文据文稿编入。

有人踏着霜冻归去。挽起的是亲密的手臂,悄然细语在耳边。奥依塔克更有了一个浪漫的夜晚。

  2004年11月8日于北京昌平北七家村

先生本色是诗人*

我少年时代便痴迷于诗,很有些癫狂的时刻。写诗影响了我中学时期学业的全面发展,及今思来,尚是后悔不迭。但因为学诗而"认识"了林庚先生,却使我受益良多,是终生引以为幸的。那时不知是由于什么机缘,我读到了林庚先生的诗(随后,还有何其芳和辛笛的诗)。林先生早期的自由体诗,一下子便令我倾心。开始是默默地读,读熟了便偷偷地学着写。我觉得他那些含蓄的韵味、委婉的语调,能够传达我那时对于生活那种朦胧的、捉摸不定的感受。当然,也许更为重要的是,充盈在林先生所有的诗创作中的那种"唯美"的追求。

那时我写了不少这样的"林庚体"。有些诗发表在家乡福州的《福建时报》和《星闽日报》的副刊上,时间大约是1948和1949两年。它们是我的诗歌处女作。我年轻时和许多文学青年一样,做过诗人梦,断续地写诗直至进了北大。但我和他们不同的是,我很早便觉悟到我成不了诗人,直至最后放弃了诗的写作。但我承认在我的所有习作中,写得最好的,还是我学习林庚先生(混合着何其芳和辛笛的影响)的那些诗。林先生也许并不知道,在我的心中,他始终是我的诗歌启蒙者和引路人。尽管在漫长的岁月中,我无缘认识林先生。

真正拜识林先生是在我1955年考进了北大之后。进了北大,我就理直气壮地成为了林庚先生的真正的学生了。我入学

---

* 此文据文稿编入。

的时候,林先生大约刚到四十岁,风华正茂,却已是北大和全国知名的大学者了。那时林先生为我们讲授中国古典文学史,是隋唐五代那一段。林先生讲课令我们着迷。他讲诗人的作品,不仅是在具体的时代氛围中讲,而且能够"置身"在诗人的具体写作环境中讲。因为林先生本身是诗人,有很多实际的创作经验,他知道创作的甘苦。这种从作品"回到"创作情景中去的学术研究的路子,是我从林先生那里学到的,一直影响着我的学术工作。

最令我们不忘的是他那细致的艺术分析。在别的老师那里可能是简单地一笔带过的地方,林先生却是条分缕析,如剥笋般地层层深入,直抵那艺术性最核心的也是最精华的部分。他对古诗中"木叶"("无边落木萧萧下")一词的剖析,我是当时在课堂亲耳聆听的。那时的欣喜无以言状。五十年代中期,表面上虽有百花齐放的提倡,而内里却依旧是严厉的言论控制。林庚先生的课堂讲授,他对于文学作品中的艺术性的重视,是要承担风险的。林先生未必不知,却是坦然对待。记得有一次系主任召集会议,听取学生意见,我作为学生代表参加了。我说林先生的课讲得好,还引了"木叶"的例子。记得当日的会议主持者听了,明显地流露出不以为然的神态。

我不知道当日的天空中正酝酿着狂烈的风暴。随后呢,不仅是"木叶"遭到了批判,而且林先生的"唐诗的黄金时代",乃至"布衣精神",也都无一例外地遭到了谴责。那是一个以政治掩埋和吞噬艺术的年代,林先生的"唯美"的学术倾向,是有背于世的。1958年"大跃进"中,我们这些无知而又天真的学生们,响应了"拔白旗,插红旗"的号召,也真真假假地把林先生当成批判的对象。但在我的心中,林先生还是林先生,他的学术精神,他的人格魅力,是我以毕生的心力倾慕他、追随他、仿效他而始终难以达到的。

林庚先生是北大的骄傲。他的学术操守,他的人格力量,始终代表着北大的传统精神。他默默住在燕园平静的一角,不与世隔绝,却与世无争;虽然身居深院,却总是心忧天下,萦怀于万民的忧乐。林先生平生自奉甚严,淡泊名利,视功名如草芥。他始终坚守他的布衣精神,以平常心,做平常事,过平常的日子。他名满天下,著作等身,培养了无数弟子,却依然清清雅雅,浅浅淡淡,一副平常居家的样子。

燕南园是嵌在北大校区中心地带的一块绿宝石。不大的院子,松槐夹峙,竹影婆娑,一个清雅的所在,却是大师云集的地方。这里住过冯友兰、朱光潜、王力、周培源……这些老师的家我都进过,林庚先生的家更是多次拜访。只有在这里,你才知道什么是澹泊,什么是宁静?这些老师的家都很平常,好像除了书籍,别的都不起眼,或者都不重要。林先生的家更是如此,绝对与豪华无涉,说是清贫,却未见过分。有一个厅,却是连一套像样的沙发也没有。记得有一只过时的冰箱,倒是被放到了显要的位置,这就越发显示出"家无长物"的特殊境况。

固守清贫生活,固守布衣精神,在林先生那里,精神的富足是永远的和绝对的。在往常,我们经常在燕园的林荫道上遇见林先生潇洒的身影,步履矫健,衣袂随风,恍若仙人。这些年,林先生退休了,却没有停止过他的学术活动,新诗的形式问题,楚辞和唐诗,古典小说和文学史,都是他思考的世界。老师们退休得早,收入并不丰厚,倒是应了"清贫"二字。但林先生安贫若素,不改其乐,前些年精力旺盛时,还经常引吭高歌,林先生是美声唱法,是漂亮的男高音。风雅绝伦,风流倜傥若林先生者,我认定他是李白一类的仙人。

2004年11月15日于北京大学诗歌中心,
为庆祝林庚先生九五华诞而作。

入海口向着源头的致敬[*]
——在浙江省现代文学研究会
2004年年会开幕式上的讲话

感谢会议的主持者安排我在这里发言。借此机会，我要表述如下一点意思。我从来都在向我的学生们强调，一个研究中国当代文学的人，应当具有强烈的历史感。对于当代文学而言，最直接的历史，就是五四时代开始的中国现代文学的历史。一个研究当代文学的学者，若对现代文学无知或是轻忽，是完全不可思议的。

现代文学是当代文学的源头。当代文学的长流水，是从那源头一路流过来的。我们对于中国旧文化的积弊以及中国国民性弱点的认识，是从鲁迅那里开始的，而且至今也没有人到达鲁迅的深刻。鲁迅先生的短篇小说是我们小说创作永远不过时的典范。从胡适、陈独秀开始的一代新文学先行者，是我们永远缅怀的导师。我们是喝五四的乳汁长大的，我们像感谢母亲一样地感谢伟大的中国新文学传统。

今天我到这里来参加浙江省的现代文学盛会，能够和许多与我同辈的专家，以及比我年轻的中青年学者相聚，我深感荣幸。我到这里来，是一个当代文学研究者向着现代文学的表达敬意的。这是同一条江河的下游向着上游的致敬，这也是浩瀚

---

[*] 此文据文稿编入。

的入海口向着源头的致敬。限于会议的具体环境,请原谅我在这简短的讲话中没有涉及我们对中国古典文学的体认和评价。这一切,当然也都在我们的心中,也是不言而喻的。

预祝年会及高级研讨班成功。谢谢。

2004 年 11 月 20 日于临海市台州学院

又是一年的开始[*]

近来诗歌无大事,人们却经常谈论它。旁人谈论归谈论,诗人写归写,大抵是各行其是。大家最关心的问题是,诗变得越来越私人化了,不少的诗只是圈子里的谈资,和众人是不相干的。前几年我也曾为此作过呼吁,为诗与民众关注的脱节惋惜。人们常说诗的形势如何如何,有人说好,有人说糟,也总是各有各的角度,各有各的标准。

诗歌的无序化已是事实。要想在这样的格局中寻找一个或两个主潮,寻找一个或几个权威,可能是徒劳。至于想以一个准则来重新规范诗歌,那只能是个难圆的梦。这是一个既无主潮,也不期许权威的时代。自从上个世纪80年代那"魔瓶"打开之后,我们长久期待的,也许就是如今这样的局面。我们期待的,我们就不畏惧。这原是各式各样的诗歌兴"妖"作"怪"的年代,并存,共荣,在更新的层面,展开更高层次的竞赛。没有最好,只有更好。

也许我们的期盼未能如愿,但我们坚信时间的耐心。我的阅读很有限,但我还是感到问题的症结:不是没有好诗,而是不能发现好诗。我们的阅读受到了惯性的驱使,我们以为代表"新潮"的,就是那么几位耳熟能详的诗人。事实当然不是如此。诗歌的起点高了,无论是广度或深度,包括诗的技巧,都有了长足的进步。我们的阅读若只是囿于我们的熟知,我们得出的结论

---

[*] 此文据文稿编入。

就会产生偏离。

最近读了些陌生的诗人写的陌生的诗,也读了些并不陌生的诗人写的陌生的诗,眼界为之一新。我的阅读从不久前刚去世的九十多岁的苏金伞开始,到"向死而生"的灰娃的《山鬼故家》,直到最近永归"沉重的睡眠"的苗强——他的奇迹般的重获生命,是缪斯的神启。

是的,近来诗歌无大事。但显然,一个更加成熟的年代正悄然走来。"革命"近于奢侈,"主义"无关紧要。好诗不因"革命"而诞生,也不因"主义"而灭绝。相信惟有好诗才是这时代一致的期待。那些饱含着生活的苦与甜的、表达了生命经受了折磨的疼痛感的诗,永远是我们的需要。

又是一年的开始,让我们为中国新诗祝祷。

2004 年 12 月 2 日于北京大学诗歌中心

诗人在城市的遭遇*

这是一本关于都市的诗集。几乎所有的诗都指向一个都市流浪者内心的矛盾、痛苦、甚至凄惶。这本诗集向我们展开了现代都市生活的广阔场景,那里的街巷,那里的高楼和过街桥,那些由水泥和玻璃组成的重重叠叠的建筑物,那里奔驰着、冲撞着的流水般的车辆、斑马线、以及闪烁不定的街灯。现代都市的繁华景象,都经由诗人的笔墨纳入了我们的眼帘。一些都市里最新的事物,如数码相机、虚拟婚姻、网络和KTV、AA制、"美女作家",鸡尾酒会和咖啡厅。还有一些隐蔽的、不那么显露的都市生活场景,诗人也都有犀利而充满锐气的描写:摇头丸、二奶、下半身写作,等等。这部诗集可以说是现代城市生活的一部诗化的小词典,它包容了当今行进着和发展着的都市动人景观,它从另一个层面提供了21世纪中国社会的一个缩影,它引导我们认识了中国当前都市由外观到实质的全景图。仅此一端,我们便有理由积极评价诗人骆英的努力。

这本诗集题名《都市流浪集》,它的最重要的诗篇便是总数为31首的组诗同题诗。诗人以充分的抒情向我们展示了一个都市人的内心世界。除此以外,诗集中的绝大部分篇章,也都是与此相关的人在都市找不到自己的感受,一个始终在都市流浪的题旨。它的着眼点在于揭示都市的畸形发展带来的生态危机和人的生存危机。中国经济的飞速发展促进了都市的繁荣,从

---

* 此文据文稿编入。

而有力地加速推进社会的进步。现今中国社会的重心,已经由广大的乡村转向了不断扩展的城市。随着城市的高度发展,民众的生活也得到明显的改善。从这点看,我们和城市之间不应该是对立的两端,我们的大多数人都是城市发展的受益者。

　　了解诗人骆英的人们都知道,他本人一直是都市开发和建设的积极参与者,甚至可以说是一位强有力推动者。他在这方面不仅投进了巨大的财力,而且也投进了全部的智慧和心力。他为都市的繁荣做出了得到广泛认可的业绩。他无疑是一位成功的投资人和决策人,他是卓有成就的中青年企业家。他完全有理由为他的付出而骄傲和自豪。但令人感到意外的是,作为诗人的骆英,他在这本诗集中采取了与前述完全不同的视角:他从城市的建设者转而为城市的批判者。他在诗中的形象也不是都市文明的讴歌者,而是鲜明地充当了都市"罪恶"的揭露者。他作为都市主人翁的地位,也转换而为都市的流浪者。诗中彰显的,不是一个与城市水乳交融的现代居民,而几乎总是与城市格格不入的、甚至是水火不容的"外乡人"。

　　这是一个非常独特的形象。也许正是由于这样的矛盾的组合体,使得骆英的诗具有了不同于一般城市诗的深刻性。它通过有力揭示城市的内在矛盾的尖锐性,使骆英的诗获得了同样题材作品的特殊魅力。一个城市建设的投资者,在他的蓝图下生长出了现代城市惊人绝艳,而他的内心并不在城市栖居而是不停歇的、无休止地流浪。骆英无情地揭示了都市的丑陋,拥挤的车辆"如蟑螂在城市扫荡",一条条马路"如无数黑蛇",人与人同样地落寞,"像是囚车押送这些人去角斗场"。那些在诗中出现的人,从清晨就开始流浪,作者形容,那领带是枷锁,"拴我在都市的监房",手捧着咖啡而心却悲伤,甚至无故地诅咒那咖啡的香味"像塑料,干硬又涩苦"。

　　诗中的抒情主人翁百般地无奈,他想突围而出,自喻好比是一只风筝,即使断线而去,也飞不过这城市的高墙,即使万幸飞出,前面也会有高楼折断翅膀:"这城市与城市的谋杀你无法躲藏,这高楼与高楼的残忍你无法忍让"。骆英的这种充满矛盾而又尴尬的双重身份,是他从自己的人生阅历中深刻反思得来的。他现在虽然从心志到财富都拥有非凡的实力,但他有一个铭刻于心的记忆。他的广阔背景在西北的乡村,那些童年的记忆时刻"干扰"着他现在进行的事业。他做着大事业,而他的心中却始终怀着那个遥远的记忆。这里的繁盛与那里的贫瘠构成了鲜明的反差。事业与诗歌、城市与乡村、发展与停滞、富有与贫穷,啃啮着他的心。他是一个诗人,他是一个内心充满着良知、智慧与爱心的人,他无法平静,他不能不为自己的行动自省、自责。

有一个午夜,那是 2003 年 9 月 16 日的凌晨 1 点 38 分,他写《午夜家信》。忙了一天公务,是一个不眠的夜晚。诗人自喻如"困兽沉默在陷阱",变得"苍老而沉重",面对着半城的薄霜,"心中有一片童年的沙枣花香"。也是这一天,也是午夜,1 点 40 分,他写《生存者》。生存在酒吧大堂,是一遍遍重复卸装,是一遍遍被商务通收藏,此时此刻,"总让人把母亲突然回想"。这一个夜晚他一口气写了许多诗,就这样在思念中度过这不眠之夜。诗人认为城市是用"思念"建成的,"每个人都把信写向远方"。他们都魂不守舍,他们都是"流浪者","日日想从这城市逃亡"。

骆英对于城市的揭露和批判,是与他的自我审视与自我批判联系在一起的,因此具有极大的感染力与穿透力。这里没有矫情,这里只有沉痛。他对自己有着并不宽容的谴责。他说,"我无法说清我的生存","我的流浪同样可疑",甚至"我的哀怨同样地无法考证"。这最后一句最为深刻,有一种深入骨髓的痛感。就是说,惊恐也好,哀怨也好,忧伤也好,在他人看来是没来由的,而在诗人却是锥心之痛。在诗集的第一首《在都市流浪》中出现不为人注意的细节,他为水泥缝隙中的虫儿忧虑,他为街角的小草担心,深恐它们失去家园,无家可归,在都市的建设中覆亡。这里隐藏着深刻的人文的和生态的关怀。

诗人的自我批判是不留情的,他无情揭露这种说不清道不明的暧昧:"在众生华丽时你却自弃,在金碧辉煌时你却惊恐";"在繁华的底层独自悲泣,远望着人群不敢忧伤"。诗人对此作过自我剖析:"我站在了城市的对立面。尖酸、刻薄、激进、变形,似乎是城市不共戴天的仇人","城市化的过程加大了社会的不平衡,在城内和城外,有许许多多的弱势群体"①。这就是造成诗人内心不宁的深度原由。最沉痛的一句话,就是《都市流浪集》组诗中的"所有的得到都令我悔恨"②。他不讳言"得到",但他同样不讳言"悔恨"。这就是骆英诗歌的感人之处,也是深刻之处。

前面我说过,骆英的贡献在于全面深刻地表现了现代城市的发展及其矛盾。也许更为重要的贡献在于他表现了城市中人的失落和异化。在此,我还要着重表达的是,诗人在表现上述这一切时,完成了他的自我批判。这是迄今为止诗人们还不曾到达的。我们应当感谢骆英对当代诗歌所作的这一贡献。认识城市,热爱城市,同时还要批判城市,这是骆英这部诗集给予我们的启示。

骆英认为,诗是观赏的和映证的,同时又是宣泄的和倾诉的,③他特别强调诗对于社会的关怀和诉说。我对于诗人骆英这一诗歌理念十分认同。当然骆英在从事这一工作时,是充分地注意了作为艺术的诗歌特性的。骆英的诗风清新自然,有很强的节奏感。他的缺点是有时因过于注重情感宣泄而不考究表达的精美。但有些诗却因为这种细部的考究而给人以深刻的印象。如《城市的远》:"难言的爱怜像菊 清黄的摆不动雨帘 无助的等待像荷 残枯的飘不满塘岸"。这里的菊和雨帘,荷和残枯、塘岸,有着古典文学素养的人,不难发现诗人独到的、而且精心

---

① 骆英:《都市流浪集》后记。
② 见骆英组诗《都市流浪集》第15首。
③ 骆英:《都市流浪集》后记。

的艺术造诣。

在这部诗集中,有许多结构相当完整的篇什。我最为喜欢的是他写都市生活中人与人之间的陌生感的《邻居》:

> 邻居
> 是另一个门
> 是另一个狗的主人
>
> 邻居
> 是另一个邮箱
> 是另一个开门密码的主人
>
> 邻居
> 是另一个车位
> 是另一个电表的主人

在这里,邻居只是数码和物,邻居不是"人"。人在这里已经消失,人被无情地物化了。这就是城市发达的造成的一个后果。门、邮箱、车位、狗、开门密码、还有电表,有的只是抽象的"邻居",没有"人"。不置一言而彻骨透心,这里的技巧和创意是秘藏着的。真的用得上古人说的:不着一字,尽得风流。

我们在骆英的悔恨和激愤中读出了一颗纯粹的诗心。他以无尽的热诚投身于他所从事的事业,他又不断地思考此中的负面价值,他对自己也有深刻的反思。当他思及他的流浪生涯,他仍然钟情于他不惜反复"诅咒"的城市:

> 只有在我的祖国大地上流浪
> 我才愿用我的生命承受孤寂

2004年12月2日于京郊昌平海德堡花园

抒怀于山海之间[*]
——记闽东诗群

当前的中国诗歌,尽管各方面的议论甚多,但不争的一个事实是,各方面都在进行着有声有色的努力。闽东诗群的集结和形成,以及关于这一诗群作品的研讨会的召开,是诸多事实中非常有力的一端。闽东地处东海之滨,一边是群山耸峙,一边是碧浪连天,海上撒满了珍珠般的岛屿。它原是山海结合部的景色宜人的地方。山的伟拔与海的浩瀚,赋予这里的诗以特殊的风格和魅力。几年光景,由于这里诗人们的协力合作,再加上地方行政部门的支持,闽东诗歌力量有了卓有成效的展现。闽东诗群的实力受到了广泛的关注。

闽东男诗人的作品大抵雄健,却也不乏婉约含蓄之韵。就是说,他们的作品可能是山,也可能有海。这些,在这一地区两性作者之间,有着很好的互融。汤养宗无疑是这一诗群的领军人物,他出道早,作品也多。早先写海的题材多,被评论界指称为(他自己并不认可)"海洋诗人"。仅此一端便知,汤养宗没有辜负养育他的大地和海洋。他写海多,其他题材的作品也多,所以,以"海洋"来限定,并不适当。他的《最后的清单》以略带诙谐的笔调写一份诗人的"遗嘱"。其中第二项是不许卖掉那张书桌,那是"真正不能放弃的王位",表现的是知识分子的操守和气质。他的另一首诗《女人,在我眼里是向下的过程》,则展示了南

---

[*] 此文据文稿编入。

方男性细腻的一面。而汤养宗却端的是一个强悍的由带着咸味的海风塑就的伟男子。

除了汤养宗之外,谢宜兴和刘伟雄是这一诗群的有力推动者和组织者。谢宜兴雄丽,刘伟雄伟岸。谢在深夜"听山",他作为这个夜晚的"入侵者",把那动人的天籁谱成了一支长曲。那是一个难忘的夜晚,人在大自然中被溶解、以至消失。此诗末段写葡萄,"那些甜得就要胀裂的乳房","在城市的夜幕下剥去薄薄的羞涩",都是相当细致的笔墨。刘伟雄经常在诗中展现大海的瑰丽。他对自然景观的把握也细腻,他听得见日落海中发出的滋滋的声响,他也看得见烟波中故乡的春草为他开花。海岛在他笔下很轻松,浪花会笑,日子却常被它横扫。他很从容,甚至很惬意。这就是南方的男人。

闽东诗群中女性很突出,她们张扬了女性的柔美,却不乏清朗甚至峭健的一面。叶玉琳的《瓯江之夜》开篇就充满灵动之气:

这样轻柔的微风适合长裙,
这样闪亮的流水适合浅唱。

还有,"这前生的不归鸟,带血吐出一条会唱歌的瓯江"。真是锦心绣口的南国女子。这里充满女性的轻柔婉转,而且写得很睿智。但她不止于此,她的有些诗依然有沉重感。如《故乡》写往日的"贫穷是第一财富",却表现出难得的坚定和隐忍。

还有伊路的《鸟叫》,是"裂花一样",是"心痛一样",这叫声让人震惊。她还不尽兴,干脆写《一树的鸟鸣》,"像星光","像剪刀","像钉子",最奇怪的是"像阶梯"。伊路是有意地以坚硬来表现柔软,甚至不惜搬出了剪刀和钉子。铰碎,尖细,流动,柔滑,你不能不佩服伊路的反向的细致。空林子是另一位女诗人。她的《冰雕》真是杰作。她能把柔和刚、情和意作了精美的融合。

开始讲,无可选择地被雕成一块"石头":"我是冬天最后的风景,身边是一触即碎的时光",这里有着一种顽健。而终究还是一个女人,女人的本质是水。"你的温情怎能挽救我往我的心上的伤口撒一把盐吧"——

> 你会看到
> 我死后
> 依然
> 柔情似水

在闽东诗群中,余禺可能是个例外。他祖籍是闽东,出生于厦门。在闽东地区的周宁、宁德生活近二十年。他是诗群的一位强有力的成员。但余禺的诗风与众人判然有别,"是什么使我思索了这么多年,一场前世的暴雨如何下到今天",他有很多时候总在沉思。他的诗有点华彩,有点缜密,多智性的思考,有浓厚的书卷气。他的诗不散漫,偏向工整,有颇为认真的格律的尝试,他有写得相当到位的商籁体。还非的身份也有点特别,他是福州人,长期在闽东工作,也是诗群得力的一位。《九垒山》、《故乡那条江》,均清新可喜。石城、游刃二位都是六十年代人,也都在发表作品,有一些可喜的诗体试验。

闽东诗群是一批与这一地区有关联的诗人的集合体,但不是一个流派。他们是很和谐的一群。但他们不具备、也不想具备统一的写作风格。他们的诗风不统一,一方面他们互相切磋技艺,一方面他们又各行其是。和而不同是他们的基本特点,他们是求同而又求异。这大概也是诗歌创作的基本特点。有一种群体会产生统一的或接近统一的风格,这是好事。有一些群体不会产生这样的后果,却也并非坏事。闽东诗群属于后者。

2004 年 12 月 3 日于北京大学中文系

阅读哈雷[*]

在福州，临别的时候，哈雷送给我他写的情诗，还有孙绍振的《寻找哈雷》。看来他很看重这些诗作。我的这篇文字，因袭和仿效了孙绍振的题目，就叫《阅读哈雷》。当然，我的阅读仅限于他的爱情诗作品。

哈雷的情诗写得不错，是纯情的一类。很优美，很雅致，却并不单纯。他表达的是那些深深浅浅、淡淡浓浓、让人牵挂、又让人心痛的、让人欲生欲死的、扯不开又割不断的一缕情。他把恋爱中的那种甜美，那种酸涩，那种专注，以及那种倍受煎熬的心情，表达得细致而又传神。"是那种叫做爱情的东西吗 这么灼烫着我 像午夜里的烟蒂 一明一灭 一丝漂泊无依的游魂"（《独饮》），"断断续续的表达是若即若离的吸吮 习惯在幽会后留下一个悬念"（《习惯》）。这些诗句都很别致，是和别人不一样的。

打开哈雷的诗篇，迎面便是一幅动人的情景："长头发黑眼睛的情人走过来 字正腔圆的南方情人走过来 尖尖额头小巧嘴唇的情人走过来"。走过来，带着她的光亮，那是伊豆的灯火，那是阿拉丁神灯，那是灶台上的红烛，"你的声音银光闪烁"。他写情人的约会，总是有雨，总是路面滑滑的，雨总是在你到来的时候淅沥沥地飘洒不停。在哈雷的诗中，爱情是湿漉漉的，缠绵而又迷蒙，哈雷说，那雨打湿了鸟的翅膀，使心情变得很沉重。而

---

[*] 此文据文稿编入。

雨中的情人却是异样地动人:"垂披而落如一架优美的竖琴",——我不知道这是不是诗人的本意?

哈雷总是这样轻轻松松地把他的爱情写成有声有色的美丽。这里是另一首情诗:《你淡黄色地向我走来》。(我猜想,这女子一定是穿了件很艳丽的浅色的裙衫)。爱情除了声,除了光,现在是一种色泽。淡黄色,那是晴朗秋天的颜色,这颜色是这样地与众不同,这颜色在恋爱中的人的感受是如此地奇异:是"掺和着烈性酒来涂抹我的身子"。这淡黄色的情人于是"成为我记忆中的心痛"。

其实,受到孙绍振注意的《天桥·路·我们》,在他的作品中并非上乘之作。我不知道这诗的背景,总觉得散漫,不凝练,有些诗句,如"一种稳定代表意志和力量拉住我们这群憨犟的——",又如"制造一幕回肠荡气的历史那是学者们的事",句子堆砌、生涩而且别扭。但其中确有佳句,如孙绍振引用的——"我们只知道女人是个好东西",有点野气,却显奇兀,让人有一种猝不及防的震惊。至于孙绍振认为的"甚为警策"的"哦,世界之美人生之美青春之美孤独之美",我却硬是看不出好处来。

几乎所有写诗的人都写爱情,古往今来爱情诗的佳作车载斗量。爱情诗好写,也难写。说好写是指一般人都有这方面亲切的体会,说难写是指难出新意,更是难以超越前人。哈雷的价值在于他的确有了超越。当众人都在注重技巧的时候,他直呼而出:"女人是个好东西",在这里"直接"代替了"婉转",他取得了惊人的效果。我最看重的是《你的秋天》:

一整个秋天我什么都没有做
除了爱你

还有——

一整个秋天都把你浸在酽酽的米酒里

像庆丰的盛典

都是这种不加修饰的直接抒情造出的效果。有的时候诗太过装饰会适得其反,而任它"浅白"去,却往往有意外的回报。当然,这不是说,这就是哈雷的基本风格。一开始我就说,哈雷的特点是"并不单纯"。把爱情的刻骨铭心表达得简单意味着失败。这里的"简单",与前述"直接"并不是一回事。爱情是复杂的,爱情的过程有时轰轰烈烈,有时清清淡淡,有时欣喜欲狂,有时痛不欲生。只是写——

踱来踱去总踱不出
这小巷浓重的忧愁

并不见好,因为这样写的人很多,是一种重复。而当"你的秋天"到来的时候,当"庆丰的盛典"展开的时候,诗人在此时此刻写——

鼓点一样锤击着我
马蹄一样践踏着我
爆裂的炸弹一样毁灭着我

这种欢乐的"沉重"和"痛苦",就是很不一般的。

2004年12月5日于北京大学中文系

艾青的《我爱这土地》*

　　假如我是一只鸟，
　　我也应该用嘶哑的喉咙歌唱：
　　这暴风雨所打击着的土地，
　　这永远汹涌着我们的悲愤的河流，
　　这无止息地吹刮着的激怒的风，
　　和那来自林间的无比温柔的黎明——
　　——然后我死了，
　　连羽毛也腐烂在土地里面。

　　为什么我的眼里常含泪水？
　　因为我对这土地爱得深沉——

　　这首诗写于深重的民族苦难的岁月，是一曲悲怆而深沉的心灵之歌。此诗的成功首先是由于诗人充沛的爱国激情，却也由于一个恰当的比喻。诗人自喻为一只鸟，这只感受了苦难的鸟只能用嘶哑的喉咙歌唱。歌唱在暴风雨打击的土地，在汹涌着悲愤的河流，在无止息地吹刮着激怒的风的天空。这只鸟也许来不及迎接那温柔的黎明，但它愿为这生养它的大地贡献它的最后的羽毛。

---

* 此文据文稿编入。

严酷的环境的诗意概括,充分的激情和伟大而悲哀的心灵的融合,使这首诗成为中国一个时代的伟大象征。最后的两行诗,是百年中国新诗历久不衰的经典名句。

    2004 年 12 月 13 日于京郊昌平

郑敏的《金黄的稻束》[*]

金黄的稻束站在
割过的秋天的田里,
我想起无数个疲倦的母亲,
黄昏路上我看见那皱了的美丽的脸,
收获日的满月在
高耸的树颠上,
暮色里,远山
围着我们的心边,
没有一个雕像能比这更静默。
肩荷着那伟大的疲倦,你们
向这伸向远远的一片
秋天的田里地首沉思
静默。静默。历史也不过是
脚下一条流去的小河,
而你们,站在那里,
将成为人类的一个思想。

  金黄的稻束是收获的象征。大地在此时显现出成熟的美丽。想象着那是无数个疲倦的母亲,她们有着"皱了的美丽的脸"。不是曾经美丽,而是依然美丽,或者说,是如今更为美丽——它与疲倦而美丽的劳作、收获联系在一起。景物因一个

---

[*] 此文据文稿编入。

精彩的联想而有了深邃的意蕴。

在金黄色的秋天的田野里站立着的、在金黄色的暮色中向着远方伸延的稻束,它们有着伟大的静默。这静默启示着人们关于劳动和收获、关于历史和现在、关于生命和价值的思考。

这是一首短诗,但它由于独特的色彩(金黄色)与声音(静默无声)的把握和表达,由于鲜丽的画面与深沉哲理的结合,而有了厚重感。

2004 年 12 月 13 日于京郊昌平

新文学一百年[*]

各位老师,各位同学,各位朋友:东南大学百年校庆邀请国内外的人文学者到学校来作学术讲演,我自己觉得这是 21 世纪中国学界的一大盛事,那么这样一个活动在一个工科大学里举行,更体现了我们现在的工科学校里头对人文科学的一个重视。我相信这样的一个活动不仅会记载在东南大学百年校史上面,而且会成为我们一个世纪的一个学术记忆。我呢,是被东南大学的活动组织者所感动的一个人,我是非常的疏懒,不大爱动脑筋,更不愿意作什么讲演。我自己觉得是这样的,年纪越大,对人生的经验是很丰富的,我越活越自信。对很多事情,社会的世态人情我觉得我非常了解,很自信。但是在做学问方面,我越老越觉得不自信,这是真的话,因为去年在深圳我的一个讲演当中,是深圳读书月的一个活动,我讲过,越活得老啊,学术上越不自信。这个不是一般的谦虚,是我真的感觉到这样,我觉得就是学海无涯。学到什么时候,你觉得懂得很多了,其实好多东西都不懂。在各位面前,我几乎就是科盲,我虽然用电脑写作,刚才还出了一件事,就是那个手机卡怎么充值,弄得我一身大汗,后来还是求救路边的一个人帮我解决了。不说这个了,就是我本行的业务里头,很多知识年纪越大很多东西越读不懂,而且来不及补课了。所以有的时候觉得自己真的没有什么好的东西贡献给大家,所以有的时候非常不乐意来给大家讲。陆挺先生,是一

---

[*] 此文据文稿编入。

个非常执著,非常负责任的一个工作人员,他跟我商量那么多次,大概有一年的时候,我始终犹豫不绝。后来,我被感动了,我说你可以打电话来催我。后来到了上个月,到了南大以后,我说五一长假以后,我一定来。那么为什么我迟迟不能约定这个问题呢?就是说没有什么东西,想不出来什么题目给大家讲,这是欠于此行啊。那么这样一个事情陆挺居然办成功了,东南大学居然做成功了,我觉得这是了不起的。所以我自己也应该感谢东南大学对我的邀请,感谢陆挺先生他的工作。

我觉得没什么好讲的,但是我的思想是怎么想的,我说我到这儿来,据说这么是百名学者来讲,而且现在已不止一百名学者了,我说大家同学们,老师们听了各个方面的意见,也不妨听听我的意见,我的意见可能是很没有意思的,但是对于你们来说可能又有点意思,知道谢先生他在考虑什么问题,他准备告诉我们一些什么问题,我想这样的话,我对同学们可能有一点——尽管我的意见是没有价值的,但是他的行动本身可能有价值。我觉得也是这样的。到这里来大家都来畅所欲言,你想讲什么就讲什么,这个在我的记忆当中,在我的经历当中好像很少有过。同学们你们生活在一个非常幸福的年代,我的大部分时间生活在一个不幸福的年代,那么我就珍惜目前这样的一个局面。我觉得你想讲什么就讲什么,你爱怎么讲就怎么讲。当然我们距离那个非常完整的言论自由还有一段距离,但是比起我所经历的那个年代来说,我已经很满意了。我很珍惜这样一个机会,我这个讲话也不需要有人来审查,过去都要审查的,要得到自己以外的人的允许的,那么现在不需要了。一个学者讲自己的意见,是对是错也自己负责,我觉得我非常珍惜这样的一个机会,我想每一个学者可能都有这样的一种感受,只要年纪大一点的人,都很珍惜这个时代给我们的这样一种权利,这样一种自由。当然我们希望这个自由度随着社会的不断进步而不断地扩展。但是现在就是学术报告里头谈一些自己的见解现在已经不困难了,可是同学们你们知道,过去是一个非常困难的一件事情。所以我从内心深处感激这个时代,也感激今天这个讲堂,我今天的题目也是讲了好久的,刚才张院长对我有很多表扬的,其实他表扬的我非常感谢,但是可能跟我实际还有一段距离。我的专业是中国现当代文学,我的博士方向是中国当代文学,我年轻的时候学习写诗,后来觉得不能当诗人,当不了诗人。诗人是很高雅的,非常了不起的,我自己知道我当不起诗人,后来就转而喜欢诗,研究诗,对诗歌发表的意见更多一点。当时我指导的博士专业是中国现当代文学,方向是中国当代文学的方向,当然新诗也是在我的思考里头。那么这几年,上个世纪末吧,八九十年代,我在北大工作上,和学生的交流上,偏重于中国近代的一些问题。这个题目是想了又想,"新文学100年"。新文学100年,这个需要解释的,有些在座的老师可能要说新文学有一百年吗?是没有100年。五四新文化运动,中国新文学的革命最早是从1919年起的,胡适先生尝试作新诗是在1916,就是民国五年。那么要是说从胡适先生尝试作新诗开始算起的话,一九一六到现在有八十九年了,近100年。新文学一百年呢,我这个题目可能理解为我们中国学界,或者中国文界为了追求建立新文学已经有一百年的历史了。1899年梁启超先生在《夏威夷游记》里头提出了文界革命,那么1899年到现在有一百多年了。小说界革命要晚一点,是1909年,现在也有一百年了。所以我今天的题目看起来有些毛病,但是我愿意用这个一百年来做题目,要说中国新文学的建立已经有一百年的历史了,这个追求已经有一百年了,甚至已经超过一百年了。那么中国新文学的实践那要从胡适先生写白话新诗开始,那也有八十几年了。所以时间的跨度,我来确定的。我在这之前认真地想了想,还是用电脑写了几页稿子,但我今天还是离开这个稿子讲,还是离开这个东西来说,可能说起来随意一点。因为许多老师都说念讲稿是最没有意思的,但是不念讲稿我又不行。叶朗先生,张隆溪先生的讲演你们都听了,他一定是非常的流畅,非常地有文采,非常的会演讲。我是很不会的,我离开文本是很不会说话的一个人,大家可能都不相信这一点,不是拘谨,而是说必须弄成书面的文本我才可以说话,即兴说话我是做不到的。那么今天我试过一下,还是考虑了一些问题,但是一会讲了讲可能又找不到了,大家千万要包涵我。

这个新文学的追求一百年,它的意义不仅在文学上,而且在文化上,而且影响了整个的中国社会。这个新文学的建立是个了不起的一件事,是一个大事情,甚至是20世纪的一个伟大的事件。因为它不仅改变中国文学现有的,既有的结构,而且推进了中国文化的发展,更有甚者,它改变了我们中国人思维的习惯和精神状态。我说的是新文学的建立。那么这个话怎么讲呢?因为大家知道,过去我们嘴巴说的话和写出来的书面的东西是两样的,就是文言是不同一的,相脱离的。就是说的话呢,可能一百年前,三百年前说的话跟现在基本上差不了多少。但是写出来的文字大不一样,那是"之乎者也","子曰诗云",文言来表达。文言的表达造成了很多的困难,嘴巴讲的和写出来的是另外一回事。这个东西阻碍了社会的进步。那么我们的先驱者,文化革命的先驱者,文学革命的先驱者就感觉到要改变这个状况。那么从很早的时候就开始想用白话来写作,改变文言,甚至于抛弃开文言而用白话来写作。那么就是说嘴巴上怎么讲,纸上就怎样写。当然还是有不同,今天大家讲的和我们写的还有不同,那是文字表达的问题。但我们的先行者他们想到这一点,要改变这一点,于是就有了白话文学的实践。其实说新文学,当然有很多新的内涵,但是最重要的一点,他改变了过去用文言文写作,而开始用白话写作,于是就有了白话小说,白话新诗,白话戏剧,白话写的散文。那么这样的话呢,就是使得我们所讲的和所写的不一样了,而且更重要的是我们这样做了以后,更便于接受西方的思想,先进的文化我们马上就能接受,语言的隔阂就没有了。所以这件事情是了不起的一件事情,可以说是20世纪非常伟大的一件文化事情。这个事情做了以后,怎么样呢?那么就是说辉煌灿烂的中国古典文学史就停止了,就告一段落了,他就画上了一个句号了。古代的文学史,古典文学史就了结了。那么现在和社会生活状态,思想状态结合得非常紧密的白话文学,现代新文学这个历史新开始了。那么这个东西今天回顾起来,我觉得这是一个文化的大进步,但是对于我们中国人来说,对于我们中国文化来说,这是一个巨大的伤痛。我比喻过,我说这好比我们祖宗留给我们的非常精美的罐子,陶罐,历史悠久,花纹美丽,体现了我们文化的光辉灿烂,但是我们前人就决心把这个罐子打破。你想想,打破这么一个无价之宝,这给我们是不是心灵是要流血的。我们今天的很多文化上的问题,文字上的问题,都和这个记忆有关。今天的文学发展的一些问题,小说不好看呀,诗歌不好听呀,记不住呀,不能朗诵啊,你看看李白写得多好,现代诗人写得什么诗呀,这都和这个记忆有关,因为我们把这个罐子打破了。我们重新来,重新开始,从这个文学不像文学开始,诗不像诗开始。这个你想想看,在一百多年前,这个是多么的有胆略才敢做的这个事情。我们不要那个唐宋八大家的文章,不要那个李白杜甫,我们重新开始,就像个把小说写得不像小说,把诗写得不像诗开始,这个胆子有多大,决心有多大,没有这种想象力,没有这个勇气是做不到的。我们前人做了,我们现在享受到这个成果了,但是那历史记忆,那个巨大的伤痛还在那流血,因为我们的古典文学终止了,我们不能够延续李白那样的吟唱了,所以我今天,我有的时候,作为一个知识分子,我的心情是非常复杂的。李白写的多好啊,李白的长安城头的那个月亮多么美丽啊！我们找不到那个美丽的月亮了。现代诗，我们现在写不到那种境界啊。所以我们觉得，我们是付出了极大的代价，来换取今天的生活。你们是搞科学的，将来写科学论文，表达一些公式，一些思想都是用的今天的白话口语，不是用文言。那么这个事情上个世纪已经做完了，做完了以后我们还有悲哀的余叙在那，还感觉到悲哀。那么我现在觉得，我们回过头来讲，我们这样做，我们付出了那么大的代价，我想，我们付出那么多和后来我们得到的那一些东西，我们值得，我不像有一些同代当前一些议论，说五四新文化运动好像就和"文革"运动一样，造成了中国文化的破坏，造成了中国文化的断裂。我不这么认为，文化没有断裂，我们今天用白话写诗，用白话写小说，仍然继承了中国的文化传统，这个没有断裂。但是伤害是有的，你不承认这个伤害是不对的。那么我们知识分子，我们文学界的人士，我们始终是这么一个非常矛盾和复杂的心情来度过这一百年的，所以一方面我们觉得这个一百年非常伟大，但是一方面又觉得我们有伤口。因为你想想看，任何中国人都为我们中国的古典文化的那种辉煌灿烂而感到自豪，为李白、杜甫、白居易、陆游自豪，我们现在想想好像有一点对不起古人的样子。我们这些子孙好像很不争气，我们怎么了？我们是不是没有才气，是不是智商下降了？总之我们是有一样的问题。

那么为什么我们中国人要选择这么一个道路呢？要进行文化的革命呢，要进行文学的革命呢？这是和我们近代以来，特别是19世纪中叶以来，中国社会始终处于一个内忧外患的多事之秋。清王朝国事中落，道光以后，第一次、第二次鸦片战以后，王朝的辉煌已经过去了，接着就是丧权辱国，签订一系列的不平等条约，割地，赔款。那么中国那样的局面，使得那个时代的知识分子，文学之士就在想我们中国怎么就这样弱下去呢！我们的问题究竟在哪里呢？我们怎么样去寻找使中国强盛起来的道路呢？他们也有很多的想法，想到实业救国，想到科学救国，想以国际救国，但是都没有一个好的答案，都做不到。国防不行、实业不行、科学不行、各方面都不行，于是想了想啊，就想到了文学救国。我刚才讲到那些根本上的，白话代替文言，那是根本上的问题，但是也跟这个世界进入 19 世纪以来，世界各方面发展的很快，中国落后的非常快有关。但是又跟近代中国内忧外患，国事中弱有关。这些人就想到文学能够救国。所以梁启超的一篇著名文章叫做《小说与群志之关系》，他讲，大概的意思就是说"欲新人心，欲新人格，必新小说"。就是说你把人心把它唤起，重新建设，要新人心，"新"动词，更新，欲新人格，必新小说。他说必须有新小说出现，才能够使得有新道德，新文化，新人心，新人格。这个社会才能进步。也就是说小说能够救国，文学能够救国。鲁迅先生也有类似的话。他说，他开始，大家可能都很熟悉的，在《呐喊》的自序时讲，他在日本留学，鲁迅先生跟大家是一样，要当科学家，他学医。那个课堂上，日本人放电影，电影里头，他发现，那些被示众的中国人和周围的当看客的，都有一个很健壮的身体，身体和体魄都很好。那些被砍头的，和充当看客的，麻木的看客，都不是东亚病夫的样子。他开始啊，认为我们中国人体质不行，健康不行，体质太弱，那么医学可以救国。后来想不对了，精神有病，中国人弱在精神上面，弱在灵魂上面，于是他想我放弃学医，我要写小说了，我要从事文学运动了。很多人都是这样起来的。那么我想说的意思是说，我们的前辈想到说要强国兴民，要振兴我们民族，文人想尽了很多办法，救国无术，报国无门，只好想到他自己能把握的东西，那么想到文学也许能有用。那么文学能重振民族的精神，也就是重铸民魂。这个中国人弱在什么地方，弱在精神上的不行，弱在灵魂不行。所以要通过文学来重铸民魂。这样的一些想法，或者说中外交流，引进国外先进的科学，改变我们的思维，达到强国兴民的动机，都是无可厚非的。但是大家知道,这样实践的结果,我们五四新文学,中国新文学,一开始就是非常沉重的。大家可以看一看,中国新文学的开山之作,《狂人日记》,鲁迅先生的作品,那里头我们看到的是一个很紊乱的思维,很怪异的想法。他说,我大哥是吃人的,他要吃妹妹了,赵家的狗又叫起来了,什么什么的,后来他翻来翻去,说,噢,书上写的,五千年的书上歪歪斜斜地写着的是"吃人"两个字,这是狂人。鲁迅先生一开始就非常痛苦,他没有笑容,他是沉思的。他意思是在说,所有的人,他认为自己是正常的人,他认为他生活的这个社会是正常的,其实呢只有这个狂人,他说出的狂语,他看到的中国的历史是吃人的历史,五千年的历史是人吃人的历史。只有这个疯子看到了。你想鲁迅先生一开始多么沉重,这个文学和娱乐有关系吗,没关系,鲁迅的很多小说都可以说明这一点。《药》,鲁迅的短篇小说《药》,华小栓,他是得了痨病,就是肺癌,肺病那时候是绝症,所以华小栓得的是绝症。他爸爸华老栓,他相信人血馒头,他相信用人血沾的馒头,能够治这个病,他是精神上的癥症。还有那个革命者,被杀的革命者夏瑜的坟上的乌鸦,还有那个很孤独的花圈,这个就是鲁迅的药给我们的氛围,你想想看有多么沉重。再想想曹禺先生的《日出》,那个非常美丽的女子陈白露,她最后的台词是什么呢?"太阳出来了,黑暗留在后边,但是太阳不是我们的,我们要睡了。"这种悲凉,这种沉痛我们现在读起来,还是感觉到很难过,很悲凉,很沉痛,一个年轻的美丽女子就在太阳升起之前很悲哀地死去,这是曹禺先生的传世之作。就说诗歌吧,郭沫若的诗歌《凤凰涅槃》是经典之作,那个象征着中华民族的凤凰的再生是要用自焚为代价来换取的。诗歌,艾青先生的诗歌,几乎所有的诗歌都是含泪的歌唱,含着泪水的,"为什么我的眼里常含泪水,因为我对这个土地爱得深沉"对土地爱得深沉,因此要含泪水,这个土地上的灾难太多了。新文学百年的历史,或者不到一百年的历史,或者超过一百年的追求的历史,一开始就是沉重的,所以原先我想跟大家讲沉重的文学的问题。那么文学沉重对不对呢?对的,因为有了新文学,它就能切入我们社会和民众的生存状态,民众有那么多的灾难社会又那么堕落,文学要表现它。因为我本来发明这个文学,创造这个文学就是要表现这个社会的,要为这个社会服务的,是后达到强国兴民的结果。没有过错,文学的沉重没有过错。但是文学的沉重使得文学一开始就是超负载的,就是难以承受之重。这个难以承受之重我今天长话短说,就后来啊,什么东西都要文学来承担,因为一开始它就是这样嘛,为人生,为社会,为政治。要表现社会民众的病苦,引起大众的注意。那么一开始它就是一系列的灾难,一系列的苦难,一系列的血水,泪水,文学都要承担。那么文学实在是负担不起那么沉重的压力,所以后来说文学啊,这是一个顺理成章的事,文学既然能够强国兴民,当然文学也能亡党亡国。这个亡党亡国这是一个很著名的论点啊,就是说利用小说反党,最后达到亡党亡国的目的,文学的作用有这么大吗?我现在想说的是,文学的作用是很大,大家是要寻求文学能够求国求民,但是文学的作用真的那么大吗?这个估计过高,负担太重,文学就是负重过多,文学它就受不了了,这个受不了到后来越浓烈,越来越清楚了。那么一切的事情都要文学家来负责,那么我现在回过头来说,难道文学家都是无例外的都是那么沉重吗?文学难道不是能够使人休息吗?我们要娱乐,要受到感动,我不是要休闲一下,为什么我们不能寻找一下文学呢?因为大家讲文娱文娱呀,都是通过娱乐然后受到感动,然后感情上产生作用,它实际上面,它不是一味的沉重。它也有让人娱乐,让人轻松,让人休息的一个作用。尽管中国儒家讲究文学的教化作用,极端重视文学的教化作用,但是只讲教化,只讲教育和认识,不够的,不全面,文学还有让人娱乐的东西,让人休息的东西。文学还有让人休息的东西,因为文学的性质啊、音乐呀、舞蹈呀、小说呀很多东西和其他的不一样,如政治呀、法律呀、经济呀有很多不一样的东西,它是作用于人的情感的东西。我们只看到这一面而不看到另外一面,在中国的文学发展当中就有这样的问题。鲁迅是革命作家,郭沫若是革命作家,是主流,沈从文就不行了,沈从文,大家知道,沈从文始终抬不起头,始终受批判。张资平,那更不用说了,徐志摩也不行,戴望舒也不行。因为它的文学的概念非常明确,就是说必须写实主义,必须表现社会的疾苦,必须为社会服务,甚至必须要为政治服务。那一些作家都不是主流,造成了很多的问题,作家排队。最严重的是郭沫若在1948年,把作家分作红黄蓝白黑五种,这个大家都知道的。黑的我记得最清楚的,萧乾先生就是黑,还有谁是粉红色的,红就是粉红色的,都是反动作家,连巴金、冰心这样的作家也不讲主流,因为他们是小资产阶级的,巴金是主张无政府主义的,冰心讲爱,讲母爱,那是非常落后的资产阶级的观点。就这么一个情况。这个事情就是我讲的轻与重这样的一个关系。这个话呀,可能很多,100年讲得很长的。

一直这么沉重下来,一直这么延续下来,一直这么斗争下来,革命和不革命的,反革命的,主流和逆流,先进的和落后的,进步和反动的,一直斗争过来。文学不断地加重,不断地加重文学的负担,到了最后,就文学挤得没有地方了。这个事情五四一开始就有问题了,那个时候,周作人先生讲过,他说我们为白话而忘记文学。那时候就讲过,我们很多人是想到了白话而忘了文学。那文学也是本体,艺术表现是本体,白话是工具,但是那个时候,白话初期吧,能够用白话写作那就不错了,但是那个时候他就指出了,因为白话而忘记文学。到后我们就是为了思想而忘记艺术。包括我们现在讲的非常有代表的作家,我说如果我们从严格的艺术的本体来看的话,我们做得都不够。艺术精品,新文学以来,艺术精品不是很多。鲁迅先生是了不起的,今天你们去读,鲁迅的作品,小说吧就三本,《呐喊》《彷徨》《故事新编》,杂文多一些,散文诗吧《野草》,还有一些散文,写得非常好的,《三味书屋》呀,因为这几年我做的一些事呀,找一些选本,鲁迅先生是一开始就到达高峰的一个作家。短篇小说呀,许多都是现在看起来也还是非常精实的作品。可以举出很多啊,随手取来,《狂人日记》《药》《祝福》《孔乙己》都是不错。散文诗也不错,《野草》到现没有人能超过他的,杂文写作,现在也没有人能超他的。但像鲁迅这样的例子不是特别多。五四新文学当中,你看看,徐志摩先生大家可能喜欢他的,徐志摩的诗呀,重复的太多,他的爱情诗读几首还可以,读多了觉得他都在重复自己。而且那个爱情写多了也不动人,你去读一读就知道了,读多了就腻味了。郭沫若的诗歌,本来艺术就不高,我们现在肯定他的一些作品,像《凤凰涅槃》呀,《天狗》啊什么,因为他传达了五四的狂飙精神,暴风雨一般的激情,但是艺术上面还是很差的。所以并没有太多的好作品,以后长达几十年的左倾思潮的支配底下,那个好的作品更是稀少。为思想而忽视艺术,为政治而挤压艺术,这是中国百年新文学中一种通常的现象,一种常见的现象。这个事情到什么时候才有了转机呢?也就是中国社会到了七十年代末,就是十年动乱结束,开始社会的新时期,它也带动了中国的文学的新时期。中国社会到了新时期,文学也进行了非常大的调整。这个大的调整,今天看起来,八十年代进行的调整就是如何使文学从严重的意识形态化,从严重的政治化当中解脱出来。那时候有一句话,叫做"文学就是文学"。这句话看起来很没有意思的一句话,等于什么话也没有讲的一句话废话,文学本来就是文学嘛,什么"文学就是文学",可是那个时候非常有意义。它就是指文学不是别的,文学不是政治,文学不是思想,或者说文学不直接的是思想,文学不直接的是政治,文学不直接的代表意识形态。应该这么说的,文学就是文学本身,就是强调文学的本体。我想最大的调整就是从文学里别的什么回到文学是它自己,这个是最大的调整,这个了不起的一个思想解放,也是艺术解放。但是这个过程也是很慢的,也是很曲折的,也是非常痛苦的,甚至是漫长的。我们现在看看新时期,大家熟悉的,刘心武先生的《班主任》,你们再去读一读,读不下去的,那个不像个小说,说教太多。但是它是新时期的经典,但是它还承续了文学的负重的传统,它还是问题小说。它注重的不是艺术问题,而是注重的是思想的问题。包括那个谢慧敏,把牛虻说成流氓的,认为是黄书,《牛虻》是黄书,这个是先进同学,是非常先进的同学,他认为从这些人当中,都受到了扭曲,思想上,精神上都受到了扭曲,它谈的是问题,所以他最后说,"救救被四人帮坑害的孩子",这是重复了鲁迅的一句话,"救救孩子吧","救救孩子"是《狂人日记》里讲的吧。因为不要吃人啦,救救孩子吧。他就这句话,"救救被四人帮坑害的孩子"。卢新华的《伤痕》,就是开创了"伤痕"文学的开始的卢新华,也是谈问题的,也是进行政治批判的,就是"文革"当中,为了划清界线,母女之间脱离关系,女儿去插队,她宣布和母亲没有关系了。到"文革"结束,听到母亲病危的消息,赶回来,赶到家的时候,母亲已经死去了,非常忏悔,就这么一个故事。她当然,好个时候喊出的声音,就是说我们曾经有过这样的一种,把亲子之间的感情割断,被政治割断,被阶级斗争割断的这么一个历史,非常沉痛。但它还是问题呀,还是政治呀,还是要批判政治的一个东西呀,回到艺术本体的这个问题还很漫长。但今天我要跟大家交换意见的是说,我觉得作家张洁女士,她的一些作品对我印象很深,大家可能记得,一个是《爱是不能忘记的》,不是谈思想了,它是谈感情。读一个女性非常隐秘的一个爱情。非常纯粹的一种爱情,一种刻骨铭心的思念。我现在忘了,忘了她那里头,女主人公的母亲是不是第三者,好像是她暗暗地爱上的那个男的是有家室的人,是这么一个故事。后来这个男人去世以后,她还是默默地为他祷念。这么一个故事,爱是不能忘记的,那就回到人类情感本身,它脱离开政治,脱离开了思想,回到了艺术,回到了爱情纯真的位置上来。再看张洁最早写的小说,《从森林里头来的孩子》,那个小说,我是最早写的评论。那个里头讲的也是这样,音乐家到了东北的大兴安岭,后来考进了音乐学院的这个孩子又是在音乐家手下的一个故事,还是讲的文革动乱当中的一个故事,还是谈的思想的政治的一些问题,那么用艺术的形式表达出来的,还不是艺术自己。《爱是不能忘记的》是一个标志性的作品。她还有一个散文叫《捡麦穗》,这是一个散文,不知大家有没有注意到,我觉得也是了不起的散文,因为在历史的发展当中,这样的作品我觉得是值得关注的。一个小女孩非常天真,不叫爱,爱上了一个卖糖的老头,那个老头很难看,很脏,但这个小女孩呢,我要嫁给你,你别死,你等着我,老头说我要死了,你别死,等我长大了嫁你。嫁给他干什么呢?因为我可以吃糖。就这么一个故事,当时这个故事出来以后,就说,怎么散文这样写呀,写这个内容呀,我现在越想啊,我觉得张洁非常了不起,她其实是一个标志。通过小说、散文的方式来怎么样叫文艺回到它自身。这样的文艺,没有政治负担的文艺,我觉得就是非常轻松的,就是不沉重的。我今天干脆就把题目,把话放在轻松和沉重上面吧。

  我认为在沉重得不能忍受的时候,我们的轻松就是一种进步。我还要说,八十年这么一个伟大的文艺解放,使得我们摆脱了政治对我们的捆绑,我们高举"文学就是文学","文学回到它本身"这么一个口号,我觉得这是了不起的,非常令人怀念的一个伟大的时代。我们文学回到自身以后,怎么样呢?这个是我今天要讲的,而且是最后要讲的话。文学回到自身以后,是轻松了,现在轻松到了我又有些不能忍受了。轻松到了我不能承受之轻，过去是不能承受之重到今天不能承受之轻，我觉得，这个也许就是我们上了岁数的人一种复杂的心情。这个你也不满意，那样你也不满意，你究竟要怎么样呢？大概是这么一个意思。所以说文学怎么样，究竟要轻松到一个什么样的程度，今天作家们怎么样在放纵自己，非常不珍惜自己获得的自由，我想这个事情留给大家自己去想一想，刚才张老师介绍好像我对诗讲得比较多，诗，我现在已经懒得讲了，我今天跟同学们和老师说呀，我已经懒得说诗了，一方面当然我懒得读，我不用功，但是它也引不起我阅读的兴趣呀，想想看连我也不想读诗，你们现在又有多少人在读诗。可是你们当中肯定有诗人，你们别见怪，诗人的感觉还非常自我感觉良好。这个要命了吧，我在很多会议上我说的很多话，跟这个橡皮子弹打墙上一样，它反弹回来了，肯本没有。我为什么懒得读，懒得讲呢？我就是他感觉太好了，但是实际上一个问题就是说诗歌已经和读者无关了。这个事情太严重了，你们都不知道，诗歌和读者没有关系了，一个是诗歌和读者没关系，读者已经不关心诗了。你看怎么办呢？小说也是这样。我虽然读诗呀，还多一点，小说也读，但是真的让我很激动，让我眼前一亮，觉得拍案叫绝，就像鲁迅那个《药》那么好，没有。可是作家们啊，还自我感觉良好。我觉得这个时代实在是太轻浮了，没有几个人是在认认真真地，像我们前辈那样的，因为你是用写作，用文字进行创作的人，你应该是非常的敬业，就像是你们在实验室演算一个公式，或者算一个什么东西，要求得到几个结果，一样的，我们是用文字进行写作的人，本来应该非常怜惜，但是他们很不认真，很不敬业，不是有一句很著名的话吗？叫"马自得"，是北京话，我们叫组织起来，把文字组织好，怎么样表达到位，又非常美丽，非常好，他不是。过去我们说经常谈思想，谈主义，现在谁要谈思想呀，谁就是很不进步的人，很落后，很保守的人。可是文学能够和思想无关吗？我还要说一句，我们说政治已经压迫我们好久了,压迫得文学没有喘息的机会了,可是难道文学和政治没有关系吗?文学的确不是政治,文学的确不能为政治服务。政治是社会的大事情,文学能不关心吗?可是现在,几乎是不谈思想,不谈深度,当然更不谈精神,所以我说我越觉得当前啊,我已经到了不能承受之轻,这个前提是好的,这个我浇来浇去,我要说的是当文学非常沉重的时候,我说你们意识了轻松,当思想很多的时候,我说你们忘记思想,你们忘记审美。当这个整个都是技巧,整个都是平面化,我说你们要有思想深度,要有关怀。我觉得我没有错。那么现在就是说,我为什么选择100年呢?它刚好有两个世纪末,它跨度是19世纪末,20世纪末,这两个世纪一对照,我觉得很有意思。我刚才不是跟大家说,我在北大五十年代,我比较关注近代的一些问题。那个19世纪20世纪之交,那个中国社会非常值得我们研究的。前几天来讲的那个欧洲研究所所长,他说的要研究近代史,我非常赞成他的意见,因为我不是研究历史的人,我也不是研究近代文学的,但是我觉得近代文学的那一段呀,了不起,我们要注意,就是一百年前,19世纪20世纪之交的那个时候,非常了不起,那个是个巨变的时代。中国还是大清王朝,中国还没有到民主化的程度,没有条件也要创造条件上,就这么一个东西。我们第一个翻译家是不懂外文的,就是我的老乡,林琴南先生,他翻译了一百多部外国小说,包括大仲马、小仲马的,他都翻译。他一句外语都不会,他成了中国第一个翻译家,你说他多伟大。他就通过别人边阅读,然后他用文言写出来。那个时候出现了很多的人物,各界的都有。政治家,改革家,像康有为、梁启超;文学家,学者王国维、谭嗣同、孙中山、鲁迅,那时候,人是很密集的一个时期。大概是社会非常困难,人的聪明才智发挥到了极致,都想把它表现出来,来报效这个社会。今天我已经离开讲稿了,而且材料也不在身边。我就举这么一个例子。那么20世纪到21

世纪之交,我们中国怎么样?中国学界,中国各界怎么样,这个我想提供给大家想想,我的一个非常直接的一个感觉就是大师过去了。我们没有大师了,去年我在深圳的一个讲话中就讲,我举的例子是说齐白石以后,我们怎么办?我们还有齐白石吗?要说书法家,现在的书法家我能够看上的没有几个,我常说林敬之先生过去以后,我们还有书法大师吗?侯宝林先生过去以后,我们还有相声大师吗?梅兰芳先生过去以后,我们还有京剧大师吗?这个世纪之交呀,就是这样一个现实。我们也有我们满足的地方,我们物质很丰富。物欲膨胀,大家都向着财富的方向,而忽视精神,整个的没有思想、没有深度、没有精神的一个年代。或者不是没有,是缺乏,但是我说缺乏就不够劲。总之比较起来,物质是很多,欲望是很多,可是精神是很贫乏的。这就是两个世纪第二个世纪之交留给我们的思考。我不再讲了,我,以前八十年代的时候我记得,北京的××堂那只天鹅之死,使得许多作家流眼泪,诗人、作家、小说家、散文家写了许多"天鹅之死"。可是,到了今天,有多少人关心天鹅的死,关心北京动物园那一只被伤的黑熊。文学呀,就是这么一个东西,就是多愁善感,多情的文学,重视情感的文学,它和别的不一样。文学是没有用的,要是说我们今天不看小说了,没事,大家都活得好,可是我们今天,电要是停了,菜买不到了,或者是哪个地方水漫出来了,工人没有及时来修,我们就活不下去了。没有文学没事,不会觉得我们活不下去。所以我在这里讲,文学是无用的,但是我要反过来说,要是这个社会没有文学,没有精神,没有用艺术方式表达的思想,那这个社会呀,就不堪设想。没有通过文学来教化人,使得人,年轻人,长者都知道什么是羞耻,什么叫廉洁,什么叫忏悔,什么叫自爱,什么叫自尊,要是说我们不关心我们边上那些花被一些无知的人采摘,那些工人辛辛苦苦地弄出来的青草被人任意地践踏,这个都和文学有关系。总的一个是文学是讲人与人之间的关系的问题,人与人之间情感的问题的。我记得我小的时候,我觉得我难以忘记冰心先生写的一篇,一个冬天的夜晚,妈妈在那边做针线,我吧,就是小女孩,在那玩。有一只小老鼠,很胆怯地跑出来,很可爱。我们人类很恨那个老鼠,但是那个小老鼠,小生命是非常可爱的。这个时候,不小心,冰心怎么弄的都不知道,突然间,一只猫跑过来把那个老鼠抓了。冰心写的时候,非常地责备自己,没有保护好这只小老鼠。巴金先生写过,这是"文革"以后了,在一篇散文,很著名的一篇散文,叫做《小狗包弟》,大家读过没?写的是"文革"的时候,抄家,那时候不让养狗的。那个包弟是小狗的名字,到处找不到谁来养这个狗。那个时候自身都难保,谁能保这个小狗呢?巴金先生和萧山先生都非常喜欢这个小狗,但谁也救不了这个小狗,要么就是被捕杀去。后来没有办法就把小狗送给那个实验室里头解剖,巴金先生非常痛苦,到了"文革"之后写了文章还非常痛苦。他说,我,多么可耻,我连一个小狗的生命都不能保护。文学就是这样的多愁善感,但是这里头,文学给我的幼小的心灵,我觉得我们应该爱这些生命,我们应该有爱心,爱母亲,爱大海,爱大地,爱一朵小花,爱那只小耗子,小生命。这就是文学给我们的东西,我们今天说的,我们人怎么变得这么的没有情趣了呢?人变得那么实际,那么没有情趣,没有爱心,没有!这个东西和我们今天从事的工作有关。所以我今天总的是这个意思,100年的文学,我们取得了辉煌的成就,我们的前人进行了不屈不挠的斗争,使得我们今天能享受他们的成果,新文学的成果。但是由于今天社会的复杂多变,我们也付出了很多的痛苦,我们从这个沉重的文学到轻松的文学,从不能承受的重到不能承受的轻,这一些东西表现了一个什么东西呢?表现了即使走过了一百年,或者不到一百年,或者超过了一百年,中国新文学仍然是幼稚的,不成熟的文学。今天我就用这些话跟大家交流,谢谢大家。

（热烈掌声）

问题一：请问"文学即政治"是不是近百年的主流？文学是现实生活的反映，近几年来反映腐败的作品仍是当下文学的一个重要内容。请问您如何看待这一现象？

谢教授：第一个问题，"文学即政治"是近百年来文学的主流，它是一个主流现象。当然我要解释的，我原来讲稿里头有，但是没有讲到。就是五·四的最初几年，文学还不是"即政治"，那时候还有一些不同流派作家之间的争论，但是基本上是各自写各自的，并没有权利的干扰也没有政治的干扰，也没有行政的干扰。举个例子，提倡写实的，为人生的，"文学研究会"和提倡为艺术的"创造社"他们之间就是各自写各自的，而且出现了很多好的作家，好的作品。写实的诗歌，"文学研究会"当中的一些诗人，"中国诗歌会"当中的一些诗人，和象征派的，新月派的一些诗人，尽管有一些争论，但也没有达到行政的干预的。谁是为主，谁是为辅也没有分出来的。所以有一段短暂的，让人兴奋的一段时期。我刚才讲了，八十年代中期以后，特别是九十年代，文学转向市场，它和政治基本上是一种游离的，或者说是从政治中挣脱出了，离开了政治的笼罩。这个也不能说是主流，但是相当长的一段时间里边，甚至可以说从二十年代末到七十年代中期，很长的时间里头，文学和政治的关系，是太密切了。你不妨讲"文学即政治"是主流，可以这么说。第二个问题，这个现象应该是，写得好的作品我想大家爱，我也爱看。因为这是全社会都在关心的问题，官场腐败，社会腐败，信任危机，这样的一些问题，这是非常严重的。大学生关心，学者关心，社会的各界都在关心的问题。所以有些作家能够写这些反腐败的电视连续剧，小说和其他的一些作品的话，我们都是很高兴的。但是我要说希望这些作品是能够成为一个有创造性的，艺术性很高的一个作品，特别是希望能塑造一些比较好的人物形象，能够保留在中国文学史上的一些形象的作品,现在似乎还没有。就说现在的作家的创作呀,这也是艺术性低下的一个原因。你想想看,我们一讲鲁迅的作品就能举出孔乙己呀,阿Q呀,王福呀,小弟啊,还有巴金的茅盾的,我们都能讲出一些很典型的人物形象。现在这些反腐败的作品能不能创造一个典型的人物形象呢?还做不到。我们看了电视剧以后,也就过去了,这个作品能够保留下来吗?这个人物能够保留下来吗?这就是艺术性不够的原因。所以如何看这个现象呢?一个是我很欢迎我自己很爱看,但是我要求有深度,要求能有艺术性,这个恐怕还不行。

学生二:请问谢教授,你如何评价刘震云的《一地鸡毛》?

谢教授:我认为这也是一篇让人发自内心茫然的小说。刘震云的《一地鸡毛》是不错的。大概你也是肯定的。刘震云写了多久作品,近来一些作品呢,因为大家对他议论很多,就是《故乡面和花朵》什么的,还有《一腔废话》,我觉得我也没有耐心读。所以他写了好多好的作品,近来的作品我不敢作评论。但有一些评论家是评论了,有一些批评也很激烈,我不多说了,因为刘震云是北大的学生嘛。

学生三:人生的乏味,不仅仅由于价值的失落,还有对美的忽略,是吗?你能讲一讲这一方面的感悟吗?

谢教授:我讲不了感悟,应该叶朗先生来讲,他是研究美学的。我想你这个题目提得很好,我说呀,人生应该有情趣,这情趣呀,应该从文学培养出来的。没有情趣,对美的忽略,对美缺乏想象力,这是很要命的。所以我觉得,文学不是无用的,其实我是说不是无用的,但是文学又不是那么立竿见影的,文学能够塑造一个人,使他成为一个美好的人。这个东西是看不见的,我们一旦与文学结了缘,我们就有福了,我们就是幸福的人。因为文学能够让人变得非常的高兴,非常的自尊,非常有爱心,非常有感情。这个东西啊,别的地方是得不到的。所以你提的这个问题我是同意的。

学生四：余杰作为年轻作家，近来写了很多作品，对当今社会也作了一些批评和思考。请问您对余杰的评价。他的作品是否是您说的文学的沉重？

谢教授：余杰，又是北大的学生了，因为老师嘛，我是长者，我说年轻人，我就，就，我这个人，有的时候也可以说是很宽容，也有一点世故，就对学生的批评不是十分的严厉。余杰的很多作品我是喜欢看的，但有一些作品我又觉得他年纪太轻，他有些地方各种复杂性掌推得不够，包括对余秋雨先生的批评，都显得太年轻。因为他对"文革"那一段历史呀，他太年轻呀，太小了，"文革"的时候还没有他呢，他是70年代末的吧，太小了。他只能从书本上了解"文革"。而我是从"文革"过来的，所以我能够理解余秋雨，能够理解余秋雨那么复杂的一种东西。但余秋雨先生，我也不敢对他有过多的评价，因为他是一个很有水平的学者，我不好多说。但我能够了解余秋雨在"文革"中做的一些东西，和余杰对他的批评的一个简单化的问题，那么余杰对社会的关怀，对文化的关怀，对知识分子的关怀，我觉得这是他优长的地方。但是我希望他能够更成熟一些，这个也当然，他的年纪在那里嘛。所以我对他的锐气，对他所表现出来的重，我还是持肯定的态度的。有的人说他是愤怒青年呀，但是不要都不愤怒。

学生五：新文学的一百年，讲文学与社会的作用，和政治的关系，建国后到现在讲文学为人民，社会主义服务，文学到底是什么？

谢教授：文学到底是什么，文学就是文学。文学是审美的，是情感的。通过形象的方式来对社会起作用的。起作用又是通过情感，影响感情来起作用的。这个我也不是很严格地在讲这个问题。我想首先，文学是文学本身。但是我后面的一些话对社会起作用的，这就是说文学又不是它本身，又不仅仅是它本身。所以我讲了半天,文学它不是政治,它不直接的是思想,但是它是和政治有关系的,它特别是要表现思想的深度的。那么文学是不是只是教化和认知呢!那不对,那还不够,文学还有娱乐人的作用的。所以文学不应该永远的沉重,文学应该有的时候轻松,但是一旦我们把握好了。又沉重,又轻松,又能够在轻松当中显得沉重,在沉重当中又举重若轻,那么这就是文学成熟的时候了。